御製

佛光恩照　三千大千　隨緣徧滿
恒沙法界　普度衆生　悉證菩提
身心安泰　年時豐稔　風雨調順
日月升恒　乾坤清寧　百昌蕃熾
上下樂利　中外協和　庶物咸亨
萬善圓成　情與無情　同登正覺
大清雍正十三年四月初八日

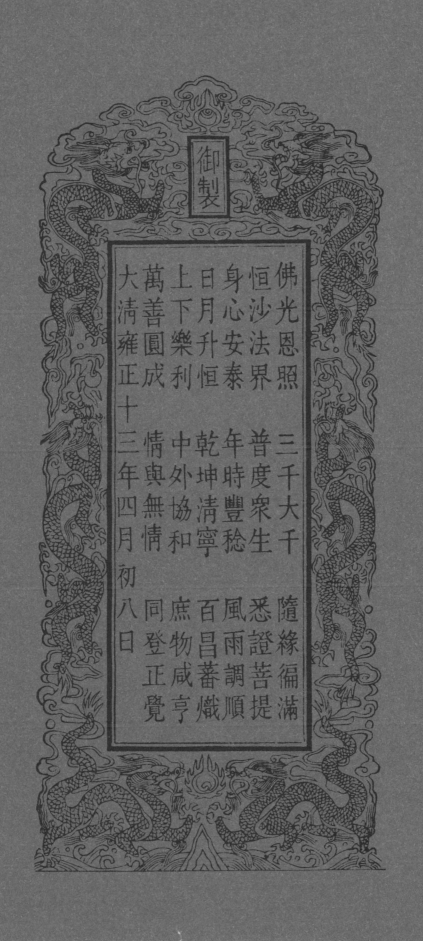

第八一册　大乘論（四）

瑜伽師地論

一〇〇卷（卷二六至卷七四）

瑜伽師地論

唐三藏沙門玄奘奉詔譯

清刻龍藏佛說法變相圖

瑜伽師地論卷第二十六

彌勒菩薩說

唐三藏沙門玄奘奉詔譯

本地分中聲聞地

第二瑜伽處之一

問於如前所舉所開示出離地中有幾品類補特伽羅能證出離云何建立補特伽羅云何所緣云何教授云何學云何隨順學法云何瑜伽壞云何瑜伽云何作意云何瑜伽師所作幾種瑜伽師云何瑜伽修云何修果幾種補特伽羅異門幾種補特伽羅幾種建立補特伽羅因緣有幾種魔幾種魔事云何發趣空無有果嗢柁南曰

諸補特伽羅　建立所緣教　學隨順學法

壞瑜伽作意　瑜伽師作修　果門數取趣

因魔事無果　是皆當廣說
補特伽羅品類差別有二十八種云何二十八謂鈍根者利根者貪增上者瞋增上者癡增上者慢增上者尋思增上者得平等者薄塵性者行向者住果者隨信行者隨法行者信勝解者見至者身證者極七返有者家家者一間者中般涅槃者生般涅槃者無行般涅槃者有行般涅槃者上流者時解脫者不動法者慧解脫者俱分解脫者云何鈍根補特伽羅謂有補特伽羅成就鈍根於所知事遲鈍運轉微劣運轉如前已說此復二種應知其相一者本來鈍根種性二者未善修習諸根云何利根補特伽羅謂有補特伽羅成就利根於所知事不遲鈍運轉不微劣運轉如前已說此亦二種應知其相一者本來利根種性二者已善修習諸根云何貪增上補特伽羅謂有補特伽羅先餘生中於貪煩惱已修已習已多修習由是因緣今此生中於所愛事有猛利貪有長時貪是名貪增上補特伽羅云何瞋增上補特伽羅謂有補特伽羅先餘生中於瞋煩惱已修已習已多修習由是因緣今此生中於所憎事有猛利瞋有長時瞋是名瞋增上補特伽羅云何癡增上補特伽羅謂有補特伽羅先餘生中於癡煩惱已修已習已多修習由是因緣今此生中於所愚事有猛利癡有長時癡是名癡增上補特伽羅云何慢增上補特伽羅謂有補特伽羅先餘生中於慢煩惱已修已習已多修習由是因緣今此生中於所慢事有猛利慢有長時慢是名慢增上補特伽羅云何尋思

增上補特伽羅謂有補特伽羅先餘生中於其尋思已修已習已多修習由是因緣今此生中於所尋思事有猛利尋思有長時尋思是名尋思增上補特伽羅云何得平等補特伽羅謂有補特伽羅先餘生中雖於貪瞋癡慢尋思不修不習不多修習而於彼法未見過患未能猒壞未善推求由是因緣於所愛所憎所愚所慢所尋思事無猛利貪無長時貪然如彼事貪得現行如貪瞋癡慢尋思亦爾是名得平等補特伽羅云何薄塵性補特伽羅謂有補特伽羅先餘生中於貪煩惱不修不習不多修習已能於彼多見過思已能猒壞已善推求由是因緣今此生中於所愛事會過現前衆多美妙上品境中起微妙貪於其中品下品境中貪全不起如貪瞋癡慢尋思應知亦爾是名薄塵性補特伽羅云何行向補特伽羅謂行四向補特伽羅何等爲四一預流果向二一來果向三不還果向四阿羅漢果向是名行向補特伽羅云何住果補特伽羅謂住四果補特伽羅何等爲四一預流果二一來果三不還果四阿羅漢果是名住果補特伽羅云何隨信行補特伽羅謂有補特伽羅從他求請教授教誡由此力故修證果行非如所聞所受所究竟所思所量所觀察法自有功能自有勢力隨法修行唯由隨他補特伽羅信而修行是名隨信行補特伽羅云何隨法行補特伽羅謂有補特伽羅如其所聞所受所究竟所思所量所觀察法自有功能自有勢力隨法修行不從他求教授教誡修證果行是名隨法行補特伽羅

云何信勝解補特伽羅謂即隨信行補特伽羅因他教授教誡於沙門果得觸證時名信勝解補特伽羅云何見至補特伽羅謂即隨法行補特伽羅於沙門果得觸證時說名見至補特伽羅云何身證補特伽羅謂有補特伽羅於八解脫順逆入出身作證多安住而未能得諸漏永盡是名身證補特伽羅云何名爲極七返有補特伽羅謂有補特伽羅已能永斷薩迦耶見戒禁取疑三種結故得預流果成無墮法定趣菩提極七返有天人往來極至七返證苦邊際如是名爲極七返有補特伽羅云何家家補特伽羅謂有二種家家一天家家二人家家天家家者謂於天上從家至家若往若來證苦邊際人家家者謂於人間從家至家若往若來證苦邊際當知此二俱是預流補特伽羅云何一間補特伽羅謂即一來補特伽羅行不還果向已能永斷欲界煩惱上品中品唯餘下品唯更受一欲界天有即於彼處得般涅槃不復還來生此世間是名一間補特伽羅云何中般涅槃補特伽羅謂有三種中般涅槃補特伽羅一有一種中般涅槃補特伽羅從此没已中有續生中有生已便般涅槃如小札火微星纔舉即便謝滅二有一種中般涅槃補特伽羅從此没已中有續生中有生已少時經停未趣生有便般涅槃如鐵摶鋌炎熾赫然鎚鍛星流未下便滅三有一種中般涅槃補特伽羅從此没已中有續生中有生已往趣生有未得生不便般涅槃如彼熱鐵鎚鍛星流下未至地即便謝滅如是三種中般涅槃補特

伽羅總說爲一中般涅槃補特伽羅云何生般涅槃補特伽羅謂纔生彼已便般涅槃是名生般涅槃補特伽羅云何無行般涅槃補特伽羅謂生彼已不起加行不作功用不由勞倦道現在前而般涅槃是名無行般涅槃補特伽羅云何有行般涅槃補特伽羅謂彼生已發起加行作大功用由極勞倦道現在前而般涅槃是名有行般涅槃補特伽羅云何上流補特伽羅謂有不還補特伽羅從此上生初靜慮已住於彼處不般涅槃從彼沒已展轉上生諸所生處乃至或到色究竟天或到非想非非想處是名上流補特伽羅云何時解脫補特伽羅謂有補特伽羅鈍根種性於諸世間現法樂住容有退失或思自害或守解脫勵力勤修不放逸行謂防退失增上力故或唯安住自分善品或經彼彼日夜剎那瞚息須臾勵力升進乃至未證最極猛利是名時解脫補特伽羅云何不動法補特伽羅謂有補特伽羅與上相違當知是名不動法補特伽羅云何慧解脫補特伽羅謂有補特伽羅已能證得諸漏永盡於八解脫未能身證具足安住是名慧解脫補特伽羅云何俱分解脫補特伽羅謂有補特伽羅已能證得諸漏永盡於八解脫身色作證具足安住於煩惱障分及解脫障分心俱解脫是名俱分解脫補特伽羅

云何建立補特伽羅謂由十一差別道理應知建立補特伽羅云何十一差別道理一根差別故二衆差別故三行差別故四願差別故五行迹差別故六道果差別故七加行差

別故八定差別故九生差別故十退不退差別故十一障差別故云何由根差別建立補特伽羅謂根差別故建立二種補特伽羅一者鈍根二者利根云何由衆差別建立補特伽羅謂衆差別故建立七種補特伽羅謂苾芻苾芻尼式叉摩那勞策男勞策女近事男近事女云何由行差別建立補特伽羅謂行差別故建立七種補特伽羅謂若貪增上補特伽羅名貪行者若瞋增上補特伽羅名瞋行者若癡增上補特伽羅名癡行者若慢增上補特伽羅名慢行者若尋思增上補特伽羅名尋思行者若得平等補特伽羅名等分行者若薄塵性補特伽羅名薄塵行者問貪行補特伽羅應知何相答貪行補特伽羅於諸微劣所愛事中尚能生起最極厚重上品貪纏何況中品上品境界又此貪纏住在身中經久相續長時隨縛由貪纏故爲可愛法之所制伏不能制伏彼可愛法諸根悅澤諸根不强諸根不澀諸根不麤爲性不好以惡身語損惱於他難使遠離難使猒患下劣勝解事業堅牢事業久固禁戒堅牢禁戒久固能忍能受於資生具爲性躭染深生愛重多喜多悅遠離顰蹙舒顔平視含笑先言如是等類應知是名貪行者相問瞋行補特伽羅應知何相答瞋行補特伽羅於諸微劣所憎事中尚能生起最極厚重上品瞋纏何況中品上品境界又此瞋纏住在身中經久相續長時隨縛由此瞋纏爲可憎法之所制伏不能制伏彼可憎法諸根枯槁諸根剛强諸根踈澀諸根麤燥爲性好樂以惡身語損惱於

他易令遠離易令猒患凶暴强口形相稜層無多勝解事業不堅事業不固禁戒不堅禁戒不固不忍不受多憂多惱性好違背所取不順性多愁感性好麤言多懷嫌恨意樂慘烈悖惡尤蛆好相拒對得少語言多恚多憤燋悴而住喜生忿怒眉面頻蹙恒不舒顏邪睛下視於他榮利多憎多嫉如是等類應知是名瞋行者相問癡行補特伽羅應知何相答癡行補特伽羅於諸微劣所愚事中尚能生起最極厚重上品癡纏何況中品上品境界又此癡纏住在身中經久相續長時隨縛由此癡纏爲可癡法之所制伏不能制伏彼可癡法諸根闇鈍諸根愚昧諸根羸劣身業慢緩語業慢緩惡思所思惡說所說惡作所作嬾惰懈怠起不圓滿詞辯薄弱性不聰敏念多忘失不正知住所取左僻難使遠離難使猒患下劣勝解頑騃瘖瘂以手代言無有力能領解善說惡說法義緣所牽纏他所引奮他所策使如是等類應知是名癡行者相問慢行補特伽羅應知何相答慢行補特伽羅於諸微劣所慢事中尚能生起最極厚重上品慢纏何況中品上品境界又此慢纏住在身中經久相續長時隨縛由慢纏故爲可慢法之所制伏不能制伏彼可慢法諸根掉動諸根高舉諸根散亂勤樂嚴身言語高大不樂謙下於其父母眷屬師長不能時時如法承事多懷憍傲不能以身禮敬問訊合掌迎逆修和敬業自高自舉陵懱他人樂著利養樂著恭敬樂著世間稱譽聲頌所爲輕舉喜作嘲調難使遠離難使猒患廣大勝解微

劣慈悲計我有情命者養者補特伽羅生者等見多分上品身怨多恨如是等類應知是名慢行者相問尋思行補特伽羅應知何相答尋思行補特伽羅於諸微劣所尋思事尚能發起最極厚重上品尋思纏何況中品上品境界此尋思纏住在身中經久相續長時隨縛由此纏故爲可尋思法之所制伏不能制伏可尋思法諸根不住諸根飄舉諸根掉動諸根散亂身業誤失語業誤失難使遠離難使猒患喜爲戲論樂著戲論多惑多疑多懷樂欲禁戒不堅禁戒不定事業不堅事業不定多懷恐慮念多忘失不樂遠離多樂散動於諸世間種種妙事貪欲隨流翹勤無惰起發圓滿如是等類應知是名尋思行者相如是名爲由行差別建立補特伽羅云何由願差別建立補特伽羅謂或有補特伽羅於聲聞乘已發正願或有補特伽羅於獨覺乘已發正願或有補特伽羅於其大乘已發正願當知此中若補特伽羅於聲聞乘已發正願彼或聲聞種性或獨覺種性或大乘種性若補特伽羅於獨覺菩提已發正願彼或獨覺種性或聲聞種性或大乘種性若補特伽羅於其大乘已發正願彼或大乘種性或獨覺種性或聲聞種性若聲聞種性補特伽羅於獨覺菩提或於無上正等菩提已發正願彼是聲聞種性故後時決定還捨彼願必唯安住聲聞乘願獨覺乘種性大乘種性補特伽羅應知亦爾此中所有補特伽羅願可移轉願可捨離決定不可移轉種性捨離種性今此義中當知唯說聲聞乘願聲聞種性補

特伽羅如是名爲由願差別建立補特伽羅云何由行迹差別建立補特伽羅謂如所舉如所開示補特伽羅依四行迹而得出離何等爲四謂或有行迹是苦遲道或有行迹是苦速道或有行迹是樂遲道或有行迹是樂速道當知此中若鈍根性補特伽羅未得根本靜慮所有行迹名苦遲道若利根性補特伽羅未得根本靜慮所有行迹名苦速道若鈍根性補特伽羅已得根本靜慮所有行迹名樂遲道若利根性補特伽羅已得根本靜慮所有行迹名樂速道如是名爲由行迹差別建立補特伽羅云何由道果差別建立補特伽羅謂行四向及住四果行四向者一預流果向補特伽羅二一來果向補特伽羅三不還果向補特伽羅四阿羅漢果向補特伽羅住四果者一預流果二一來果三不還果四阿羅漢果若於向道轉彼名行向者由向道故建立四種補特伽羅若得沙門果彼名住果者由道果故建立四種補特伽羅如是名爲由道果差別建立補特伽羅云何由加行差別建立補特伽羅謂隨信行及隨法行補特伽羅若隨補特伽羅信勤修正行名隨信行補特伽羅若於諸法不待他緣隨毗奈耶勤修正行名隨法行補特伽羅如是名爲由加行差別建立補特伽羅云何由定差別建立補特伽羅謂身證補特伽羅於八解脫身已作證具足安住而未獲得諸漏永盡當知如是補特伽羅於有色觀諸色解脫內無色想觀外諸色解脫淨解脫身作證具足住空無邊處解脫識無邊處解脫無所有處解

脫非想非非想處解脫想受滅解脫已能順逆入出自在如是名爲由定差別建立補特伽羅云何由生差別建立補特伽羅謂極七返有家家一間中般涅槃生般涅槃無行般涅槃有行般涅槃及以上流補特伽羅如是名爲由生差別建立補特伽羅云何由退不退差別建立補特伽羅謂由退故建立時解脫阿羅漢彼於現法樂住容有退失由不退故建立不動法阿羅漢彼於現法樂住定無退失如是名爲由退不退差別建立補特伽羅云何由障差別建立補特伽羅謂慧解脫及俱分解脫阿羅漢慧解脫阿羅漢者謂已解脫煩惱障未解脫定障俱分解脫阿羅漢者謂已解脫煩惱障及已解脫定障是故說名俱分解脫如是名爲由障差別建立補特伽羅由此所舉及所開示差別道理如其次第應知建立補特伽羅

云何所緣謂有四種所緣境事何等爲四一者遍滿所緣境事二者淨行所緣境事三者善巧所緣境事四者淨惑所緣境事云何遍滿所緣境事謂復四種一有分別影像二無分別影像三事邊際性四所作成辦云何有分別影像謂如有一或聽聞正法或教授教誡爲所依止或見或聞或分別故於所知事同分影像由三摩呬多地毗鉢舍那行觀察揀擇極揀擇遍尋思遍伺察所知事者謂或不淨或慈愍或緣性緣起或界差別或阿那波那念或蘊善巧或界善巧或處善巧或緣起善巧或處非處善巧或下地麤性上地靜性或苦諦集諦滅諦道諦是名所知事此所

知事或依教授教誡或聽聞正法爲所依止令三摩呬多地作意現前即於彼法而起勝解即於彼所知事而起勝解彼於爾時於所知事如現領受勝解而轉雖彼所知事非現領受和合現前亦非所餘彼種類物然由三摩呬多地勝解領受相似作意領受彼所知事相似顯現由此道理名所知事同分影像修觀行者推求此故於彼本性所知事中觀察審定功德過失是名有分別影像云何無分別影像謂修觀行者受取如是影像相已不復觀察揀擇極揀擇遍尋思遍伺察然即於此所緣影像以奢摩他行寂靜其心即是九種行相令心安住謂令心內住等住安住近住調伏寂靜最極寂靜一趣等持彼於爾時成無分別影像所緣即於如是所緣影像一向一趣安住其念不復觀察揀擇極揀擇遍尋思遍伺察是名無分別影像即此影像亦名影像亦名三摩地相亦名三摩地所行境界亦名三摩地口亦名三摩地門亦名作意處亦名內分別體亦名光影如是等類當知名爲所知事同分影像諸名差別云何事邊際性謂若所緣盡所有性如所有性云何名爲盡所有性謂色蘊外更無餘色受想行識蘊外更無有餘受想行識一切有爲事皆五法所攝一切諸法界處所攝一切所知事四聖諦攝如是名爲盡所有性云何名爲如所有性謂若所緣是眞實性是眞如性由四道理具道理性謂觀待道理作用道理證成道理法爾道理如是若所緣境盡所有性如所有性總說爲一事邊際性云何所作成辦

謂修觀行者於奢摩他毗鉢舍那若修若習若多修習爲因緣故諸緣影像所有作意皆得圓滿此圓滿故便得轉依一切麤重悉皆息滅得轉依故超過影像即於所知事有無分別現量智見生入初靜慮者得初靜慮時於初靜慮所行境界入第二第三第四靜慮者得第二第三第四靜慮時於第二第三第四靜慮所行境界入空無邊處識無邊處無所有處非想非非想處者得彼定時即於彼定所行境界如是名爲所作成辦如是四種所緣境事遍行一切隨入一切所緣境中去來今世正等覺者共所宣說是故說名遍滿所緣又此所緣遍毗鉢舍那品遍奢摩他品遍一切事遍眞實事遍因果相屬事故名遍滿謂若說有分別影像即是此中毗鉢舍那品若說無分別影像即是此中奢摩他品若說事邊際性即是此中一切事眞實事若說所作成辦即是此中因果相屬事如佛世尊曽爲長老頡隸伐多說如是義曽聞長老頡隸伐多問世尊言大德諸有苾芻勤修觀行是瑜伽師能於所緣安住其心爲何於緣安住其心云何於緣安住其心齊何名爲心善安住佛告長老頡隸伐多善哉善哉汝今善能問如是義汝今諦聽極善思惟吾當爲汝宣說開示頡隸伐多諸有苾芻勤修觀行是瑜伽師能於所緣安住其心或樂淨行或樂善巧或樂令心解脫諸漏於相稱緣安住其心於相似緣安住其心於緣無倒安住其心能於其中不捨靜慮云何苾芻勤修觀行是瑜伽師於相稱緣安住其心謂彼苾芻若唯

有貪行應於不淨緣安住於心如是名爲於相稱緣安住其心若唯有瞋行應於慈愍安住其心若唯有癡行應於緣性緣起安住其心若唯有慢行應於界差別安住其心若唯有尋思行應於阿那波那念安住其心如是名爲於相稱緣安住其心頡隸伐多又彼苾芻若愚諸行自相愚我有情命者生者能養育者補特伽羅事應於蘊善巧安住其心若愚其因應於界善巧安住其心若愚其緣應於處善巧安住其心若愚無常苦空無我應於緣起處非處善巧安住其心若樂離欲界欲應於諸欲麤性諸色靜性安住其心若樂離色界欲應於諸色麤性無色靜性安住其心若樂通達及樂解脫遍一切處薩迦耶事應於苦諦集諦滅諦道諦安住其心是名苾芻勤修觀行是瑜伽師於相稱緣安住其心頡隸伐多云何苾芻勤修觀行是瑜伽師於相似緣安住其心謂彼苾芻於彼彼所知事爲欲揀擇極揀擇遍尋思遍伺察故於先所見所聞所覺所知事由見聞覺知增上力故以三摩呬多地作意思惟分別而起勝解彼雖於其本所知事不能和合現前觀察然與本事相似而生於彼所緣有彼相似唯智唯見唯正憶念又彼苾芻於時時間令心寂靜於時時間依增上慧法毗鉢舍那勤修觀行是名苾芻勤修觀行是瑜伽師於相似緣安住其心頡隸伐多云何苾芻勤修觀行是瑜伽師於緣無倒安住其心謂若苾芻勤修觀行是瑜伽師於所緣境安住其心隨應解了所知境界如實無倒能遍了知是名苾芻勤

修觀行是瑜伽師於緣無倒安住其心頡隸伐多云何苾芻勤修觀行是瑜伽師能於其中不捨靜慮謂若苾芻勤修觀行是瑜伽師如是於緣正修行時無間加行殷重加行於時時間修習止相舉相捨相由修由習由多修習為因緣故一切麤重悉皆息滅隨得觸證所依清淨於所知事由現見故隨得觸證所緣清淨由離貪故隨得觸證心遍清淨離無明故隨得觸證智遍清淨是名苾芻勤修觀行是瑜伽師能於其中不捨靜慮頡隸伐多為此苾芻於所緣境安住其心如是於緣安住其心如是於緣安住心已名善安住世尊此中重說頌曰

行者行諸相　知一切實義　常於影靜慮

得證遍清淨

此中說言行者行諸相者由此宣說修觀行者於止舉捨相無間修行殷重修行若復說言知一切實義者由此宣說事邊際性若復說言常於影靜慮者由此宣說有分別影像無分別影像若復說言得證遍清淨者由此宣說所作成辦此中世尊復說頌曰

於心相遍知　能受遠離味　靜慮常委念

受喜樂離染

此中說言於心相遍知者謂有分別影像無分別影像以心相名說事邊際性以遍知名說若復說言能受遠離味者由此宣說於其所緣正修行者樂斷樂修若復說言靜慮常委念者由此宣說於奢摩他毗鉢舍那常勤修習委練修習若復說言受喜樂離染者由此宣說所作成辦當知如是遍滿所緣隨順

淨教契合正理如是名爲遍滿所緣云何名爲淨行所緣謂不淨慈愍緣性緣起界差別阿那波那念等所緣差別云何不淨所緣謂略說有六種不淨一朽穢不淨二苦惱不淨三下劣不淨四觀待不淨五煩惱不淨六速壞不淨云何名爲朽穢不淨謂此不淨略依二種一者依內二者依外云何依內朽穢不淨謂內身中髮毛爪齒塵垢皮肉骸骨筋脉心膽肝肺大腸小腸生藏熟藏肚胃脾腎膿血熱痰肪膏肥髓腦膜洟唾淚汗屎尿如是等類名爲依內朽穢不淨云何依外朽穢不淨謂或青瘀或復膿爛或復變壞或復胮脹或復食噉或復變赤或復散壞或骨或鎖或復骨鎖或屎所作或尿所作或唾所作或洟所作或血所塗或膿所塗或便穢處如是等類名爲依外朽穢不淨如是依內朽穢不淨及依外朽穢不淨總說爲一朽穢不淨云何名爲苦惱不淨謂順苦受觸爲緣所生若身若心不平等受受所攝如是名爲苦惱不淨云何名爲下劣不淨謂最下劣事最下劣界所謂欲界除此更無極下極劣最極鄙穢餘界可得如是名爲下劣不淨云何名爲觀待不淨謂如有一劣清淨事觀待其餘勝清淨事便似不淨如待無色勝清淨事色界諸法便似不淨待薩迦耶寂滅涅槃乃至有頂皆似不淨如是等類一切名爲觀待不淨云何名爲煩惱不淨謂三界中所有一切結縛隨眠隨煩惱纏一切名爲煩惱不淨云何名爲速壞不淨謂五取蘊無常無恒不可保信變壞法性如是名爲速壞不淨如是不淨是能

清淨貪行所縁貪有五種一於内身欲欲貪二於外身婬欲婬貪三境欲境貪四色欲色貪五薩迦耶欲薩迦耶貪是名五貪爲欲令此五種欲貪斷滅除遣不現行故建立六種不淨所縁謂由依内朽穢不淨所縁故令於内身欲欲貪心得清淨由依外朽穢不淨所縁故令於外身婬欲婬貪心得清淨婬相應貪復有四種一顯色貪二形色貪三妙觸貪四承事貪由依四外不淨所縁於此四種相應婬貪心得清淨若於青瘀或於膿爛或於變壞或於胮脹或於食噉作意思惟於顯色貪令心清淨若於變赤作意思惟於形色貪令心清淨若於其骨若於其鎖若於骨鎖作意思惟於妙觸貪令心清淨若於散壞作意思惟於承事貪令心清淨如是四種名於婬貪令心清淨是故世尊乃至所有依外朽穢不淨差别皆依四種憎怕路而正建立謂若説言由憎怕路見彼彼屍死經一日或經三日或經七日烏鵲餓狗鵄鷲狐狼野干禽獸之所食噉便取其相以譬彼身亦如是性亦如是類不能超過如是法性此即顯示始從青瘀乃至食噉若復説言由憎怕路見彼彼屍離皮肉血筋脉纒裹此即顯示所有變赤若復説言由憎怕路見彼彼骨或骨或鎖此即顯示或骨或鎖或復骨鎖若復説言由憎怕路見彼彼骨手骨異處足骨異處膞骨異處膝骨異處髀骨異處肘骨異處脊骨異處髆骨異處肋骨異處頷輪齒鬘頂髑髏等各各分散或經一年或二或三乃至七年其色鮮白猶如螺貝或如鴿色或見彼骨和

雜塵土此即顯示所有散壞如是依外所有朽穢不淨所緣令於四種婬相應貪心得清淨由苦惱不淨所緣及下劣不淨所緣故令於境相應若欲若貪心得清淨由觀待不淨所緣故令於色相應若欲若貪心得清淨由煩惱不淨所緣及速壞不淨所緣故令於從欲界乃至有頂諸薩迦耶若欲若貪心得清淨是名貪行淨行所緣如是且約能淨貪行總說一切通治所攝不淨所緣今此義中本意唯取朽穢不淨所餘不淨亦是其餘淨行所緣云何慈愍所緣謂或於親品或於怨品或於中品平等安住利益意樂能引下中上品快樂定地勝解當知此中親品怨品及以中品是爲所緣利益意樂能引快樂定地勝解是爲能緣所緣能緣總略爲一說名慈愍所緣若經說言慈俱心者此即顯示於怨親中三品所緣利益意樂若復說言無怨無敵無損害者此則顯示利益意樂有三種相由無怨故名爲增上利益意樂此無怨性二句所顯謂無敵對故無損惱故不欲相違諍義是無敵對不欲不饒益義是無損害若復說言廣大無量此則顯示能引下中上品快樂欲界快樂名廣初二靜慮地快樂名大第三靜慮地快樂名無量若復說言勝解遍滿具足住者此則顯示能引快樂定地勝解又此勝解即是能引快樂利益增上意樂所攝勝解作意俱行若於無苦無樂親怨中三品有情平等欲與其樂當知是慈若於有苦或於有樂親怨中三品有情平等欲拔其苦欲慶其樂當知是悲是喜有苦有情是悲所緣有

樂有情是喜所緣是名慈愍所緣若有瞋行補特伽羅於諸有情修習慈愍令瞋微薄名於瞋恚心得清淨

瑜伽師地論卷第二十六

音釋

札側八切小木片也 摶鋌摶度官切圜聚也鋌徒鼎切銅鐵朴也 赫呼格切盛也 鎚鍛鎚直追切鍛丁貫切鋌鍛打鐵也 勵力制切勉勵也 瞚輸閏切目動也 澀所立切 槁苦浩切枯也 燥蘇到切乾也 稜層稜盧登切 奮方問切揚也 嘲調嘲陟交切調徒吊切嘲調以言相調也 呬火利切 頡胡結切 脾腎脾頻脂切土藏也腎時忍切水藏也 洟延知切鼻洟也 肪分房切肥也 腦膜腦奴皓切頭髓也膜慕各切胲膜也 筋脉筋舉欣切骨絡也脉莫白切幕也 髖苦官切兩股間也 脊資昔切背呂也 髆補各切肩髆也 肋歷德切脅骨也 頷胡感切口下曰頷 髑髏髑徒谷切髏洛侯切髑髏頂骨也

瑜伽師地論卷第二十七

彌勒菩薩說

唐三藏沙門玄奘奉詔譯

本地分中聲聞地

第二瑜伽處之二

云何緣性緣起所緣謂於三世唯行唯法唯事唯因唯果墮正道理謂觀待道理作用道理證成道理法爾道理唯有諸法能引諸法無有作者及以受者是名緣性緣起所緣於此所緣作意思惟癡行增上補特伽羅所有癡行皆得微薄於諸癡行心得清淨是名緣性緣起所緣

云何界差別所緣謂六界差別一地界二水界三火界四風界五空界六識界云何地界地界有二一內二外內地界者謂此身中內別堅性堅鞕所攝地地所攝親附執受外地界者謂外堅性堅鞕所攝地地所攝非親附非執受又內地界其事云何謂髮毛爪齒塵垢皮肉骸骨筋脉肝膽心肺脾腎肚胃大腸小腸生藏熟藏及糞穢等名內地界又外地界其事云何謂瓦木塊礫樹石山巖如是等類名外地界云何水界水界有二一內二外內水界者謂此身中內別濕性濕潤所攝水水所攝親附執受其事云何謂淚汗洟唾肪膏脂髓熱痰膿血腦膜尿等名內水界外水界者謂外濕性濕潤所攝水水所攝非親附非執受其事云何謂井泉池沼陂湖河海如是等類名外水界云何火界火界有二一內二外內火界者謂此身中內別溫性溫熱所攝煖煖所攝親附執受其事云何謂於身中

所有温煖能令身熱等熱遍熱由是因緣所食所飲所噉所嘗易正消變彼增盛故嗜蒸熱數如是等類名內火界外火界者謂外温性温熱所攝煖煖所攝非親附非執受其事云何謂於人間依鑽燧等牛糞末等以求其火火既生已能燒牛糞或草或薪或榛或野或山或渚或村村分或城城分或國國分或復所餘如是等類名外火界云何風界風界有二一內二外內風界者謂此身中內別風性風飄所攝輕性動性非親附非執受其事云何謂內身中有上行風有下行風有脇卧風有脊卧風有腰間風有髖間風有小刀風有大刀風有針刺風有畢鉢羅風有入出息風有隨支節風如是等類名內風界外風界者謂外風性風飄所攝輕性動性非親附非執受其事云何謂在身外有東來風有西來風有南來風有北來風有有塵風有無塵風有狹小風有廣大風有毗濕婆風有吠藍婆風有風輪風有時大風卒起積集折樹頹牆崩山蕩海既飄鼓已無所依憑自然靜息若諸有情欲求風者動衣搖扇及多羅掌如是等類名外風界云何空界謂眼耳鼻口咽喉等所有孔穴由此吞咽於此吞咽既吞咽已由此孔穴便下漏泄如是等類說名空界云何識界謂眼耳鼻舌身意識又心意識三種差別是名識界若諸慢行補特伽羅於界差別作意思惟便於身中離一合想得不淨想無復高舉憍慢微薄於諸慢行心得清淨是名慢行補特伽羅由界差別淨行所緣云何阿那波那念所緣謂緣入息出息念是名阿

那波那念此念所緣入出息等名阿那波那念所緣當知此中入息有二何等爲二一者入息二者中間入息出息亦二何等爲二一者出息二者中間出息入息者謂出息無間内門風轉乃至臍處中間入息者謂入息滅已乃至出息未生於其中間在停息處暫時相似微細風起是名中間入息如入息中間入息出息中間出息當知亦爾此中差別者謂入息無間外門風轉始從臍處乃至面門或至鼻端或復出外入息出息有二因緣何等爲二一牽引業二臍處孔穴或上身分所有孔穴入息出息有二所依何等爲二一身二心所以者何要依身心入出息轉如其所應若唯依身而息轉者入無想定入滅盡定生無想天諸有情類彼息應轉若唯依心而息轉者入無色定生無色界彼息應轉若唯依身心而轉非如其所應者入第四靜慮若生於彼諸有情類及羯羅藍頞部曇閉尸等位諸有情類彼息應轉然彼不轉是故當知要依身心入出息轉如其所應入息出息有二種行何等爲二一者入息向下而行二者出息向上而行入息出息有二種地何等爲二一麤孔穴二細孔穴云何麤孔穴謂從臍處孔穴乃至面門鼻門復從面門鼻門乃至臍處孔穴云何細孔穴謂於身中一切毛孔入息出息有四異名何等爲四一名風二名阿那波那三名入息出息四名身行風名一種是風共名餘之三種是不共名修入出息者有二過患何等爲二一太緩方便二太急方便由太緩方便故生起懈怠或爲惛沈睡

眠纏擾其心或令其心於外散亂由太急方便故或令其身生不平等或令其心生不平等云何令身生不平等謂强用力持入出息由入出息被執持故便令身中不平風轉由此最初於諸支節皆生戰掉名能戰掉此戰掉風若增長時能生疾病由是因緣於諸支節生諸疾病是名令身生不平等云何令心生不平等謂或令心生諸散亂或爲極重憂惱逼切是名令心生不平等又此阿那波那念應知略有五種修習何等爲五一算數修習二悟入諸蘊修習三悟入緣起修習四悟入聖諦修習五十六勝行修習云何名爲算數修習謂略有四種算數修習何等爲四一者以一爲一算數二者以二爲一算數三者順算數四者逆算數云何以一爲一算數謂若入息入時由緣入出息住念數以爲一若入息滅出息生出向外時數爲第二如是展轉數至其十由此算數非略非廣故唯至十是名以一爲一算數云何以二爲一算數謂若入息入而已滅出息生而已出爾時總合數以爲一即由如是算數道理數至其十是名以二爲一算數入息出息說名爲二總合二種數之爲一故名以二爲一算數云何順算數謂或由以一爲一算數或由以二爲一算數順次展轉數至其十名順算數云何逆算數謂即由前二種算數逆次展轉從第十數次九次八次七次六次五次四次三次二次數其一名逆算數若時行者或以一爲一算數爲依或以二爲一算數爲依於順算數及逆算數已串修習於其中間心無散亂無

散亂心善筭數已復應爲說勝進筭數云何名爲勝進筭數謂或依以一爲一筭數或依以二爲一筭數合二爲一而筭數之若依以一爲一而筭數者即入息出息二合爲一若依以二爲一而筭數者即入息出息四合爲一如是展轉數乃至十如是後後漸增乃至以百爲一而筭數之由此以百爲一筭數漸次數之乃至其十如是勤修數息念者乃至十十數以爲一漸次數之乃至滿十由此以十爲一等數於其中間心無散亂齊此名爲已串修習又此勤修數息念者若於中間其心散亂復應退還從初數起或順或逆若時筭數極串習故其心自然乘任運道安住入息出息所緣無斷無間相續而轉先於入息有能取轉入息滅已於息空位有能取轉次於出息有能取轉出息滅已於息空位有能取轉如是展轉相續流注無動無搖無散亂行有愛樂轉齊此名爲過筭數地不應復數唯於入息出息所緣令心安住於入出息應正隨行應審了達於入出息及二中間若轉若還分位差別皆善覺了如是名爲筭數修習又鈍根者應爲宣說如是息念筭數修習彼由此故於散亂處令心安住令心愛樂若異筭數入出息念彼心應爲惛沈睡眠之所纏擾或應彼心於外馳散由正勤修數息念故彼皆無有若有利根覺慧聰俊不好乘此筭數加行若爲宣說筭數加行亦能速疾無倒了達然不愛樂彼復於此入出息緣安住念已若是處轉若乃至轉若如所轉若時而轉於此一切由安住念能正隨行能正了達

如是加行有如是相於此加行若修若習若多修習爲因緣故起身輕安及心輕安證一境性於其所緣愛樂趣入如是彼於算數息念善修習已復於所取能取二事作意思惟悟入諸蘊云何悟入謂於入息出息及息所依身作意思惟悟入色蘊於彼入息出息能取念相應領納作意思惟悟入受蘊即於彼念相應等了作意思惟悟入想蘊即於彼念若念相應思及慧等作意思惟悟入行蘊若於彼念相應諸心意識作意思惟悟入識蘊如是行者諸蘊中乃至多住名已悟入是名悟入諸蘊修習若時無倒能見能知唯有諸蘊唯有諸行唯事唯法彼於爾時能於諸行悟入緣起云何悟入謂觀行者如是尋求此入出息何依何緣既尋求已如實悟入此入出息依身緣身依心緣心復更尋求此身此心何依何緣既尋求已如實悟入此身此心依緣命根復更尋求如是命根何依何緣既尋求已如實悟入如是命根依緣先行復更尋求如是先行何依何緣既尋求已如實悟入如是先行依緣無明如是了知無明依緣先行先行依緣命根命根依緣身心身心依緣入息出息又能了知無明滅故行滅行滅故命根滅命根滅故身心滅身心滅故入出息滅如是名爲悟入緣起彼於緣起悟入多依名善習修是名悟入緣起修習如是彼於緣起悟入善修習已復於諸行如實了知從衆緣生悟入無常謂悟入諸行是無常故本無而有有已散滅若是本無而有有已散滅即是生法老法病法死法若是生法老法病

法死法即是其苦若是其苦即是無我不得自在遠離宰主如是名爲由無常苦空無我行悟入苦諦又彼如是能正悟入諸所有行衆緣生起其性是苦如病如癰一切皆以貪愛爲緣又正悟入即此能生衆苦貪愛若無餘斷即是畢竟寂靜微妙我若於此如是了知如是觀見如是多住當於貪愛能無餘斷如是名能悟入集諦滅諦道諦於此悟入能多住已於諸諦中證得現觀是名悟入聖諦修習如是於聖諦中善修習已於見道所斷一切煩惱皆悉永斷唯餘修道所斷煩惱爲斷彼故復進修習十六勝行云何名爲十六勝行謂於念入息我今能學念於入息於念出息我今能學念於出息若長若短於覺了遍身入息我今能學覺了遍身入息於覺了遍身出息我今能學覺了遍身出息於息除身行入息我今能學息除身行入息於息除身行出息我今能學息除身行出息於覺了喜入息我今能學覺了喜入息於覺了喜出息我今能學覺了喜出息於覺了樂入息我今能學覺了樂入息於覺了樂出息我今能學覺了樂出息於覺了心行入息我今能學覺了心行入息於覺了心行出息我今能學覺了心行出息於息除心行入息我今能學息除心行入息於息除心行出息我今能學息除心行出息於覺了心入息我今能學覺了心入息於覺了心出息我今能學覺了心出息於喜悅心入息我今能學喜悅心入息於喜悅心出息我今能學喜悅心出息於制持心入息我今能學制持心入息於制持心

出息我今能學制持心出息於解脫心入息我今能學解脫心入息於解脫心出息我今能學解脫心出息於無常隨觀入息我今能學無常隨觀入息於無常隨觀出息我今能學無常隨觀出息於斷隨觀入息我今能學斷隨觀入息於斷隨觀出息我今能學斷隨觀出息於離欲隨觀入息我今能學離欲隨觀入息於離欲隨觀出息我今能學離欲隨觀出息於滅隨觀入息我今能學滅隨觀入息於滅隨觀出息我今能學滅隨觀出息問如是十六差別云何答有學見迹已得四念住等於入出息所緣作意復更進修爲斷餘結是故念言於念入息我今能學念於入息於念出息我今能學念於出息若緣入息出息境時便作念言我今能學念長入息念長

出息若緣中間入息中間出息境時便作念言我今能學念短入息念短出息如入息出息長轉及中間入息中間出息短轉即如是了知如是名爲若長若短若緣身中微細孔穴入息出息周遍隨入諸毛孔中緣此爲境起勝解時便作念言我於覺了遍身入息出息我今能學覺了遍身入息出息若於是時或入息中間入息已滅出息中間出息未生或出息中間出息已滅入息中間入息未生緣入息出息空無位入息出息遠離位爲境緣出息入息空無位出息入息遠離位爲境即於此時便作念言於息除身行入息我今能學息除身行入息於息除身行出息我今能學息除身行出息又即於此若修若習若多修習爲因緣故先未串習入出息時所有

剛强若觸隨轉今已串習入出息故皆得息除有餘柔輭樂觸隨轉便作念言於息除身行入息我今能學息除身行入息於息除身行出息我今能學息除身行出息又於如是阿那波那念勤修行者若得初靜慮或得第二靜慮時便作念言於覺了喜入息出息我今能學覺了喜入息出息若得離喜第三靜慮時便作念言於覺了樂入息出息我今能學覺了樂入息出息第三靜慮已上於阿那波那念無有更修加行道理是故乃至第三靜慮宣說息念加行所攝又即如是覺了喜者覺了樂者或有暫時生起忘念或謂有我我所或發我慢或謂我當有或謂我當無或謂我當有色或謂我當無色或謂我當有想或謂我當無想或謂我當非有想非無想生起如是愚癡想思俱行種種動慢戲論造作貪愛纏生起已便能速疾以慧通達不深染著方便斷滅除遣變吐由是加行便作念言於覺了心行入息出息我今能學覺了心行入息出息於息除心行入息出息我今能學息除心行入息出息又若得根本第一第二第三靜慮彼定已得初靜慮近分未至依定依此觀察所生起心謂如實知如實覺了或有貪心或離貪心或有瞋心或離瞋心或有癡心或離癡心略心散心下心舉心有掉動心無掉動心有寂靜心無寂靜心有等引心無等引心善修習心不善修習心善解脫心不善解脫心於如是心皆如實知如實覺了是故念言於覺了心入息出息我今能學覺了心入息出息彼若有時見爲惛沈眠睡蓋

覆障其心由極於內住寂止故爾時於外隨
緣一種淨妙境界示現教導讚勵慶喜策發
其心是故念言於喜悅心入息出息我今能
學喜悅心入息出息彼若有時見爲掉舉惡
作蓋覆障其心由極於外住囂舉故爾時於
內安住寂靜制持其心是故念言於制持心
入息出息我今能學制持心入息出息若時
於心善修善習善多修習爲因緣故令現行
蓋皆得遠離於諸蓋中心得清淨是故念言
於解脫心入息出息我今能學解脫心入息
出息彼於諸蓋障修道者心已解脫餘有隨
眠復應當斷爲斷彼故起道現前謂於諸行
無常法性極善精懇如理觀察是故念言於
無常隨觀入息出息我今能學無常隨觀入
息出息又彼先時或依下三靜慮或依未至
依定已於奢摩他修瑜伽行令依無常隨觀
復於毗鉢舍那修瑜伽行如是以奢摩他毗
鉢舍那熏修心已於諸界中從彼隨眠而求
解脫云何諸界所謂三界一者斷界二者離
欲界三者滅界見道所斷一切行斷名爲斷
界修道所斷一切行斷名離欲界一切依滅
名爲滅界思惟如是三界寂靜安隱無患修
奢摩他毗鉢舍那彼由修習多修習故從餘
修道所斷煩惱心得解脫是故念言於斷隨
觀離欲隨觀滅隨觀入息出息我今能學斷
隨觀離欲隨觀滅隨觀入息出息如是彼於
見修所斷一切煩惱皆永斷故成阿羅漢諸
漏永盡此後更無所應作事於所決擇已得
究竟是名十六勝行修習如是名爲五種修
習阿那波那念多尋思行補特伽羅應於是

中正勤修學愛樂乘御若於所緣有思遽務有散亂者於内各別應當親近如是觀行若於此中勤修習者尋思散動皆無所有心於所緣速疾安住深生愛樂是名第五多尋思行補特伽羅淨行所緣如是總名淨行所緣云何名爲善巧所緣謂此所緣略有五種一蘊善巧二界善巧三處善巧四緣起善巧五處非處善巧蘊善巧者云何蘊云何蘊善巧謂蘊有五則色蘊受蘊想蘊行蘊識蘊云何色蘊謂諸所有色一切皆是四大種及四大種所造此復若過去若未來若現在若内若外若麤若細若劣若勝若遠若近總名色蘊云何受蘊謂或順樂觸爲緣諸受或順苦觸爲緣諸受或順不苦不樂觸爲緣諸受復有六受身則眼觸所生受耳鼻舌身意觸所生受總名受蘊云何想蘊謂有相想無相想狹小想廣大想無量想無諸所有無所有處想復有六想身則眼觸所生想耳鼻舌身意觸所生想總名想蘊云何行蘊謂六思身即眼觸所生思耳鼻舌身意觸所生思復有所餘除受及想諸心法等總名行蘊云何識蘊謂心意識復有六識身則眼識耳鼻舌身意識總名識蘊前受想行蘊及此識蘊皆有過去未來現在内外等差別如前廣說是名爲蘊云何蘊善巧謂善了知所說蘊種種差別性非一衆多性除此法外更無所得無所分別是名略說蘊善巧義云何名蘊種種差別性謂色蘊異受蘊異乃至識蘊異是名種種差別性云何名蘊非一衆多性謂色蘊非一衆多品類大種所造差別故去來今等品類差

別故是名色蘊非一衆多性如是餘蘊隨其所應皆當了知云何除此法外更無所得無所分別謂唯蘊可得唯事可得非離蘊外有我可得有常恒住無變易法是可得者亦無少法是我所有故除此外更無所得無所分別云何界云何界善巧謂界有十八則眼界色界眼識界耳界聲界耳識界鼻界香界鼻識界舌界味界舌識界身界觸界身識界意界法界意識界是名爲界若復於彼十八種法從別別界別別種子別別種性生起出現如實了知忍可審察名界善巧如實了知十八種法從別別界別別而轉即於因緣而得善巧是故說此名界善巧云何處云何處善巧謂處有十二則眼處色處耳處聲處鼻處香處舌處味處身處觸處意處法處是名爲

處處善巧者謂眼爲增上緣色爲所緣緣等無間滅意爲等無間緣生起眼識及相應法耳爲增上緣聲爲所緣緣等無間滅意爲等無間緣生起耳識及相應法如是乃至意爲等無間緣此生作意爲增上緣法爲所緣緣生起意識及相應法如是六識身及相應法皆由三緣而得流轉謂增上緣所緣緣等無間緣若於如是諸内外處緣得善巧名處善巧云何緣起云何緣起善巧謂無明緣行行緣識識緣名色名色緣六處六處緣觸觸緣受受緣愛愛緣取取緣有有緣生生緣老死乃至招集如是純大苦蘊是名緣起若復了知唯有諸法滋潤諸法唯有諸法等潤諸法唯有諸行引發諸行而彼諸行因所生故緣所生故本無而有有已散滅體是無常是無

常故即是生法老法病法死法愁悴悲歎憂苦惱法是生法故乃至是惱法故則名爲苦由是苦故不得自在其力羸劣由是因緣定無有我若於如是緣生法中由如是等種種行相善巧了達或無常智或苦智或無我智是名緣起善巧又處非處善巧當知即是緣起善巧差別此中差別者謂由處非處善巧故能正了知非不平等因果道理則善不善法有果異熟若諸善法能感可愛果異熟諸不善法能感非愛果異熟法若能如是如實了知名處非處善巧此五善巧略則爲二一自相善巧二共相善巧由蘊善巧顯自相善巧由餘善巧顯共相善巧如是總名善巧所緣云何淨惑所緣謂觀下地麤性上地靜性如欲界對初靜慮乃至無所有處對非想非非想處云何麤性謂麤性有二一體麤性二數麤性體麤性者謂欲界望初靜慮雖皆具五蘊而欲界中過患深重苦住增上最爲鄙劣甚可猒惡是故說彼爲體麤性初靜慮中則不如是極靜極妙是故說彼爲體靜性數麤性者謂欲界色蘊有多品類應知應斷如是乃至識蘊亦爾是故說彼爲數麤性如是上地展轉相望若體麤性若數麤性隨其所應當知亦爾如是麤性於諸上地展轉相望乃至極於無所有處一切下地苦惱增多壽量減少一切上地苦惱減少壽量增多非想非非想處唯靜唯妙更無上地勝過此故以要言之有過患義是麤性義若彼彼地中過患增多即由如是過患增多性故名爲麤性若彼彼地中過患減少即由如是過患減

少性故名爲靜性此是世間由世俗道淨惑所緣何以故彼觀下地多諸過患如病如癰猶如毒箭不安隱性以爲麤性觀於上地與彼相違以爲靜性斷除下地所有煩惱始從欲界乃至上極無所有處此是暫斷非究竟斷以於後時更相續故出世間道淨惑所緣復有四種一苦聖諦二集聖諦三滅聖諦四道聖諦云何苦聖諦謂生苦老苦病苦死苦怨憎會苦愛別離苦求不得苦略說一切五取蘊苦名苦聖諦云何集聖諦謂若愛若後有愛若喜貪俱行愛若彼彼喜樂愛等名集聖諦云何滅聖諦謂即此愛等無餘斷滅名滅聖諦云何道聖諦謂八支等聖道名道聖諦當知此中依黑品白品果因建立故建立四聖諦謂苦諦是黑品果集諦是黑品因滅諦是白品果道諦是白品因能得能證故又苦諦如病初應遍知集諦如病因緣次應遠離滅諦如無病次應觸證道諦如良藥復應修習及多修習又苦諦苦義乃至道諦道義是如是實非不如實是無顛倒非是顛倒故名爲諦又彼自相無有虛誑及見彼故無倒覺轉是故名諦問何故諸諦唯名聖諦答唯諸聖者於是諸諦同謂爲諦如實了知如實觀見一切愚夫不如實知不如實見是故諸諦唯名聖諦又於愚夫唯由法爾說名爲諦不由覺悟於諸聖者俱由二種又生苦者諸於生時發生種種身心苦受非生自體即是其苦爲苦因緣故名爲苦廣說乃至求不得苦謂由所求不得因緣發生種種身心苦受非求不得體即是苦爲苦因緣故名爲苦如

是當知略說一切五取蘊苦謂由生等異門唯顯了苦苦由此五取蘊苦亦顯了所餘壞苦行苦所以者何如五取蘊具攝三受如是能與如前所說苦苦爲器當知此中亦即具有前所未說壞苦行苦問何故世尊苦苦一種以自聲說壞苦行苦以異門說答於苦苦中若凡若聖一切等有苦覺慧轉又苦苦性極可猒患又從先來未習慧者纔爲說時則便易入又於諸諦令所調伏可化有情易得入故云何建立三種苦性謂先所說生苦乃至求不得苦即顯苦受及所依處爲苦苦性如是名爲建立苦苦性諸有是彼所對治法謂少是老所治無病是病所治命是死所治親愛合會是怨憎會所治非愛別離是愛別離所治所求稱遂是求不得所治復有苦受及所依處所起煩惱復有無病等順樂受處等及彼所生受所起煩惱如是總說爲壞苦性此中樂受及所依處由無常故若變若異受彼增上所生衆苦若諸煩惱於一切處正生起時纏縛其心令心變壞即生衆苦故名壞苦如世尊言入變壞心執毋邑手乃至廣說又如說言住貪欲纏領受貪欲纏緣所生身心憂苦如是住瞋恚惛沈睡眠掉舉惡作疑纏領受彼纏緣所生身心憂苦由此至教第一至教諸煩惱中苦義可得壞義可得故說煩惱爲壞苦性如是名爲建立壞苦性若行苦性遍行一切五取蘊中以要言之除苦苦性除煩惱攝變壞苦性除樂受攝及所依處變壞苦性諸餘不苦不樂受俱行若彼所生若生彼緣若生住器所有諸蘊名行苦性

由彼諸蘊其性無常生滅相應有一切取三受麤重之所隨逐不安隱攝不脫苦苦及以壞苦不自在轉由行苦故說名爲苦如是名爲建立行苦性又即彼愛亦名希求亦名欣欲亦名喜樂即此希求由三門轉謂希求後有及希求境界若希求後有名後有愛希求境界復有二種謂於已得境界有喜著俱行愛若於未得境界有希求和合俱行愛當知此中於已得境界喜著俱行愛名喜貪俱行愛於未得境界希求和合俱行愛名彼彼喜樂愛滅有二種一煩惱滅二所依滅道有二種一有學道二無學道如是當知名出世道淨惑所緣如是已說四種所緣一遍滿所緣二淨行所緣三善巧所緣四淨惑所緣

云何教授謂四教授一無倒教授二漸次教授三教教授四證教授云何無倒教授謂無顛倒宣說法義令其受持讀誦修學如實出離正盡衆苦作苦邊際如是名爲無倒教授云何漸次教授謂稱時機宣說法義先令受持讀誦淺近後方令彼學深遠處又爲令入初諦現觀先教苦諦後集滅道又爲令得靜慮等至先教最初靜慮等至後教其餘靜慮等至如是等類應知名爲漸次教授云何教教授謂從尊重若似尊重達解瑜伽軌範親教或諸如來或佛弟子所聞正教即如其教不增不減教授於他名教教授云何證教授謂如自已獨處空閑所得所觸所證諸法爲欲令他得觸證故方便教授名證教授復有諸相圓滿教授其事云何謂由三種神變教授三神變者一神境神變二記說神變三教

誡神變由神境神變能現種種神通境界令他於已生極尊重由彼於已生尊重故於屬耳聽瑜伽作意極生恭敬由記說神變能尋求他心行差別由教誡神變如根如行如所悟入爲說正法於所修行能正教誡故三神變能攝諸相圓滿教授

瑜伽師地論卷第二十七

音釋

鞕魚孟切堅也 礫郎擊切小石也 陂波爲切大澤也 鑽燧鑽祖筭切木錐也燧徐醉切取火木也 榛側詵切木名 頹杜回切墜也 齌徂奚切與臍同 頞部曇梵語也此云皰頞烏曷切 嚻許驕切喧聲也

瑜伽師地論卷第二十八

彌勒菩薩說

唐三藏沙門玄奘奉詔譯

本地分中聲聞地

第二瑜伽處之三

云何爲學謂三勝學一增上戒學二增上心學三增上慧學云何增上戒學謂安住具戒等如前廣說是名增上戒學云何增上心學謂離欲惡不善法有尋有伺離生喜樂入初靜慮具足安住乃至能入第四靜慮具足安住是名增上心學又諸無色及餘所有等持等至亦皆名爲增上心學然依靜慮能最初入聖諦現觀正性離生非全遠離一切靜慮能成此事是故靜慮最爲殊勝故遍說爲增上心學云何增上慧學謂於四聖諦等所有如實智見是名增上慧學問何緣唯有三學非少非多答建立定義故智所依義故辦所作義故建立定義者謂增上戒學所以者何由戒建立心一境性能令其心觸三摩地智所依義者謂增上心學所以者何由正定心念一境性於所知事有如實智如實見轉辦所作義者謂增上慧學所以者何由善清淨若智若見能證究竟諸煩惱斷以煩惱斷是自義利是勝所作過此更無勝所作故由是因緣唯有三學

問何緣三學如是次第答先於尸羅善清淨故便無憂悔無憂悔故歡喜安樂由有樂故心得正定心得定故能如實知能如實見如實知見故能起猒猒故離染由離染故便得解脫得解脫故證無所作究竟涅槃如是最

初修習淨戒漸次進趣後證無作究竟涅槃是故三學如是次第

問何緣三學名爲增上戒心慧耶答所趣義故最勝義故名爲增上云何所趣義謂爲趣增上心而修淨戒名增上戒學爲趣增上慧而修定心名增上心學爲趣煩惱斷而修智見名增上慧學如是名爲所趣義故名爲增上云何最勝義謂若增上戒學若增上心學若增上慧學唯於聖教獨有此三不共外道如是名爲最勝義故名爲增上又或有增上心學能引發增上慧學或有增上慧學能引發增上心學謂聖弟子未得根本靜慮先學見跡後爲進斷修道所斷一切煩惱正勤加行修念覺支乃至修捨覺支是名增上慧學引發增上心學增上心學引發增上慧學者如前已說又或有增上戒學無增上心無增上慧或有增上戒學亦有增上心唯無增上慧非有增上慧學而無增上戒及無增上心是故若有增上慧學當知必定具足三學於此建立三種學中諸瑜伽師當勤修學復有三種補特伽羅依此三學入諦現觀何等爲三一未離欲二倍離欲三已離欲當知此中於一切欲全未離者勤修加行入諦現觀既於諸諦得現觀已證預流果倍離欲者當於爾時證一來果已離欲者當於爾時證不還果復有三根一未知欲知根二已知根三具知根云何建立如是三根謂於諸諦未現觀者加行勤修諸諦現觀依此建立未知欲知根若於諸諦已得現觀而居有學依此建立已知根若阿羅漢所作已辦住無學位依此

建立具知根復有三解脫門一空解脫門二無願解脫門三無相解脫門云何建立三解脫門謂所知境略有二種有及非有有有二種一者有爲二者無爲於有爲中且說三界所繫五蘊於無爲中且說涅槃如是二種有爲無爲合說名有若說於我或說有情命者生者等是名非有於有爲中見過失故見過患故無所祈願無祈願故依此建立無願解脫門於有爲中無祈願故便於涅槃深生祈願見極寂靜見甚微妙見永出離由於中見永出離故依此建立無相解脫門於其非有無所有中非有祈願非無祈願如其非有還則如是知爲非有見爲非有依此建立空解脫門是名建立三解脫門

云何隨順學法謂有十種違逆學法對治彼故應知十種隨順學法云何十種違逆學法一者所有母邑少年盛壯可愛形色是正修學善男子等上品障礙二者於薩迦耶所攝諸行生起愛著三者懶惰懈怠四者薩迦耶見五者依於段食貪著美味六者於諸世間種種戲論非一衆多別別品類所思念中發欲貪愛七者思惟諸法瑜伽作意所有過患此復云何謂十一種一於諸諦實蘊業果中猶豫疑惑二樂修斷者身諸麤重三有慢緩者於修止觀過患作意惛沈睡眠映蔽其心令心極略四太猛精進者身疲心惱五太劣精進者不得勝進善品衰退六於少利養名譽稱讚隨一樂中深生欣喜七掉舉不靜躍躍躁擾入於薩迦耶永滅涅槃而生驚恐九於諸言說非量加行言論太過雖說法論而

好折伏起諍方便十於先所見所聞所受非一衆多别别品類諸境界中心馳心散十一不應思處而强沈思應知是名思惟諸法瑜伽作意所有過患八者於諸靜慮等至樂中深生愛味九者樂欲證入無相定者於諸行中隨順流散十者觸身苦受乃至奪命苦受時貪愛壽命希望存活隨此希望傷歎迷悶是名十種違逆學法云何對治如是十種違逆學法隨順學法謂有十種一不淨想二無常想三無常苦想四苦無我想五猒逆食想六一切世間不可樂想七光明想八離欲想九滅想十死想如是十想善修善習善多修習能斷十種障礙學法違逆學法當知此中有四光明一法光明二義光明三奢摩他光明四毗鉢舍那光明依此四種光明增上立光明想令此義中意取能斷思惟諸法瑜伽作意障礙法者當知此中復有十種隨順學法何等爲十一者宿因二者隨順教三者如理加行四者無間殷重所作五者猛利樂欲六者持瑜伽力七者止息身心麤重八者數數觀察九者無有怯弱十者離增上慢云何宿因謂先所習諸根成熟諸根積集云何隨順教謂所説教無倒漸次云何如理加行謂如其教無倒修行如是修行能生正見云何無間殷重所作謂由如是正加行故於諸善品不虚捨命速能積習所有善品云何猛利樂欲謂如有一於上解脱發生希慕謂我何時當於是處能具足住如諸聖者於是處所具足而住云何持瑜伽力謂二因緣能令獲得持瑜伽力一者本性是利根故二者長時

串修習故云何止息身心麤重謂如有一或由身勞身乏發身麤重發心麤重此因易脫威儀而便止息或由太尋太伺發身麤重發心麤重此因内心寂止方便而便止息或由心略心劣惛沈睡眠之所纏遶發身麤重發心麤重此因增上慧法毗鉢舍那順淨作意而便止息或由本性煩惱未斷有煩惱品身心麤重未能捨離此因相續勤修正道而便止息云何數數觀察謂依尸羅數數觀察惡作不作數數觀察善作而作於其惡作不作不轉於其善作不作不退於其惡作作而棄捨於其善作作而不捨又於煩惱斷與未斷觀察作意增上力故數數觀察若知已斷便生歡喜若知未斷則便數數勤修正道云何無有怯弱謂於後時應知應見應證得中未知未見未證得故發生怯弱其心勞倦其心匱損彼既生已而不堅執速能斷滅云何離增上慢謂於所得所觸所證無增上慢離顛倒執於眞所得起於得想於眞所觸起於觸想於眞所證起於證想如是十法於樂修學諸瑜伽師所應修學初中後時恒常隨順無有違逆是故名爲隨順學法

云何瑜伽壞謂壞瑜伽略有四種何等爲四一者畢竟瑜伽壞二者暫時瑜伽壞三者退失所得瑜伽壞四者邪行所作瑜伽壞畢竟瑜伽壞者謂無種性補特伽羅何以故由彼身中無能趣向涅槃法故畢竟失壞出世瑜伽暫時瑜伽壞者謂有種性補特伽羅何以故由彼身中有能趣向涅槃法故雖闕外緣時經久遠定當緣會修習瑜伽令其現起善

修習已當般涅槃是故說彼所有瑜伽暫時失壞退失所得瑜伽壞者謂如有一退失所得所觸所證若智若見若安樂住邪行所作瑜伽壞者謂如有一不如正理精勤修行雖多用功無所成辦不能成辦一切瑜伽亦非善法又如有一多諸煩惱性多塵穢而識聰銳覺慧猛利成俱生覺善攝所聞於聞究竟或少或多或住空閑有在家者及出家者爲性質直來至其所因爲說法令心歡喜又行矯詐妄現種種身語相應調善所作由是因緣招集利養恭敬稱頌大福德想及得種種衣食卧具病緣醫藥資身什物爲諸國王大臣居士乃至商主恭敬尊重咸共謂之是阿羅漢或於隨彼迴轉弟子若諸出家若在家衆戀著親愛隨順而轉爲多招引復生是念此諸出家在家弟子信順於我咸共謂我是阿羅漢彼若依於瑜伽作意止觀等處來請問我我得彼問或不能對彼因是事當於我所捨信向心不復謂我是阿羅漢由斯退失利養恭敬我於今者應自思惟籌量觀察安立瑜伽彼由是事增上力故躭著利養恭敬名譽獨處空閑自諦思惟籌量觀察安立瑜伽然此瑜伽不順契經不現戒律違逆法性若諸苾芻善持三藏彼於其所覆自瑜伽不欲開示若諸在家出家弟子於此瑜伽私竊教示不令彰顯所以者何恐有善持三藏教者聞彼如是瑜伽處已以經檢驗不順契經以律顯照不現戒律以法觀察違逆法性由是因緣便不信受以不信言詰難於我評競舉發由是國王大臣居士乃至饒財長者商

主不復恭敬尊重於我更不獲得衣食卧具病縁醫藥資身什物彼由貪著利養恭敬增上力故於非法中起於法想起覆藏想起惡欲樂顯發開示非法爲法諸有忍許彼所見者亦於非法起是法想愚昧頑鈍於非法中起法想故雖如其教精進修行當知一切皆是邪行如是名爲邪行所作瑜伽失壞像似正法非眞正法能障正法諸有苾芻勤修靜慮是瑜伽師於此四種瑜伽壞法應正遍知當遠捨離云何瑜伽謂四瑜伽何等爲四一信二欲三精進四方便當知其信有二行相及二依處二行相者一信順行相二清淨行相二依處者一觀察諸法道理依處二信解補特伽羅神力依處欲有四種何等爲四一爲證得欲二爲請問欲三爲修集資粮欲四爲隨順瑜伽欲爲證得欲者謂如有一於上解脱發生希慕如前廣說爲請問欲者謂如有一生希慕已往僧伽藍詣諸有識同修梵行成就瑜伽妙智者所爲聽未聞爲聞究竟爲修集資粮欲者謂如有一爲戒律儀清淨爲根律儀清淨故於食知量減省睡眠正知住中展轉增勝發生希慕爲隨順瑜伽欲者謂於無間加行殷重加行修習道中發生希慕發生欣樂欲有所作精進有四何等爲四一爲聞精進二爲思精進三爲修精進四爲障淨精進爲聞精進者謂爲聽未聞聞已究竟勤心勇猛審决加行爲思精進者謂如所聞法獨處空閑思惟其義籌量觀察爲修精進者謂入寂靜於時時間勤修止觀爲障淨精進者謂於晝夜策勵精勤經行宴坐從諸

障法淨修其心勤心勇猛審決精進方便有四謂尸羅律儀增上力故善守其念善守念故能無放逸防護其心修諸善法無放逸故心正於内修奢摩他增上慧法毗鉢舍那此四瑜伽有十六種當知此中初由信故於應得義深生信解信應得已於諸善法生起樂欲由樂欲故晝夜策勵安住精勤堅固勇猛發精進已攝受方便能得未得能觸未觸能證未證故此四法説名瑜伽

云何作意謂四作意何等爲四一力勵運轉作意二有間運轉作意三無間運轉作意四無功用運轉作意云何力勵運轉作意謂初修業者令心於内安住等住或於諸法無倒揀擇乃至未得所修作意爾時作意力勵運轉由倍勵力折挫其心令住一境故名力勵運轉作意云何有間運轉作意謂得所修作意已後世出世道漸次升進了相作意由三摩地思所間雜未能一向純修行轉故名有間運轉作意云何無間運轉作意謂從了相作意已後乃至加行究竟作意是名無間運轉作意云何無功用運轉作意謂加行究竟果作意是名無功用運轉作意復有所餘四種作意一隨順作意二對治作意三順清淨作意四順觀察作意云何隨順作意謂於所緣深生猒壞起正加行而未斷惑云何對治作意謂能斷惑云何順清淨作意謂心下感取淨妙相策令歡悦云何順觀察作意謂觀察作意由此作意增上力故順觀煩惱斷與未斷

問於所緣境正作意時思惟幾相答四何等

爲四一所緣相二因緣相三應遠離相四應修習相所緣相者謂所知事同分影像明了顯現因緣相者謂三摩地資粮積集隨順教導與修俱行猛利樂欲於可猒法深生猒患能審遍知亂與不亂他不惱觸或人所作或非人作或音聲作或功用作若毗鉢舍那而爲上首内略其心極猛盛觀後因緣相若奢摩他而爲上首發起勝觀極猛盛止後因緣相應遠離相復有四種一者沈相二者掉相三者著相四者亂相沈相者謂由所緣相因緣相故令心下劣掉相者謂由所緣相因緣相故令心高舉著相者謂由所緣相因緣相故令心於境起染起著作諸惱亂亂相者謂由所緣相因緣相故令心於外馳散擾動如是諸相如前等引地中已説

問如是作意於所緣境起勝解時有幾勝解答九何等爲九一有光淨勝解二無光淨勝解三遲鈍勝解四捷利勝解五狹小勝解六廣大勝解七無量勝解八清淨勝解九不清淨勝解有光淨勝解者謂於光明相澄心善取與光明俱所有勝解無光淨勝解者謂於光明相不能善取與闇昧俱所有勝解遲鈍勝解者謂鈍根身中所有勝解捷利勝解者謂利根身中所有勝解狹小勝解者謂狹小信欲俱行勝解及狹小所緣意解勝解如是作意狹小故及所緣狹小故名狹小勝解廣大勝解者謂廣大信欲俱行勝解及廣大所緣意解勝解如是作意廣大故及所緣廣大故名廣大勝解無量勝解者謂無邊無際信欲俱行勝解及無邊無際所緣意解勝解如

是作意無量故及所緣無量故名無量勝解清淨勝解者謂已善修已成滿已究竟俱行勝解不清淨勝解者謂未善修未成滿未究竟俱行勝解

問修瑜伽者凡有幾種瑜伽所作答四何等爲四一所依滅二所依轉三遍知所緣四愛樂所緣所依滅及所依轉者謂勤修習瑜伽作意故所有麤重俱行所依漸次而滅所有輕安俱行所依漸次而轉是名所依滅及所依轉瑜伽所作遍知所緣及愛樂所緣者謂或有遍知所緣愛樂所緣與所依滅轉而爲上首由此遍知所緣愛樂所緣增上力故令所依滅及所依轉或有遍知所緣愛樂所緣用所依清淨而爲上首由此所依清淨增上力故令遍知所緣得善清淨及愛樂所緣得善清淨於其所作成辦時轉是名四種修瑜伽者瑜伽所作

問修瑜伽師凡有幾種答三何等爲三一初修業瑜伽師二已習行瑜伽師三度作意瑜伽師云何初修業瑜伽師謂有二種初修業者一於作意初修業者二淨煩惱初修業者云何於作意初修業者謂初修業補特伽羅安住一緣勤修作意乃至未得所修作意未能觸證心一境性云何淨煩惱初修業者謂已證得所修作意於諸煩惱欲淨其心發起攝受正勤修習了相作意名淨煩惱初修業者云何已習行瑜伽師謂除了相作意於餘乃至加行究竟五作意中已善修習云何度作意瑜伽師謂住加行究竟果作意位中由此超過加行方便所修作意安住修果是故

說名已度作意又始從修習善法欲已去乃至未起順決擇分善根於爾所時名初修業若已起順決擇分善根所謂煗頂隨順諦忍世第一法若已習行若已證入正性離生得諦現觀不由他緣於佛聖教不爲餘緣之所引奪當於爾時名度作意由彼超過他緣作意住非他緣所有作意是故名爲已度作意

云何瑜伽修謂有二種一者想修二者菩提分修

云何想修謂或修世間道時於諸下地修過患想或修涅槃道時於斷界離欲界滅界觀見最勝寂靜功德修習斷想離欲想滅想或修奢摩他時修習止品上下想或修毗鉢舍那時修習觀品前後想上下想者謂觀察此身如其所住如其所願上從頂上下至足下種種雜類不淨充滿謂此身中所有種種髮毛爪齒如前廣說前後想者謂如有一於所觀相殷勤懇到善取善思善了善達謂住觀於坐坐觀於卧或在後行觀察前行此則顯示以毗鉢舍那行觀察三世緣生諸行謂若說言住觀於坐此則顯示以現在作意觀察未來所知諸行所以者何現在作意位已現生故說名爲住未來所知位未現生故臨欲起故說名爲坐若復說言坐觀於卧此則顯示以現在作意觀察過去所知諸行所以者何現在作意位臨欲滅故說名爲坐過去所知位已謝滅故說名爲卧若復說言或在後行觀察前行此則顯示以現在作意觀無間滅現行作意所以者何若已生起無間謝滅所取作意說名前行若此無間新新生起能

取作意取前無間已謝滅者說名後行當知此中爲修止觀修彼二品勝光明想是名想修云何菩提分修謂於三十七菩提分法觀近積集若修若習若多修習是名菩提分修何等名爲三十七種菩提分法謂四念住四正斷四神足五根五力七覺支八支聖道四念住者一身念住二受念住三心念住四法念住四正斷者一於已生惡不善法爲令斷故生欲策勵發勤精進策心持心正斷二於未生惡不善法爲不生故生欲策勵發勤精進策心持心正斷三於未生善法爲令生故生欲策勵發勤精進策心持心正斷四於已生善法爲欲令住令不忘失令修圓滿令倍修習令其增長令其廣大生欲策勵發勤精進策心持心正斷四神足者一欲三摩地斷行成就神足二勤三摩地斷行成就神足三心三摩地斷行成就神足四觀三摩地斷行成就神足五根者一信根二精進根三念根四定根五慧根五力者一信力二精進力三念力四定力五慧力七覺支者一念等覺支二擇法等覺支三精進等覺支四喜等覺支五安等覺支六定等覺支七捨等覺支八支聖道者一正見二正思惟三正語四正業五正命六正精進七正念八正定

令於此中云何爲身云何於身住循身觀云何爲念云何念住略說身相有三十五謂內身外身根所攝身非根所攝身有情數身非有情數身麤重俱行身輕安俱行身能造身所造身名身色身那洛迦身傍生身祖父國身人身天身有識身無識身中身表身變異

身不變異身女身男身半擇迦身親友身非親友身中庸身劣身中身妙身幼身少身老身如是名爲身相差別住循身觀略有三種謂依身增上聞思修慧由此慧故於一切身一切相正觀察正推求隨觀隨覺念謂依身增上受持正法思惟法義修習作證於文於義修作證中心無忘失若審思惟我於正法爲正受持爲不爾耶於彼彼義慧善了達爲不爾耶善能觸證彼彼解脫爲不爾耶如是審諦安住其念名爲念住又爲守護念爲於境無染爲安住所緣名爲念住爲守護念者謂如說言先守護念若常委念爲於境無染者謂如說言念守護心行平等位不取其相不取隨好廣說乃至守護意根修意根律儀爲安住所緣者謂如說言於四所緣安住其念謂於遍滿所緣淨行所緣善巧所緣淨戒所緣由此三相善住其念故名念住云何爲受謂樂受苦受不苦不樂受樂身受苦身受不苦不樂身受如說身受心受亦爾樂有愛味受苦有愛味受不苦不樂有愛味受無愛味受依躭嗜受當知亦爾樂依出離受苦依出離受不苦不樂依出離受如是總有二十一受或九種受云何爲心謂有貪心離貪心有瞋心離瞋心有癡心離癡心略心散心下心舉心掉心不掉心寂靜心不寂靜心定心不定心善修心不善修心善解脫心不善解脫心如是總有二十種心云何爲法謂若貪貪毗柰耶法若瞋瞋毗柰耶法若癡癡毗柰耶法若略若散法若下若舉法若掉不掉法若寂靜不寂靜法若定不定法若善修不善

修法若善解脱不善解脱法如是當知建立黒品白品染品淨品二十種法又樂受者謂順樂受觸爲縁所生平等受受所攝是名樂受此若五識相應名身受若意識相應名心受如順樂受觸如是順苦受觸順不苦不樂受觸爲縁所生不平等受受所攝非平等非不平等受受所攝是名苦受不苦不樂受此若五識相應名身受若意識相應名心受如是諸受若隨順涅槃隨順決擇畢竟出離畢竟離垢畢竟能令梵行圓滿名無愛味受若墮於界名有愛味受若色無色界繫若隨順離欲名依出離受若欲界繫若不順離欲名依躭嗜受又有貪心者謂於可愛所縁境事貪纒所纒離貪心者謂即遠離如是貪纒有瞋心者謂於可憎所縁境事瞋纒所纒離瞋心者謂即遠離如是瞋纒有癡心者謂於可愚可縁境事癡纒所纒離癡心者謂即遠離如是癡纒如是六心當知皆是行時所起三煩惱品及此三品對治差別略心者謂由止行於内所縁繫縛其心散心者謂於外五妙欲隨順流散下心者謂惛沈睡眠俱行舉心者謂於淨妙所縁明了顯現掉心者謂太舉故掉纒所掉不掉心者謂於舉時及於略時得平等捨寂靜心者謂從諸蓋已得解脱不寂靜心者謂從諸蓋未得解脱定心者謂從諸蓋得解脱已復能證入根本靜慮不定心者謂未能入善修心者謂於此定長時串習得隨所欲得無艱難得無梗澀復能證入不善修心者與此相違應知其相善解脱心者謂從一切究竟解脱不善解脱心者謂不從

一切不究竟解脱如是十四種心當知皆是住時所起依淨蓋地住時所起有八種心謂從略心散心乃至寂靜不寂靜心依淨煩惱地住時所起有六種心謂定心不定心乃至善解脱不善解脱心又於内有蓋能自了知我有諸蓋於内無蓋能自了知我無諸蓋如彼諸蓋未生而生亦能了知如彼諸蓋生巳散滅亦能了知於眼有結乃至於意有結能自了知我有眼結乃至我有意結於眼無結乃至於意無結能自了知我眼無結乃至我意無結如彼眼結乃至意結未生而生亦能了知如彼諸結生巳散滅亦能了知於内有念等覺支能自了知我有念等覺支於内無念等覺支能自了知我無念等覺支如念等覺支未生而生亦能了知如生巳住不忘修滿倍復修習增長廣大亦能了知如念等覺支如是擇法精進喜安定捨等覺支當知亦爾若能如是如實遍知諸雜染法自性因緣過患對治是爲法念住體如説於身住循身觀念及念住如是於受於心於法隨其所應當知亦爾

云何於内身等住循身等觀云何於外身等住循身等觀云何於内外身等住循身等觀謂若緣内自有情數身色爲境住循身觀是名於内身住循身觀若緣外非有情數色爲境住循身觀是名於外身住循身觀若緣外他有情數身色爲境住循身觀是名於内外身住循身觀若緣依内自有情數身色所生受心法爲境住循三觀是名於内受心法住循受心法觀若緣依外他有情數身色所生

受心法爲境住循三觀是名於外受心法住循受心法觀若緣依外他有情數身色所生受心法爲境住循三觀是名於内外受心法住循受心法觀復有差別謂若緣根所攝有執有受色爲境是名於内身住循身觀若緣非根所攝無執無受色爲境是名於外身住循身觀若緣非根所攝有執有受色爲境是名於内外身住循身觀如是若緣依前三色所生受心法爲境隨其所應當知即是住循三觀復有差別謂若緣自内定地輕安俱行色爲境是名於内身住循身觀若緣自内不定地麤重俱行色爲境是名於外身住循身觀若緣他輕安俱行麤重俱行色爲境是名於内外身住循身觀如是若緣依前三色所生受心法爲境隨其所應當知即是住循三觀復有差別謂若緣内能造大種色爲境是名於内身住循身觀若緣外能造大種色爲境是名於外身住循身觀若緣依能造大種色所生根境所攝造色爲境是名於内外身住循身觀如是若緣依前三色所生受心法爲境隨其所應當知即是住循三觀復有差別謂若緣有識身内色爲境是名於内身住循身觀若緣無識身有情數青瘀等位色爲境是名於外身住循身觀若緣無識身色於過去時有識性有識身色於未來時無識性相似法性平等法性爲境是名於内外身住循身觀如是若緣依前三色所生受心法爲境隨其所應當知即是住循三觀復有差別謂若緣自中身髮毛爪齒等相爲境是名於内身住循身觀若緣他中身髮毛爪齒等相

爲境是名於外身住循身觀若緣内表身變異不變異青瘀等相及緣外表身變異不變異青瘀等相相似法性平等法性爲境是名於内外身住循身觀如是若緣依前三色所生受心法爲境隨其所應當知即是住循三觀如是等類身受心法諸差別門當知多種今於此中且顯少分諸門差別又爲對治四顛倒故世尊建立四種念住謂爲對治於不淨中計淨顛倒立身念住以佛世尊於循身念住中宣說不淨相應四憺怕路若能於此多分思惟便於不淨斷淨顛倒爲欲對治於諸苦中計樂顛倒立受念住以於諸受住循受觀如實了知諸所有受皆悉是苦便於諸苦斷樂顛倒爲欲對治於無常中計常顛倒立心念住以能了知有貪心等種種差別經歷彼彼日夜刹那瞬息須臾非一衆多種種品類心生滅性便於無常斷常顛倒爲欲對治於無我中計我顛倒立法念住由彼先來有有我見等諸煩惱故無無我見等諸善法故於諸蘊中生起我見以於諸法住循法觀如實了知所計諸蘊自相共相便於無我斷我顛倒復有差別謂諸世間多於諸蘊唯有蘊性唯有法性不如實知横計有我依止於身由依身故受用苦樂受苦樂者由法非法有染有淨爲欲除遣我所依事愚故立身念住爲欲除遣我所領受事愚故立受念住爲欲除遣於心意識執我愚者我事愚故立心念住爲欲除遣所執我心能染淨事愚故立法念住復有差別謂若依此造作諸業若爲此故造作諸業若造業者若由此故造作諸

業爲總顯示如是一切立四念住當知此中依止於身造作諸業爲求受故造作諸業心能造業由善不善法能造諸業復有差別謂若依此有染有淨若爲此故起染起淨若染淨者若由此故成染成淨總爲顯示如是一切立四念住當知此中依止於身有染有淨爲求受故起染起淨心染淨者由諸法故成染成淨問念住何義答若於此住念若由此住念皆名念住於此住念者謂所緣念住由此住念者謂若慧若念攝持於定是自性念住所餘相應諸心心法是相雜念住又由身受心法增上所生善有漏無漏道皆名念住此復三種一聞所成二思所成三修所成聞思所成唯是有漏修所成者通漏無漏

瑜伽師地論卷第二十八

瑜伽師地論卷第二十九

彌勒菩薩說

唐三藏沙門玄奘奉詔譯

本地分中聲聞地

第二瑜伽處之四

如是於四念住串習行故已能除遣麤顚倒已能了達善不善法從此無間於諸未生惡不善法爲不生故於諸已生惡不善法爲令斷故於其未生一切善法爲令生故於其已生一切善法爲欲令住令不忘失廣說如前乃至攝心持心云何名爲惡不善法謂欲纏染汙身語意業是身語意惡行所攝及能起彼所有煩惱若未和合未現在前說名未生若已和合已現在前說名已生云何名爲一切善法謂若彼對治若蓋對治若結對治未生已生應知如前惡不善法若時未生惡不善法先未和合爲令不生發起希願我當令彼一切一切皆不復生是名於諸未生惡不善法爲不生故生欲若時已生惡不善法先已和合爲令斷故發起希願我當於彼一切一切皆不忍受斷滅除遣是名於諸已生惡不善法爲令斷故生欲又彼一切惡不善法或緣過去事生或緣未來事生或緣現在事生如是彼法或緣不現見境或緣現見境若緣過去未來事境是名緣不現見境若緣現在事境是名緣現見境當知此中於緣不現見境惡不善法其未生者欲令不生其已生者欲令永斷自策自勵是名策勵於緣現見境惡不善法其未生者欲令不生其已生者欲令永斷勇猛正勤是名發勤精進所以

者何要當堅固自策自勵勇猛正勤方能令彼或不復生或永斷滅又於下品中品諸纏其未生者欲令不生其已生者欲令永斷故自策勵於上品纏其未生者欲令不生其已生者欲令永斷發勤精進又若行於過去境界如是行時不令煩惱緣彼生起設復失念暫時生起而不忍受速能斷滅除遣變吐如緣過去若行未來當知亦爾如是未生惡不善法能令不生生已能斷是名策勵若行現在所緣境界如是行時不令煩惱緣彼生起設復失念暫時生起而不忍受速能斷滅除遣變吐如是已生惡不善法能令不生生已能斷是名發勤精進又或有惡不善法唯由分別力生非境界力或有惡不善法由分別力生亦境界力唯由分別力生非境界力者謂於住時思惟過去未來境界而生於彼由思惟力生亦境界力者謂於行時緣現在境界而生於彼當於爾時決定亦有非理分別當知此中惡不善法唯由分別力生非境界力者彼若未生能令不生生已能斷是名策勵若由分別力生亦境界力者彼若未生能令不生生已能斷是名發勤精進於其未生一切善法爲令生故生欲者謂於未得未現在前所有善法爲欲令得令現在前發心希願發起猛利求獲得欲求現前欲而現在前是名於其未生一切善法爲令生故生欲於其已生一切善法爲欲令住令不忘失令修圓滿生欲者謂已獲得已現在前所有善法是名已生善法於此善法已得不失已得不退依是說言爲欲令住於此善法明了現前

無闇鈍性依是説言令不忘失於此善法已得現前數數修習成滿究不忘依是説言令修圓滿於此善法發心希願發起猛利求堅住欲求不忘欲求修滿欲而現在前是名於其已生一切善法爲欲令住令不忘失令修圓滿生欲策勵者爲於已得令現前故發勤精進者爲於未得令其得故又策勵者於已生善爲欲令住令不忘故發勤精進者令修滿故又於下品中品善法未生令生生已令住令不忘失是名策勵於上品善法未生令生生已乃至令修圓滿是名發勤精進言策心者謂若心於修奢摩他一境性中精勤方便於諸未生惡不善法爲令不生廣説乃至於其已生一切善法爲欲令住令不忘失令修圓滿由是因縁其心於内極略下劣或恐下劣觀見是已爾時隨取一種淨妙舉相殷勤策勵慶悦其心是名策心云何持心謂修舉時其心掉動或恐掉動觀見是已爾時還復於内畧攝其心修奢摩他是名持心如是四種亦名正勝謂於黒品諸法其未生者爲令不生其已生者爲令斷滅生欲策勵發勤精進策心持心是二正勝於白品諸法其未生者爲欲令生如前黒品廣説應知是二正勝如是四種亦名正斷一名律儀斷謂於已生惡不善法爲令斷故生欲策勵乃至廣説二名斷斷謂於未生惡不善法爲不生故生欲策勵乃至廣説由於已生惡不善事應修律儀令其斷滅不應忍受由是因縁名律儀斷於其未生惡不善事爲欲令彼不現行斷爲欲令彼不現前斷爲斷故斷故名斷斷三名

修斷謂於未生一切善法爲令生故廣說乃至策心持心由於善法數修數習先所未得能令現前能有所斷故名修斷四名防護斷謂於已生一切善法爲欲令住廣說乃至策心持心由於已得已現在前諸善法中遠離放逸修不放逸能令善法住不忘失修習圓滿防護已生所有善法能有所斷故名防護斷如是廣辯四正斷已復云何知此中畧義謂爲顯示於黑白品捨取事中增上意樂圓滿及加行圓滿是故宣說四種正斷當知此中由生欲故增上意樂圓滿由自策勵發勤精進策心持心故加行圓滿修瑜伽師唯有爾所正應作事謂爲斷滅所應斷事及爲獲得所應得事先當生起希願樂欲爲斷諸纏復應時時正勤修習止舉捨相爲斷諸纏及隨眠故更應修習對治善法爲顯如是一切所作說四正勝及四正斷是名畧義從此復修四三摩地謂欲三摩地勤三摩地心三摩地觀三摩地當知由欲增上力所得三摩地名欲三摩地由勤增上力所得三摩地名勤三摩地由心增上力所得三摩地名心三摩地由觀增上力所得三摩地名觀三摩地若於是時純生樂欲生樂欲已於諸所有惡不善法自性因緣過患對治正審思察起一境念於諸善法自性因緣功德出離正審思察住一境念即由如是多修習故觸一境性於諸所有惡不善法現行諸纏能令遠離而未永害煩惱隨眠是名欲增上力所得三摩地若於過去未來現在所緣境界能順所有惡不善法能順所有下中上品煩惱纏中其未

生者爲令不生其已生者爲令斷滅自策自勵發勤精進於彼所縁於彼境界自性因縁過患對治正審思察住一境念即由如是多安住故能正生起心一境性於諸所有惡不善法現行諸纏能令遠離而未永害煩惱隨眠是名勤增上力所得三摩地若復策發諸下劣心或復制持諸掉舉心又時時間修增上捨由是因縁於諸所有惡不善法若能隨順惡不善法及諸善法若能隨順所有善法自性因縁過患功德對治出離正審思察住一境念即由如是多安住故能正生起心一境性廣說乃至是名心增上力所得三摩地若於能順惡不善法作意思惟爲不如理復於能順所有善法作意思惟以爲如理如是遠離彼諸纏故及能生起諸纏對治定爲上首諸善法故能令所有惡不善法皆不現行便自思惟我今爲有現有惡不善法不覺知耶爲無現無惡不善法不覺知耶我今應當遍審觀察彼由觀察作意增上力故自正觀察斷與未斷正審思察住一境念即由如是多安住故能正觸證心一境性由是因縁離增上慢如實自知我唯於纏心得解脫未於一切一切隨眠心得解脫我唯獲得及已修習諸纏對治定爲上首所有善法而未獲得及未修習隨眠對治是名觀增上力所得三摩地彼由如是四三摩地增上力故已遠諸纏復爲永害一切一切惡不善法諸隨眠故及爲修習能對治彼諸善法故便更生起樂欲策勵廣說如前修四正斷加行道理彼於如是正修習時有八斷行爲欲永害諸隨眠

故爲三摩地得圓滿故差别而轉何等名爲八種斷行一者欲謂起如是希望樂欲我於何時修三摩地當得圓滿我於何時當能斷滅惡不善法所有隨眠二者策勵謂乃至修所有對治不捨加行三者信謂不捨加行正安住故於上所證深生信解四者安謂清淨信而爲上首心生歡喜心歡喜故漸次息除諸惡不善法品麤重五者念謂九種相於九種相安住其心奢摩他品能攝持故六者正知謂毗鉢舍那品慧七者思謂心造作於斷未斷正觀察時造作其心發起能順止觀二品身業語業八者捨謂行過去未來現在隨順諸惡不善法中心無染汙心平等性由二因緣於隨眠斷分别了知謂由境界不現見思及由境界現見捨故如是名爲八種斷行

亦名勝行如是八種斷行勝行即是爲害隨眠瑜伽此中欲者即是彼欲此中策勵即彼精進此中信者即是彼信此中安念正知思捨即彼方便如是此中若先欲等四三摩地若今所說八種斷行於爲永斷所有隨眠圓滿成辦三摩地時一切總名欲三摩地斷行成就神足勤三摩地斷行成就神足心三摩地斷行成就神足觀三摩地斷行成就神足問何因緣故說名神足答如有足者能往能還騰躍勇健能得能證世間所有殊勝之法世殊勝法說名爲神彼能到此故名神足如是若有如是諸法有三摩地圓滿成辦彼心如是清淨鮮白無諸瑕穢離隨煩惱安住正眞有所堪能獲得不動能往能還騰躍勇健能得能證出世間法由出世法最勝自在是

最勝神彼能證此故名神足彼由如是勝三摩地為所依持勝三摩地為所依止能進修習增上心學增上慧學所有瑜伽由進修習此瑜伽故於他大師弟子所證深生勝解深生淨信此清淨信增上義故說名信根問於何增上答於能生起出世間法而為上首及於能起精進念定慧為其增上餘精進等於能生起出世間法及於能起展轉乃至慧為其增上乃至其慧唯於能起出世間法為其增上是故信等說名五根若復了知前後所證而有差別隨此能於後後所證出世間法深生勝解深生淨信此清淨信難伏義故說名信力問誰不能伏答此清淨信若天若魔若諸沙門若婆羅門若餘世間無有如法能引奪者諸煩惱纏亦不能屈故名難伏此為上首此為前行餘精進等亦名為力由此諸力具大威勢摧伏一切魔軍勢力能證一切諸漏永盡是故名力當觀此中信根信力即四證淨中所有淨信何以故以其證入正性離生所有證淨皆由此因此緣此序由彼即是此增上果是故世尊就其因果相屬道理說言當觀即彼證淨非即彼體非即彼相當觀此中精進根力即四正斷中所有精進此何正斷謂能永斷見道所斷一切煩惱方便正斷此中意說如是正斷由此正斷畢竟能斷所有諸惡不善法故當觀此中念根念力即四念住中所有正念謂四念住能無餘斷一切顛倒當觀此中定根定力即四靜慮中所有正定謂諸靜慮能為方便證不還果當觀此中慧根慧力即四聖諦

中所有正智謂聖諦智於四聖諦能證現觀得沙門果即由如是諸根諸力漸修漸習漸多修習爲因縁故便能發起下中上品順決擇分四種善根何等爲四一煖二頂三順諦忍四世第一法譬如有人欲以其火作火所作爲求火故下安乾木上施鑚燧精勤策勵勇猛鑚求彼於如是精勤策勵勇猛鑚時於下木上最初生煖次煖增長熱氣上衝次倍增盛其烟遂發次無燄火欻然流出火出無間發生猛燄猛燄生已便能造作火之所作如鑚火人精勤策勵勇猛鑚求五根五力漸修漸習漸多修習當知亦爾如下木上初所生煖其煖善根當知亦爾燒諸煩惱無漏法火生前相故如煖增長熱氣上衝其頂善根當知亦爾如次烟發其順諦忍當知亦爾如無燄火欻然流出世第一法當知亦爾如火無間發生猛燄世第一法所攝五根五力無間所生出世無漏聖法當知亦爾

此復云何謂七覺支諸已證入正性離生補特伽羅如實覺慧用此爲支故名覺支即此七種如實覺支三品所攝謂三覺支奢摩他品攝三覺支毗鉢舍那品攝一覺支通二品攝是故說名七種覺支謂擇法覺支精進覺支喜覺支此三觀品所攝安覺支定覺支捨覺支此三上品所攝念覺支一種俱品所攝說名遍行彼於爾時最初獲得七覺支故名初有學見聖諦迹已永斷滅見道所斷一切煩惱唯餘修道所斷煩惱

爲斷彼故修習三蘊所攝八支聖道此中正見正思惟正精進慧蘊所攝正語正業正命

戒蘊所攝正念正定定蘊所攝問何因緣故名八支聖道答諸聖有學已見迹者由八支攝行迹正道能無餘斷一切煩惱能於解脫究竟作證是故名爲八支聖道當知此中若覺支時所得眞覺若得彼已以慧安立如證而覺總畧此二合名正見由此正見增上力故所起出離無恚無害分別思惟名正思惟若心趣入諸所尋思彼唯尋思如是相狀所有尋思若心趣入諸所言論即由正見增上力故起善思惟發起種種如法言論是名正語若如法求衣服飲食諸坐卧具病緣醫藥供身什物於追求時若往若還正知而住若覩若瞻若屈若伸若持衣鉢及僧伽胝若食若飲若噉若嘗正知而住或於住時於已追求衣服等事若行若住若坐若卧廣說乃至若解勞睡正知而住是名正業如法追求衣服飲食乃至什物遠離一切起邪命法是名正命若遠離攝正語業命彼於證得無漏作意諸覺支時先已獲得問何故此名聖所愛戒答以諸聖者賢善正至長時愛樂欣慕悅意我於何時當正獲得諸語惡行諸身惡行諸邪命事不作律儀由彼長夜於此尸羅深心愛樂欣慕悅意故獲得時名聖所愛獲得如是聖愛戒已終不正知而說妄語終不故思害衆生命終不故思不與而取終不故思行欲邪行終不非法求衣服等即由如是聖所愛戒增上力故於修道時乃至所有語業身業養命事轉亦得名爲正語業命依止正見及正思惟正語業命勤修行者所有一切欲勤精進出離勇猛勢力發起策勵其心相

續無間名正精進成就如是正精進者由四念住增上力故得無顛倒九種行相所攝正念能攝九種行相心住是名正念及與正定如是一切八支聖道總立二種謂無所作及住所作無所作者謂正語正業正命住所作者復有二種謂奢摩他毗鉢舍那正見正思惟正精進是毗鉢舍那正念正定是奢摩他如是清淨正語業命爲所依止於時時間修習止觀能證諸結無餘永斷能得最上阿羅漢果長時相續名爲修道多時串習斷煩惱故率爾智生名爲見道暫時智起即能永斷諸煩惱故由是因緣正語業命於修道中方如建立由如是等漸次修習三十七種菩提分法加行方便是名菩提分修

云何修果謂四沙門果一預流果二一來果三不還果四最上阿羅漢果此中云何名沙門云何名果謂聖道名沙門煩惱斷名果又後生道或中或上是前生道所生之果問何故建立如是四果答對治四種諸煩惱故謂諸無事能感惡趣往惡趣因煩惱斷故及能斷彼對治生故立預流果而薄伽梵說永斷三結立此果者謂依三品有三種結障礙聖道令不生故一在家品二惡說法毗柰耶品三善說法毗柰耶品依在家品有薩迦耶見由此見故先生怖畏最初不欲發趣聖道依惡說法毗柰耶品有戒禁取由此取故雖已發趣而行邪僻由是不能生起聖道依善說法毗柰耶品有疑由此疑故雖已發趣不行邪僻而於正道未串習故於如實見所知事中猶豫疑惑障礙聖道不令生起由是因緣

唯說斷此立預流果此預流果極餘七有由是因緣多生相續若斷再生相續煩惱生無重續立一來果謂若永斷天有所攝人有所攝再生相續所有煩惱極唯更受天有一生人有一生故於爾時立一來果若已永斷能感還來生此煩惱唯於天有當可受生即於爾時立不還果若已永斷一切能感生有煩惱建立最上阿羅漢果而薄伽梵說永斷三結薄貪瞋癡立一來果永斷能順五下分結立不還果永斷一切煩惱究竟建立最上阿羅漢果是名修果又於此中貪瞋癡慢尋思行者彼先應於淨行所緣淨修其行然後方證心正安住彼於各別所緣境界定由所緣差別勢力勤修加行若等分行補特伽羅隨所愛樂攀緣彼境勤修加行如是勤修唯令心住非淨其行如等分行補特伽羅薄塵行者當知亦爾而彼諸行有其差別謂貪等行者勤修行時要經久遠方證心住等分行者勤修行時不甚久遠能證心住薄塵行者勤修行時最極速疾能證心住問前已廣說有貪等行補特伽羅行相差別其等分行及薄塵行補特伽羅有何行相答等分行者如貪等行補特伽羅所有行相一切具有然彼行相非上非勝如貪等行隨所遇緣有其差別施設此行與彼相似其薄塵行補特伽羅行相別者謂無重障最初清淨資糧已具多清淨信成就聰慧具諸福德具諸功德無重障者謂無三障何等爲三一者業障二煩惱障三異熟障言業障者謂五無間業及餘所有故思造業諸尤重業彼異熟果若成熟時能

障正道令不生起是名業障煩惱障者謂猛利煩惱長時煩惱由此煩惱於現法中以其種種淨行所緣不能令淨是名煩惱障異熟障者謂若生處聖道依彼不生不長於是生處異熟果生或有生處聖道依彼雖得生長而於其中異熟果生聾騃愚鈍盲瘖瘂以手代言無有力能解了善說惡說法義是名異熟障最初清淨者謂善淨戒及正直見由十因緣戒善清淨如前應知正直見者謂若有見淨信相應故勝解相應故遠離誑諂故善思法義無惑無疑加行出離故名爲正直如是正直見淨信相應故於佛正法及毗柰耶不可引奪勝解相應故於諸如來及聖弟子不可思議威德神力不可思議生處差別甚深法教不可記事深生勝解無驚無恐無有怖畏遠離誑諂故其見正直是正直類如其聖教而正修行如其眞實而自顯發善思法義無惑無疑加行出離故於一切法無常苦空無我等義善正思惟善正籌量善正觀察由是爲因無惑無疑遠離二路速得升進由此四相先所說見名正直見資粮已具者廣說資粮如前應知畧有四種一福德資粮二智慧資粮三先世資粮四現法資粮福德資粮者謂由此故於今獲得隨順資具豐饒財寶遇眞福田爲善知識離諸障礙能勤修行智慧資粮者謂由此故成就聰慧有力有能解了善說惡說法義獲得隨順法教義教教授教誡先世資粮者謂由宿世積集善根於今獲得諸根成熟現法資粮者謂於今世有善法欲諸根成熟具戒律儀及根律儀如

前廣說多清淨信者謂於大師所無惑無疑深生淨信及以勝解如於大師於法於學亦復如是其餘廣說如前應知成就聰慧者謂由此故於法於義速能領受經久遠時於法於義能無忘失於法於義速能通達具諸福德者謂由此故形色端嚴衆所樂見發清淨信無病長壽言辭敦肅具大宗乘衆所知識成就大福多獲衣等諸資生具爲諸國王及大臣等供養恭敬尊重讚嘆具諸功德者謂本性成就極少欲等種種功德如前所說沙門莊嚴應知其相如是等類應知是名諸薄塵行補特伽羅行相差别云何補特伽羅異門謂有六種何等爲六一沙門二婆羅門三梵行四苾芻五精勤六出家第一沙門復有四種何等爲四一勝道沙門二說道沙門三活道沙門四壞道沙門當知諸善逝名勝道沙門諸說正法者名說道沙門諸修善行者名活道沙門諸行邪行者名壞道沙門諸善逝者謂已證得貪瞋癡等無餘永盡說正法者謂爲調伏貪瞋癡等宣說正法修善行者謂爲調伏貪瞋癡等勤修正行行邪行者謂犯尸羅行諸惡法又學無學名勝道沙門以無漏道摧滅一切見修所斷諸煩惱故若無如來及諸菩薩爲菩提故勤修正行諸聲聞衆持三藏者名說道沙門任持世俗法毗柰耶轉正法眼令不斷故若諸異生補特伽羅其性調善爲自利益勤修正行有羞有悔愛樂正學爲得未得爲觸未觸爲證未證勤修加行有力有能堪得未得堪觸未觸堪證未證名活道沙門由彼現有諸善法煖堪能生

長聖慧命根名活非死是故名爲活道沙門若諸犯戒補特伽羅多行惡法廣說乃至實非梵行自稱梵行名壞道沙門由彼破壞最初所有正道根本無力無能非生道器雖現前有說正道教及現前有證正道者而彼不得是故名爲壞道沙門世尊依彼作如是說此初沙門廣說乃至第四沙門於外沙門婆羅門教空無所有若於是處八支聖道安立可得即於是處有初沙門廣說乃至第四沙門第二婆羅門復有三種一種性婆羅門二名想婆羅門三正行婆羅門種性婆羅門者謂若生在婆羅門家從母產門之所生出父母圓備名婆羅門名想婆羅門者謂諸世間由想等想假立言說名婆羅門正行婆羅門者謂所作事決定究竟已能驅擯惡不善法如說當知婆羅門更無有所作所作事已辦是謂婆羅門第三梵行復有三種一受遠離梵行二暫時斷梵行三畢竟斷梵行受遠離梵行者謂能受學遠離一切行非梵行習婬欲法暫時斷梵行者謂諸異生由世間道離欲界欲畢竟斷梵行者謂諸聖者得不還果復得最上阿羅漢果第四苾芻復有五種一乞匃苾芻二自稱苾芻三名想苾芻四破壞煩惱苾芻五白四羯磨受具足戒苾芻第五精勤復有三種一止息犯戒精勤謂能遠離一切不善身業語業二止息境界精勤謂密護根門修防守念及常委念如前廣說三止息煩惱精勤謂能永斷見修所斷一切煩惱及於一切先所生起或欲尋思或恚尋思或害尋思或貪或瞋或諸邪見或忿恨覆惱誑

諂等能往惡處那落迦等諸險惡趣非沙門法隨所生起能不忍受尋即斷滅除遣變吐當知此中畧有二種止息煩惱一止息隨眠二止息諸纏第六出家復有二種一於善説法毗柰耶中而出家者二於惡説法毗柰耶中而出家者於善説法毗柰耶中而出家者謂苾芻苾芻尼式叉摩那沙彌沙彌尼又若自能出離身中所有一切惡不善法當知是名眞實出家於惡説法毗柰耶中而出家者謂諸外道或全無衣或壞色衣或塗灰等增上外道復有所餘如是等類衆多外道是故説言若諸沙門若婆羅門若修梵行若諸苾芻若精勤者若出家者如是一切是數取趣所有異門

補特伽羅畧有八種建立因緣畧有四種云何八種補特伽羅一有堪能者二無堪能者三善知方便者四不善知方便者五有無間修者六無無間修者七已串修習者八未串修習者云何四種補特伽羅建立因緣謂由四種差別因緣建立八種補特伽羅一由根差别故有根已成熟及根未成熟二由瑜伽差别故有善知瑜伽及不善知瑜伽三由加行差别故有有無間殷重修及無無間殷重修四由時差别故有已長時修道及未長時修道云何如是四種差别能爲前八補特伽羅建立因緣謂根已成熟即有堪能者根未成熟即無堪能者善知瑜伽即善知方便者不善知瑜伽即不善知方便者有無間殷重修即有無間修者此亦名爲有常委修無無間殷重修即無無間修者此亦名爲無常委

修已長時修道即已串修習者未長時修道即未串修習者如是名爲由根差別瑜伽差別加行差別及時差別建立八種補特伽羅若諸所有補特伽羅根未成熟彼於所有善知方便有無間修已串修習如理如法如其善巧皆不能辦若諸所有補特伽羅根雖成熟而未善知善巧方便於諸所有亦不能辦若諸所有補特伽羅根已成熟善知方便無無間修即不能得速疾通慧若諸所有補特伽羅根已成熟善知方便有無間修未串修習即於所有自所作事未得成辦若諸所有補特伽羅根已成熟善知方便有無間修已串修習彼於所有皆能成辦亦能獲得速疾通慧於其所有自所作事已得成辦

當知諸魔畧有四種魔所作事有無量種勤修觀行諸瑜伽師應善遍知當正遠離云何四魔一蘊魔二煩惱魔三死魔四天魔蘊魔者謂五取蘊煩惱魔者謂三界中一切煩惱死魔者謂彼彼有情從彼彼有情衆夭喪殞沒天魔者謂於勤修勝善品者求欲超越蘊煩惱死三種魔時有生欲界最上天子得大自在爲作障礙發起種種擾亂事業是名天魔當知此中若死所依若能令死若正是死若於其死作障礙事不令超越依此四種建立四魔謂依已生已入現在五取蘊故方有其死由煩惱故感當來生生已便有夭喪殞沒諸有情類命根盡滅夭喪殞沒是死自性勤修善者爲超死故正加行時彼天子魔得大自在能爲障礙由障礙故或於死法全不能出或經多時極大艱難方能超越又魔於

彼或有暫時不得自在謂世間道離欲異生或在此間或生於彼或魔於彼得大自在謂未離欲若未離欲在魔手中隨欲所作若世間道而離欲者魔縛所縛未脱魔羂由必還來生此界故云何魔事謂諸所有能引出離善法欲生躭著諸欲增上力故尋還退捨當知此即是爲魔事若正安住密護根門於諸所有可愛色聲香味觸法由執取相執取隨好心樂趣入當知此即是爲魔事若正安住於食知量於諸美味不平等食由貪愛欲心樂趣入當知此即是爲魔事若正安住精勤修習初夜後夜悎寤瑜伽於睡眠樂於偃卧樂於脇卧樂由懈怠力心樂趣入當知此即是爲魔事若正安住正知而住於往來等諸事業時若見幼少盛年美色諸母邑等由不如理執取相好心樂趣入或見世間諸妙好事心樂趣入或於多事多所作中心樂趣入或見在家及出家衆歡娱雜處或見惡友共相雜住便生隨喜心樂趣入當知一切皆是魔事於佛法僧苦集滅道此世他世若生疑惑當知一切皆是魔事住阿練若樹下冢間空閑靜室若見廣大可怖畏事驚恐毛竪或見沙門婆羅門像人非人像欻爾而來不如正理勸捨白品勸取黑品當知一切皆是魔事若於利養恭敬稱譽心樂趣入或於慳悋廣大希欲不知喜足忿恨覆惱及矯詐等沙門莊嚴所對治法心樂趣入當知一切皆是魔事如是等類無量無邊諸魔事業一切皆是四魔所作隨其所應當正了知由三因緣正修行者精勤發趣空無有果何

等爲三一由諸根未積集故二由教授不隨順故三由等持力微劣故若有諸根猶未積集雖復獲得隨順教授强盛等持精勤發趣空無有果若有諸根雖已積集其等持力亦復强盛而不獲得隨順教授精勤發趣空無有果若有諸根雖已積集亦復獲得隨順教授而等持力若不强盛精勤發趣空無有果若有諸根已得積集教授隨順等持强盛精勤發趣決定有果如是名爲由三因緣空無有果由三因緣決定有果

瑜伽師地論卷第二十九

瑜伽師地論卷第三十

彌勒菩薩說

唐三藏沙門玄奘奉詔譯

本地分中聲聞地

第三瑜伽處之一

如是已說補特伽羅品類建立及所緣等乃至趣修有果無果如應安立我今當說總嗢柁南曰

往慶問尋求　方安立護養　出離一境性
障淨修作意

若有自愛補特伽羅初修業者始修業時爲隨證得自義利故先應四處安住正念然後往詣善達瑜伽或軌範師或親教師或餘尊重似尊重所云何四處一專求領悟無難詰心處二深生恭敬無憍慢心處三唯求勝善非顯已能處四純爲安立自他善根非求利養恭敬名聞處如是正念到師處已先求開許請問時分然後安詳躬申請問將請問時偏覆左肩右膝著地或居下坐曲躬而坐合掌恭敬深生愧畏低顏軟語請問瑜伽我於如是瑜伽行中欲求受學唯願慈悲爲我宣說如是請已善達瑜伽諸瑜伽師爲欲安立初修業者瑜伽作意應以慈愍柔軟言詞讚勵慶慰又應稱揚修斷功德歎言善哉善哉賢首汝今乃能於墮放逸樂著放逸沉沒境界樂著境界衆生類中獨不放逸樂修出行汝今乃能於久墮在種種憂苦險惡牢獄衆生類中獨求解脫如是牢獄汝今乃能於彼種種貪瞋癡等杻械枷鎖常所固縛衆生類中獨求斷壞如是固縛汝今乃能於入生死

曠野嶮道衆生類中獨求超度曠野嶮道汝今乃能於遭窮儉種種善根衆生類中獨求獲得豐饒善根汝今乃能於墮種種煩惱怨賊廣大怖畏衆生類中獨求證得究竟安隱常樂涅槃汝今乃能於爲煩惱重病呑食衆生類中獨求證得第一無病常樂涅槃汝今乃能於爲四種暴流漂溺衆生類中獨求越度如是暴流汝今乃能於入廣大無明黒闇衆生類中獨求獲得大智光明長老當知汝若定能如是精勤修瑜伽行乃得名爲不虛受用國人信施眞實奉行如來聖教不捨靜慮成就勝觀增長樂居空閑法侶精勤修學自義瑜伽不辱有智同梵行者汝今爲欲勤修自利利他正行汝今爲欲利益安樂無量衆生哀愍世間及諸天人阿素洛等爲令獲得義利安樂故來問爾

以如是等柔輭言詞讃勵慶慰稱揚修斷諸功德已復於四種審問處法應審問之告言長老汝已一向歸佛法僧非外道師及彼邪法弟子衆不汝已最初淨修梵行善淨尸羅正直見不汝已於其總標別辯諸聖諦法若少若多聞受持不汝於涅槃深心信解爲證寂滅而出家不

如是問已彼若云爾次後復於四種處所以四因緣應正尋求何等名爲四種處所一應尋求其願二應尋求種性三應尋求其根四應尋求其行云何名爲四種因緣一應以審問而正尋求二應以言論而正尋求三應以所作而正尋求四應以知他心差別智而正尋求云何名爲應以審問尋求其願謂如是

問長老於何已發正願聲聞乘耶獨覺乘耶無上正等菩提乘耶彼得此問隨自所願當如是答如是名爲應以審問尋求其願云何名爲應以審問尋求種性及以根行謂如是問長老於自種性根行能審察不謂我本來有何種性聲聞乘耶獨覺乘耶大乘等耶有何等根爲鈍爲中爲利根耶有何等行爲貪行耶爲瞋行耶廣說乃至尋思行耶彼若黠慧能自了知前後差別種性根行善取其相如問而答若性愚鈍不能自知前後差別乃至不能善取其相由是不能如問而答從此已後應以言論尋求彼三謂對其前應以顯了正理相應衆雜美妙易解言詞說聲聞乘相應言論彼聞宣說此言論時若身中有聲聞種性於此言論便發最極踊躍歡喜深生信解若身中有獨覺種性大乘種性於此言論不發最極踊躍歡喜不生信解次復爲其說獨覺乘相應言論彼聞宣說此言論時若身中有獨覺種性於此言論便發最極踊躍歡喜深生信解若身中有聲聞種性大乘種性則不如是後復爲其宣說大乘相應言論彼聞宣說此言論時若身中有大乘種性於此言論便發最極踊躍歡喜深生信解若身中有聲聞種性獨覺種性則不如是若有鈍根雖聞宣說麤淺言論而於法義勵力審思方能領受解了通達若有利根雖聞宣說深細言論而於法義速能領受解了通達若有中根則不如是若有貪行彼聞爲說淨妙言論便發最極淨信愛樂悟入其趣身毛皆豎悲涕墮淚其身外現潤滑相狀其心内懷柔

輭怡悅若有瞋行當知一切與上相違若有癡行彼聞爲說決定通達涅槃離染相應言論便生最極驚恐怖畏如說鈍根如是癡行當知亦爾若有慢行彼聞爲說正法言論不甚恭敬屬耳樂聞不極安住求欲領解奉教行心雖作方便引發其心令受正化而不分明發言稱善若尋思行彼聞爲說正法言論雖攝耳聽而心散亂惡受所受凡所領受不堅不住隨受隨失數重請問如是名爲應以言論尋求種性及以根行云何名爲應以所作尋求彼三謂如前說聲聞種性及貪等行補特伽羅所有相狀是名所作由此所作如其所應當正尋求種性根行云何名爲應以知他心差別智尋求種性及以根行謂如有一善達瑜伽修瑜伽師以得知他心差別智彼由如是他心智故如實了知種性根行於四種處以四因緣正尋求已復於五處如應安立云何五處一護養定資糧處二遠離處三心一境性處四障清淨處五修作意處云何護養定資糧謂若成就戒律儀者即於是處爲令不退住不放逸如佛所誡如佛所許圓滿戒蘊學處差別精進修行常無懈廢如是能於已所證得尸羅相應學道無退亦能證得先所未證尸羅相應殊勝學道如說成就戒律儀如是成就根律儀於食知量初夜後夜悎寤瑜伽正知而住如是乃至成就所有沙門莊嚴隨所獲得資糧所攝善法差別皆能防護令不退失於後勝進善法差別爲速圓滿爲如所說無增無減平等現行發生樂欲增上欣慕恒常安住勇猛精進是名護

養定資粮如是遠離順退分法修習能順勝分法時樂住遠離云何遠離謂處所圓滿威儀圓滿遠離圓滿是名遠離云何處所圓滿謂或阿練若或林樹下或空閑室山谷巖穴稻稈積等名空閑室大樹林中名林樹下空迥塚間邊際卧坐名阿練若當知如是山谷巖穴稻稈積等大樹林中空迥塚間邊際卧坐或阿練若或林樹下或空閑室總名處所處所圓滿復有五種謂若處所從本已來形相端嚴衆所喜見清淨無穢園林池沼悉皆具足清虚可樂地無高下處無毒刺亦無衆多甎石瓦礫能令見者心生清淨樂住其中修斷加行心悦心喜住持於斷是名第一處所圓滿又若處所晝無憒閙夜少音聲亦少蚊虻風日蛇蠍諸惡毒觸是名第二處所圓滿又若處所無惡師子虎豹豺狼怨敵盜賊人非人等諸恐怖事於是處所身意泰然都無疑慮安樂而住是名第三處所圓滿又若處所隨順身命衆具易得求衣服等不甚艱難飲食支持無所匱乏是名第四處所圓滿又若處所有善知識之所攝受及諸有智同梵行者之所居止未開曉處能正開曉已開曉處更令明淨甚深句義以慧通達善巧方便殷勤開示能令智見速得清淨是名第五處所圓滿云何威儀圓滿謂於晝分經行宴坐於初夜分亦復如是於中夜分右脇而卧於後夜分疾疾還起經行宴坐即於如是圓滿卧具謂佛所許大小繩牀草葉座等結加趺坐乃至廣說何因緣故結加趺坐謂正觀見五因緣故一由身攝斂速發輕安如是威

儀順生輕安最爲勝故二由此宴坐能經久時如是威儀不極令身速疲倦故三由此宴坐是不共法如是威儀外道他論皆無有故四由此宴坐形相端嚴如是威儀令他見已極信敬故五由此宴坐佛佛弟子共所開許如是威儀一切賢聖同稱讚故正觀如是五種因緣是故應當結加趺坐端身正願者云何端身謂策舉身令其端直云何正願謂令其心離諂離詐調柔正直由策舉身令端直故其心不爲惛沈睡眠之所纏擾離諂詐故其心不爲外境散動之所纏擾

安住背念者云何名爲安住背念謂如理作意相應念名爲背念棄背違逆一切黑品故又緣定相爲境念名爲背念棄背除遣一切不定地所緣境故如是名爲威儀圓滿云何遠離圓滿謂有二種一身遠離二心遠離身遠離者謂不與在家及出家衆共相雜住獨一無侶是名身遠離心遠離者謂遠離一切染汙無記所有作意修習一切其性是善能引義利定地作意及定資粮加行作意是名心遠離如是此中若處所圓滿若威儀圓滿若身遠離若心遠離總攝爲一說名遠離

云何心一境性謂數數隨念同分所緣流注無罪適悅相應令心相續名三摩地亦名爲善心一境性何等名爲數數隨念謂於正法聽聞受持從師獲得教誡教授增上力故令其定地諸相現前緣此爲境流注無罪適悅相應所有正念隨轉安住云何名爲同分所緣謂諸定地所緣境界非一衆多種種品類緣此爲境令心正行說名爲定此即名爲同

分所緣問此所緣境是誰同分說爲同分答是所知事相似品類故名同分復由彼念於所緣境無散亂行無鈌無間無殷重加行適悅相應而轉故名流注適悅相應又由彼念於所緣境無有染汙極安隱住熟道適悅相應而轉故名無罪適悅相應是故說言數數隨念同分所緣流注無罪適悅相應令心相續名三摩地亦名爲善心一境性

復次如是心一境性或是奢摩他品或是毗鉢舍那品若於九種心住中心一境性是名奢摩他品若於四種慧行中心一境性是名毗鉢舍那品

云何名爲九種心住謂有苾芻令心内住等住安住近住調順寂靜最極寂靜專注一趣及以等持如是名爲九種心住云何内住謂從外一切所緣境界攝錄其心繫在於内令不散亂此則最初繫縛其心令住於内不外散亂故名内住云何等住謂即最初所繫縛心其性麤動未能令其等住遍住故次即於此所緣境界以相續方便澄淨方便挫令微細遍攝令住故名等住云何安住謂若此心雖復如是内住等住然由失念於外散亂復還攝錄安置内境故名安住云何近住謂彼先應如是如是親近念住由此念故數數作意内住其心不令此心遠住於外故名近住云何調順謂種種相令心散亂所謂色聲香味觸相及貪瞋癡男女等相故彼先應取彼諸相爲過患想由如是想增上力故於彼諸想折挫其心不令流散故名調順云何寂靜謂有種種欲恚害等諸惡尋思貪欲蓋等諸

隨煩惱令心擾動故彼先應取彼諸法爲過患想由如是想增上力故於諸尋思及隨煩惱止息其心不令流散故名寂靜云何名爲最極寂靜謂失念故即彼二種暫現行時隨所生起諸惡尋思及隨煩惱能不忍受尋即斷滅除遣變吐是故名爲最極寂靜云何名爲專注一趣謂有加行有功用無缺無間三摩地相續而住是故名爲專注一趣云何等持謂數修數習數多修習爲因緣故得無加行無功用任運轉道由是因緣不由加行不由功用心三摩地任運相續無散亂轉故名等持當知此中由六種力方能成辦九種心住一聽聞力二思惟力三憶念力四正知力五精進力六串習力初由聽聞思惟二力數聞數思增上力故最初令心於内境住及即於此相續方便澄淨方便等遍安住如是於内繫縛心已由憶念力數數作意攝録其心令不散亂安住近住從此已後由正知力調息其心於其諸相諸惡尋思諸隨煩惱不令流散調順寂靜由精進力設彼二種暫現行時能不忍受尋即斷滅除遣變吐最極寂靜專注一趣由串習力等持成滿即於如是九種心住當知復有四種作意一力勵運轉作意二有間缺運轉作意三無間缺運轉作意四無功用運轉作意於内住等住中有力勵運轉作意於安住近住調順寂靜最極寂靜中有間缺運轉作意於專注一趣中有無間缺運轉作意於等持中有無功用運轉作意當知如是四種作意於九種心住中是奢摩他品又即如是獲得内心奢摩他者於毗鉢

舍那勤修習時復即由是四種作意方能修習毗鉢舍那故此亦是毗鉢舍那品

云何四種毗鉢舍那謂有苾芻依止内心奢摩他故於諸法中能正思擇最極思擇周遍尋思周遍伺察是名四種毗鉢舍那云何名爲能正思擇謂於淨行所縁境界或於善巧所縁境界或於淨戒所縁境界能正思擇盡所有性云何名爲最極思擇謂即於彼所縁境界最極思擇如所有性云何名爲周遍尋思謂即於彼所縁境界由慧俱行有分别作意取彼相狀周遍尋思云何名爲周遍伺察謂即於彼所縁境界審諦推求周遍伺察又即如是毗鉢舍那由三門六事差别所縁當知復有多種差别云何三門毗鉢舍那一唯隨相行毗鉢舍那二隨尋思行毗鉢舍那三隨伺察行毗鉢舍那云何名爲唯隨相行毗鉢舍那謂於所聞所受持法或於教授教誡諸法由等引地如理作意暫爾思惟未思未量未推未察如是名爲唯隨相行毗鉢舍那若復於彼思量推察爾時名爲隨尋思行毗鉢舍那若復於彼既推察已如所安立復審觀察如是名爲隨伺察行毗鉢舍那是名三門毗鉢舍那云何六事差别所縁毗鉢舍那謂尋思時尋思六事一義二事三相四品五時六理既尋思已復審伺察云何名爲尋思於義謂正尋思如是如是語有如是如是義如是名爲尋思於義云何名爲尋思於事謂正尋思内外二事如是名爲尋思於事云何名爲尋思於相謂正尋思諸法二相一者自相二者共相如是名爲尋思於相云何名爲

尋思於品謂正尋思諸法二品一者黑品二者白品尋思黑品過失過患尋思白品功德勝利如是名爲尋思於品云何名爲尋思於時謂正尋思過去未來現在三時尋思如是事曾在過去世尋思如是事當在未來世尋思如是事今在現在世如是名爲尋思於時云何名爲尋思於理謂正尋思四種道理一觀待道理二作用道理三證成道理四法爾道理當知此中由觀待道理尋思世俗以爲世俗尋思勝義以爲勝義尋思因緣以爲因緣由作用道理尋思諸法所有作用謂如是如是法有如是如是作用由證成道理尋思三量一至教量二比度量三現證量謂正尋思如是如是義爲有至教不爲現證可得不爲應比度不由法爾道理於如實諸法成立法性難思法性安住法性應生信解不應思議不應分别如是名爲尋思於理如是六事差别所緣毗鉢舍那及前三門毗鉢舍那畧攝一切毗鉢舍那問何因緣故建立如是六事差别毗鉢舍那答依三覺故如是建立何等三覺一語義覺二事邊際覺三如實覺尋思義故起語義覺尋思其事及自相故起事邊際覺尋思共相品時理故起如實覺修瑜伽師唯有爾所所知境界所謂語義及所知事盡所有性如所有性

云何勤修不淨觀者尋思六事差别所緣毗鉢舍那謂依不淨增上正法聽聞受持增上力故由等引地如理作意解了其義知此不淨實爲不淨深可猒逆其性朽穢惡臭生臭由如是等種種行相於先所聞依諸不淨所

說正法解了其義如是名爲於諸不淨尋思其義云何名爲尋思彼事謂彼如是解了義已觀不淨物建立二分謂内及外如是名爲尋思彼事云何名爲尋思自相謂且於内身中所有朽穢不淨發起勝解了知身中有髮毛等廣説乃至腦膜小便復於如是身中所有多不淨物攝爲二界發起勝解所謂地界及以水界始於髮毛乃至大便起地勝解始於洟汗乃至小便起水勝解如是名爲依内不淨尋思自相復於其外諸不淨物由青瘀等種種行相發起勝解謂先發起青瘀勝解或親自見或從他聞或由分別所有死屍如是死屍或男或女或非男女或親或怨或是中庸或劣或中或復是勝或是少年或是中年或是老年取彼相已若此死屍死經一日血流已盡未至膿爛於是發起青瘀勝解若此死屍死經二日已至膿爛未生蟲蛆於是發起膿爛勝解若此死屍死經七日已生蟲蛆身體已壞於是發起爛壞勝解膖脹勝解若此死屍爲諸狐狼鵄梟鵰鷲烏鵲餓狗之所食噉於是發起食噉勝解即此死屍既被食已皮肉血盡唯筋纏骨於是發起異赤勝解若此死屍或被食噉支節分離散在處處或有其肉或無其肉或餘少肉於是發起分散勝解若此死屍骨節分散手骨異處足骨異處膝骨異處髀骨異處腨骨異處髆骨異處臂骨異處脊骨異處頷輪異處齒髮異處髑髏異處見是事已起骨勝解若復思惟如是骸骨共相連接而不分散唯取麤相不委細取支節屈曲如是爾時起鎖勝解若委細

取支節屈曲爾時發起骨鎖勝解又有二鎖一形骸鎖二支節鎖形骸鎖者謂從血鎖脊骨乃至髑髏所住支節鎖者謂臂髆等骨連鎖及髀髆等骨連鎖此中形骸鎖說名爲鎖若支節鎖說名骨鎖復有二種取骨鎖相一取假名綵畫木石泥等所作骨鎖相二取真實骨鎖相若思惟假名骨鎖相時爾時唯名起鎖勝解不名骨鎖若思惟真實骨鎖相時爾時名起骨鎖勝解又即此外造色色相三種變壞一自然變壞二他所變壞三俱品變壞始從青瘀乃至肨脹是自然變壞始從食噉乃至分散是他所變壞若骨若鎖及以骨鎖是俱品變壞若能如是如實了知外不淨相是名尋思外諸所有不淨自相云何尋思不淨共相謂若內身外淨色相未有變壞若在外身不淨色相已有變壞由在內身不淨色相平等法性相似法性發起勝解能自了知我淨色相亦有如是同彼法性若諸有情成就如是淨色相者彼淨色相亦有如是同彼法性譬如在外不淨色相是名尋思不淨共相云何名爲尋思彼品謂作是思若我於彼諸淨色相不淨法性不如實知於內於外諸淨色相發起貪欲便爲顛倒黒品所攝是有諍法有苦有害有諸害患有遍燒惱由是因縁發起當來生老病死愁歎憂苦種種擾惱若我於彼諸淨色相不淨法性如實隨觀便無顛倒白品所攝是無諍法無苦無害廣說乃至由此因縁能滅當來生老病死乃至擾惱若諸黒品我今於彼不應忍受應斷應遣若諸白品我今於彼未生應生生已令住

增長廣大如是名爲尋思彼品云何名爲尋思彼時謂作是思若内所有諸淨色相在現在世若外所有不淨色相亦現在世諸過去世曾淨色相彼於過去雖有淨相而今現在如是次第種種不淨諸現在世我之所有似淨色相此淨色相於現在世雖有淨相於未來世不當不淨如今現在外不淨色無有是處我此色身去來今世曾如是相當如是相現如是相不過如是不淨法性如是名爲尋思彼時云何名爲尋思彼理謂作是思若内若外都無有我有情可得或説爲淨或説不淨唯有色相唯有身形於中假想施設言論謂之爲淨或爲不淨又如説言壽煖及與識若棄捨身時離執持而卧無所思如木既死没已漸次變壞分位可知謂青瘀等乃至骨鎖今我此身先業煩惱之所引發父母不淨和合所生糜飯等食之所增長此因此縁此由籍故雖暫時有諸淨色相似可了知而内身中若内若外於常常時種種不淨皆悉充滿如是名依世俗勝義及以因縁觀待道理尋思彼理復作是思於此不淨若能如是善修善習善多修習能斷欲貪如是欲貪定應當斷如是名依作用道理尋思彼理復作是思如世尊説若於不淨善修善習善多修習能斷欲貪是至教量我亦於内自能現見於諸不淨如如作意思惟修習如是如是今欲貪纏未生不生生已除遣是現證量比度量法亦有可得謂作是思云何令者作意思惟能對治法可於能治所縁境界煩惱當生如是名依證成道理尋思彼理復作是思如是

之法成立法性難思法性安住法性謂修不淨能與欲貪作斷對治不應思議不應分別唯應信解如是名依法爾道理尋思彼理是名勤修不淨觀者尋思六事差別所緣毗鉢舍那云何勤修慈愍觀者尋思六事差別所緣毗鉢舍那謂依慈愍增上正法聽聞受持增上力故由欲利益安樂意樂於諸有情作意與樂發起勝解是慈愍相若能如是解了其義如是名爲於諸慈愍尋思其義彼既如是解了義已復能思擇此爲親品此爲怨品此中庸品是一切品皆他相續之所攝故於中發起外事勝解又若親品名爲內事怨中庸品名爲外事如是名爲於諸慈愍尋思其事復能思擇如是三品若無苦樂欲求樂者願彼得樂今於此中有饒益相名爲親品不饒益相名爲怨品俱相違相名中庸品如是三品若無苦樂欲求樂者畧有三種欲求樂心差別可得一者欲求欲界諸樂二者欲求色界有喜勇悅諸樂三者欲求離喜諸樂如是若於欲樂匱乏願彼皆得無罪欲樂若於有喜離喜諸樂有所匱乏當知亦爾是名尋思慈愍自相復審思擇若諸親品若諸怨品若中庸品我於其中皆當發起相似性心平等性心何以故我若作意與親品樂此未爲難於中庸品作意與樂亦未甚難若於怨品作意與樂乃甚爲難我於怨品尚應作意願與其樂何況親品及中庸品而不與樂何以故此中都無能罵所罵能瞋所瞋能弄所弄能打所打唯有音聲唯有名字又我此身隨所生起有色麤重四大所造隨所住處便爲

如是觸所逼惱畧有二觸謂音聲觸及手足塊刀杖等觸是身及觸皆是無常能爲如是不饒益者亦是無常又復一切有情之類皆有生老病死等法本性是苦故我不應於本性苦諸有情上更加其苦而不與樂又亦不應不與怨家作善知識不攝一切有情之類以爲自體又世尊言我不覩見如是種類有情可得無始世來經歷生死長時流轉不互相爲或父或母兄弟姊妹若軌範師若親教師若餘尊重似尊重者由是因緣一切怨品無不皆是我之親品又怨親品無有決定眞實可得何以故親品餘時轉成怨品怨品餘時轉成親品是故一切無有決定故我今者應於一切有情之類皆當發起平等性心平等性見及起相似利益意樂安樂意樂與樂勝解是名尋思慈愍共相復審思擇我若於彼不饒益者發生瞋恚便爲顛倒黑品所攝是有諍法廣說如前我若於彼不起瞋恚便無顛倒白品所攝是無諍法廣說如前如是名爲尋思慈愍黑品白品復審思擇諸過去世求欲得樂有情之類彼皆過去我當云何能與其樂諸現在世有情之類我今願彼盡未來世於一切時常受快樂是名尋思諸慈愍時復審思擇此中都無我及有情或求樂者或與樂者唯有諸蘊唯有諸行於中假想施設言論此求樂者此與樂者又彼諸行業煩惱等以爲因緣如是名依觀待道理尋思慈愍若於慈愍善修善習善多修習能斷瞋恚如是名依作用道理尋思慈愍如是之義有至教量我內智見現轉可得比度量法亦

有可得如是名依證成道理尋思慈愍又即此法成立法性難思法性安住法性謂修慈愍能斷瞋恚不應思議不應分别應生勝解如是名依法爾道理尋思慈愍是名勤修慈愍觀者尋思六事差别所緣毗鉢舍那

瑜伽師地論卷第三十

音釋

稻稈上音道下古旱切　蝍蛆下七徐切　鴞梟上音鴞下古幺切惡聲之鳥又不孝鳥也　髀步米切　踹腨並市兖切

瑜伽師地論卷第三十一

彌勒菩薩說

唐三藏沙門玄奘奉詔譯

本地分中聲聞地

第三瑜伽處之二

云何勤修緣起觀者尋思六事差別所緣毗鉢舍那謂依緣性緣起增上正法聽聞受持增上力故能正了知如是如是諸法生故彼彼法生如是如是諸法滅故彼彼法滅此中都無自在作者生者死者能造諸法亦無自性士夫中間能轉變者轉變諸法若能了知如是等義是名尋思諸緣起義復審思擇十二有支若內若外而起勝解是名尋思諸緣起事復審思擇無明支等前際無知後際無知如是廣說如別分別緣起支中是名尋思緣起自相復審思擇如是一切緣生諸行無不皆是本無今有有已散滅是故前後皆是無常皆有生老病死法故其性是苦不自在故中間士夫不可得故性空無我是名尋思緣起共相復審思擇我若於彼無常苦空無我諸行如實道理發生迷惑便為顛倒黑品所攝廣說如前若不迷惑便無顛倒白品所攝廣說如前是名尋思諸緣起品復審思擇於過去世所得自體無正常性如是已住於現在世所得自體無正常性如是今住於未來世所得自體無正常性如是當住是名尋思諸緣起時復審思擇唯有諸業及異熟果其中主宰都不可得所謂作者及與受者唯有於法假想建立謂於無明緣行乃至生緣老死中發起假想施設言論說為作者及與

受者有如是名如是種如是性如是飲食如是領受若苦若樂如是長壽如是久住如是極於壽量邊際又於此中有二種果及二因二種果者一自體果二受用境界果二種因者一牽引因二生起因自體果者謂於今世諸異熟生六處等法受用境界果者謂愛非愛業增上所起六觸所生諸受牽引因者謂於二果發起愚癡愚癡爲先生福非福及不動行行能攝受後有之識令生有芽謂能攝受識種子故令其展轉攝受後有名色種子六處種子觸受種子爲令當來生支想所攝識名色六處觸受次第生故今先攝受彼法種子如是一切名牽引因生起因者謂若領受諸無明觸所生受時由境界愛生後有愛及能攝受愛品癡品所有諸取由此勢力由此功能潤業種子令其能與諸異熟果如是一切名生起因由此二因增上力故便爲三苦之所隨逐招集一切純大苦蘊如是名依觀待道理尋思緣起所有道理復審思擇於是緣性緣起觀中善修善習善多修習能斷愚癡又審思擇如是道理有至教量有內現證有比度法亦有成立法性等義如是名依作用道理證成道理法爾道理尋思緣起所有道理是名勤修緣起觀者尋思六事差別所緣毗鉢舍那

云何勤修界差別觀者尋思六事差別所緣毗鉢舍那謂依界差別增上正法聽聞受持增上力故能正解了一切界義謂種性義及種子義因義性義是其界義如是名爲尋思界義又正尋思地等六界內外差別發起勝

解如是名爲尋思界事又正尋思地爲堅相乃至風爲輕動相識爲了別相空界爲虚空相遍滿色相無障礙相是名尋思識界自相又正尋思此一切界以要言之皆是無常乃至無我是名尋思諸界共相又正尋思於一念想界差別性不了知者由界差別所念成身發起高慢便爲顛倒黒品所攝廣說如前與上相違便無顛倒白品所攝廣說如前如是名爲尋思界品又正尋思去來今世六界爲緣得入母胎如是名爲尋思界時又正尋思如草木等衆緣和合圍繞虚空數名爲舍如是六界爲所依故筋骨血肉衆緣和合圍繞虚空假想等想施設言論數名爲身復由宿世諸業煩惱及自種子以爲因緣如是名依觀待道理尋思諸界差別道理又正尋思

若於如是界差別觀善修善習善多修習能斷憍慢又正尋思如是道理有至教量有内證智有比度法有成立法性難思法性安住法性以是名依作用道理證成道理法爾道理尋思諸界差別道理是名勤修界差別觀者尋思六事差別所縁毗鉢舍那

云何勤修阿那波那念者尋思六事差別所縁毗鉢舍那依入出息念增上正法聽聞受持增上力故能正了知於入出息所縁境界繫心了達無忘明記是阿那波那念義如是名爲尋思其義又正尋思入息出息在内可得繫屬身故外處攝故内外差別如是名爲尋思其事又正尋思入息有二出息有二若風入内名爲入息若風出外名爲出息復正了知如是爲長入息出息如是爲短入息出

息如是息遍一切身分是名尋思諸息自相又正尋思入息滅已有出息生出息滅已有入息生入出息轉繫屬命根及有識身此入出息及所依止皆是無常是名尋思諸息共相又正尋思若於如是入息出息不住正念爲惡尋思擾亂其心便爲顛倒黑品所攝是有諍法廣說如前與上相違便無顛倒白品所攝是無諍法廣說如前如是名爲尋思其品又正尋思去來今世入出息轉繫屬身心身心繫屬入息出息如是名爲尋思其時又正尋思此中都無持入息者持出息者入息出息繫屬於彼唯於從因從緣所生諸行發起假想施設言論說有能持入出息者如是名依觀待道理尋思其理又正尋思若於如是入出息念善修善習善多修習能斷尋思又正尋思如是道理有至教量有內證智有比度法有成立法性難思法性安住法性不應思議不應分別唯應信解如是名依作用道理證成道理法爾道理尋思其理是名勤修阿那波那念者尋思六事差別所緣毗鉢舍那

如是依止淨行所緣尋思六事差別觀已數數於內令心寂靜數數復於如所尋思以勝觀行審諦伺察彼由奢摩他爲依止故令毗鉢舍那速得清淨復由毗鉢舍那爲依止故令奢摩他增長廣大若依止善巧所緣及淨行所緣尋思六事差別毗鉢舍那於其自處我後當說

復次此中有九種白品所攝加行與此相違當知即是九種黑品所攝加行云何名爲白

品所攝九種加行一相應加行二串習加行三不緩加行四無倒加行五應時加行六解了加行七無猒足加行八不捨軛加行九正加行由此九種白品所攝加行故能令其心速疾得定令三摩地轉更昇進又由此故於所應往地及隨所應得速疾能往能得無有稽遲黑品所攝九種加行不能令心速疾得定不令三摩地轉更昇進又由此故於所應往地及隨所應得極大稽遲不能速疾往趣獲得

云何名爲相應加行謂若貪行者應於不淨安住其心若瞋行者應於慈愍安住其心若癡行者應於緣起安住其心若憍慢行者應於界差別安住其心若尋思行者應於阿那波那念安住其心若等分行者或薄塵行者應隨所樂攀緣一境安住其心勤修加行如是名爲相應加行

云何名爲串習加行謂於奢摩他毗鉢舍那已曾數習乃至少分非於一切皆初修業所以者何初修業者雖於相應所緣境界勤修加行而有諸善數數現行身心麤重由是因緣不能令心速疾得定如是名爲串習加行

云何名爲不緩加行謂無間方便慇重方便勤修觀行若從定出或爲乞食或爲恭敬承事師長或爲看病或爲隨順修和敬業或爲所餘如是等類諸所作事而心於彼所作事業不全隨順不全趣向不全臨入唯有速疾令事究竟還復精勤宴坐寂靜修諸觀行若有苾芻苾芻尼鄔波索迦刹帝利婆羅門等種種異衆共相會遇雖久雜處現相語議而

不相續安立言論唯樂遠離勤修觀行又能如是勇猛精進謂我於今定當趣證所應證得不應慢緩何以故我有多種横死因緣所謂身中或風或熱或淡發動或所飲食不正消化住在身中或宿食病或爲於外蛇蝎蚰蜒百足等類諸惡毒蟲之所蛆螫或復爲人非人等類之所驚恐因斯夭没於如是等諸横死處恒常思惟修無常想住不放逸由住如是不放逸故恒自思惟我之壽命儻得更經七日六日五日四日三日二日一日一時半時須臾或半須臾或經食頃或從入息至於出息或從出息至於入息乃至存活經爾所時於佛聖教精勤作意修習瑜伽齊爾所時於佛聖教我當決定多有所作如是名爲不緩加行

云何名爲無倒加行謂如善達修瑜伽行諸瑜伽師之所開悟即如是學於法於義不顚倒取無有我慢亦不安住自所見取無邪僻執於等教誨終不輕毁如是名爲無倒加行云何名爲應時加行謂於時時間修習止相於時時間修習舉相於時時間修習捨相又能如實了知其止止相止時了知其觀觀相觀時了知其舉舉相舉時了知其捨捨相捨時云何爲止謂九相心住能令其心無相無分別寂靜極寂靜等住寂止純一無雜故名爲止云何止相謂有二種一所緣相二因緣相所緣相者謂奢摩他品所知事同分影像是名所緣相由此所緣令心寂靜因緣相者謂依奢摩他所熏習心爲令後時奢摩他定皆清淨故修習瑜伽毗鉢舍那所有加行是

名因緣相云何止時謂心掉舉時或恐掉舉時是修止時又依毗鉢舍那所熏習心爲諸尋思之所擾惱及諸事業所擾惱時是修止時云何爲觀謂四行三門六事差別所緣觀行云何觀相謂有二種一所緣相二因緣相所緣相者謂毗鉢舍那品所知事同分影像由此所緣令慧觀察因緣相者謂依毗鉢舍那所熏習心爲令後時毗鉢舍那皆清淨故修習内心奢摩他定所有加行云何觀時謂心沉没時或恐沉没時是修觀時又依奢摩他所熏習心先應於彼所知事境如實覺了故於爾時是修觀時云何爲舉謂由隨取一種淨妙所緣境界顯示勸導慶慰其心云何舉相謂由淨妙所緣境界策勵其心及彼隨順發勤精進云何舉時謂心沉下時或恐沉下時是修舉時云何爲捨謂於所緣心無染汙心平等性於止觀品調柔正直任運轉性及調柔心有堪能性令心隨與任運作用云何捨相謂由所緣令心上捨及於所緣不發所有太過精進云何捨時謂於奢摩他毗鉢舍那品所有掉舉心已解脱是修捨時如是名爲應時加行

云何名爲解了加行謂於如是所說諸相善取善了善取了已欲入定時即便能入欲住定時即便能住欲起定時即便能起或時棄捨諸三摩地所行影像作意思惟諸不定地所有本性所緣境界如是名爲解了加行

云何名爲無猒足加行謂於善法無有猒足修斷無廢於展轉上展轉勝處多住希求不唯獲得少小静定便於中路而生退屈於餘

所作常有進求如是名爲無猒足加行

云何名爲不捨軛加行謂於一切所受學處無穿無缺雖見少年顏容端正可愛毋邑而不取相不取隨好於食平等勤修覺悟少事少業少諸散亂於久所作久所説等能自隨憶令他隨憶如是等法說名不捨軛加行由此諸法能正隨順心一境性不捨其軛令心不散不令其心馳流外境不令其心内不調柔如是名爲不捨軛加行

云何名正加行謂於所緣數數起勝解是名正加行如有勤修不淨觀者數數正除遣於諸不淨作意思惟諸不淨相由隨相行毗鉢舍那而起作意於所緣境數數除遣數數現前其正除遣復有五種一内攝其心故二不念作意故三於餘作意故四對治作意故五無相界作意故當知此中由九相心住毗鉢舍那而爲上首故名内攝其心由於最初背一切相無亂安住故名不念作意由緣餘定地境思惟餘定地故名於餘作意由思惟不淨對治於淨乃至思惟阿那波那念對治尋思思惟虛空界對治諸色故名對治作意由於一切相不作意思惟於無相界作意思惟故名無相界作意雖遍安立一切所緣正除遣相總有五種然此義中正意唯取内攝其心不念作意初修業者始修業時最初全不於所緣境繫縛其心或於不淨或復餘處唯作是念我心云何得無散亂無相無分別寂靜極寂靜無轉無動無所希望離諸作用於内適悅如是精勤於所生起一切外相無所思惟不念作意即由如是不念作意除遣所緣彼

於其中修習瑜伽攝受適悅復行有相有分別不淨等境云何而行謂由隨相行隨尋思行隨伺察行毗鉢舍那行彼境界而非一向精勤修習毗鉢舍那還捨觀相復於所緣思惟止行由是因緣彼於爾時於所緣境不捨不取由於所緣止行轉故不名爲捨即於所緣不作相故無分別故不名爲取即由如是内攝其心除遣所緣又於其中不取觀相故於緣無亂取止行故而復緣於所知事相若於所緣唯數勝解不數除遣即不令彼所有勝解後後明淨究竟而轉不能往趣乃至現觀所知境事由數勝解數除遣故後後勝解展轉明淨究竟而轉亦能往趣乃至現觀所知境事譬如世間畫師弟子初習畫業先從師所受所學樣諦觀諦觀作彼形相作已作

已尋即除毁既除毁已尋復更作如如除毁數數更作如是如是後後形相轉明轉淨究竟顯現如是正學經歷多時世共推許爲大畫師或隨師數若不數除所作形相即於其上數數重畫便於形相永無明淨究竟顯期此中道理當知亦爾若於此境起勝解已定於此境復正除遣非於此境正除遣已定於此境復起勝解於狹小境起勝解已即於狹小而正除遣廣大無量當知亦爾於狹小境正除遣已或於狹小復起勝解或於廣大復起勝解或於無量復起勝解於其廣大及於無量當知亦爾若諸色法所有相貌影像顯現當知是麤變化相似諸無色法假名爲先如所領受增上力故影像顯現如是一切名正加行

如是九種白品加行於奢摩他毗鉢舍那當知隨順與是相違九種加行於奢摩他毗鉢舍那當知違逆如是黒品白品差别建立加行有十八事種如是名爲心一境性

云何淨障謂即如是正修加行諸瑜伽師由四因緣能令其心淨除諸障何等爲四一遍知自性故二遍知因緣故三遍知過患故四修習對治故

云何遍知諸障自性謂能遍知障有四種一怯弱障二蓋覆障三尋思障四自舉障怯弱障者謂於出離及於遠離勤修行時所有染汙思慕不樂希望憂惱蓋覆障者謂貪欲等五蓋尋思障者謂欲尋思等染汙尋思自舉障者謂於少分下劣智見安隱住中而自高舉謂我能得餘則不爾乃至廣説如前應知是名遍知諸障自性

云何遍知諸障因緣謂能遍知初怯弱障有六因緣一由先業增上力故或由疾病所擾惱故其身羸劣二太過加行三不修加行四初修加行五煩惱熾盛六於遠離猶未串習遍知蓋覆尋思自舉障因緣者謂於隨順蓋覆尋思及自舉障處所法中非理作意多分串習是名蓋覆尋思自舉障之因緣若不作意思惟不淨而於淨相作意思惟是名此中非理作意若不作意思惟慈愍而於瞋相作意思惟是名此中非理作意若不作意思惟明相而於闇相作意思惟是名此中非理作意若不作意思惟奢摩他相而於親屬國土不死昔所曾更歡娛戲笑承奉等事諸惡尋思作意思惟是名此中非理作意若不作意

思惟緣性緣起而於三世諸行計我我所不如理想作意思惟是名此中非理作意

云何遍知諸障過患謂遍了知此障有故於其四種未證不證已證退失敗壞瑜伽所有加行有染汙住有苦惱住自毀毀他身壞命終生諸惡趣是名遍知諸障過患

云何名爲修習對治謂諸怯弱總用隨念以爲對治由隨念作意慶悦其心令諸怯弱已生除遣未生不生其身羸劣太過加行初修加行用於精進平等通達以爲對治不修加行用恭敬聽聞勤加請問以爲對治煩惱熾盛用不淨等所緣加行以爲對治若未串習即用如是思擇方便以爲對治謂我昔於遠離不串習故今於修習遠離生起怯弱我若於今不習遠離於當來世定復如是故我今者應正思擇於其遠離捨不喜樂修習喜樂餘蓋覆等非理作意用彼相違如理作意以爲對治應知是名修習對治又遍了知諸障自性是能障礙是能染汙是黑品攝是應遠離能遍了知如是諸障遠離因緣方可遠離故應尋求諸障因緣能遍了知於應遠離不遠離者有何過患故應尋求諸障過患既遠離已更復尋思如是諸障云何來世當得不生故應尋求修習對治由是因緣能令其心淨除諸障

當知此中由隨順教有衆多故毗鉢舍那亦有衆多毗鉢舍那有衆多故令奢摩他亦有衆多又復即此毗鉢舍那由所知境無邊際故當知其量亦無邊際謂由三門及六種事一一無邊品類差別悟入道理正修行者如

毗鉢舍那串習清淨增上力故增長廣大如是如是能生身心所有輕安奢摩他品當知亦得增長廣大如如身心獲得輕安如是如是於其所緣心一境性轉復增長如如於緣心一境性轉復增長如是如是轉復獲得身心輕安心一境性身心輕安如是二法展轉相依展轉相屬身心輕安心一境性如是二法若得轉依方乃究竟得轉依故於所知事現量智生問齊何當言究竟獲得不淨觀耶乃至齊何當言究竟獲得阿那波那念耶答以要言之修觀行者於不淨觀正加行中親近修習多修習故若行若住雖有種種境界現前雖復觀察所有衆相而住自性不由加行多分不淨行相顯現非諸淨相由於不淨善修習故於能隨順貪欲纏處法心不趣入心不愛樂心不信解安住於捨深生猒逆當於爾時修觀行者應自了知我今已得不淨觀我今已得所修果齊此名爲於不淨觀已得究竟與此相違當知名爲未得究竟如不淨觀如是慈愍緣性緣起界差別阿那波那念當知亦爾於中差別者謂多分慈心行相顯現非瞋恚相於能隨順瞋恚纏處法心不趣入乃至廣說多分無常苦空無我行相顯現非彼常樂身見俱行愚癡行相於能隨順愚癡纏處法心不趣入乃至廣說多分種種界性非一界性身聚差別想顯現非身聚想於能隨順憍慢纏處法心不趣入乃至廣說多分內寂靜想奢摩他想顯現非戲論想於能隨順尋思纏處法心不趣入乃至廣說問齊何當言奢摩他毗鉢舍那二種和合平等

俱轉由此説名雙運轉道答若有獲得九相心住中第九相心住謂三摩呬多彼用如是圓滿三摩地爲所依止於法觀中修增上慧彼於爾時由法觀故任運轉道無功用轉不由加行毗鉢舍那清淨鮮白隨奢摩他調柔攝受如奢摩他道攝受而轉齊此名爲奢摩他毗鉢舍那二種和合平等俱轉由此名爲奢摩他毗鉢舍那雙運轉道中嗢柁南曰

相尋思伺察　隨行有三門　義事相品時
理六事差別　初相應加行　次串習無緩
無顛倒應時　解了無猒足　不棄捨善軛
最後正加行　是九應當知　有二品差別
知自性因緣　見彼諸過患　正修習對治
令障得清淨

云何修作意謂初修業者始修業時於如是所安立普遍相中由一境性及淨諸障離邪加行學正加行彼應最初作如是念我今爲證心一境性及斷喜樂當勤修習四種作意何等爲四一調練心作意二滋潤心作意三生輕安作意四淨智見作意云何調練心作意謂由此作意於可猒患法令心猒離是名調練心作意云何滋潤心作意謂由此作意於可欣尚法令心欣樂是名滋潤心作意云何生輕安作意謂由此作意於時時間於可猒法令心猒離於時時間於可欣法令心欣樂已安住內寂靜無相無分別中一境念轉由是因緣對治一切身心麤重能令一切身心適悅生起一切身心輕安是名生輕安作意云何淨智見作意謂由此作意於時時間即用如是內心寂靜爲所依止由內靜心數

數加行於法觀中修增上慧是名淨智見作意

彼修行者於時時間於可猒法令心猒離如是於漏及漏處法能令其心生熱等熱生猒等猒何等名爲可猒患處略有四種可猒患處謂自衰損及他衰損現在會遇正現前時如理作意數思惟故成可猒處若自興盛及他興盛過去盡滅離變壞時如理作意數思惟故成可猒處即彼行者於時時間於可欣法令心欣樂如是於彼生欣樂故能令其心極成津潤融適澄淨何等名爲可欣尚處略有三種可欣尚處一者三寶二者學處清淨尸羅清淨三者於自所證差别深生信解心無怯弱

云何隨念三寶令心欣樂謂作是念我今善得如是大利謂蒙如來應正等覺爲我大師我今善得如是大利謂善說法毗奈耶中我得出家我今善得如是大利謂我與諸具戒具德忍辱柔和成賢善法同梵行者共爲法侣我今當得賢善命終賢善殞殁當得賢善趣於後世如是名爲隨念三寶令心欣樂

云何隨念學處清淨尸羅清淨令心欣樂謂作是念我今善得如是大利謂於如來應正等覺大師善說法毗奈耶善修正行聲聞衆中我得與彼同梵行者同戒同學同修慈仁身語意業同其所見同所受用如是名爲隨念學處清淨尸羅清淨令心欣樂謂無悔爲先發生歡喜

云何於自所證差别深生信解心無怯弱處令心欣樂謂作是念我今有力有所堪能尸

羅清淨堪爲法器得與如是同梵行者同清淨戒得與有智正至善士同其所見我有堪能精勤修習如是正行於現法中能得未得能觸未觸能證未證由是令心生大歡喜如是名爲於自所證差別深生信解心無怯弱處令心欣樂又由前後勇猛精進已得安住所證差別由隨念此復於後時所證差別深生信解令心欣樂是名異門彼修行者於可猒法調練其心於能隨順諸漏處法令心不向違逆棄背離隔而住於可欣法悅潤其心於出於離所生諸法有親愛故令心趣向附著喜樂和合而住如是彼心由猒由欣二種行相背諸黑品向諸白品易脫而轉其心如是背諸黑品由調練心作意故向諸白品由滋潤心作意故於時時間依奢摩他內攝持心由生輕安作意故於時時間於法思擇最極思擇周遍尋思周遍伺察由淨智見作意故如是彼心於時時間爲奢摩他毗鉢舍那之所攝受堪能與彼一切行相一切功德作攝受因經歷彼彼日夜剎那臘縛須臾逮得昇進譬如黠慧鍛金銀師或彼弟子於時時間燒鍊金銀令其棄捨一切垢穢於時時間投清冷水令於彼彼莊嚴具業有所堪任調柔隨順於是黠慧鍛金銀師或彼弟子以其相似妙工巧智善了知已用作業具隨其所樂莊嚴具中種種轉變如是勤修瑜伽行者爲令其心棄背貪等一切垢穢及令棄背染汙憂惱於可猒法深生猒離爲令趣向所有清淨善品喜樂於可欣法發生欣樂於是行者隨於彼彼欲自安立或奢摩他品或毗鉢

舍那品即於彼彼能善親附能善和合無轉無動隨其所樂種種義中如所信解皆能成辦

瑜伽師地論卷第三十一

音釋

毗鉢舍那（梵語也此云觀毗賓眉切鉢比末切）筋（舉欣切）奢摩他（梵語也此云止奢詩遮切）軛（於革切）串（古恚切習也）蛇（食遮切）蠍（許竭切）蚰蜒（蚰以周切蜒以然切）蛆螫（蛆知列切與蜇同螫施隻切蛆螫並蠱行毒也）狹（胡夾切隘也）呬（虛器切）嗢柁南（梵語正云鄔柁南此云自說嗢烏沒切柁徒可切）黠（胡八切慧也）鍛（丁貫切鍊也）

瑜伽師地論卷第三十二

彌勒菩薩說

唐三藏沙門玄奘奉詔譯

本地分中聲聞地

第三瑜伽處之三

云何初修業者始修業時於修作意如應安立隨所安立正修行時最初觸證於斷喜樂心一境性謂善通達修瑜伽師最初於彼依瑜伽行初修業者如是教誨善來賢首汝等今者應依三種取相因緣或見或聞或心比度增上分別取五種相一猒離相二欣樂相三過患相四光明相五了別事相問若依瑜伽行初修業者是其貪行由不淨觀方可調伏云何教彼取五種相答應如是教誨善來賢首汝等隨所依止彼彼聚落村邑而住於中若聞所餘彼彼村邑聚落或男或女先受安樂後遭苦厄或彼男女自遭重病命終殞殁或彼男女所有知識親戚眷屬遭如是苦或彼聚落村邑邊際喪失財寶或是他來强敵所作或火所燒或水所漂或由惡作而有喪失或由不善修營事業而有喪失或由不善處分事業而有喪失或爲非愛共財得便而有喪失或由家火而有喪失若汝現見非是傳聞或即於此村邑聚落非是所餘村邑聚落或非是此村邑聚落亦非他人即汝自身先所觸證猛利樂受後還退失廣說如前汝既如是聞已見已應當生起深心猒患如是生死甚爲重苦所得自體極大艱辛而於其中有如是等自他衰損差別可得謂病衰損壽命衰損眷屬衰損財寶衰損病病法性

死死法性復有一類淨戒衰損正見衰損由是因緣彼諸衆生於現法中住諸苦惱於當來世往諸惡趣諸興盛者雖現法中住諸安樂於當來世往諸善趣而是無常於彼無常現可證得若有領受興盛事者後時衰損定當現前諸有領受衰損事者後時興盛難可現前諸興盛事皆是難得易失壞法如是汝應深心猒患極善作意如理受持如是處所難可保信我今於是生死流轉未般涅槃未解脱心難可保信如是衰損興盛二法勿現我前勿彼因緣令我墮在如是處所生起猛利剛强辛楚不適意苦即由此事增上力故我當至誠喜樂於斷修不放逸又我如是多安住故當於無義能作邊際如是汝應善極作意如理受持汝取如是猒離相已復應精勤取欣樂相當自觀察所受尸羅爲善清淨爲不清淨我或失念或不恭敬或多煩惱或由無知於諸學處有所違犯既違犯已我當如法以其本性增上意樂於諸學處發起深心更不毀犯我於所作當正應作於非所作不復當作以要言之於諸學處當令增上意樂圓滿亦令所有加行圓滿汝於如是正觀察時若自了知戒蘊清淨雖不作思我當發起清淨無悔然其法爾尸羅淨者定生如是清淨無悔若起如是清淨無悔雖不作思我起歡悅然其法爾無有悔者定生歡悅如是且於一種歡悅所依處所汝應生起清淨無悔爲先歡悅復於除障喜悅處所當生喜悅謂我今者尸羅清淨有力有能安住世尊所制學處於現法中能得未得能觸未觸能證

未證由是處所生喜悅意若汝獲得前後所證少分差別即由如是增上力故於他圓滿所證差別謂諸如來或聖弟子及自後時所證差別當生信解發喜悅意如是行相諸喜悅意先名歡悅令名喜悅總名悅意如是名爲取欣樂相取是相已復應教授告言賢首汝由如是猒離相故調鍊其心復由如是欣樂相故滋潤其心汝於斷滅世間貪憂應多安住隨於彼彼所緣境界勤修加行或奢摩他品或毗鉢舍那品即於彼彼所緣境界當令心住內住等住汝當獲得身心輕安及一境性汝若如是背諸黑品向諸白品由調鍊心滋潤心故復應數數取過患相謂於所有諸相尋思及隨煩惱取過患相言諸相者謂色等十相言尋思者謂欲等八隨煩惱者謂貪欲等五汝應於彼彼取過患相如是諸相能令其心作用遽務如是尋思能令其心思慕躁擾如是隨煩惱能令其心恒不寂靜若心作用諸相所作思慕躁擾尋思所作恒不寂靜隨煩惱所作由是令心苦惱而住是故如是諸相尋思及隨煩惱是苦非聖能引無義令心散動令心躁擾令心染汙汝應如是取過患相又汝應依心一境性心安住性心無亂性以六種行正取其相何等爲六一無相想二於無相中無作用想三無分別想四於無分別中無所思慕無躁擾想五寂靜想六於寂靜中離諸煩惱寂滅樂想汝取如是過患相已復應數數取光明相謂或燈明或大火明或日輪明或月輪明既取如是光明相已復詣塚間取青瘀相廣說乃至取骨鎖

相汝若不能往詣塚間當取綵畫木石所作如是諸相取是相已還所住處或阿練若或林樹下或空閑室或在大牀或小繩牀或草葉座先洗足已結跏趺坐端身正願安住背念先於一境令心不散繫念在前復於其中依六種想作意思惟謂無相想無分別想寂靜想無作用想無所思慕無躁擾想離諸煩惱寂滅樂想又於其中汝當審諦周遍了知亂不亂相分明現前如如審諦周遍了知亂不亂相如是如是汝能了知諸想尋思隨煩惱中所有亂相及能了知心一境性隨六想修諸不亂相又汝於此亂不亂相如是如是審諦了知便能安住一所緣境亦能安住內心寂止諸心相續諸心流注前後一味無相無分別寂靜而轉又若汝心雖得寂止由失

念故及由串習諸相尋思隨煩惱等諸過失故如鏡中面所緣影像數現在前隨所生起即於其中當更修習不念作意謂先所見諸過患相增上力故即於如是所緣境相由所修習不念作意除遣散滅當令畢竟不現在前賢首當知如是所緣甚爲微細難可通達汝應發起猛利樂欲爲求通達發勤精進世尊依此所緣境相密意說言汝等苾芻當知衆善言衆善者謂於大衆共集會中盛壯美色即此衆善最殊勝者謂於多衆大集會中歌舞倡妓假使有一智慧丈夫從外而來告一人曰咄哉男子汝於今者可持如是平滿鉢油勿令瀲溢經歷如是大衆中過當避其間所有衆善及諸最勝歌舞倡妓大等生等令有魁膾露拔利劒隨逐汝行若汝鉢油一

滴墮地此之魁膾即以利劒當斬汝首斷汝命根苾芻汝等於意云何是持鉢人頗不作意專心油鉢拔劒魁膾不平地等而能作意觀視衆善及諸最勝歌舞倡妓大等生耶不也世尊何以故是持鉢人既見魁膾露拔利劒隨逐而行極大怖畏專作是念我所持鉢油既彌滿經是衆中極難將度脫有一滴當墮地者定爲如是拔劒魁膾當斬我首斷我命根是人爾時於彼衆善及諸最勝歌舞倡妓大等生等都不作意思念觀視唯於油鉢專心作意而正護持如是苾芻我諸弟子恭敬殷重專心憶念修四念住當知亦爾言衆善者喻能隨順貪欲纏等隨煩惱法於中最勝歌舞倡妓喻能隨順尋思戲論躁擾處法大等生者喻色相等十種相法智慧丈夫喻瑜伽師平滿油鉢喻奢摩他所安住心能令身心輕安潤澤是奢摩他義露拔利劒隨行魁膾喻先所取諸相尋思隨煩惱中諸過患相專心將護不令鉢油一滴墮地喻能審諦周遍了知亂不亂相之所攝受奢摩他道由是能令諸心相續諸心流注由精進力無間策發前後一味無相無分別寂靜而轉不起一心緣於諸相或緣尋思及隨煩惱是瑜伽師復應如是慇懃教誨於奢摩他初修業者告言賢首汝若如是精勤修習奢摩他道如是方便攝受正念正知俱行有喜樂心乃名善修奢摩他道若復串習諸過失故不能於中深心喜樂極大艱辛勵力策發方現前者還應速疾出無分別所緣境相於有分別所緣境相繫念在前如先所取諸不淨相汝今

復應作意思惟先應用彼唯隨相行毗鉢舍那或觀青瘀或觀膿爛廣說乃至觀骨觀鎖或觀骨鎖汝於如是初修觀時於一青瘀廣說乃至於一骨鎖當起勝解若於其中已串修習觀道明淨於所緣相明了勝解相續轉時復應於二於三於四於五於十二十三十四十五十或百青瘀或千青瘀乃至一切諸方諸維所有青瘀起無量行遍一切處無間勝解於中乃至無有容受一杖端處如於青瘀如是乃至骨鎖亦爾汝依如是勝解作意應當趣入眞實作意於趣入時應作是念如我今者勝解所作無量青瘀廣說乃至無量骨鎖眞實青瘀乃至骨鎖其量過此不可數知所以者何從前際來於彼彼有彼彼趣中輪迴生死我所曾經命終夭歿所棄屍骸所起青瘀廣說乃至所起骨鎖無量無邊如是所起推其前際不可知故假使有能攝聚如是所棄屍骸令不壞爛一切大地亦不容受於一劫中所棄屍骸乃至骨鎖假使有能斂在一處其聚量等廣大脇山如從前際後際亦爾乃至未能作苦邊際如是汝依勝解作意應當起入眞實作意又非修習如是青瘀乃至骨鎖毗鉢舍那應頓觀察纔應於一屍骸青瘀起勝解已尋復令心於內寂靜乃至於此所緣境相喜樂明淨無諸擾惱不强勵力齊爾所時應於如是屍骸青瘀發起勝解若纔於此乃至勵力方現在前爾時於內應修寂靜如於青瘀乃至骨鎖當知亦爾由此道理乃至無量當知亦爾如是令心內寂靜已復應發起寂靜勝解謂從最後無量青瘀

乃至最後無量骨鎖內略其心方便除遣安置衆相不顯現中不全棄捨有分別相亦不分別唯即於此所緣境界安住其心無想無分別寂靜而轉彼瑜伽師復應教授告言賢首汝先所取諸光明相於奢摩他品加行中及於毗鉢舍那品加行中皆應作意如理思惟若汝能以光明俱心照了俱心明淨俱心無闇俱心修奢摩他毗鉢舍那如是乃爲於奢摩他毗鉢舍那道修光明想若有最初於所緣境多不分明數習勝解其相闇昧由是因緣後所修習所有勝解亦不分明雖多串習而相闇昧若有最初於所緣境多分分明數習勝解其相明了由是因緣後所修習轉復分明雖少串習而相明了如是汝由善取如是猒離相故善取如是欣樂相故善取如是奢摩他相故善取如是毗鉢舍那相故善取如是光明相故於時時中內心寂靜於時時中由隨相行毗鉢舍那思擇諸法即於不淨正修加行增上力故於諸念住漸次趣入將欲趣入汝應先於內身所有三十六物始從髮毛乃至小便善取其相汝應於是自內身中諸不淨物先當發起不淨勝解數數發起此勝解已復令其心於內寂靜如是名爲於內身中修循身觀依自身內而發起故次應於外諸不淨物善取其相汝當發起青瘀勝解廣說乃至骨鎖勝解或狹小勝解或廣大勝解或無量勝解數數發起此勝解已復令其心於內寂靜如是名爲於外身中修循身觀依他外身而發起故後復應於自身內外諸不淨物善取其相令心明了又於他身

內外不淨善取其相令心明了於自所愛汝當發起如是勝解復於死已出送塚間至塚間已棄之在地棄在地已至青瘀位至膿爛位廣說乃至至骨鎖位發起勝解數數發起此勝解已復令其心於內寂靜如是名為於內外身修循身觀依自他身若內若外而發起故汝復應於四無色蘊由聞思增上力分別取相於其三分發起勝解一於奢摩他品二於無散亂品三於毗鉢舍那品於奢摩他品者謂若汝心於內略時起無相無分別寂靜想行及無作用無思慕無躁動離諸煩惱寂滅樂想行於所緣境無亂受等四無色蘊剎那剎那展轉各異唯是新新而非故故相續流轉汝應於此如理思惟發起勝解如是名為於內受心法修循受心法觀於無散亂品者謂汝於先取諸境界緣諸境界墮不定地過去盡滅及今失念心亂所生諸相尋思隨煩惱境增上受等四無色蘊汝應於此如理作意如是諸法其性皆是誑幻所作暫時而有率爾現前多諸過患其性無常不可保信汝應如是發起勝解如是名為於外受心法修循受心法觀於毗鉢舍那品者謂汝善取毗鉢舍那相已住有相有分別作意於有分別有相所緣增上內所生受等四無色蘊如理作意思惟此法剎那剎那展轉別異唯是新新而非故故相續流轉如前所說發起勝解如是名為於內外受心法修循受心法觀如是汝由依不淨觀正修加行增上力故於四念住當得趣入又汝應於念住加行時時修習勝奢摩他毗鉢舍那汝於如是四念

住中安住正念隨依彼彼村邑聚落邊際而住於心隨順趣向臨入所緣境界汝應捨此所緣境相入彼村邑聚落乞食應當善避惡象惡馬惡牛惡狗惡蛇惡獸坑澗濠塹株杌毒刺泥水糞穢及應遠離諸惡威儀穢坐卧具汝應如是善護已身若於如是諸境界相不應策發諸根汝應於彼不作功用善守諸根若於如是諸境界相應當策發諸根汝應於彼正作功用善住正念令諸煩惱不起現行汝應如是善護已身善守諸根善住正念於彼作意善知其量受用飲食又汝應與在家出家說應量語說應理語說應時語說正直語說寂靜語一切世間非法言論皆當遠離雖復宣說如法言論不應諍競何以故若諸士夫補特伽羅住諍競語互相難詰其心

便住多戲論中多戲論故其心掉舉心掉舉故心不寂靜不寂靜故便令其心遠三摩地如是行已汝應速疾不捨所緣結跏趺坐於奢摩他毗鉢舍那如所取相由恒常作及畢竟作修瑜伽行猶如世間鑽火方便起無間加行及殷重加行汝應如是恒常修作畢竟修作又汝應起如是願心假使一切贍部洲人盡贍部洲曾經壽量今皆總集在我一身我亦盡此無量壽命決定於斷瑜伽作意勝奢摩他毗鉢舍那精進修習時無暫捨由正了知如是所修瑜伽加行有大勝果大勝利故何況如是少分壽量少時存活雖極遠去不過百年委悉筭計但須臾頃如是汝應隨所教誨恒常修作畢竟修作若爲此義受習於斷汝於此義必當獲得汝當最初證得下

劣身心輕安心一境性後當證得世出世間廣大圓滿初修業者始修業時善達瑜伽諸瑜伽師依不淨觀如是教誨名正教誨如是修行名正修行如說貪行是不淨觀之所調伏如是瞋行是慈愍觀之所調伏乃至最後尋思行是阿那波那念之所調伏如其所應皆當了知其中差別餘趣入門我當顯示依慈愍觀初修業者於外親品怨品及中庸品善取相已處如法座由利益安樂增上意樂俱行定地作意先於一親一怨一中庸所發起勝解於此三品由平等利益安樂增上意樂俱行作意欲與其樂如是念言願彼求樂諸有情類皆當得樂謂或無罪欲樂或無罪有喜樂或無罪無喜樂次後或於二親或於三親或於四親五親十親二十三十以前乃至遍諸方維其中親品充滿無間發起勝解於中乃至無有容受一杖端處如於親品如是於怨及中庸品當知亦爾又彼不捨慈愍加行即由修習如是慈愍於諸念住能正趣入云何趣入謂趣入時應當發起如是勝解如彼於我謂親謂怨謂中庸品我既欲樂猒背其苦如是名爲於其內身修循身觀餘亦於彼謂親謂怨謂中庸品如我彼亦欲樂背苦如是名爲於其外身修循身觀如我既爾彼諸有情亦復如是如我自欲求得勝樂彼諸有情亦復如是彼諸有情與己平等與己相似我當與彼利益安樂如是名爲於內外身修循身觀此四念住總緣諸蘊爲境界故當知說名壞緣念住若修行者但取色相謂取顯相形相表相於親品怨品及中庸品而

起勝解由此建立唯身念住彼復依止勝解作意能正趣入眞實作意謂趣入時起是勝解我於乃至無量有情發起勝解利益安樂增長意樂如是我從先際已來所有親品怨品及中庸品落謝過去諸有情類其數無量甚過今者勝解所作如是過去諸有情類爲我親已復爲我怨爲我怨已復爲我親爲怨親已復爲中庸爲中庸已復爲怨親由是義門一切有情平等平等無有少分親性怨性及中庸性而非眞實由是因緣遍於三品起平等心平等應與利益安樂如從先際如是後際於生死中當復流轉應知亦爾又我於彼先際已來諸有情類未曾發起慈愍之心彼皆過去今起慈愍復有何益但爲除遣自心垢穢令得清淨故起念言當令過去諸有情類皆得安樂諸未來世非曾有者亦皆令彼當得安樂如是趣入眞實作意慈愍住中諸福滋潤諸善滋潤望前所修勝解作意慈愍住中所獲福聚彼於百分不及此一彼於千分不及此一彼於數分筭分計分鄔波尼殺曇分不及此一餘如前說又於緣性緣起觀中初修業者由聞思慧增上力故分別取相謂諸有情由有種種無智愚癡現見無常妄計爲常現見不淨妄計爲淨現見其苦妄計爲樂現見無我妄計爲我彼諸有情有如是等種種顚倒顚倒爲因於現法受及後所生諸自體中發起貪愛由貪愛故造作種種生根本業此煩惱業爲因緣故感得當來純大苦蘊彼旣善取如是相已復於其內發起勝解謂我今此純大苦蘊亦如是生又我自

體無邊無際從先際來初不可知亦如是生彼諸有情去來現在一切自體苦蘊所攝亦皆如是已生當生如是緣性緣起正觀一切皆是眞實作意更無所餘勝解作意若於自身現在諸蘊緣性緣生作意思惟是名於内身受心法住彼循觀若於他身現在諸蘊緣性緣生作意思惟是名於外身受心法住彼循觀若於自他過去未來所有諸蘊緣性緣生作意思惟名於内外身受心法住彼循觀餘如前説又於界差别觀初修業者先取其外所有堅相所謂大地山林草木甎石瓦礫末尼眞珠瑠璃螺貝珊瑚玉等取彼相已復於内堅而起勝解次取其外諸大水相所謂江河衆流陂湖池沼井等取彼相已復於内濕而起勝解次取其外諸大火相所謂熱時烈日焰熾焚燒山澤災火蔓莚窑室等中所有諸火取彼相已復於内煖而起勝解次取其外諸大風相所謂東西南北等風乃至風輪取彼相已復於内風而起勝解次取其外諸大空相所謂諸方無障無礙諸衆色中孔隙窗穴有所容受善取如是空界相已於内空界而起勝解後由聞思增上力故起細分别取識界相所謂内眼受不壞外色處現前若無能生作意正起所生眼識亦不得生與是相違眼識得生如是乃至意法意識當知亦爾取是相已次起勝解了知如是四大身中有一切識諸種子界種性自性又於如是四大種中先起支節麤大勝解後起分析種種細分微細勝解如是漸次分析乃至向遊塵量如是漸漸乃至極微而起勝解一一支

分尚起無量最極微塵積集勝解何況身中一切支分如是名爲界差別觀中分析諸色界差別邊際微細勝解次於空界先當發起所有麤大空界勝解所謂眼耳鼻喉筒等種種竅穴由是吞咽於是吞咽既吞咽已由是下分不淨流出次後漸漸發起種種微細勝解乃至身中一切微細諸毛孔穴皆悉了知後於識界漸漸發起所依所緣及以作意三世時分品類差別無量勝解即於識界起勝解時由諸所依所緣勝解分析識界亦於十種所造諸色而起勝解如諸大種微細分析此亦如是若於自身各別諸界而起勝解是名於內諸念住中住彼循觀若於其餘非有情數所有諸界而起勝解是名於外住彼循觀若於其餘諸有情數所有諸界而起勝解名於內外住彼循觀復有異門謂於已身而起勝解臨捨命時如前廣說至青瘀位或復膿爛即於膿爛發起種種流出勝解漸漸膿流展轉增廣乃至大海大地邊際膿悉充滿發起如是膿勝解已次復發起火燒勝解謂此身分無量無邊品類差別爲大火聚無量無邊品類燒燼火既滅已復起餘骨餘灰勝解復起無量無邊勝解碎此骨灰以爲細末復起無量大風勝解飄散此末遍諸方維既飄散已不復觀見所飄骨灰及能飄風唯觀有餘渺茫空界如是由其勝解作意依於內外不淨加行入界差別於其身相住循身觀從是趣入眞實作意謂由如是勝解作意於內外身住循身觀由勝解力我此所作無量無邊水界火界地界風界虛空界相我從無

始生死流轉所經諸界無量無邊甚過於此謂由父母兄弟姊妹眷屬喪亡及由親友財寶祿位離散失壞悲泣雨淚又飲母乳又由作賊擁逼劫掠穿牆解結由是因緣遭無量度截手刖足斬頭劓鼻種種解割身諸支節由是因緣血流無量如是所有淚乳血攝水界水聚四大海水皆悉盈滿於百分中不及其一廣說如前又於諸有諸趣死生經無量火焚燒屍骸如是火聚亦無比況又經無量棄捨骸骨狼藉在地亦無比況又經無量風界生滅分析屍骸亦無比況又經無量諸屍骸中眼等竅穴又經無量諸識流轉後後屍骸新新發起乃至今者最後屍骸諸識流轉如是安立後際諸趣期限無定如是乃至無量識界又於阿那波那念正加行中初修業者先於舍宅前後窻門或打鐵師或鍛金銀師喉筒橐袋或外風聚入出往來善取相已由緣於內入出息念於入出息而起勝解彼復先於微細息風經心胷處麤穴往來而起勝解然後漸漸於衆多風而起勝解所謂乃至一切毛孔風皆隨入而起勝解如是所有一切身分風聚所隨風聚所攝風聚藏隱無量風聚於中積集如妬羅綿或疊絮等諸輕飄物於是諸想而起勝解彼若於內入息出息流轉不絕作意思惟爾時名爲於其內身住循身觀若復於他死屍骸中青瘀等位入息出息流轉斷絕作意思惟爾時名爲於其外身住循身觀若復於自臨欲死時而起勝解或於已死入息出息無有流轉而起勝解或於未死入息出息無有流轉而起勝解由

法爾故爾時名爲於内外身住循身觀遍於一切正加行中應修如是上品助伴上品所攝無倒加行所餘一切如前應知如是所有初修業者蒙正教誨修正行時安住熾然正知具念調伏一切世間貪憂若於如是正加行中恒常修作畢竟修作無倒作意非諠丙等所能動亂是名熾然若於如是正加行中修奢摩他毗鉢舍那審諦了知亂不亂相如是名爲正知具念若能善取諸猒離相諸欣樂相如是乃名調伏一切世間貪憂由是因緣宣説彼能安住熾然乃至調伏世間貪憂先發如是正加行時心一境性身心輕安微劣而轉難可覺了復由修習勝奢摩他毗鉢舍那身心澄淨身心調柔身心輕安即前微劣心一境性身心輕安漸更增長能引强盛易可覺了心一境性身心輕安謂由因力展轉引發方便道理彼於爾時不久當起强盛易了身心輕安心一境性如是乃至有彼前相於其頂上似重而起非損惱相即由此相於内起故能障樂斷諸煩惱品心麤重性皆得除滅能對治彼心調柔性心輕安性皆得生起由此生故有能隨順起身輕安風大偏增衆多大種來入身中因此大種入身中故能障樂斷諸煩惱品身麤重性皆得除遣能對治彼身調柔性身輕安性遍滿身中狀如充溢彼初起時令心踊躍令心悅預歡喜俱行令心喜樂所緣境性於心中現從此已後彼初所起輕安勢力漸漸舒緩有妙輕安隨身而行在身中轉由是因緣心踊躍性漸次退減由奢摩他所攝持故心於所緣寂靜行

轉從是已後於瑜伽行初修業者名有作意始得墮在有作意數何以故由此最初獲得色界定地所攝少分微妙正作意故由是因緣名有作意得此作意初修業者有是相狀謂已獲得色界所攝少分定心獲得少分身心輕安心一境性有力有能善修淨戒所緣加行令心相續滋潤而轉爲奢摩他之所攝護能淨諸行雖行種種可愛境中猛利貪纏亦不生起雖少生起依止少分微劣對治暫作意時即能除遣如可愛境可憎可愚可生憍慢可尋思境當知亦爾宴坐靜室暫持其心身心輕安疾疾生起不極爲諸身麤重性之所逼惱不極數起諸蓋現行不極現行思慕不樂憂慮俱行諸想作意雖從定起出外經行而有少分輕安餘勢隨身心轉如是等類當知是名有作意者清淨相狀

瑜伽師地論卷第三十二

音釋

殞殁（殞羽敏切殁也殁莫勃切終也）塚（展勇切墳也）瘀（依倨切氣血壅也）灩溢（灩以贍切溢弋質切灩溢水盈滿貌）濠（胡高切城下池也）塹（七艷切遶城水也）鑽（祖官切穿也）甎（朱遄切）礫（郎擊切小石也）窑（餘昭切燒瓦窑也）隙（綺戟切罅也）析（先擊切分也）竅（苦吊切穴也）燼（徐刃切火餘也）刖（魚厥切斷足也）劓（魚記切刑鼻也）韛（蒲拜切與鞴同吹火韋囊也）諠丙（諠許元切譁也丙奴教切不靜也）

瑜伽師地論卷第三十三

彌勒菩薩說

唐三藏沙門玄奘奉詔譯

本地分中聲聞地

第四瑜伽處之一

復次此嗢柁南曰

七作意離欲　及諸定廣辯　二定五神通
生差別諸相　觀察於諸諦　如實而通達
廣分別於修　究竟爲其後

已得作意諸瑜伽師已入如是少分樂斷從此已後唯有二趣更無所餘何等爲二一者世間二出世間彼初修業諸瑜伽師由此作意或念我當往世間趣或念我當往出世趣復多修習如是作意如如於此極多修習如是如是所有輕安心一境性經歷彼彼日夜等位轉復增廣若此作意堅固相續强盛而轉發起清淨所緣勝解於奢摩他品及毗鉢舍那品善取其相彼於爾時或樂往世間道發起加行或樂往出世道發起加行

問此中幾種補特伽羅即於現法樂往世間道發起加行非出世道答略有四種補特伽羅何等爲四一一切外道二於正法中根性羸劣先修正行三根性雖利善根未熟四一切菩薩樂當來世證大菩提非於現法如是四種補特伽羅於現法中樂往世間道發起加行此樂往世間道發起加行者復有二種一者具縛謂諸異生二不具縛謂諸有學此復云何謂先於欲界觀爲麤性於初靜慮若定若生觀爲靜性發起加行離欲界欲如是乃至發起加行離無所有處欲當知亦爾又

依靜慮等能引無想定等及發五神通等又即依此若生若相皆當廣說

爲離欲界欲勤修觀行諸瑜伽師由七作意方使獲得離欲界欲何等名爲七種作意謂了相作意勝解作意遠離作意攝樂作意觀察作意加行究竟作意加行究竟果作意云何名爲了相作意謂若作意能正覺了欲界麤相初靜慮靜相云何覺了欲界麤相謂正尋思欲界六事何等爲六一義二事三相四品五時六理云何尋思諸欲麤義謂正尋思如是諸欲有多過患有多損惱有多疫癘有多災害於諸欲中多過患義廣說乃至多災害義是名麤義云何尋思諸欲麤事謂正尋思於諸欲中有内貪欲於諸欲中有外貪欲云何尋思諸欲自相謂正尋思此爲煩惱欲此爲事欲此復三種謂順樂受處順苦受處順不苦不樂受處順樂受處是貪欲依處是想心倒依處順苦受處是瞋恚依處是忿恨依處順不苦不樂受處是愚癡依處是覆惱誑諂無慚無愧依處是見倒依處即正尋思如是諸欲極惡諸受之所隨逐極惡煩惱之所隨逐是名尋思諸欲自相云何尋思諸欲共相謂正尋思此一切欲生苦老苦廣說乃至求不得苦等所隨逐等所隨縛諸受欲者於圓滿欲驅迫而轉亦未解脫生等法故雖彼諸欲勝妙圓滿而暫時有是名尋思諸欲共相云何尋思諸欲麤品謂正尋思如是諸欲皆墮黑品猶如骨鎖如凝血肉如草炬火如一分炭火如大毒蛇如夢所見如假借得諸莊嚴具如樹端果追求諸欲諸有情類於

諸欲中受追求所作苦受防護所作苦受親愛失壞所作苦受無猒足所作苦受不自在所作苦受惡行所作苦如是一切如前應知如世尊說習近諸欲有五過患謂彼諸欲極少滋味多諸苦惱多諸過患又彼諸欲於習近時能令無猒能令無足能令無滿又彼諸欲常爲諸佛及佛弟子賢善正行正至善士以無量門呵責毀呰又彼諸欲於習近時能令諸結積集增長又彼諸欲於習近時我說無有惡不善業而不作者如是諸欲令無猒足多所共有是非法行惡行之因增長欲愛智者所離速趣消滅依託衆緣是諸放逸危亡之地無常虛僞妄失之法猶如幻化誑惑愚夫若現法欲若後法欲若天上欲若人中欲一切皆是魔之所行魔之所住於是處所能生無量依意所起惡不善法所謂貪瞋及憤諍等於聖弟子正修學時能爲障礙由如是等差別因緣如是諸欲多分墮在黑品所攝是名尋思諸欲麤品云何尋思諸欲麤時謂正尋思如是諸欲去來今世於常常時於恒恒時多諸過患多諸損惱多諸疫癘多諸災害是名尋思諸欲麤時云何尋思諸欲麤理謂正尋思如是諸欲由大資粮由大追求由大劬勞及由種種無量差別工巧業處方能招集生起增長又彼諸欲雖善生起雖善增長一切多爲外攝受事謂父母妻子奴婢作使親友眷屬或爲對治自內有色麤重四大糜飯長養常須覆蔽沐浴按摩壞斷離散消滅法身隨所生起種種苦惱食能對治諸飢渴苦衣能對治諸寒熱苦及能覆蔽可慙

羞處卧具能治諸勞睡苦及能對治經行住苦病緣醫藥能治病苦是故諸欲唯能對治隨所生起種種苦惱不應染著而受用之唯應正念譬如重病所逼切人爲除病故服雜穢藥又彼諸欲有至教量證有麤相又彼諸欲如是如是所有麤相我亦於内現智見轉又彼諸欲有比度量知有麤相又彼諸欲從無始來本性麤穢成就法性難思法性不應思議不應分别是名尋思諸欲麤理如是名爲由六種事覺了欲界諸欲麤相復能覺了初靜慮中所有靜相謂欲界中一切麤性於初靜慮皆無所有由離欲界諸麤性故初靜慮中說有靜性是名覺了初靜慮中所有淨相即由如是定地作意於欲界中了爲麤相於初靜慮了爲靜相是故名爲了相作意即此作意當言猶爲聞思間雜彼既如是如理尋思了知諸欲是其麤相知初靜慮是其靜相從此已後超過聞思唯用修行於所緣相發起勝解修奢摩他毗鉢舍那既修習已如所尋思麤相靜相數起勝解如是名爲勝解作意即此勝解善修善習善多修習爲因緣故最初生起斷煩惱道即所生起斷煩惱道俱行作意此中說名遠離作意由能最初斷於欲界先所應斷諸煩惱故及能除遣彼煩惱品麤重性故從是已後愛樂於斷愛樂遠離於諸斷中見勝功德觸證少分遠離喜樂於時時間欣樂作意而深慶悅於時時間猒離作意而深猒患爲欲除遣惛沉睡眠掉舉等故如是名爲攝樂作意彼由如是樂斷樂修正修加行善見任持欲界所繫諸煩惱纏

若行若住不復現行便作是念我今為有於諸欲中貪欲煩惱不覺知耶為無有耶為審觀察如是事故隨於一種可愛淨相作意思惟猶未求斷諸隨眠故思惟如是淨妙相時便復發起隨習近心趣習近心臨習近心不能住捨不能猒毀制伏違逆彼作是念我於諸欲猶未解脫其心猶未正得解脫我心仍為諸行制伏如水被持未為法性之所制伏我今復應為欲永斷餘隨眠故心勤安住樂斷樂修如是名為觀察作意從此倍更樂斷樂修奢摩他毗鉢舍那鄭重觀察修習對治時時觀察先所已斷由是因緣從欲界繫一切煩惱心得離繫此由暫時伏斷方便非是畢竟永害種子當於爾時初靜慮地前加行道已得究竟一切煩惱對治作意已得生起是名加行究竟作意從此無間由是因緣證入根本初靜慮定即此根本初靜慮定俱行作意名加行究竟果作意又於遠離攝樂作意現在轉時能適悅身離生喜樂於時時間微薄現前加行究竟作意轉時即彼喜樂轉復增廣於時時間深重現前加行究竟果作意轉時離生喜樂遍諸身分無不充滿無有間隙彼於爾時遠離諸欲遠離一切惡不善法有尋有伺離生喜樂於初靜慮圓滿五支具足安住名住欲界對治修果名隨證得離欲界欲又了相作意於所應斷能正了知於所應得能正了知為斷應斷為得應得心生希願勝解作意為斷為得正發加行遠離作意能捨所有上品煩惱攝樂作意能捨所有中品煩惱觀察作意能於所得離增上慢安

住其心加行究竟作意能捨所有下品煩惱加行究竟果作意能正領受彼諸作意善修習果又若了相作意若勝解作意總名隨順作意猒壞對治俱行若遠離作意若加行究竟作意總名對治作意斷對治俱行若攝樂作意名對治作意及順清淨作意若觀察作意名順觀察作意如是其餘四種作意當知攝入六作意中謂隨順作意對治作意順清淨作意順觀察作意如初靜慮定有七種作意如是第二第三第四靜慮定及空無邊處識無邊處無所有處非想非非想處定當知各有七種作意若於有尋有伺初靜慮地覺了麤相於無尋無伺第二靜慮地覺了靜相爲欲證入第二靜慮應知是名了相作意謂已證入初靜慮定已得初靜慮者於諸尋伺觀爲麤性能正了知若在定地於緣最初率爾而起怱務行境麤意言性是名爲尋即於彼緣隨彼而起隨彼而行徐歷行境細意言性是名爲伺又正了知如是尋伺是心法性心生時生共有相應同一緣轉又正了知如是尋伺依内而生外處所攝又正了知如是一切過去未來現在所攝從因而生從緣而生或增或減不久安住暫時而有率爾現前令心躁擾令心散動不靜行轉求上地時苦住隨逐是故皆是黑品所攝隨逐諸欲離生喜樂少分勝利隨所在地自性能令有如是相於常常時於恒恒時有尋有伺心行所緣躁擾而轉不得寂靜以如是等種種行相於諸尋伺覺了麤相又正了知第二靜慮無尋無伺如是一切所說麤相皆無所有是故宣

說第二靜慮有其靜相彼諸麤相皆遠離故爲欲證入第二靜慮隨其所應其餘作意如前應知如是乃至爲欲證入非想非非想處定於地地中隨其所應當知皆有七種作意

又彼麤相遍在一切下地皆有下從欲界展轉上至無所有處當知麤相略有二種謂諸下地苦住增上望上所住不寂靜故及諸壽量時分短促望上壽量轉減少故此二麤相由前六事如其所應當正尋思隨彼彼地樂離欲時如其所應於次上地尋思靜相漸次乃至證得加行究竟果作意

復次此中離欲者欲有二種一者煩惱欲二者事欲離有二種一者相應離二者境界離離惡不善法者煩惱欲因所生種種惡不善法即身惡行語惡行等持杖持刀鬪訟諍競諂誑詐僞起妄語等由斷彼故說名爲離惡不善法有尋有伺者由於尋伺未見過失自地猶有對治欲界諸善尋伺是故說名有尋有伺所言離者謂已獲得加行究竟作意故所言生者由此爲因由此爲緣無間作生故名離生言喜樂者謂已獲得所希求義及於喜中未見過失一切麤重已除遣故及已獲得廣大輕安身心調暢有堪能故說名喜樂所言初者謂從欲界最初上進創首獲得依順次數說名爲初言靜慮者於一所緣繫念寂靜正審思慮故名靜慮言具足者謂已獲得加行究竟果作意故言安住者謂於後時由所修習多成辦故得隨所樂得無艱難得無梗澀於靜慮定其心晝夜能正隨順趣向臨入隨所欲樂乃至七日七夜能正安住故

名安住
復次於有尋有伺三摩地相心能棄捨於無尋無伺三摩地相繫念安住於諸怱務所行境界能正遠離於不怱務所行境界安住其心一味寂靜極寂靜故是故說言尋伺寂靜故內等淨故又彼即於無尋無伺三摩地串修習故超過尋伺有間缺位能正獲得無間缺位是故說言心一趣故無尋無伺者一切尋伺悉皆斷故所言定者謂已獲得加行究竟作意故所言生者由此爲因由此爲緣無間所生故名定生言喜樂者謂已獲得所希求義又於喜中未見過失有欣有喜一切尋伺初靜慮地諸煩惱品所有麤重皆遠離故能對治彼廣大輕安身心調柔有堪能樂所隨逐故名有喜樂依順次數此爲第二如是一切如前應知
復次彼於喜相深見過失是故說言於喜離欲又於爾時遠離二種亂心灾患能於離喜第三靜慮攝持其心第二靜慮已離尋伺今於此中復離於喜是故說言安住於捨如是二法能擾亂心障無間捨初靜慮中有尋伺故令無間捨不自在轉第二靜慮由有喜故令無間捨不自在轉是故此捨初二靜慮說名無有由是因緣修靜慮者第三靜慮方名有捨由有捨故如如安住所有正念如是如是彼喜俱行想及作意不復現行若復於此第三靜慮不善修故或時失念彼喜俱行想及作意時復現行尋即速疾以慧通達能正了知隨所生起能不忍受方便棄捨除遣變吐心住上捨是故說有正念正知彼於爾時

住如是捨正念正知親近修習多修習故令心踊躍俱行喜受便得除滅離喜寂靜最極寂靜與喜相違心受生起彼於爾時色身意身領納受樂及輕安樂是故說言有身受樂第三靜慮已下諸地無如是樂及無間捨第三靜慮已上諸地此無間捨雖復可得而無有樂下地樂捨俱無有故上地有捨而無樂故是故說言於是處所謂第三靜慮諸聖宣說謂依於此已得安住補特伽羅具足捨念及以正知住身受樂第三靜慮具足安住言諸聖者謂佛世尊及佛弟子復次此中對治種類勢相似故略不宣說樂斷對治但說對治所作樂斷何等名爲此中對治所謂捨念及以正知由即於此數修習故便能棄捨令不出離第三靜慮第三靜慮地中勝樂是故說言由樂斷故修靜慮者即於爾時所有苦樂皆得超越由是因緣若先所斷若今所斷總集說言樂斷苦斷先喜憂沒謂入第四靜慮定時樂受斷故入第二靜慮定時苦受斷故入第三靜慮定時喜受沒故入初靜慮定時憂受沒故今於此中且約苦樂二受斷故說有所餘非苦樂受是故說言彼於爾時不苦不樂從初靜慮一切下地災患已斷謂尋伺喜樂入息出息由彼斷故此中捨念清淨鮮白由是因緣正入第四靜慮定時心住無動一切動亂皆悉遠離是故說言捨念清淨第四等言如前所說初靜慮等應知其相復次以於虛空起勝解故所有青黃赤白等相應顯色想由不顯現故及猒離欲故皆能超越是故說言色想出過故由不顯現超越

彼想以爲因故所有種種衆多品類因諸顯色和合積集有障礙想皆得除遣是故説言有對想滅没故由遠離彼想以爲因故所有於彼種種聚中差别想轉謂飲食缾衣乘莊嚴具城舍軍園山林等想於是一切不作意轉是故説言種種想不作意故除遣如是有色有對種種想已起無邊想虚空勝解是故説言入無邊空由已超過近分加行究竟作意入上根本加行究竟果作意定是故説言空無邊處具足安住當知此中依於近分乃至未入上根本定唯縁虚空若已得入上根本定亦縁虚空亦縁自他所有諸蘊又近分中亦縁下地所有諸蘊

復次若由此識於無邊空發起勝解當知此識無邊空相勝解相應若有欲入識無邊處先捨虚空無邊處想即於彼識次起無邊行相勝解爾時超過近分根本空無邊處是故説言超過一切空無邊處入無邊識由彼超過識無邊處所有近分乃至加行究竟作意入上根本加行究竟果作意定是故説言識無邊處具足安住

復次從識無邊處求上進時離其識外更求餘境都無所得謂諸所有或色非色相應境性彼求境界無所得時超過近分及以根本識無邊處發起都無餘境勝解此則名爲於無所有假想勝解即於如是假想勝解多修習故便能超過無所有處一切近分乃至加行究竟作意入彼根本加行究竟果作意定是故説言超過一切識無邊處無少所有無所有處具足安住

復次從無所有處求上進時由於無所有處想起麤想故便能棄捨無所有處想由是因緣先入無所有處定時超過一切有所有想今復超過無所有想是故說言非有想謂或有所有想或無所有想非無想謂非如無想及滅盡定一切諸想皆悉滅盡唯有微細想緣無相境轉是故說言非想非非想即於此處起勝解時超過一切近分根本無所有處及非想非非想處近分乃至加行究竟作意入彼根本加行究竟果作意定是故說言超過一切無所有處於非想非非想處具足安住

復次此中入靜慮定時其身相狀如處空中入無色定時其身相狀如處虚空當知此中由奢摩他相安住上捨勤修加行

復次依靜慮等當知能入二無心定一者無想定二者滅盡定無想定者唯諸異生由棄背想作意方便能入滅盡定者唯諸聖者由止息想受作意方便能入如是二定由二作意方便能入謂無想定由棄背想作意以爲上首勤修加行漸次能入若滅盡定由從非想非非想處欲求上進暫時止息所緣作意以爲上首勤修加行漸次能入若諸異生作如是念諸想如病諸想如癰諸想如箭唯有無想寂靜微妙攝受如是背想作意於所生起一切想中精勤修習不念作意由此修習爲因緣故加行道中是有心住入定無間心不復轉如是出離想作意爲先已離遍淨貪未離廣果貪諸心心法滅是名無想定由是方便證得此定若諸聖者已得非想非非想

處復欲暫時住寂靜住從非有想非無想處心求上進心上進時求上所緣竟無所得無所得故滅而不轉如是有學已離無所有處貪或阿羅漢求暫住想作意爲先諸心心法滅是名滅盡定由是方便證得此定

復次依止靜慮發五通等云何能發謂靜慮者已得根本清淨靜慮即以如是清淨靜慮爲所依止於五通增上正法聽聞受持令善究竟謂於神境通宿住通天耳通死生智通心差別通等作意思惟復由定地所起作意了知於義了知於法由了知義了知法故如是如是修治其心由此修習多修習故有時有分發生修果五神通等又即如是了知於義了知於法爲欲引發諸神通等修十二想何等十二一輕舉想二柔輭想三空界想四身心符順想五勝解想六先所受行次第隨念想七種種品類集會音聲想八光明色相想九煩惱所作色變異想十解脱想十一勝處想十二遍處想輕舉想者謂由此想於身發起輕舉勝解如妬羅綿或如疊絮或似風輪發起如是輕勝解已由勝解作意於彼彼處飄轉其身謂從牀上飄置几上復從几上飄置牀上如是從牀飄置草座復從草座飄置於牀柔輭想者謂由此想於身發起柔輭勝解或如綿囊或如毛毳或如熟練此柔輭想長養攝受前輕舉想於攝受時令輕舉想增長廣大空界想者謂由此想先於自身發起輕舉柔輭二勝解已隨所欲往若於中間有諸色聚能爲障礙爾時便起勝解作意於彼色中作空勝解能無礙往身心符順想者

謂由此想或以其心符順於身或以其身符順於心由此令身轉轉輕舉轉轉柔輭轉轉堪任轉轉光潔隨順於心繫屬於心依心而轉勝解想者謂由此想遠作近解近作遠解麤作細解細作麤解地作水解水作地解如是一一差别大種展轉相作廣如變化所作勝解或色變化或聲變化由此五想修習成滿領受種種妙神境通或從一身示現多身謂由現化勝解想故或從多身示現一身謂由隱化勝解想故或以其身於諸牆壁垣城等類厚障隔事直過無礙或於其地出没如水或於其水斷流往返履上如地或如飛鳥結跏趺坐騰颺虚空或於廣大威德勢力日月光輪以手捫摸或以其身乃至梵世自在迴轉當知如是種種神變皆由輕舉柔輭空界身心符順想所攝受勝解想故隨其所應一切能作此中以身於其梵世略有二種自在迴轉一者往來自在迴轉二於梵世諸四大種一分造色如其所樂隨勝解力自在迴轉先所受行次第隨念想者謂由此想從童子位迄至于今隨憶念轉自在無礙隨彼彼位若行若住若坐若卧廣說一切先所受行隨其麤略次第無越憶念了知於此修習多修習故證得修果於無量種宿世所住廣說乃至所有行相所有宣說皆能隨念種種品類集會音聲想者謂由此想遍於彼彼村邑聚落或長者衆或邑義衆或餘大衆或廣長處或家或室種種品類諸衆集會所出種種雜類音聲名諠譟聲或於大河衆流激湍波浪音聲善取其相以修所成定地作意於諸

天人若遠若近聖非聖聲力勵聽採於此修習多修習故證得修果清淨天耳由是能聞人間天上若遠若近一切音聲光明色相想者謂於如前所說種種諸光明相極善取已即於彼相作意思惟又於種種諸有情類善不善等業用差別善取其相即於彼相作意思惟是名光明色相想於此修習多修習故證得修果死生智通由是清淨天眼通故見諸有情廣說乃至身壞已後往生善趣天世間中煩惱所作色變異想者謂由此想於貪恚癡忿恨覆惱誑諂慳嫉及以憍害無慚無愧諸餘煩惱及隨煩惱纏繞其心諸有情類種種色位色相變異解了分別如是色類有貪欲者有色分位色相變異謂諸相躁擾諸根掉舉言常含笑如是色類有瞋恚者有色

分位色相變異謂面恒顰蹙語音謇澀言常變色如是色類有愚癡者有色分位色相變異謂多分瘖瘂事義闇昧言不辯了語多下俚由如是等行相流類廣說乃至無慚愧等所纏繞者有色分位色相變異善取其相復於彼相作意思惟於此修習多修習故發生修果心差別智由此智故於他有情補特伽羅隨所尋思隨所伺察心意識等皆如實知解脫勝處遍處想者如前三摩呬多地應知修相由於此想親近修習多修習故能引最勝諸聖神通若變事通若化事通若勝解通及能引發無諍願智四無礙解謂法無礙解義無礙解辭無礙解辯無礙解等種種功德又聖非聖二神境通有差別者謂聖神通隨所變事隨所化事隨所勝解一切皆能如實

成辦無有改異堪任有用非聖神通不能如是猶如幻化唯可觀見不堪受用當知如是十二種想親近修習多修習故隨其所應便能引發五種神通及能引發不共異生如其所應諸聖功德

復次此中於初靜慮下中上品善修習已隨其所應當生梵衆天梵輔天大梵天衆同分中於第二靜慮下中上品善修習已隨其所應當生少光天無量光天光淨天衆同分中於第三靜慮下中上品善修習已隨其所應當生少淨天無量淨天遍淨天衆同分中於第四靜慮下中上品善修習已隨其所應當生無雲天福生天廣果天衆同分中若不還者以無漏第四靜慮間雜熏修有漏第四靜慮即於此中下品中品上品上勝品上極品善修習已隨其所應當生五淨居天衆同分中謂無煩無熱善現善見色究竟天若於空處識處無所有處非想非非想處下中上品善修習已當生空處識處無所有處非想非非想處隨行天衆同分中由彼諸天無有形色是故亦無處所差別然住所作有其差別於無想定善修習已當生無想有情天衆同分中

復次此中云何應知離欲者相謂離欲者身業安住諸根無動威儀進止無有躁擾於一威儀能經時久不多驚懼終不數數易脫威儀言詞柔輭言詞寂靜不樂諠雜不樂衆集言語安詳眼見色已唯覺了色不因覺了而起色貪如是耳聞聲已鼻齅香已舌嘗味已身覺觸已唯覺了聲乃至其觸不因覺了而

起聲貪乃至觸貪能無所畏覺慧幽深輕安廣大身心隱密無有貪婪無有憤發能有堪忍不爲種種欲尋思等諸惡尋思擾亂其心如是等類當知名爲離欲者相

瑜伽師地論卷第三十三

音釋

疫癘（疫營隻切癘力制切疫癘瘟病也）謟誑（謟丑琰切佞言也誑古況切詐也）梗澀（梗古杏切塞也澀所立切）毳（充芮切細毛也）颺（余章切飛擧也）捫摸（捫莫奔切撫也摸慕各切）激湍（激古歷切疾波也湍他官切疾瀨也）顰蹙（顰毗賓切蹙子六切顰蹙愁貌）謇（居偃切吃也）齅（許救切以鼻擥氣也）婪（盧含切貪也）

瑜伽師地論卷第三十四

彌勒菩薩說

唐三藏沙門玄奘奉詔譯

本地分中聲聞地

第四瑜伽處之二

如是已辯往世間道若樂往趣出世間道應當依止四聖諦境漸次生起七種作意所謂最初了相作意最後加行究竟果作意乃至證得阿羅漢果

修瑜伽師於四聖諦略標廣辯增上教法聽聞受持或於作意已善修習或得根本靜慮無色由四種行了苦諦相謂無常行苦行空行無我行由四種行了集諦相謂因行集行起行緣行由四種行了滅諦相謂滅行靜行妙行離行由四種行了道諦相謂道行如行行行出行如是名為了相作意由十種行觀察苦諦能隨悟入苦諦四行何等為十一變異行二滅壞行三別離行四法性行五合會行六結縛行七不可愛行八不安隱行九無所得行十不自在行如是十行依證成道理能正觀察此中且依至教量理如世尊說諸行無常又此諸行略有二種一有情世間二器世間世尊依彼有情世間說如是言苾芻當知我以過人清淨天眼觀諸有情死時生時廣說乃至身壞已後當生善趣天世界中由此法門顯示世尊以淨天眼現見一切有情世間是無常性又世尊言苾芻當知此器世間長時安住過是已後漸次乃至七日輪現如七日經廣說乃至所有大地諸山大海及蘇迷盧大寶山王乃至梵世諸器世界皆

被焚燒災火滅後灰燼不現乃至餘影亦不可得由此法門世尊顯示諸器世間是無常性如是且依至教量理修觀行者淨信增上作意力故於一切行無常之性獲得決定得決定已即由如是淨信增上作意力故數數尋思觀察一切現見不背不由他緣無常之性云何數數尋思觀察謂先安立內外二事言內事者謂六處等言外事者有十六種一者地事謂城邑聚落舍市鄽等二者園事謂藥草叢林等三者山事謂種種山安布差別四者水事謂江河陂湖衆流池沼五者作業事六者庫藏事七者食事八者飲事九者乘事十者衣事十一者莊嚴具事十二者舞歌樂事十三者香鬘塗飾事十四者資生具事十五者諸光明事十六者男女承奉事如是名爲十六種事安立如是內外事已復於彼事現見增上作意力故以變異行尋思觀察無常之性此中內事有十五種所作變異及有八種變異因緣云何內事有十五種所作變異一分位所作變異二顯色所作變異三形色所作變異四興衰所作變異五支節具不具所作變異六劬勞所作變異七他所損害所作變異八寒熱所作變異九威儀所作變異十觸對所作變異十一雜染所作變異十二疾病所作變異十三終歿所作變異十四青瘀等所作變異十五一切不現盡滅所作變異云何八種變異因緣一積時貯畜二他所損害三受用虧損四時節變異五火所焚燒六水所漂爛七風所鼓燥八異緣會遇積時貯畜者謂有色諸法雖於好處安置守

護而經久時自然敗壞其色衰損變異可得他所損害者謂種種色法若為於他種種捶打種種損害即便種種形色變異受用虧損者謂各別屬主種種色物受者受用增上力故損減變異時節變異者謂秋冬時叢林藥草華葉果等萎黄零落於春夏時枝葉華果青翠繁茂火所焚燒者謂大火縱逸焚燒村邑國城王都悉為灰燼水所漂爛者謂大水洪漫漂蕩村邑國城王都悉皆淪没風所鼓燥者謂大風飄扇濕衣濕地稼穡叢林乾曝枯槁異緣會遇者謂緣樂受觸受樂受時遇苦受觸緣苦受觸受苦受時遇樂受觸緣不苦不樂受觸受不苦不樂受時遇樂受觸或苦受觸又有貪者會遇瞋緣貪纏止息發起瞋纏如是有瞋癡者會遇異分煩惱生緣當知亦爾如是眼識正現在前會遇聲香味觸境等餘境餘緣起異分識其餘一切如理應知是名八種變異因緣一切有色及無色法所有變異皆由如是八種因緣除此更無若過若增云何尋思内事分位所作變異無常之性謂由觀見或自或他從少年位乃至老位諸行相續前後差别互不相似見是事已便作是念如是諸行其性無常何以故此内分位前後變異現可得故云何尋思内事顯色所作變異無常之性謂由觀見或自或他先有妙色肌膚鮮澤後見惡色肌膚枯槁復於後時還見妙色肌膚鮮澤見是事已便作是念如是諸行其性無常何以故此内顯色前後變異現可得故云何尋思内事形色所作變異無常之性謂如説顯色如是形色由

肥瘦故應知亦爾云何尋思內事興衰所作變異無常之性謂由觀見或自或他先時眷屬財位或見悉皆興盛後見一切皆悉衰損復於後時還見興盛見是事已便作是念如是諸行其性無常何以故興衰變異現可得故云何尋思內事支節所作變異無常之性謂由觀見或自或他先時支節無有缺減後時觀見支節缺減或王所作或賊所作或人所作或非人作見是事已便作是念如是諸行其性無常餘如前說云何尋思內事劬勞所作變異無常之性謂由觀見或自或他身疲勞性身疲極性或馳走所作或跳踊所作或趒躑所作或騙騎所作或作種種迅疾身業復於餘時見彼遠離疲勞疲極見是事已便作是念如是諸行其性無常餘如前說云何尋思內事他所損害所作變異無常之性謂由觀見或自或他他所損害其身變異或由刀杖鞭革皮繩矛矟等壞或由種種蚊虻蛇蠍諸惡毒觸之所損害復於餘時見不變異見是事已便作是念如是諸行其性無常餘如前說云何尋思內事寒熱所作變異無常之性謂由觀見或自或他於正寒時身不舒泰踡跼戰慄寒凍纏逼希遇温陽於正熱時身體舒泰奮身乾語霡霂流汗熱渴纏逼希遇清涼復至寒時還見如前所說相狀見是事已便作是念如是諸行其性無常餘如前說云何尋思內事威儀所作變異無常之性謂由觀見或自或他行住坐臥隨一威儀或時爲損或時爲益見是事已便作是念如是諸行其性無常餘如前說云何尋思內事

觸對所作變異無常之性謂由觸對順樂受觸領樂觸緣所生樂時自能了別樂受分位如能了別樂受分位如是了別苦受分位不苦不樂受分位應知亦爾彼由了別如是諸受前後變異是新新性非故故性或增或減暫時而有率爾現前尋即變壞知是事已便作是念如是諸行其性無常餘如前說云何觀察內事雜染所作變異無常之性謂能了知先所生起或有貪心或離貪心或有瞋心或離瞋心或有癡心或離癡心又能了知隨一一種諸隨煩惱所染汙心又能了知隨一一種諸隨煩惱不染汙心又能了知彼心相續由諸煩惱及隨煩惱於前後位趣入變壞不變壞性見是事已便作是念如是諸行其性無常何以故心由雜染所作變異現可得故云何觀察內事疾病所作變異無常之性謂由觀見或自或他先無疾病安樂強盛後時觀見或自或他遭重病苦觸對猛利身諸苦受如前廣說復於餘時還見無病安樂強盛見是事已便作是念如是諸行其性無常餘如前說云何觀察內事終歿所作變異無常之性謂由觀見今時存活安住支持復於餘時觀見死沒唯有尸骸空無心識見是事已便作是念如是諸行其性無常餘如前說云何觀察內青瘀等所作變異無常之性謂由觀見死已屍骸或於一時至青瘀位或於一時至膿爛位如是乃至骨鎖之位見是事已便作是念如是諸行其性無常餘如前說云何觀察內事一切不現盡滅所作變異無常之性謂由觀見彼於餘時此骨鎖位亦復

不現皆悉敗壞離散磨滅遍一切種眼不復見見是事已便作是念如是諸行其性無常何以故如是色相數數改轉前後變異現可得故如是且由現見增上作意力故十五種行觀察内事種種變異無常之性觀察是已復更觀察十六外事種種變異無常之性云何觀察地事變異無常之性謂由觀見此地方所先未造立道場天寺宅舍市鄽城牆等事後見新造善作善飾復於餘時見彼朽故圮坼零落隤毀穿缺火所焚燒水所漂蕩見是事已便作是念如是諸行其性無常何以故如是色相前後轉變現可得故云何觀察園事變異無常之性謂先觀見諸園苑中藥草叢林華果枝葉悉皆茂盛青翠丹暉甚可愛樂復於後時見彼枯槁無諸華果柯葉零落火所焚燒水所漂蕩見是事已便作是念如是諸行其性無常餘如前說云何觀察山事變異無常之性謂於一時觀見其山叢林蓊鬱聳石巉巖復於一時見彼叢林巉巖聳石彫殘隤毀高下參差火所焚燒水所漂蕩見是事已便作是念如是諸行其性無常餘如前說云何觀察水事變異無常之性謂先一時見諸河瀆池泉井等濤波涌溢醴水盈滿後於一時見彼一切枯涸乾竭見是事已便作是念如是諸行其性無常餘如前說云何觀察業事變異無常之性謂先一時見彼種種徇利牧農工巧正論行船等業皆悉興盛復於一時見彼事業皆悉衰損見此事已便作是念如是諸行其性無常餘如前說云何觀察庫藏變異無常之性謂由觀見種種

庫藏一時盈滿一時減盡見此事已便作是念如是諸行其性無常餘如前說云何觀察飲食變異無常之性謂由觀見種種飲食一時未辦一時已辦一時入口牙齒咀嚼和雜涎唾細細吞咽一時入腹漸漸消化一時變為屎尿流出見此事已便作是念如是諸行其性無常餘如前說云何觀察乘事變異無常之性謂於一時見種種乘新妙莊嚴甚可愛樂復於一時見彼朽故雕諸嚴飾見此事已便作是念如是諸行其性無常餘如前說云何觀察衣事變異無常之性謂由觀見種種衣服一時新成一時故壞一時鮮潔一時垢膩見此事已便作是念如是諸行其性無常餘如前說云何觀察嚴具變異無常之性謂由觀見諸莊嚴具一時未成一時已成一時堅固一時破壞見此事已便作是念如是諸行其性無常餘如前說云何觀察舞歌樂事所有變異無常之性謂由觀見舞歌妓樂現在種種音曲差別異起異謝見此事已便作是念如是諸行其性無常餘如前說云何觀察香鬘塗飾所有變異無常之性謂先觀見種種香鬘鮮榮芬馥後時見彼萎悴臭爛見此事已便作是念如是諸行其性無常餘如前說云何觀察資具變異無常之性謂觀見彼未造已造成滿破壞前後變異見此事已便作是念如是諸行其性無常餘如前說云何觀察光明變異無常之性謂由觀見種明闇生滅變異見此事已便作是念如是諸行其性無常餘如前說云何觀察男女承奉所有變異無常之性謂觀見彼或衰或盛

不久堅住見此事已便作是念如是諸行其性無常餘如前說
如是一切外事諸行前之六種是所攝受事後之十種是身資具事以要言之當知其性皆是無常何以故形相轉變現可得故由如是等如前所說諸變異行現見增上作意力故於内外事如其所應以變異行觀察一切是無常性由是因緣於諸變異無常之性現見不背不由他緣非他所引隨念觀察審諦決定即由如是所說因緣說名現見增上作意即由如是現見增上作意力故觀察變異無常性已彼諸色行雖復現有剎那生滅滅壞無常而微細故非現所得故依現見增上作意應正比度云何比度謂彼諸行要有剎那生滅滅壞方可得有前後變異非如是住得有變異是故諸行必定應有剎那生滅彼彼衆緣和合有故如是如是諸行得生生已不待滅壞因緣自然滅壞如是所有變異因緣能令諸行轉變生起此是變異生起因緣非是諸行滅壞因緣所以者何由彼諸行與世現見滅壞因緣俱滅壞已後不相似生起可得非彼一切全不生起或有諸行既滅壞已一切生起全不可得如煎水等最後一切皆悉消盡災火焚燒器世間已都無灰燼乃至餘影亦不可得彼亦因緣後後展轉漸減盡故最後一切都無所有不由其火作如是事是故變異由前所說八種因緣令變生起自然滅壞如是比度作意力故由滅壞行於彼諸行剎那生滅滅壞無常而得決定於如是事得決定已復於他世非所現見諸行生

起應正比度云何比度謂諸有情現有種種差別可得或好形色或惡形色或上族姓或下族姓或富族姓或貧族姓或大宗葉或小宗葉或長壽命或短壽命言或威肅或不威肅或性利根或性鈍根如是一切有情差別定由作業有其差別方可成立非無作業如是有情色類差別定由先世善不善業造作增長種種品類由彼因緣於今自體差別生起不應自在變化爲因何以故若說自在變化爲因能生諸行此所生行爲唯用彼自在爲緣爲待餘緣如是自在方能變化若唯用彼自在爲緣是則諸行與彼自在俱應本有何須更生若言先有自在體性然後行生是則諸行不唯自在爲緣生起若言自在隨其所欲功用祈願方能造化是故亦用欲爲因緣非唯自在若爾此欲爲有因耶爲無因耶若言有因即用自在以爲因者此則同前所說過失不應道理若言此欲更有餘因是則如欲功用祈願離自在外餘法爲因如是亦應一切諸行皆用餘法以爲其因何須妄計無用自在由如是等比度增上作意力故於有他世諸行生起獲得決定如是略由三種增上作意力故尋思觀察內外諸行是無常性謂淨信增上作意力故現見增上作意力故比度增上作意力故於前所舉能隨順修無常五行已辯變異滅壞二行云何復由別離行故觀無常性謂依內外二種別離應知諸行是無常性依內別離無常性者謂如有一先爲他主非奴非使能自受用能驅役他作諸事業彼於後時退失主性非奴使性轉

得他奴及所使性於主性等名爲別離無常之性依外別離無常性者謂現前有資生財寶先未變異未爲別離無常滅壞後時爲王盜賊非愛及共財等之所劫奪或由惡作加行失壞或方便求而不能得如是等類應知是名由別離行知無常性云何復由法性行故觀無常性謂即所有變異無常滅壞無常別離無常於現在世猶未合會於未來世當有法性如實通達如是諸行於未來世當有法性如是等類名爲通達法性無常云何復由合會行故觀無常性謂即如是變異無常滅壞無常別離無常於現在世合會現前如實通達如是諸行於現在世現前合會如是等類名爲通達合會無常彼於如是內外諸行五無常性由五種行如其所應作意修習多修習故獲得決定如是由證成道理及修增上故於無常行得決定從此無間趣入苦行作是思惟如是諸行皆是無常是無常故決定應是有生法性如是諸行既是生法即有生苦既有生苦當知亦有老病死苦怨憎會苦愛別離苦求不得苦如是且由不可愛行趣入苦行如是復於有漏有取能順樂受一切蘊中由結縛行趣入苦行所以者何以於愛等結處生愛等結於貪等縛處生貪等縛便能招集生老病死愁悲憂苦一切擾惱純大苦蘊如是復於有漏有取順非苦樂一切蘊中由不安隱行趣入苦行所以者何有漏有取順非苦樂一切諸蘊麤重俱行苦樂種子之所隨逐苦苦壞苦不解脫故一切皆是無常滅法如是行者於能隨順樂受諸

行及樂受中由結縛行趣入壞苦於能隨順苦受諸行及苦受中由不可受行趣入苦苦於能隨順不苦不樂受諸行及不苦不樂受中由不安隱行趣入行苦如是由結縛行不可愛行不安隱行增上力故於三受中作如是說諸所有受皆悉是苦如是名爲由無常行作意爲先趣入苦行復作是念我於今者唯有諸根唯有境界唯有從彼所生諸受唯有其心唯有假名我我所法唯有其見唯有假立此中可得除此更無若過若增如是唯有諸蘊可得於諸蘊中無有常恒堅住主宰或說爲我或說有情或復於此說爲生者老者病者及以死者或復說彼能造諸業能受種種果及異熟由是諸行皆悉是空無有我故如是名爲由無所得行趣入空行復作是念所有諸行與其自相及無常相苦相相應彼亦一切從緣生故不得自在不自在故皆非是我如是名爲由不自在行入無我行如是行者以其十行攝於四行復以四行了苦諦相謂無常行五行所攝一變異行二滅壞行三別離行四法性行五合會行苦行三行所攝一結縛行二不可愛行三不安隱行空行一行攝所謂無所得行無我行一行所攝謂不自在行彼由十行悟入四行復由四行於苦諦相正覺了已次復觀察如是苦諦何因何集何起何緣由斷彼故苦亦隨斷如是即以集諦四行了集諦相謂了知愛能引苦故說名爲因既引苦已復能招集令其生故說名爲集既生苦已令彼起故說名爲起復於當來諸苦種子能攝受故次第招引諸苦

集故說名爲緣復有差別謂了知愛是取因故復能招集即以其取爲因有故復能生起有爲上首當來生故又能引發以生爲緣老病死等諸苦法故隨其所應當知說名因集起緣復有差別謂正了知煩惱隨眠附屬所依愛隨眠等是當來世後有生因又正了知彼所生纏隨其所應是集起緣謂後有愛能招引故即是其集此後有愛復能發起喜貪俱行愛此喜貪俱行愛復與多種彼彼喜愛爲緣如是依止愛隨眠等及三種纏能生後有及能發起諸愛差別是故說名因集起緣如是行者由四種行了集諦相於集諦相正覺了已復正覺了如是集諦無餘息滅故名爲滅一切苦諦無餘寂靜故名爲靜即此滅靜是第一故是最勝故是無上故說名爲妙是常住故永出離故說名爲離如是行者由四種行了滅諦相於滅諦相正覺了已復正覺了真對治道於所知境能通尋求義故能實尋求義故由於四門隨轉義故一向能趣涅槃義故所以說名道如行出如是行者由四種行了道諦相如是名爲於四聖諦自內現觀了相作意彼既如是於其自內現見諸蘊依諸諦理無倒尋思正觀察已復於所餘不同分界不現見蘊比度觀察謂彼所有有爲有漏遍一切處遍一切種於一切時皆有如是法皆墮如是理皆有如是性彼所有滅皆永寂靜常住安樂彼所有道皆能永斷究竟出離當知此中若於現見諸蘊諦智若於所餘不同分界不現見境比度諦智即是能生法智類智種子依處又即如是了相作意

當知猶為聞思間雜若觀行者於諸諦中如是數數正觀察故由十六行於四聖諦證成道理已得決定復於諸諦盡所有性如所有性超過聞思間雜作意一向發起修行勝解此則名為勝解作意如是作意唯緣諦境一向在定於此修習多修習故於苦集二諦境中得無邊際智由此智故了知無常發起無常無邊際勝解如是了知苦等發起苦無邊際勝解空無我無邊際勝解惡行無邊際勝解往惡趣無邊際勝解興衰無邊際勝解及老病死愁悲憂苦一切擾惱無邊際勝解此中無邊際者謂生死流轉如是諸法無邊無際乃至生死流轉不絕常有如是所說諸法唯有生死無餘息滅此可息滅更無有餘息滅方便即於如是諸有諸趣死生法中以無願行無所依行深猒逆行發起勝解精勤修習勝解作意復於如是諸有諸生增上意樂深心猒怖及於涅槃隨起一行深心願樂彼於長夜其心愛樂世間色聲香味觸等為諸色聲香味觸等滋長積集由是因緣雖於涅槃深心願樂而復於彼不能趣入不能澄淨不能安住不能勝解其心退轉於寂靜界未能深心生希仰故有疑慮故其心數數猒離驚怖雖於一切苦集二諦數數深心猒離驚怖及於涅槃數數發起深心願樂然猶未能深心趣入何以故以彼猶有能障現觀麤品我慢隨入作意間無間轉作是思惟我於生死曾久流轉我於生死當復流轉我於涅槃當能趣入我為涅槃修諸善法我能觀苦真實是苦我能觀集真實是集我能觀滅真實

是滅我能觀道眞實是道我能觀空眞實是空我觀無願眞是無願我觀無相眞是無相如是諸法是我所有由是因緣雖於涅槃深心願樂然心於彼不能趣入彼既了知如是我慢是障礙已便能速疾以慧通達棄捨任運隨轉作意制伏一切外所知境趣入作意隨作意行專精無間觀察聖諦隨所生趣心謝滅時無間生心作意觀察方便流注無有間斷彼既如是以心緣心專精無替便能令彼隨入作意障礙現觀麤品我慢無容得生如是勤修瑜伽行者觀心相續展轉别異新新而生或增或減暫時而有率爾現前前後變易是無常性觀心相續入取蘊攝是爲苦性觀心相續離第二法是爲空性觀心相續從衆緣生不得自在是無我性如是名爲悟入苦諦次復觀察此心相續以愛爲因以愛爲集以愛爲起以愛爲緣如是名爲悟入集諦次復觀察此心相續所有擇滅是永滅性是永靜性是永妙性是永離性如是名爲悟入滅諦次復觀察此心相續究竟對治趣滅之道是眞道性是眞如性是眞行性是眞出性如是名爲悟入道諦如是先來未善觀察今善作意方便觀察以微妙慧於四聖諦能正悟入即於此慧現近修習多修習故能緣所緣平等平等正智得生由此生故斷能斷障礙愛樂涅槃所有麤品現行我慢又於涅槃深心願樂速能趣入心無退轉離諸怖畏攝受增上意樂適悅如是行者於諸聖諦下忍所攝能緣所緣平等平等智生是名爲煗中忍所

攝能緣所緣平等平等智生是名爲頂上忍所攝能緣所緣平等平等智生名諦順忍彼既如是斷能障礙麤品我慢及於涅槃攝受增上意樂適悅便能捨離後後觀心所有加行住無加行無分別心彼於爾時其心似滅而非實滅似無所緣而非無緣又於爾時其心寂靜雖似遠離而非遠離又於爾時非美睡眠之所覆蓋唯有分明無高無下奢摩他行復有一類闇昧愚癡於美睡眠之所覆蓋其心似滅非實滅中起增上慢謂爲現觀此不如是既得如是趣現觀心不久當入正性離生即於如是寂靜心位最後一念無分別心從此無間於前所觀諸聖諦理起內作意此即名爲世第一法從此已後出世心生非世間心此是世間諸行最後界畔邊際是故名爲世第一法從此無間於前所觀諸聖諦理起內作意作意無間隨前次第所觀諸諦若是現見若非現見諸聖諦中如其次第有無分別決定智現見智生由此生故三界所繫見道所斷附屬所依諸煩惱品一切麤重皆悉永斷此永斷故若先已離欲界貪者彼於今時既入如是諦現觀已得不還果彼與前說離欲者相當知無異然於此中少有差別謂當受化生即於彼處當般涅槃不復還來生此世間若先倍離欲界貪者彼於今時既入如是諦現觀已得一來果若先未離欲界貪者彼於今時既入如是諦現觀已麤重永息得預流果由能知智與所知境和合無乖現前觀察故名現觀如刹帝利與刹帝利和合無乖現前觀察名爲現觀婆羅門等當

知亦爾此亦成就衆多相狀謂證如是諦現觀故獲得四智謂於一切若行若住諸作意中善推求故得唯法智得非斷智得非常智得緣生行如幻事智若行境界由失念故雖起猛利諸煩惱纏暫作意時速疾除遣又能畢竟不墮惡趣終不故思違越所學乃至傍生亦不害命終不退轉棄捨所學不復能造五無間業定知苦樂非自所作非他所作非自他作非非自他無因而生終不求請外道爲師亦不於彼起福田想於他沙門婆羅門等終不觀瞻口及顔面唯自見法得法知法證法源底越度疑惑不由他緣於大師教非他所引於諸法中得無所畏終不妄計世瑞吉祥以爲清淨終不更受第八有生具足成就四種證淨如是行者乃至世第一法已前名勝解作意於諸聖諦現觀已後乃至永斷見道所斷一切煩惱名遠離作意

復從此後爲欲進斷修所斷惑如所得道更數修習永斷欲界上品中品諸煩惱已得一來果如預流果所有諸相今於此中當知亦爾然少差別謂若行境界於能隨順上品猛利煩惱纏處由失念故暫起微劣諸煩惱纏尋能作意速疾除遣唯一度來生此世間便能究竟作苦邊際得不還果及不還相如前已說當知此中由觀察作意於一切修道數數觀察已斷未斷如所得道而正修習又於此中云何名修自性云何名修業云何名修品類差別謂由定地作意於世出世善有爲法修習增長無間所作殷重所作令心相續會彼體性如是名爲修定自性當知修業略

有八種一有一類法由修故得二有一類法由修故習三有一類法由修故淨四有一類法由修故遣五有一類法由修故知六有一類法由修故斷七有一類法由修故證八有一類法由修故遠若先未得殊勝善法修習令得名修故得若先已得令轉現前名修故習若先已得未令現前但由修習彼種類法當令現前令轉清淨鮮白生起名修故淨若有失念染法現行修善法力令不忍受斷除變吐名修故遣若未生起所應斷法修善法力了知如病深心猒壞了知如癰如箭障礙無常苦空及以無我深心猒壞名修故知如是知已數修習故無間道生斷諸煩惱名修故斷煩惱斷已證得解脫名修故證如如進趣上地善法如是如是令其下地已斷諸法轉成遠分乃至究竟名修故遠當知是名八種修業應知此修品類差別有十一種一奢摩他修二毗鉢舍那修三世間道修四出世道修五下品道修六中品道修七上品道修八加行道修九無間道修十解脫道修十一勝進道修奢摩他修者謂九種行令心安住如前已說毗鉢舍那修亦如前說世間道修者謂於諸下地見麤相故於諸上地見靜相故乃至能趣無所有處一切離欲出世道修者謂正思惟苦真是苦集真是集滅真是滅道真是道由正見等無漏聖道乃至能趣非想非非想處一切離欲下品道修者謂由此故能斷最麤上品煩惱中品道修者謂由此故能斷所有中品煩惱上品道修者謂由此故能斷所有最後所斷下品煩惱加行道修

者謂由此故爲斷煩惱發起加行無間道修者謂由此故正斷煩惱解脫道修者謂由此故或斷無間證得解脫勝進道修者謂由此故從是已後修勝善法乃至未起餘地煩惱能治加行或復未起趣究竟位當知是名十一種修品類差別如是於修勤修習者於時時間應正觀察所有煩惱已斷未斷於時時間於可猒法深心猒離於時時間於可欣法深心欣慕如是名爲攝樂作意彼即於此攝樂作意親近修習多修習故有能無餘永斷修道所斷煩惱最後學位喻如金剛三摩地生由此生故便能永斷修道所斷一切煩惱問何因緣故此三摩地名金剛喻荅譬如金剛望餘一切末尼眞珠瑠璃螺貝璧玉珊瑚等諸珍寶最爲堅固能穿能壞所餘寶物非

餘寶物所能穿壞如是此三摩地於諸有學三摩地中最上最勝最爲堅固能壞一切所有煩惱非上煩惱所能蔽伏是故此三摩地名金剛喻從此金剛喻三摩地無間永害一切煩惱品麤重種子其心於彼究竟解脫證得畢竟種性清淨於諸煩惱究竟盡中發起盡智由因盡故當來苦果畢竟不生即於此中起無生智彼於爾時成阿羅漢諸漏已盡所作已辦無復所作證得自義盡諸有結已正奉行如是聖教心善解脫已具成就十無學法謂無學正見正思惟乃至無學正解脫正智於諸住中及作意中能隨已心自在而轉隨所樂住或聖或天或梵住中即能安住隨樂思惟所有正法能引世間或出世間諸善義利即能思惟言聖住者謂空住無願

住無相住滅盡定住言天住者謂諸靜慮諸無色住言梵住者謂慈住悲住喜住捨住又於爾時至極究竟畢竟無垢畢竟證得梵行邊際離諸關鍵已出深坑已度深塹已能摧伏彼伊師迦是爲眞聖摧滅髙幢已斷五支成就六支一向守護四所依止最極遠離獨一諦實棄捨希求無濁思惟身行猗息以善解脱慧善解脱獨一無侶正行已立名已親近無上丈夫具足成就六恒住法謂眼見色已無喜無憂安住上捨正念正知如是耳聞聲已鼻齅香已舌嘗味已身覺觸已意了法已無喜無憂安住上捨正念正知彼於爾時領受貪欲無餘永盡領受瞋恚無餘永盡領受愚癡無餘永盡彼貪瞋癡皆永盡故不造諸惡習近諸善其心猶如虚空淨水如妙香

檀普爲一切天帝天王恭敬供養住有餘依般涅槃界度生死海已到彼岸亦名住持最後有身先業煩惱所引諸蘊自然滅故餘取無故不相續故於無餘依般涅槃界而般涅槃此中都無般涅槃者如於生死無流轉者唯有衆苦永滅寂靜清涼滅沒唯有此處最爲寂靜所謂棄捨一切所依愛盡離欲永滅涅槃當知此中有如是相阿羅漢苾芻諸漏永盡不能習近五種處所一者不能故思殺害諸衆生命二者不能不與而取三者不能行非梵行習婬欲法四者不能知而妄語五者不能貯畜受用諸欲資具如是不能妄計苦樂自作他作自他俱作非自他作無因而生又亦不能怖畏一切不應記事又亦不能於雲雷電霹靂災雹及見種種怖畏事已深

生驚怖當知此中金剛喻定所攝作意名加行究竟作意最上阿羅漢果所攝作意名加行究竟果作意由如是等多種作意依出世道證得究竟如是一切名聲聞地此是一切正等覺者所說一切聲聞相應教法根本猶如一切名句文身是所制造文章咒術異論根本

瑜伽師地論卷第三十四

音釋

鄽直連切市物邸舍也　鬘莫還切　貯畜貯直呂切畜勑六切貯畜積聚也　燥先到切乾也　稼穡稼古訝切種也穡所力切斂也　曝步木切日乾也　趒踯趒他弔切越也踯直炙切躍也　騙匹見切上馬也　矟色角切　踡跼踡巨員切跼渠玉切踡跼不伸也　戰慄戰之膳切戰掉也慄力質切竦慄也　霡霂霡莫獲切霂莫卜切霡霂猶沾漬也　圮坼圮部鄙切毀也坼恥格切裂也　隤徒回切墜也　蓊鬱蓊烏孔切鬱紆勿切蓊鬱草木盛也　聳息拱切高起也　巉巖巉鋤銜切巖疑銜切巉巖尖銳貌　咀嚼咀慈呂切嚼疾爵切咀嚼謂合味嚼齧也　涎徐連切　唾湯臥切　替他計切廢也

瑜伽師地論卷第三十五

彌勒菩薩說

唐三藏沙門玄奘奉詔譯

本地分中獨覺地第十四

如是已說聲聞地云何獨覺地當知此地有五種相一者種性二者道三者習四者住五者行

云何獨覺種性謂由三相應正了知一者本性獨覺先未證得彼菩提時有薄塵種性由此因緣於憒閙處心不愛樂於寂靜處深心愛樂二者本性獨覺先未證得彼菩提時有薄悲種性由是因緣於說正法利有情事心不愛樂於少思務寂靜住中深心愛樂三者本性獨覺先未證得彼菩提時有中根種性是慢行類由是因緣深心希願無師無敵而證菩提

云何獨覺道謂由三相應正了知謂有一類安住獨覺種性經於百劫值佛出世親近承事成熟相續專心求證獨覺菩提於蘊善巧於處善巧於界善巧於緣起善巧於處非處善巧於諦善巧勤修學故於當來世速能證得獨覺菩提如是名爲初獨覺道復有一類值佛出世親近善士聽聞正法如理作意於先所未起順決擇分善根引發令起謂煗頂忍而無力能即於此生證法現觀得沙門果復修蘊善巧修處善巧修界善巧修緣起善巧修處非處善巧修諦善巧故於當來世能證法現觀得沙門果是名第二獨覺道復有一類值佛出世親近善士聽聞正法如理作意證法現觀得沙門果而無力能於一切種

至極究竟畢竟離垢畢竟證得梵行邊際阿羅漢果復修蘊善巧修處善巧修界善巧修緣起善巧修處非處善巧修諦善巧故依出世道於當來世至極究竟畢竟離垢畢竟證得梵行邊際阿羅漢果是名第三獨覺道云何獨覺習謂有一類依初獨覺道滿足百劫修集資糧過百劫已出無佛世無師自能修三十七菩提分法證法現觀得獨覺菩提果永斷一切煩惱成阿羅漢復有一類或依第二或依第三獨覺道由彼因緣出無佛世無師自能修三十七菩提分法或證法現觀乃至得阿羅漢果或得沙門果至極究竟畢竟離垢畢竟證得梵行邊際證得最上阿羅漢果當知此中由初習故成獨覺者名麟角喻由第二第三習故成獨勝者名部行喻

云何獨覺住謂初所習麟角喻獨覺樂處孤林樂獨居住樂甚深勝解樂觀察甚深緣起道理樂安住最極空無願無相作意若第二第三所習部行喻獨勝不必一向樂處孤林樂獨居住亦樂部衆共相雜住所餘住相如麟角喻

云何獨覺行謂一切獨覺隨依彼彼村邑聚落而住善護其身善守諸根善住正念隨入彼彼村邑聚落或爲乞食或濟度他下劣愚昧以身濟度不以語言何以故唯現身相爲彼說法不發言故示現種種神通境界乃至爲令心誹謗者生歸向故又彼一切應知本來一向趣寂

本地分中菩薩地第十五

初持瑜伽處種性品第一

如是已說獨覺地云何菩薩地嗢柁南曰
初持次相分　增上意樂住　生攝受地行
建立最爲後
有十法具攝大乘菩薩道及果何等爲十一者持二者相三者分四者增上意樂五者住六者生七者攝受八者地九者行十者建立
云何名持謂諸菩薩自乘種性最初發心及以一切菩提分法是名爲持何以故以諸菩薩自乘種性爲依止故爲建立故有所堪任有大勢力能證無上正等菩提是故說彼自乘種性爲諸菩薩堪任性持以諸菩薩最初發心爲所依止爲建立故於施戒忍精進靜慮慧於六波羅蜜多於福德資糧智慧資糧於一切菩提分法能勤修學是故說彼最初發心爲諸菩薩行加行持以諸菩薩一切所行菩提分法爲所依止爲建立故圓滿無上正等菩提是故說彼一切所行菩提分法爲所圓滿大菩提持住無種性補特伽羅無種性故雖有發心及行加行爲所依止定不堪任圓滿無上正等菩提由此道理雖未發心未修菩薩所行加行若有種性當知望彼而得名持又住種性補特伽羅若不發心不修菩薩所行加行雖有堪任而不速證無上菩提與此相違當知速證又此種性已說名持亦名爲助亦名爲因亦名爲依亦名階級亦名前導亦名舍宅如說種性最初發心所行加行應知亦爾
云何種性謂略有二種一本性住種性二習所成種性本性住種性者謂諸菩薩六處殊勝有如是相從無始世展轉傳來法爾所得

是名本性住種性習所成種性者謂先串習善根所得是名習所成種性此中義意二種皆取又此種性亦名種子亦名爲界亦名爲性又此種性未習成果説名爲細未有果故已習成果説名爲麤與果俱故若諸菩薩成就種性尚過一切聲聞獨覺何況其餘一切有情當知種性無上最勝何以故略有一種淨一煩惱障淨二所知障淨一切聲聞獨覺種性唯能當證煩惱障淨不能當證所知障淨菩薩種性亦能當證煩惱障淨亦能當證所知障淨是故説言望彼一切無上最勝復由四事當知菩薩勝於一切聲聞獨覺何等爲四一者根勝二者行勝三者善巧勝四者果勝言根勝者謂諸菩薩本性利根獨覺中根聲聞輭根是名根勝言行勝者謂諸菩薩亦能自利亦能利他利益安樂無量衆生哀愍世間令諸天人獲得勝義利益安樂聲聞獨覺唯行自利是名行勝善巧勝者聲聞獨覺於蘊界處緣起處非處中能修善巧菩薩於此及於其餘一切明處能修善巧是名善巧勝言果勝者聲聞能證聲聞菩提獨覺能證獨覺菩提菩薩能證阿耨多羅三藐三菩提是名果勝

又諸菩薩有六波羅蜜多種性相由此相故令他了知眞是菩薩謂施波羅蜜多種性相戒忍精進靜慮慧波羅蜜多種性相云何菩薩施波羅蜜多種性相謂諸菩薩本性樂施於諸現有堪所施物恒常無間性能於他平等分布心喜施與意無追悔施物雖少而能均布惠施廣大而非狹小無所惠施深懷慚

恥常好爲他讚施勸施見能施者心懷喜悅於諸尊重耆宿福田應供養者從座而起恭敬奉施於其彼彼此世他世有情無情利益事中若請不請如理爲說若諸有情怖於王賊及水火等施以無畏能於種種常極怖中隨力濟拔受他寄物未甞差違若負他債終不抵誑於共財所亦無欺誷於其種種末尼真珠瑠璃螺貝璧玉珊瑚金銀等寶資生具中心迷倒者能正開悟尚不令他欺誷於彼況當自爲其性好樂廣大財位於彼一切廣大資財心好受用樂大事業非狹小門於諸世間酒色博戲歌舞倡妓種種變現耽著事中速疾猒捨深生慚愧得大財寶尚不貪著何況小利如是等類當知名爲菩薩施波羅蜜多種性相云何菩薩戒波羅蜜多種性相

謂諸菩薩本性成就輭品不善身語意業不極暴惡於諸有情不極損惱雖作惡業速疾能悔常行恥愧不生歡喜不以刀杖手塊等事惱害有情於諸衆生性常慈愛於所應敬時起奉迎合掌問訊現前禮拜修和敬業所作機捷非爲愚鈍善順他心常先含笑舒顔平視遠離顰蹙先言問訊於恩有情知恩知報於來求者常行質直不以諂誑而推謝之如法求財不以非法不以卒暴性常喜樂修諸福業於他修福尚能奬助況不自爲若見若聞他所受苦所謂煞縛割截捶打訶毀迫愶於是等苦過於自受重於法受及重後世於少罪中尚深見怖何況多罪於他種種所應作事所謂商農放牧事王書印筭數善和諍訟追求財寶守護儲積方便出息及以捨

施婚姻集會於是一切如法事中悉與同事於他種種鬪訟諍競或餘所有互相惱害能令自他無義無益受諸苦惱如是一切非法事中不與同事善能制止所不應作謂十種惡不善業道不違他命善順於他同忍同戒於他事業隨彼所欲廢已所作而為成辦其心溫潤其心純淨恚心害心不久相續隨生隨捨起賢善心尊重實語不誑惑他不離他親亦不好樂不輕爾說無義無利不相應語言常柔輭無有麤獷於已僮僕尚無苦言況於他所敬愛有德如實讚彼如是等類當知名為菩薩戒波羅蜜多種性相云何菩薩忍波羅蜜多種性相謂諸菩薩性於他所遭不饒益無恚害心亦不反報若他諫謝速能納受終不結恨不久懷怨如是等類當知名為菩薩忍波羅蜜多種性相云何菩薩精進波羅蜜多種性相謂諸菩薩性自翹勤夙興晚寐不深耽樂睡眠倚樂於所作事勇決樂為不生懈怠思擇方便要令究竟凡所施為一切事業堅固決定若未皆作未皆究竟終不中間懈廢退屈於諸廣大第一義中心無怯弱不自輕懱發勇猛心我今有力能證於彼或入大衆或與他人共相擊論或餘種種難行事業皆無畏憚能引義利大事務中尚無深倦何況小事如是等類當知名為菩薩精進波羅蜜多種性相云何菩薩靜慮波羅蜜多種性相謂諸菩薩性於法義能審思惟無多散亂若見若聞阿練若處山巖林藪邊際卧具人不狎習離惡衆生隨順宴默便生是念是處安樂出離遠離常於出離及遠離所

深生愛念性薄煩惱諸蓋輕微麤重羸弱至遠離處思量自義心不極爲諸惡尋思之所纏擾於其怨品尚能速疾安住慈心況於親品及中庸品若見若聞有苦衆生爲種種苦之所逼惱起大悲心於彼衆生隨能隨力方便拔濟令離衆苦於諸衆生性自樂施利益安樂親屬衰亡喪失財寶繫縛禁閉及驅擯等諸苦難中悉能安忍其性聰敏於法能受能持能思成就念力於久所作所說事中能自記憶亦令他憶如是等類當知名爲菩薩靜慮波羅蜜多種性相云何菩薩慧波羅蜜多種性相謂諸菩薩成俱生慧能入一切明處境界性不頑鈍性不微昧性不愚癡遍於彼彼離放逸處有力思擇如是等類當知名爲菩薩慧波羅蜜多種性相應知是名能比菩薩種性麤相決定實義唯佛世尊究竟現見由諸菩薩所有種性性與如是功德相應成就賢善諸白淨法是故能與難得最勝不可思議無動無上如來果位爲證得因應正道理餘不應理種性菩薩乃至未爲白法相違四隨煩惱若具不具之所染汙性與如是白法相應若被染汙如是白法皆不顯現或於一時生諸惡趣菩薩雖生諸惡趣中由種性力應知與餘生惡趣者有大差别謂彼菩薩久處生死或時時間生諸惡趣雖暫生彼速能解脱雖在惡趣而不受於猛利苦受如餘有情生惡趣者雖觸微苦而能發生增上猒離於生惡趣受苦有情深起悲心如是等事皆由種性佛大悲因之所熏發是故當知種性菩薩雖生惡趣然與其餘生惡趣者有

大差别何等名爲種性菩薩白法相違四隨煩惱謂放逸者由先串習諸煩惱故性成猛利長時煩惱是名第一隨煩惱性又愚癡者不善巧者依附惡友是名第二隨煩惱性又爲尊長夫主賊及怨敵等所拘逼者不得自在其心迷亂是名第三隨煩惱性又資生具有匱乏者顧戀身命是名第四隨煩惱性又諸菩薩雖具種性由四因緣不能速證阿耨多羅三藐三菩提何等爲四謂諸菩薩先未值遇諸佛菩薩眞善知識爲說菩提無顛倒道如是名爲第一因緣又諸菩薩雖遇善友爲說正道而顛倒執於諸菩薩正所學中顛倒修學如是名爲第二因緣又諸菩薩雖遇善友爲說正道於諸菩薩正所學中無倒修學而於加行方便慢緩懈怠嬾惰不成勇猛熾然精進如是名爲第三因緣又諸菩薩雖遇善友爲說正道於諸菩薩正所學中無倒修學亦於加行勇猛精進然諸善根猶未成熟菩提資糧未得圓滿未於長時積習所有菩提分法如是名爲第四因緣如是菩薩雖有種性因緣闕故不能速證無上菩提若具因緣便能速證若無種性補特伽羅雖有一切一切種當知決定不證菩提

本地分中菩薩地

初持瑜伽處發心品第二

復次菩薩最初發心於諸菩薩所有正願是初正願普能攝受其餘正願是故發心以初正願爲其自性又諸菩薩起正願心求菩提時發如是心說如是言願我決定當證無上正等菩提能作有情一切義利畢竟安處究

竟涅槃及以如來廣大智中如是發心定自希求無上菩提及求能作有情義利是故發心以定希求爲其行相又諸菩薩發大菩提及緣有情一切義利發心希求非無所緣是故發心以大菩提及諸有情一切義利爲所緣境又諸菩薩最初發心能攝一切菩提分法殊勝善根爲上首故是善極善是賢極賢是妙極妙能違一切有情處所三業惡行功德相應又諸菩薩最初發心所起正願於餘一切希求世間出世間義妙善正願最爲第一最爲無上如是應知最初發心有五種相一者自性二者行相三者所緣四者功德五者最勝

又諸菩薩初發心已即名趣入無上菩提預在大乘諸菩薩數此據世俗言說道理是故發心趣入所攝又諸菩薩初發心已方能漸次速證無上正等菩提非未發心是故發心能爲無上菩提根本又諸菩薩悲愍一切有苦衆生爲欲濟拔發菩提心是故發心是悲等流又諸菩薩以初發心爲所依止爲建立故普於一切菩提分法及作一切有情義利菩薩學中皆能修學是故發心是諸菩薩學所依止如是應知最初發心是趣入攝菩提根本大悲等流學所依止

又諸菩薩最初發心略有二種一者永出二不永出言永出者謂發心已畢竟隨轉無復退還不永出者謂發心已不極隨轉而復退還此發心退復有二種一者究竟二不究竟究竟退者謂一退已不能復發求菩提心不究竟者謂退已後數數更發求菩提心

當知菩薩最初發心由四種緣四因四力云何四緣謂善男子或善女人若見諸佛及諸菩薩有不思議甚奇希有神變威力或從可信聞如是事既見聞已便作是念無上菩提具大威德令安住者及修行者成就如是所見所聞不可思議神變威力由此見聞增上力故於大菩提深生信解因斯發起大菩提心是名第一初發心緣或有一類雖不見聞如前所說神變威力而聞宣說依於無上正等菩提微妙正法菩薩藏教聞已深信由聞正法及與深信增上力故於如來智深生信解為得如來微妙智故發菩提心是名第二初發心緣或有一類雖不聽聞如上正法而見一切菩薩藏法將欲滅沒見是事已便作是念菩薩藏法久住於世能滅無量衆生大苦我應住持菩薩藏法發菩提心為滅無量衆生大苦由為護持菩薩藏法增上力故於如來智深生信解為得如來微妙智故發菩提心是名第三初發心緣或有一類雖不覩見正法欲滅而於末劫末世末時見諸濁惡衆生身心十隨煩惱之所惱亂謂多愚癡多無慚愧多諸慳嫉多諸憂苦多諸麤重多諸煩惱多諸惡行多諸放逸多諸懈怠多諸不信見是事已便作是念大濁惡世於今正起諸隨煩惱所惱亂時能發下劣聲聞獨覺菩提心者尚難可得況於無上正等菩提能發心者我當應發大菩提心令此惡世無量有情隨學於我起菩薩願由見末劫難得發心增上力故於大菩提深生信解因斯發起大菩提心是名第四初發心緣云何四因謂諸

菩薩種性具足是名第一初發心因又諸菩薩賴佛菩薩善友攝受是名第二初發心因又諸菩薩於諸衆生多起悲心是名第三初發心因又諸菩薩於極長時種種猛利無間無缺生死大苦難行苦行無有怯畏是名第四初發心因若諸菩薩六處殊勝從無始世展轉傳來法爾所得當知是名種性具足由四種相當知菩薩善友具足謂諸菩薩所遇善友性不愚鈍聰明黠慧不墮惡見是名第一善友具足又諸菩薩所遇善友終不教人行於放逸亦不授與諸放逸具是名第二善友具足又諸菩薩所遇善友終不教人行於惡行亦不授與諸惡行具是名第三善友具足又諸菩薩所遇善友終不勸捨增上信欲受學精進方便功德而復勸修下劣信欲受學精進方便功德所謂終不勸捨大乘勸修二乘勸捨修慧勸修思慧勸捨思慧勸修聞慧勸捨聞慧勸修福業勸捨尸羅勸修惠施終不勸捨如是等類增上功德而復勸修如是等類下劣功德是名第四善友具足由四因緣當知菩薩於諸衆生多起悲心謂諸菩薩雖有十方無量無邊無苦世界而生有苦諸世界中於中恒有衆苦可得非無衆苦或持見他隨遭一苦觸對逼切或時見自隨遭一苦觸對逼切或見自他隨遭一苦觸對逼切或見二種俱遭長時種種猛利無間大苦觸對逼切然此菩薩依自種性性自仁賢依四境處雖不串習而能發起下中上悲無有斷絕由四因緣當知菩薩於諸衆生先起悲心於極長時種種猛利無間無缺生死大苦

難行苦行尚無怯畏何況小苦謂諸菩薩性自勇健堪忍有力當知是名第一因緣又諸菩薩性自聰敏能正思惟具思擇方當知是名第二因緣又諸菩薩能於無上正等菩提成就上品清淨信解當知是名第三因緣又諸菩薩於諸衆生成就上品深心悲愍當知是名第四因緣云何四力一者自力二者他力三者因力四者加行力謂諸菩薩由自功力能於無上正等菩提深生愛樂是名第一初發心力又諸菩薩由他功力能於無上正等菩提深生愛樂是名第二初發心力又諸菩薩宿習大乘相應善法今暫得見諸佛菩薩或暫得聞稱揚讃美即能速疾發菩提心況覩神力聞其正法是名第三初發心力又諸菩薩於現法中親近善士聽聞正法諦思惟等長時修習種種善法由此加行發菩提心是名第四初發心力若諸菩薩依上總別四緣四因或由自力或由因力或總二力而發心者當知此心堅固無動或由他力或加行力或總二力而發心者當知此心不堅不固亦非無動有四因緣能令菩薩退菩提心何等爲四一種姓不具二惡友所攝三於諸衆生悲心微薄四於極長時種種猛利無間無缺生死大苦難行苦行其心極生怯畏驚怖如是四種心退因緣與上發心四因相違廣辯其相如前應知

最初發心堅固菩薩略有二種不共世間甚希奇法何等爲二一者攝諸衆生皆爲眷屬二者攝眷屬過所不能染攝眷屬過有其二種謂於眷屬饒益損減染汙違順如是二事

菩薩皆無最初發心堅固菩薩於諸衆生發起二種善勝意樂一者利益意樂二者安樂意樂利益意樂者謂欲從彼諸不善處拔濟衆生安置善處安樂意樂者謂於貧匱無依無怙諸衆生所離染汙心欲與種種饒益樂具最初發心堅固菩薩有二加行一意樂加行二正行加行意樂加行者謂即利益安樂意樂日夜增長正行加行者謂於日夜能自成熟佛法加行及於衆生隨能隨力依前所說意樂加行起與利益安樂加行最初發心堅固菩薩有二增長大善法門一者自利加行能證無上正等菩提二者利他加行能脫一切有情衆苦如二增長大善法門如是二種大善法聚二種無量大善法藏當知亦爾最初發心堅固菩薩由初發心求菩提故所攝善法比餘一切所攝善法有二種勝一者因勝二者果勝謂諸菩薩所攝善法皆是無上正等菩提能證因故所證無上正等菩提是此果故比餘一切聲聞獨覺所攝善法尚爲殊勝何況比餘一切有情所攝善法是故菩薩所攝善法比餘一切所攝善法因果俱勝最初發心堅固菩薩略有二種發心勝利一者初發菩提心已即是衆生尊重福田一切衆生皆應供養亦作一切衆生父母二者初發菩提心已即能攝受無惱害福由此菩薩成就如是無惱害福得倍輪王護所守護由得如是護所護故若寢若寤若迷悶等一切魍魎藥叉宅神人非人等不能嬈害又此菩薩轉受餘生由如是福所攝持故少病無病不爲長時重病所觸於諸衆生所作義利

能以身語勇猛而作常爲衆生宣説正法身無極倦念無忘失心無勞損菩薩本性住種性時一切麤重性自微薄既發心已所有麤重轉復輕微謂身麤重及心麤重若餘衆生爲欲息滅疾疫災横所用無驗呪句明句菩薩用之尚令有驗何況驗者成就增上柔和忍辱能忍他惱不惱於他見他相惱深生悲惱忿嫉諂等諸隨煩惱皆能摧伏令勢微薄或暫現行速能除遣隨所居止國土城邑於中所有恐怖鬭諍饑饉過失非人所作疾疫災横未起不起設起尋滅

又此最初發心菩薩或於一時生極惡趣那落迦中多分於此那落迦趣速得解脱受小苦受生大猒離於彼受苦諸衆生等起大悲心如是一切皆因攝受無惱害福最初發心堅固菩薩由能攝受無惱害福便得領受如是等類衆多勝利

本地分中菩薩地

初持瑜伽處自他利品第三之一

如是菩薩既發心已云何修行諸菩薩行略説菩薩若所學處若如是學若能修學如是一切總攝爲一名菩薩行

是諸菩薩於何處學謂七處學云何七處嗢柁南曰

自他利實義　威力熟有情　成熟自佛法

第七菩提處

一自利處二利他處三眞實義處四威力處五成熟有情處六成熟自佛法處七無上正等菩提處

云何自利利他處謂自利利他略有十種一

純自利利他二共自利利他三利益種類自利利他四安樂種類自利利他五因攝自利利他六果攝自利利他七此世自利利他八他世自利利他九畢竟自利利他十不畢竟自利利他

云何菩薩純共自利利他謂諸菩薩於純自利利他應知應斷違越不順菩薩儀故於其所餘應勤修學不越隨順菩薩儀故此中菩薩於純自利應知應斷者謂為已樂求財受用或為悋法於佛菩薩所說教法追訪受持或為生天受天快樂受持禁戒發勤精進修習定慧或求世間有染果報為世財食恭敬供養諸佛制多或貪利養為利養故自說種種無有義利不實功德誑惑於他招集利養或欲貪他作已僮僕為驅使故非法攝衆不如正法矯設方便拔濟有情令於他所免為僮僕還自攝受為已僮僕拔濟有情令脫繫縛還自拘執成已事業拔濟有情令於他所解脫種種治罰怖畏還自攝伏令懼於已若諸菩薩躭著諸定現法樂住棄捨思惟利衆生事當知此等名純自利菩薩於是純自利行應知應斷若諸菩薩或悲為首或為迴向無上菩提及為生天於一切時修施忍等當知是名自利共他又除如前所說諸相其餘一切與彼相違所有自利諸菩薩行當知皆名自利共他菩薩於此應勤修學此中菩薩於純利他應知應斷者謂以邪見修行施等以無因見及無果見毀犯尸羅遠離正行為他說法若諸菩薩於諸靜慮善巧迴轉已超下地而更攝受下地白法謂彼已能安住靜

慮由悲願力捨諸靜慮隨其所樂還生欲界又諸菩薩已得自在於十方界種種變化作諸衆生種種義利又諸牟尼自事已辦依止如來力無畏等所有一切不共佛法遍於十方無量衆生能作無量大利益事當知此等名純利他如是所說純利他行菩薩於前所說二種應知應斷於餘所說純利他行多應修學又除如前所說諸相其餘一切與彼相違所有利他諸菩薩行當知皆名利他共自菩薩於此應勤修學云何菩薩利益種類自利利他略說應知有五種相一無罪相二攝受相三此世相四他世相五寂滅相若諸菩薩所有自能若少若多攝受善法增長善法或復令他若少若多攝受善法增長善法勸免調伏安置建立是名菩薩利益種類自利利他無有罪相若諸菩薩能引所有若自若他無染汙樂或衆具樂或住定樂是名菩薩利益種類自利利他能攝受相若諸菩薩自利利他或有此世能爲利益非於他世或有他世能爲利益非於此世或有此世及於他世俱爲利益或有此世及於他世俱非利益如是四種自利利他於四法受隨其次第如應當知

云何名爲四種法受或有法受現在受樂於當來世受苦異熟或有法受現在受苦於當來世受樂異熟或有法受現在受樂於當來世受樂異熟或有法受現在受苦於當來世受苦異熟此四廣辯如經應知是名菩薩利益種類自利利他此他世相若諸菩薩所有涅槃及得涅槃世出世間涅槃分法是名菩

薩利益種類自利利他寂滅略相當知此相望餘一切無上最勝

云何菩薩安樂種類自利利他略說應知五樂所攝何等五樂一者因樂二者受樂三者苦對治樂四者受斷樂五者無惱害樂言因樂者謂二樂品諸根境界若此爲因順樂受觸若諸所有現法當來可愛果業如是一切總攝爲一名爲因樂除此更無若過若增言受樂者謂待苦息由前所說因樂所攝三因緣故有能攝益身心受生名爲受樂略說此樂復有二種一者有漏二者無漏無漏樂者學無學樂有漏樂者欲色無色三界繫樂又此一切三界繫樂隨其所應六處別故有其六種謂眼觸所生乃至意觸所生如是六種復攝爲二一者身樂二者心樂五識相應名爲身樂意識相應名爲心樂苦對治樂者謂因寒熱飢渴等事生起非一衆多品類種種苦受由能對治息除寒熱飢渴等苦即於如是苦息滅時生起樂覺是則名爲苦對治樂滅想受定名受斷樂無惱害樂應知略說復有四種一出離樂二遠離樂三寂靜樂四三菩提樂正信捨家趣於非家解脫煩籠居家迫迮種種大苦名出離樂斷除諸欲惡不善法證初靜慮離生喜樂名遠離樂第二靜慮已上諸定尋伺止息名寂靜樂一切煩惱畢竟離繫於所知事如實等覺此樂名爲三菩提樂此中因樂是樂因故說名爲樂非自性故此中受樂樂自性故說名爲樂非樂因故苦對治樂息衆苦故遣衆苦故說名爲樂非樂因故非自性故其受斷樂非樂因故非自

性故亦非自遣種種苦故說名爲樂然依勝義諸所有受皆悉是苦住滅定時此勝義苦暫時寂靜故名爲樂無惱害樂所攝最後三菩提樂由當來世此勝義苦永寂滅故於現法中附在所依諸煩惱品一切麤重永寂滅故說名爲樂諸餘所有無惱害樂於最後樂能隨順故是彼分故能引彼故當知亦名無惱害樂此中菩薩念與衆生有利益品所有安樂終不念與無利益品所有安樂菩薩於此無利益品所有安樂以無倒慧如實了知勸諸衆生令悉捨離隨力所能方便削奪若苦所隨有利益事衆生於此雖無欲樂菩薩依止善權方便設兼憂苦應授與之若樂所隨無利益事衆生於此雖有樂欲菩薩依止善權方便設兼喜樂應削奪之何以故當知如是善權方便與兼憂苦有利益事奪兼喜樂無利益事令彼衆生決定於後得安樂故是故菩薩於諸衆生若樂利益當知義意即樂安樂於諸衆生若與利益當知義意即與安樂所以者何利益如因安樂如果是故當知於諸衆生若與利益必與安樂當知所有現法當來可愛果業所攝因樂若對治樂及受斷樂無惱害樂菩薩於此不應思量於諸衆生一向授與以能饒益及無罪故於彼受樂及根塵觸所攝因樂若能生染若性是染有罪無益非所宜者於諸衆生不應授與若不生染若性非染無罪有益是所宜者於諸衆生即應授與菩薩於此隨自力能亦應如是修行受學當知是名菩薩利益安樂種類自利利他除此無有若過若增

瑜伽師地論卷第三十五

音釋

債側賣切逋財也　誷文紡切誣也　捷疾葉切斂疾也　獎子兩切勸使之也　迫慴迫博陌切逼也慴虛業切以威力相恐之也　懱莫結切輕易也　藪蘇后切　擯必刃切斥也　寢七稔切卧也　魍魎魍文紡切魎良奬切魍魎山川精物也　迮側革切狹也窘逼也

瑜伽師地論卷第三十六

彌勒菩薩說

唐三藏沙門玄奘奉　詔譯

本地分中菩薩地

初持瑜伽處自他利品第三之二

云何菩薩因攝果攝自利利他略說應知三因三果何等爲三一者異熟因異熟果二者福因福果三者智因智果

云何異熟謂略有八一者壽量具足二者形色具足三者族姓具足四者自在具足五者信言具足六者大勢具足七者人性具足八者大方具足若諸菩薩長壽久住是名菩薩壽量具足形色端嚴衆所樂見顏容姝妙是名菩薩形色具足生豪貴家是名菩薩族姓具足得大財位有大朋翼具大僚屬是名菩薩自在具足衆所信奉斷訟取則不行諂誑僞斗秤等所受寄物終不差違於諸有情言無虛妄以是緣故凡有所說無不信受是名菩薩信言具足有大名稱流聞世間所謂具足勇健精進剛毅敏捷審悉善戒種種技藝工巧業處展轉妙解出過餘人由此因緣世所珍敬爲諸大衆供養恭敬尊重讚歎是名菩薩大勢具足具丈夫分成就男根是名菩薩人性具足爲性少疾或全無病有大堪能是名菩薩大力具足云何異熟因謂諸菩薩於諸衆生不加傷害遠離一切傷害意樂是名菩薩壽量具足因惠施光明鮮淨衣物是名菩薩形色具足因於諸衆生捨離憍慢是名菩薩族姓具足因於資生具有所匱乏遊行乞匃諸衆生所隨欲惠施是名菩薩自在

具足因所言誠諦亦不好習乖離麤獷不相應語是名菩薩信言具足因攝持當來種種功德於自身中發弘誓願供養三寶及諸尊長是名菩薩大勢具足因樂丈夫體猒婦女身深見過患由二因緣施他人性一者女人樂女身者勸令猒離解脫女身二者丈夫將失男根方便護攝令不失壞及說正法令得男身是名菩薩人性具足因於諸衆生以身供事隨其所作如法事業皆往營助如已力能以其正法不以卒暴用能增長身心勢力餅飯麋等種種飲食施諸衆生是名菩薩大力具足因當知前說八種異熟以此所說八種爲因又此諸因略由三緣而得增長能感圓滿增上廣大異熟令起何等三緣一心清淨二加行清淨三田清淨若於無上正等菩提清淨意樂用彼善根決定迴向猛利意樂純厚廣大淨信修行見同法者深生歡喜日夜刹那於多隨法隨尋隨伺名心清淨即於其中長時數習無間所作常委所作他於此善若未受行讚美令受若已受行讚美令喜即於如是所有善根安處建立名加行清淨當知略說能正發起如是加行及正安住此加行果名田清淨云何異熟果謂諸菩薩壽量具足故能於長時修習善品依自他利積集增長無量善根是名菩薩壽量具足果若諸菩薩形色具足故大衆愛樂衆愛樂故咸共歸仰如是形色可愛樂故一切大衆咸歸仰故凡所發言無不聽用是名菩薩形色具足果若諸菩薩族姓具足故大衆尊敬供養稱讚衆所尊敬供養稱讚故於彼彼事勸諸

衆生精勤修學無不敬用速疾修行無違無犯是名菩薩族姓具足果若諸菩薩自在具足故能以布施攝諸衆生速令成熟是名菩薩自在具足果若諸菩薩信言具足故能以愛語利行同事攝諸衆生速令成熟是名菩薩信言具足果若諸菩薩大勢具足故於諸衆生種種事業皆能營助施布恩德由此恩德感衆生心彼知恩故感來歸仰所出言教速疾隨轉恭敬信用是名菩薩大勢具足果若諸菩薩人性具足故成就男根堪爲一切勝功德器能於一切所作事業思擇一切所知境界都無所畏無礙而行一切有情於一切時皆來臻赴同共集會屏處露處言論同止受用飲食皆無嫌礙是名菩薩人性具足果若諸菩薩大力具足故於能引攝善法加行及能饒益有情加行皆無猒倦勇猛精進堅固精進速證通慧是名菩薩大力具足果若諸菩薩成就如是八種異熟具八種果能善饒益一切有情隨順生起一切佛法菩薩安住異熟果中於諸有情種種衆多利益事業自有力能及善安處所化有情彼於自事隨順而作如是乃名隨其所欲所作成辦若諸菩薩自有力能不善安處所化有情彼於自事不隨順作如是於他所作利益不名熾盛不名隨順由是因緣不名能作他利益事若諸菩薩自無力能而善安處所化有情彼於自事隨順而作如是於他所作利益不名熾盛不名隨順由是因緣不名能作他利益事是故菩薩要具二事方於有情所作利益名爲熾盛名爲隨順由是因緣乃名能作他

利益事如是菩薩住異熟果自能成熟一切佛法亦能令他於三乘道隨其所應速得成熟又能令自速證無上正等菩提亦能令他已成熟者速得解脫由諸菩薩安住八種異熟果中能使有情利益安樂是故一切有情所處空無義利無始生死菩薩處之能令不空有大義利云何爲福云何爲智謂略說福即是三種波羅蜜多一施波羅蜜多二戒波羅蜜多三忍波羅蜜多智唯一種波羅蜜多謂慧波羅蜜多精進靜慮波羅蜜多應知通二分一者福分二者智分若依精進修行布施受護淨戒及修慈等四種無量如是等類所有精進名爲福分若依精進習聞思修所成三慧修蘊善巧修界善巧修處善巧修緣起善巧修處非處善巧修能觀察苦爲眞苦集爲眞集滅爲眞滅道爲眞道及於一切善不善法有罪無罪若劣若勝若黑若白并廣分別緣生法中皆能如實思擇觀察如是等類所有精進名爲智分若依靜慮修習慈等四種無量如是等類所有靜慮名爲福分若依靜慮能修如前精進中說蘊善巧等如是等類所有靜慮名爲智分如是福智略有六種一一分別應知無量

云何福因云何智因略說應知福因智因總有三種一者於福於智能得能住能增長欲二者於福於智善能隨順無違背緣三者於福於智先巳串習

此中隨順無違背緣者謂顛倒緣不現在前不會遇性不顛倒緣正現在前正會遇性若遇惡友倒說福智或倒作意顛倒而取名顛

倒緣現前會遇與此相違所有白品當知名爲不顛倒緣現前會遇若於福智能得能住及能增長勤修習障遠離不起當知是名無違背緣若諸菩薩於此三種福智因中隨有所闕當知不能生福生智

云何福果云何智果謂諸菩薩依止福故雖復長時流轉生死不爲極苦之所損惱又隨所欲能攝衆生爲作義利依止智故所攝受福是正非邪又能起作種種無量善巧事業乃至究竟當證無上正等菩提如是略説福果智果如其所應當知四種品類差别復有無量

應知此中若異熟體若異熟因若異熟果如是一切皆依於福從福所生福復依智從智所起是故二種於證無上正等菩提雖俱是勝而於其中福爲最勝智爲無上若諸菩薩於福於智隨闕一種決定不能證於無上正等菩提是名菩薩因攝果攝自利利他

云何菩薩現法後法自利利他謂諸菩薩以如正理工巧業處士夫作用積集財物即於如是所集財物知量受用又先所造可愛果業異熟果熟於現法中受用彼果又諸菩薩於諸靜慮善迴轉者爲欲獲得現法樂住於現法中依此靜慮不爲成立利他事故依此靜慮又諸如來現法涅槃所有世間及出世間一切能得現法涅槃諸有爲法是名菩薩現法自利如諸菩薩現法自利如是菩薩所化有情由此獲得現法利益當知即是現法利他若於欲界能獲他世財寶具足自體具足及能當生靜慮無色若生靜慮及無色中

能獲他世財寶具足自體具足若現法中與憂苦俱數數思擇修習善因是名菩薩修習後法自利利他若諸菩薩於現法中與喜樂俱修習當來財寶具足自體具足所有善因及非退分靜慮無色一切等至是名菩薩現法後法自利利他

云何畢竟及不畢竟自利利他謂於欲界財寶具足自體具足若因若果及諸異生世間清淨若因若果是不畢竟自利利他若諸煩惱一切永斷若諸所有八支聖道若此爲依獲得一切世間善法是名畢竟自利利他由三因緣應知畢竟及不畢竟一由自性故二由退不退故三由受用果有盡無盡故由自性故者究竟涅槃名爲畢竟一切有爲名不畢竟由退不退及受用果有盡無盡故者八支聖道無有退故及受用果無有盡故名爲畢竟其餘一切善有漏法由有退故及受用果有終盡故名不畢竟如是菩薩十種自利利他若略若廣菩薩隨力隨能當勤修學除此無有若過若增過去未來所有一切已學當學自利利他亦皆唯有如此十種自利利他除此無有若過若增

本地分中菩薩地

初持瑜伽處眞實義品第四

云何眞實義謂略有二種一者依如所有性諸法眞實性二者依盡所有性諸法一切性如是諸法眞實性一切性應知總名眞實義此眞實義品類差別復有四種一者世間極成眞實二者道理極成眞實三者煩惱障淨智所行眞實四者所知障淨智所行眞實云

何世間極成眞實謂一切世間於彼彼事隨順假立世俗串習悟入覺慧所見同性謂地唯是地非是火等如地如是水火風色聲香味觸飲食衣乘諸莊嚴具資產什物塗香華鬘歌舞妓樂種種光明男女承事田園邸店宅舍等事當知亦爾苦唯是苦非是樂等樂唯是樂非是苦等以要言之此即如此非不如此是即如是非不如是決定勝解所行境事一切世間從其本際展轉傳來想自分別共所成立不由思惟籌量觀察然後方取是名世間極成眞實

云何道理極成眞實謂諸智者有道理義諸聰叡者諸黠慧者能尋思者能伺察者住尋伺地者具自辯才者居異生位者隨觀察行者依止現比及至教量極善思擇決定智所行所知事由證成道理所建立所施設義是名道理極成眞實

云何煩惱障淨智所行眞實謂一切聲聞獨覺若無漏智若能引無漏智若無漏後得世間智所行境界是名煩惱障淨智所行眞實由緣此爲境從煩惱障智得清淨於當來世無障礙住是故說名煩惱障淨智所行眞實此復云何謂四聖諦一苦聖諦二集聖諦三滅聖諦四道聖諦即於如是四聖諦義極善思擇證入現觀入現觀已如實智生此諦現觀聲聞獨覺能觀唯有諸蘊可得除諸蘊外我不可得數習緣生諸行生滅相應慧故數習異蘊補特伽羅無性見故發生如是聖諦現觀

云何所知障淨智所行眞實謂於所知能礙

智故名所知障從所知障得解脱智所行境界當知是名所知障淨智所行眞實此復云何謂諸菩薩諸佛世尊入法無我入已善淨於一切法離言自性假說自性平等平等無分別智所行境界如是境界爲最第一眞如無上所知邊際齊此一切正法思擇皆悉退還不能越度

又安立此眞實義相當知即是無二所顯所言二者謂有非有此中有者謂所安立假說自性即是世間長時所執亦是世間一切分別戲論根本或謂爲色受想行識或謂眼耳鼻舌身意或謂爲地水火風或謂色聲香味觸法或謂爲善不善無記或謂生滅或謂緣生或謂過去未來現在或謂有爲或謂無爲或謂此世或謂他世或謂日月或復謂爲所見所聞所覺所知所求所得意隨尋伺最後乃至或謂涅槃如是等類是諸世間共了諸法假說自性是名爲有言非有者謂即諸色假說自性乃至涅槃假說自性無事無相假說所依一切都無假立言說依彼轉者皆無所有是名非有先所說有今說非有有及非有二俱遠離法相所攝眞實性事是名無二由無二故說名中道遠離二邊亦名無上佛世尊智於此眞實已善清淨諸菩薩智於此眞實學道所顯

又即此慧是諸菩薩能得無上正等菩提廣大方便何以故以諸菩薩處於生死彼彼生中修空勝解善能成熟一切佛法及諸有情又能如實了知生死不於生死以無常等行深心猒離若諸菩薩不能如實了知生死則

不能於貪瞋癡等一切煩惱深心棄捨不能棄捨諸煩惱故便雜染心受諸生死由雜染心受生死故不能成熟一切佛法及諸有情若諸菩薩於其生死以無常等行深心猒離是則速疾入般涅槃彼若速疾入般涅槃尚不能成熟一切佛法及諸有情況能證無上正等菩提又諸菩薩由習如是空勝解故則於涅槃不深怖畏亦於涅槃不多願樂若諸菩薩深怖涅槃即便於彼涅槃資糧不能圓滿由於涅槃深怖畏故不見涅槃勝利功德由不見故便於涅槃遠離一切清淨勝解若諸菩薩於其涅槃多住願樂是則速疾入般涅槃彼若速疾入般涅槃則便不能成熟佛法及諸有情當知此中若不如實了知生死即雜染心流轉生死若於生死深心猒離即便速疾入般涅槃若於涅槃深心怖畏即於能證涅槃資糧不能圓滿若於涅槃多住願樂即便速疾入般涅槃是諸菩薩於證無上正等菩提無大方便若能如實了知生死即無染心流轉生死若於生死不以無常等行深心猒離即不速疾入般涅槃若於涅槃不深怖畏即能圓滿涅槃資糧雖於涅槃見有微妙勝利功德而不深願速證涅槃是諸菩薩於證無上正等菩提有大方便是大方便依止最勝空性勝解是故菩薩修習學道所攝最勝空性勝解名為能證如來妙智廣大方便

又諸菩薩由能深入法無我智於一切法離言自性如實知已達無少法及少品類可起分別唯取其事唯取真如不作是念此是唯

事是唯眞如但行於義如是菩薩行勝義故於一切法平等平等以眞如慧如實觀察於一切處具平等見具平等心得最勝捨依止此捨於諸明處一切善巧勤修習時雖復遭遇一切劬勞一切苦難而不退轉速疾能令身無勞倦心無勞倦於諸善巧速能成熟得大念力不因善巧而自貢高亦於他所無有祕悋於諸善巧心無怯弱有所堪能所行無礙具足堅固鉀鎧加行是諸菩薩於生死中如如流轉遭大苦難如是如是於其無上正等菩提堪能增長如如獲得尊貴殊勝如是如是於諸有情憍慢漸減如如證得智慧殊勝如是如是倍於他所難詰諍訟諠雜語論本惑隨惑犯禁現行能數觀察深心棄捨如如功德展轉增長如是如是轉覆自善不求他知亦不悕求利養恭敬如是等類菩薩所有衆多勝利是菩提分隨順菩提皆依彼智是故一切已得菩提當得今得皆依彼智除此更無若劣若勝

又諸菩薩乘御如是無戲論理獲得如是衆多勝利爲自成熟諸佛法故爲成熟他三乘法故修行正行彼於如是修正行時於自身財遠離貪愛於諸衆生學離貪愛能捨身財唯爲利益諸衆生故又能防護極善防護由身語等修學律儀性不樂惡性極賢善又能忍他一切侵惱於行惡者能學堪忍性薄瞋忿不侵惱他又能勤修一切明處令其善巧爲斷衆生一切疑難爲惠衆生諸饒益事爲自攝受一切智因又能於內安住其心令心善定於心安住常勤修學爲淨修治四種梵

住爲能遊戲五種神通爲能成立利衆生事爲欲除遣精勤修學一切善巧所生勞倦又性黠慧成極眞智爲極眞智常勤修學爲自當來般涅槃故修習大乘又諸菩薩即於如是修正行時於具功德諸有情所常樂現前供養恭敬於具過失諸有情所常樂現前發起最勝悲心慇心隨能隨力令彼除斷所有過失於已有怨諸有情所常起慈心隨能隨力無諂無誑作彼種種利益安樂令彼怨者意樂加行所有過失及怨嫌心自然除斷於已有恩諸有情所善知恩故若等若增現前酬報隨能隨力如法令其意望滿足雖無力能彼若求請即於彼彼所作事業示現慇重精勤營務終不頓止彼所悕求云何令彼知我無力非無欲樂如是等類當知名爲菩薩乘御無戲論理依極眞智修正加行

以何道理應知諸法離言自性謂一切法假立自相或說爲色或說爲受如前廣說乃至涅槃當知一切唯假建立非有自性亦非離彼別有自性是言所行是言境界如是諸法非有自性如言所說亦非一切都無所有如是非有亦非一切都無所有云何而有謂離增益實無妄執及離損減實有妄執如是而有即是諸法勝義自性當知唯是無分別智所行境界若於諸法諸事隨起言說即於彼法彼事有自性者如是一法一事應有衆多自性何以故以於一法一事制立衆多假說而詮表故亦非衆多假說詮表決定可得謂隨一假說於彼法彼事有體有分有其自性非餘假說是故一切假說若具不具於一切

法於一切事皆非有體有分有其自性又如前說色等諸法若隨假說有自性者要先有事然後隨欲制立假說先未制立彼假說時彼法彼事應無自性若無自性無事制立假說詮表不應道理假說詮表既無所有彼法彼事隨其假說而有自性不應道理又若諸色未立假說詮表已前先有色性後依色性制立假說攝取色者是則離色假說詮表於色想法於色想事應起色覺而實不起由此因緣由此道理當知諸法離言自性如說其色如是受等如前所說乃至涅槃應知亦爾有二種人於佛所說法毗柰耶俱爲失壞一者於色等法於色等事謂有假說自性自相於實無事起增益執二者於假說相處於假說相依離言自性勝義法性謂一切種皆無所有於實有事起損減執於實無事起增益執妄立法者所有過失已具如前顯了開示於色等法實無事中起增益執有過失故於佛所說法毗柰耶甚爲失壞於色等法實有唯事起損減執壞諸法者所有過失由是過失於佛所說法毗柰耶甚爲失壞我今當說謂若於彼色等諸法實有唯事起損減執即無眞實亦無虛假如是二種皆不應理譬如要有色等諸蘊方有假立補特伽羅非無實事而有假立補特伽羅如是要有色等諸法實有唯事方可得有色等諸法假說所表非無唯事而有色等假說所表若唯有假無有實事旣無依處假亦無有是則名爲壞諸法者如有一類聞說難解大乘相應空性相應未極顯了密意趣義甚深經典不能如實解

所說義起不如理虛妄分別由不巧便所引尋思起如是見立如是論一切唯假是爲眞實若作是觀名爲正觀彼於虛假所依處所實有唯事撥爲非有是則一切虛假皆無何當得有一切唯假是爲眞實由此道理彼於眞實及以虛假二種俱謗都無所有由謗眞實及虛假故當知是名最極無者如是無者一切有智同梵行者不應共語不應共住如是無者能自敗壞亦壞世間隨彼見者世尊依彼密意說言寧如一類起我見者不如一類惡取空者何以故起我見者唯於所知境界迷惑不謗一切所知境界不由此因墮諸惡趣於他求法求苦解脫不爲虛誑不作稽留於法於諦亦能建立於諸學處不生慢緩惡取空者亦於所知境界迷惑亦謗一切所知境界由此因故墮諸惡趣於他求法求苦解脫能爲虛誑亦作稽留於法於諦不能建立於諸學處極生慢緩如是損減實有事者於佛所說法毗奈耶甚爲失壞

云何名爲惡取空者謂有沙門或婆羅門由彼故空亦不信受於此而空亦不信受如是名爲惡取空者何以故由彼故空彼實是無於此而空此實是有由此道理可說爲空若說一切都無所有何處何者何故名空亦不應言由此於此即說爲空是故名爲惡取空者云何復名善取空者謂由於此彼無所有即由彼故正觀爲空復由於此餘實是有即由餘故如實知有如是名爲悟入空性如實無倒謂於如前所說一切色等想事所說色等假說性法都無所有是故於此色等想事

由彼色等假說性法說之爲空於此一切色等想事何者爲餘謂即色等假說所依如是二種皆如實知謂於此中實有唯事於唯事中亦有唯假不於實無起增益執不於實有起損減執不增不減不取不捨如實了知如實眞如離言自性如是名爲善取空者於空法性能以正慧妙善通達如是隨順證成道理應知諸法離言自性

復由至教應知諸法離言自性如佛世尊轉有經中爲顯此義而說頌曰

以彼彼諸名　詮彼彼諸法　此中無有彼

是諸法法性

云何此頌顯如是義謂於色等想法建立色等法名即以如是色等法名詮表隨說色等想法或說爲色或說爲受或說爲想廣說乃至說爲涅槃於此一切色等想法色等自性都無所有亦無有餘色等性法而於其中色等想法離言義性眞實是有當知即是勝義自性亦是法性又佛世尊義品中說

世間諸世俗　牟尼皆不著　無著孰能取

見聞而不愛

云何此頌顯如是義謂於世間色等想事所有色等種種假說名諸世俗如彼假說於此想事有其自性如是世俗牟尼不著何以故以無增益損減見故無有現前顛倒見故由此道理名爲不著如是無著誰復能取由無見故於事不取增益損減於所知境能正觀察故名爲見聽聞所知境界言說故名爲聞依此見聞貪愛不生亦不增長唯於彼緣畢竟斷滅安住上捨故名不愛又佛世尊爲彼

散地迦多衍那作如是說散地比丘不依於地而修靜慮不依於水不依於火不依於風不依空處不依識處不依無所有處不依非想非非想處不依此世他世不依日月光輪不依見聞覺知不依所求所得不依意隨尋伺不依一切而修靜慮云何修習靜慮比丘不依於地而修靜慮廣說乃至不依一切而修靜慮散地比丘或有於地除遣地想或有於水除遣水想廣說乃至或於一切除一切想如是修習靜慮比丘不依於地而修靜慮廣說乃至不依一切而修靜慮如是修習靜慮比丘爲因陀羅爲伊舍那爲諸世主并諸天衆遥爲作禮而讚頌曰

敬禮吉祥士　敬禮士中尊　我今不知汝
依何修靜慮

云何此經顯如是義謂於一切地等想事諸地等名施設假立名地等想即此諸想於彼所有色等想事或起增益或起損減若於彼事起能增益有體自性執名增益想起能損減唯事勝義執名損減想彼於此想能正除遣能斷能捨故名除遣如是等類無量聖言名爲至教由此如來最勝至教應知諸法離言自性

問若如是者何因緣故於一切法離言自性而起言說答若不起言說則不能爲他說一切法離言自性他亦不能聞如是義若無有聞則不能知此一切法離言自性爲欲令他聞知諸法離言自性是故於此離言自性而起言說

又諸愚夫由於如是所顯眞如不了知故從

是因緣八分別轉能生三事能起一切有情世間及器世間云何名爲八種分別一者自性分別二者差別分別三者總執分別四者我分別五者我所分別六者愛分別七者非愛分別八者彼俱相違分別云何如是八種分別能生三事謂若自性分別若差別分別若總執分別此三分別能生分別戲論所依分別戲論所緣事謂色等想事爲依緣故名想言說所攝名想言說所顯分別戲論即於此事分別計度非一衆多品類差別若我分別若我所分別此二分別能生一切餘見根本及慢根本薩迦耶見及能生一切餘慢根本所有我慢若愛分別若非愛分別若彼俱相違分別如其所應能生貪欲瞋恚愚癡是名八種分別能生如是三事謂分別戲論所依緣事見我慢事貪瞋癡事當知此中分別戲論所依緣事爲所依止生薩迦耶見及以我慢薩迦耶見我慢爲依生貪瞋癡由此三事普能顯現一切世間流轉品法

云何名爲自性分別謂於一切色等想事分別色等種種自性所有尋思如是名爲自性分別云何名爲差別分別謂即於彼色等想事謂此有色謂此無色謂此有見謂此無見謂此有對謂此無對謂此有漏謂此無漏謂此有爲謂此無爲謂此是善謂此不善謂此無記謂此過去謂此未來謂此現在由如是等無量品類差別道理即於自性分別依處分別種種彼差別義如是名爲差別分別云何名爲總執分別謂即於彼色等想事我及有情命者生者等假想施設所引分別於總

多法總執爲因分别而轉於舍軍林飲食衣乘等假想施設所引分别如是名爲總執分别云何名爲我我所分别謂若諸事有漏有取長時數習我我所執之所積聚由宿串習彼邪執故自見處事爲緣所生虚妄分别如是名爲我我所分别云何名爲愛分别謂緣淨妙可意事境所生分别云何名爲非愛分别謂緣不淨妙不可意事境所生分别云何名爲彼俱相違分别謂緣淨妙不淨妙可意不可意俱離事境所生分别此中所說略有二種一者分别自性二者分别所依分别所緣事如是二種無始世來應知展轉更互爲因謂過去世分别爲因能生現在分别所依及所緣事現在分别所依緣事既得生已復能爲因生現生世由彼依緣所起分别於今分别不了知故復生當來所依緣事彼當生故決定當生依彼緣彼所起分别

云何了知如是分别謂由四種尋思四種如實智故云何名爲四種尋思一者名尋思二者事尋思三者自性假立尋思四者差别假立尋思名尋思者謂諸菩薩於名唯見名是名名尋思事尋思者謂諸菩薩於事唯見事是名事尋思自性假立尋思者謂諸菩薩於自性假立唯見自性假立是名自性假立尋思差别假立尋思者謂諸菩薩於差别假立唯見差别假立是名差别假立尋思此諸菩薩於彼名事或離相觀或合相觀依止名事合相觀故通達二種自性假立差别假立云何名爲四如實智一者名尋思所引如實智二者事尋思所引如實智三者自性假立尋

思所引如實智四者差別假立尋思所引如實智云何名尋思所引如實智謂諸菩薩於名尋思唯有名已即於此名如實了知謂如是名爲如是義於事假立爲令世間起想起見起言說故若於一切色等想事不假建立色等名者無有能於色等想事起色等想若無有想則無有能起增益執若無有執則無言說若能如是如實了知是名名尋思所引如實智云何事尋思所引如實智謂諸菩薩於事尋思唯有事已觀如一切色等想事性離言說不可言說若能如是如實了知是名事尋思所引如實智云何自性假立尋思所引如實智謂諸菩薩於自性假立尋思唯有自性假立已如實通達了知色等想事中所有自性假立非彼事自性而似彼事自性顯現又能了知彼事自性猶如變化影像響應光影水月焰火夢幻相似顯現而非彼體若能如是如實了知最甚深義所行境界是名自性假立尋思所引如實智云何差別假立尋思所引如實智謂諸菩薩於差別假立尋思唯有差別假立已如實通達了知色等想事中差別假立不二之義謂彼諸事非有性非無性可言說性不成實故非有性離言說性實成立故非無性如是由勝義諦故非有色於中無有諸色法故由世俗諦故非無色於中說有諸色法故如有性無性有色無色如是有見無見等差別假立門由如是道理一切皆應了知若能如是如實了知差別假立不二之義是名差別假立尋思所引如實智愚夫於此四如實智有所闕故不現前故

便有八種邪分別轉能生三事能起一切有情世間及器世間謂由如是邪分別故起諸雜染起雜染故流轉生死於生死中常流轉故恒有無量隨逐生死種種生老病死等苦流轉不息

菩薩依此四如實智能正了知八種分別於現法中正了知故令當來世戲論所攝所依緣事不復生起不生起故於當來世從彼依緣所趣分別亦不復生如是分別及依緣事二俱滅故當知一切戲論皆滅菩薩如是戲論滅故能證大乘大般涅槃於現法中勝眞實義所行處智極清淨故普能獲得一切自在謂諸菩薩於種種化獲得能化神通自在於種種變獲得能變神通自在普於一切所知境智皆得自在若欲久住隨其所樂自在能住若欲終歿不待害緣自在能歿由諸菩薩得如是等無量自在於諸有情最勝無上菩薩如是普於一切得自在故獲得五種最上勝利一者獲得心極寂靜由住寂靜故不由煩惱寂靜故二者能於一切明處無所罣礙清淨妙白鮮智見轉三者爲利諸有情故流轉生死無有猒倦四者善入一切如來密意言義五者所得大乘勝解不可引奪不從他緣當知如是五種勝利有五種業一者菩薩成就最勝現法樂住能滅一切爲趣菩提精勤加行所生身心種種勞倦當知是名心極寂靜勝利之業二者菩薩普能成熟一切佛法當知是名於諸明處無礙清白微妙智見勝利之業三者菩薩普能成熟一切有情當知是名流轉生死無有猒倦勝利之業四

者菩薩能正除遣所化有情隨所生起一切疑惑護持如來妙正法眼令得久住於能隱没如來聖教像似正法能知能顯能正除滅當知是名善入如來密意言義勝利之業五者菩薩能摧一切外道異論精進堅牢正願無動當無是名大乘勝解不可引奪不從他緣勝利之業如是菩薩所有一切菩薩所作皆爲如是五勝利業之所攝受云何一切菩薩所作謂自安樂而無雜染普能成熟一切佛法普能成熟一切有情護持如來無上正法摧伏他論精進勇猛正願無動當知如是四眞實義初二下劣第三處中第四最勝

瑜伽師地論卷第三十六

音釋

匃居太切乞求也 獷古猛切惡也 邸店邸都禮切客舍也店都念切停物舍也 叡俞芮切深明也 鉀鎧鉀古洽切鎧可亥切亦甲上

瑜伽師地論卷第三十七

彌勒菩薩說

唐三藏沙門玄奘奉詔譯

本地分中菩薩地

初持瑜伽處威力品第五

云何諸佛菩薩威力當知略有三種一者聖威力謂佛菩薩得定自在依定自在隨其所欲一切事成心調柔故善修心故是名聖威力二者法威力謂諸勝法有廣大果有大勝利是名法威力此中法者即是六種波羅蜜多所謂布施乃至般若如是諸法有大威力名法威力三者俱生威力謂佛菩薩先集廣大福德資糧證得俱生甚希奇法是名俱生威力

又佛菩薩如是威力品類差別復有五種一者神通威力二者法威力三者俱生威力四者共諸聲聞獨覺威力五者不共聲聞獨覺威力

云何諸佛菩薩神通威力謂六神通一者神境智作證通二者隨念宿住智作證通三者天耳智作證通四者見生死智作證通五者知心差別智作證通六者漏盡智作證通是名神通威力

云何諸佛菩薩神境智通謂佛菩薩神境智通略有二種一者能變通二者能化通如是二種品類差別各有多種

云何能變神境智通品類差別謂十八變一者震動二者熾然三者流布四者示現五者轉變六者往來七者卷八者舒九者衆像入身十者同類往趣十一者顯十二者隱十三

者所作自在十四者制他神通十五者能施辯才十六者能施憶念十七者能施安樂十八者放大光明如是等類皆名能變神境智通震動者謂佛菩薩得定自在心調柔故善修心故依定自在普能震動寺館舍宅村邑聚落城郭國土那洛迦世界傍生世界祖父世界人世界天世界一四大洲一千世界二千世界三千大千世界百三千大千世界千三千大千世界百千三千大千世界乃至無量無數三千大千世界皆能震動是名震動熾然者謂佛菩薩依定自在從其身上發猛焰火於其身下注清冷水從其身下發猛焰火於其身上注清冷水入火界定舉身炯然遍諸身分出種種焰青黃赤白紅紫碧緑頗胝迦色是名熾然流布者謂佛菩薩依定自在流布光明遍滿一切寺館舍宅乃至無量無數世界無不充滿如前震動是名流布示現者謂佛菩薩依定自在如其所樂示彼一切諸來會衆沙門婆羅門聲聞菩薩天龍藥叉揵達縛阿素洛揭路茶緊捺洛牟呼洛伽人非人等令悉現見下諸惡趣上諸人天復令現見諸餘佛土及於其中諸佛菩薩乃至超過殑伽沙等諸佛國土種種名聲所表佛土及彼土中其名如來悉令現見亦爲宣説彼佛土名及如來名齊彼至此若復過彼諸佛國土及諸如來隨其所欲乃至所欲皆令現見亦爲宣説是名示現轉變者謂佛菩薩依定自在若於其地起水勝解即令成水如實非餘火風勝解亦復如是若於其水起地勝解即令成地如實非餘火風勝解亦復如

是若於其火起地勝解即令成地如實非餘水風勝解亦復如是若於其風起地勝解即令成地如實非餘水火勝解亦復如是若於一切起餘勝解即隨勝解如實非餘如於大種互相轉變色香味觸當知亦爾若於草葉牛糞泥等起於飲食車乘衣服嚴飾資具種種塗香華鬘勝解即隨勝解如實非餘若於砂石瓦礫等物起於末尼眞珠瑠璃蠡貝璧玉珊瑚勝解即隨勝解如實非餘若於諸山雪山王等起金勝解即隨勝解如實非餘若於一切起餘勝解即隨勝解如實非餘若於好色有情起惡色勝解於惡色有情起好色勝解於俱非有情起好色惡色勝解於俱有情起俱非勝解即隨勝解如實非餘如於好色惡色於具支節不具支節及肥瘦等當知亦爾如是於餘所有自相可變色物起餘勝解皆隨勝解一切轉變如實非餘是名轉變往來者謂佛菩薩依定自在隨其所樂於諸牆壁山石等中縱身往來無有滯礙廣說乃至往於梵世乃至上至色究竟天還來無礙或復傍於無量無數三千大千世界若往若來皆無滯礙或運麤重四大種身或於遠處作近勝解或如意勢速疾往來是名往來卷舒者謂佛菩薩依定自在能卷一切雪山王等如一極微舒一極微令如一切雪山王等是名卷舒衆像入身者謂佛菩薩依定自在能以種種現前大衆及以一切村邑聚落草木叢林諸山大地一切色像内已身中令諸大衆各各自知入其身内是名衆像入身同類往趣者謂佛菩薩依定自在或能往趣剎

帝利衆同其色類如彼形量似彼言音彼若以此名如是義亦即以此名如是義彼不以此名如是義亦不以此名如是義然後爲其演說正法示現教導讚勵慶慰化事既終欻然隱没没後時衆迭相顧言不知没者天耶人耶如能往趣刹帝利衆如是往趣婆羅門衆若沙門衆若長者衆若居士衆四天王天三十三天夜摩天覩史多天化樂天他化自在天梵衆天梵先益天大梵天少光天無量光天光音天少淨天無量淨天遍淨天無雲天福生天廣果天無煩天無熱天善現天善見天色究竟天當知亦爾是名同類往趣隱顯者謂佛菩薩依定自在於大衆前百度千度或過於是隱没自身復令顯現是名隱顯所作自在者謂佛菩薩依定自在普於一切諸有情界往來住等所作事中皆自在轉令去即去令住即住令來即來令語即語是名所作自在制他神通者謂佛菩薩依定自在能制伏他所現神通如來神通普能制伏其餘一切具神通者所現神通如其所欲令事成辦究竟菩薩一生所繫或最後有所有神通除諸如來等類菩薩悉能制伏其餘一切具神通者所現神通諸餘菩薩所有神通除入上地等類菩薩悉能制伏其餘一切具神通者所現神通是名制他神通能施辯才者謂佛菩薩依定自在若諸有情辯才窮盡能與辯才是名能施辯才能施憶念者謂佛菩薩依定自在若諸有情於法失念能與憶念是名能施憶念能施安樂者謂佛菩薩依定自在說正法時與聽法者饒益身心輕安之

樂令離諸蓋專心聽法蹔時方便而非究竟又令諸界互相違反能爲損害非人所行災癘疾疫皆得息滅是名能施安樂放大光明者謂佛菩薩依定自在以神通力身放光明或有一光往十方面無量無數諸世界中令惡趣等一切有情息彼衆苦或有一光往諸天界令大威德天龍藥叉健達縛阿素洛揭路荼緊捺洛牟呼洛伽等住自宫中蒙光覺悟皆來集會或有一光往十方面無量無數諸世界中令住他方世界菩薩蒙光覺悟皆來集會以要言之諸如來等能放無量無數品類種種光明能作無量無數世界無量無數諸有情類無量無數利益之事是名放大光明當知如是一切能變神境智通品類差別一一分別無量無數由此神通能轉所餘有自性物令成餘物故名能變神境智通

云何能化神境智通品類差別謂若略説無事而有是名爲化能以化心隨其所欲造作種種未曾有事故名能化神境智通此復多種或化爲身及化爲境或化爲語或化爲身及化爲境者化似自身或不相似化似他身或不相似又所化身若自若他或似不似唯能化作與根相似根所依處而非實根復能化作相似境界謂飲食等末尼眞珠瑠璃寶等所有色香味觸所攝外資生具若彼相似若異於彼隨其所欲一切能化又所化身與已同類非一衆多種種差别或作天龍藥叉健達縛阿素洛揭路荼緊捺洛牟呼洛伽色像或作人傍生鬼那洛迦色像或作聲聞獨覺菩薩如來色像若所化身與菩薩身極相

似者名所化身與自相似若不爾者名所化身非自相似又所化身與他同類亦有多種若作天身與彼天身極相似者名所化身與他相似若不爾者名所化身非他相似如作天身乃至佛身當知亦爾云何此中化作多身謂佛菩薩於十方面無量無數諸世界中一時化作種種形類能爲無量無數有情作利益事如是所化種種形類於中或有諸佛菩薩雖滅度後由住持力而故隨轉或有蹔時作利益已化事便息又佛菩薩或作化事唯令衆生覩見而已如幻所作不堪受用或復化作飲食衣服末尼眞珠瑠璃螺貝璧玉珊瑚車乘等事與實無異如是所作財食衆具令諸衆生常得受用是名化身及化境界或化爲語者或有化語妙音相應或有化語廣音具足或有化語繫屬於自或有化語繫屬於他或有化語無所繫屬或有化語宣說正法言辭所攝或有化語誨責放逸言辭所攝妙音相應者謂佛菩薩所說化語其聲深遠如雲雷音其聲和雅如頻迦音能感衆心甚可愛樂又此化語圓上微妙顯了易解樂聞無逆無依無盡廣音具足者謂佛菩薩所說化語其聲廣大隨其所樂無量種類天龍藥叉健達縛阿素洛揭路荼緊捺洛牟呼洛伽聲聞菩薩人非人等無量衆會一踰繕那皆悉充滿以妙圓音隨類遍告又隨所樂小千世界二千世界三千大千世界乃至十方無量無數諸世界中若近若遠所有衆會以妙圓音隨類遍告於此聲中出種種音爲諸衆生說種種法隨其所應各得義利繫屬於

自者謂佛菩薩所說化語於化自身出種種音宣說正法誨責放逸繫屬於他者謂佛菩薩所說化語於化他身宣說正法誨責放逸無所繫屬者謂佛菩薩所說化語或於空中或於所化非情法上而有所說宣說正法言辭所攝者謂佛菩薩所說化語開示正理令諸愚癡於種種法皆得悟解誨責放逸言辭所攝者謂佛菩薩所說化語爲不愚癡獲得淨信而放逸者責其放逸令生慚愧誨不放逸令勤修學如是所說衆多化事略有三種化身化境及以化語當知如是一切能化神境智通品類差別一一分別無量無數如是二種諸佛菩薩神境智通能辦二事一者示現種種神通引諸衆生入佛聖教二者示現種種神通慧施無量受苦衆生衆多品類利益安樂

云何諸佛菩薩隨念宿住智通謂佛菩薩以宿住智自能隨念已之宿住曾於如是有情類中我如是名如經廣說亦能隨念他諸有情身等一切品類差別如自隨念已事無異又能令他得宿住智能自隨念前際所經若自若他身等一切品類差別曾於如是有情類中我如是名乃至廣說如是有情轉復令他得宿住智能自隨念一切宿住如前無異如是展轉令憶宿住皆如自己於現法中又能隨念諸微細事所有一切若少若多先所造作先所思惟皆無忘失又能隨念無間剎那次第所作無間斷故又能隨念有量有數宿住差別所知時劫可筭數故又能隨念無量無數宿住差別所知時劫不可筭數故以

要言之此宿住智於如是處於如是類於如是量隨其所欲皆無礙轉如是名爲諸佛菩薩隨念宿住所攝威力又由隨念宿住智故憶念本生爲諸有情開示先世種種品類第一希有菩薩所行難行苦行令於佛所生淨信故起恭敬故令於生死深猒離故又由此智憶念本事爲諸衆生開示種種先世相應業果異熟爲令妄計前際常論一分常論常見衆生破常見故

云何諸佛菩薩天耳智通謂佛菩薩以淨天耳能於種種天聲人聲聖聲非聖聲大聲小聲辯聲非辯聲化聲非化聲遠聲近聲皆悉得聞聞天聲者若不作意下從欲界上至色究竟宮其中受生諸有情類種種音聲皆悉能聞若作意時過是已上諸世界聲皆亦能聞聞人聲者遍於一切傍四大洲受生有情種種音聲皆悉能聞聞聖聲者於諸如來聲聞獨覺及諸菩薩若從彼聞展轉爲餘諸有情類宣說種種示現教導讚勵慶慰勸修諸善勸捨諸惡所有音聲皆悉能聞又於一切無染汙心受持讀誦論議決擇無倒諫誨爲作憶念教授教誡及餘所有善言善說能引義利種種音聲皆悉能聞如是等類名聞聖聲聞非聖聲者於諸有情虛妄離間邪綺麤獷生下惡趣生上天趣生傍人趣種種音聲皆悉能聞聞大聲者謂於大衆生聲大集會聲種種苦具所逼切聲大號哭聲相呼召聲大雷吼聲諸螺貝聲諸鼓角等種種音聲皆悉能聞聞小聲者下至耳語諸微細聲皆悉能聞聞辯聲者於義易了種種音聲皆悉能

聞聞非辯聲者於義難了種種音聲謂達羅弭荼種種明呪風鈴樹響鸚鵡鴝鵒百舌鸝鶬命命鳥等所出音聲皆悉能聞聞化聲者謂於一切得心自在具神通者依神通力所化音聲皆悉能聞聞非化聲者謂於種種異彼音聲皆悉能聞聞遠聲者除佛菩薩所住聚落城邑等中所有音聲於餘乃至無量無數世界中聲皆悉能聞聞近聲者聞所餘聲

云何諸佛菩薩見死生智通謂佛菩薩以超過人清淨天眼見諸有情死時生時好色惡色若劣若勝及於後際生已增長諸根成熟身諸所作善惡無記差別而轉又現見知諸光明色諸微細色諸變化色諸淨妙色下至無間上至色究竟宮不由作意皆能見知若作意時能見上下無量無數餘世界色亦能見傍無量無數諸世界中一切諸色乃至能見彼彼佛土彼彼如來安坐彼彼異類大會宣說正法顯然無亂又佛菩薩以淨天眼普見十方無量無數諸有情類身之所作淨不淨業既見彼已隨其所應隨其所宜施作種種利益安樂以淨天耳普聞十方無量無數諸有情類語之所作淨不淨業既聞彼已隨其所應隨其所宜施作種種利益安樂是名略說諸佛菩薩天眼天耳之所作業

云何諸佛菩薩知心差別智通謂佛菩薩以他心智遍知十方無量無數諸世界中他有情類若有纏煩惱心若離纏煩惱心若有隨縛有隨眠煩惱心若離隨縛離隨眠煩惱心又遍了知有染心邪願心謂諸外道心及有愛染心又遍了知無染心正願心謂與上相

違心又遍了知劣心謂生欲界諸有情類下至一切禽獸等心又遍了知中心謂生色界諸有情類諸所有心又遍了知勝心謂生無色界諸有情類諸所有心又遍了知樂相應心苦相應心不苦不樂相應心又能以一知他心智於一有情如是所有如是體性如是品類如是行相如是分齊心起現前於一念頃並如實知又能以一知他心智於多有情如是所有如是體性如是品類如是行相如是分齊心起現前於一念頃並如實知又佛菩薩此他心通知諸有情諸根勝劣知諸有情種種勝解知諸有情種種界行隨其所應能正安處趣涅槃宮種種正行當知是名此所作業

云何諸佛菩薩漏盡智通謂佛菩薩如實了知煩惱盡得如實了知若自若他於諸漏盡已得未得如實了知若自若他所有能得漏盡方便如能如實了知方便於非方便亦如實知如實知他於漏盡得有增上慢如實知他於漏盡得離增上慢又諸菩薩雖能如實了知一切漏盡功德能證方便而不作證是故菩薩於有漏事及與諸漏不速捨離雖行種種有漏事中而不染汙如是威力於諸威力最為殊勝又佛菩薩由漏盡智自無染汙亦善為他廣分別說壞增上慢當知是名此所作業

云何法威力謂布施威力乃至般若威力此布施等諸法威力應知一一略有四相一者斷所對治相二者資糧成熟相三者饒益自他相四者與當來果相布施四相者謂諸菩

薩修行慧施能斷慳悋施所對治是名第一即此慧施能作自己菩提資粮亦即能作布施攝事成熟有情是名第二施先意悅施時心淨施已無悔於三時中心常歡喜以自饒益亦能除他飢渴寒熱種種疾病所欲匱乏怖畏衆苦以饒益他是名第三於當來世在在生處恒常富樂得大祿位得大財寶得大朋黨得大眷屬是名第四是名布施威力四相此外無有若過若增持戒四相者謂諸菩薩受持清淨身語律儀能斷犯戒戒所對治是名第一即所受持清淨尸羅能爲自己菩提資粮亦即能作同事攝事成熟有情是名第二受持淨戒捨離犯戒爲緣所生怖畏衆罪怨敵等事寢寤安樂以自饒益又由淨戒無悔歡喜乃至心定以自饒益受持淨戒不損惱他普施一切有情無畏以饒益他是名第三由是因緣身壞已後生於善趣天世界中是名第四是名持戒威力四相此外無有若過若增忍辱四相者謂諸菩薩修行忍辱能斷不忍所對治是名第一即此忍辱能作自己菩提資粮亦即能作同事攝事成熟有情是名第二由此忍辱濟拔自他大怖畏事饒益自他是名第三由是因緣能令菩薩於當來世無多怨敵無多離隔無多憂苦於現法中臨命終時心無憂悔身壞已後生於善趣天世界中是名第四是名忍辱威力四相此外無有若過若增精進四相者謂諸菩薩住勤精進能斷懈怠精進所治是名第一即此精進能作自己菩提資粮及所依止亦即能作同事攝事成熟有情是名第二勤精

進故得安樂住不爲一切惡不善法之所雜亂後後所證轉勝於前倍生歡喜以自饒益勤修善品不以身語損惱於他令他發生精進樂欲以饒益他是名第三由此因力於當來世愛樂殊勝士夫功業是名第四是名精進威力四相此外無有若過若增靜慮四相者謂諸菩薩入靜慮時能斷煩惱語言尋伺喜樂色想等隨煩惱靜慮所治是名第一即此靜慮能作自己菩提資粮及所依止亦即能作同事攝事成熟有情是名第二現法樂住以自饒益其心寂靜最極寂靜遠離貪愛於諸有情無損無惱以饒益他是名第三由此因緣智得清淨能發神通於當來世生淨天處得靜慮果是名第四是名靜慮威力四相此外無有若過若增般若四相者謂諸菩薩具足妙慧能斷無明慧所對治是名第一即此般若能作自己菩提資粮能以布施愛語利行同事攝事成熟有情是名第二於所知事如義覺了能引廣大清淨歡喜以自饒益普爲有情稱理說法令其獲得現法當來利益安樂以饒益他是名第三由是因緣攝諸善根能正所作於當來世能證二障離繫謂煩惱障離繫及所知障離繫是名第四是名般若威力四相此外無有若過若增是名法威力

云何諸佛菩薩俱生威力謂性能憶念諸本生事爲欲利益諸有情故不由思擇於極長時種種猛利無間大苦悉能堪忍爲欲利益諸有情故欣樂領受能辦有情利益事若爲欲利益諸有情故上生第四覩史多天盡覩

史多壽量而住有三勝事映彼受生諸天子衆一天壽量二天形色三天名稱將欲下生入母胎時放大光明普照世界於降母胎入住出位皆正了知旣出胎已即於地上不待扶侍而行七步自稱德號於初生時有大威德天龍藥叉健達縛阿素洛揭路荼緊捺洛牟呼洛伽等散以種種天妙華香持天伎樂上妙衣服幢旛寶蓋殊勝供具而爲供養又以無上三十二大丈夫相等莊嚴其身住最後有最後生中一切怨敵一切魔軍一切災横不能侵害坐菩提座以慈定力摧伏衆魔一一支節皆悉備足那羅延力於稚童時不由習學自然善巧於諸世間工巧業處疾疾能入無師自然獨處三千大千世界證得無上正等菩提索訶界主大梵天王自然來下慇懃勸請哀愍世間宣說正法其定寂靜設大雲雷曾無覺受安然不起爲菩薩時一切禽獸蠕動之類皆極仰信常來歸趣隨其所欲親附而住旣成佛已下至傍生亦來供養如彼獼猴獻清淨蜜世尊哀受歡喜舞躍龍雲常候洗便降雨若出遊行止而不落菩薩如是若坐樹下一切枝條並皆垂影隨蔭其身曾無虧捨證菩提已於六年中魔求其便竟不能得常俱行念每恒現前由此念故受相尋思生住滅等無不覺了又佛成就俱生威力或有見便饒益所攝或有賢聖行住所攝見便饒益所攝俱生威力者謂諸世間若見如來癲癇心亂還得本心逆胎得順盲者得視聾者能聽懷貪欲者得離貪纏懷瞋恚者得離瞋纏懷愚癡者得離癡纏如是等類

當知是名見便饒益所攝俱生威力賢聖行住所攝俱生威力者謂佛菩薩常右脇卧如師子王雖現安處草葉等蓐一脇而卧曾無動亂一切如來應正等覺雖現睡眠而無轉側大風卒起不動身衣行如師子步若牛王先舉右足方移左足隨所行地高處便下下處遂高坦然如掌無諸礫石瓶瓦等物心專遠離而入聚落隨所入門門若狹小自然高廣食所食時有粒皆碎無口不殫如是等類當知是名賢聖行住所攝俱生威力般涅槃時大地震動衆星晃耀交流而隕諸方一時欻然大熱遍滿虚空奏天大樂如是無量甚希有事皆是如來俱生威力非是神通威力所作如是名爲諸佛菩薩俱生威力

云何諸佛菩薩威力與聲聞獨覺有共不共略由三相應知不共一者微細故二者品類故三者界故諸佛菩薩於無量無數諸有情類及無量無數威力方便如所應作諸利益事皆如實知無不能作是名微細一切品類神通威力法威力俱生威力悉皆成就是名品類以一切世界一切有情界爲威力境是名爲界聲聞但以二千世界及有情界爲神通境獨覺但以三千世界爲神通境何以故由彼唯爲調伏一身而修正行非諸有情是故最極唯以一界爲神通境除上所説所餘諸佛菩薩威力當知麤相與諸聲聞獨覺等共如是諸佛菩薩威力聲聞獨覺尚不能及何況所餘一切天人異生外道

諸佛菩薩略有三種神變威力一者神境神變所攝二者記説神變所攝三者教誡神變

所攝當知此三如其所應攝入三種神通威力謂神境智通威力心差別智通威力漏盡智通威力

本地分中菩薩地

初持瑜伽處成熟品第六

云何成熟當知成熟略有六種一者成熟自性二者所成熟補特伽羅三者成熟差別四者成熟方便五者能成熟補特伽羅六者已成熟補特伽羅相

云何成熟自性謂由有善法種子及數習諸善法故獲得能順二障斷淨增上身心有堪任性極調善性正加行滿安住於此若遇大師不遇大師皆有堪任有大勢力無間能證煩惱障斷所知障斷譬如癰痤熟至究竟無間可破說名為熟又如瓦器熟至究竟無間可用說名為熟又如衆果熟至究竟無間可敢說名為熟如是由有善法種子及數修習諸善法故獲得能順廣說乃至正加行滿無間能證二障清淨說名成熟如是名為成熟自性

云何所成熟補特伽羅謂所成熟補特伽羅略有四種一者住聲聞種性於聲聞乘應可成熟補特伽羅二者住獨覺種性於獨覺乘應可成熟補特伽羅三者住佛種性於無上乘應可成熟補特伽羅四者住無種性於往善趣應可成熟補特伽羅諸佛菩薩於此四事應當成熟如是四種補特伽羅是名所成熟補特伽羅

云何成熟差別謂此差別略有六種一諸根成熟二善根成熟三智慧成熟四下品成熟

五中品成熟六上品成熟諸根成熟者謂壽量具足形色具足族姓具足自在具足信言具足大勢具足人性具足大力具足此依身果異熟具足爲所依故堪任發起勇猛精進修諸善法於勤修集一切明處心無猒倦善根成熟者謂性薄塵垢爲所依止性於諸惡不善法中心不樂入諸蓋輕微尋思薄弱柔和正直隨順而取智慧成熟者謂具足正念爲性聰敏有所堪任有大勢力能解善説惡説法義能受能持能正通達具足成就倶生妙慧依此妙慧有所堪任有大勢力能令其心究竟解脱一切煩惱當知此中諸根成熟故解脱異熟障善根成熟故能解脱業障智慧成熟故解脱煩惱障下品成熟者謂二因緣下品成熟一者未久修習諸根善根智慧成熟因緣未極增長二者串習下劣因緣中品成熟者謂即於此二種因緣隨一闕減隨一具足上品成熟者謂二因緣倶無闕減

云何成熟方便當知此有二十七種一者界增長二者現緣攝受三者趣入四者攝樂五者初發處六者非初發處七者遠清淨八者近清淨九者加行十者意樂十一者財攝受十二者法攝受十三者神通引接十四者宣説正法十五者隱密説法十六者顯了説法十七者下品加行十八者中品加行十九者上品加行二十者聽聞二十一者思惟二十二者修習二十三者攝受二十四者降伏二十五者自成熟二十六者請他成熟二十七者倶成熟界增長者謂本性善法種子具足爲所依止先來串習諸善法故後後位中善

法種子轉增轉勝生起堅住是名界增長現緣攝受者謂於現法中無倒說法無倒受持如理修行法隨法行當知界增長由先世因現在成熟現緣攝受由現在因現在成熟趣入者謂得淨信增上力故或有在家遠離惡行受持學處或趣非家遠離諸欲受持學處攝樂者謂依出離衆苦行迹及依遠離欲樂自苦二邊行迹於佛善說法毗奈耶眞實聖教深生愛樂初發處者謂即最初於可猒法深生猒離於能成辦眞實理義如實了知有勝功德而創趣入名初發處非初發處者謂已趣入補特伽羅現成熟時常不捨離諸佛菩薩諸明了處轉轉明了由此成熟轉轉增進遠清淨者謂由懈怠或由違緣或經長時或經多生或經多劫方能清淨近清淨者當知一切與此相違加行者謂爲獲得自勝義利猛利樂欲爲所依故或怖當來墮諸惡趣或怖現法他所譏毀於諸學處常勤護持無間所作殷重所作意樂者謂於諸法正觀察忍爲所依故於佛善說法毗奈耶不可引奪於他所證深生信解信有功德爲所依故於三寶所及於獲得自義利所深信無動財攝受者謂於一切飲食等物有匱乏者施與一切飲食等物或於隨順飲食等物有匱乏者施與隨順飲食等物法攝受者謂或宣說正法施諸有情或開顯正義施諸有情神通引攝者謂具神通者哀愍有情故或爲有情意樂清淨或爲有情加行清淨增上力故示現種種神通變化欲令有情見已聞已於佛聖教或當獲得意樂清淨或當修行無倒加行

彼諸有情由此神變引攝心故或有獲得意樂清淨或有修行無倒加行宣說正法者謂於獲得自勝義利若無堪能爲說正法伴助令彼發生正行若有堪能爲說正法隨順令彼速證通慧隱密說法者謂於嬰兒智慧有情隱覆廣大甚深義法爲說麤淺易可悟入易爲方便趣入處法顯了說法者謂於廣大智慧有情已善悟入聖教理者爲其開示廣大甚深道理處法下品加行者謂若遠離無間加行及殷重加行中品加行者謂或遠離無間加行或復遠離殷重加行於二加行隨闕一種上品加行者謂無間加行及殷重加行二俱相應聽聞者謂於佛語深生信解精勤聽聞受持讀誦契經等法思惟者謂居遠離樂思惟法推度其義解了決定修習者謂

於止舉捨相正審觀察爲先深心欣樂修止舉捨攝受者謂無染心以親教師及軌範師道理方便無有顛倒與作依止又即於彼發起種種別供事行謂看病行給施如法衣服飲食諸坐卧具病緣醫藥資生具行除遣憂愁及惡作行除遣煩惱隨煩惱行如是等類當知皆名別供事行降伏者謂深防護自身雜染於毀犯者若犯下品慈心諫誨若犯中品慈心訶罰若犯上品慈心驅擯當知此中諫誨訶罰令彼及餘利益安樂驅擯一種若重攝受令彼及餘利益安樂若驅擯已不重攝受但令其餘利益安樂何以故餘若見彼毀犯因緣既被驅擯便自防護不起毀犯故自成熟者謂自宣說隨順正法令諸有情出不善處安立善處如自所說亦自修行法隨

法行令諸有情同分隨轉勿使他人作如是說汝自不能出不善處安立善處云何於他教授諫舉爲作憶念他應於汝教授諫舉爲作憶念請他成熟者謂若有餘無量有情於彼發起上品愛敬或復有餘善知方便於說正法已善修學即應勸請慇懃營助令其成熟無量有情俱成熟者謂具二種若自成熟若勸請他令其成熟由此所說二十七種成熟方便當知令前六種成熟差別圓滿所謂諸根成熟善根成熟智慧成熟下品成熟中品成熟上品成熟

云何能成熟補特伽羅謂略有六種菩薩住菩薩六地能成熟有情一者勝解行菩薩住勝解行地二者淨勝意樂菩薩住淨勝意樂地三者行正行菩薩住行正行地四者墮決定菩薩住墮決定地五者決定行正行菩薩住決定行正行地六者到究竟菩薩住到究竟地住無種性補特伽羅於往善趣種性而成熟時有數退轉有數應作安住種性補特伽羅於往三乘而成熟時無數退轉無數應作云何已成熟補特伽羅相謂諸聲聞先已串習諸善法故若時安住下品成熟爾時便有下品欲樂下品加行猶往惡趣非於現法證沙門果非於現法得般涅槃若時安住中品成熟爾時便有中品欲樂中品加行不往惡趣於現法中證沙門果非於現法得般涅槃若時安住上品成熟爾時便有上品欲樂上品加行不往惡趣於現法中證沙門果即於現法得般涅槃如說聲聞獨覺亦爾何以故道與聲聞同種類故而此獨覺與諸聲聞

有差別者謂住最後有最後所得身無軌範師宿習力故修三十七菩提分法究竟斷滅一切煩惱證阿羅漢故名獨覺若諸菩薩住勝解行地名下品成熟住淨勝意樂地名中品成熟住墮決定到究竟地名上品成熟若時菩薩住下成熟爾時便有下品欲樂下品加行猶往惡趣此盡第一無數劫邊際熾然無動極善清淨覺品善法當知一切皆未相應若時菩薩住中成熟爾時便有中品欲樂中品加行不往惡趣此盡第二無數劫邊際熾然無動覺品善法已得相應極善清淨覺品善法未得相應若時菩薩住上成熟爾時便有上品欲樂上品加行不往惡趣此盡第三無數劫邊際熾然無動極善清淨覺品善法當知一切皆悉成就今於此中性淳厚故極猛盛故能有上品廣大果故大勝利故名爲熾然不轉還故不退墮故常精進故名爲無動菩薩地中最無上故當知說名極善清淨當知此中若財攝受所作成熟若神通引攝所作成熟若隱密說法所作成熟若下品加行所作成熟若唯聽聞所作成熟如是五種所作成熟若於長時修習彼法尚爲下品況於少時修習彼法其餘一切成熟因緣所作成熟當知皆有三品道理謂若於彼下品修習成下成熟中品修習成中成熟上品修習成上成熟此下中上三品成熟當知一一復有三品於下品中有下下下中下上三品成熟於中品中有中下中中中上三品成熟於上品中有上下上中上上三品成熟如是等類諸佛菩薩成熟有情當知展轉差別道

理有無量品此中菩薩由前所説成熟因縁爲欲成熟自佛法故精勤修習諸根成熟善根成熟智慧成熟下品成熟中品成熟上品成熟又欲令他諸有情類補特伽羅乘三乘法而出離故往善趣故修習如是六種成熟

瑜伽師地論卷第三十七

音釋

炯古迴切光明也　蠡貝蠡落戈切貝博蓋切　欻許勿切忽也　迭徒結切更迭也　鸝鷅鸝呂支切鷅落侯切鸝鷅並鳥名　蠕而兖切蟲動皃　癲癇癲都年切癇胡間切癲癇狂病也　殫都寒切盡也　癰痤癰於容切疽也痤昨禾切小瘇也　創初亮切始造也

瑜伽師地論卷第三十八

彌勒菩薩說

唐三藏沙門玄奘奉詔譯

本地分中菩薩地

初持瑜伽處菩提品第七

云何菩提謂略說二斷二智是名菩提二斷者一煩惱障斷二所知障斷二智者一煩惱障斷故畢竟離垢一切煩惱不隨縛智二所知障斷故於一切所知無礙無障智復有異門謂清淨智一切智無滯智一切煩惱并諸習氣無餘永害遍一切種不染無明無餘永斷是名無上正等菩提一切煩惱并諸習氣畢竟斷故名清淨智於一切界一切事一切品一切時智無礙轉名一切智界有二種一者世界二者有情界事有二種一者有爲二者無爲即此有爲無爲二事無量品别名一切品謂自相展轉種類差别故共相差别故因果差别故界趣差别故善不善無記等差别故時有三種一過去二未來三現在即於如是一切界一切事一切品一切時如實知故名一切智無滯智者蹔作意時遍於一切無礙速疾無滯智轉不由數數作意思惟依一作意遍了智故復有異門謂百四十不共佛法及如來無諍願智無礙解等是名無上正等菩提百四十不共佛法者謂三十二大丈夫相八十隨好四一切種清淨十力四無所畏三念住三不護大悲無忘失法永害習氣一切種妙智是諸佛法建立品中當廣分别如是菩提名爲最勝七種最勝共相應故由是因緣於諸菩提最爲殊勝云何名爲七

種最勝一者所依最勝二者正行最勝三者圓滿最勝四者智最勝五者威力最勝六者斷最勝七者住最勝由諸如來以三十二大丈夫相等莊嚴其身故名所依最勝由諸如來自利利他利益安樂無量衆生哀愍世間令諸天人獲得義利利益安樂而行正行故名正行最勝由諸如來無上無等四種圓滿謂戒圓滿見圓滿軌則圓滿淨命圓滿皆悉成就故名圓滿最勝由諸如來無上無等四無礙解謂法無礙解義無礙解訓詞無礙解辯說無礙解皆悉成就故名智最勝由諸如來無上無等如前所說六種神通皆悉成就故名威力最勝由諸如來無上無等一切煩惱習氣永斷及一切所知障永斷皆悉成就故名斷最勝由諸如來多住無上無等三住謂聖住天住梵住故名住最勝當知此中空無願無相住及滅盡定住是名聖住四種靜慮四無色定是名天住四種無量是名梵住於此三住中如來多住四最勝住謂於聖住中多住空住滅盡定住於天住中多住無動第四靜慮住於梵住中多住大悲住由是如來晝夜六時晝三夜三常以佛眼觀察世間誰增誰減我應令誰未起善根而種善根廣說乃至我應令誰建立最勝阿羅漢果又諸如來所依最勝故名大丈夫正行最勝故名大悲者圓滿最勝故名大戒者及大法者智最勝故名大慧者威力最勝故名大神通者斷最勝故名大解脫者住最勝故名多安住廣大住者

又諸如來略有十種功德名號隨念功德何

等爲十謂薄伽梵號爲如來應正等覺明行圓滿善逝世間解無上丈夫調御士天人師佛薄伽梵言無虛妄故名如來已得一切所應得義應作世間無上福田應爲一切恭敬供養是故名應如其勝義覺諸法故名正等覺明謂三明行如經說止觀二品極善圓滿是故說名明行圓滿上升最極永不退還故名善逝善知世界及有情界一切品類染淨相故名世間解一切世間唯一丈夫善知最勝調心方便是故說名無上丈夫調御士爲實眼故爲實智故爲實義故爲實法故與顯了義爲開導故與一切義爲所依故與不了義爲能了故與所生疑爲能斷故與甚深處爲能顯故令明淨故與一切法爲根本故爲開導故爲所依故能正教誡教授天人令其出離一切衆苦是故說佛名天人師於能引攝義利法聚於能引攝非義利法聚於能引攝非義利非非義利法聚遍一切種現前等覺故名爲佛能破諸魔大力軍衆具多功德名薄伽梵

或有多劫無有一佛出現於世或有一劫有衆多佛出現於世彼彼十方無量無數諸世界中應知同時有無量佛出現於世何以故於十方界現有無量無數菩薩同時發願同勤修集菩提資粮若一菩薩於如是日於如是分於如是月於如是年發菩提心願趣菩提即於此日即於此分即於此月即於此年一切亦爾如一菩薩勇悍策勵熾然精進一切亦爾於今現見此世界中多百菩薩同時發願同修惠施同修淨戒同修忍辱同修精

進同修靜慮同修智慧況於十方無量無邊諸佛世界又於十方現有無量無數三千大千佛土無二菩薩同時修集菩提資粮俱時圓滿於一佛土並出於世一時成佛況有無量無數菩薩於一世界一時成佛又不應言衆多菩薩同時修集菩提資粮俱時圓滿前後相避次第成佛亦不應言一切菩薩皆不成佛是故當知衆多菩薩同時修集菩提資粮俱圓滿者於十方面無量無數隨其所淨空無如來諸佛國土各別出世同時成佛由此道理多世界中決定應有衆多菩薩同時成佛決定無有一佛土中有二如來俱時出世何以故菩薩長夜起如是願隨令增長我當獨一於無導首諸世界中爲作導首調伏有情令脫衆苦令般涅槃如是長夜所起大願隨令增長攝受正行得成滿故無二如來於一世界俱時出現又一如來於一三千大千佛土普能施作一切佛事是故第二如來出世無所利益又一如來於一佛土出現於世令諸有情成辦自義極爲熾盛極爲隨順何以故彼作是思一切世間唯一如來更無第二若於此土化事已訖或往餘方或入滅度我等何從當修梵行我等何從當聞正法如是思已發起深厚欲勤精進速修梵行速聞正法若一佛土多佛出世彼於所作不能速疾故一佛土一佛出世令諸有情成辦自義極爲熾盛極爲隨順

一切如來一切功德平等平等無有差別唯除四法一者壽量二者名號三者族姓四者身相一切如來於此四法有增減相非餘功

德又非女身能證無上正等菩提何以故一
切菩薩於過第一無數劫時已捨女身乃至
安坐妙菩提座曾不爲女一切母邑性多煩
惱性多惡慧非諸稟性多煩惱身多惡慧身
能證無上正等菩提
如是無上正等菩提如說自性應如實知如
說最勝應如實知如說十種功德名號隨念
功德應如實知如說出現應如實知如說差
別應如實知
又此菩提爲不思議超過一切尋思道故爲
無有量無邊功德所集成故爲無有上生成
一切聲聞獨覺及與如來諸功德故是故唯
佛所證菩提最上最尊最妙最勝
本地分中菩薩地
初持瑜伽處力種性品第八
已說菩薩所應學處如是應學我今當說嗢
柁南曰
勝解多求法　說法修法行　正教授教誡
方便攝三業
若諸菩薩欲於菩薩所應學處精勤修學最
初定應具多勝解應求正法應說正法應正
修行法隨法行應正教授應正教誡應住無
倒教授教誡方便所攝身語意業
云何菩薩具多勝解謂諸菩薩於其八種勝
解依處具足成就淨信爲先決定喜樂一者
於三寶功德勝解依處具足成就淨信爲先
決定喜樂謂於佛法僧眞實功德具多勝解
二者於佛菩薩威力勝解依處具足成就淨
信爲先決定喜樂謂於如前所說威力具多
勝解三者於眞實義勝解依處具足成就淨

信爲先決定喜樂謂於如前所說眞實義具多勝解四者於因勝解依處具足成就淨信爲先決定喜樂謂於種種如應所攝無顛倒因具多勝解五者於果勝解依處具足成就淨信爲先決定喜樂謂於種種如應所攝無顛倒果具多勝解六者於應得義勝解依處具足成就淨信爲先決定喜樂謂於無上正等菩提所應得義我有堪任定當能得具多勝解七者於得方便勝解依處具足成就淨信爲先決定喜樂謂於一切菩薩學道能得方便有此方便得應得義具多勝解八者於善言善語善說勝解依處具足成就淨信爲先決定喜樂謂於契經應頌記別等法具多勝解於此八種勝解依處應知菩薩由二因緣具多勝解一者多修勝解故二者積集猛利忍故

彼諸菩薩求正法時當何所求云何而求何義故求謂諸菩薩以要言之當求一切菩薩藏法聲聞藏法一切外論一切世間工業處論當知於彼十二分教方廣一分唯菩薩藏所餘諸分有聲聞藏一切外論略有三種一者因論二者聲論三者醫方論一切世間工業處論非一衆多種種品類謂金師鐵師末尼師等工業智處如是一切明處所攝有五明處一內明處二因明處三聲明處四醫方明處五工業明處菩薩於此五種明處若正勤求則名勤求一切明處諸佛語言名內明論此幾相轉如是乃至一切世間工巧業處名工業明論此幾相轉謂內明論略二相轉一者顯示正因果相二者顯示已作不失未

作不得相因明論亦二相轉一者顯示摧伏他論勝利相二者顯示免脫他論勝利相聲明論亦二相轉一者顯示安立界相能成立相二者顯示語工勝利相醫方明論四種相轉一者顯示病體善巧相二者顯示病因善巧相三者顯示斷已生病善巧相四者顯示已斷之病當不更生善巧相一切世間工業明論顯示各別工巧業處所作成辦種種異相云何内明論顯示正因果相謂有十種因當知建立無顛倒因攝一切因或爲雜染或爲清淨或爲世間彼彼稼穡等無記法轉云何十因一隨說因二觀待因三牽引因四攝受因五生起因六引發因七定別因八同事因九相違因十不相違因謂一切法名爲先故想想爲先故說是名彼諸法隨說因觀待此故此爲因故於彼彼事若求若取此名彼觀待因如觀待手故手爲因故有執持業觀待足故足爲因故有往來業觀待節故節爲因故有屈伸業觀待飢渴故飢渴爲因故於諸飲食若求若取隨如是等無量道理應當了知觀待因相一切種子望後自果名牽引因除種子外所餘諸緣名攝受因即諸種子望初自果名生起因即初種子所生起果望後種子所牽引果名引發因種種異類各別因緣名定別因若觀待因若牽引因若攝受因若生起因若引發因若定別因如是諸因總攝爲一名同事因於所生法能障礙因名相違因此障礙因若闕若離名不相違因當知相違略有六種一語言相違謂有一類或諸沙門或婆羅門所造諸論前後相違二道

理相違謂爲成立諸所成立諸所知義建立比量不與證成道理相應三生起相違謂所生法能生緣闕障生緣會四同處相違謂明闇貪瞋苦樂等法五怨敵相違謂毒蛇鼠狼猫狸鼷鼠互爲怨敵惡知識等六障治相違謂修不淨與諸貪欲修慈與瞋修悲與害修七覺支八聖道支與三界繫一切煩惱於此義中正意唯取生起相違此一切因二因所攝一能生因二方便因當知此中牽引種子生起種子名能生因所餘諸因名方便因復有四緣一因緣二等無間緣三所緣緣四增上緣當知此中若能生因是名因緣若方便因是增上緣等無間緣及所緣緣唯望一切心心所說由彼一切心及心法前生開導所攝受故所緣境界所攝受故方生方轉是故

當知等無間緣及所緣緣攝受因攝如是十因云何能令一切世間種種事轉云何能令雜染事轉云何能令清淨事轉謂於世間種種稼穡墮諸穀數世資生物所有種種名想言說謂大麥小麥稻穀胡麻大小豆等即此望彼種種稼穡爲隨說因如言大麥持去持來若磨若置如是等類種種隨說如說大麥餘小麥等當知亦爾觀待飢渴羸劣身住觀待段食所有愛味於彼追求執取受用即說彼法爲觀待因由彼各別自種子故種種稼穡差別而生即說彼種子爲此牽引因地雨等緣能生於芽名攝受因即彼種子望所生芽名生起因芽莖葉等展轉相續望彼稼穡若成若熟爲引發因從大麥種生大麥芽大麥苗稼不生餘類如是所餘當知亦爾即說

彼爲此定別因即彼一切從觀待因至定別因同爲稼穡而得成熟名同事因非彼稼穡隨闕一因而得成熟是故一切和合說爲此同事因霜雹災等諸障礙法望彼滋稼爲相違因彼闕無障是諸滋稼不相違因如是十因於餘世間種種事物隨其所應當知廣如攝穀論說又於一切雜染緣起所有種種名想言說謂無明行識名色廣說乃至老死愁悲憂苦擾惱即此望彼諸雜染法爲隨說因如言無明緣行乃至生緣老死如是等類種種隨說觀待境界所有愛味於諸有支相續流轉即彼望此諸雜染法爲觀待因於現法中無明等法所有已生已長種子令此種子望於餘生生老死等爲牽引因近不善士聞不正法非理作意及先串習所引勢力生無明等名攝受因無明等法各別種子名生起因從無明支乃至有支展轉引發後後相續望於餘生生老死等爲引發因餘無明支及自種子乃至有支能生那落迦餘無明支及自種子乃至有支能生傍生餓鬼人天當知亦爾即此望彼諸雜染法名定別因即彼一切從觀待因至定別因名同事因此雜染法相違因者謂出世間種性具足值佛出世演說正法親近善士聽聞正法如理作意法隨法行及與一切菩提分法即如所說種種善法若闕若離是雜染法不相違因如是十因應知能起一切有情一切雜染又於一切清淨品法及滅涅槃所有種種名想言說即此望彼諸清淨法爲隨說因如言念住正斷乃至八聖道支無明滅故行滅廣說乃至生滅

故老死滅如是等類種種隨說觀待諸行多過患故樂求清淨攝受清淨成滿清淨彼望於此爲觀待因安住種性補特伽羅種性具足能爲上首證有餘依及無餘依二涅槃界彼望清淨爲牽引因親近善士聽聞正法如理作意及先所作諸根成熟名攝受因種性所攝一切無漏菩提分法所有種子望彼一切菩提分法爲生起因即自種子所生一切菩提分法漸次能證若有餘依若無餘依二涅槃界名引發因聲聞種性以聲聞乘能般涅槃獨覺種性以獨覺乘能般涅槃大乘種性以無上乘能般涅槃彼望清淨爲定別因若清淨品觀待因乃至定別因彼望清淨爲同事因種性不具足不值佛出世生諸無暇處不親近善士不聽聞正法不如理作意數

習諸邪行彼望清淨爲相違因此相違因若闕若離是名清淨不相違因若雜染品諸相違因當知即是清淨法因若清淨品諸相違因當知即是雜染法因如是現有雜染十因清淨十因過去未來曾當染淨皆亦如是一切唯有如是十因除此無有若過若增於此相中云何爲果謂略有五一者異熟果二者等流果三者離繫果四者士用果五者增上果諸不善法於諸惡趣受異熟果善有漏法於諸善趣受異熟果是名異熟果習不善故樂住不善不善法增修習善故樂住善法善法增長或似先業後果隨轉是名等流果八支聖道滅諸煩惱名離繫果若諸異生以世俗道滅諸煩惱不究竟故非離繫果諸有一類於現法中依止隨一工巧業處起士夫用

所謂農作商賈事王書畫筭數占卜等事由此成辦諸稼穡等財利等果是名士用果若眼識等是眼根增上果乃至意識等是意根增上果衆生身分不散不壞是命根增上果二十二根各各能起自增上果當知一切名增上果二十二根增上作用如攝事分應知其相菩薩於是内明所顯正因果相如實知已精勤修習令處非處智力種性漸得清淨漸得增長云何内明論顯示已作不失未作不得相謂諸有情自所作業雖復作已經多百劫與果功能終無失壞亦無不作或復異作而有異熟或異熟果菩薩於是内明所顯已作不失未作不得相如實知已精勤修習令其自業智力種性漸得清淨漸得增長菩薩云何求聞正法謂諸菩薩於善説法應當安住猛利愛重求聞正法如是略説於善説法安住猛利愛重之相謂諸菩薩爲欲聽聞一善説法假使路由猛焰熾然大熱鐵地無餘方便可得聞是善説法者即便發起猛利愛重歡喜而入何況欲聞多善言義又諸菩薩於自身分及於一切資身衆具飲食等事所有愛重於欲聽聞諸善説法所有愛重以前愛重方後愛重於百分中不及其一於千分中亦不及一於數分中亦不及一於筭分中亦不及一乃至鄔波尼煞曇分亦不及一菩薩如是於善説法深生敬重常樂聽聞諸善説法無有勞倦亦無猒足淨信深厚其性柔和心直見直愛敬德故愛敬法故往法師所無難詰心有敬重心無高慢心專爲求善非顯已德爲欲安立自他善根不爲利養恭

敬因緣菩薩具足如是功德往法師所無雜染心無散亂心聽聞正法云何菩薩無雜染心聽聞正法謂聽法時其心遠離貢高雜染其心遠離輕慢雜染其心遠離怯弱雜染由六種相其心遠離貢高雜染由四種相其心遠離輕慢雜染由一種相其心遠離怯弱雜染謂聽法時應時而聽殷重而聽恭敬而聽不為損害不為隨順不求過失由此六相其心遠離貢高雜染又聽法時恭敬正法恭敬說法補特伽羅不輕正法不輕說法補特伽羅由此四相其心遠離輕慢雜染又聽法時不自輕懱由此一相其心遠離怯弱雜染菩薩如是無雜染心聽聞正法云何菩薩無散亂心聽聞正法謂由五相一者求悟解心聽聞正法二者專一趣心聽聞正法三者聆音屬耳聽聞正法四者掃滌其心聽聞正法五者攝一切心聽聞正法菩薩如是求聞正法

菩薩何故求聞正法謂諸菩薩求內明時為正修行法隨法行為廣開示利悟於他若諸菩薩求因明時為欲如實了知外道所造因論是惡言說為欲降伏他諸異論為欲於此眞實聖教未淨信者令其淨信已淨信者倍令增廣若諸菩薩求聲明時為令信樂典語衆生於菩薩身深生敬信為欲悟入詁訓言音文句差別於一義中種種品類殊音隨說若諸菩薩求醫明時為息衆生種種疾病為欲饒益一切大衆若諸菩薩求諸世間工業智處為少功力多集珍財為欲利益諸衆生故為發衆生甚希奇想為以巧智平等分布饒益攝受無量衆生菩薩求此一切五明為

令無上正等菩提大智資粮速得圓滿非不於此一切明處次第修學能得無障一切智智如是已說一切菩薩正所應求如是而求爲此義求菩薩爲他說正法時當何所說云何而說何義故說謂諸菩薩正所應求即是所說爲此義求即爲此義而爲他說依二種相應爲他說一者依隨順說應爲他說二者依清淨說應爲他說云何依隨順說應爲他說謂諸菩薩應當安住如法威儀而爲他說非不安住如法威儀不爲無病處高坐者而說正法不爲坐者立說正法不應居後爲前行者而說正法而爲覆頭而說正法如別解脫經廣說應知何以故諸佛菩薩敬重法故又於正法生尊重時令他於法起極珍貴恭敬聽聞而不輕毀又爲一切說一切法無間而說又於正法不生慳恪不作師拳又於正法如其文句次第而標如其文句次第而釋如其次第分別其義又若引攝義利法義應標應釋應廣分別非不引攝義利法義又應示現所應示現又應教導所應教導又應讚勵所應讚勵又應慶慰所應慶慰又依現比至教道理而說正法非不依彼三量道理又所宣說順往善趣又所宣說無亂易入而不隱密又所宣說應四聖諦又處一切衆說正法時隨衆所應而爲宣說菩薩依此十五種相諸隨順說普爲利他應如是說云何依清淨說應爲他說謂諸菩薩於已有怨諸有情類應住慈心爲說正法於行惡行諸有情類應住利益心應說正法於諸有樂有苦放逸下劣有情應當安住利益安樂哀愍之心爲說

正法不以嫉纏增上力故自讚毀他以無染心不希利益恭敬讚頌爲他說法菩薩依止此五種相諸清淨說普爲利他應如是說如是菩薩說正法相略有二十一者以時二者重法三者次第四者相續五者隨順六者歡喜七者愛樂八者悅預九者欣勇十者不擯十一者應理十二者稱順十三者無亂十四者如法十五者順衆十六者慈心十七者利益心十八者哀愍心十九者不自讚毀他二十者不依利養恭敬讚頌菩薩如是應常爲他宣說正法云何菩薩法隨法行當知此行略有五種謂如所求如所受法身語意業無倒隨轉正思正修若佛世尊於彼諸法制身語意令不造作於此諸法開身語意令其造作即於如是二種法中身語意業無倒遠離無倒修證是名菩薩於諸法中身語意業無倒隨轉法隨法行云何菩薩於法正思謂諸菩薩獨居閑靜隨所聞法樂欲思惟樂欲稱量樂欲觀察先當遠離不思議處思惟彼法恒常思惟無間加行殷重加行而無慢緩是諸菩薩勇猛精進思惟法時於其少分以理觀察而隨悟入於其少分但深信解凡所思惟但依其義不依其文如實了知黙說大說正能悟入最初思惟既悟入已數數作意令得堅固是諸菩薩由能遠離不應思議而思惟故其心不墜迷悶錯亂由能恒常無間殷重加行無緩而思惟故先來知義得正了知得正決了先已知義得無失壞得不忘失由於少分以理觀察隨悟入故於隨正理觀察法中不由他緣由於少分但信解故於極甚

深自少覺慧不能達法仰推如來言如是法是佛所行非我境界如是於法不生誹謗不自損害遠離衰患無諸過罪由諸菩薩思惟法時但依其義不依文故於佛世尊一切所說密意語言能隨悟入由諸菩薩普於一切默說大說得善巧故於眞實義無物無法能傾能動是諸菩薩正能悟入初思惟故能得先來所未得忍是諸菩薩由即於此已所得忍數數作意令堅牢故能於其修隨順趣入菩薩由是八種相故能正修行正思所攝法隨法行云何菩薩於法正修當知此修略有四相一者奢摩他二者毗鉢舍那三者修習奢摩他毗鉢舍那四者樂修習奢摩他毗鉢舍那云何奢摩他謂諸菩薩由八種思善依持故於離言說唯事唯義所緣境中繫心令住離諸戲論離心擾亂想作意故於諸所緣而作勝解於諸定相令心内住安住等住廣說乃至一趣等持是名奢摩他云何毗鉢舍那謂諸菩薩由奢摩他熏修作意即於如先所思惟法思惟其相如理簡擇最極簡擇極簡擇法廣說乃至覺明慧行是名毗鉢舍那云何修習奢摩他毗鉢舍那謂諸菩薩於奢摩他毗鉢舍那無間加行殷重加行恒常修習是名修習奢摩他毗鉢舍那云何樂修習奢摩他毗鉢舍那謂諸菩薩即於如是止觀相中其心無動於無功用離諸加行任運轉處攝受無亂是名樂修習奢摩他毗鉢舍那當知此中是諸菩薩如如修習奢摩他毗鉢舍那如是如是樂住奢摩他毗鉢舍那如如樂住奢摩他毗鉢舍那如是如是奢摩他毗

鉢舍那清淨如如奢摩他清淨如是如是身心安增長廣大如如毗鉢舍那清淨如是如是若知若見增長廣大齊此名爲修所應作謂於所依中應除遣麤重及於一切所知應清淨知見如是一切修所作業菩薩由前四種修相皆能成辦云何教授當知教授略有八種謂諸菩薩或三摩地爲依止故或於長時共彼住故於彼慈悲欲爲教授或由其餘諸菩薩衆或由如來爲作教授於教授時先當審諦尋思其心如實了知尋思如實了知心已尋思其根如實了知尋思如實了知根已尋思意樂如實了知尋思如實知意樂已尋思隨眠如實了知尋思如實知隨眠已如其所應隨其所宜示現種種所趣入門令其趣入謂或修不淨或復修慈或修種種緣性緣起或修界差別或修阿那波那念如其所應隨其所宜示現種種所趣入門令趣入已爲說能治常邊邪執處中之行爲說能治斷邊邪執處中之行令其除捨未作謂作未得謂得未觸謂觸未證謂證諸增上慢如是菩薩八種教授當知略說三處所攝云何三處一未住心者爲令住故令於所緣無倒係念二心已住者爲令獲得自義利故爲其宣說正方便道三於自所作未究竟者令捨中間所有留難若知彼心根意樂隨眠已如其所應隨其所宜示現種種所趣入門令其趣入當知是名未住心者爲令住故令於所緣無倒係念若爲宣說能治斷常二邊邪執處中之行當知是名心已住者爲令獲得自義利故爲其宣說正方便道若令除捨未作謂

作廣說乃至未證謂證諸增上慢當知是名於自所作未究竟者令捨中間所有留難如是三處當知能攝八種教授如是菩薩或由從他得正教授或由施他無倒教授能令所餘八力種性漸得清淨漸得增長謂靜慮解脫等持等至智力種性諸根勝劣智力種性種種勝解智力種性種種界智力種性遍趣行智力種性宿住隨念智力種性死生智力種性漏盡智力種性云何教誡當知教誡略有五種一者遮止有罪現行二者開許無罪現行三者若有於所遮止開許法中暫行犯者如法諫悔四者若有於彼法中數數輕慢而毀犯者以無染濁無有變異親善意樂如法呵擯與作憶念五者若有於所遮止開許法中能正行者慈愛稱歎眞實功德令其歡喜當知是名略說菩薩五種教誡所謂遮止開許諫悔呵擯慶慰云何菩薩方便所攝身語意業當知略說菩薩所有四種攝事是名方便如世尊言菩薩成就四種攝事所攝方便方名菩薩復何因緣唯四攝事說名方便謂諸菩薩略由如是攝事所攝四種方便於諸有情普能攝受調伏成熟除此無有若過若增何等名爲四種方便一隨攝方便二能攝方便三令入方便四隨轉方便若諸菩薩先行布施當知是名隨攝方便何以故先以種種財物布施饒益有情爲欲令彼聽受所說奉教行故若諸菩薩次行愛語於彼彼處有愚癡者爲欲除彼所有愚癡令無餘故令其攝受瞻察正理如是愛語當知名爲能攝方便若諸菩薩知彼有情攝受瞻察正道理

已次行利行拔彼有情出不善處於其善處勸導調伏安處建立如是利行當知名爲令入方便若諸菩薩如是方便令諸有情得趣入已最後與其於正事業同共修行令彼隨轉由是因緣令所化者不作是說汝自無有圓滿淨信圓滿尸羅圓滿惠捨圓滿智慧何賴於善勸導於他諫悔呵擯與作憶念是故菩薩所行第四同事攝事當知是名隨轉方便如是菩薩四種方便若攝若別所攝身業語業意業是名方便所攝三業於諸有情能正攝受調伏成熟

瑜伽師地論卷第三十八

音釋

悍侯旰切有力也 鼷弦雞切小鼠也 鄔波尼煞曇梵語也此云數之極 鄔安古切 煞山戛切

瑜伽師地論卷第三十九

彌勒菩薩說

唐三藏沙門玄奘奉詔譯

本地分中菩薩地

初持瑜伽處施品第九

復次菩薩次第圓滿六波羅蜜多已能證無上正等菩提謂施波羅蜜多戒波羅蜜多忍波羅蜜多精進波羅蜜多靜慮波羅蜜多慧波羅蜜多

云何菩薩施波羅蜜多嗢柁南曰

自性一切難　一切門善士　一切種遂求

二世樂清淨　如是九種相　是名略說施

謂九種相施名爲菩薩施波羅蜜多一自性施二一切施三難行施四一切門施五善士施六一切種施七遂求施八此世他世樂施九清淨施

云何菩薩自性施謂諸菩薩於自身財無所顧惜能施一切所應施物無貪俱生思及因此所發能施一切無罪施物身語二業安住律儀阿笈摩見定有果見隨所希求即以此物而行惠施當知是名菩薩自性施

云何菩薩一切施謂一切者略有二種一內所施物二外所施物若諸菩薩但捨己身是名唯施內所施物若諸菩薩爲惡食吐活命衆生數數食已吐所飲食而施與之是名雜施內外施物若諸菩薩除上所說施餘一切所應施物是名唯施外所施物又諸菩薩略由二相以自內身施來求者一總求身者以身施彼隨所欲爲繫屬於彼隨順於彼譬如有人爲衣食故强自爲他而作僕使如是菩

薩無愛染心但爲速證最勝菩提但爲衆生利益安樂但爲布施波羅蜜多速圓滿故以身施彼隨所欲爲繫屬於彼隨順於彼二别求手足頭目支節血肉筋骨乃至髓者隨其所欲一切施與又諸菩薩亦由二相以外施物施諸衆生一求受用者恣彼所須如其所樂隨意受用二求自在者一切斷心並皆施與又諸菩薩非無差别以一切種一切内外所有施物施諸衆生是諸菩薩以其種種内外施物於諸衆生或有施與或不施與云何施與云何不施謂諸菩薩若知種種内外施物於彼衆生唯令安樂不作利益或復於彼不作安樂不作利益便不施與若知種種内外施物於彼衆生定作利益不定安樂或復於彼定作利益定作安樂即便施與

如是略説菩薩應施不應施已次當廣辯謂諸菩薩若有來求共爲伴侶欲作非理逼迫損害誑惑於他便不以身而施於彼隨所欲爲繫屬於彼隨順於彼由諸菩薩寧於百反千反或百千反捨自身命施諸衆生終不隨他教命稱悅彼情於諸衆生非理逼迫損害誑惑若諸菩薩於所行施意樂清淨見有無量利衆生事正現在前設有來求自身支節不應施與何以故非彼菩薩於所行施意樂不淨心生退弱作是念言此應可施此不可施此應施與此不應與故彼菩薩爲令意樂得清淨故須捨現前利衆生事而施身分由彼意樂已清淨故不應棄捨正現在前利衆生事而施身分又諸菩薩若魔衆天懷惱亂心現前來乞身分支節不應分碎支節施與

何以故勿彼當獲上品過罪及損害故如魔衆天知是於彼所使衆生當知亦爾或有衆生癡狂心亂來求菩薩身分支節亦不應碎支節施與何以故由彼不住自性心故不爲義利而求乞故其心狂亂不自在故空有種種浮妄言説是故不應施彼身分除上所説與上相違來求菩薩身支節者隨其所欲應施彼身隨所欲爲繫屬於彼隨順於彼或分支節而施與之當知是名菩薩於内所可施物或應施與或不應與又諸菩薩於外施物若有衆生來求毒火刀酒等物或爲自害或爲害他即不應施若有衆生來求毒火刀酒等物或自饒益或饒益他是即應施又諸菩薩不以屬他非同意物而行惠施又諸菩薩不行媒媾以他妻妾而行布施又諸菩薩不以有蟲飲食等物而行惠施又諸菩薩若有衆生來求種種能引戲樂能引無義所施之物不應施與何以故若施彼時雖暫令彼於菩薩所心生歡喜而復令彼廣作種種不饒益事謂因施故令彼多行憍逸惡行身壞已後墮諸惡趣若有種種戲樂等具雖復施與不令衆生墮諸惡趣亦不增長諸不善根菩薩爲欲令彼衆生因此所施戲樂等具攝受饒益心生淨信易可化導易可成熟隨彼所求悉皆施與是諸菩薩若有來求諸戲樂事何者應施何者不施謂諸菩薩終不施人捕獵等法又於雜穢諸祠祀中作大方便多集衆生損害其命獲無量罪於彼祠祀終不自作亦不教他亦不於彼諸天寺中殺羊祠祀若有來求或水或陸無量衆生所依止處爲

欲殺害彼生命故菩薩知已終不施與若有來求罝羅罝弶爲害衆生及爲習學皆不施與若有怨家來求𨽻隙爲欲呵罵縛戮殺害奪財治罰終不施與以要言之所有一切逼迫損害他諸有情戲樂等具有來求者是諸菩薩皆不施與若復種種象馬車輿衣服莊嚴珍妙飲食習歌舞等及諸樂器塗飾香鬘珍玩衆具園林樓觀舍宅侍女習學種種工巧業處如是一切戲樂等具爲欲令其於菩薩所因此發起清淨信心有來求者悉皆施與又諸菩薩若有病者來求非量非宜飲食亦不施與若有衆生食飽滿已性多饞嗜數復來求珍妙飲食亦不施與若諸衆生愁憂所逼求欲殺害毆擊自身食毒墜巖投淵赴火皆悉不應施其所欲又諸菩薩若有來求父母師長定不應施何以故以諸菩薩於其父母尊重師長乳哺養育微有恩者於長夜中常思頂戴不生猒倦恒持自身繫屬隨順任所屠害捶縛貨賣尚自不敢竊懷施心何況顯然施來求者又諸菩薩若作國王灌頂自在統領方域於自國界所有僚庶終不抑奪取餘妻子而轉施餘唯持村邑聚落川土或全或分以用布施而告彼曰如我恩化汝亦宜然又諸菩薩於自妻子奴婢僕使親戚眷屬若不先以正言曉喻令其歡喜終不強逼令其憂惱施來求者雖復先以正言曉喻令其歡喜生樂欲心而不施與怨家惡友藥又羅刹凶暴業者不以妻子形容輭弱族姓男女施來求者令作奴婢又諸菩薩若有上品逼惱衆生樂行種種暴惡業者來求王位

終不施與若彼暴惡補特伽羅先居王位菩薩有力尚應廢黜況當施與又諸菩薩終不侵奪父母妻子奴婢僕使親戚眷屬所有財物持用布施亦不逼惱父母妻子奴婢僕使親戚眷屬以所施物施來求者又諸菩薩以其正法以無卒暴積集財物而行惠施不以非法不以卒暴亦不逼迫損惱於他而行惠施又諸菩薩若在諸佛聖教出家終不違越所有學處而行惠施又諸菩薩行布施時普於一切有情之類起平等心住福田想而行惠施終不分別怨親中庸有得有失劣等勝品有苦有樂品類差別又諸菩薩如先所説如先所許終無減少施來求者唯有施彼或等或增又諸菩薩終無先許勝妙財物後施下劣唯有先許下劣財物若有勝妙後施勝妙又諸菩薩不以異意不以憤怒撓濁之心而行惠施又諸菩薩終不施已而自稱讃數數告言我於汝所曾行如是如是惠施攝受長養濟拔於汝又諸菩薩於卑賤者行布施時尚無不敬撩擲而與況於有德又諸菩薩若來求者安住種種毀犯邪行掉舉躁擾不自防護專行罵詈瞋忿呵責終不於彼暫起邪行帶猒倦心而行惠施唯即於彼了知爲諸煩惱所媚令改本性深更安住憐愍之心而行惠施又諸菩薩不由惡見妄有執取而行惠施謂如廣大暴惡祠祀不計殺生布施爲法亦不妄取吉祥瑞應相應相狀而行布施又諸菩薩終不妄計唯一切種極善清淨而行惠施即是世間及出世間離欲清淨唯審了知所行布施但是離欲清淨資粮又諸

菩薩不觀其果而行布施一切布施皆為迴向速證無上正等菩提又諸菩薩如實了知一切品類所行布施一切品類施果異熟深生信解不由他緣非他所引而行布施謂施飲食能感大力施諸衣服能感妙色施諸車乘能感快樂施諸燈明能感淨眼如是等類廣說應知又諸菩薩不為怖畏自身貧窮而行布施唯由悲愍衆生意樂而行布施又諸菩薩於來求者終不施與不合儀物謂施出家者餘殘飲食或諸便穢洟唾變吐膿血不淨所雜所染又不告白不令覺知如棄捨法施麋飯等謂不食葱者施以葱雜葱染飲食不食肉者施以肉雜肉染飲食不飲酒者施以酒雜酒染飲食或復處置不合儀式所有事業而行布施如是等類不合儀施菩薩不為又諸菩薩不令求者數數來求往還親附隨順繫屬稽留疲倦然後方施唯暫來求即便施與又諸菩薩不依世間名聲讚頌而行布施不依於他反報恩德而行布施不依帝釋魔王輪王自在等果而行布施亦復不為誑誘他故而行惠施謂欲令他國王大臣城邑聚落諸婆羅門多饒財寶長者居士大富商主施者施主知我行施定當恭敬尊重讚歎供養於我故行惠施又不狹劣而行惠施謂財雖少尚廣心施何況財多又不誑他而行惠施謂先於彼少行惠施令起愛著令親附已然後傾滅又復不為乖離於他而行惠施謂我以施乖離村邑村邑一分乖離國土國土一分令背其主而來屬我又諸菩薩翹勤無惰起策具足勇銳自嚴先自行施後勸

他施非自懈怠策他勤施又無量衆同集來乞如實了知持戒犯戒隨其長幼以次而坐從上至下周旋往返窮諸施物分布與之又諸菩薩現有無量廣多財物終不行於有量之施又諸菩薩不損惱他而行惠施謂不訶罵捶打恐怖毁辱縛害拘禁斫刺驅擯於此而施於彼又諸菩薩施前意悅施時心淨施後無悔又諸菩薩不以諂詭而行惠施謂終不以非實末尼真珠瑠璃珂貝璧玉珊瑚等實而施希望真實寶者又諸菩薩所有財物若少若多無不運心先施一切後來求者如取自財菩薩與時如還彼物又諸菩薩應時而施不以非時自他淨施非不清淨合儀而施不以非儀無亂心施不以散亂又諸菩薩見來求者終不嗤笑亦不輕弄亦不令其面生赧愧亦不顰蹙舒顏平視前笑先言終不稽留疾疾而施又諸菩薩他雖不求自恣求者必有所求稱須而與常開求者歡情自取又諸菩薩不以惡慧而行布施常以巧慧而行布施

云何菩薩巧慧布施謂諸菩薩現有種種可施財物求者未至先發是心設二求者俱來我所一是安樂非貧非賤有依有怙二是危苦是貧是賤無依無怙我於爾時應自揆量所有財物若堪於二充足滿願即應俱施滿願充足如其財物不堪於二充足滿願即應方便發遣安樂非貧非賤有依有怙盡已所有施彼危苦是貧是賤無依無怙發是心已如所思惟即便成辦如是事業於安樂等諸來求者既無力能足滿其願先當方便發意

思惟辭謝發遣我此施物於危苦等先捨先許故令與之非我於汝無樂施心但更無力唯願賢首勿於我所嫌恨棄背又諸菩薩現有種種可施財物知有慳家最極慳家吝執財寶慳固兢戰於其家中曾未惠施一切沙門婆羅門等菩薩即便往詣其舍慰問安不恭順方便告言汝來我不令汝庫藏減盡而於現前作大饒益我家現有廣多財寶廣多施物爲滿我施波羅蜜多若有求者來到汝所勿令空返可至我家取諸財寶隨意施與或有求者來至我所我行施時汝於此施當生隨喜彼聞是已便生欣悅於我庫藏既無所減復得稱彼善男子心故應隨順成辦所作菩薩如是令彼漸種當來調伏慳吝種子由慧爲先善巧方便令漸修習自捨少財依下無貪進得中品依中無貪進得上品又諸菩薩若親教師及軌範師共住弟子同梵行者性是慳貪是慳貪類或性雖非慳貪種類而闕資財所欲匱乏菩薩欲寄佛法僧田樹修布施福業事時捨所施物與彼令作已自不爲菩薩如是巧慧方便自所生福彌更弘多復令一類同梵行者調伏所有慳貪煩惱亦令一類樂善法者所願滿足攝受有情成就有情又諸菩薩現有衆多可施財物見諸來者有希求相知其心已隨彼所樂悉皆施與復有商人爲性矯詐欲行欺誑菩薩知已尚掩其過不令他知況觸於彼稱滿其願令無羞慚踊躍無畏歡喜而去復有矯詐欺誑菩薩初不覺知後時乃覺雖復覺知不以此事舉發彼人亦不訶責爲作憶念但生悲愍

彼於我所悞行如是不與取事我今隨喜令彼無罪如是等類當知名爲菩薩現有可施財物巧慧而施

又諸菩薩若現無有可施財物先所串習彼彼世間工巧業處作意現前少用功力多集財寶施諸衆生是諸菩薩或復爲他種種美妙善巧言詞宣說正法令貧苦者尚樂行施況富樂者令慳貪者猶能惠施況習施者或有淨信多饒財寶常樂施家數教乞者往彼求索令其布施或彼惠捨修福業時躬詣其所翹勤無墮起策具足深心歡喜隨力隨能身助語助令施求者得善滿足以彼施時事力闕尠或惡供贍或隨朋黨或不恭敬或念忘失由善助故斯過皆無如是菩薩現無財寶巧慧方便而行布施此說乃至未證增上清淨意樂若諸菩薩已證增上清淨意樂如已獲得超諸惡趣如是生生必定獲得無盡財寶

又諸菩薩終不口授求過外道所有正法亦不施彼所寫經典知性多貪求欲衒賣經卷等者亦不施與知欲祕藏亦不施與不求勝智亦不施與必求勝智若自了知於經卷等其義已辦即隨所樂如應施與若自了知於經卷等甚義未辦爲辦義故恒自披轉如是菩薩若見其餘有經卷等即應方便轉求施與或更書寫而施與之若不見餘有經卷等亦無力能更爲書寫即應審諦觀察自心勿我於法慳垢纏心不能施耶勿我於法別意所礙不欲施耶爲我於法有勝所須不應施耶如是審諦觀察心已若自了知我於此法

少有慳纏別意所礙而不施者即作是念我今決定應行法施設我由此行法施故於現法中即成癡瘂不忍煩惱尚應法施況令闕乏妙智資粮又觀察已若自了知我於此法無少慳纏亦無別意但為成辦勝所須義不應施者菩薩爾時應更思忖我持此法施於彼者為為損害自煩惱耶為為圓滿智資粮耶為為愛念諸衆生耶既思忖已便正了知我都不見自有煩惱見不施彼此經卷等現法當來我智資粮展轉增勝非施於彼建此功德但於當來薄饒法利非豐覺慧若不施彼便能修集利益安樂一切衆生巧方便智即為愛念此一衆生及餘一切若施於彼唯成愛念此一衆生非餘一切菩薩如是如實知已不施彼者無罪無悔亦不違越菩薩淨戒云何菩薩方便不施謂諸菩薩不忍直言遣來求者謂我不能惠施於汝要當施設方便善巧曉喻發遣

云何施設方便善巧謂諸菩薩先於所畜一切資具一切施物為作淨故以淨意樂捨與十方諸佛菩薩譬如苾芻於己衣物為作淨故捨與親教軌範師等如是菩薩淨施因緣雖復貯畜種種上妙一切資具一切施物猶得名為安住聖種生無量福常於此福多思惟故於一切時隨逐增長恒於一切作淨施物如佛菩薩所寄護持見來求者即應觀察若隨所欲作淨施物惠施彼時稱當正理應作是念諸佛菩薩無有少物於諸衆生而不施者如是知已取淨施物施來求者令所願滿若觀施時不稱正理即應念先作淨施法

告言賢首如是等物是他所有不許施汝輒
言曉喻方便發遣或持餘物二倍三倍恭敬
施與然後發遣令彼了知菩薩於此非慳貪
故不欲施我定當於此經卷等法不自在故
不施於我當知是名菩薩巧慧而行法施
又諸菩薩於一切施謂法施財施無畏施若
異門若體相若釋名若因果差别如實了知
而行惠施當知亦名菩薩巧慧而行布施
又諸菩薩於諸有怨以慈意樂而行惠施於
諸有苦以悲意樂而行惠施於諸有德以喜
意樂而行惠施於諸有恩親善同意以捨意
樂而行惠施當知亦名菩薩巧慧而行布施
又諸菩薩於其施障及彼對治如實了知此
中施障略有四種一先未串習二施物尠闕
三躭著上妙悦意財物四觀見當來具足財
果而深欣樂
若諸菩薩現有種種可施財物雖見求者正
現在前而於惠施心不趣入菩薩爾時即以
正慧速疾通達是我於施先未串習所作過
失復以妙慧如是通達我於先世決定於施
曾未串習致令今世現有種種可施財物雖
見求者正現在前而於惠施心不趣入若於
今世不强思擇而行施者復於來世定當憎
背所應行施菩薩如是正通達已用此施障
對治爲依力勵思擇而行惠施能不隨逐先
未串習所作過失自在而行
又諸菩薩若見求者正現在前由諸財物有
尠闕故於其惠施心不趣入菩薩爾時即以
正慧速疾通達如是匱乏障施因緣忍受匱
乏所作衆苦力勵思擇起悲愍心而行惠施

作如是念或由宿業有過失故或由現在繫屬他故令我具受衆多猛利飢渴等苦不能饒益一切衆生設我今者由行惠施因饒益他於現法中受種種苦乃至殞歿如是行施猶爲最勝非空發遣諸來求者況當更有諸莱葉等可以活命菩薩如是忍受匱乏所作衆苦而行惠施

又諸菩薩若見求者正現在前由可施物極悦意故最上妙故於行惠施心不趣入菩薩爾時即以正慧速疾通達是我躭著所作過失我今於苦發起虛妄樂想顛倒由此能生當來衆苦於此顛倒遍了知故爲欲斷除力勵思擇用此財物而行惠施

又諸菩薩若行施已於當施果廣大財利見勝功德深生欣樂不求無上正等菩提菩薩爾時即以正慧速疾通達是邪果見所作過失如實觀察一切諸行皆不堅牢一切諸行皆念念滅所受用果速疾滅盡速疾離散如是觀時即能斷滅能生欣樂邪果之見諸所行施一切迴向無上菩提如是菩薩四種施障當知四種能對治智對治於彼一者覺悟二者忍受衆苦三者遍知顛倒四者見一切行性不堅牢是諸菩薩由前三種能對治智決定堪能正行惠施由後一種能對治智能正攝受施福勝果當知亦名菩薩巧慧而行布施

又諸菩薩内居閑靜由淨意樂淳厚淨信分別勝解數數緣念種種上妙無量財寶以勝解力於諸衆生樂行惠施由此因緣是諸菩薩以少功用生無量福當知亦名菩薩巧慧

而行布施
如是妙慧大慧菩薩巧慧行施總略義者由有財無財財施所攝故如是由法施故由無礙解施故由勝意樂施故由施障對治智施故由增上意樂勝解施故當知是名唯諸菩薩不共行施
如是廣說於內外事菩薩所行一切施差別相已自斯已後即於一切施差別相中分出所餘難行施等一切差别應當了知
云何菩薩難行施當知此施略有三種謂若諸菩薩財物尠少自忍貧苦惠施於他是名菩薩第一難行施若諸菩薩所可受物或性深愛著或長時串習或有上品恩或最上妙物極生躭著能自開解惠施於他是名菩薩第二難行施若諸菩薩極大艱辛所獲財物惠施於他是名菩薩第三難行施
云何菩薩一切門施當知此施略有四相謂諸菩薩或自財物或勸化他所得財物或施親屬父毋妻子奴婢作使善友大臣親戚眷屬或復施與他來求者如是四相是名菩薩一切門施
云何菩薩善士所行名善士施當知此施略有五相謂諸菩薩淨信而施恭敬而施自手而施應時而施不損惱他而行惠施如是五相是名菩薩善士所行名善士施
云何菩薩一切種施當知此施有十三相一無依施二廣大施三歡喜施四數數施五田器施六非田器施七一切物施八一切處施九一切時施十無罪施十一有情物施十二方土物施十三財穀物施如是十三種相當

知是名菩薩一切種施

云何菩薩遂求施當知此施有八種相謂諸菩薩匱乏飲食而求乞者施以飲食匱乏車乘而求乞者施以車乘匱乏衣服而求乞者施以衣服匱乏嚴具而求乞者施以嚴具匱乏種種資生什物而求乞者施以種種資生什物匱乏種種塗飾香鬘而求乞者施以種種塗飾香鬘匱乏舍宅而求乞者施以舍宅匱乏光明而求乞者施以光明如是八相是名菩薩遂求施

云何菩薩此世他世樂施當知此施略有九相謂財施無畏施法施總說名爲能令衆生此世他世樂施財施者謂以上妙清淨如法財物而行惠施調伏慳悋垢而行惠施調伏積藏垢而行惠施調伏慳悋垢者謂捨財物執著調伏積藏垢者謂捨受用執著無畏施者謂濟拔師子虎狼鬼魅等畏拔濟王賊等畏拔濟水火等畏法施者謂無倒說法稱理說法勸修學處如是一切總說九相是名菩薩能令衆生此世他世樂施此中財施無畏施及此差別能令衆生此世安樂法施及差別能令衆生後世安樂

云何菩薩清淨施當知此施有十種相一不留滯施二不執取施三不積聚施四不高舉施五無所依施六不退弱施七不下劣施八無向背施九不望報恩施十不悕異熟施

云何不留滯施謂諸菩薩見來求者正現在前速疾惠施不作留滯非來求者疾望得財如諸菩薩速希惠施

云何不執取施謂諸菩薩不以妄見執取於

施或執此施空無有果或執殺害而行惠施以為正法或執唯施極淨圓滿是世出究竟清淨

云何不積聚施謂諸菩薩不於長時漸漸積集聚多財物然後頓施何以故非諸菩薩現有施物見來求者正現在前堪能不施不見不施是稱正理

云何積財而不速施又諸菩薩不見積財後方頓施是能生長多福之門又正觀見若別若總求者相似漸施頓施財物平等何緣而執福有差別又諸菩薩見積聚施其施有罪見隨得施其施無罪何以故若積聚已然後頓施是則先時有來求者其數或百而不施與令生嫌恨不忍不信後有一類或不希求蓄積珍財强而頓施是故菩薩不積聚施

云何不高舉施謂諸菩薩於來求者謙下心施亦不與他競勝而施亦不施已而生憍慢謂我能施我是施主餘則不爾

云何無所依施謂諸菩薩不依稱譽聲頌而施體達世間稱譽聲頌虛妄分別文字所起唯是虛音繫屬妄響譬如世間稍數葉聚

云何不退弱施謂諸菩薩施先意悅施時心淨施已無悔聞諸菩薩廣大第一最勝施時不自輕懱恐怖退弱

云何不下劣施謂諸菩薩於諸施物勤數簡擇最勝最妙飲食車乘衣服等物持用布施

云何不向背施謂諸菩薩其心平等不隨朋黨於怨親中悲心等施

云何不望報恩施謂諸菩薩悲心愍心而行惠施終不於他希望反報但觀求樂愛火所

燒無有勢力性苦衆生深心悲愍而行惠施云何不希異熟施謂諸菩薩修行惠施終不希望當來所得財寶圓滿自身圓滿施果異熟觀一切行性是虛偽觀大菩提最勝功德由此十相菩薩所行布施清淨最極清淨如是菩薩依止九相所行惠施圓滿施波羅蜜多巳能證無上正等菩提

瑜伽師地論卷第三十九

音釋

媒媾 媒莫杯切媾古侯切媒媾謂謀合二姓也　罩 陟教切捕魚器也　罝 子邪切兎網也　弶 其亮切施罟於道曰弶　戮 盧谷切辱也　饞 鋤銜切貪食也　敺 烏后切捶擊也　哺 薄故切口飼也　憤 父吻切懣也　撓 爾沼切煩擾也　撩擲 撩蓮條切挑弄也擲直炙切拋也　洟唾 洟他計切唾湯卧切　嗤 赤脂切口笑也　赧 乃板切面赧赤也　翹 渠堯切企也　尠 息淺切少也　衒賣 衒黃絹切衒賣謂矜衒自鬻也　忖 倉本切思也　稍 公淵切麥莖也　麬 羊即切麥麬也

瑜伽師地論卷第四十

彌勒菩薩說

唐三藏沙門玄奘奉詔譯

本地分中菩薩地

初持瑜伽處戒品第十之一

云何菩薩戒波羅蜜多嗢柁南曰

自性一切難　一切門善士　一切種遂求
二世樂清淨　如是九種相　是名略說戒

謂九種相戒名爲菩薩戒波羅蜜多一自性戒二一切戒三難行戒四一切門戒五善士戒六一切種戒七遂求戒八此世他世樂戒九清淨戒云何菩薩自性戒謂若略說具四功德當知是名菩薩自性戒何等爲四一從他正受二善淨意樂三犯已還淨四深敬專念無有違犯由諸菩薩從他正受故於所學戒若有違犯即外觀他深生愧恥由諸菩薩善淨意樂故於所學戒若有違犯即內自顧深起慚羞由諸菩薩於諸學處犯已還淨深敬專念初無違犯二因緣故離諸惡作如是菩薩從他正受善淨意樂爲依止故生起慚愧由慚愧故能善防護所受尸羅由善防護所受戒故離諸惡作又於是中從他正受善淨意樂此二是法犯已還淨深敬專念無有違犯此二是前二法所引又於是中從他正受善淨意樂深敬專念無有違犯由此三法應知能令不毁菩薩所受淨戒犯已還淨由此一法應知能令犯已還出如是菩薩具四功德自性尸羅應知即是妙善淨戒正受隨學能利自他利益安樂無量衆生哀愍世間諸天人等令得義利利益安樂故應知即是

無量淨戒攝受無量菩薩所學故應知即是饒益一切有情淨戒現前能作一切有情利益安樂故應知即是能獲大果勝利淨戒攝受隨與無上正等菩提果故是名菩薩自性戒

云何菩薩一切戒謂菩薩戒略有二種一在家分戒二出家分戒是名一切戒又即依此在家出家二分淨戒略說三種一律儀戒二攝善法戒三饒益有情戒律儀戒者謂諸菩薩所受七衆別解脫律儀即是苾芻戒苾芻尼戒正學戒勤策戒勤策女戒近事男戒近事女戒如是七種依止在家出家二分如應當知是名菩薩律儀戒攝善法戒者謂諸菩薩受律儀戒後所有一切爲大菩提由身語意積集諸善總說名爲攝善法戒此復云何謂諸菩薩依戒住戒於聞於思於修止觀於樂獨處精勤修學如是時時於諸尊長精勤修習合掌起迎問訊禮拜恭敬之業即於尊長勤修敬事於疾病者悲愍殷重瞻侍供給於諸妙說施以善哉於有功德補特伽羅眞誠讃美於十方界一切有情一切福業以勝意樂起淨信心發言隨喜於他所作一切違犯思擇安忍以身語意已作未作一切善根迴向無上正等菩提時時發起種種正願以一切種上妙供具供佛法僧於諸善品恒常勇猛精進修習於身語意住不放逸於諸學處正念正知正行防守密護根門於食知量初夜後夜常修悎寤親近善士依止善友於自愆犯審諦了知深見過失既審了知深見過已其未犯者專意護持其已犯者於佛菩

薩同法者所至心發露如法悔除如是等類所有引攝護持增長諸善法戒是名菩薩攝善法戒

云何菩薩饒益有情戒當知此戒略有十一相何等十一謂諸菩薩於諸有情能引義利彼彼事業與作助伴於諸有情隨所生起疾病等苦瞻侍病等亦作助伴又諸菩薩依世出世種種義利能爲有情說諸法要先方便說先如理說後令獲得彼彼義利又諸菩薩於先有恩諸有情所善守知恩隨其所應現前酬報又諸菩薩於墮種種師子虎狼鬼魅王賊水火等畏諸有情類皆能救護令離如是諸怖畏處又諸菩薩於諸喪失財寶親屬諸有情類善爲開解令離愁憂又諸菩薩於有匱乏資生衆具諸有情類施與一切資生衆具又諸菩薩隨順道理正與依止如法御衆又諸菩薩隨順世間事務言說呼召去來談論慶慰隨時往赴從他受取飲食等事以要言之遠離一切能引無義違意現行於所餘事心皆隨轉又諸菩薩若隱若露顯示所有眞實功德令諸有情歡喜進學又諸菩薩於有過者內懷親昵利益安樂增上意樂調伏訶責治罰驅擯爲欲令其出不善處安置善處又諸菩薩以神通力方便示現那落迦等諸趣等相令諸有情猒離不善方便引令入佛聖教歡喜信樂生希有心勤修正行

云何菩薩住律儀戒住攝善法戒住饒益有情戒善護律儀戒善修攝善法戒善行一切種饒益有情戒謂諸菩薩住別解脫律儀戒時捨轉輪王而出家已不顧王位如棄草穢

如有貧庶爲活命故棄下劣欲而出家已不顧劣欲不如菩薩清淨意樂捨轉輪王位而出家已不顧一切人中最勝轉輪王欲又諸菩薩住律儀戒於未來世天魔王宮所有妙欲不生喜樂亦不願求彼諸妙欲修行梵行於彼妙欲尚如實觀猶如趣入廣大種種恐畏稠林況餘諸欲又諸菩薩既出家已於現在世尊貴有情種種上妙利養恭敬正慧審觀尚如變吐曾不味著何況於餘卑賤有情所有下劣利養恭敬又諸菩薩常樂遠離若獨靜處若在衆中於一切時心專遠離寂靜而住不唯於是尸羅律儀而生喜足依戒住戒勤修無量菩薩等持爲欲引發證得自在又諸菩薩雖處雜衆而不樂爲乃至少分不正言語居遠離處不起少分諸惡尋思或時

失念暫爾現行尋便發起猛利悔愧深見其過數數悔愧深見過故雖復暫起不正言論諸惡尋思而能速疾安住正念於彼獲得無復作心由此因緣則能拘檢習拘檢故漸能如昔於彼現行深生喜樂於今安住彼不現行喜樂亦爾又能違逆令不現起又諸菩薩於諸菩薩一切學處及聞已入大地菩薩廣大無量不可思議長時最極難行學處心無驚懼亦不怯劣唯作是念彼既是人漸次修學於諸菩薩一切學處廣大無量不可思議淨身語等諸律儀戒成就圓滿我亦是人漸次修學決定無疑當得如彼淨身語等諸律儀戒成就圓滿又諸菩薩住律儀戒常察己過不伺他非普於一切凶暴犯戒諸有情所無損害心無瞋恚心菩薩於彼由懷上品法

大悲故現前發起深憐愍心欲饒益心又諸菩薩住律儀戒雖復遭他手足塊石刀杖等觸之所加害於彼尚無少恚恨心況當於彼欲出惡言欲行加害況復發言毀辱訶責以少苦觸作不饒益又諸菩薩住律儀戒具足成就五支所攝不放逸行一前際俱行不放逸行二後際俱行不放逸行三中際俱行不放逸行四先時所作不放逸行五俱時隨行不放逸行謂諸菩薩於菩薩學正修學時若於過去已所違犯如法悔除是名菩薩前際俱行不放逸行若於未來當所違犯如法悔除是名菩薩後際俱行不放逸行若於現在正所違犯如法悔除是名菩薩中際俱行不放逸行若諸菩薩先於後時當所違犯發起猛利自誓欲樂謂我定當如如所應行如如所應住如是如是行如是如是住令無所犯是名菩薩先時所作不放逸行若諸菩薩即以如是先時所作不放逸行爲所依止如如所應行如如所應住如是如是行如是如是住不起毀犯是名菩薩俱時隨行不放逸行又諸菩薩住律儀戒覆藏自善發露已惡少欲喜足堪忍衆苦性無憂慼不掉不躁威儀寂靜離矯詐等一切能起邪命之法菩薩成就如是十支名住律儀戒善護律儀戒謂不顧戀過去諸欲又不希求未來諸欲又不躭著現在諸欲又樂遠離不生喜足又能掃滌不正言論諸惡尋思又能於已不自輕懱又性柔和又能堪忍又不放逸又能具足軌則淨命

又諸菩薩已能安住攝善法戒若於身財少

生顧戀尚不忍受何况其多又於一切犯戒因緣根本煩惱少分煩惱忿恨等生亦不忍受又於他所發生恚害怨恨等心亦不忍受又於所起懈怠懶惰亦不忍受又於所起等至味著等至煩惱亦不忍受又於五處如實了知謂如實知善果勝利又能如實了知善因又能如實知善因果倒與無倒又如實知攝善法障是諸菩薩能於善果見大勝利尋求善因爲攝善故如實了知倒與無倒由此菩薩獲得善果不於無常妄見爲常不於其苦妄見爲樂不於不淨妄見爲淨不於無我妄見爲我如實了知攝善法障爲攝善故速疾遠離菩薩由此十種相故名住攝善法戒速能攝善一切種相謂施漸次若戒漸次若忍漸次若精進漸次若靜慮漸次及五種慧

又諸菩薩由十一相名住一切種饒益有情戒於一一相中成就一切種謂諸菩薩於諸有情彼彼事業皆爲助伴謂於思量所作事業及於功用所作事業悉能與彼而作助伴或於道路若往若來或於無倒事業加行或於守護所有財物或於和合展轉乖離或於義會或於修福皆爲助伴於諸救苦亦爲助伴謂於遭遇疾疫有情瞻侍供給盲者啓導聾者撝義手代言者曉以相像迷方路者示以隅途支不具者惠以荷乘其愚騃者誨以勝慧爲貪欲纏所苦有情開解令離貪欲纏苦如是若爲瞋恚惛沉睡眠掉舉惡作疑纏所苦有情開解令離疑纏等苦欲尋思纏所苦有情開解令離欲尋思苦如欲尋思恚害親里國土不死輕侮相應族姓相應所有尋

思當知亦爾他蔑他勝所苦有情開解令離被蔑勝苦行路疲乏所苦有情施座施處調身按摩令其止息勞倦衆苦又諸菩薩爲諸有情如理宣說謂於樂行惡行有情爲欲令斷諸惡行故以相應文句助伴隨順清亮有用相稱應順常委分資粮法而爲宣說或復方便善巧宣說如於樂行惡行有情爲欲令斷諸惡行故如是於行慳行有情爲欲令彼斷慳行故於現法中求財寶者爲欲令彼正少功力集多財寶守護無失於佛聖教懷惜嫉者爲欲令彼得清淨信證清淨見超諸惡趣盡一切結越一切苦應知亦爾又諸菩薩於其有恩諸有情所深知恩惠常思酬報暫見申敬讃言善來怡顏歡慰吐誠談謔詳處設座正延令坐若等若增財利供養現前酬答非以下劣於彼事業雖不求請尚應伴助況乎有命如於事業如是於苦於如理說於方便說於濟怖畏於衰惱處開解愁憂於惠資粮於與依止於隨心轉於顯實德令深歡悅於懷親愛方便調伏於現神通驚恐引攝如應廣說當知亦爾又諸菩薩於遭怖畏諸有情類能爲救護謂於種種禽獸水火王賊怨敵家主宰官不活惡名大衆威德非人起屍魍魎等畏皆能救護令得安隱又諸菩薩於處衰惱諸有情類能善開解令離愁憂或依親屬有所衰亡所謂父母兄弟妻子奴婢僮僕宗長朋友內外族因親教軌範及餘尊重時有喪亡善爲開解令離憂惱或依財寶有所喪失謂或王賊之所侵奪或火所燒或水所溺或爲矯詐之所誑誘或由事業無方

損失或爲惡親非理横取或家失火之所耗費於如是等財寶喪失善爲開解令離憂惱由是因緣諸有情類生輭中上三品愁憂菩薩皆能正爲開解又諸菩薩備資生具隨有來求即皆施與謂諸有情求食與食求飲與飲求乘與乘求衣與衣求莊嚴具與莊嚴具求諸什物施以什物求鬘塗香施鬘塗香求止憩處施止憩處求諸光明施以光明又諸菩薩性好攝受諸有情類如法御衆方便饒益以無染心先與依止以憐愍心現作饒益然後給施如法衣服飲食卧具病緣醫藥資身什物若自無有應從淨信長者居士婆羅門等求索與之於已以法所獲如法衣服飲食諸坐卧具病緣醫藥資身什物與衆同用自無隱費於時時間以其隨順八種教授而正教授五種教誡而正教誡此中所說教授教誡當知如前力種性品已廣分別又諸菩薩於有情心性好隨轉隨心轉時先知有情若體若性知體性已隨諸有情所應共住即應如是與其共住隨諸有情所應同行即應如是與彼同行若諸菩薩欲隨所先有情心轉當審觀察若於如是如是相事現行身語生他憂苦如是憂苦若不令其出不善處安立善處菩薩爾時於如是事現行身語護彼心故方便思擇勵力遮止令不現行如是憂苦若能令其出不善處安立善處菩薩爾時於如是事現行身語住哀愍心不隨如是有情心轉方便思擇勵力策發要令現行復審觀察若於如是他有情事現行身語令餘有情發生憂苦如是憂苦若不令他或餘有情

或不令二出不善處安立善處菩薩爾時於如是事現行身語護餘心故方便思擇勵力遮止令不現行如是憂苦若能令他或餘有情或能令二出不善處安立善處菩薩爾時於如是事現行身語住哀愍心不隨如是有情心轉方便思擇勵力策發要令現行復審觀察若於如是菩薩自事現行身語生他憂苦如是現行身語二業非諸菩薩學處所攝不順福德智慧資粮如是憂苦不能令他出不善處安立善處菩薩爾時於如是事現行身語護他心故方便思擇勵力遮止令不現行與此相違現行身語如前應知如生憂苦如是廣說生於喜樂隨其所應當知亦爾又隨他心而轉菩薩知他有情忿纏所纏現前忿纏難可捨離尚不讚歎何況毀呰即於此時亦不諫誨又隨他心而轉菩薩他雖不來談論慶慰尚應自往談論慶慰何況彼來而不酬報又隨他心而轉菩薩終不故意惱觸於他唯除訶責諸犯過者起慈悲心諸根寂靜如應訶責令其調伏又隨他心而轉菩薩終不嗤誚輕弄於他令其赧愧不安隱住亦不令他心生憂悔雖能摧伏得勝於彼而不彰其墮在負處彼雖淨信生於謙下終不現相而起自高又隨他心而轉菩薩於諸有情非不親近不極親近亦不非時而相親近又隨他心而轉菩薩終不現前毀他所愛亦不現前讚他非愛非情交者不吐實誠不屢希望知量而受若先許他應飲食等終無假託不赴先祈為性謙沖如法曉喻又諸菩薩性好讚揚真實功德令他歡喜於信功德具足

者前讚揚信德令其歡喜於戒功德具足者前讚揚戒德令其歡喜於聞功德具足者前讚揚聞德令其歡喜於捨功德具足者前讚揚捨德令其歡喜於慧功德具足者前讚揚慧德令其歡喜又諸菩薩性好悲愍以調伏法調伏有情若諸有情有下品過下品違犯內懷親愛無損惱心以輭訶責而訶責之若諸有情有中品過中品違犯內懷親愛無損惱心以中訶責而訶責之若諸有情有上品過上品違犯內懷親愛無損惱心以上訶責而訶責之如訶責法治罰亦爾若諸有情有下中品應可驅擯過失違犯菩薩爾時爲教誡彼及餘有情以憐愍心及利益心權時驅擯後還攝受若諸有情有其上品應可驅擯過失違犯菩薩爾時盡壽驅擯不與共住不同受用憐愍彼故不還攝受勿令其人於佛聖教多攝非福又爲教誡利餘有情又諸菩薩爲欲饒益諸有情故現神通力或爲恐怖或爲引攝謂爲樂行諸惡行者方便示現種種惡行諸果異熟謂諸惡趣小那落迦大那落迦寒那落迦獨那落迦既示現已而告之言汝當觀此先於人中造作增長諸惡行故今受如是最極暴惡辛楚非愛苦果異熟彼見是已恐怖猒患離諸惡行復有一類無信有情菩薩衆中隨事故問彼作異思拒而不答菩薩爾時或便化作執金剛神或復化作壯色大身巨力藥叉令其恐怖由是因緣捨慢生信恭敬正答其餘大衆聞彼正答亦皆調伏或現種種神通變化或一爲多或多爲一或以其身穿過石壁山巖等障往還無礙

如是廣說乃至梵世身自在轉現無量種神變差別或復現入火界定等或復示現共聲聞等種種神通方便引攝令諸有情踊躍歡喜諸未信者方便安處信具足中諸犯戒者方便安處戒具足中諸少聞者方便安處聞具足中多慳悋者方便安處捨具足中諸惡慧者方便安處慧具足中如是菩薩成就一切種饒益有情戒是名菩薩三種戒藏亦名無量大功德藏謂律儀戒所攝戒藏攝善法戒所攝戒藏饒益有情戒所攝戒藏

若諸菩薩欲於如是菩薩所學三種戒藏勤修學者或是在家或是出家先於無上正等菩提發弘願已當審訪求同法菩薩已發大願有智有力於語表義能授能開於如是等功德具足勝菩薩所先禮雙足如是請言我今欲於善男子所或長老所或大德所乞受一切菩薩淨戒唯願須臾不辭勞倦哀愍聽授既作如是無倒請已偏袒右肩恭敬供養十方三世諸佛世尊已入大地得大智慧得大神力諸菩薩衆現前專念彼諸功德隨其所有功能因力生殷淨心或少淨心有智有力勝菩薩所謙下恭敬膝輪據地或蹲跪坐對佛像前作如是請唯願大德或言長老或善男子哀愍授我菩薩淨戒如是請已專念一境長養淨心我今不久當得無盡無量無上大功德藏即隨思惟如是事義默然而住爾時有智有力菩薩於彼能行正行菩薩以無亂心若坐若立而作是言汝如是名善男子聽或法弟聽汝是菩薩不彼應答言是發菩提願未應答言已發自此已後應作是言

汝如是名善男子或法弟欲於我所受諸菩薩一切學處受諸菩薩一切淨戒謂律儀戒攝善法戒饒益有情戒如是學處如是淨戒過去一切菩薩已具未來一切菩薩當具普於十方現在一切菩薩今具於是學處於是淨戒過去一切菩薩已學未來一切菩薩當學現在一切菩薩今學汝能受不答言能受能授菩薩第二第三亦如是說能受菩薩第二第三亦如是答能授菩薩作如是問乃至第三授淨戒已能受菩薩作如是答乃至第三受淨戒已能受菩薩不起于座能授菩薩對佛像前普於十方現住諸佛及諸菩薩恭敬供養頂禮雙足作如是白某名菩薩今已於我某菩薩所乃至三說受菩薩戒我某菩薩已為某名菩薩作證唯願十方無邊無際諸世界中諸佛菩薩第一真聖於現不現一切時處一切有情皆現覺者於此某名受戒菩薩亦為作證第二第三亦如是說如是受戒羯磨畢竟從此無閒普於十方無邊無際諸世界中現住諸佛已入大地諸菩薩前法爾相現由此表示如是菩薩已受菩薩所受淨戒爾時十方諸佛菩薩於是菩薩法爾之相生起憶念由憶念故正智見轉由正智見如實覺知某世界中某名菩薩某菩薩所正受菩薩所受淨戒一切於此受戒菩薩如子如弟生親善意眷念憐愍由佛菩薩眷念憐愍令是菩薩希求善法倍復增長無有退減當知是名受菩薩戒啓白請證

如是已作受菩薩戒羯磨等事授受菩薩俱起供養普於十方無邊無際諸世界中諸佛

菩薩頂禮雙足恭敬而退
如是菩薩所受律儀戒於餘一切所受律儀
戒最勝無上無量無邊大功德藏之所隨逐
第一最上善心意樂之所發起普能對治於
一切有情一切種惡行一切別解脫律儀於
此菩薩律儀戒百分不及一千分不及一數
分不及一計分不及一筭分不及一喻分不
及一鄔波尼殺曇分亦不及一攝受一切大
功德故
又此菩薩安住如是菩薩淨戒先自數數專
諦思惟此是菩薩正所應作此非菩薩正所
應作既思惟已然後爲成正所作業當勤修
學又應專勵聽聞菩薩素怛纜藏及以解釋
即此菩薩素怛纜藏摩怛履迦隨其所聞當
勤修學

又諸菩薩不從一切雖聰慧者求受菩薩所
受淨戒無淨信者不應從受謂於如是所受
淨戒初無信解不能趣入不善思惟有慳貪
者慳貪蔽者有大欲者無喜足者不應從受
毁淨戒者於諸學處無恭敬者於戒律儀有
慢緩者不應從受有忿恨者多不忍者於他
違犯不堪耐者不應從受有懶惰者有懈怠
者多分耽著日夜睡眠樂倚樂卧樂好合徒
侶樂喜談者不應從受心散亂者不至不能
犂牛乳頃善心一緣住修習者不應從受有
闇昧者愚癡類者極劣心者誹謗菩薩素怛
纜藏摩怛履迦者不應從受
又諸菩薩於受菩薩戒律儀法雖已具足受
持究竟而於誹謗菩薩藏者無信有情終不
率爾宣示開悟所以者何爲其聞已不能信

解大無知障之所覆蔽便生誹謗由誹謗故如住菩薩淨戒律儀成就無量大功德藏彼誹謗者亦爲無量大罪業藏之所隨逐乃至一切惡言惡見及惡思惟未永棄捨終不免離

又諸菩薩欲授菩薩菩薩戒時先應爲說菩薩法藏摩怛履迦菩薩學處及犯處相令其聽受以慧觀察自所意樂堪能思擇受菩薩戒非惟他勸非爲勝他當知是名堅固菩薩堪受菩薩淨戒律儀以受戒法如應正授如是菩薩住戒律儀有其四種他勝處法何等爲四若諸菩薩爲欲貪求利養恭敬自讚毀他是名第一他勝處法若諸菩薩現有資財性慳財故有苦有貧無依無怙正求財者來現在前不起哀憐而修惠捨正求法者來現在前性慳法故雖現有法而不給施是名第二他勝處法若諸菩薩長養如是種類忿纏由是因緣不唯發起麤言便息由忿蔽故加以手足塊石刀杖捶打傷害損惱有情內懷猛利忿恨意樂有所違犯他來諫謝不受不忍不捨怨結是名第三他勝處法若諸菩薩謗菩薩藏愛樂宣說開示建立像似正法於像似法或自信解或隨他轉是名第四他勝處法如是名爲菩薩四種他勝處法菩薩於四他勝處法隨犯一種況犯一切不復堪能於現法中增長攝受菩薩廣大菩提資粮不復堪能於現法中意樂清淨是即名爲相似菩薩非眞菩薩菩薩若用軟中品纏毀犯四種他勝處法不捨菩薩淨戒律儀上品纏犯即名爲捨若諸菩薩毀犯四種他勝處法

數數現行都無慚愧深生愛樂見是功德當知說名上品纏犯非諸菩薩暫一現行他勝處法便捨菩薩淨戒律儀如諸苾芻犯他勝法卽便棄捨別解脫戒若諸菩薩由此毀犯棄捨菩薩淨戒律儀於現法中堪任更受非不堪任如苾芻住別解脫戒犯他勝法於現法中不任更受

略由二緣捨諸菩薩淨戒律儀一者棄捨無上正等菩提大願二者現行上品纏犯他勝處法若諸菩薩雖復轉身遍十方界在在生處不捨菩薩淨戒律儀由是菩薩不捨無上菩提大願亦不現行上品纏犯他勝處法若諸菩薩轉受餘生忘失本念值遇善友爲欲悎寤菩薩戒念雖數重受而非新受亦不新得

瑜伽師地論卷第四十

音釋

悎寤 悎居劾切醒也寤五故切寐覺也 愆去虔切過也 昵尼質切近也 撝吁爲切以手指也 騃語駭切愚癡也 蔑莫結切劣也 謔虛約切戲也 憩去制切息也 蹲跪 蹲祖尊切跪也 羯磨 梵語也此云作法 羯居謁切 㝅 古候切取牛羊乳也

瑜伽師地論卷第四十一

彌勒菩薩說

唐三藏沙門玄奘奉詔譯

本地分中菩薩地

初持瑜伽處戒品第十之二

如是菩薩安住菩薩淨戒律儀於有違犯及無違犯是染非染輭中上品應當了知

若諸菩薩安住菩薩淨戒律儀於日日中若於如來或爲如來造制多所若於正法或爲正法造經卷所謂諸菩薩素怛纜藏摩怛理迦若於僧伽謂十方界已入大地諸菩薩衆若不以其或少或多諸供養具而爲供養下至以身一拜禮敬下至以語一四句頌讃佛法僧眞實功德下至以心一清淨信隨念三寶眞實功德空度日夜是名有犯有所違越若不恭敬懶惰懈怠而違犯者是染違犯若誤失念而違犯者非染違犯無違犯者謂心狂亂若已證入淨意樂地常無違犯由得清淨意樂菩薩譬如已得證淨苾芻恒時法爾於佛法僧以勝供具承事供養

若諸菩薩安住菩薩淨戒律儀有其大欲而無喜足於諸利養及以恭敬生著不捨是名有犯有所違越是染違犯無違犯者謂爲斷彼生起樂欲發勤精進攝彼對治雖勤遮遏而爲猛利性惑所蔽數起現行

若諸菩薩安住菩薩淨戒律儀見諸耆長有德可敬同法者來憍慢所制懷嫌恨心懷恚惱心不起承迎不推勝座若有他來語言談論慶慰請問憍慢所制懷嫌恨心懷恚惱心不稱正理發言酬對是名有犯有所違越是

染違犯非憍慢制無嫌恨心無恚惱心但由懶墮懈怠忘念無記之心是名有犯有所違越非染違犯無違犯者謂遭重病或心狂亂或自睡眠他生覺想而來親附語言談論慶慰請問或自爲他宣説諸法論義決擇或復與餘談論慶慰或他説法論義決擇屬耳而聽或有違犯説正法者爲欲將護説法者心或欲方便調彼伏彼出不善處安立善處或護僧制或爲將護多有情心而不酬對皆無違犯

若諸菩薩安住菩薩淨戒律儀他來延請或往居家或往餘寺奉施飲食及衣服等諸資生具憍慢所制懷嫌恨心懷恚惱心不至其所不受所請是名有犯有所違越是染違犯若由懶墮懈怠忘念無記之心不至其所不受所請是名有犯有所違越非染違犯無違犯者或有疾病或無氣力或心狂亂或處懸遠或道有怖或欲方便調彼伏彼出不善處安立善處或餘先請或爲無間修諸善法欲護善品令無暫廢或爲引攝未曾有義或爲所聞法義無退如爲所聞法義無退論義決擇當知亦爾或復知彼懷損惱心詐來延請或爲護他多嫌恨心或護僧制不至其所不受所請皆無違犯

若諸菩薩安住菩薩淨戒律儀他持種種生色可染末尼真珠瑠璃等寶及持種種衆多上妙財利供具殷勤奉施由嫌恨心或恚惱心違拒不受是名有犯有所違越是染違犯捨有情故若由懶墮懈怠忘念無記之心違拒不受是名有犯有所違越非染違犯無違

犯者或心狂亂或觀受巳心生染著或觀後時彼定追悔或復知彼於施迷亂或知施主隨捨隨受由是因緣定當貧匱或知此物是僧伽物窣堵波物或知此物劫盜他得或知此物由是因緣多生過患或殺或縛或罰或黜或嫌或嘖違拒不受皆無違犯

若諸菩薩安住菩薩淨戒律儀他來求法懷嫌恨心懷恚惱心嫉妬變異不施其法是名有犯有所違越是染違犯若由懶惰懈怠忘念無記之心不施其法是名有犯有所違越非染違犯無違犯者謂諸外道伺求過短或有重病或心狂亂或欲方便調彼伏彼出不善處安立善處或於是法未善通利或復見彼不生恭敬無有羞愧以惡威儀而來聽受或復知彼是鈍根性於廣法教得法究竟深生怖畏當生邪見增長邪執衰損惱壞或復知彼法至其手轉布非人而不施與皆無違犯

若諸菩薩安住菩薩淨戒律儀於諸暴惡犯戒有情懷嫌恨心懷恚惱心由彼暴惡犯戒爲縁方便棄捨不作饒益是名有犯有所違越是染違犯若由懶惰懈怠棄捨由忘念故不作饒益是名有犯有所違越非染違犯何以故非諸菩薩於淨持戒身語意業寂靜現行諸有情所起憐愍心欲作饒益如於暴惡犯戒有情於諸苦因而現轉者無違犯者謂心狂亂或欲方便調彼伏彼廣説如前或爲將護多有情心或護僧制方便棄捨不作饒益皆無違犯

若諸菩薩安住菩薩淨戒律儀如薄伽梵於

別解脫毗柰耶中將護他故建立遮罪制諸聲聞令不造作諸有情類未淨信者令生淨信已淨信者令倍增長於中菩薩與諸聲聞應等修學無有差別何以故以諸聲聞自利爲勝尚不棄捨將護他行爲令有情未信者信信者增長學所學處何況菩薩利他爲勝若諸菩薩安住菩薩淨戒律儀如薄伽梵於別解脫毗柰耶中爲令聲聞少事少業少悕望住建立遮罪制諸聲聞令不造作於中菩薩與諸聲聞不應等學何以故以諸聲聞自利爲勝不顧利他於利他中少事少業少悕望住可名爲妙非諸菩薩利他爲勝不顧自利於利他中少事少業少悕望住得名爲妙如是菩薩爲利他故從非親里長者居士婆羅門等及恣施家應求百千種種衣服觀彼有情有力無力隨其所施如應而受如說求衣求鉢亦爾如求衣鉢如是自求種種絲縷令非親里爲織作衣爲利他故應畜種種憍世耶衣諸坐卧具事各至百生色可染百千俱胝復過是數亦應取積如是等中少事少業少悕望住制止遮罪菩薩不與聲聞共學安住淨戒律儀菩薩於利他中懷嫌恨心懷恚惱心少事少業少悕望住是名有犯有所違越是染違犯若由懶惰懈怠忘念無記之心少事少業少悕望住是名有犯有所違越非染違犯

若諸菩薩安住菩薩淨戒律儀善權方便爲利他故於諸性罪少分現行由是因緣於菩薩戒無所違犯生多功德謂如菩薩見劫盜賊爲貪財故欲殺多生或復欲害大德聲聞

獨覺菩薩或復欲造多無間業見是事已發心思惟我若斷彼惡衆生命墮那落迦如其不斷無間業成當受大苦我寧殺彼墮那落迦終不令其受無間苦如是菩薩意樂思惟於彼衆生或以善心或無記心知此事已爲當來故深生慚愧以憐愍心而斷彼命由是因緣於菩薩戒無所違犯生多功德又如菩薩見有增上增上宰官上品暴惡於諸有情無有慈愍專行逼惱菩薩見已起憐愍心發生利益安樂意樂隨力所能若廢若黜增上等位由是因緣於菩薩戒無所違犯生多功德又如菩薩見劫盜賊奪他財物若僧伽物窣堵波物取多物已執爲已有縱情受用菩薩見已起憐愍心於彼有情發生利益安樂意樂隨力所能逼而奪取勿令受用如是財故當受長夜無義無利由此因緣所奪財寶若僧伽物還復僧伽窣堵波物還窣堵波若有情物還復有情又見衆生或園林主取僧伽物窣堵波物言是已有縱情受用菩薩見已思擇彼惡起憐愍心勿令因此邪受用業當受長夜無義無利隨力所能廢其所主菩薩如是雖不與取而無違犯生多功德又如菩薩處在居家見有女色現無繫屬習婬欲法繼心菩薩求非梵行菩薩見已作意思惟勿令心恚多生非福若隨其欲便得自在方便安處令種善根亦當令其捨不善業住慈愍心行非梵行雖習如是穢染之法而無所犯多生功德出家菩薩爲護聲聞聖所教誡令不壞滅一切不應行非梵行又如菩薩爲多有情解脫命難囹圄縛難刖手足難劓鼻

刵耳剜眼等難雖諸菩薩爲自命難亦不正知說於妄語然爲救脫彼有情故知而思擇故說妄語以要言之菩薩唯觀有情義利非無義利自無染心唯爲饒益諸有情故覆想正知而說異語說是語時於菩薩戒無所違犯生多功德又如菩薩見諸有情爲惡朋友之所攝受親愛不捨菩薩見已起憐愍心發生利益安樂意樂隨能隨力說離間語令離惡友捨相親愛勿令有情由近惡友當受長夜無義無利菩薩如是以饒益心說離間語乖離他愛無所違犯生多功德又如菩薩見諸有情爲行越路非理而行出麤惡語猛利訶擯方便令其出不善處安立善處菩薩如是以饒益心於諸有情出麤惡語無所違犯生多功德又如菩薩見諸有情信樂倡妓吟詠歌諷或有信樂王賊飲食婬蕩街衢無義之論菩薩於中皆悉善巧於彼有情起憐愍心發生利益安樂意樂現前爲作綺語相應種種倡妓吟詠歌諷王賊飲食婬衢等論令彼有情歡喜引攝自在隨屬方便獎導出不善處安立善處菩薩如是現行綺語無所違犯生多功德

若諸菩薩安住菩薩淨戒律儀生起詭詐虛談現相方便研求假利求利味邪命法無有羞恥堅持不捨是名有犯有所違越是染違犯無違犯者若爲除遣生起樂欲發動精進煩惱熾盛蔽抑其心時時現起

若諸菩薩安住菩薩淨戒律儀爲掉所動心不寂靜不樂寂靜高聲嬉戲諠譁紛聒輕躁騰躍望他歡笑如此諸緣是名有犯有所違

越是染違犯若忘念起非染違犯無違犯者若爲除遣生起樂欲廣説如前若欲方便解他所生嫌恨令息若欲遣他所生愁惱若他性好如上諸事方便攝受敬愼將護隨彼而轉若他有情猜阻菩薩内懷嫌恨惡謀憎背外現歡顔表内清淨如是一切皆無違犯

若諸菩薩安住菩薩淨戒律儀起如是見立如是論菩薩不應忻樂涅槃應於涅槃而生猒背於諸煩惱及隨煩惱不應怖畏而求斷滅不應一向心生猒離以諸菩薩三無數劫流轉生死求大菩提若作此説是名有犯有所違越是染違犯何以故如諸聲聞於其涅槃忻樂親近於諸煩惱及隨煩惱深心猒離如是菩薩於大涅槃忻樂親近於諸煩惱及隨煩惱深心猒離其倍過彼百千俱胝以諸聲聞唯爲一身證得義利勤修正行菩薩普爲一切有情證得義利勤修正行是故菩薩當勤修集無雜染心於有漏事隨順而行成就勝出諸阿羅漢無雜染法

若諸菩薩安住菩薩淨戒律儀於自能發不信重言所謂惡聲惡稱惡譽不護不雪其事若實而不避護是名有犯有所違越是染違犯若事不實而不清雪是名有犯有所違越非染違犯無違犯者若他外道若他憎嫉若自出家因行乞行因修善行謗聲流布若忿弊者若心倒者謗聲流布皆無違犯

若諸菩薩安住菩薩淨戒律儀見諸有情應以種種辛楚加行猛利加行而得義利護其憂惱而不現行是名有犯有所違越非染違犯無違犯者觀由此緣於現法中少得義利

多生憂惱

若諸菩薩安住菩薩淨戒律儀他罵報罵他瞋報瞋他打報打他弄報弄是名有犯有所違越是染違犯

若諸菩薩安住菩薩淨戒律儀於他有情有所侵犯或自不爲彼疑侵犯由嫌嫉心由慢所執不如理謝而生輕捨是名有犯有所違越是染違犯若由懶惰懈怠放逸不謝輕捨是名有犯有所違越非染違犯無違犯者若欲方便調彼伏彼出不善處安立善處若是外道若彼悕望要因現行非法有罪方受悔謝若彼有情性好鬬諍因悔謝時倍增憤怒若復知彼爲性堪忍體無嫌恨若必了他因謝侵犯深生羞恥而不悔謝皆無違犯

若諸菩薩安住菩薩淨戒律儀他所侵犯彼還如法平等悔謝懷嫌恨心欲損惱彼不受其謝是名有犯有所違越是染違犯雖復於彼無嫌恨心不欲損惱然由稟性不能堪忍故不受謝亦名有犯有所違越是染違犯無違犯者若欲方便調彼伏彼廣說一切如前應知若不如法不平等謝不受彼謝亦無違犯

若諸菩薩安住菩薩淨戒律儀於他懷忿相續堅持生已不捨是名有犯有所違越是染違犯無違犯者爲斷彼故生起樂欲廣說如前

若諸菩薩安住菩薩淨戒律儀貪著供事增上力故以愛染心管御徒衆是名有犯有所違越是染違犯無違犯者不貪供侍無愛染心管御徒衆

若諸菩薩安住菩薩淨戒律儀懶惰懈怠躭睡眠樂臥樂倚樂非時非量是名有犯有所違越是染違犯無違犯者若遭疾病若無氣力行路疲極若爲斷彼生起樂欲廣說一切如前應知

若諸菩薩安住菩薩淨戒律儀懷愛染心談說世事虛度時日是名有犯有所違越是染違犯若由忘念虛度時日是名有犯有所違越非染違犯無違犯者見他談說護彼意故安住正念須臾而聽若事希奇或暫問他或答他問無所違犯

若諸菩薩安住菩薩淨戒律儀爲令心住欲定其心心懷嫌恨憍慢所持不詣師所求請教授是名有犯有所違越是染違犯懶惰懈怠而不請者非染違犯無違犯者若遇疾病若無氣力若知其師顛倒教授若自多聞自有智力能令心定若先已得所應教授而不請者無所違犯

若諸菩薩安住菩薩淨戒律儀起貪欲蓋忍受不捨是名有犯有所違越是染違犯無違犯者若爲斷彼生起樂欲發勤精進煩惱猛利蔽抑心故時時現行如貪欲蓋如是瞋恚惛沉睡眠掉舉惡作及與疑蓋當知亦爾

若諸菩薩安住菩薩淨戒律儀貪味靜慮於味靜慮見爲功德是名有犯有所違越是染違犯無違犯者若爲斷彼生起樂欲廣說如前

若諸菩薩安住菩薩淨戒律儀起如是見立如是論菩薩不應聽聲聞乘相應法教不應受持不應修學菩薩何用於聲聞乘相應法

敎聽聲受持精勤修學是名有犯有所違越是染違犯何以故菩薩尚於外道書論精勤研究況於佛語無違犯者爲令一向習小法者捨彼欲故作如是說

若諸菩薩安住菩薩淨戒律儀於菩薩藏未精研究於菩薩藏一切棄捨於聲聞藏一向修學是名有犯有所違越非染違犯

若諸菩薩安住菩薩淨戒律儀現有佛敎於佛敎中未精研究於異道論及諸外論精勤修學是名有犯有所違越是染違犯無違犯者若上聰敏若能速受若經久時能不忘失若於其義能思能達若於佛敎如理觀察成就俱行無動覺者於日日中常以二分修學佛語一分學外則無違犯

若諸菩薩安住菩薩淨戒律儀越菩薩法於異道論及諸外論研求善巧深心寶翫愛樂味著非如辛藥而習近之是名有犯有所違越是染違犯

若諸菩薩安住菩薩淨戒律儀聞菩薩藏於甚深處最勝甚深眞實法義諸佛菩薩難思神力不生信解憎背毀謗不能引義不能引法非如來說不能利益安樂有情是名有犯有所違越是染違犯如是毀謗或由自內非理作意或隨順他而作是說

若諸菩薩安住菩薩淨戒律儀若聞甚深最甚深處心不信解菩薩爾時應强信受應無諂曲應如是學我爲非善盲無慧目於如來眼隨所宣說於諸如來密意語言而生誹謗菩薩如是自處無知仰推如來於諸佛法無不現知等隨觀見如是正行無所違犯雖無

信解然不誹謗

若諸菩薩安住菩薩淨戒律儀於他人所有深愛心有瞋恚心自讚毀他是名有犯有所違越是染違犯無違犯者若為摧伏諸惡外道若為住持如來聖教若欲方便調彼伏彼廣說如前或欲令其未淨信者發生淨信已淨信者倍復增長

若諸菩薩安住菩薩淨戒律儀聞說正法論議決擇憍慢所制懷嫌恨心懷恚惱心而不往聽是名有犯有所違越是染違犯若為嬾惰懈怠所蔽而不往聽非染違犯無違犯者若不覺知若有疾病若無氣力若知倒說若為護彼說法者心若正了知彼所說義是數所聞所持所了若已多聞具足聞持其聞積集若欲無間於境住心若勤引發菩薩勝定若自了知上品愚鈍其慧鈍濁於所聞法難受難持難於所緣攝心令定不往聽者皆無違犯

若諸菩薩安住菩薩淨戒律儀於說法師故思輕毀不深恭敬嗤笑調弄但依於文不依於義是名有犯有所違越是染違犯

若諸菩薩安住菩薩淨戒律儀於諸有情所應作事懷嫌恨心懷恚惱心不為助伴謂於能辦所應作事或於道路若往若來或於正說事業加行或於掌護所有財寶或於和好乖離諍訟或於吉會或於福業不為助伴是名有犯有所違越是染違犯若為嬾惰懈怠所蔽不為助伴非染違犯無違犯者若有疾病若無氣力若了知彼自能成辦若知求者自有依怙若知所作能引非義能引非法若

欲方便調彼伏彼廣説如前若先許餘爲作助伴若轉請他有力者助若於善品正勤修習不欲暫廢若性愚鈍於所聞法難受難持如前廣説若爲將護多有情意若護僧制不爲助伴皆無違犯

若諸菩薩安住菩薩淨戒律儀見諸有情遭重疾病懷嫌恨心懷恚惱心不往供事是名有犯有所違越是染違犯若爲懶惰懈怠所蔽不往供事非染違犯無違犯者若自有病若無氣力若轉請他有力隨順令往供事若知病者有依有怙若知病者自有勢力能自供事若了知彼長病所觸堪自支持若爲勤修廣大無上殊勝善品若欲護持所修善品令無間缺若自了知上品愚鈍其慧鈍濁於所聞法難受難持難於所緣攝心令定若先許餘爲作供事如於病者於有苦者爲作助伴欲除其苦當知亦爾

若諸菩薩安住菩薩淨戒律儀見諸有情爲求現法後法事故廣行非理懷嫌恨心懷恚惱心不爲宣説如實正理是名有犯有所違越是染違犯若由懶惰懈怠所蔽不爲宣説非染違犯無違犯者若自無知若無氣力若轉請他有力者説若即彼人自有智力若彼有餘善友攝受若欲方便調彼伏彼廣説如前若知爲説如實正理起嫌恨心若發惡言若顛倒受若無愛敬若復知彼性弊㦬悷不爲宣説皆無違犯

若諸菩薩安住菩薩淨戒律儀於先有恩諸有情所不知恩惠不了恩惠懷嫌恨心不欲現前如應酬報是名有犯有所違越是染違

犯若爲懶惰懈怠所蔽不現酬報非染違犯無違犯者勤加功用無力無能不獲酬報若欲方便調彼伏彼廣說如前若欲報恩而彼不受皆無違犯

若諸菩薩安住菩薩淨戒律儀見諸有情墮在喪失財寶眷屬祿位難處多生愁惱懷嫌恨心不往開解是名有犯有所違越是染違犯若爲懶惰懈怠所蔽不往開解非染違犯無違犯者應知如前於他事業不爲助伴

若諸菩薩安住菩薩淨戒律儀有飲食等資生衆具見有求者來正希求飲食等事懷嫌恨心懷恚惱心而不給施是名有犯有所違越是染違犯若由懶惰懈怠放逸不能施與非染違犯無違犯者若現無有可施財物若彼悕求不如法物所不宜物若欲方便調彼伏彼廣說如前若來求者王所匪宜將護王意若護僧制而不惠施皆無違犯

若諸菩薩安住菩薩淨戒律儀攝受徒衆懷嫌恨心而不隨時無倒教授無倒教誡知衆匱乏而不爲彼從諸淨信長者居士婆羅門等如法追求衣服飲食諸坐卧具病緣醫藥資身什物隨時供給是名有犯有所違越是染違犯若由懶惰懈怠放逸不往教授不往教誡不爲追求如法衆具非染違犯無違犯者若欲方便調彼伏彼廣說如前若護僧制若有疹疾若無氣力不任加行若轉請餘有勢力者若知徒衆世所共知有大福德各自有力求衣服等資身衆具若隨所應教授教誡皆已無倒教授教誡若知衆內有本外道爲竊法故來入衆中無所堪能不可調伏皆

無違犯

若諸菩薩安住菩薩淨戒律儀懷嫌恨心於他有情不隨心轉是名有犯有所違越是染違犯若由懶惰懈怠放逸不隨其轉非染違犯無違犯者若彼所愛非彼所宜若有疾病若無氣力不任加行若護僧制若彼所愛雖彼所宜而於多衆非宜非愛若爲降伏諸惡外道若欲方便調彼伏彼廣說如前不隨心轉皆無違犯

若諸菩薩安住菩薩淨戒律儀懷嫌恨心他實有德不欲顯揚他實有譽不欲稱美他實妙說不讚善哉是名有犯有所違越是染違犯若由懶惰懈怠放逸不顯揚等非染違犯無違犯者若知其人性好少欲將護彼意若有疾病若無氣力若欲方便調彼伏彼廣說如前若護僧制若知由此顯揚等緣起彼雜染憍舉無義爲遮此過若知彼德雖似功德而非實德若知彼譽雖似善譽而非實譽若知彼說雖似妙說而實非妙若爲降伏諸惡外道若爲待他言論究竟不顯揚等皆無違犯

若諸菩薩安住菩薩淨戒律儀見諸有情應可訶責應可治罰應可驅擯懷染汙心而不訶責或雖訶責而不治罰如法教誡或雖治罰如法教誡而不驅擯是名有犯有所違越是染違犯若由懶惰懈怠放逸而不訶責乃至驅擯非染違犯無違犯者若了知彼不可療治不可與語喜出麤言多生嫌恨故應棄捨若觀待時若觀因此鬬訟諍競若觀因此令僧諠雜令僧破壞知彼有情不懷諂曲成

就增上猛利慚愧疾疾還淨而不訶責乃至驅擯皆無違犯

若諸菩薩安住菩薩淨戒律儀具足成就種種神通變現威力於諸有情應恐怖者能恐怖之應引攝者能引攝之避信施故不現神通恐怖引攝是名有犯有所違越非染違犯無違犯者若知此中諸有情類多著僻執是惡外道誹謗賢聖成就邪見不現神通恐怖引攝無有違犯又一切處無違犯者謂若彼心增上狂亂若重苦受之所逼切若未曾受淨戒律儀當知一切皆無違犯

復次如是所起諸事菩薩學處佛於彼彼素怛纜中隨機散說謂依律儀戒攝善法戒饒益有情戒今於此菩薩藏摩怛理迦綜集而說菩薩於中應起尊重住極恭敬專精修學

是諸菩薩從他正受戒律儀已由善清淨求學意樂菩提意樂饒益一切有情意樂生起最極尊重恭敬從初專精不應違犯設有違犯即應如法疾疾悔除令得還淨又此菩薩一切違犯當知皆是惡作所攝應向有力於語表義能覺能受小乘大乘補特伽羅發露悔滅若諸菩薩以上品纏違犯如上他勝處法失戒律儀應當更受若中品纏違犯如上他勝處法應對於三補特伽羅或過是數應如發露除惡作法先當稱述所犯事名應作是說長老專志或言大德我如是名違越菩薩毗柰耶法如所稱事犯惡作罪餘如苾芻發露悔滅惡作罪法應如是說若下品纏違犯如上他勝處法及餘違犯應對於一補特伽羅發露悔法當知如前若無隨順補特伽

羅可對發露悔除所犯爾時菩薩以淨意樂起自誓心我當決定防護當來終不重犯如是於犯還出還淨又諸菩薩欲受菩薩淨戒律儀若不會遇具足功德補特伽羅爾時應對如來像前自受菩薩淨戒律儀應如是受偏袒右肩右膝著地或蹲跪坐作如是言我如是名仰啓十方一切如來已入大地諸菩薩衆我今欲於十方世界佛菩薩所誓受一切菩薩學處誓受一切菩薩淨戒謂律儀戒攝善法戒饒益有情戒如是學處如是淨戒過去一切菩薩已具未來一切菩薩當具普於十方現在一切菩薩今具於是學處於是淨戒過去一切菩薩已學未來一切菩薩當學普於十方現在一切菩薩今學第二第三亦如是說說已應起所餘一切如前應知又

於菩薩犯戒道中無無餘犯如世尊說是諸菩薩多分應與瞋所起犯非貪所起當知此中所說密意謂諸菩薩愛諸有情憐諸有情增上力故凡有所作一切皆是菩薩所作非非所作非作所作可得成犯若諸菩薩憎諸有情嫉諸有情不能修行自他利行作諸菩薩所不應作作不應作可得成犯又諸菩薩輭中上犯如攝事分應當了知

如是菩薩依止一切自毗柰耶勤學所學便得成就三種圓滿安樂而住一者成就加行圓滿二者成就意樂圓滿三者成就宿因圓滿云何名爲加行圓滿謂諸菩薩於淨戒中行無缺犯於身語意清淨現行不數毀犯發露自惡如是名爲加行圓滿云何名爲意樂圓滿謂諸菩薩爲法出家不爲活命求大菩

提非爲不求爲求沙門爲求涅槃非爲不求如是求者不住懈怠下劣精進不雜衆多惡不善法雜染後有有諸熾然衆苦異熟當來所有生老病死如是名爲意樂圓滿云何名爲宿因圓滿謂諸菩薩昔餘生中修福修善故於今世種種衣服飲食臥具病緣醫藥資身什物自無匱乏復能於他廣行惠施如是名爲宿因圓滿菩薩如是依毗柰耶勤學所學成就如是三種圓滿安樂而住與此相違當知成就三種衰損危苦而住

如是略廣宣說菩薩若在家品若出家品一切戒已自斯已後即於如是一切戒中分出所餘難行戒等差別之相應當了知

瑜伽師地論卷第四十一

音釋

瑜伽 梵語也此云相應瑜羊朱切伽丘迦切　素怛纜 梵語也此云契經怛當割切纜力暫切　遏 阿葛切止也　匱 求位切乏也　囹圄 郎丁切圄魚巨切囹圄獄名　刖 魚厥切斷足也　劓 牛例切刑鼻也　刵 時吏切截耳也　聒 古活切讙語也　躁 則到切不安靜也　憁悷 憁力董切悷郎計切憁悷謂多惡不調也　疹 丑刃切病也　蹲 徂尊切踞也　跪 渠委切

瑜伽師地論卷第四十二

彌勒菩薩說

唐三藏沙門玄奘奉詔譯

本地分中菩薩地

初持瑜伽處戒品第十之三

云何菩薩難行戒當知此戒略有三種謂諸菩薩現在具足大財大族自在增上棄捨如是大財大族自在增上受持菩薩淨戒律儀是名菩薩第一難行戒又諸菩薩受淨戒已若遭急難乃至失命於所受戒尚無少缺何況全犯是名菩薩第二難行戒又諸菩薩如是如是遍於一切行住作意恒住正念常無放逸乃至命終於所受戒無有誤失尚不犯輕何況犯重是名菩薩第三難行戒

云何菩薩一切門戒當知此戒略有四種一者正受戒二者本性戒三者串習戒四者方便相應戒正受戒者謂諸菩薩受先所受三種菩薩淨戒律儀即律儀戒攝善法戒饒益有情戒本性戒者謂諸菩薩住種性位本性仁賢於相續中身語二業恒清淨轉串習戒者謂諸菩薩昔餘生中曾串修習如先所說三種淨戒由宿因力所住持故於現在世一切惡法不樂現行於諸惡法深心猒離樂修善行於善行中深心欣慕方便相應戒者謂諸菩薩依四攝事於諸有情身語善業恒相續轉

云何菩薩善士戒當知此戒略有五種謂諸菩薩自具尸羅勸他受戒讚戒功德見同法者深心歡喜設有毀犯如法悔除

云何菩薩一切種戒當知此戒以要言之六

種七種總十三種言六種者一迴向戒迴向大菩提故二廣博戒廣攝一切所學處故三無罪歡喜處戒遠離躭著欲樂自苦二邊行故四恒常戒雖盡壽命亦不棄捨所學處故五堅固戒一切利養恭敬他論本隨煩惱不能伏故不能奪故六尸羅莊嚴具相應戒具足一切戒莊嚴故尸羅莊嚴如聲聞地應知其相言七種者一止息戒遠離一切殺生等故二轉作戒攝一切善故饒益有情故三防護戒隨護止息轉作戒故四大士相異熟戒五增上心異熟戒六可愛趣異熟戒七利有情異熟戒

云何菩薩遂求戒當知此戒略有八種謂諸菩薩自諦思惟如我悕求勿彼於我現行斷命不與而取穢欲邪行虛妄離間麤惡綺語手塊杖等諸非愛觸加害於我我求是已他若相違而現行者我求不遂我意不悅如我悕求他亦如是勿我於彼現行斷命廣說乃至惡觸加害彼求是已我若相違而現行者彼求不遂彼意不悅我之所作若有令他所求不遂意不悅者何現行爲菩薩如是審思惟已命難因緣亦不於他現行八種所求不遂不悅意事如是八種說名菩薩遂求戒

云何菩薩此世他世樂戒當知此戒略有九種謂諸菩薩爲諸有情於應遮處而正遮止於應開處而正開許是諸有情應攝受者正攝受之應調伏者正調伏之菩薩於中身語二業常清淨轉是則名爲四種淨戒復有所餘施忍精進靜慮般若波羅蜜多俱行淨戒則爲五種總說名爲九種淨戒如是菩薩所

有淨戒能令自他現法後法皆得安樂是故說名菩薩此世他世樂戒

云何菩薩清淨戒當知此戒略有十種一者初善受戒唯爲沙門三菩提故非爲命故二者不太沉戒於違犯時遠離微薄生悔愧故及不太舉戒遠離非處生悔愧故三者離懈怠戒於睡眠樂倚樂卧樂不耽著故晝夜勤修諸善品故四者離諸放逸所攝受戒修習如前所說五支不放逸故五者正願戒遠離利養恭敬貪故不願生天而自要期修梵行故六者軌則具足所攝受戒於諸威儀所作衆事善品加行妙善圓滿如法身語正現行故七者淨命具足所攝受戒離矯詐等一切邪命過失法故八者離二邊戒遠離受用欲樂自苦二邊法故九者永出離戒遠離一切外道見故十者於先所受無損失戒於先所受菩薩淨戒無缺減故無破壞故如是十種是名菩薩清淨戒

如是菩薩大尸羅藏能起當來大菩提果謂依此故菩薩淨戒波羅蜜多得圓滿已現證無上正等菩提乃至未證無上菩提依此無量菩薩戒藏正勤修習常能獲得五種勝利一者常爲十方諸佛護念二者將捨命時住大歡喜三者身壞已後在在所生常與淨戒若等若增諸菩薩衆爲其同分爲同法侶爲善知識四者成就無量大功德藏能滿淨戒波羅蜜多五者現法後法常得成就自性淨戒戒成其性

如是如上所說一切自性戒等九種尸羅當知三種淨戒所攝謂律儀戒攝善法戒饒益

有情戒如是三種菩薩淨戒以要言之能爲菩薩三所作事謂律儀戒能安住其心攝善法戒能熟自佛法饒益有情戒能成熟有情如是總攝一切菩薩所應作事所謂欲令現法樂住安住其心身心無倦成熟佛法成熟有情

如是菩薩唯有爾所菩薩淨戒唯有爾所淨戒勝利唯有爾所淨戒所作除此無有若過若增過去菩薩求大菩提已於中學未來菩薩求大菩提當於中學普於十方無邊無際諸世界中現在菩薩求大菩提今於中學

本地分中菩薩地

初持瑜伽處忍品第十一

云何菩薩忍波羅蜜多嗢柁南曰

自性一切難　一切門善士　一切種遂求

二世樂清淨　如是九種相　是名略說忍

謂九種相忍名爲菩薩忍波羅蜜多一自性忍二一切忍三難行忍四一切門忍五善士忍六一切種忍七遂求忍八此世他世樂忍九清淨忍

云何菩薩自性忍謂諸菩薩或思擇力爲所依止或由自性堪忍怨害遍於一切皆悉堪忍普於一切皆能堪忍由無染心純悲愍故能有堪忍當知此則略說菩薩忍之自性

云何菩薩一切忍當知此忍略有二種一依在家品忍二依出家品忍當知依此二種品忍各有三種一耐他怨害忍二安受衆苦忍三法思勝解忍

云何菩薩耐他怨害忍謂諸菩薩猛利無間種種長時從他怨害所生衆苦現在前時應

如是學如此是我自業過耳由我先世自造種種不淨業故今受如是種種苦果我今於此無義利害若不忍者復爲當來大苦因處我若於此大苦因法隨順轉者便爲於已自作非愛便爲於已自生結縛便爲於已自與怨害非是於他又自他身所有諸行一切皆用性苦爲體彼無知故於我身中性苦體上更增其苦我既有知何宜於彼性苦體上重加其苦又諸聲聞多分唯修自義利行尚不應起能生自他衆苦不忍何況我今正爲勤修他義利行而生不忍菩薩如是正思擇已勤修五想於怨親中劣等勝品有樂有苦具德具失諸有情所能忍一切怨害之苦

云何五想一宿生親善想二隨順唯法想三無常想四苦想五攝受想云何菩薩於有怨害諸有情所修習宿生親善之想謂諸菩薩應如是學非易可得少分有情經歷長世昔餘生中未曾爲我若父若母兄弟姊妹親教軌範尊似尊等如是如理正思惟故於有怨害諸有情所捨怨憎想住親善想依親善想於諸怨害悉能堪忍云何菩薩於有怨害諸有情所修習隨順唯法之想謂諸菩薩應如是學依託衆緣唯行唯法此中都無我及有情命者生者是其能罵能瞋能打能弄能訶或是所罵所瞋所打所弄所訶如是如理正思惟故於有怨害諸有情所捨有情想住唯法想依唯法想於諸怨害悉能堪忍云何菩薩於有怨害諸有情所修無常想謂諸菩薩應如是學諸有有情若生若長一切無常皆是死法極報怨者謂斷彼命是諸有情命念

念斷智者何緣復欲更斷如是性死性無常法諸有情上其有智者尚不應起有染濁心況當以手塊杖加害何況一切永斷其命如是如理正思惟故捨常堅想安住無常不堅固想依無常想於諸怨害悉能堪忍云何菩薩於有怨害諸有情所修習苦想謂諸菩薩應如是觀若諸有情大興盛者尚爲三苦常所隨逐所謂行苦壞苦苦苦況諸有情住衰損者如是觀已應如是學我今於此苦常隨逐諸有情所應勤方便令離衆苦不應於彼重加其苦如是如理正思惟故斷滅樂想生起苦想依此苦想於諸怨害悉能堪忍云何菩薩於有怨害諸有情所修攝受想謂諸菩薩應如是學我爲一切有情之類發菩提心攝受一切有情之類皆爲親眷我應爲彼作諸義利我今不應本於有情欲作義利而當於彼不忍怨害作非義利如是如理正思惟故於有怨害諸有情所滅除他想住攝受想依攝受想於諸怨害悉能堪忍云何名忍自無憤勃不報他怨亦不隨眠流注恒續故名爲忍是名菩薩耐他怨害忍

云何菩薩安受衆苦忍謂諸菩薩應如是學我從昔來依欲行轉常求諸欲故意思擇爲諸苦因追求種種苦性諸欲於追求時忍受無量猛利大苦所謂種種徇利務農勤王等事如是追求無義苦時令我具受種種大苦皆由無智思擇過失我今爲求能引安樂最勝善品尚應思擇忍受百千俱胝大苦況少小苦而不忍受如是如理正思惟故爲求菩提悉能忍受一切事苦云何名爲一切事苦

當知此苦略有八種一依止處苦二世法處苦三威儀處苦四攝法處苦五乞行處苦六勤勞處苦七利他處苦八所作處苦依止處苦者依謂四依由依此故於善說法毗柰耶中出家受具成苾芻分所謂衣服飲食卧具病緣醫藥供身十物菩薩於此若得麤弊尠少稽留輕懱不敬不生憂悒不由此緣精進懈廢如是名爲菩薩忍受依止處苦世法處苦者當知世法略有九種一衰二毀三譏四苦五壞法壞六盡法盡七老法老八病法病九死法死如是世法若總若别會遇現前能生衆苦此即名爲世法處苦菩薩觸對如是衆苦思擇忍受不由此緣精進懈廢如是名爲菩薩忍受世法處苦威儀處苦者當知即是行住坐卧四種威儀菩薩於中若行若坐晝夜恒時從諸障法淨修其心終不非時脇著牀座草敷葉敷菩薩於此疲所生苦悉能忍受不由此緣精進懈廢如是名爲菩薩忍受威儀處苦攝法處苦者當知攝法略有七種一供事三寶二供事尊長三諮受正法四既諮受已廣爲他說五以大音聲吟詠讚誦六獨處空閑無倒思惟稱量觀察七修習瑜伽作意所攝若止若觀菩薩於此七種攝法勇猛劬勞所生衆苦悉能忍受不由此緣精進懈廢如是名爲菩薩忍受攝法處苦乞行處苦者當知此苦略有七種一者自誓毀形剃鬚髮等棄捨世俗諸相好故二者自誓毀色受持攺變壞色衣故三者進止云爲皆不縱任遊涉世間一切行住自兢攝故四者依他活命捨商農等世間事業從他所得而存

濟故五者盡壽從他求衣服等於所獲得非法珍財久所貯積不受用故六者盡壽遮止人間諸欲離非梵行婬欲法故七者盡壽遮止人間嬉戲捨離觀聽歌舞笑戲倡妓等故如及離與巳親友同齡笑戲歡娛携從等故如是等類因乞求行所有艱辛所生衆苦菩薩一切皆能忍受不由此縁精進懈廢如是名爲菩薩忍受乞行處苦勤劬處苦者謂諸菩薩勤修善品劬勞因縁發生種種身心疲惱悉能忍受不由此縁精進懈廢如是名爲菩薩忍受勤劬處苦利他處苦者謂諸菩薩修十一種利有情業如前應知由彼所生種種憂苦菩薩一切皆能忍受不由此縁精進懈廢如是名爲菩薩忍受利他處苦所作處苦者謂諸菩薩或是出家便有營爲衣鉢等業或是在家便有無倒商賈營農仕王等業由此發生種種勤苦菩薩一切皆能忍受不由此縁精進懈廢如是名爲菩薩忍受所作處苦又諸菩薩雖觸衆苦而於無上正等菩提未正勤修能正勤修巳正勤修能無退轉常勤修習無變異意無雜染心是名菩薩安受衆苦忍

云何菩薩法思勝解忍謂諸菩薩於一切法能正思擇由善觀察勝覺慧故能於八種生勝解處善安勝解云何八種生勝解處一三寶功德處二眞實義處三諸佛菩薩大神力處四因處五果處六應得義處七自於彼義得方便處八一切所知所應行處又此勝解由二因縁於彼諸處能善安立一長時串習故二證善淨智故是名菩薩法思勝解忍如

是菩薩依此二品一切忍故當知廣開難行忍等諸相差別

云何菩薩難行忍當知此忍略有三種謂諸菩薩能於羸劣諸有情所忍彼所作不饒益事是名第一難行忍若諸菩薩居尊貴位於自臣隸不饒益事堪能忍受是名第二難行忍若諸菩薩於其種姓卑賤有情所作增上不饒益事堪能忍受是名第三難行忍

云何菩薩一切門忍當知此忍略有四種謂諸菩薩於親所作不饒益事於怨所作不饒益事於中所作不饒益事悉能堪忍及於彼三劣等勝品不饒益事皆能忍受

云何菩薩善士忍當知此忍略有五種謂諸菩薩先於其忍見諸勝利謂能堪忍補特伽羅於當來世無多怨敵無多乖離有多喜樂臨終無悔於身壞後當生善趣天世界中見勝利已自能堪忍勸他行忍讚忍功德見能行忍補特伽羅慰意慶喜

云何菩薩一切種忍當知此忍六種七種總十三種云何六種謂諸菩薩了知不忍非愛異熟由怖畏故勤修行忍於諸有情有哀憐心有悲愍心有親愛心由親善故勤修行忍於其無上正等菩提猛利欲樂爲圓滿忍波羅蜜多由是因緣勤修行忍如世尊說夫出家者具忍辱力由是因緣不應出家受具足戒而行不忍由法受故勤修行忍種性具足先串習忍於今現在安住自性故能修忍知一切法遠離有情唯見諸法無戲論性諦察法故能修行忍云何七種謂於一切不饒益忍從一切忍一切處忍謂於屏處及大眾前

皆能修忍一切時忍謂盡初分若盡中分若盡後分若夜若日若去來今若病不病若卧若起常能修忍由身行忍不捶打故由語行忍不出一切非愛言故由意行忍不憤發故不持汙濁惡意樂故

云何菩薩遂求忍當知此忍略有八種謂諸菩薩於諸有苦來求索者要逼能忍於極凶暴上品惡業諸有情所依法大悲不損惱忍於諸出家犯戒者所依法大悲不損惱忍復有五種耐勤苦忍謂能堪耐除遣有苦有情衆苦所有勤苦又能堪耐求法勤苦又能堪耐法隨法行所有勤苦又能堪耐即於彼法廣爲他說所有勤苦又能堪耐於諸有情所爲所作正與助伴所有勤苦如是八種名遂求忍若於有情有損惱者由忍故離若於有情是所求者由忍故與是故說此名遂求忍

云何菩薩此世他世樂忍當知此忍略有九種謂諸菩薩住不放逸於諸善法悉能堪忍於諸寒熱悉能堪忍於諸飢渴悉能堪忍於蚊虻觸悉能堪忍於諸風日悉能堪忍於蛇蠍觸悉能堪忍於諸劬勞所生種種若身若心疲倦憂惱悉能堪忍於墮生死生老病死等苦有情現前哀愍而修行忍如是菩薩修行忍故能令自身於現法中得安樂住不爲一切惡不善法之所陵雜能引後世安樂因緣亦能令他修行種種現法後法安樂正行是名此世他世樂忍

云何菩薩清淨忍當知此忍略有十種謂諸菩薩遇他所作不饒益事損惱違越終不返報亦不意憤亦無怨嫌意樂相續恒常現前

欲作饒益先後無異非一益已捨而不益於有怨者自往悔謝終不令他生疲猒已然後受謝恐其疲猒纔謝便受於不堪忍成就增上猛利慚愧依於堪忍於大師所成就增上猛利愛敬依不損惱諸有情故於諸有情成就猛利哀愍愛樂一切不忍并助伴法皆得斷故離欲界欲由此十相當知菩薩所修行忍清淨無垢當知此中初自性忍廣說乃至後清淨忍如是能生廣博無量大菩提果忍爲依止是諸菩薩能圓滿忍波羅蜜多能證無上正等菩提

本地分中菩薩地

初持瑜伽處精進品第十二

云何菩薩精進波羅蜜多嗢柁南曰

自性一切難　一切門善士　一切種遂求

二世樂清淨　如是九種相　名略說精進

謂九種相精進名爲菩薩精進波羅蜜多一者自性精進二者一切精進三者難行精進四者一切門精進五者善士精進六者一切種精進七者遂求精進八者此世他世樂精進九者清淨精進

云何菩薩自性精進謂諸菩薩其心勇悍堪能攝受無量善法利益安樂一切有情熾然無間無有顛倒及此所起身語意動當知是名菩薩所行精進自性

云何菩薩一切精進謂此精進略有二種一者依在家品精進二者依出家品精進當知依此二品精進各有三種一擐甲精進二攝善法精進三饒益有情精進

云何菩薩擐甲精進謂諸菩薩於發加行精

進之前其心勇悍先擐誓甲若我爲脱一有情苦以千大劫等一日夜處那洛迦不在餘趣乃至菩薩經爾所時證得無上正等菩提假使過此百千俱胝倍數時劫方證無上正等菩提我之勇悍亦無退屈於求無上正等菩提非不進趣既進趣已勤勇無懈何況所經時短苦薄是名菩薩擐甲精進若有菩薩於如是相菩薩所有擐甲精進少起勝解少生淨信如是菩薩尚已長養無量勇猛發勤精進大菩提性何況菩薩成就如是擐甲精進如是菩薩於求菩提饒益有情無有少分難行事業可生怯劣難作之心

云何菩薩攝善法精進謂諸菩薩所有精進能爲施戒忍精進靜慮慧波羅蜜多加行能成辦施戒忍精進靜慮慧波羅蜜多當知此復略有七種一無動精進一切分別種種分別根本煩惱少分煩惱一切異論一切苦觸不傾動故二堅固精進是殷重加行故三無量精進能現證得一切明處故四方便相應精進所應得義無顛倒道隨順而行故平等通達故五無倒精進爲欲證得所引義利所應得義願所引故六恒常精進是無間加行故七離慢精進由勤精進離高舉故由此七種攝善法精進勤加行故令諸菩薩速能圓滿波羅蜜多疾證無上正等菩提由此精進是能修證能成菩提一切善法最勝因緣餘則不爾是故如來以種種門稱讚精進能證無上正等菩提

云何菩薩饒益有情精進謂此精進有十一種如戒品説彼説尸羅此説精進當知是名

彼此差別

云何菩薩難行精進謂此精進略有三種若諸菩薩無間遠離諸衣服想諸飲食想諸卧具想及已身想於諸善法無間修習曾無懈廢是名第一難行精進若諸菩薩如是精進盡衆同分於一切時曾無懈廢是名第二難行精進若諸菩薩平等通達功德相應不緩不急無有顛倒能引義利精進成就是名第三難行精進如是菩薩難精進力當知即是緣有情悲及與般若能攝之因

云何菩薩一切門精進謂此精進略有四種一離染法精進二引白法精進三淨除業精進四增長智精進離染法精進者謂諸菩薩所有精進能令一切結縛隨眠隨煩惱纏未生不生已生斷滅引白法精進者謂諸菩薩所有精進一切善法未生令生已生令住令不忘失增長廣大淨除業精進者謂諸菩薩所有精進能令三業皆悉清淨能攝妙善身語意業增長智精進者謂諸菩薩所有精進能集能增聞思修慧

云何菩薩善士精進謂此精進略有五種一無所棄捨精進謂諸菩薩所有精進不捨一切欲加行故二無退減精進謂諸菩薩所有精進如先所受若等若增發勤精進隨長養故三無下劣精進謂諸菩薩所有精進勇猛熾然長時無間精勤策勵心無怯弱無退屈故四無顛倒精進謂諸菩薩所有精進能引義利方便善巧所攝持故五勤勇加行精進謂諸菩薩所有精進能於無上正等菩提速進趣故

云何菩薩一切種精進謂此精進六種七種總十三種云何菩薩六種精進一無間精進謂一切時修加行故二殷重精進謂能周備修加行故三等流精進謂先因力所任持故四加行精進數數思擇種種善品正加行故五無動精進一切苦觸不能動故亦不轉成餘性分故六無喜足精進少分下劣差別證中不喜足故菩薩成就如是六種一切種精進發勤精進故所以說言有勢有勤有勇堅猛於諸善法不捨其軛云何菩薩七種精進一與欲俱行精進謂諸菩薩所有精進數於無上正等菩提猛利欲願隨長養故二平等相應精進謂諸菩薩所有精進能令隨一根本煩惱及隨煩惱不染汙心亦不纏心由此精進能令菩薩於諸善法等習而住三勝進精進謂諸菩薩若爲隨一根本煩惱及隨煩惱染心纏心爲斷如是諸煩惱故精進勇猛如滅頭然四勤求精進謂諸菩薩勇猛勤求一切明處無猒倦故五修學精進謂諸菩薩於所學法如應如宜普於一切法隨法行能成辦故六利他精進謂諸菩薩所有精進於如前說十一種相應知其相七善護精進謂諸菩薩所有精進起正加行善自防守若有所犯如法悔除如是菩薩十三種精進名一切種精進

菩薩所有遂求精進此世他世樂精進如忍應知其差別者彼說堪忍此說菩薩精進勇悍云何菩薩清淨精進謂此精進略有十種一相稱精進二串習精進三無緩精進四善攝精進五應時修習精進六通達衆相精進

七不退弱精進八不捨軛精進九平等精進十迴向大菩提精進若諸菩薩或爲彼彼諸隨煩惱極所逼切爲斷彼彼隨煩惱故修習種種相稱對治謂爲對治諸貪欲故修習不淨爲欲對治諸瞋恚故修習慈愍爲欲對治諸愚癡故修習觀察緣性緣起爲欲對治諸尋思故修習息念爲欲對治諸憍慢故修界差别如是等類是名菩薩相稱精進若諸菩薩非唯成就始業初業所有精進謂爲住心教授教誡非不亦由串習加行積習加行是名菩薩串習精進若諸菩薩亦非唯有串習加行積習加行爲住其心教授教誡然此始業初業菩薩於此加行不緩加行無間加行殷重加行是名菩薩無緩精進若諸菩薩從師長所或自多聞力所持故無倒而取爲住其心發勤精進是名菩薩善攝精進若諸菩薩無倒取已於應止時能正修止於應舉時能策其心於應捨時能正修捨是名菩薩應時修習相應精進若諸菩薩於其種種止舉捨相入住出相能善了知能無忘失能善通達無間修作殷重修作是名菩薩通達衆相相應精進若諸菩薩聞説種種最極廣大最極甚深不可思議不可度量菩薩精進不自輕懱心不怯弱不於所有少分下劣差别證中而生喜足不求上進是名菩薩不退弱精進若諸菩薩於時時間密護根門飲食知量初夜後夜常勤修習悎寤瑜伽正知而住於如是類等持資糧能攝受轉即於其中熾然修習於能引攝無倒義利於一切時勤加功用是名菩薩不捨軛精進若諸菩薩發勤精

進不緩不急平等雙運普於一切應作事中亦能平等殷重修作是名菩薩平等精進若諸菩薩一切精進有所爲作無不皆爲迴向無上正等菩提是名菩薩迴向大菩提精進如是最初自性精進乃至最後清淨精進皆得菩薩大菩提果菩薩依此所有精進圓滿精進波羅蜜多能於無上正等菩提速疾已證當證今證

瑜伽師地論卷第四十二

音釋

串 古患切與慣同 嗢柂南 梵語也正云鄔柂南此云自説嗢烏骨切柂徒我切 尟 息淺切少也 悒 一入切不安也 憤 房吻切懣也 擐 吉患切貫也 悎寣 悎古孝切歗許結寣吾故切蠍切

瑜伽師地論卷第四十三

彌勒菩薩說

唐三藏沙門玄奘奉詔譯

本地分中菩薩地

初持瑜伽處靜慮品第十三

云何菩薩靜慮波羅蜜多嗢柁南曰

自性一切難　一切門善士　一切種遂求
二世樂清淨　如是九種相　名略說靜慮

謂九種相靜慮名爲菩薩靜慮波羅蜜多一者自性靜慮二者一切靜慮三者難行靜慮四者一切門靜慮五者善士靜慮六者一切種靜慮七者遂求靜慮八者此世他世樂靜慮九者清淨靜慮

云何菩薩自性靜慮謂諸菩薩於菩薩藏聞思爲先所有妙善世出世間心一境性心正安住或奢摩他品或毗鉢舍那品或雙運道俱通二品當知即是菩薩所有靜慮自性

云何菩薩一切靜慮謂此靜慮略有二種一者世間靜慮二者出世間靜慮當知此二隨其所應復有三種一者現法樂住靜慮二者能引菩薩等持功德靜慮三者饒益有情靜慮若諸菩薩所有靜慮遠離一切分別能生身心輕安最極寂靜遠離憍舉離諸愛味泯一切相當知是名菩薩現法樂住靜慮若諸菩薩所有靜慮能引能住種種殊勝不可思議不可度量十力種性所攝等持如是等持一切聲聞及獨覺等不知其名何況能入若諸菩薩所有靜慮能引能住一切菩薩解脫勝處遍處無礙解無諍願智等共諸聲聞所有功德當知是名能引菩薩等持功德靜慮

菩薩饒益有情靜慮有十一種如前應知謂諸菩薩依止靜慮於諸有情能引義利彼彼事業與作助伴其有苦者能爲除苦於諸有情能如理說於有恩者知恩知惠現前酬報於諸怖畏能爲救護於喪失處能解愁憂於有匱乏施與資財於諸大衆善能匡御於諸有情善隨心轉於實有德讃美令喜於諸有過能正調伏爲物現通恐怖引攝如是一切總名菩薩一切靜慮此外無有若過若增

云何菩薩難行靜慮謂此靜慮略有三種若諸菩薩已能安住廣大殊勝極善成熟多所引發諸靜慮住隨自欲樂捨彼最勝諸靜慮樂愍有情故等觀無量利有情事爲諸有情義利成熟故意思擇還生欲界當知是名菩薩第一難行靜慮若諸菩薩依止靜慮能發種種無量無數不可思議超過一切聲聞獨覺所行境界菩薩等持當知是名菩薩第二難行靜慮若諸菩薩依止靜慮速證無上正等菩提當知是名菩薩第三難行靜慮

云何菩薩一切門靜慮謂此靜慮略有四種一者有尋有伺靜慮二者喜俱行靜慮三者樂俱行靜慮四者捨俱行靜慮

云何菩薩善士靜慮謂此靜慮略有五種一者無愛味靜慮二者慈俱行靜慮三者悲俱行靜慮四者喜俱行靜慮五者捨俱行靜慮

云何菩薩一切種靜慮謂此靜慮六種七種總十三種言六種者一者善靜慮二者無記變化靜慮三者奢摩他品靜慮四者毗鉢舍那品靜慮五者於自他利正審思惟靜慮六者能引神通威力功德靜慮言七種者一者

名緣靜慮二者義緣靜慮三者止相緣靜慮四者舉相緣靜慮五者捨相緣靜慮六者現法樂住靜慮七者能饒益他靜慮如是十三種名爲菩薩一切種靜慮

云何菩薩遂求靜慮謂此靜慮略有八種一者於諸毒藥霜雹毒熱鬼所魅等種種災患能息能成呪術所依靜慮二者於界互違所生衆病能除靜慮三者於諸饑饉大災旱等現在前時興致甘雨靜慮四者於其種種人非人作水陸怖畏能正拔濟靜慮五者於乏飲食墮在曠野諸有情類能施飲食靜慮六者於乏財位所化有情能施種種財位靜慮七者於十方界放逸有情能正諫誨靜慮八者於諸有情隨所生起所應作事能正造作靜慮

云何菩薩此世他世樂靜慮謂此靜慮略有九種一者神通變現調伏有情靜慮二者記說變現調伏有情靜慮三者教誡變現調伏有情靜慮四者於造惡者示現惡趣靜慮五者於失辯者能施辯才靜慮六者於失念者能施正念靜慮七者制造建立無顛倒論微妙讚頌摩怛理迦能令正法久住靜慮八者於諸世間工巧業處能引義利饒益有情種種書算測度數印牀座傘屧如是等類種種差別資生衆具能隨造作靜慮九者於生惡趣所化有情爲欲暫時息彼衆苦放大光明照觸靜慮

云何菩薩清淨靜慮謂此靜慮略有十種一者由世間淨離諸愛味清淨靜慮二者由出世淨無有染汙清淨靜慮三者由加行淨清

淨靜慮四者由得根本淨清淨靜慮五者由根本勝進淨清淨靜慮六者由入住出自在淨清淨靜慮七者捨靜慮已復還證入自在淨清淨靜慮八者神通變現自在淨清淨靜慮九者離一切見趣淨清淨靜慮十者一切煩惱所知障淨清淨靜慮

如是靜慮無量無邊能得菩薩大菩提果菩薩依此圓滿靜慮波羅蜜多能於無上正等菩提速疾已證當證今證

本地分中菩薩地

初持瑜伽處慧品第十四

云何菩薩慧波羅蜜多嗢柁南曰

自性一切難　一切門善士　一切種遂求
二世樂清淨　如是九種相　是名略說慧

謂九種相慧名爲菩薩慧波羅蜜多一者自性慧二者一切慧三者難行慧四者一切門慧五者善士慧六者一切種慧七者遂求慧八者此世他世樂慧九者清淨慧

云何菩薩自性慧謂能悟入一切所知及已悟入一切所知揀擇諸法普緣一切五明處轉一內明處二因明處三醫方明處四聲明處五工業明處當知即是菩薩一切慧之自性云何菩薩一切慧當知此慧略有二種一者世間慧二者出世間慧此二略說復有三種一能於所知眞實隨覺通達慧二能於如所說五明處及三聚中決定善巧慧三能作一切有情義利慧若諸菩薩於離言說法無我性或於眞諦將欲覺寤或於眞諦正覺寤時或於眞諦覺寤已後所有妙慧最勝寂靜明了現前無有分別離諸戲論於一切法悟

平等性入大總相究達一切所知邊際遠離增益損減二邊順入中道是名菩薩能於所知眞實隨覺通達慧若諸菩薩於五明處決定善巧廣説如前力種性品應知其相及於三聚中決定善巧謂於能引義利法聚能引非義利法聚能引非義利非非義利法聚皆如實知於是八處所有妙慧善巧攝受能速圓滿廣大無上妙智資粮速證無上正等菩提能作一切有情義利慧有十一種如前應知即於彼位所有妙慧當知是名饒益有情慧云何菩薩難行慧當知此慧略有三種若諸菩薩能知甚深法無我智是名第一難行慧若諸菩薩能了有情調伏方便智是名第二難行慧若諸菩薩了知一切所知境界無障礙智是名第三最難行慧

云何菩薩一切門慧當知此慧略有四種謂於聲聞藏及菩薩藏所有勝妙聞所成慧思所成慧於能思擇菩薩所應作應隨轉中及菩薩所不應作應止息中思擇力所攝慧及修習力所攝三摩呬多地無量慧

云何菩薩善士慧當知此慧略有五種一聽聞正法所集成慧二內正作意俱行慧三自他利行方便俱行慧四於諸法法住法安立無顛倒中善決定慧五捨煩惱慧復有異門一微細慧悟入所知如所有性故二周備慧悟入所知盡所有性故三俱生慧宿智資粮所集成故四具教慧能於諸佛已入大地諸菩薩衆所開法義具受持故五具證慧從淨意樂地乃至到究竟地所攝受故

云何菩薩一切種慧當知此慧六種七種總

十三種六種慧者謂於諸諦苦智集智滅智道智於究竟位盡智無生智是名六慧七種慧者謂法智類智世俗智神通智相智十力前行智四道理中正道理智

云何菩薩遂求慧當知此慧略有八種一依法異門智所謂菩薩法無礙慧二依法相智所謂菩薩義無礙慧三依法釋辭智所謂菩薩釋辭無礙慧四依法品類句差別智所謂菩薩辯才無礙慧五菩薩一切摧伏他論慧六菩薩一切成立自論慧七菩薩一切正訓誨爲家屬家產慧八菩薩一切善解種種王正世務慧

云何菩薩此世他世樂慧當知此慧略有九種謂諸菩薩於內明處能善明淨善安住慧於醫方明處因明處聲明處世工業明處能善明淨非安住慧一切菩薩即用如是於五明處善明淨慧以爲依止於他愚癡放逸怯弱勤修正行所化有情如其次第示現教導讃勵慶慰慧

云何菩薩清淨慧當知此慧略有十種於眞實義有二種慧謂由盡所有性及如所有性取眞實義故於流轉義有二種慧謂取正因果故於執受義有一種慧謂顛倒不顛倒如實了知故於方便義有二種慧謂一切所應作所不應作如實了知故於究竟義有二種慧謂雜染如實了知雜染故清淨如實了知清淨故如是菩薩五義十種差別淨慧當知是名最勝淨慧

如是菩薩極善決定無量妙慧能證菩薩大菩提果菩薩依此能圓滿慧波羅蜜多速證

無上正等菩提
復次如是六種波羅蜜多世尊彼彼素怛纜中處處散說今於此中攝在一處略說應知謂佛所說素怛纜中所有施波羅蜜多乃至慧波羅蜜多或標或釋彼皆於此或自性施廣說乃至或清淨施趣入攝受如其所應皆當了知如是所餘如所宣說戒乃至慧趣入攝受如其所應亦當了知又諸如來為菩薩時所行一切菩薩行中所有無量本生相應難行苦行當知一切與施相應依止於施如說其施如是戒忍精進靜慮慧相應依止戒忍精進靜慮慧當知亦爾或唯依施廣說乃至或唯依慧或雜依二或雜依三或雜依四或雜依五或雜依一切六波羅蜜多皆應了知如是六種波羅蜜多菩薩為證無上正等菩提果故精勤修集是大白法溟名大白法海是一切有情一切種類圓滿之因名為涌施大寶泉池又即如是所集無量福智資糧更無餘果可共相稱唯除無上正等菩提

本地分中菩薩地

初持瑜伽處攝事品第十五

云何菩薩四種攝事嗢柁南曰

自性一切難　一切門善士　一切種遂求
二世樂清淨　如是九種相　名略說攝事

謂九種相攝事名為菩薩四種攝事一者自性攝事二者一切攝事三者難行攝事四者一切門攝事五者善士攝事六者一切種攝事七者遂求攝事八者此世他世樂攝事九者清淨攝事

云何菩薩自性愛語謂諸菩薩於諸有情常

樂宣說悅可意語諦語法語引攝義語當知是名略說菩薩愛語自性

云何菩薩一切愛語謂此愛語略有三種一者菩薩設慰喻語由此語故菩薩恒時對諸有情遠離顰蹙先發善言舒顏平視含笑爲先或問安隱吉祥或問諸界調適或問晝夜怡樂或命前進善來以是等相慰問有情隨世儀轉順覲人性二者菩薩設慶悅語由此語故菩薩若見有情妻子眷屬財穀其所昌盛而不自知如應覺悟以申慶悅或知信戒聞捨慧增亦復慶悅三者菩薩設勝益語由此語故菩薩宣說一切種德圓滿法教相應之語利益安樂一切有情恒常現前以勝益語而爲饒益是名菩薩一切愛語差別應知

云何略說如是菩薩一切愛語當知此語略爲二種一隨世儀軌語二順正法教語若慰喻語若慶悅語當知是名隨世儀軌語若勝益語當知是名順正法教語

云何菩薩難行愛語當知此語略有三種若諸菩薩於能殺害怨家惡友以善淨心無穢濁心思擇爲說若慰喻語若慶悅語若勝益語當知是名菩薩第一難行愛語若諸菩薩於其上品愚癡鈍根諸有情所心無疑慮思擇爲說種種法教誓受疲勞如理如法 如善攝取當知是名菩薩第二難行愛語若諸菩薩於其諂詐欺誑親教軌範尊長真實福田行邪惡行諸有情所無嫌恨心無恚惱心思擇爲說若慰喻語若慶悅語若勝益語當知是名菩薩第三難行愛語

云何菩薩一切門愛語當知此語略有四種

一欲斷諸蓋向善趣者爲說先時所應作法二遠離諸蓋心調善者爲說增進四聖諦等相應正法三在家出家多放逸者無倒諫誨方便令其出離放逸行住不放逸行四於諸法中多疑惑者爲令當來離疑惑故爲說正法論義決擇

云何菩薩善士愛語當知此語略有五種謂諸菩薩爲所化生能說如來及諸菩薩有因緣法有出離法有所依法有勇決法有神變法若所說法得處有因制立學處是故此法名有因緣若所說法於所受學有毀犯者施設還淨是故此法名有出離若所說法四依所攝施設無倒法律正行是故此法名有所依若所說法能正顯示出一切苦不退還行是故此法名有勇決若所說法作三神變一切所說終不唐捐是故此法名有神變

云何菩薩一切種愛語當知此語六種七種總十三種言六種者一於應聽法開聽愛語二於應制法遮制愛語三開示諸法法門愛語四開示無倒法相愛語五開示無倒訓釋諸法言辭愛語六開示無倒法句品類差別愛語言七種者一慰喻愛語二慶悅愛語三於他有情一切資具少希欲中一切所作及以正至少希欲中廣恣愛語四安慰種種驚怖愛語五如理宣說所攝愛語六爲欲令他出不善處安住善處正見聞疑舉訶愛語七請他有力饒益愛語如是菩薩十三種語當知名爲一切種愛語

云何菩薩遂求愛語當知此語略有八種謂諸菩薩依四淨語起八聖語是名菩薩遂求

愛語四淨語者謂離妄語及以離間麤惡綺語八聖語者謂見言見聞言聞覺言覺知言知不見言不見不聞言不聞不覺言不覺不知言不知

云何菩薩此世他世樂愛語當知此語略有九種一說正法斷親屬難愁憂愛語二說正法斷財位難愁憂愛語三說正法斷無病難愁憂愛語四說正法斷淨戒難衆苦愛語五說正法斷正見難衆苦愛語六說正法讚美淨戒圓滿愛語七說正法讚美正見圓滿愛語八說正法讚美軌則圓滿愛語九說正法讚美正命圓滿愛語

云何菩薩清淨愛語當知此語有二十種謂二十相宣說正法應知如前力種性品

云何菩薩利行謂此利行廣如愛語應知其相於利行中餘差別義我今當說謂諸菩薩由一切品差別愛語隨說彼彼趣義利行饒益有情故名利行

云何菩薩自性利行謂諸菩薩由彼愛語爲諸有情示現正理隨其所應於諸所學隨義利行法隨法行如是行中安住悲心無愛染心勸導調伏安處建立是名略說利行自性

云何菩薩一切利行當知此行略有二種一未成熟有情能成熟利行二已成熟有情令解脫利行即此利行復由三門一於現法利勸導利行二於後法利勸導利行三於現法後法利勸導利行於現法利勸導利行者謂正勸導以法業德招集守護增長財位當知是名於現法利勸導利行由此能令從他獲得廣大名稱及現法樂由資具樂攝受安住

於後法利勸導利行者謂正勸導棄捨財位清淨出家受乞求行以自存活當知是名於後法利勸導利行由此能令決定獲得後法安樂不必獲得現法安樂於現法後法利勸導利行者謂正勸導令在家者或出家者漸次修行趣向離欲當知是名於現法後法利勸導利行由此能令於現法中得身輕安得心輕安安樂而住於後法中或生淨天或無餘依涅槃界中而般涅槃

云何菩薩難行利行當知此行略有三種若諸菩薩於先未行勝善根因諸有情所能行利行是名第一難行利行何以故彼諸有情難勸導故若諸菩薩於有善因現前躭著廣大財位衆具圓滿諸有情所能行利行是名第二難行利行何以故彼於廣大極放逸迹極放逸處躭著轉故若諸菩薩於諸外道著本異道邪見邪行諸有情所能行利行是名第三難行利行何以故彼於自宗愚癡執故於正法律憎背執故

云何菩薩一切門利行當知此行略有四種謂諸菩薩不信有情於信圓滿慇勤勸導乃至建立犯戒有情於戒圓滿慇勤勸導乃至建立惡慧有情於慧圓滿慇勤勸導乃至建立慳悋有情於捨圓滿慇勤勸導乃至建立

云何菩薩善士利行當知此行略有五種謂諸菩薩於眞實義勸導有情於應時宜勸導有情於能引攝勝妙義利勸導有情於諸有情柔輭勸導於諸有情慈心勸導

云何菩薩一切種利行當知此行六種七種總十三種云何六種謂諸菩薩若諸有情應

攝受者正攝受之若諸有情應調伏者正調伏之若諸有情憎背聖教除其恚惱若諸有情處中住者令入聖教若諸有情已入聖教正於三乘令其成熟若諸有情已成熟者令得解脱云何七種謂諸菩薩安處一分所化有情於善資糧守護長養所謂或依下乘出離或復依於大乘出離如令所化於善資糧守護長養如是或於遠離或於心一境性或於清淨諸障或於修習作意正安處之若有聲聞獨覺種性即於聲聞獨覺乘中而正安處若有如來種性有情即於無上正等菩提最上乘中而正安處

云何菩薩遂求利行當知此行略有八種謂諸菩薩見諸有情於應慚處爲無慚纏之所纏繞方便開解令離彼纏如無慚纏如是見有於應愧處爲無愧纏之所纏繞若惛沉纏若睡眠纏若掉舉纏若惡作纏嫉纏慳纏之所纏繞方便開解令離彼纏

云何菩薩此世他世樂利行當知此行略有九種謂諸菩薩於他有情依淨身業勸令遠離一切殺生勸令遠離諸不與取勸令遠離諸欲邪行勸令遠離一切窣羅若迷隷耶及以末陀放逸處酒依淨語業勸令遠離一切妄語勸令遠離諸離間語勸令遠離諸麤惡語勸令遠離一切綺語依淨意業勸令遠離一切貪欲瞋恚邪見

云何菩薩清淨利行當知此行略有十種謂諸菩薩於諸有情依外清淨有五利行依內清淨有五利行云何菩薩於諸有情依外清淨有五利行一無罪利行二不轉利行三漸

次利行四遍行利行五如應利行謂諸菩薩於諸有情雜惡行者先惡行者有罪行者雜染行者於諸善中能正安處是名菩薩於諸有情無罪利行又諸菩薩於諸有情不於非解脱非定清淨處求爲眞解脱求爲定清淨者即於其中能正勸導是名菩薩於諸有情不轉利行又諸菩薩於諸有情先審觀察知劣慧者爲說淺法隨轉麤近教授教誡知中慧者爲說中法隨轉處中教授教誡知廣慧者爲說深法隨轉幽微教授教誡令其漸次修集善品是名菩薩於諸有情漸次利行又諸菩薩於諸四性乃至天人一切有情隨力隨能行義利行求利樂者即於其中隨類勸導是名菩薩於諸有情遍行利行又諸菩薩於諸有情若於自義諸善法品隨下中上功能差別可勸導者及由方便功能差別可勸導者隨其所應於彼如彼方便勸導是名菩薩於諸有情如應利行是名菩薩於諸有情依外清淨五種利行云何菩薩於諸有情依內清淨五種利行謂諸菩薩於諸有情起廣大悲意樂現前而行利行又諸菩薩於諸有情所作義利雖受一切大苦劬勞而心無倦深生歡喜爲諸有情而行利行又諸菩薩雖現安處最勝第一圓滿財位而自謙下如奴如僕亦如孝子旃荼羅子其心卑屈離憍離慢及離我執於諸有情而行利行又諸菩薩於諸有情心無愛染無有虛僞眞實哀憐而行利行又諸菩薩於諸有情生起畢竟無復退轉慈愍之心而行利行是名菩薩於諸有情依內清淨五種利行如是依於內外清淨

各五利行總有十種是名菩薩清淨利行利
云何菩薩同事謂諸菩薩若於是義於是善
根勸他受學即於此義於此善根或等或增
自現受學如是菩薩與他事同故名同事所
化有情知此菩薩所修同事便於自已受學
善根堅固決定無有退轉何以故彼作是思
菩薩勸我所受學者定能爲我利益安樂由
此菩薩所授我者即於其中自現行故無有
知無利益安樂自現行者非諸菩薩如是同
事勸導有情他得詰言汝自於善不能受學
云何以善殷勤勸導數數教授教誡於他汝
應從他殷勤諮受教授教誡
有諸菩薩是他同事而不自顯與他同事有
諸菩薩非他同事而自顯現與他同事有諸
菩薩是他同事亦自顯現與他同事有諸菩
薩非他同事亦不自顯與他同事第一句者
謂有菩薩與諸菩薩功德威力皆悉平等於
菩薩道自謂爲師功德威力與等菩薩隱自
善故而不顯已功德威力第二句者謂諸菩
薩見有下劣信解有情於甚深處心生怖畏
便正思擇爲欲方便化導彼故自現已身與
其同法所謂下於旃荼羅類乃至狗類欲作
饒益欲除災患欲調欲化故思於彼旃荼羅
狗同分中生第三句者謂諸菩薩見所化者
所受善根猶可搖動爲令堅住現與同事或
等或增第四句者謂諸菩薩自行放逸棄捨
他事
如是已說多種施戒廣說乃至最後同事其
中所有波羅蜜多能自成就一切佛法所有
攝事能成熟他一切有情當知略說菩薩一

切善法作業
又如前說多種施戒廣說乃至最後同事如是衆多助菩提分無量善法由三因緣應知現行由二因緣應知最勝由三因緣應知清淨謂由身語意三因緣故應知現行彼諸善法由廣大故無雜染故應知最勝亦名無上亦名不共當知此中由有情無別故事無別故時無別故名爲廣大有情無別者謂諸菩薩普於一切有情處所普爲一切法界有情修行如是施等善根非專爲巳事無別者謂諸菩薩普於一切及一切種施等善根精勤受學時無別者謂諸菩薩恒常無間不離加行不捨善軛若晝若夜現法後法即由此因施等善根常行無替當知此中由四種相成無雜染謂諸菩薩懷歡喜心修諸善法由是因緣無苦無憂無諸變悔又諸菩薩不損惱他不著見趣不雜惡行修行施等無量善根又諸菩薩殷重遍體於其施等無量善法唯見功德唯見眞實唯見寂靜極善決定不從他緣非餘引奪而正受學又諸菩薩不因所修施等善法悕異熟果或轉輪王或天帝釋或魔或梵亦不於他悕求返報無所依止不依一切利養恭敬世俗名譽乃至不依養活身命由如是相淨歡喜俱無不平等殷重無依修行施等廣說乃至同利爲後無量善法名無雜染由熾然故無動轉故善清淨故應知清淨若諸菩薩已入清淨意樂地者一切善根熾然無動言熾然者謂此菩薩意樂淨故一切善法不由思擇熾盛現前言無動者謂此菩薩意樂淨故隨所獲得隨所積集所

有善法皆無退轉於當來世能無退減如是菩薩隨所經歷彼彼日夜隨所過度彼彼自身所有善法如明分月唯增無減若諸菩薩住到究竟地或繫屬一生最後有者所有善法名善清淨此上更無菩薩地攝勝淨法故如是施等同事爲後無量善法三因緣故應知現行二因緣故應知最勝三因緣故應知清淨

此中所有一切施一切戒廣說乃至一切同事若多修習若善清淨若具圓滿能感無上正等菩提金剛堅固身正法久住果此中所有難行施難行戒廣說乃至難行同事若多修習若善清淨若具圓滿能感如來成就無等希奇法果此中所有一切門施一切門戒廣說乃至一切門同事若多修習若善清淨若具圓滿能感如來一切最勝有情天人所供養果此中所有善士施善士戒廣說乃至善士同事若多修習若善清淨若具圓滿能感如來於諸有情無足二足四足多足有色無色有想無想及以非想非非想處於此一切有情類中最尊勝果此中所有一切種施一切種戒廣說乃至一切種同事若多修習若善清淨若具圓滿能感如來無量殊勝福德所攝三十有二大丈夫相八十隨好莊嚴身果此中所有遂求施遂求戒廣說乃至遂求同事若多修習若善清淨若具圓滿能感如來坐菩提座一切魔怨不能惱觸不傾動果此中所有此世他世樂施此世他世樂戒廣說乃至此世他世樂同事若多修習若善清淨若具圓滿能感如來最勝靜慮解脫等

持等至樂果此中所有清淨施清淨戒廣説乃至清淨同事若多修習若善清淨若具圓滿能感如來四一切種清淨果謂所依淨所緣淨心淨智淨亦感如來三不護十力四無所畏三念住一切不共佛法極清淨果如是菩薩施等善法能感無上到究竟果當知亦感生死流轉順菩薩行所餘無量無邊可愛無罪勝果

瑜伽師地論卷第四十三

音釋

奢摩他 梵語也此云止奢詩遮切
傘繖 傘蘇旰切蓋也繖悉協切展也
顰蹙 顰毗賓切蹙子六切顰蹙愁貌
劬 其俱切勤也
詰 若吉切責也
旃荼羅 梵語也此云嚴熾旃諸延切荼同都切

瑜伽師地論卷第四十四

彌勒菩薩說

唐三藏沙門玄奘奉詔譯

本地分中菩薩地

初持瑜伽處供養親近無量品第十六

云何菩薩供養親近修習無量嗢柁南曰

供三寶　親善友　修無量　最爲後

云何菩薩於如來所供養如來當知供養略有十種一設利羅供養二制多供養三現前供養四不現前供養五自作供養六敎他供養七財敬供養八廣大供養九無染供養十正行供養

若諸菩薩親現供養如來色身是名設利羅供養

若諸菩薩於爲如來所造一切若窣堵波若龕若臺若故制多若新制多所設諸供養是名制多供養

若諸菩薩於如來身或制多所親面對前現矚現見而設供養是名現前供養

若諸菩薩於如來所若制多所現前施設供養具時發起增上意樂俱心淨信俱心作是思惟若一如來法性即是去來今世一切如來法性若一如來制多法性即是十方無邊無際一切世界所有如來制多法性是故我今供現如來即是供養其餘三世一切如來供現制多即是供養其餘十方無邊無際一切世界若窣堵波若龕若臺若故制多若新制多當知是名菩薩俱供現不現前一切如來及以制多

若諸菩薩於不現前一切如來及以制多作

如來想普爲三世一切如來一切十方如來制多施設供養當知是名菩薩唯供不現前佛及以制多若諸菩薩佛涅槃後爲如來故造立形像若窣堵波若龕若臺隨力隨能或一或二或復衆多乃至百千俱胝等數如是菩薩於如來所設不現前弘廣供養當獲無量大福德果攝受無量廣大梵福菩薩由此能於無量劫大劫中不墮惡趣由是因緣非不圓滿無上正等菩提資糧此中菩薩唯供現前佛及制多應知獲得廣大福果若唯供養不現前佛及以制多應知獲得大大福果若俱供養現不現前佛及制多應知獲得最大福果爲無有上

若諸菩薩於如來所若制多所欲設供養唯自手作不使奴婢作使朋友僚庶親屬不依懈惰諸放逸處而設供養是名菩薩自作供養

若諸菩薩於如來所若制多所欲設供養非唯自作亦勸父母妻子奴婢作使友朋僚庶親屬及他國王王子大臣長者居士若婆羅門國邑聚落饒財商主下至一切男女大小貧匱苦厄旃荼羅等及以親教軌範諸師共住近住一切弟子同梵行者諸出家者外道等衆令於如來若制多所隨力隨能作諸供養當知是名菩薩自他咸共供養若諸菩薩現有少分可供財物興悲愍心故思施與貧若少福無力有情令於如來若制多所持用供養願彼當來多受安樂彼得此物供養如來及以制多菩薩於斯自無所供當知是名菩薩唯教他設供養此中菩薩若唯自供佛

及制多應知獲得廣大福果若唯敎他應知獲得大大福果若能自他俱共供養應知獲得最大福果爲無有上

若諸菩薩於如來所若制多所以諸衣服飲食卧具病縁醫藥供身什物敬問禮拜奉迎合掌種種薫香末香塗香華鬘妓樂幢蓋旛燈歌頌稱讃五輪歸命趍遶右旋而爲供養或復奉施無盡財供或復奉施末尼眞珠瑠璃螺貝璧玉珊瑚硨磲碼碯琥珀金銀赤珠右旋如是等寶或復奉施末尼環玔寶瓔印等諸莊嚴具乃至奉施種種寶鈴或散珍奇或纒寶縷而爲供養是名菩薩於如來所若制多所財敬供養

若諸菩薩於如來所若制多所長時施設卽上所陳財敬供養若多供具若妙供具若現在前不現在前若自造作敎他造作若純淨心猛利勝解現前供養卽以如是所種善根迴向無上正等菩提如是七種說名菩薩廣大供養

若諸菩薩於如來所若制多所自手供養不懷輕慢令他供養不住放逸懈惰不敬而爲供養不輕棄擲不散漫心無雜染心而爲供養不於信佛國王大臣諸貴勝前爲財敬故詐設種種虛事供養不雌黃塗不酥灌洗不以種種局崛羅香遏迦華等餘不淨物而爲供養如是六種說名菩薩無染供養

又諸菩薩如是財敬廣大無染供養如來及制多時或自力所集財寶或從他求所獲財寶或得衆具自在財寶能爲如是種種供養已得衆具自在菩薩化作化身或一或二或

復衆多乃至百千俱胝等數此一切身皆於如來及制多所恭敬禮拜復從如是一一化身化出多手或百或千或過是數此一切手皆持無量出過諸天上妙華香殊勝可愛種種珍寶奉散如來及制多所復從如是一切化身化出無量上妙音聲歌讚如來廣大甚深眞實功德復從如是一切化身化出無量最上最妙環珈璩印寶莊嚴具幢蓋旛燈種種供具供養如來及以制多如是等類已得衆具自在菩薩所設供養皆屬自心如是菩薩不更希求如來出世何以故由此菩薩已得證入不退轉地一切佛土往來供養皆無礙故又諸菩薩若無自力所集財寶亦無從他求得財寶以無菩薩所獲衆具自在財寶可設供養然於所有或贍部洲或四大洲或

千世界二千世界或復三千大千世界乃至十方無邊無際諸世界中下中上品供養如來一切供具菩薩於彼以淨信俱勝解俱心週遍思惟一切隨喜如是菩薩少用功力而興無邊廣大供養攝受菩提廣大資糧菩薩於此恒常無間起眞善心起歡喜心當勤修學

若諸菩薩少時少時須臾須臾乃至下如搆牛乳頃普於一切蠢動有情修習慈悲喜捨俱心於一切行修無常想無常苦想苦無我想於其涅槃修勝利想於佛法僧波羅蜜多修習隨念少時少時須臾須臾於一切法發生少分下劣忍智信解離言法性眞如起無分別無相心住何況於此若過若增如是守護菩薩所受尸羅律儀於奢摩他毗鉢舍那

菩提分法精勤修學亦於一切波羅蜜多及諸攝事正勤修學是名菩薩於如來所正行供養如是供養爲最第一最上最勝最妙無上如是供養過前所說具一切種財敬供養百倍千倍乃至鄔波尼殺曇倍

由此十相應知是名具一切種供養如來如供養佛如是供養若法若僧隨其所應當知亦爾如是菩薩於三寶所由十種相興供養時應緣如來發起六種增上意樂一者無上大功德田增上意樂二者無上有大恩德增上意樂三者一切無足二足及多足等有情中尊增上意樂四者猶如鄔曇妙華極難值遇增上意樂五者獨一出現三千大千世界增上意樂六者一切世出世間功德圓滿一切義依增上意樂由是六種增上意樂於如來所若於如來法所僧所少分思惟而興供養尚獲無量大功德果何況其多

復次菩薩成就幾相能爲善友由幾種相善友不虛成就幾相令善友性作信依處復有幾種善友菩薩於所化生爲善友事菩薩幾種親近善友由幾種想於善友所聽聞正法由幾種處於善友所聽聞法時於說法師不作異意

當知菩薩成就八支能爲善友衆相圓滿一者住戒於諸菩薩律儀戒中妙善安住無缺無穿二者多聞覺慧成就三者具證得修所成隨一勝善逮奢摩他毗鉢舍那四者哀愍內具慈悲能捨自已現法樂住精勤無怠饒益於他五者無畏爲他宣說正法教時非由恐怖忘失念辯六者堪忍於他輕笑調弄鄙

言違拒等事非愛言語種種惡行皆悉能忍七者無倦其力充强能多思擇處在四衆説正法時言無謇澁心不疲猒八者善辭語具圓滿不壞法性言辭辯了

若諸菩薩具五種相衆德相應能爲善友所作不虛一者於他先欲求作利益安樂二者於彼利益安樂如實了知無顛倒覺三者於彼善權方便順儀説法隨衆堪受調伏事中有能有力四者饒益心無猒倦五者具足平等大悲於諸有情劣中勝品心無偏黨

若諸菩薩成就五相令善友性作信依處令他遠聞極生淨信何況親覩一者勝妙威儀圓滿威儀寂靜威儀具足一切支分皆無躁動二者敦肅三業現行無掉無擾三者無矯不爲誑他故思詐現嚴整威儀四者無嫉終不於他説法所得利養恭敬生不堪忍而常自勵請他説法復恒勸餘於彼廣施利養恭敬無諂僞心又常於他其心純淨見彼説法及得財敬深生隨喜如自所獲利養恭敬心生歡喜見他所得利養恭敬其心歡喜復過於是五者儉約尠儲器物隨得隨捨

善友菩薩由五種相於所化生爲善友事一能諫舉二能令憶三能教授四能教誡五能説法如是諸句廣辯應知如聲聞地教授教誡廣説如前力種性品

當知菩薩由四種相方得圓滿親近善友一於善友有病無病隨時供侍恒常發起愛敬淨信二於善友隨時敬問禮拜奉迎合掌殷勤修和敬業而爲供養三於善友如法衣服飲食卧具病緣醫藥資身什物隨時供養四

於善友若正依止於如法義若合若離隨自在轉無有傾動如實顯發作奉教心隨時往詣恭敬承事請問聽受

若諸菩薩欲聽法時作五種想應從善友聽聞正法一作寶想難得義故二作眼想能得廣大俱生妙慧因性義故三作明想已得廣大俱生慧眼於一切種如實所知等照義故四作大果勝功德想能得涅槃及三菩提無上妙迹因性義故五作無罪大適悅想於現法中未得涅槃及三菩提於法如實揀擇止觀無罪大樂因性義故

若諸菩薩欲從善友聽聞法時於說法師由五種處不作異意以純淨心屬耳聽法一於壞戒不作異意謂不作心此是破戒不住律儀我今不應從彼聽法二於壞族不作異意謂不作心此是卑姓我今不應從彼聽法三於壞色不作異意謂不作心此是醜陋我今不應從彼聽法四於壞文不作異意謂不作心此於言辭不善藻飾我今不應從彼聽法但依於義不應依文五於壞美不作異意謂不作心此語麤惡多懷忿恚不以美言宣說諸法我今不應從彼聽法如是菩薩欲聽法時於是五處不應作意但應恭敬攝受正法於法法師未嘗見過若有菩薩其慧微劣於說法師心生嫌鄙不欲從其聽聞正法當知此行不求自利退失勝慧

云何菩薩修四無量慈悲喜捨謂諸菩薩略有三種修四無量一者有情緣無量二者法緣無量三者無緣無量

若諸菩薩於其三聚一切有情安立以爲無

苦無樂有苦有樂於其最初欲求樂者發起與樂增上意樂普緣十方安住無倒有情勝解修慈俱心當知是名有情緣慈若諸菩薩住唯法想增上意樂正觀唯法假說有情修慈俱心當知即此名法緣慈若諸菩薩復於諸法遠離分別修慈俱心當知即此名無緣慈如有情緣法緣無緣三慈差別悲喜捨三當知亦爾

若諸菩薩於有苦者發起除苦增上意樂普緣十方修悲俱心是名爲悲

若諸菩薩於有樂者發起隨喜增上意樂普緣十方修喜俱心是名爲喜

若諸菩薩即於如是無苦無樂有苦有樂三種有情隨其次第發起遠離癡瞋貪惑增上意樂普緣十方修捨俱心是名爲捨

此中菩薩慈等無量有情緣者當知其相與外道共若法緣者當知其相與諸聲聞及獨覺共不共外道若無緣者當知其相不共一切聲聞獨覺及諸外道

又諸菩薩三種無量應知安樂意樂所攝謂慈悲喜一種無量應知利益意樂所攝是謂爲捨如是菩薩一切無量名爲哀愍以諸菩薩成就此故名哀愍者此中菩薩於有情界觀見一百一十種苦於諸有情修悲無量何等名爲百一十苦謂有一苦依無差別流轉之苦一切有情無不皆墮流轉苦故

復有二苦一欲爲根本苦謂可愛事若變若壞所生之苦二癡異熟生苦謂苦猛利體受所觸即於自體執我我所愚癡迷悶生極怨嗟由是因緣受二箭受謂身箭受及心箭受

復有三苦一苦苦二行苦三壞苦復有四苦一別離苦謂愛別離所生之苦二斷壞苦謂由棄捨衆同分死所生之苦三相續苦謂從此後數數死生展轉相續所生之苦四畢竟苦謂定無有般涅槃法諸有情類五取藴苦

復有五苦一貪欲纏縁苦二瞋恚纏縁苦三惛沉睡眠纏縁苦四掉舉惡作纏縁苦五疑纏縁苦

復有六苦一因苦習惡趣因故二果苦生諸惡趣故三求財位苦四勤守護苦五無猒足苦六變壞苦如是六種總説爲苦

復有七苦一生苦二老苦三病苦四死苦五怨憎會苦六愛別離苦七雖復悕求而不得苦

復有八苦一寒苦二熱苦三飢苦四渴苦五不自在苦六自逼惱苦謂無繫等諸外道類七他逼惱苦謂遭遇他手塊等觸蚊寅等觸八一類威儀多時住苦

復有九苦一自衰損苦二他衰損苦三親屬衰損苦四財位衰損苦五無病衰損苦六戒衰損苦七見衰損苦八現法苦九後法苦

復有十苦一諸食資具匱乏苦二諸飲資具匱乏苦三騎乘資具匱乏苦四衣服資具匱乏苦五莊嚴資具匱乏苦六器物資具匱乏苦七香鬘塗飾資具匱乏苦八歌舞妓樂資具匱乏苦九照明資具匱乏苦十男女給侍資具匱乏苦

當知復有餘九種苦一一切苦二廣大苦三一切門苦四邪行苦五流轉苦六不隨欲苦七違害苦八隨逐苦九一切種苦

一切苦中復有二苦一宿因所生苦二現緣所生苦
廣大苦中復有四苦一長時苦二猛利苦三雜類苦四無間苦
一切門苦中亦有四苦一那落迦苦二傍生苦三鬼世界苦四善趣所攝苦
邪行苦中復有五苦一於現法中犯觸於他他不饒益得發起苦二受用種種不平等食界不平等所發起苦三即由現法苦所逼切自然造作所發起苦四由多安住非理作意所受煩惱隨煩惱纏所起諸苦五由多發起諸身語意種種惡行所受當來諸惡趣苦
流轉苦中復有六種輪轉生死不定生苦一自身不定二父母不定三妻子不定四奴婢僕使不定五朋友宰官親屬不定六財位不定
自身不定者謂先爲主後爲僕隸父母等不定者謂先爲父母乃至親屬後時輪轉反作怨害及惡知識財位不定者謂先大富貴後極貧賤
不隨欲苦中復有七苦一欲求長壽不隨所欲生短壽苦二欲求端正不隨所欲生醜陋苦三欲生上族不隨所欲生下族苦四欲求大富不隨所欲生貧窮苦五欲求大力不隨所欲生羸劣苦六欲求了知所知境界不隨所欲愚癡無智現行生苦七欲求勝他不隨所欲反爲他勝而生大苦
違害苦中復有八苦一諸在家者妻子等事損減生苦二諸出家者貪等煩惱增益生苦三饑儉逼惱之所生苦四怨敵逼惱之所生苦五曠野險難迫迮逼惱之所生苦六繫屬

於他之所生苦七支節不具損惱生苦八殺縛所截捶打驅擯逼惱生苦

隨逐苦中復有九苦依世八法有八種苦一壞法壞時苦二盡法盡時苦三老法老時苦四病法病時苦五死法死時苦六無利苦七無譽苦八有識苦是名八苦九悕求苦如是總說名隨逐苦

一切種苦中復有十苦謂如前說五樂所治有五種苦一因苦二受苦三唯無樂苦四受不斷苦五出離遠離寂靜菩提樂所對治家欲界結尋異生苦是名五苦復有五苦一逼迫苦二衆具匱乏苦三界不平等苦四所愛變壞苦五三界煩惱品麤重苦是名五苦前五此五總十種苦當知是名一切種苦

前五十五今五十五總有一百一十種苦是菩薩悲所緣境界緣此境故諸菩薩悲生起增長修習圓滿

又諸菩薩於大苦蘊緣十九苦發起大悲何等名爲十九種苦一愚癡異熟苦二行苦所攝苦三畢竟苦四因苦五生苦六自作過惱苦七戒衰損苦八見衰損苦九宿因苦十廣大苦十一那洛迦苦十二善趣所攝苦十三一切邪行所生苦十四一切流轉苦十五無智苦十六增長苦十七隨逐苦十八受苦十九麤重苦

由四緣故悲名大悲一緣甚深微細難了諸有情苦爲境生故二於長時積習成故謂諸菩薩經於無量百千大劫積習所成三於所緣猛利作意而發起故謂諸菩薩由是作意悲所執持爲息有情衆苦因緣尚能棄捨百

千身命況一身命及以資財於一切種治罰大苦爲諸有情悉能堪忍四極清淨故謂諸菩薩已到究竟菩薩清淨若諸如來已到佛地如來清淨

又諸菩薩由前所說百一十苦於諸有情修悲心時則爲修習一切菩薩所有悲心復能速證悲意樂淨證入菩薩淨意樂地於諸有情獲得菩薩極親厚心極愛念心欲作恩心無猒倦心代受苦心調柔自在有堪能心諸聖聲聞已得證入苦諦現觀已到究竟於苦深遠猒俱行心相續而轉不如菩薩於諸有情悲前行心正觀墮在百一十種極大苦蘊菩薩如是以所修悲熏修心故於内外事無有少分而不能捨無戒律儀而不能學無他怨害而不能忍無有精進而不能起無有靜慮而不能證無有妙慧而不能入是故如來若有請問菩薩菩提誰所建立皆正答言菩薩菩提悲所建立

如前所說一一無量皆有無量菩薩如意圓德隨轉皆能攝受無量愛果皆無量種一向妙善無罪隨轉

當知菩薩精勤修習如是無量能得四種功德勝利謂由修習此無量故先得最勝現法樂住攝受增長無量最勝福德資糧能於無上正等菩提意樂堅固爲欲饒益諸有情故於生死中堪能忍受一切大苦

本地分中菩薩地

初持瑜伽處菩提分品第十七之一

云何菩薩菩提分法嗢柁南曰

慚愧堅力持　無猒論世智　正依無礙解

資糧菩提分　正觀性巧便　陀羅尼正願
三摩地有三　法嗢柁南四
云何名爲菩薩慚愧當知慚愧略有二種一者自性二者依處言自性者謂諸菩薩於罪現行能正覺知我爲非法內生羞恥是名爲慚即於其中能正覺知於他敬畏外生羞恥是名爲愧菩薩羞恥本性猛利況復修習如是應知名爲菩薩慚愧自性言依處者略有四種若諸菩薩於所應作不隨建立而生羞恥當知是名第一依處若諸菩薩於不應作隨順建立而生羞恥當知是名第二依處若諸菩薩於覆巳惡而生羞恥當知是名第三依處若諸菩薩於自所生惡作有依隨逐不捨而生羞恥當知是名第四依處如是應知名爲菩薩慚愧依處
云何菩薩堅力持性當知此性略有二種一者自性二者依處言自性者謂能禁制染汙心性不隨煩惱自在行性堪忍苦性種種衆多猛利怖長雖現在前而正加行無傾動性勇相應能正思擇是故得成堅力持性如是名爲堅力持性自性如是菩薩堅力持性略說應知有五依處一者會遇生死輪轉種種大苦所化有情種種邪行二者爲益諸有情故誓受長時生死流轉三者遭遇異論朋黨諍競難詰及處大衆宣揚法義四者誓受一切菩薩所應學處五者聽聞廣大甚深難思議法是名堅力持性依處
云何菩薩心無猒倦當知菩薩由五因緣普於一切正加行中心無猒倦一者菩薩性自有力故無猒倦二者菩薩即於如是無猒倦

心數數串習故無猒倦三者菩薩方便攝受精進勇猛能正隨觀前後所得展轉殊勝故無猒倦四者菩薩成就猛利增上妙慧正思擇力故無猒倦五者菩薩於諸有情猛利悲心極哀愍心恒常現前故無猒倦

云何菩薩善知諸論謂諸菩薩於五明處名句文身相應諸法從他善受言善通利即於如是諸法妙義或從他所善聽善決或自專精善擇善思如是知法知義菩薩於法於義爲不忘失恒常精勤不捨加行又爲了知所餘新新後後法義殊勝差别雖復聞思已到究竟而由此故漸次成熟於此法義獲得淨信由是行相當知菩薩知諸論智無量圓滿無有顛倒

云何菩薩善知世間謂諸菩薩普於一切有情世間如實了知如是世間極爲艱險甚爲愚闇所謂雖有生老及死數數死生而諸有情於老死等上昇出離不如實知又諸菩薩如實了知有情世間有諸穢濁濁世增時無諸穢濁濁世減時謂依五濁一者壽濁二者有情濁三者煩惱濁四者見濁五者劫濁如於今時人壽短促極長壽者不過百年昔時不爾是名壽濁如於今時有情多分不識父母不識沙門若婆羅門不識家長可尊敬者作義利者作所作者於今世罪及後世罪不見怖畏不修惠施不作福業不受齋法不受淨戒昔時不爾是名有情濁如於今時有情多分習非法貪不平等貪執持刀劒執持器仗鬬訟諍競多行諂誑詐僞妄語攝受邪法有無量種惡不善法現可了知昔時不爾是

名煩惱濁如於今時有情多分爲壞正法爲滅正法造立衆多像似正法虛妄推求邪法邪義以爲先故昔時不爾是名見濁如於今時漸次趣入饑饉中劫現有衆多饑饉可得漸次趣入疫病中劫現有衆多疫病可得漸次趣入刀兵中劫現有衆多互相殘害刀兵可得昔時不爾是名劫濁是名菩薩如實了知有情世間又諸菩薩如實了知諸器世間破壞成立如器世間破壞成立差別而知又諸菩薩於其世間於世間集於世間滅於能往趣世間集行於能往趣世間滅行於其世間愛味過患及與出離皆如實知又諸菩薩如實了知眼及至意諸無色蘊四大造色成士夫身唯有爾所假名人性於中所有想或我或有情此唯有想於中所有自號言說我眼見色廣說乃至我意知法此亦唯有自號言說於中所有世俗語言謂此長老有如是名如是種類如是族姓如是飲食如是領納若苦若樂如是長壽如是久住如是盡其壽量邊際此亦唯有世俗言說菩薩於此皆如實知由諸菩薩如實了知有情世間流轉差別若器世間流轉差別若八種相觀世間義若諸世間所有勝義是故說名善知世間

復次菩薩若見年德俱尊勝者能正奉迎敷座延坐敬問禮拜合掌慇勤修和敬業若見年德俱相似者能正問訊酬對歡慰以輭美言共興談論不依等慢而自格量若見年德俱卑劣者隨力隨能勸修勝德顯實劣德覆實多過終不舉發令其恥愧亦不輕陵令心退沒知有悕求若財若法終不背面亦不顰

蹙不譏悞失不慊退榮於是一切劣等勝品諸有情類若見彼時先意慰問讃言善來無倒安處能正隨力攝以財法雖處尊勝而於有情終不乖戾不自珍奇亦不憍慠所攝有情縱懷資給有病無病終不棄捐身業語業無不隨順若識不識一切等心爲友爲朋無怨無隙於無依怙一切有情隨力隨能作依作怙不託異門發他憂苦令彼須臾住不安樂若有因緣須現談謔稱理而爲非不稱理雖遇情交極相親密年事斯等無乖隔者亦不共談匪仁言論終不於他久懷忿恨設復暫起不斥其諱若復爲他身語訾辱或善思擇或依止法或省己過而自開解不讎於他其心安靜而不輕躁身語意業起必審詳普能遠離十四垢業藏隱六方遠四惡友攝四善友如是一切應知具如尸佉終迦契經中說或爲現法利益事義財位相應起策具足守護具足平等養命於諸世間工巧業處皆得善巧無諂無幻性不誑他於罪現行深懷慚恥正行具足尊重正行守護正行有所寄付深可倚信於他財物無所規度舉貸他物終不違捍分所共財平等無矯共知眞寶賣者不識稱實酬價無枉毫釐於世時務令儀軌範爲益世間辯正機速於所應作彼彼事中他正來求皆爲助伴敦質無動不託餘緣善營事業非爲不善若爲帝王以法治世不以非法不好責罰若御大衆勸捨惡戒令修善戒成就八種賢聖語言謂於所見問答言見於聞覺知問答言知於所不見問答不見於所不聞不覺不知問答不知

菩薩成就如是等法如其世間正所應知其世間正所應轉於彼一切皆如實知是故名爲善知世間

瑜伽師地論卷第四十四

音釋

設利羅梵語也此云靈骨設式列切　螺貝螺落戈切蚌屬貝博蓋切螺之大者　環玔環胡關切指環也玔尺絹切臂環也　崛渠勿切　璩強魚切王名　惛沉惛呼昆切心不明了也沉直深切溺也　蚊蝱蚊無分切蝱莫耕切　數數並色角切頻也　憍傲憍舉喬切恣也傲五到切倨也

瑜伽師地論卷第四十五

彌勒菩薩說

唐三藏沙門玄奘奉詔譯

本地分中菩薩地

初持瑜伽處菩提分品第十七之二

云何菩薩修正四依謂諸菩薩爲求義故從他聽法不爲求世藻飾文辭菩薩求義不爲求文而聽法時雖遇常流言音說法但依於義恭敬聽受又諸菩薩如實了知聞說大說如實知已以理爲依不由耆長衆所知識補特伽羅若佛若僧所說法故即便信受是故不依補特伽羅如是菩薩以理爲依補特伽羅非所依故於眞實義心不動揺於正法中他緣匪奪又諸菩薩於如來所深殖正信深殖清淨一向澄清唯依如來了義經典非不了義了義經典爲所依故於佛所說法毗柰耶不可引奪何以故以佛所說不了義經依種種門辯本性義猶未決定尚生疑惑非了義故若諸菩薩於了義經不決定者於佛所說法毗柰耶猶可引奪又諸菩薩於眞證智見爲眞實非於聞思但識法義非眞證智是諸菩薩如實了知修所成智所應知者非唯聞思所成諸識所能了達如實知已聞如來說最極甚深所有法義終不誹毀是名菩薩修正四依依正四依善修習故略顯四量謂所說義正理大師修所成慧眞實證智又諸菩薩一切四依爲所依止精勤發起正加行故於出要道明了開示無有迷惑

云何菩薩所修菩薩四無礙解謂諸菩薩於一切法一切異門盡所有性如所有性依修

所成無所滯礙無退轉智是名菩薩法無礙解又諸菩薩於一切法一切異相盡所有性如所有性依修所成無所滯礙無退轉智是名菩薩義無礙解又諸菩薩於一切法一切釋辭盡所有性如所有性依修所成無所滯礙無退轉智是名菩薩辭無礙解又諸菩薩於一切法一切品別盡所有性如所有性依修所成無所滯礙無退轉智是名菩薩辯無礙解若諸菩薩依是菩薩四無礙解應知獲得無量最勝五處善巧一蘊善巧二界善巧三處善巧四緣起善巧五處非處善巧菩薩由此四種行相於一切法自能妙善現正等覺亦善為他無倒開示此上無有自能妙善現正等覺況善為他無倒開示

云何菩薩菩提資糧當知如是菩提資糧略有二種一者福德資糧二者智慧資糧此二資糧廣分別義如前所說自他利品應知其相又此福德智慧資糧菩薩於初無數大劫所修習者應知名下若於第二無數大劫所修習者應知名中若於第三無數大劫所修習者應知名上

云何菩薩於三十七菩提分法精勤修習謂諸菩薩依止菩薩四無礙解由善方便所攝妙智於三十七菩提分法如實了知而不作證是諸菩薩普於一切二乘理趣三十七種菩提分法皆如實知謂於聲聞乘理趣及於大乘理趣三十七種菩提分法皆如實知於聲聞乘理趣三十七種菩提分法如實了知如聲聞地如前所說一切應知云何菩薩於大乘理趣三十七種菩提分法如實了知謂

諸菩薩能於其身住循身觀不於其身分別有性亦不分別一切種類都無有性又於其身遠離言說自性法性如實了知當知名依勝義理趣能於其身住循身觀修習念住若諸菩薩隨順無量安立理趣妙智而轉當知名依世俗理趣能於其身住循身觀修習念住如於其身住循身觀修習念住如是所餘一切念住所餘一切菩提分法當知亦爾如是菩薩於身等法不分別苦不分別集不分別此所作斷滅不分別此得滅因道又即於此遠離言說自性法性若苦法性若集法性若滅法性若道法性如實了知當知名依勝義理趣修菩提分為所依止緣諦修習若諸菩薩隨順無量安立理趣妙智而轉當知名依世俗理趣緣諦修習

此中菩薩即於諸法無所分別當知名止若於諸法勝義理趣如實眞智及於無量安立理趣世俗妙智當知名觀此中菩薩略有四行當知名止一勝義世俗智前行二勝義世俗智果三普於一切戲論想中無功用轉四即於如是離言唯事由無有想無所分別其心寂靜趣向一切法平等性一味實性由此四行是諸菩薩止道運轉漸次乃至能證無上正等菩提智見圓滿此中菩薩略有四行當知名觀謂即四行止道前行於一切法遠離增益不正執邊遠離損減不正執邊及與隨順無量諸法差別安立理趣妙觀由此四行是諸菩薩觀道運轉漸次乃至能證無上正等菩提智見圓滿是名略說菩薩止觀

云何菩薩方便善巧當知略說有十二種依内修證一切佛法有其六種依外成熟一切有情亦有六種

云何依內修證一切佛法六種方便善巧一者菩薩於諸有情悲心俱行顧戀不捨二者菩薩於一切行如實遍知三者菩薩恒於無上正等菩提所有妙智深心欣樂四者菩薩顧戀有情爲依止故不捨生死五者菩薩於一切行如實遍知爲依止故輪轉生死而心不染六者菩薩欣樂佛智爲依止故熾然精進當知是名菩薩依內修證一切佛法六種方便善巧

云何依外成熟一切有情六種方便善巧一者菩薩方便善巧能令有情以少善根感無量果二者菩薩方便善巧能令有情少用功力引攝廣大無量善根三者菩薩方便善巧於佛聖教憎背有情除其恚惱四者菩薩方便善巧於佛聖教處中有情令其趣入五者菩薩方便善巧於佛聖教已趣入者令其成熟六者菩薩方便善巧於佛聖教已成熟者令得解脫

云何菩薩方便善巧令諸有情以少善根感無量果謂諸菩薩方便善巧勸諸有情捨微劣物乃至最下唯二麨團施鄙穢田乃至蠢動旁生之類作是施已迴求無上正等菩提如是善根物田雖下由迴向力感無量果

云何菩薩方便善巧令諸有情以少功力引攝廣大無量善根謂諸菩薩方便善巧若有信解受邪齋戒乃至一月都不食等諸有情類爲說八支聖齋戒法令其棄捨最極艱辛

感非愛果受邪齋戒勸令修學無極艱辛感大愛果受正齋戒若諸有情修自苦行精勤無懈起邪方便欲求解脫爲說中道令離二邊使其趣入若諸有情求欲生天起邪方便投巖赴火斷飲食等爲其宣說無倒靜慮令彼獲於現法樂住速得當來無諸艱苦與喜樂俱生天勝果若諸有情信婆羅門吠地迦呪妄計精勤受持讀誦得究竟淨方便勸令於佛聖教受持讀誦思惟其義又正爲他如是如是宣揚開示如來所說甚深空性相應妙法令彼發生勇決猒離猛利淨信但由如是一刹那頃猒離淨信俱行善心尚能攝受不可稱數廣大善根況其相續又諸菩薩世間所有種種上妙珍寶香鬘諸供養具起淨信俱增上意樂於佛法僧勝解供養亦勸導他令行如是勝解供養又於十方一切世界一切供養佛法僧所即以如是淨信俱行增上意樂周帀普緣深生隨喜亦勸導他作是隨喜又諸菩薩恒常修習念佛念法乃至念天亦勸導他令修六念又諸菩薩意言分別禮佛法僧乃至命終時無虛度亦勸導他行此禮業又諸菩薩普於十方一切有情一切福業悉皆隨喜亦勸導他作是隨喜又諸菩薩普於十方一切有情入廣大悲增上意樂願以自身皆代彼受一切憂苦亦勸導他與此悲願又諸菩薩過去現在一切悞失一切違犯以淨調柔愛樂隨順所學戒心想對十方佛世尊所至誠發露悔往修來亦勸導他令行是事如是數數發露所犯少用功力一切業障皆得解脫又諸菩薩已具神通得心

自在普於十方佛法僧所及有情處化作衆多種種化事攝受無量大福德聚又諸菩薩恒常修習慈悲喜捨亦勸導他作此修習如是菩薩以少功力引攝廣大無量善根諸勝妙果

云何菩薩方便善巧於佛聖教憎背有情除其恚惱處中住者令其趣入已趣入者令其成熟已成熟者令得解脫謂諸菩薩爲欲成辦如是四種有情義利當知略說復有六種方便善巧一者隨順會通方便善巧二者共立要契方便善巧三者異分意樂方便善巧四者逼迫所生方便善巧五者施恩報恩方便善巧六者究竟清淨方便善巧

云何菩薩隨順會通方便善巧謂諸菩薩隨於彼有情將爲說法先當方便隨順現行輭美身語亦復現行近施隨轉除彼於已所生恚惱彼恚惱除便生愛敬愛敬生已於法起樂然後爲其宣說正法所說正法如其所宜易入易解應時漸次無有顛倒能引義利堪任難擊於彼有情調伏事中成就最勝欲作饒益哀愍之心爲現神通記心顯說如理正法或勸請他或爲化作種種衆多殊特化事令彼有情皆悉調伏若引義利極略諸論能爲廣辯若引義利極廣諸論能爲略說令其受持爲作憶念施其問難彼既於法能受能持復進爲其廣開正義又於趣入遍緣一切三摩地門能爲隨順教授教誡攝益有情令修利行若諸有情於佛所說甚深空性相應經典不解如來密意義趣於此經中說一切法皆無自性皆無有事無生無滅說一切法

皆等虛空皆如幻夢彼聞是已如其義趣不能解了心生驚怖誹謗如是一切經典言非佛說菩薩爲彼諸有情類方便善巧如理會通如是經中如來密意甚深義趣如實和會攝彼有情菩薩如是正會通時爲彼說言此經不說一切諸法都無所有但說諸法所言自性都無所有是故說言一切諸法皆無自性雖有一切所言說事依止彼故諸言說轉然彼所說可說自性據第一義非其自性是故說言一切諸法皆無有事一切諸法所言自性理既如是從本已來都無所有當何所生當何所滅是故說言一切諸法無生無滅譬如空中有衆多色色業可得容受一切諸色色業謂虛空中現有種種若往若來若住起墮屈伸等事若於爾時諸色色業皆悉除遣即於爾時唯無色性清淨虛空其相顯現如是即於相似虛空離言說事有其種種言說所作邪想分別隨戲論著似色業轉又即如是一切言說邪想分別隨戲論著似衆色業皆是似空離言說事之所容受若時菩薩以妙聖智遣除一切言說所起邪想分別隨戲論著爾時菩薩最勝聖者以妙聖智證得諸法離言說事唯有一切言說自性非性所顯譬如虛空清淨相現亦非過此有餘自性應更尋求是故宣說一切諸法皆等虛空又知幻夢非如顯現如實是有亦非一切幻夢形質都無所有如是諸法非如愚夫言說串習勢力所現如實是有亦非一切諸法勝義離言自性都無所有由此方便悟入道理一切諸法非有非無猶如幻夢其性無二是故

宣說一切諸法皆如幻夢如是菩薩普於一切諸法法界不取少分不捨少分不作損減不作增益無所失壞若法實有知爲實有若法實無知爲實無如其所知如是開示當知是名菩薩隨順會通方便善巧

云何菩薩共立要契方便善巧謂諸菩薩若見有情求飲食等十資身具即便共彼立要契言汝等若能知父母恩恭敬供養及諸沙門婆羅門等廣說如前乃至若能受持淨戒如是我當隨汝所欲施飲食等諸資身具如其不能我不施汝如是菩薩若見有情來求種種田事宅事諸闘亂事王事城事財事穀事或有來求諸工業處及諸明處或有來求共爲朋友或有來求共結婚媾或有來求共作邑會或有來求助營事業菩薩共彼立要契言汝等若能知父母恩恭敬供養如前廣說如是我當施汝田宅廣說乃至助營事業又諸菩薩若見有情有諸愆犯或被舉訟或作種種不饒益事爲他所拘將欲刑縛斷截撾打毀辱迫脇驅擯流移或他所執欲捶縛責菩薩爾時隨能隨力立要契言汝等若能知父母恩恭敬供養如前廣說如是我當方便救汝令脫斯難又諸菩薩若見有情遭遇種種王賊水火人及非人不活惡名諸怖畏等爾時菩薩立要契言汝等若能知父母恩恭敬供養如前廣說如是我當方便救汝令免斯畏又諸菩薩若見有情欲所愛會求非愛離爾時菩薩立要契言汝等若能知父母恩恭敬供養如前廣說如是我當遂汝所願爾所愛會及非愛離又諸菩薩若見有情爲

疾所苦立要契言汝等若能知父母恩恭敬供養如前廣說如是我當救汝病苦令得安樂彼諸有情旣爲菩薩如是立要於諸善品速疾受學於諸惡品速疾除斷菩薩皆能遂其所願當知是名菩薩共立要契方便善巧

云何菩薩異分意樂方便善巧謂諸菩薩與諸有情立要契已彼諸有情於上所說彼彼事中不如所欲速疾修行菩薩爾時於如上說彼所求事皆不施與唯爲利益彼有情故非餘意樂而不施彼如是於其諸厄難處諸怖畏處欲所愛會求非愛離病苦所惱諸有情類權時棄捨唯爲利益彼有情故非異意樂而棄捨之非異意樂而不救拔如是菩薩於諸有情方便現行剛捍業時唯爲利益非餘意樂漸令餘時如其所欲斷除諸惡修學諸善是故方便權時棄捨若諸有情於菩薩所雖無所求亦無衆難廣說乃至無諸病苦而與菩薩先爲親厚菩薩於彼隨宜勸導斷諸惡法修諸善法所謂令彼知父母恩恭敬供養廣說乃至於淨尸羅隨順受學若彼有情雖蒙菩薩如是勸導故肆輕躁而不奉行菩薩爾時自現憤責唯欲利益非憤意樂於諸所作悉現乖背唯爲利益非背意樂或於一類現與世間不饒益事唯爲利益非損意樂如是菩薩於諸有情現外所作與內意樂相不同分由是因緣方便安處令彼有情漸斷諸惡漸修諸善是故菩薩如是調伏有情方便名爲菩薩異分意樂方便善巧

云何菩薩逼迫所生方便善巧謂諸菩薩或爲家主或作國王得增上力於自親屬於自

臣民能正教誡如應告言諸我親屬諸我臣民若於父毋不知恩報廣說乃至毀犯戒者我當斷其常所給賜衣服飲食或當捶罰或我親屬當與乖離或我臣民當永驅擯立一善巧機捷士夫於彼事業常令伺察由是因故彼諸有情怖畏治罰勤斷諸惡勤修諸善彼於修善雖無樂欲由是方便强逼令修是故名爲逼迫所生方便善巧

云何菩薩施恩報恩方便善巧謂諸菩薩先於有情隨力少多施作恩惠或施所須或濟厄難或除恐怖或會所愛或離非愛或療病苦令得安樂彼諸有情深知恩惠欲報德者菩薩爾時勸令修善以受報恩告言汝等非餘世財來相酬遺爲大報恩汝等若能知父母恩恭敬供養廣說乃至受持淨戒如是乃名大報恩德菩薩如是於諸有情先施恩惠勸讃修善名大報恩由此方便令他於善精勤修學是故名爲施恩報恩方便善巧

云何菩薩究竟清淨方便善巧謂諸菩薩安住菩薩到究竟地於菩薩道已善清淨先現往生覩史多天衆同分中無量有情如是念言其名菩薩今已生處覩史多天衆同分中不久當下生贍部洲證得無上正等菩提願令我等當得值遇非不值遇隨是菩薩所生之處願令我等亦當往生如是爲令無量有情生正欲樂爲多修習此欲樂故又是菩薩從覩史多天衆中没來下人間生於高貴或族望家所謂王家若國師家棄捨世間上妙欲樂無所顧戀清淨出家令諸有情起尊敬故又現誓受難行苦行爲令信解苦行有情

捨所樂故又證無上正等菩提今餘有情於所同趣菩提解脫欣殊勝故又證無上正等覺已未爲有情即說正法待梵天王躬來啓請爲諸有情於正法所起尊敬故作是念言當所說法定應殊妙故令梵王悕望世尊說是法故躬自來請又以佛眼觀察世間勿使有情作如是謗但由梵王躬來啓請敬梵王故宣說正法非於有情自起悲心乃是爲他之所激發非自能了機宜可否爲欲壞彼一類有情如是邪執先以佛眼觀察世間然後爲轉無上法輪一切世間所未曾轉如是更復宣說正法制立學處是名菩薩究竟清淨方便善巧由此所說方便善巧更無有餘方便善巧在於此上若過若妙是故說名究竟清淨如是菩薩所說六種若略若廣方便善巧能除憎背聖教有情所有恚惱處中住者令其趣入已趣入者令其成熟已成熟者令得解脫除此無有若過若增是名菩薩方便善巧

云何菩薩妙陀羅尼當知如是妙陀羅尼略有四種一者法陀羅尼二者義陀羅尼三者呪陀羅尼四者能得菩薩忍陀羅尼

云何菩薩法陀羅尼謂諸菩薩獲得如是念慧力持由此力持聞未曾聞言未溫習未善通利名句文身之所攝錄次第錯綜次第結集無量經典經無量時能持不忘是名菩薩法陀羅尼

云何菩薩義陀羅尼謂如前說此差別者即於彼法無量義趣心未溫習未善通利經無量時能持不忘是名菩薩義陀羅尼

云何菩薩呪陀羅尼謂諸菩薩獲得如是等持自在由此自在加被能除有情災患諸呪章句令彼章句悉皆神驗第一神驗無所唐捐能除非一種種災患是名菩薩呪陀羅尼云何菩薩能得菩薩忍陀羅尼謂諸菩薩成就自然堅固因行具足妙慧獨處空閑寂無言說曾無有物見路而行知量而食不雜穢食一類而食常極靜慮於夜分中少眠多寤於佛所說得菩薩忍諸呪章句能諦思惟其呪詞曰

壹胝　蜜胝　吉胝毗　羼底丁理反　鉢陀膩

莎訶

即於如是呪章句義審諦思惟籌量觀察彼於如是呪章句義如是正行不從他聞自然通達了知如是諸呪章句都無有義是圓成實但唯無義如實了知此章句義所謂無義是故過此不求餘義齊此名爲妙善通達呪章句義彼於如是呪章句義正通達已即隨此義不從他聞自正通達一切法義謂於此義如是通達一切言說所說諸法自性之義皆不成實唯有諸法離言自性是自性義彼於諸法此自性義正通達已過此更無餘義可求由於此義善通達故獲得最勝廣大歡喜由是菩薩得陀羅尼當言已得此陀羅尼章句所立菩薩勝忍得此忍故是諸菩薩不久當得淨勝意樂已依上品勝解行地勝忍而轉當知是名菩薩所有能得菩薩忍陀羅尼此中菩薩法陀羅尼義陀羅尼若過第一無數大劫已入清淨勝意樂地所得決定堅住廣大從此以下或以願力或依靜慮雖有

獲得而不決定亦不堅住亦不廣大如說法義二陀羅尼呪陀羅尼當知亦爾能得菩薩忍陀羅尼如前所釋即如是得

若諸菩薩具四功德方獲如是諸陀羅尼非隨闕一何等名爲四種功德一者於諸欲中無所貪著二者於他勝事不生妬忌不嫉他榮三者一切所求等施無悔四者於正法中深生忻樂忻樂法者於菩薩藏及菩薩藏摩怛理迦深心愛樂

云何菩薩所修正願當知此願略有五種一者發心願二者受生願三者所行願四者正願五者大願若諸菩薩於其無上正等菩提最初發心是名發心願若諸菩薩願於當來往生隨順饒益有情諸善趣中是名受生願若諸菩薩願能無倒思擇諸法願於境界修無量等殊勝善法是名所行願若諸菩薩願於當來攝受一切菩薩善法攝受一切所有功德若總若別所有正願是名正願

菩薩大願當知即從正願所出此復十種若諸菩薩願於當來以一切種上妙供具供養無量無邊如來當知是名第一大願

若諸菩薩願於當來攝受防護諸佛世尊所有正法傳持法眼令無斷壞當知是名第二大願

若諸菩薩願於當來從覩史多天宮降下如前乃至入大涅槃當知是名第三大願

若諸菩薩願於當來行一切種菩薩正行當知是名第四大願

若諸菩薩願於當來普能成熟一切有情當知是名第五大願

若諸菩薩願於當來一切世界皆能示現當知是名第六大願
若諸菩薩願於當來普能淨修一切佛土當知是名第七大願
若諸菩薩願於當來一切菩薩皆同一種意樂加行趣入大乘當知是名第八大願
若諸菩薩願於當來所有一切無倒加行皆不唐捐當知是名第九大願
若諸菩薩願於當來速證無上正等菩提當知是名第十大願
云何菩薩空三摩地謂諸菩薩觀一切事遠離一切言說自性唯有諸法離言自性心正安住是名菩薩空三摩地
云何菩薩無願三摩地謂諸菩薩即等隨觀離言自性所有諸事由邪分別所起煩惱及以衆苦所攝受故皆爲無量過失所汙於當來世不願爲先心正安住是名菩薩無願三摩地
云何菩薩無相三摩地謂諸菩薩即正思惟離言自性所有諸事一切分別戲論衆相永滅寂靜如實了知心正安住是名菩薩無相三摩地
問何故唯立三三摩地無過無增答法有二種謂有非有有爲無爲名之爲有我及我所名爲非有於有爲中有無願故可猒逆故當知依此建立無願三摩地於無爲中願涅槃故正樂攝故當知依此建立無相三摩地於非有事菩薩不願亦無無願然於非有菩薩如實見爲非有依此見故當知建立空三摩地如是菩薩於此三種三摩地中精勤修學

於是建立如實了知於餘行相三三摩地如實悟入安立理趣如實悟入修習理趣如實了知謂於其中諸聲聞衆精勤修學及圓滿證

瑜伽師地論卷第四十五

音釋

補特伽羅梵語此去數取趣伽求迦切　殖常職切種也　麨團麨尺沼切乾糧也團度官切圓也　逼迫逼必歷切迫博陌切　闤闠闤胡關切市中垣也闠胡對切市外門也　婚媾婚呼昆切娶也媾古候切合也　撾打撾陟爪切打都挺切撾打並擊也　錯綜錯倉各切綜子宋切錯綜交錯綜理也　妬當故切嫉也　三摩地梵語也此云等持摩眉波切

瑜伽師地論卷第四十六

彌勒菩薩說

唐三藏沙門玄奘奉詔譯

本地分中菩薩地

初持瑜伽處菩提分品第十七之三

復有四種法嗢柁南諸佛菩薩欲令有情清淨故說何等爲四一切諸行皆是無常是名第一法嗢柁南一切諸行皆悉是苦是名第二法嗢柁南一切諸法皆無有我是名第三法嗢柁南涅槃寂靜是名第四法嗢柁南諸佛菩薩多爲有情宣說如是法相應義是故說名法嗢柁南又從曩昔其心寂靜諸牟尼尊於一切時展轉宣說是故說此名嗢柁南又此行迹能趣大生亦復能趣出第一有是故說此名嗢柁南

云何菩薩等隨觀察一切諸行皆是無常謂諸菩薩觀一切行言說自性於一切時常無所有如是諸行常不可得故名無常又即觀彼離言說事由不了知彼眞實故無知爲因生滅可得如是諸行離言自性有生有滅故名無常又諸菩薩觀過去行已生已滅由彼諸行無因可得亦無自性是故觀彼因性自性皆無所有觀現在行已生未滅由彼諸行因不可得已與果故自性可得由未滅故是故觀彼自性是有而無有因觀未來行未生未滅由彼諸行有因可得未與果故無有自性猶未生故是故觀彼唯有因性而無自性菩薩如是見三世中分段諸行相續轉已等隨觀見一一刹那有爲諸行皆有三種有爲之相於刹那後復有第四有爲之相即於此

中前刹那行自性滅壞無間非先諸行刹那自性生起正觀爲生諸行生已即時未壞正觀爲住此已生行望前已滅諸行刹那自性別異正觀爲老從此諸行生刹那後即此已生諸行刹那自性滅壞正觀爲滅菩薩觀此已生刹那諸行自性即是生住老之自性不見生等別有自性如實觀見生刹那後即此生等諸行刹那自性滅壞無別有性如是四種有爲之相總攝諸行以要言之二分所顯一者有分所顯二者無分所顯此中世尊依於有分建立一種有爲之相依於無分建立第二有爲之相住異二種俱是諸行有分所顯建立第三有爲之相此中菩薩觀一切時唯有諸行除此更無生住老滅恒有實物自性成就何以故諸行生時唯即如是諸行可得無別有餘生住老滅如是諸行住老滅時唯即如是諸行可得無別有餘生住老滅又諸菩薩以理推求生等實物亦不可得如是推求不可得者謂若離彼色等諸行別有生法是即應如色等諸行自體有生如是此生亦應有生如是即應有二種生一者行生二者生生如是行生與彼生生爲一爲異若言一者計生實有即爲唐捐言別有生是實物有不應道理若言異者如是即應非行生生是行生生不應道理如說生相如是廣說住若滅相當知亦爾謂若滅法別有自性是實成就即應此滅有生有滅若滅生時一切諸行皆應同滅如是即應少用功力如入滅定諸心心所一切皆滅若滅滅時一切諸行雖皆已滅復應還生以滅無故是故言滅有生

有滅不應道理又善男子或善女人於一切時恒有實物自性成就觀爲假有而能修猒離欲解脱不應道理與此相違是應道理由此行相是諸菩薩如實了知一切諸行皆是無常

又諸菩薩觀無常行相續轉時能爲三種苦所依止一者行苦二者壞苦三者苦苦如是菩薩如實了知一切諸行皆悉是苦

又諸菩薩如實了知有爲無爲一切諸法二無我性一者補特伽羅無我性二者法無我性於諸法中補特伽羅無我性者謂非即有法是眞實有補特伽羅亦非離有法别有眞實補特伽羅於諸法中法無我性者謂於一切言説事中一切言説自性諸法都無所有如是菩薩如實了知一切諸法皆無有我

又諸菩薩觀一切行先因永斷後無餘滅其餘畢竟不起不生説名涅槃當知涅槃其體寂靜一切衆苦畢竟息故一切煩惱究竟滅故如是未得清淨增上意樂菩薩未見聖諦諸聲聞乘雖於涅槃發起勝解如是説言涅槃寂靜而於涅槃未如實解未能如實正智見轉然彼亦有如理作意譬如王子或長者子生育已來未出王宫長者内室王及長者各爲幼童假作種種諸戲樂具鹿車牛車馬車象車而賜與之爾時王子及長者子用爲嬉戲歡娱遊佚即於如是假所造作鹿牛馬象發起眞實鹿想牛想馬想象想後於一時王及長者各知其子漸已長大諸根成熟讚説眞實鹿牛馬象爾時王子及長者子聞父讚説作是念言今者父王及父長者將非讚

說我等所有鹿牛馬象四種車耶復於後時王及長者知子轉大從內宮室引出外遊示其眞實鹿牛馬象時彼見已內自發生如實慧解此爲實義鹿車牛車馬車象車父於長夜甞爲我等讃說斯事然唯我等以無智故於不如實唯彼相似唯彼影像發起眞實鹿等勝解由是因緣於先勝解追起羞愧如是宮室喻於生死其所生育諸幼童子喻未證得清淨增上意樂菩薩及未見諦諸聲聞乘父喻諸佛及已證入大地菩薩先爲假作鹿牛等車喻爲宣說涅槃鹿相次爲讃說眞實鹿等喻佛菩薩自現證見眞實涅槃如其所見於彼菩薩及聲聞前讃說涅槃眞實功德所餘喻彼既聞是已但用隨順音聲覺慧於涅槃德長夜勝解若於是時資糧成熟漸次增長成淨增上意樂菩薩見諦聲聞於眞涅槃生現證智即於爾時發生自內如實慧解如是涅槃一切聲聞獨覺所證諸佛菩薩先所讃說我等先以愚夫覺慧於不如實唯彼相似唯彼影像發起眞實涅槃勝解由是因緣於先勝解追生羞愧依止於後如實勝解又如病者往大醫所爲除病故求隨順藥得已常服彼於是藥深生勝解深生愛樂唯見爲實由是因緣先病除愈復起餘病應服餘藥爾時大醫知先病愈後病復生更須餘藥勸捨前藥令服餘藥時彼病者愚癡無識於前所服深生勝解起所宜想不肯棄捨時大良醫爲其宣說前後藥性於現所病前藥匪宜後藥爲勝時有病者雖聞是語不生勝解猶未深信良醫所言如是病者喻諸凡夫菩

薩聲聞爲煩惱病之所執持大良醫者喻諸如來其良藥等喻爲宣說若上上勝及以上極若深深勝及以深極若劣若勝及以勝極法教正教教授教誡彼雖聞已不能悟入不生勝解不能修行法隨法行諸有淨信菩薩聲聞於佛所說不生疑惑乘佛所說喻如一切支具圓滿妙莊嚴車無上法乘如善御者隨所行地隨所應到疾疾進趣無所稽留

本地分中菩薩地

初持瑜伽處菩薩功德品第十八

云何菩薩所有功德嗢柁南曰

希奇不希奇　平等心饒益　報恩與欣讚
不虛加行性

謂諸菩薩於其無上正等覺乘勤修學時應知有五甚希奇法何等爲五一者於諸有情非有因緣而生親愛二者唯爲饒益諸有情故常處生死忍無量苦三者於多煩惱難伏有情善能解了調伏方便四者於極難解眞實義理能隨悟入五者具不思議大威神力如是五種菩薩所有甚希奇法不與一切餘有情共

又諸菩薩成就五種不希奇法而名成就甚希奇法何等爲五謂諸菩薩以因利他苦即爲自己樂是故菩薩恒遍受行因利他苦是名菩薩成就第一不希奇法而名成就甚希奇法又諸菩薩雖善了知生死過失涅槃功德而樂普令有情清淨即爲已樂是故菩薩爲淨有情增上力故誓受生死是名菩薩成就第二不希奇法而名成就甚希奇法又諸菩薩雖善了知黙然樂味而樂普令有情清

淨即爲巳樂是名菩薩爲淨有情增上力故恒勤方便爲説正法是名菩薩成就第三不希奇法而名成就甚希奇法又諸菩薩雖積集六波羅蜜多所有善根而樂普令有情清淨即爲巳樂是故菩薩爲淨有情增上力故以淨意樂施諸有情然不希求施果異熟是名菩薩成就第四不希奇法而名成就甚希奇法又諸菩薩以利他事爲自利事是故菩薩恒現受行一切有情利益之事是名菩薩成就第五不希奇法而名成就甚希奇法又諸菩薩由五種相當知普於一切有情其心平等何等爲五一者菩薩最初發心願大菩提如是亦爲利益一切諸有情故起平等心二者菩薩於諸有情住哀愍俱平等之心三者菩薩於諸有情深心發起一子愛俱平等之心四者菩薩於從衆縁巳生諸行知是所想有情事巳知一有情所有法性即是一切有情法性以法平等俱行之心於諸有情住平等心五者菩薩如於一有情行利益行於一切有情行利益行亦復如是以利俱心於諸有情住平等心由此五相是諸菩薩於諸有情其心平等

又諸菩薩由五種相於諸有情能作一切饒益之事何等爲五一者説授正命以爲饒益二者於不隨順能引義利所作事業説授隨順以爲饒益三者無依無怙有苦有貧善能爲彼作依怙等以爲饒益四者説授能往善趣之道以爲饒益五者説授三乘以爲饒益又諸菩薩由五種相於其有恩諸有情所現前酬報何等爲五一者安處有情令學巳德

二者方便安處令學他德三者無依無怙有苦有貪隨力隨能作依怙等四者勸令供養諸佛如來五者令於如來所說正法受持讀誦書寫供養

又諸菩薩於五種處常當欣讚何等爲五一者值佛出世常得承事二者於諸佛所常聞六種波羅蜜多菩薩藏法三者於一切種成熟有情常有勢力四者能於無上正等菩提堪任速證五者證菩提已諸弟子衆常和無諍又諸菩薩由五因緣於諸有情能作不虛饒益加行何等爲五謂諸菩薩於諸有情先欲求作利益安樂於諸有情利益安樂如實了知無顛倒覺如是一切如前供養親近無量品中所說應知其相

復次嗢柁南曰

無顛倒加行　退墮與勝進　相似實功德
善調伏有情

謂諸菩薩有五加行當知普攝一切菩薩無倒加行何等爲五一隨護加行二無罪加行三思擇力加行四清淨增上意樂加行五墮決定加行

云何菩薩隨護加行當知此復略有五種一者隨護聰叡謂由俱行智速疾攝法二者隨護正念謂由此正念隨所攝法持令不忘三者隨護正智謂由此正智於所持法善觀察義正慧通達遠離隨順聰叡正念覺慧退分諸因緣故習近隨順住分勝分諸因緣故四者隨護自心能善防守諸根門故五者隨護他心能於他心正隨轉故

云何菩薩無罪加行謂諸菩薩於諸善法無

倒熾然無量無間迴向菩提

云何菩薩思擇力加行謂諸菩薩即此一切在勝解行地應知其相

云何菩薩清淨增上意樂加行謂諸菩薩即此一切在淨勝意樂地及行正行地應知其相

云何菩薩墮決定加行謂諸菩薩即此一切在決定地決定行地到究竟地應知其相

如是五種菩薩加行普攝一切無倒加行

又諸菩薩順退分法當知有五何等爲五一者不敬正法及說法師二者放逸懈怠三者於諸煩惱親近執著四者於諸惡行親近執著五者與餘菩薩校量勝劣起增上慢及於法顛倒起增上慢

又諸菩薩順勝分法當知有五何等爲五謂與前五黑品諸法次第相違應知其相

又諸菩薩略有五種相似功德當知實是菩薩過失何等爲五一者於其暴惡毀犯淨戒諸有情所由是因緣作不饒益二者詐現種種具足威儀三者於順世間文辭呪術外道書論相應法中得預智者聰叡者數四者修行有罪施等善行五者宣說建立像似正法廣令流布

又諸菩薩略有五種眞實功德何等爲五一者於其暴惡毀犯淨戒諸有情所由是因緣起勝悲心二者本性成就具足威儀三者於佛所說淨妙眞實若教若證得預智者聰叡者數四者修行無罪施等善行五者開示正法遮滅一切像似正法

又諸菩薩略於十處無倒調伏所化有情何等十處一者遠離惡行處二者遠離諸欲處

三者專精無犯犯已能出處四者密護一切諸根門處五者正知住處六者離憒閙處七者於遠離處遠離一切惡尋思處八者遠離障處九者遠離一切煩惱纏處十者遠離一切諸煩惱品諸麤重處

復次嗢柁南曰

諸菩薩受記　墮於決定中　定作常應作　最勝最爲後

謂諸菩薩略由六根蒙諸如來於其無上正等菩提授與記別何等爲六一者安住種性未發心位二者已發心位三者現在前住四者不現前住五者有定時限謂爾所時當證無上正等菩提六者無定時限謂不宣說決定時限而與授記

又諸菩薩略有三種墮於決定何等爲三一者安住種性墮於決定二者發菩提心墮於決定三者不虛修行墮於決定安住種性墮決定者謂諸菩薩住種性位便名爲墮決定菩薩何以故由此菩薩若遇勝緣必定堪任證於無上正等覺故發菩提心墮決定者謂有一類諸菩薩衆已於無上正等菩提起決定心此後乃至證於無上正等菩提無復退轉不虛修行墮決定者謂諸菩薩已得自在普於一切利有情行如其所欲隨所造修終無空過於此三種墮決定中依於最後墮決定位諸佛如來授諸菩薩墮決定記

又諸菩薩略有五處定所應作若不作已終不堪任證於無上正等菩提何等爲五一者發菩提心二者於諸有情深生哀愍三者熾然精進四者於諸明處方便修習五者無有

猒倦
又諸菩薩於其五處常所應作何等爲五一者於不放逸常所應作二者無依無怙有苦有貧諸有情所常應爲作依怙等事三者於諸如來常應供養四者常應遍知有失無失五者一切所作若行若住諸作意中大菩提心恒爲導首如是五種是諸菩薩常所應作
又諸菩薩有十種法一切菩薩許爲最勝特爲第一建立在於最上法中何等爲十一者菩薩種性諸種性中最爲殊勝二者最初發心於諸正願最爲殊勝三者精進般若普於一切波羅蜜多最爲殊勝四者愛語攝事於諸攝事最爲殊勝五者如來世尊於諸有情最爲殊勝六者悲愍有情於諸無量最爲殊勝七者第四靜慮於諸靜慮最爲殊勝八者空三摩地於三等持最爲殊勝九者滅盡等至於諸等至最爲殊勝十者如前所說所有清淨方便善巧普於一切方便善巧最爲殊勝
復次嗢柁南曰
諸施設建立　一切法尋思　及如實遍智
如是諸無量　說法果勝利　大乘性與攝
菩薩十應知　建立諸名號
謂諸菩薩略有四種施設建立唯有如來及諸菩薩能正施設能正建立非餘一切若天若人若諸沙門若婆羅門唯除聞已何等爲四一者法施設建立二者諦施設建立三者理施設建立四者乘施設建立
云何名法施設建立謂佛所說素怛纜等十二分教次第結集次第安置次第制立是名

爲法施設建立

云何名諦施設建立謂無量種或立一諦謂不虛妄義唯有一諦無第二故或立二諦一世俗諦二勝義諦或立三諦一相諦二語諦三用諦或立四諦一苦諦二集諦三滅諦四道諦或立五諦一因諦二果諦三智諦四境諦五勝諦或立六諦一諦諦二妄諦三應遍知諦四應永斷諦五應作證諦六應修習諦或立七諦一愛味諦二過患諦三出離諦四法性諦五勝解諦六聖諦七非聖諦或立八諦一行苦性諦二壞苦性諦三苦苦性諦四流轉諦五還滅諦六雜染諦七清淨諦八正加行諦或立九諦一無常諦二苦諦三空諦四無我諦五有愛諦六無有愛諦七彼斷方便諦八有餘依涅槃諦九無餘依涅槃諦或立十諦一遍切苦諦二財位匱乏苦諦三界不平和苦諦四所愛變壞苦諦五麤重苦諦六業諦七煩惱諦八聽聞正法如理作意諦九正見諦十正見果諦如是等類名菩薩諦施設建立若廣分別當知無量

云何名理施設建立謂四道理此廣分別如前應知

云何名乘施設建立謂聲聞乘及獨覺乘無上大乘如是三種一一各由七種行相施設建立是名爲乘施設建立初聲聞乘七行相者一於四聖諦無顛倒慧二此慧所依三此慧所緣四此慧伴類五此慧作業六此慧資糧七此慧得果當知由此七種行相施設建立諸聲聞乘無不周備如聲聞乘七種行相施設建立其獨覺乘當知亦爾無上大乘七

行相者一緣離言說事一切法中所有眞如無分別平等性出離慧二此慧所依三此慧所緣四此慧伴類五此慧作業六此慧資糧七此慧得果當知由此七種行相施設建立無上大乘無不周備過去未來現在諸佛及諸菩薩所有無倒施設建立若曾所作若當所作若今所作一切皆由如是四事除此無有若過若增

又諸菩薩爲得四種如實遍智於一切法起四尋思何等爲四一名尋思二事尋思三自性假立尋思四差別假立尋思如是四種若廣分別應知如前眞實義品

又諸菩薩略有四種於一切法如實遍智一名尋思所引如實遍智二事尋思所引如實遍智三自性假立尋思所引如實遍智四差別假立尋思所引如實遍智如是四種若廣分別應知如前眞實義品

又諸菩薩於五無量能起一切善巧作用何等爲五一有情界無量二世界無量三法界無量四所調伏界無量五調伏方便界無量

云何有情界無量謂六十四諸有情衆名有情界如前意地已具條列若依相續差別無邊

云何世界無量謂於十方無量世界無量名號各各差別如此世界名曰索訶此界梵王名索訶主如是一切皆當了知

云何法界無量謂善不善無記諸法如是等類差別道理應知無量

云何所調伏界無量謂或有一種所調伏界一切有情可調伏者同一類故或有二種所調伏界一具縛二不具縛或有三種所調伏

界一鈍根二中根三利根或有四種所調伏界一刹帝利二婆羅門三吠舍四戍達羅或有五種所調伏界一貪行二瞋行三癡行四慢行五尋思行或有六種所調伏界一在家二出家三未成熟四已成熟五未解脫六已解脫或有七種所調伏界一輕毀二中庸三廣顯智四略開智五現所調伏六當所調伏七緣引調伏謂遇如是如是緣即如是如是轉變或有八種所調伏界謂八部衆從刹帝利乃至梵衆或有九種所調伏界一如來所化二聲聞獨覺所化三菩薩所化四難調伏五易調伏六輭語調伏七訶擯調伏八遠調伏九近調伏或有十種所調伏界一那落迦二旁生三琰摩世界四欲界天人五中有六有色七無色八有想九無想十非想非非想如是略說品類差別有五十五若依相續差別道理當知無量

問有情界無量所調伏界無量有何差別答一切有情若住種性不住種性無有差別總名有情界無量唯住種性彼彼位轉乃得名爲所調伏界無量

云何調伏方便界無量謂如前說當知此中亦有無量品類差別

問何故總說此五無量如是次第答以諸菩薩專精修習饒益有情是故最初說有情界無量是諸有情依於處所可得受化是故第二說世界無量是諸有情在彼彼界由種種法或染或淨差別可得是故第三說法界無量即觀如是有情界中有諸有情有所堪任有大勢力堪能究竟解脫衆苦是故第四說

所調伏界無量要由如是方便善巧令諸有情究竟解脱是故第五説調伏方便界無量是故説言菩薩於此五種無量能起一切善巧作用

諸佛菩薩爲諸有情宣説正法當知有五大果勝利何等爲五一者一類有情聞佛菩薩説正法時遠塵離垢於諸法中法眼生起二者一類有情聞佛菩薩説正法時得盡諸漏三者一類有情聞佛菩薩説正法時便於無上正等菩提發正願心四者一類有情聞佛菩薩説正法時證得菩薩最勝法忍五者一類有情聞佛菩薩説正法已受持讀誦修習正行展轉方便令正法眼久住不滅如是五種當知名爲諸佛菩薩所説正法大果勝利

諸菩薩乘與七大性共相應故説名大乘何等爲七一者法大性謂十二分教中菩薩藏攝方廣之教二者發心大性謂有一類於其無上正等菩提發正願心三者勝解大性謂有一類於法大性生勝信解四者增上意樂大性謂有一類已過勝解行地證入淨勝意樂地五者資糧大性謂福德資糧智慧資糧修習圓滿能證無上正等菩提六者時大性謂經於三無數大劫方證無上正等菩提七者圓證大性謂即所證無上菩提由此圓證菩提自體比餘圓證功德自體尚無與等何況得有若過若增當知此中若法大性若發心大性若勝解大性若增上意樂大性若資糧大性若時大性如是六種皆是圓證大性之因圓證大性是前六種大性之果

有八種法能具足攝一切大乘一者菩薩藏

教二者即於如是菩薩藏中顯示諸法眞實義教三者即於如是菩薩藏中顯示一切諸佛菩薩不可思議最勝廣大威力之教四者於上所說如理聽聞五者如理思爲先趣勝意樂六者趣勝意樂爲先入修行相七者入修行相爲先修果成滿八者即由如是修果成滿究竟出離

如是菩薩勤修學已能證無上正等菩提何等菩薩勤修學已能證無上正等菩提當知菩薩略有十種一住種性二已趣入三未淨意樂四已淨意樂五未成熟六已成熟七未墮決定八已墮決定九一生所繫十住最後有此中即住種性菩薩發心修學名已趣入即已趣入乃至未入淨意樂地名未淨意樂若已得入名已淨意樂即淨意樂乃至未入到究竟地名未成熟若已得入名已成熟未成熟中乃至未得入決定地決定行地名未決定若已得入名已決定已成熟中復有二種一者一生所繫謂此生無間當證無上正等菩提二住最後有謂即住此生能證無上正等菩提如是如說從初種性廣說乃至能證無上正等菩提十種菩薩於菩薩學能正修學此上更無能正修學若於中學若如是學非如所說諸菩薩上更有菩薩於菩薩學能正修學

如是所說一切菩薩當知復有如是等類無有差別隨德假名所謂名爲菩提薩埵摩訶薩埵成就覺慧最上照明最勝眞子最勝住持普能降伏最勝萌芽亦名勇健亦名最聖亦名商主亦名大稱亦名憐愍亦名大神亦

名自在亦名法師如是十方無邊無際諸世界中無邊菩薩當知乃有內德各別無量無邊假立想號若諸菩薩現前自稱我是菩薩於菩薩學不正修行當知是名相似菩薩非眞菩薩若諸菩薩現前自稱我是菩薩於菩薩學能正修行當知是名眞實菩薩

瑜伽師地論卷第四十六

音釋

唐捐 捐與專切唐捐徒棄也
佚 夷質切放蕩也
怙 侯古切恃也
叡 俞芮切深明通達也
吠舍 梵語也此云坐吠房廢切
菩提薩埵 梵語也菩提此云佛道薩埵此云大心埵都果切

瑜伽師地論卷第四十七

彌勒菩薩說

唐三藏沙門玄奘奉詔譯

本地分中菩薩地

第二持隨法瑜伽處菩薩相品第一

云何眞實諸菩薩菩薩相嗢柁南曰

眞實諸菩薩　五種相應知　自性依處果

次第攝五轉

謂諸菩薩有五眞實菩薩之相若成就者墮菩薩數何等爲五一者哀愍二者愛語三者勇猛四者舒手惠施五者能解甚深義理密意如是五法當知一一各有五轉一者自性二者依處三者果利四者次第五者相攝應知此中哀愍自性略有二種一在意樂二在正行在意樂者謂諸菩薩於諸有情利益意樂安樂意樂是名哀愍在正行者謂諸菩薩於諸有情如所意樂隨力隨能身語饒益是名哀愍愛語自性謂如前說若慰喻語若慶悅語若勝益語當知如前攝事品說勇猛自性謂諸菩薩剛決堅固無所怯劣有大勢力若諸菩薩廣大施性無染施性是名舒手惠施自性若諸菩薩四無礙解及即於彼無倒引發正加行智是名能解甚深義理密意自性當知菩薩哀愍依處略有五種何等爲五一有苦有情二惡行有情三放逸有情四邪行有情五煩惱隨眠有情那落迦等所有有情皆爲苦受連綿相續逼切而轉如是名爲有苦有情或復有情雖非定苦而多現行諸身惡行諸語惡行諸意惡行於諸惡中喜樂安住所謂屠養羊猪雞等不律儀輩如是名

爲惡行有情或復有情雖非定苦及行惡行而於諸慾躭著受用常樂安住種種俳優歌舞笑睇以自娛樂所謂一類受欲塵者如是名爲放逸有情或復有情雖非定苦行惡放逸而依妄見修行種種苦解脫行謂捨諸慾於惡說法毗柰耶中而出家者如是名爲邪行有情或復有情雖非定苦廣說乃至非修邪行而或具縛或不具縛爲諸煩惱之所隨眠謂正修行賢善異生及諸有學是名煩惱隨眠有情是名菩薩所有哀愍五種依處由此依處由此所緣哀愍而轉除此無有若過若增當知菩薩愛語依處亦有五種何等爲五一正言論語二正慶悅語三正安慰語四正廣愍語五如理說語如是廣辯應知如前攝事品說是名菩薩所有愛語五種依處由此依處由此所緣愛語而轉除此無有若過若增當知菩薩勇猛依處亦有五種何等爲五謂即如前菩提分品所說菩薩堅力持性五種依處當知是此菩薩勇猛五種依處由此依處由此所緣勇猛而轉除此無有若過若增當知菩薩舒手惠施亦五依處何等爲五一數數惠施二歡喜惠施三殷重惠施四無染惠施五無依惠施如是五種如前施品廣辯應知由此依處由此所緣菩薩舒手惠施而轉除此無有若過若增

當知菩薩能解甚深義理密意亦五依處何等爲五謂於如來所說契經隨順甚深甚深顯現空性相應緣性緣起應知是名第一依處於毗柰耶毀犯善巧還淨善巧當知是名第二依處於摩怛理迦施設建立無倒法相

當知是名第三依處能正顯除意趣難解諸法想義當知是名第四依處於一切法法義釋辭品類差別當知是名第五依處由此依處由此所緣菩薩能解甚深義理密意而轉除此無有若過若增

菩薩哀愍於諸有情最初能斷怨害嫌恨菩薩哀愍普於一切利有情事皆能修作心無怯劣於此加行當無猒倦多住哀愍能攝無罪現法樂住及饒益他又如世尊所說修慈所得勝利謂於現身毒藥刀杖不加害等如是一切菩薩哀愍皆當了知是名菩薩哀愍果利菩薩愛語於現法中斷語四過所謂妄語離間麤惡及以綺語由此愛語於現法中能自攝受能攝受他安隱而轉菩薩愛語於當來世其言敦肅言必信用是名菩薩愛語果利菩薩勇猛於現法中能離一切懶惰懈怠心常歡喜能受菩薩淨戒律儀受已終無毀犯退屈能正堪忍攝受自他於當來世一切菩薩所起事業稟性堅固凡所造修若未成辦終無懈退是名菩薩勇猛果利當知菩薩舒手惠施能解甚深義理密意所得果利如威力品惠施威力般若威力差別應知是名菩薩舒手惠施能解甚深義理密意二種果利是名菩薩五相果利

云何五相如是次第謂諸菩薩先修哀愍攝受有情於彼顧念欲作饒益次修愛語為彼有情出不善處安立善處宣說正理攝受教誨次修勇猛於已趣入諸有情類若諸有情起諸邪行種種煩惱變異事中皆能堪忍為不棄捨安住種種正行邪行諸有情故是諸

菩薩修勇猛已一類有情以財攝受能令成熟一類有情以法攝受能令成熟一類有情以財以法二種攝受能令成熟是故菩薩次後修習舒手惠施能解甚深義理密意當知是名菩薩五相前後次第

問菩薩五相六到彼岸何到彼岸攝何等相

答菩薩哀愍當知靜慮到彼岸攝菩薩愛語尸羅般若到彼岸攝菩薩勇猛進忍般若到彼岸攝菩薩所有舒手惠施當知即施到彼岸攝菩薩所有能解甚深義理密意靜慮般若到彼岸攝

如是眞實菩薩五相當知一一皆有五轉所謂自性依處果利次第相攝已廣分別應如實知

本地分中菩薩地

第二持隨法瑜伽處分品第二

在家出家二分菩薩有幾種法正修學時速證無上正等菩提嗢柁南曰

二分諸菩薩　初事業善修　善巧饒益他
迴向最爲後

謂諸菩薩或在家分或出家分差別轉時略有四法當知令此在家出家二分菩薩正勤修學速證無上正等菩提何等爲四一者善修事業二者方便善巧三者饒益於他四者無倒迴向

云何菩薩善修事業謂諸菩薩於六波羅蜜多決定修作委悉修作恒常修作修罪修作

云何菩薩於施波羅蜜多決定修作謂諸菩薩現有種種可施財法諸乞求者正現在前有恩無恩有德有失無有差別要當施與若

人非人若諸沙門若婆羅門及餘世間無有如法能令施心有所傾動云何菩薩於施波羅蜜多委悉修作謂諸菩薩現有種種可施財法諸乞求者正現在前一切施與無有少物於諸有情而不能捨於内身命尚能惠施何況外物云何菩薩於施波羅蜜多恒常修作謂諸菩薩於修惠施無有猒倦恒常無間於一切時隨有所得即隨惠施無所悋惜云何菩薩於施波羅蜜多無罪修作謂諸菩薩遠離如前施品所説諸雜染施修行所餘無雜染施如是菩薩於施波羅蜜多能善修作如於施波羅蜜多能善修作如是於戒忍精進靜慮慧波羅蜜多如其所應當知亦爾是名菩薩由四行相於其六種波羅蜜多決定修作委悉修作恒常修作無罪修作

云何菩薩方便善巧當知如是方便善巧略有十種何等爲十一者憎背聖教有情除其恚惱方便善巧二者處中有情令其趣入方便善巧三者已趣入者令其成熟方便善巧四者已成熟者令得解脱方便善巧五者於諸世間一切異論方便善巧六者於諸菩薩淨戒律儀受持毀犯能正觀察方便善巧七者於諸正願方便善巧八者於聲聞乘方便善巧九者於獨覺乘方便善巧十者於其大乘方便善巧如是一切方便善巧如前即此菩薩地中隨彼彼處已廣分別如應當知如是十種菩薩所有方便善巧能作五事謂由前四種方便善巧令諸菩薩能正安立所化有情於自義利由於世間一切異論方便善巧令諸菩薩善能摧伏一切異論由於菩薩

淨戒律儀受持毀犯能正觀察方便善巧令諸菩薩不犯所犯犯已速疾如法悔除於善清淨菩薩所受淨戒律儀能善修瑩由於正願方便善巧令諸菩薩能證當來一切所愛事義圓滿由於三乘方便善巧令諸菩薩於諸有情隨其種性根及勝解說相稱法說順正理是名十種方便善巧令諸菩薩能作五事由此五事能令菩薩現法當來一切事義皆得究竟

云何菩薩饒益於他謂諸菩薩依四攝事即布施愛語利行同事能與一分有情利益能與一分有情安樂能與一分所化有情利益安樂是名略說菩薩所有饒益於他廣說如前自他到品應知其相

云何菩薩無倒迴向謂諸菩薩三門積集所有善根即善修事業方便善巧饒益於他去來今世一切攝取以淳一味妙淨信心迴求無上正等菩提終不用此所集善根希求世間餘果異熟唯除無上正等菩提

世尊所有爲在家分或出家分諸菩薩說所應學法當知一切此四所攝謂善修事業方便善巧饒益於他無倒迴向是故如是善修事業方便善巧饒益於他無倒迴向諸菩薩衆親近隣逼難得難證無上菩提當知過去未來現在所有菩薩或在家分或出家分精勤修學於其無上正等菩提曾當現證一切皆由如是四法除此無有若過若增

又諸菩薩或在家分或出家分雖復同於如是四法正勤修學而出家者於在家者甚大殊異甚大高勝所以者何當知一切出家菩

薩於其父母妻子親屬攝受過患皆得解脫在家菩薩則不如是又復一切出家菩薩於爲攝受父母親屬營農商估事王業等種種艱辛遽務憂苦皆得解脫在家菩薩則不如是又復一切出家菩薩一向能行鉤鎖梵行在家菩薩則不如是又復一切出家菩薩普於一切菩提分法速證通慧隨所造修彼彼善法皆能疾疾到於究竟在家菩薩則不如是又復一切出家菩薩安住決定清淨律儀凡所發言衆咸信奉在家菩薩則不如是如是等類無量善法當知一切出家菩薩於在家者甚大殊異甚大高勝

本地分中菩薩地

第二持隨法瑜伽處增上意樂品第三

云何菩薩增上意樂嗢柁南曰

智者於有情　有七相憐愍　十五勝意樂作十事應知

謂諸菩薩於諸有情深心發起七相憐愍以諸菩薩具憐愍故名善意樂極善意樂何等名爲七相憐愍一者無畏憐愍二者如理憐愍三者無倦憐愍四者無求憐愍五者無染憐愍六者廣大憐愍七者平等憐愍謂諸菩薩於諸有情非怖畏故而起憐愍現行隨順身語意業適可其心利益安樂是名菩薩無畏憐愍又諸菩薩於諸有情非不如理憐愍而轉謂終不以非法非律非賢善行及以非處勸授有情是名菩薩如理憐愍又諸菩薩於諸有情如是憐愍隨其所宜發起一切饒益事業曾無猒倦是名菩薩無倦憐愍又諸菩薩於諸有情不待求請自起憐愍爲作饒

益是名菩薩無求憐愍又諸菩薩於諸有情無愛染心而起憐愍謂饒益他不祈恩報亦不悕望當來可愛諸果異熟是名菩薩無染憐愍亦名菩薩無緣憐愍又諸菩薩於諸有情所起憐愍唯是廣大而非狹小言廣大者謂於一切諸有情所雖遭一切不饒益事而不棄捨菩薩自身寧受非愛終不以惡欲加於彼是名菩薩廣大憐愍又諸菩薩如是相狀如是功德相應憐愍普於一切諸有情類平等平等於有情界無有分限是名菩薩平等憐愍菩薩與此七種行相憐愍相應名善意樂極善意樂

當知此中淨信為先擇法為先於諸佛法所有勝解印解決定是名菩薩增上意樂如是菩薩增上意樂當知略說有十五種何等十五一最上意樂二遮止意樂三波羅蜜多意樂四真實義意樂五威力意樂六利益意樂七安樂意樂八解脱意樂九堅固意樂十無虛妄意樂十一不清淨意樂十二清淨意樂十三善清淨意樂十四應調伏意樂十五俱生意樂謂諸菩薩於佛法僧最上真實起勝意樂是名菩薩最上意樂又諸菩薩於所受持淨戒律儀起勝意樂是名菩薩遮止意樂又諸菩薩於所修證施忍精進靜慮般若起勝意樂是名菩薩波羅蜜多意樂又諸菩薩於法無我補特伽羅無我甚深勝義諸法真如起勝意樂是名菩薩真實義意樂又諸菩薩於佛菩薩不可思議神通威力或俱生威力起勝意樂是名菩薩威力意樂又諸菩薩於諸有情欲以善法而授與之是名菩薩利

益意樂又諸菩薩於諸有情欲以饒益而授與之是名菩薩安樂意樂又諸菩薩即於如是諸有情所無愛染心又於當來可愛異熟其心無繫是名菩薩解脱意樂又諸菩薩於其無上正等菩提其心專注曾無變易是名菩薩堅固意樂又諸菩薩於諸有情饒益方便於大菩提趣證方便無顛倒智俱行勝解是名菩薩無虚妄意樂又諸菩薩勝解行地所有一切增上意樂是名菩薩不清淨意樂又諸菩薩從淨勝意樂地乃至決定行地所有一切增上意樂是名菩薩清淨意樂又諸菩薩到究竟地所有一切增上意樂是名菩薩善清淨意樂又諸菩薩不清淨意樂是則名爲應調伏意樂由此意樂應思擇故又諸菩薩清淨意樂善清淨意樂是則名爲俱生意樂由此意樂性成就故於所依中善安立故如是菩薩十五妙善增上意樂隨一切地以要言之能作十事何等爲十謂諸菩薩最上意樂能於三寶修一切種最勝供養普於一切菩提資糧爲最第一又諸菩薩遮止意樂能於所受淨戒律儀命難因緣亦不故思犯於所犯設有所犯疾疾悔除又諸菩薩波羅蜜多意樂能於善法常勤修習無放逸住常住最勝無放逸住又諸菩薩真實義意樂能爲有情以無染心流轉生死不捨涅槃增上意樂又諸菩薩威力意樂能於聖教覺受淳淨上妙法味復能於修起堅固想欣樂多住不唯聞思便生喜足又諸菩薩利益意樂安樂意樂解脱意樂能於一切饒益有情所作事業精勤修習雖常修習而無猒倦又諸

菩薩堅固意樂能於種種熾然精進廣大精進發起安住無緩加行無斷加行又諸菩薩無虛妄意樂能於所引彼彼善法速證通慧不於少分下劣薄弱差別證中而生喜足又諸菩薩應調伏意樂能引俱生意樂又諸菩薩俱生意樂能於無上正等菩提速疾趣證能與天人作諸義利利益安樂應調伏意樂即不清淨意樂俱生意樂即清淨意樂善清淨意樂故不別說

世尊所有爲諸菩薩於彼彼處種種宣說施設開示增上意樂當知一切即此十五意樂所攝是故過去未來現在妙善意樂諸菩薩衆於其無上正等菩提曾當現證一切皆由如是所說十五意樂除此無有若過若增如是菩薩十五意樂能得最大菩提果利是故菩薩依此意樂速證無上正等菩提

本地分中菩薩地

第二持隨法瑜伽處住品第四之一

如是始從種性具足廣說乃至於如所說菩薩所學正勤修學於如所說菩薩諸相正等顯現於諸菩薩分加行中正勤修學於如所說菩薩意樂能淨修治諸菩薩衆略有菩薩十二種住由此菩薩十二種住普攝一切諸菩薩住普攝一切諸菩薩行復有如來第十三住由此住故現前等覺廣大菩提名無上住云何菩薩十二住等嗢柁南曰

種姓勝解行　極喜增上戒　增上心三慧
無相有功用　無相無功用　及以無礙解
最上菩薩住　最極如來住

謂菩薩種性住勝解行住極歡喜住增上戒

住增上心住增上慧住復有三種一覺分相應增上慧住二諸諦相應增上慧住三緣起流轉止息相應增上慧住謂諸菩薩如實了知能觀眞實所觀眞實及於眞實諸有情類由無智故衆苦流轉由有智故衆苦止息如是菩薩由於三門以慧觀察故有三種增上慧住及有加行有功用無間缺道運轉無相住無加行無功用無間缺道運轉無相住無礙解住最上成滿菩薩住是名菩薩十二種住如是菩薩十二種住普攝一切諸菩薩住普攝一切諸菩薩行如來住者謂過一切諸菩薩住現前等覺大菩提住此中最後如來住者於後究竟瑜伽處最後建立品當具演說菩薩所有十二種住如所安立我今當說云何菩薩種性住云何菩薩住種性住謂諸菩薩住種性住性自仁賢性自成就菩薩功德菩薩所應衆多善法於彼現行亦有顯現由性仁賢逼遣方便令於善轉非由思擇有所制約有所防護若諸菩薩住種性住住持一切佛法種子於自體中於所依中已具足有一切佛法一切種子又諸菩薩住種性住性離麤垢不能現起上煩惱纏由此纏故造無間業或斷善根如種性品所說種種住種性相於此菩薩種性住中亦應廣說應如實知是名菩薩種性住

云何菩薩勝解行住謂諸菩薩從初發心乃至未得清淨意樂所有一切諸菩薩行當知皆名勝解行住又諸菩薩種性住中於餘十一諸菩薩住及如來住唯有因轉攝受彼因於餘所有諸菩薩住尚未發趣未得未淨況

如來住若諸菩薩勝解行住普於一切餘菩薩住及如來住皆名發趣未得未淨即於如是勝解行住亦名發趣亦名爲得爲令清淨而修正行勝解行住既清淨已極歡喜住先已發趣令復名得爲令清淨而修正行極歡喜住既清淨已增上戒住先已發趣令復名得爲令清淨而修正行如是廣説展轉乃至最上成滿菩薩住即此最上成滿菩薩住既清淨已從此無間其如來住先已發趣當知於今頓得頓淨是如來住於菩薩住當知此中如是差别

云何菩薩極歡喜住謂諸菩薩淨勝意樂住

云何菩薩增上戒住謂諸菩薩淨勝意樂爲緣所得性戒相應住云何菩薩增上心住謂諸菩薩增上戒住清淨爲緣所得世間靜慮等持等至住云何菩薩覺分相應增上慧住謂諸菩薩以世間淨智所依等持爲所依止爲覺諸諦於正念住等三十七菩提分法妙揀擇住云何菩薩諸諦相應增上慧住謂諸菩薩覺分揀擇爲所依止於諸諦中如實覺住云何菩薩緣起流轉止息相應增上慧住謂諸菩薩於諦能覺增上力故揀擇顯示由無智故苦及因起揀擇顯示由有智故苦及因滅住云何菩薩有加行有功用無相住謂諸菩薩即由三種增上慧住增上力故有加行有功用無缺無間於一切法眞如無分别慧修俱行住云何菩薩無加行無功用無相住謂諸菩薩即於前無相住多修習已任運自然無缺無間運轉道隨行住云何菩薩無礙解住謂諸菩薩即以善清淨無動慧等持

爲所依止得廣大慧爲他說法無上爲依能於諸法異門義趣釋詞差別妙揀擇住云何菩薩最上成滿菩薩住謂諸菩薩安住於此於菩薩道已到究竟於阿耨多羅三藐三菩提已得大法灌頂或一生所繫或居最後有從此住無間即於爾時證覺無上正等菩提能作一切佛所作事

又諸菩薩勝解行住於菩薩修所作狹小所作有缺所作不定所得有退極歡喜住於菩薩修所作廣大所作無缺所作決定隨所獲得無復退轉如極歡喜住乃至三種增上慧住應知亦爾從初無相住乃至最上成滿菩薩住於菩薩修所作無量所作無缺所作決定隨所獲得終無退轉

又諸菩薩勝解行住於菩薩無相修當知發趣極歡喜住增上戒住增上心住增上慧住於菩薩無相修當知獲得初無相住於菩薩無相修當知圓證第二無相住於菩薩無相修當知清淨無礙解住最上成滿菩薩住於菩薩無相修果當知領受

問勝解行住菩薩轉時應知何行何狀何相答勝解行住菩薩轉時思擇力勝於諸菩薩所作加行以分別慧數數思擇方能修作未能住性成辦所作未得堅固相續無退菩薩勝修如於勝修於勝修果種種無礙解神通解脫等持等至亦未能得未能超越五種怖畏謂不活畏惡名畏死畏惡趣畏處衆怯畏於所應作利有情事策勵思惟方能修作未能任性哀愍愛念或於一時於諸有情由身語意發起邪行或於一時於諸境界發起貪

著或於一時於資生具現有慳恪信他諸佛菩薩而行未能自内了知眞實語於如來或法或僧或眞實義或有情事或佛菩薩神通威力或因或果或應得義或得方便或於所行皆隨他信成就狹小聞所成智思所成智而非無量又即於此或時忘失有忘失法成就菩薩苦遲通行於大菩提無猛利樂欲無熾然精進無有甚深牢固淨信於其三處有忘失念一於境界可意不可意色聲香味觸法中或於一時其心顚倒忘失正念二於受生彼彼身中既受生已忘失前生三於所受所持諸法久作久說或於一時有所忘失於是三處有忘失念或於一時具足聰慧於其諸法能受能持於其義理堪能悟入或於一時則不如是或於一時具足憶念或於一時

成妄念類於諸有情未能了知如實調伏善巧方便於自佛法亦未了知如實引發善巧方便爲他說法教授教誡勉勵而轉勉勵轉故不如實知或時虛棄或不虛棄如闇中射或中不中隨欲成故或於一時於大菩提雖已發心而復退捨或於一時棄捨菩薩先所受學淨戒律儀不能受學或於一時雖勤修習利有情事而於中間生猒倦故復還棄捨利有情事由意樂故欲令自樂由思擇故欲令他樂於諸菩薩所有違犯多分遍知非數遍知無餘永斷由於毀犯數現行故或於一時於菩薩藏法毗柰耶他所引奪或於一時聞說甚深廣大法教而生驚怖其心搖動猶豫疑惑於諸有情遠離一切現行大悲於諸有情少分現前利益安樂未能廣大未能無

量於如上說一切圓滿菩薩學中未能普學於如上說一切圓滿菩薩諸相未皆成就於如上說一切圓滿二分菩薩正加行中未等顯現於如上說菩薩意樂猶未清淨於其無上正等菩提自謂爲遠未於涅槃增上意樂安立深固如於生死長時流轉於其熾然無動妙善菩提分法未能成就如是等類當知是名勝解行住菩薩轉時諸行狀相是諸菩薩勝解行住下忍轉時如上所說諸行狀相當知上品中忍轉時如上所說諸行狀相當知中品上忍轉時如上所說當知下品其性微薄即於如是上忍轉時於上所說諸行狀相漸次能令無餘永斷從此無間當知菩薩入極喜住由得方便極喜住中勝解行住所說諸法皆無所有與彼相違所有一切白品諸法皆悉顯現由諸菩薩成就此故轉得名爲淨勝意樂勝解行住菩薩轉時雖有少分輭中上品方便展轉清淨勝解而未得名淨勝意樂何以故由此勝解爲彼多種諸隨煩惱染汙而轉極歡喜住菩薩住時一切勝解諸隨煩惱皆悉永斷離隨煩惱淨勝解轉問極歡喜住菩薩轉時應知何行何狀何相答若諸菩薩從勝解行住入極歡喜住先於無上正等菩提菩薩弘願未善通達菩提自性未善通達菩提方便多分隨順他緣而轉不善決定除捨彼故發起六相新善決定內證修性菩薩大願超過一切餘白淨願無等不共果是世間超越一切世間境界隨救一切有情苦故不共一切聲聞獨覺雖一刹那生起此願法性自爾能得菩提無量白法可愛

之果又此大願無變無盡自性得已無異因緣令其退轉變異可得又是勝分墮後邊際極大菩提如此菩薩善決定願亦名發心又即如是菩薩發心略由四相應當了知何等爲四一者何相菩薩發心二者發心何所緣慮三者發心何狀何相何自性起四者發心有何勝利由此四相應當了知菩薩發心謂諸菩薩勝解行住已善積集一切善根於菩薩行已正超出略說是相菩薩發心又諸菩薩緣當來世無倒速疾一切菩提資糧圓滿一切菩薩利有情事圓滿無上正等菩提一切種一切佛法圓滿諸佛所作事業圓滿略說緣慮如是發心又諸菩薩無倒速疾發起一切菩提資糧隨順於諸有情一切菩薩所作隨順獲得無上正等菩提無師自然妙智隨順遍一切種諸佛所作事業隨順廣大願心又諸菩薩發是心已超過菩薩凡異生地證入菩薩正性離生生如來家成佛真子決定趣向正等菩提決定紹繼如來聖種又正獲得如實證淨極多歡喜於他有情遠離多分忿害鬬諍於一切種菩薩所作利衆生事於一切種菩提資糧圓滿於一切種無上菩提一切佛法於一切種佛所作事以淨增上意樂攀緣勝解趣入於是諸法速疾圓證自觀已身能正隨順如是解了極多歡喜又自觀見妙善廣大能引出離無染無等攝受饒益身心歡喜於此無量熾然善法皆悉成就又自了知我於無上正等菩提今已隣近於大菩提我勝意樂已得清淨我今已離一切怖畏由是因緣極多歡喜由諸菩薩已能發

起善決定心於五怖畏皆悉除斷由善修習無我妙智分別我想尚不復轉況當得有分別我愛或資生愛由是因緣無不活畏由於他所無所悕望常自發起如是欲樂我當饒益一切有情非於有情有所求覔由是因緣無惡名畏由離我見於我無有失壞想轉故無死畏自知死後於當來世決定值遇諸佛菩薩由此決定無惡趣畏由意樂見一切世間尚無有一與我齊等何況殊勝是故無有處衆怯畏菩薩如是遠離一切五種怖畏遠離一切聞說甚深正法驚怖遠離一切高慢憍傲遠離一切他不饒益種種邪行所起瞋恚遠離一切世財貪喜無染汙故無所憎背有熾然故無俗意樂能圓滿證一切善法又現法中能起菩薩一切精進信增上力爲前導故於當來世如前所說菩提分品十種大願今即於此極歡喜住能具引發由得清淨勝意樂故爲欲供養最勝有情眞實福田大師法主是故引發第一大願爲欲受持彼所宣說無上正等法是故引發第二大願爲欲勸請轉未曾有妙正法輪是故引發第三大願爲欲順彼行菩薩行是故引發第四大願爲欲成熟彼器有情是故引發第五大願爲欲往趣諸佛國土奉見如來承事供養聽受正法是故引發第六大願爲淨修治自佛國土是故引發第七大願爲於一切在所生處常不違離諸佛菩薩與諸菩薩常同一味意樂加行是故引發第八大願常爲利益一切有情曾無空過是故引發第九大願爲證無上正等菩提作諸佛事是故引發第十大願

作是願言如有情界展轉相續終無斷盡亦如世道展轉相續終無斷盡我此大願生生相續乃至究竟菩提邊際常不遠離常不忘失常不乖離如是自誓心發正願當知此中前就所應願事起願後即就願以起於願如是菩薩十種大願以爲上首能生無數百千正願如是菩薩於當來世具諸大願於現法中發大精進

復有十種淨修住法由是能令極歡喜住速得清淨一者於諸佛法深生淨信二者觀諸有情緣起道理證得唯有純大苦蘊發起大悲三者觀見彼已自誓願言我當令彼諸有情類解脫如是純大苦蘊得第一樂發起大慈四者爲欲救拔一切憂苦自無顧戀無顧戀故能捨内外一切身財於諸有情而行惠施五者爲欲利益諸有情故從他勤求世出世法曾無猒倦六者無猒倦故證得一切論智清淨善知諸論七者善知論故於劣中勝諸有情所如應如宜而修正行善解世間八者即於如是正加行中依應時分量等正行而修慚愧九者即於如是正加行中得無退轉堅力持性十者以諸上妙利養恭敬及與正行供養如來是名十種淨修住法由此能令極歡喜住速得清淨所謂淨信慈悲喜捨無有猒倦善知諸論善解世間修習慚愧堅力持性供養如來

又諸菩薩於此十法受學隨轉多修習已復於餘九增上戒等諸菩薩住從佛菩薩專精訪求一切種道功德過失及神通樂無失壞道善取其行得等流相於一切住自然昇進

證大菩提爲大導師率領一切有情商旅超度生死曠野嶮道當知此中諸行能入說名爲行若正入時說名爲得入已果利成辦圓證說名等流

又諸菩薩住此住中由二因緣現見諸佛或由聽聞菩薩藏說或由內心發起勝解信有十方種種異名諸世界中種種異名諸佛如來由麤淨信俱行之心求欲現見如是求已如實稱遂當知是名第一因緣又心發起如是正願隨於彼彼諸世界中有佛出現我當往生如是願已如實稱遂當知是名第二因緣菩薩如是由麤淨信現見諸佛由正願力現見諸佛既得見已隨力隨能與一切種恭敬供養奉施種種上妙樂具及於僧衆恭敬供養於如來所聽聞正法無倒受持精進修行法隨法行以四攝事成熟有情一切善根悉皆迴向無上菩提由是三種清淨因緣彼諸善根倍復明淨謂於佛僧法供養攝受故以四種攝事成熟有情故以一切善根迴向菩提故如是乃至無量俱胝那庾多百千大劫譬如世間黠慧工匠以鑛性金置於火中如如燒鍊如是如是轉得明淨如是淨勝意樂菩薩所有善根由是三種清淨因緣轉復明淨當知亦爾

又住於此在在生處多作輪王王贍部洲得大自在遠離一切所有慳垢威被有情調伏慳恪諸四攝事所作業中一切不離佛法僧寶證一切種菩提作意恒發願言我當一切有情中尊作諸有情一切義利所依止處若樂發起如是精進棄捨一切家屬財位歸

佛聖教淨信出家一刹那頃瞬息須臾能證菩薩百三摩地以淨天眼能於種種諸佛國土見百如來又即於彼變化住持菩薩住持皆能解了以神通力動百世界身亦能往放大光明周帀遍照普令他見化爲百類成熟百種所化有情若欲留命能住百刼於前後際各百刼事智見能入蘊界處等諸法門中於百法門能正思擇化作百身身身皆能現百菩薩眷屬圍遶自兹以去是諸菩薩由願力故當知無量威力神變安住如是極歡喜住諸菩薩衆願力增上能引無量殊勝正願所作神變如是正願乃至俱胝那庾多百千大刼不易可數

當知是名略説菩薩極歡喜住謂善決定故四相發心故發起精進引發正願故淨修住法故開曉餘住故修治善根故受生故威力故若廣宣説如十地經極喜地説彼十地經廣所宣説菩薩十地即是此中菩薩藏攝摩怛理迦略所宣説菩薩十住如其次第從極歡喜住乃至最上成滿菩薩住應知此中由能攝持菩薩義故説名爲地能爲受用居處義故説名爲住

瑜伽師地論卷第四十七

音釋

怯劣 怯乞業切畏懦也劣龍輟切弱也 俳優 俳步皆切優於求切俳優倡戲也 睇 大計切顧視也 懈怠 懈古隘切嬾惰也怠徒耐切倦也 勵 力制切勉力也 慳悋 慳苦閑切靳惜也悋良刃切貪鄙也 俱胝 梵語也此云百億胝張尼切

瑜伽師地論卷第四十八

彌勒菩薩說

唐三藏沙門玄奘奉詔譯

本地分中菩薩地

第二持隨法瑜伽處住品第四之二

問增上戒住菩薩轉時當知何行何狀何相答若諸菩薩先於極歡喜住由十種心意樂已得意樂清淨何等爲十一者於一切師長尊重福田不行虛誑意樂二者於同法菩薩忍辱柔和易可共住意樂三者勝伏一切煩惱及隨煩惱衆魔事業心自在轉意樂四者於一切行深見過失意樂五者於大涅槃深見勝利意樂六者於諸妙善菩提分法常勤修習意樂七者即於彼修爲隨順故樂處遠離意樂八者於諸世間有染尊位利養恭敬無所顧戀意樂九者遠離下乘趣證大乘意樂十者欲作一切有情一切義利意樂如是十種無倒意樂依心而轉是故說爲意樂清淨即由如是十種意樂成上品故極圓滿故是諸菩薩入證第二增上戒住於此住中性戒具足極少邪惡業道所攝諸惡犯戒尚不現行況中上品又於十種圓滿業道自性顯現菩薩如是住戒具足能以妙慧於染不染惡趣善趣及諸乘中諸業現行若因若果修證安立如實了知於異熟果及等流果如是諸業如實了知自能現斷諸不善業自能現受一切善業即於其中樂勸導他能正勸導於其種種不平等業現行過失之所染汙諸有情界若興若衰等無差別一切皆墮第一義苦並住艱辛種種艱辛之所逼切甚可哀

愍於彼獲得廣大哀愍如實觀照是諸菩薩安住如是增上戒住廣見諸佛善根清淨如前應知此差別者謂如世間善巧工匠以所鍊金置迦肆娑置於火中數數燒鍊轉更明淨如是菩薩善根清淨當知亦爾於此住中淨心意樂成滿趣入在所生處多作輪王王四大洲以自在力令多有情止息犯戒不善業道勸彼受行諸善業道當知威力過前十倍當知是名略說菩薩增上戒住謂意樂淨故性戒具足故離一切種毀犯戒垢故一切業道一切因果了知通達故於諸淨業能自受行亦樂勸他令其受行故於有情界諸業所生衆苦艱辛得大哀愍如實觀照故善根清淨故受生故威力故若廣宣說如十地經離垢地說遠離一切犯戒垢故名離垢地由離一切犯戒垢故即此名爲增上戒住彼離垢地當知即此增上戒住

問增上心住菩薩轉時當知何行何狀何相答若諸菩薩先於增上戒住已得十種清淨意樂作意思惟解了通達復由餘十淨心意樂作意思惟成上品故極圓滿故過增上戒住入增上心住何等爲十一者作意思惟我於十種淨心意樂已得清淨二者作意思惟我於十種淨心意樂已清淨故能不退失三者作意思惟我於一切漏有漏法心不趣入於違背中能正安住四者作意思惟我能於彼修對治中識正安住五者作意思惟我能於彼所修對治不復退失六者作意思惟我於如是堅固對治不爲一切漏有漏法一切魔軍之所勝伏七者作意思惟我今能於一

切佛法其心無有怯劣而轉八者作意思惟我今能於一切苦行無有怯弱九者作意思惟我心一向於大乘中深生信解終不愛樂餘下劣乘十者作意思惟我於一切利有情事深心愛樂由此十種淨心意樂作意思惟能入菩薩增上心住菩薩安住增上心住能以種種過患行相壞一切行於彼諸行深心猒離於佛妙智能以種種勝利行相見大勝利又於其中能以淳淨一味欲樂深生愛慕於有情界能以種種苦惱行相觀為有苦於諸有情興悲戀心生依義心於一切行無有放逸為大菩提熾然精進於諸有情能起廣大悲愍意樂觀諸有情解脱衆苦究竟方便唯是一切煩惱諸纏無障礙智觀彼解脱能圓證者唯於法界一切分別現行雜染生起對治無分別慧觀能成辦彼智光明唯是無倒勝三摩地觀所引發一切靜慮等持等至皆菩薩藏聽聞為先皆聞正法以為縁起觀見是已發大精進訪求多聞為聞正法不惜身命無有資財内外愛物而不能捨無有師長不誓承事無有尊敎不誓奉行無有身苦而不誓受若聞佛法一四句頌歡喜踊躍勝得三千大千世界充滿其中大珍寶聚聞一句法是佛所説能引正等覺能淨菩薩行歡喜踊躍勝得一切釋梵護世轉輪王等極尊貴位設有告言善男子聽我有一句佛所説法能引正等覺能淨菩薩行汝欲聞不汝今若能投大火坑受大苦者當為汝説菩薩聞已歡喜踊躍答言我能我若得聞如前所説一句法義正使火坑量等三千大千世界滿

中熾火我從梵天尚投身入況小火坑爲求佛法尚應久處大那落迦受大苦惱況餘小苦而不應受菩薩發起如是精進求正法已復能如實如理思惟要正修行法隨法行方得名爲隨順佛法非但聽聞文字音聲而得清淨如是知已即依所聞正緣法相遠離諸欲惡不善法廣說乃至能得世俗四種靜慮四無色定及四無量五種神通具足安住既多住已復還棄捨諸靜慮等等持等至願自在力還來欲界觀彼彼處若爲有情能作義利若能圓滿菩提分法即便往生非但自在而生彼處如是菩薩離欲貪故名斷欲縛棄捨靜慮等持等至故名斷有縛菩薩先從勝解行地於法眞如修勝解故已斷見縛邪貪恚癡畢竟不轉廣見諸佛善根清淨如前應知此差別者謂如世間善巧工匠先所燒鍊手中眞金垢穢斯盡秤量等住如是菩薩善根清淨當知亦爾受生多分作釋天帝善化有情令離欲貪所有威力於前住中已說千數當知此中有百千數當知是名略說菩薩增上心住謂心意樂作意思惟成滿趣入故於一切行諸有情界及大菩提能正通達故於諸有情脱苦方便能正推求故於正法中起大恭敬訪求無倦故能正修行法隨法行於其世俗諸靜慮等等持等至無量神通能引能住故棄捨於彼願自在力隨樂受生故善根清淨故受生故神力故若廣宣說如十地經發光地說由發聞行正法光明等持光明之所顯示是故此地名發光地由内心淨能發光明是故說名增上心住由此義故名

發光地即由此義當知復名增上心住云何菩薩覺分相應增上慧住謂諸菩薩先於增上心住以求多聞增上力故已得十法明入由此十法明入成上品故極圓滿故超過增上心住入初增上慧住如是十法明入文辭如契經說應知其相謂若彼假設若於中假設若由此假設若平等勝義若染惱故清淨故成染成淨若由繫縛煩惱所染若由無上清淨所淨當知是名十法明入略所說義是諸菩薩住此住中如契經說不壞意樂而爲上首所有十種能成熟智智成熟法皆悉成就長如來家得彼體法觀一切種菩提薩埵增上力故修四念住而爲上首三十七種菩提分法如契經說由於此法方便攝受勤修習故最極微細薩迦耶見執著一切蘊界處等一切動亂皆得畢竟不現行斷由彼斷故一切如來所訶毀業皆不現行一切如來所讃美業如實隨轉既如是已其心轉復滋潤柔和有所堪能其心轉復種種行相皆善清淨又善知恩知報恩等隨順意樂種種白法皆悉成就尋求上地能修治業發大精進逮得安住由此因緣所有意樂增上意樂勝解界性皆得圓滿由是因緣一切外道種種魔軍聖教怨敵不能映奪不能傾動廣見諸佛善根清淨廣說如前應知其相此差別者謂如世間善巧工匠以所鍊金作莊嚴具非餘未作莊嚴具金之所映奪如是此中菩薩善根非餘安住凡住菩薩所有善根所能映奪如末尼寶所放光明非餘寶珠所能映奪一切世間風水雨等不能斷滅所放光明

如是此中菩薩所有智慧光明一切聲聞及獨覺等不能映奪一切魔怨不能斷滅受生多作蘇夜摩天王善化有情令其除滅薩迦耶見所有威力於前住中說百千數當知此中說俱胝數當知是名略說菩薩覺分相應增上慧住謂法明入成滿得入故成熟智故修習菩提分法故薩迦耶見等一切執著動亂斷故制業開業遠離習近故由是因緣心調柔故隨順功德皆隆盛故依所尋求修治地業發大精進故由是因緣所有意樂增上意樂勝解界性淨修治故由是因緣一切聖教所有怨敵不能映奪及傾動故善根清淨故受生故威力故若廣宣說如十地經焰慧地說於此地中菩提分法如實智焰能成正法教慧照明是故此地名焰慧地又即彼地

此中說名覺分相應增上慧住

云何菩薩諸諦相應增上慧住謂諸菩薩先於覺分相應增上慧住已得十種平等清淨意樂由彼平等清淨意樂成上品故極圓滿故超過第一增上慧住證入第二增上慧住十種平等清淨意樂所有文辭如契經說應知其相謂無等覺與諸覺等超過所餘諸有情界及以諸法如其平等當知是名十種平等清淨意樂略所說義如是菩薩住此住中多分希求智殊勝性於四聖諦由十行相如實了知一切文辭如契經說應知其相謂依曉悟他依自內智依俱處所名爲此說依於契經調伏本毋名由此說依於現在衆苦自性依於未來苦因生性依於因盡彼盡無生性依於修習彼斷方便性名如此說當知是

名十種行相四聖諦智所有略義如是於諦善巧菩薩於一切行以慧正毀於有情界增悲意樂於前後際愚癡有情所有邪行能正通達爲欲令彼得解脱故攝受廣大福智資糧心發正願及即於彼意樂引攝正念慧行而爲上首所有衆多殊勝功德皆悉增盛諸餘作意皆悉遠離以其種種成熟方便成熟有情如契經説所有種種能益有情世俗書論印筭計等工業明處於是一切皆能引發於諸有情深悲愍故漸次乃至方便安立妙菩提故隨順世間言説事故爲欲方便壞貧窮故爲令世間諸界錯亂人非人等所起災患皆息滅故爲施無罪諸戲樂具除彼非法諸戲樂故諸有希求種種居處資生具者爲少用功皆能施與種種居處資生具故爲欲拔濟諸王賊等逼惱事故爲欲開制是處非處諸加行故爲欲安立吉非吉事令取捨故爲正勸奬於現法中令其展轉不相誅掠及爲宣説當來無倒勝生道故當知是名能益有情工業明處略所説義其餘一切如前應知此差别者謂如世間義巧工匠以所鍊金作莊嚴具牟娑羅寶瑩飾廁鈿所有餘金無與等故不能映奪如是此中菩薩善根一切聲聞及諸獨覺餘地菩薩不能映奪又如日月諸宿光明一切風輪不能映奪然其迴轉共彼風同如是此中菩薩妙慧一切聲聞諸獨覺等不能映奪然其所作與世共同受生多作珊覩史多天王善化有情令捨一切外道邪法所有威力當知此説千俱胝數當知是名略説菩薩諸諦相應增上慧住謂十平

等清淨意樂成滿得入故善巧方便觀察諸諦漸增長故毀壞諸行悲愍有情漸增長故即爲是義長養廣大福智資糧心發正願勤加行故念慧行等德增長故無餘作意以一切種成熟有情勤加行故引發世間工巧業故善根清淨故受生故威力故若廣宣說如十地經極難勝地今此地中顯示菩薩於諸聖諦決定妙智極難可勝是故此地名極難勝即由此義應知此中諸諦相應增上慧住

云何菩薩緣起相應增上慧住謂諸菩薩先於諸諦相應增上慧住已得十種法平等性當知文辭如經廣説如是十種法平等性成上品故極圓滿故超過前住得入此住謂於一切法由有勝義自性無相平等性故言説造作影像無相平等性故即由此相自然不生平等性故因亦不生平等性故自然與因皆不生故畢竟本寂平等性故現有體事能取正智離諸戲論平等性故遠離一切取捨造作平等性故即此煩惱衆苦雜染離繫解脫平等性故分別所執境界自性如幻化等平等性故無分別智所行自性有無無二平等性故當知是名此中十種法平等性略分別義如是菩薩住此住中於諸有情增長悲愍於大菩提生起猛利欲樂悕求於諸世間合散生滅以一切種緣起正觀觀察了知依緣起智能引發空無相無願三解脫門由是因緣所有自他作者受者有無等想皆不復轉菩薩如是善於勝義顧念有情如理通達煩惱繫故緣和合故有爲諸法自性羸劣離我我所無量過失汙染而轉非離一切煩惱

繫縛衆緣和合是故我今爲自防護應令一切煩惱繫縛衆緣和合皆悉斷壞爲益有情不應永滅一切有爲如是菩薩住此住中智慧隨逐名無著智現前般若波羅蜜多住現前由此住故於一切世間行無染而行又即此住有猛利忍於第七地有加行行邊際菩薩忍當知是彼隨順忍攝又此無著智現前般若波羅蜜多住現前能引能引菩提衆緣於諸世間有爲諸行住而不住雖於寂滅見寂靜德而亦不住如是菩薩方便般若智所隨逐能入空三摩地令十百千上首三摩地門皆現在前如空三摩地如是無願無相三摩地當知亦爾由此上首三摩地門現在前故意樂不壞於一切種諸佛聖教一切外道及諸魔軍聖教怨敵不能引奪餘如前說此差別者謂如世間善巧工匠以所鍊金作莊嚴具瑠璃寶珠瑩飾廁鈿一切餘金不能映奪如是此中菩薩善根清淨殊勝如先所說不能映奪又如月光於有情身能令悦豫非四風輪所能斷壞如是此中菩薩慧光一切有情煩惱鬱蒸皆能息滅一切外道魔軍怨敵不能斷壞受生多作妙化天王善化有情令除一切增上慢等所有威力當知此中說百千俱胝數當知是名略說菩薩緣起相應增上慧住謂十法平等性成滿得入故覺悟緣起生解脱門故一切邪想不現行故方便攝受生死故無著智現前般若波羅蜜多住現在前故證得無量三摩地故證得不壞意樂故於佛聖教不可引奪故廣見諸佛善根清淨故受生故威力故若廣宣說如十地經

現前地說由此地中無著智現前般若波羅蜜多住現在前故名現前地即由此義當知亦名緣起相應增上慧住

云何菩薩有加行有功用無相住謂諸菩薩於前第六緣起相應增上慧住已得十種妙方便慧所引世間不共一切有情而共一切世間進道勝行即由如是妙方便慧所引不共進道勝行成上品故極圓滿故超過第六住得入第七住如是文辭如經廣說應知其相謂依能起世間興盛攝受福德依於有情利益安樂增上意樂依爲菩提福德資糧菩提分法後後勝進依不共聲聞依不共獨覺依有情界依諸法界依諸世界依諸如來身語心智當知是名妙方便慧所引不共進道勝行處所略義菩薩與彼共相應故便能通達無量無數如來境界及爲彼起無功用無相無分別無異分別觀無量佛境界起無間無缺精勤修學一切威儀行住作意一切分位不遠離道彼於一一心刹那中十波羅蜜多而爲上首一切菩提分法圓滿殊勝諸餘下住則不如是謂於第一極歡喜住正以大願爲勝所緣於第二住正能除遣毀犯戒垢於第三住正願增長得法光明於第四住正趣入道於第五住正入一切世間事業於第六住正入甚深緣起道理今即於此第七住中具足發起一切佛法覺支圓滿此住菩薩加行行圓滿所攝故妙智神通行清淨能入第八住故由是菩薩此住無間能入第八極清淨住彼第八住一向清淨此第七住猶名爲雜與清淨住爲前導故當言此住名不染

汙猶未得故當言此住墮雜染行今此住中一切貪等上首煩惱皆悉除斷當知此住非有煩惱非離煩惱一切煩惱不現行故悕求佛智猶未得故如是行者增上意樂已得清淨無量身語意業隨轉於諸如來所讚毀業如前廣說於第五住所引世間工巧業智轉得圓滿三千世界共許爲師唯除安住上住菩薩及諸如來意樂加行無與等者於一切靜慮等菩提分法皆能現前由修行相現在前故非由安住異熟分位如第八住此諸菩薩如是方便能善思擇諸三摩地引發菩薩三摩地上首十百千種三摩地門由得如是三摩地故超過一切聲聞獨覺三摩地境菩薩如是一切煩惱皆悉遠離難可了知一切分別現行隨逐身語意業皆悉安住而不捨離尋求勝進勇猛加行顧念有情爲大菩提速圓滿故離一切相無量身語意業隨轉妙善修治無生法忍之所顯發於此住中由自覺慧境界故超過一切聲聞獨覺境界餘六住中但由佛法增上所緣故超過一切聲聞獨覺境界又諸菩薩第六住中所入滅定今此住中念念能入然此菩薩甚希奇業不可思議謂常安住實際住中而於寂滅能不作證彼由如是妙方便智之所引發增上力故能行一切有情不共菩薩妙行雖與世間相似顯現而非彼性如經廣說此中總義謂依福業事攝受種種親屬徒衆求生差別發起勝進三解脱住信解劣乘方便調伏受用諸欲求欲差別轉諸外道隨他心轉隨大衆轉餘如前說此差別者謂如世間善巧工匠以

所鍊金作莊嚴具諸末尼寶瑩飾廁鈿甚爲光麗餘贍部洲一切金寶不能映奪如是此中菩薩善根轉復清淨一切聲聞獨覺善根及餘下住菩薩善根不能映奪又如日光多分乾竭贍部洲中所有穢濕餘一切光不能映奪如是此中菩薩慧光多分乾竭一切有情煩惱諸毒如前所說諸聲聞等所有智光不能映奪受生多作他化自在天王於能授與一切聲聞獨覺現觀方便善巧所有威力當知此說俱胝百千數當知是名略說菩薩有加行有功用無相住謂妙方便慧所引世間進道勝行成滿得入故通達如來佛境界起無間無缺勤加行故一一刹那圓證一切菩提分法故安立染汙不染汙故有加行行圓滿攝故依於意樂清淨業轉一切世間工巧業等皆圓滿故逮得無量不共一切聲聞獨覺三摩地故刹那刹那入滅定故現行一切有情不共世間行故善根清淨故受生故威力故若廣宣說如十地經遠行地說此地菩薩有加行行圓滿攝故名遠行地即由此義當知亦名有加行有功用無相住

云何菩薩無加行無功用無相住謂諸菩薩於初無相住中已得十種入一切法第一義智如經廣說謂依三世如其所應本來無生無起無相依餘因性無成無壞依第一義畢竟離言諸自性事言說造作影像自性由體相故及因性故都無所有即由如是雜染體性無流轉性無止息性依此無智邪執爲因於彼離言諸有體事初中後位一切時分染平等性依於真如無倒證入無有分別平等

性故能除雜染是名此中略所說義如是十種入一切法第一義智成上品故極圓滿故超過第七雜清淨住得入第八純清淨住住此住中於無生法證得菩薩第一最勝極清淨忍此復云何謂諸菩薩由四尋思於一切法正尋思已若時獲得四如實智如實了知一切諸法爾時一切邪分別執皆悉遠離觀一切法於現法中隨順一切雜染無生觀彼先時一切所有邪分別執因所生法於當來世一切無餘永不復生此四尋思四如實智廣說如前眞實義品此如實智始從勝解行住乃至有加行有功用無相住未極清淨今此住中已極清淨是故說言於無生法證得菩薩第一最勝極清淨忍是諸菩薩得此忍故得甚深住先於第一無相住中四種災患今悉除斷一者除斷於無相中有加行有功用事二者除斷於上清淨住精勤思慕三者除斷於一切種利有情事有大堪能精勤思慕四者除斷有微細想現在前行是故此住名極清淨又此菩薩於甚深住極生愛樂即於如是法門流中蒙諸如來覺悟勸導授與無量引發門智神通事業如是蒙佛覺悟勸導引發無量分身妙智得十自在如經廣說應知其相得自在故隨所欲住如意能住隨樂安住靜慮解脫等諸心住如意能住若覃思惟一切食等諸資生具悉皆成辦一切世間工業明處如其所欲悉能現行普於一切能感生業及於一切受生處所皆隨所欲自在往生隨所愛樂一切神通所作事業皆能起作一切妙願隨其所欲皆得稱遂隨於事

物發起勝解如所欲爲皆成無異隨所欲知所知境界皆如實知普於一切名句文身得隨所欲於一切法正安立中皆得善巧如是菩薩獲得自在從是已去所得自在所作勝利廣說如經應知其相又能棄捨麤見諸佛恒常無間不離見佛其餘所有善根清淨金喻光喻如經應知此住菩薩受生威力諸殊勝事皆如經說應知其相當知是名略說菩薩無加行無功用無相住謂入一切法第一義智成滿得入故得無生法忍故除斷一切災患故逮得菩薩甚深住故於法門流蒙佛授與無量引發門智神通事業故悟入無量分身智故得自在故領受所得自在勝利故善根清淨故受生故威力故若廣宣說如十地經不動地說於此地中捨先所有有加行有功用道其心昇上無行無功用任運而轉不動勝道是故此地名不動地即由此義當知說名無加行無功用無相住

云何菩薩無礙解住謂諸菩薩於甚深住不生喜足復於增上智殊勝性愛樂隨入是諸菩薩於諸法中起智加行應爲他說一切種智普於一切說法所作皆如實知當知此中說法所作謂於一切近稠林行如此雜染如此清淨由此雜染由此清淨若所雜染若所清淨若非一向若是一向若通二種如是一切皆如實知如是菩薩於說法中方便善巧於說所作方便善巧於一切種成大法師獲得無量陀羅尼門於一切種音詞支具剖析善巧辯才無盡成就如是法陀羅尼領受堪能菩薩由此勝無礙解引發言辭能坐如是

微妙法座若於是中若於是處宣說正法盡所有門若由此故於諸有情勸導慰喻安處事業此等堪能皆悉成就如是一切廣說如經應知其相善根清淨受生威力諸殊勝事亦廣如經應知其相當知是名略說菩薩無礙解住謂於甚深寂靜解脫不生喜足入勝進故於諸法中起智加行宣說法故此所作事如實知故得不思議大法師故善根清淨故受生故威力故若廣宣說如十地經善慧地說由此地中一切有情利益安樂意樂清淨逮得菩薩無礙解慧由此善能宣說正法是故此地名善慧地即由此義當知復名無礙解住

云何菩薩最上成滿菩薩住謂諸菩薩無礙解住一切行相遍清淨已堪爲法王受法灌頂得離垢等無量無數勝三摩地作彼所作一切智智殊勝灌頂後三摩地現在前故得一切佛相稱妙座身諸眷屬得大光明往來普照一切行相一切智智灌灑其頂既灌頂已普能引導所化有情於彼解脫方便佛事得如實智逮得無量無邊解脫陀羅尼門大神通力及此增上大念大智增上引發訓辭安立及大神通增上引發善根清淨受生威力諸殊勝事一切如經應知其相當知是名略說最上成滿菩薩住若廣宣說如十地經法雲地說是諸菩薩住此地中諸菩薩道皆得圓滿菩提資糧極善周備從諸如來大法雲所堪能領受其餘一切有情之類難可領受最極廣大微妙法雨又此菩薩自知大雲未現等覺無上菩提若現等覺無上菩提能

爲無量無邊有情等雨無比微妙法雨殄息一切煩惱塵埃能令種種善根稼穡生長成熟是故此地名法雲地即由此義當知復名最上成滿菩薩住

如是所説後後住中支分功德非前前住一切都無然下品故不墮其數當知即彼展轉修習成中上品於餘後地證得成滿方乃建立又即於此一一住中經多俱胝百千大劫或過是數方乃證得及與成滿然一切住總經於三無數大劫方得圓證謂經第一無數大劫方乃超過勝解行住次第證得極歡喜住此就恒常勇猛精進非不勇猛勤精進者復經第二無數大劫方乃超過極歡喜住乃至有加行有功用無相住次第證得無加行無功用無相住此即決定以是菩薩得淨意樂決定勇猛勤精進故復經第三無數大劫方乃超過無加行無功用無相住及無礙解住證得最上成滿菩薩住

當知此中略有二種無數大劫一者日夜月半月等算數方便時無量故亦説名爲無數大劫二者大劫算數方便超過一切算數之量亦説名爲無數大劫若就前説無數大劫要由無量無數大劫方證無上正等菩提若就後説無數大劫但經於三無數大劫便證無上正等菩提不過此量若正修行最上上品勇猛精進或有能轉衆多中劫或有乃至轉多大劫當知決定無有能轉無數大劫又由如是所説十二諸菩薩住經三無數大劫時量能斷一切煩惱障品所有麤重及斷一切所知障品所有麤重於三住中當知能斷

煩惱障品所有麤重謂於極歡喜住中一切惡趣諸煩惱品所有麤重皆悉永斷一切上中諸煩惱品皆不現行於無加行無功用無相住中一切能障一向清淨無生法忍諸煩惱品所有麤重皆悉永斷一切煩惱皆不現前於最上成滿菩薩住中當知一切煩惱習氣隨眠障礙皆悉永斷入如來住當知一切所知障品所有麤重亦有三種一者在皮麤重二者在膚麤重三者在實麤重當知此中在皮麤重極歡喜住皆悉巳斷在膚麤重無加行無功用無相住皆悉巳斷在實麤重如來住中皆悉巳斷得一切障極清淨智於三住中煩惱所知二障永斷所餘諸住如其次第修斷資糧

即於如是十三住中當知略有十一清淨謂於第一種性住中種性清淨於其第二勝解行住信勝解淨於其第三極歡喜住勝意樂淨於其第四增上戒住增上戒淨於其第五增上心住增上心淨於其第六第七第八增上慧住無顛倒智發起清淨於其第九有加行有功用無相住有加行行圓滿清淨於其第十無加行無功用無相住眞智神通引發清淨於第十一無礙解住能正爲他宣說法義無礙解淨於第十二最上成滿菩薩住中入一切種一切所知妙智清淨於第十三如來住中一切煩惱及所知障并諸習氣究竟清淨

如前菩薩功德品中所說八法能攝大乘當知在此十三住攝謂於第一第二住中於菩薩藏生信勝解聽受思惟第三住中得勝意

樂趣向前行勝修行相於餘一切乃至有加行有功用無相住中得修廣大於上三種淨行所攝菩薩住中修果成滿如來住中當知獲得究竟出離

當知菩薩十二種住隨其次第類聲聞住如諸聲聞自種性住當知菩薩初住亦爾如諸聲聞趣入正性離生加行住當知菩薩第二住亦爾如諸聲聞已入正性離生住當知菩薩第三住亦爾如諸聲聞已得證淨聖所愛味爲盡上漏增上戒學住當知菩薩第四住亦爾如諸聲聞依增上戒學引發增上心學住當知菩薩第五住亦爾如諸聲聞如其所得諸聖諦智增上慧學住當知菩薩第六第七第八住亦爾如諸聲聞善觀察所知無相三摩地加行住當知菩薩第九住亦爾如諸聲聞成滿無相住當知菩薩第十住亦爾如諸聲聞從此出已入解脱處住當知菩薩第十一住亦爾如諸聲聞具一切相阿羅漢住當知菩薩第十二住亦爾

本地分中菩薩地

第三持究竟瑜伽處生品第一

諸菩薩生略有五種攝一切生於一切住一切菩薩受無罪生利益安樂一切有情何等爲五一者除災生二者隨類生三者大勢生四者增上生五者最後生

云何菩薩除災生謂諸菩薩或大願力或自在力於諸飢饉厄難曠野正現前時爲令衆生少用功力而得存濟於大魚等種類中生身形廣大隨所生處以自身肉普給一切飢餓衆生皆令飽滿於諸有情衆多疾疫正現

前時以大願力得自在力持有神驗諸明呪力攝受廣大良藥王身息除一切有情疾疫於諸有情隣國戰諍互相逼惱正現前時以大願力得自在力作大地主具大勢力以法以正方便善巧息除隣國戰諍逼惱於諸有情互相違諍正現前時以大願力得自在力發誠信言往返和好除其怨結於諸衆生遭遇惡王非理縛録治罰逼迫身心擾亂正現前時以大願力得自在力生彼王家作如法王哀愍衆生息除一切逼惱苦事若諸有情起諸邪見造諸惡行隨一天處深生信解哀愍彼故以大願力得自在力生彼天處方便斷除邪見惡行是名略說菩薩除災生若廣宣說以大願力得自在力哀愍爲先於彼彼處受種種生當知無量

云何菩薩隨類生謂諸菩薩以大願力得自在力生於種種傍生趣類天龍藥叉阿素洛等展轉謀害違諍類中或生邪見婆羅門中或生樂行惡行類中或生喜樂邪命類中或生最極耽著諸欲信解諸欲有情類中爲欲除彼諸過失故往彼有情同分中生而爲上首爲上首已方便化導彼所行惡菩薩不行彼不行善菩薩現行爲欲令彼現行善故爲說正法由是菩薩與彼現行不同分故說正法故方便善巧除彼有情所有過失是名略說菩薩隨類生廣說如前當知無量

云何菩薩大勢生謂諸菩薩禀性生時所感壽量形色族姓自在富等諸異熟果一切世間最爲殊勝此異熟果所作事業自他利益已廣宣說是名略說菩薩大勢生若廣宣說

彼彼類中受大勢生當知無量

云何菩薩增上生謂諸菩薩始從第一極歡喜住乃至第十最上成滿諸菩薩住如前所說差別受生今於此中名增上生謂最初住作轉輪王王贍部洲得大自在乃至第十最上成滿諸菩薩住作大自在過色究竟一切生處最爲殊勝唯有已得最上成滿諸菩薩住摩訶薩衆得生其中彼諸菩薩即由此業增上所感是名略說菩薩增上生若廣宣說當知無量

云何菩薩最後生謂諸菩薩於此生中菩提資糧已極圓滿或生婆羅門大國師家或生刹帝利大國王家能現等覺阿耨多羅三藐三菩提廣作一切佛所作事是名略說菩薩最後生若廣宣說當知無量

若諸菩薩於去來今清淨仁賢妙善生處曾當現生一切皆此五生所攝除此無有若過若增唯除凡地菩薩受生何以故此中意取有智菩薩諸所受生爲五生故如是諸生大菩提果之所依止令諸菩薩疾證無上正等菩提

本地分中菩薩地

第三持究竟瑜伽處攝受品第二

於一切住菩薩行中當知菩薩略有六種於諸有情無倒攝受何等爲六一者頓普攝受二者增上攝受三者攝取攝受四者長時攝受五者短時攝受六者最後攝受

云何菩薩於諸有情頓普攝受謂諸菩薩初發心時攝受一切諸有情界皆爲眷屬作是思惟我當於彼隨能隨力作一切種利益安

樂饒益之事隨所思惟皆如是作是名菩薩於諸有情頓普攝受

云何菩薩於諸有情增上攝受謂諸菩薩或爲家主攝受父母妻子奴婢僮僕作使或爲國王攝受一切所統僚庶菩薩如是發起增上攝受想已於所攝受隨攝受儀隨菩薩儀業用而轉若爲家主於其父母種種方便勸修諸善隨時供養曾無懈廢善識其恩善知酬報於父母心善能隨順於法於義隨自在轉於其妻子奴婢等類隨時恣與如法衣食於諸事業終不逼切雖有違犯而能堪忍彼若疾病正能瞻療於諸善事勸令修習隨時賜與殊勝財物愛語慰喻不生奴婢作使等想瞻敬養育其若自身若爲國王不行黜罰不用刀杖而能正化以法以財用作饒益依本土田而自食用不以凶力侵掠他境隨能隨力於諸有情勸止諸惡教修諸善視諸衆生如父於子於他有情尚好等施況自親屬而不均濟不行欺誑所言誠諦遠離一切殺縛捶打治罰逼迫斷截等事是名菩薩於諸有情增上攝受

云何菩薩於諸有情攝取攝受謂諸菩薩正御徒衆當知是名略說菩薩於諸有情攝取攝受若廣說者由二因緣正攝徒衆說名菩薩於諸有情攝取攝受何等爲二一者以無染心正攝徒衆二者於自義利正教修習非邪加行而陷逗之又於一切應攝受中其心平等不墮偏黨亦不於彼慳恡正法不作師捲不於彼所悕求承事恭敬供養彼樂善故自求作者亦不遮止爲欲令其福德資糧得

增長故或遇餘時亦於彼所承事供養若於其義未解了者開悟令解已解了者轉令明淨生起疑惑隨爲除斷若生惡作善爲開解甚深義句以慧通達於時時間正爲開顯於苦於樂與彼共同於他所爲財利因緣成就上品經營遽務過於自事於他毀犯隨時正舉令其覺悟應時如理訶責擯罰彼有疹疾或有愁憂終不棄捨善權方便救療疹疾開解愁憂於諸下劣形色憶念精進智等終不輕陵於時時間隨入勞倦如其所宜爲說正法於時時間爲令繫念於所緣境與正教授堪忍問難不生憤發於彼戒行或等或增終無減劣亦不悕求利養恭敬具足悲愍無掉無動戒見軌則正命圓滿舒顏平視遠離顰蹙柔和善語先言問訊含笑爲先於諸善品恒常修習不行放逸離諸懈怠即以是事教習徒衆亦令自行轉更勝進菩薩不應於一切時攝取徒衆亦非不攝亦非變異是名菩薩於諸有情攝取攝受

云何菩薩於諸有情長時攝受謂諸菩薩於住下品成熟有情攝受饒益當知說名長時攝受以經久時方堪淨故

云何菩薩於諸有情短時攝受謂諸菩薩於住中品成熟有情攝受饒益當知說名短時攝受非經久時方堪淨故

云何菩薩於諸有情最後攝受謂諸菩薩於住上品成熟有情攝受饒益當知說名最後攝受即於此生堪任淨故

是名菩薩於諸有情略有六種無倒攝受由此攝受過去未來現在菩薩於諸有情皆正

攝受當正攝受現正攝受除此無有若過若增菩薩如是於諸有情六種攝受無倒轉時當知遭遇略十二種艱難之事聰叡菩薩於彼十二艱難之事當正覺了何等十二一者於多安住違犯有情若罰若捨是名菩薩遭艱難事二者於惡有情爲調伏故方便現行辛楚加行防自意樂不生煩惱是名菩薩遭艱難事三者現可施物極爲尠少現來求者其數彌多是名菩薩遭艱難事四者唯有一身衆多有情種種事業並現在前同時來請共爲助伴是名菩薩遭艱難事五者居放逸處若住世間可愛妙定若生天上樂世界中令心調善是名菩薩遭艱難事六者常求遍作利有情事而於此事無力無能是名菩薩遭艱難事七者於其愚癡諂詐剛强諸有情所若爲説法若復棄捨是名菩薩遭艱難事八者常於生死見大過失爲度有情而不棄捨是名菩薩遭艱難事九者未證清淨增上意樂多分慮恐失念命終是名菩薩遭艱難事十者未證清淨增上意樂他來求乞第一最勝所可愛物是名菩薩遭艱難事十一者種種異見種種勝解諸有情類若別教誨若總棄捨是名菩薩遭艱難事十二者常行最極不放逸行而不應斷一切煩惱是名菩薩遭艱難事若諸菩薩遭遇如是諸艱難事或於其中應觀輕重如其所應而作方便或於其中應審揀擇補特伽羅或於其中攀緣勇猛攝受因轉若發正願或於其中制御其心不令流散或於其中安住其心猛利思擇不生猒倦而自安忍或於其中而行放捨或於

其中發勤精進熾然無懈或於其中善巧方便而正修行菩薩如是於正對治方便善巧雖遭一切諸艱難事正現在前而無怯弱自正能免

瑜伽師地論卷第四十八

音釋

掠　力灼切劫奪也　廁鈿　廁初吏切間也鈿唐練切以寶貝飾器也　剖析　剖普后切判也析先擊切分析也　稼穡　稼居訝切種也穡所力切斂也　飢饉　飢居宜切穀不熟也饉渠吝切菜不熟也　疫　營隻切癘疫也　擯　必刃切斥也　諂詐　諂丑琰切佞言也詐側駕切欺誑也

瑜伽師地論卷第四十九

彌勒菩薩說

唐三藏沙門玄奘奉　詔譯

本地分中菩薩地

第三持究竟瑜伽處地品第三

如前所說十三住中應知隨彼建立七地前之六種唯菩薩地第七一種菩薩如來雜立爲地何等爲七一種性地二勝解行地三淨勝意樂地四行正行地五決定地六決定行地七到究竟地如是七種菩薩地中最後一種名爲雜地前種性住名種性地勝解行住名勝解行地極歡喜住名淨勝意樂地增上戒住增上心住三種增上慧住有加行有功用無相住名行正行地無加行無功用無相住名決定地此地菩薩墮在第三決定中故無礙解住名決定行地最上成滿菩薩住及如來住名到究竟地如來住地於後建立佛法品中當廣演說

問菩薩從勝解行地隨入淨勝意樂地時云何超過諸惡趣等答是諸菩薩依止世間清淨靜慮於勝解行地已善積集菩提資糧於如前說百一十苦諸有情類修習哀愍無餘思惟由此修習爲因緣故於彼色類諸有情所得哀愍意樂及悲意樂由是因緣爲利惡趣諸有情故誓居惡趣如已舍宅作是誓言我若唯住如是處所能證無上正等菩提亦能忍受爲除一切有情苦故一切有情諸惡趣業以淨意樂悉願自身代彼領受苦異熟果爲令畢竟一切惡業永不現行一切善業常現行故心發正願彼由修習如是世間清

淨靜慮悲願力故一切惡趣諸煩惱品所有
麤重於自所依皆得除遣由此斷故菩薩不
久獲得轉依於諸惡趣所有惡業畢竟不作
於諸惡趣決定不往齊此菩薩說名超過一
切惡趣亦名超過勝解行地亦名已入淨勝
意樂地如前住品所說信等能淨修治諸住
十法今於此中當知亦能淨修治地如是十
法所有安立所治能治略義次第皆應了知
謂彼十種淨修地法能對治彼所對治法故
得安立何等為十謂一切種全未發心全未
受持菩薩學處是名為信所對治法對治彼
故安立於信於諸有情有損害心是名為悲
所對治法對治彼故安立於悲於諸有情有
瞋恚心是名為慈所對治法對治彼故安立
於慈於身命財有所顧戀是名為捨所對治
法對治彼故安立於捨於諸有情悕求報恩
見彼邪行貪著利養多有所作是無猒倦所
對治法對治彼故安立無倦無有方便善巧
加行是善知論所對治法對治彼故立善知
論性不柔和不於他心隨順而轉是名善知
一切世間所對治法對治彼故安立善知
切世間於修善法放逸懈怠是名慚愧所對
治法對治彼故安立慚愧於其長時種種猛
利無間無斷生死大苦深生怯弱當知是名
堅力持性所對治法對治彼故所以安立堅
力持性於大師所猶豫疑惑當知是名供養
如來所對治法對治彼故所以安立供食如
來如是且說所治能治安立十法
云何復名如是略義謂此十法略顯二義一
者顯示意樂清淨二者顯示加行清淨當知

前三顯示菩薩意樂清淨其餘七種顯示菩薩加行清淨如是十法次第云何謂諸菩薩於大菩提先深淨信次於有苦諸有情類發起悲愍起悲愍時如是誓願我應拔濟一切有情令其安樂而起慈心起慈心已一切能捨於身命財無所顧戀無顧戀已即爲彼義精勤加行無有猒倦無猒倦已善知諸論善知論已如世間轉即如是知知世間已若自煩惱率爾現行深生慚愧生慚愧已不隨煩惱自在而行便能獲得堅力持性由正獲得堅力持性於正加行能無退轉無量善法運運增長能於如來奉獻上妙正行供養財敬供養是故最後供養如來是名十法次第修證當知如是十種善法於一切地能淨修治本地分中菩薩地

第三持究竟瑜伽處行品第四

菩薩始從勝解行地乃至最後到究竟地於此一切菩薩地中當知略有四菩薩行何等爲四一者波羅蜜多行二者菩提分法行三者神通行四者成熟有情行前說六種波羅蜜多及方便善巧波羅蜜多願波羅蜜多力波羅蜜多智波羅蜜多如是十種波羅蜜多總名波羅蜜多行如前所說十二行相方便善巧當知說名方便善巧波羅蜜多如前所說五種大願當知名願波羅蜜多所有十力加行清淨當知名力波羅蜜多於一切法如實安立清淨妙智當知名智波羅蜜多今於此中能取勝義無分別轉清淨妙慧當知名慧波羅蜜多能取世俗有分別轉清淨妙智當知名智波羅蜜多如是名爲二種差別復

有異門謂無量智當知說名方便善巧波羅蜜多希求後後地智殊勝性當知名願波羅蜜多一切魔怨不壞道性當知名力波羅蜜多如實覺了所知境性當知名智波羅蜜多四念住等所有一切三十七種菩提分法四種尋思四如實智皆如前說總名菩薩菩提分法行如前所說威力品中菩薩所有六種神通是名神通行如前所說二種無量一所調伏界無量二調伏方便界無量及成熟品中所說一切成熟有情總名菩薩成熟有情行如是四種菩薩妙行當知普攝一切菩薩所行善行

應知此中施等十法經三大劫阿僧企耶長時修習乃圓證故自性清淨體殊勝故過餘一切世間聲聞獨覺善根攝受最勝菩提果故如是十法最極長時乃能圓證自性最極清淨殊勝能得最極菩提妙果是故說名波羅蜜多

應知如是波羅蜜多由三因緣次第建立何等爲三一由對治故二由生起故三由異熟果故云何如是波羅蜜多由對治故次第建立謂慳悋行於諸有情怨恨逼惱懈怠散亂闇鈍愚癡如是六法能障菩提施等六法能爲對治如其所應建立六種波羅蜜多當知所餘波羅蜜多即此所攝如是名爲由對治故次第建立云何如是波羅蜜多由生起故次第建立謂諸菩薩先於財位無所顧戀棄家諸欲受淨尸羅敬重戒故能忍他惱不惱於他受持淨戒修習忍已戒淨無動無間無所於諸善品勤修加行如是修習勤精進故

離諸放逸能觸妙善心一境性心得定故如實了知觀見一切所知境界當知是名由生起故次第建立云何如是波羅蜜多由異熟果次第建立謂諸菩薩於現法中精勤修學施等善法由是因緣於當來世獲得種種外妙珍財無不圓滿當知是施波羅蜜多因力所作獲得内五自體圓滿是餘戒等波羅蜜多因力所作

云何内五自體圓滿謂善趣攝若天若人於餘有情壽等殊勝當知是名第一圓滿若有俱生於善加行常無猒倦堪忍他惱不樂惱他當知是名第二圓滿若有俱生普於一切所作事業堅固勇猛當知是名第三圓滿若有俱生性薄塵穢於其自心能自在轉心有堪能於一切義速證通慧當知是名第四圓滿若有俱生於一切義其慧廣大聰敏捷利當知是名第五圓滿應知是名由異熟果如是六種波羅蜜多次第建立由前四種波羅蜜多資糧自性眷屬守護當知圓滿修諸菩薩增上戒學由其靜慮波羅蜜多當知圓滿修諸菩薩增上心學由其般若波羅蜜多當知圓滿修諸菩薩增上慧學過此三上更無菩薩學道可得是故此三普攝一切菩薩學道由此建立波羅蜜多唯有六種除此無有若過若增

又諸菩薩略有四種所應作事由是普攝一切所作何等爲四一者爲證菩提修諸善行二者由此爲先達眞實義三者圓證威力四者成熟有情如是四種菩薩所作當知是先所說四行如其次第所爲所立是故過此更

不建立有諸餘行

本地分中菩薩地

第三持究竟瑜伽處建立品第五之一

依如來住及依如來到究竟地諸佛世尊有百四十不共佛法謂如來三十二大丈夫相八十隨好四一切種清淨十力四無所畏三念住三不護大悲無忘失法永害習氣及一切種妙智云何如來三十二種大丈夫相一者具大丈夫足善安住等案地相是大丈夫大丈夫相二者於雙足下現千輻輪轂輞衆相無不圓滿三者具大丈夫纖長指相四者足跟趺長五者手足細軟六者手足網縵七者立手摩膝八者鹥泥耶腨九者身不僂曲十者勢峯藏密十一者身相圓滿如諾瞿陀十二者常光一尋十三者身毛上分十四者身諸毛孔一一毛生如紺青色螺文右旋十五者身皮金色十六者身皮細滑塵垢不著十七者於其身上兩手兩足兩肩及項七處皆滿十八者其身上半如師子王十九者肩善圓滿二十者髆間充實二十一者身分洪直二十二者具四十齒皆悉齊平二十三者其齒無隙二十四者其齒鮮白二十五者頷如師子二十六者其舌廣薄若從口出普覆面輪及髮邊際二十七者於諸味中得最上味二十八者得大梵音言辭哀雅能悅衆意譬若羯羅頻迦之音其聲雷震猶如天鼓二十九者其目紺青三十者睫如牛王三十一者其頂上現烏瑟膩沙三十二者眉間毫相其色光白螺文右旋是大丈夫大丈夫相云何如來八十隨好謂兩手足具二十指及

以節爪普皆殊妙是即名爲二十隨好兩手兩足表裏八處手四足四並皆殊妙是即名爲八種隨好兩踝膝股六處殊妙是即名爲六種隨好兩臂肘腕六處殊妙是即名爲六種隨好腰縫殊妙各一隨好兩核殊妙爲二隨好陰藏殊妙爲一隨好兩臀殊妙爲二隨好臗髗齊三並皆殊妙各一隨好兩脇腋乳並皆殊妙爲六隨好腹胷項脊各一隨好如是所說除頸已上於下身分六十隨好上下齒鬘並皆殊妙爲二隨好齗齶殊妙爲一隨好兩脣眷屬並皆殊妙爲二隨好頤善圓滿爲一隨好兩頰圓滿善安其所爲二隨好兩目眷屬並皆殊妙爲二隨好兩眉殊妙爲二隨好其鼻二孔並皆殊妙爲二隨好其額殊妙爲一隨好角鬢兩耳並皆殊妙爲四隨好頭髮殊妙爲一隨好如是所說從頸已上二十隨好前有六十後有二十總合說爲八十隨好

如是諸相及諸隨好若諸菩薩始入淨勝意樂地時已得異熟從此已上諸相隨好展轉獲得殊勝清淨當知乃至坐菩提座方乃證得其餘所有四一切種妙清淨等不共佛法善淨圓滿若下劣者先菩薩時亦已成就始從清淨勝意樂地一切所有菩提資糧無有差別能感一切相及隨好又此一切菩提資糧略有二種謂去菩提若遠若近此中遠者謂未獲得諸相隨好異熟果時所言近者謂初獲得諸相隨好異熟果時或從此上展轉獲得殊勝清淨

又薄伽梵由所化力爲衆宣說造種種業感

得如是相隨好果何以故中化有情於其種種惡業現行深生喜樂如是種種現行惡業是所對治感相隨好種種善業是能對治彼聞如是種種殊勝大果勝利便於如是大果勝利深生愛樂由是因緣當離諸惡當修諸善是故爲說廣如諸相素怛纜說謂諸菩薩於戒禁忍及惠捨中善安住故感得足下善安住相於其父母種種供養於諸有情諸苦惱事種種救護由往來等動轉業故感得足下千輻輪相於他有情遠離損害及不與取於諸尊長先語省問恭敬禮拜合掌起迎修和敬業於他有情深心所喜所愛財位不令乏短及能摧伏自憍慢故感大丈夫纖長指相即上所說感三相業總能感得足跟趺長是前三相所依止故由四攝事攝諸尊長是故感得手足網縵奉施尊長塗身按摩沐浴衣服是故感得手足細軟修諸善法不生喜足令諸善法展轉增長是故感得立手摩膝自於正法如實攝受令得究竟廣爲他說及正爲他善作給使是故感得瑿泥耶腨於其正法漸次等顯續素轉故於身語意種種惡業皆能止息於疾病者卑屈瞻侍給施良藥病力羸頓能正策舉飲食知量於諸欲中曾不低下是故感得身不僂曲於被訶擯無依有情以法以正慈悲攝受修習慚愧施他衣服是故感得勢峯藏密於身語意能自防禁於自攝受及諸飲食皆善知量施病醫藥於不平等事業攝受及不平等所受用中皆不隨轉於界互違能令隨順是故感得身相圓滿如諸瞿陀由業感得立手摩膝即能感得

身毛上分自善觀察親近明智能思微義尊所居處能淨修治敷舉沐浴唯一住故依一友故入微義故草葉等穢能蠲除故又能除去客塵垢故感身毛孔一一毛生如紺青色螺文右旋能施悅意發喜飲食騎乘衣服莊嚴具等資身什物離諸忿恚是故感得身皮金色常光一尋由此業感身諸毛孔一一毛生當知即此復能感得身皮細滑塵垢不著以其廣多上妙清淨餚饌飲食惠施大衆皆令充足由此感得於其身上七處皆滿於諸有情隨所生起如法所作能爲上首而作助伴離於我慢無諸獷悷能爲有情遮止無利安立有利由此感得其身上半如師子王於一切事稟性勇決如師子故即由此業當知復感肩善圓滿髆間充實由此業感纖長指相復即感得身分洪直遠離一切破壞親友離間語言若諸有情已乖離者能令和合由此感得具四十齒皆悉齊平其齒無隙修欲界慈思惟法義由此感得其齒鮮白若諸有情有所悕異隨其所樂正捨珍財由此感得頷如師子視諸有情猶如己子愛念救護淨信哀愍給施醫藥澄淨無穢由此感得於諸味中得最上味施法味故嘗法味故能淨修治變壞味故於離殺等五種學處能自受護亦勸他受修悲心故於大法受能正行故由此感得其頂上現烏瑟膩沙其舌廣薄普覆面輪常修諦語愛語時語及以法語由是因緣得大梵音言辭哀雅能悅衆意若羯羅頻迦之音其聲雷震猶如天鼓普於世間恒常修習慈心悲哀猶如父母由此感得其目紺

青睫如牛王於有德者如實讚嘆稱揚其美由此感得眉間毫相其色光白螺文右旋如是一切三十二種大丈夫相無有差別當知皆用淨戒爲因而能感得何以故若諸菩薩毀犯淨戒尚不能得下賤人身何況能感大丈夫相當知此中其頂上現烏瑟膩沙及以如來無見頂相合立一種大丈夫相離此更無別可得故如是且說能感相似三十二相種種業因廣建立已

復次略說在家出家二分菩薩所有四種善修事業當知能感一切相好謂於此中決定修作能感足下善安住相委悉修作能感足下千輻輪相立手摩膝手足網縵身皮細滑於其身上七處皆滿肩善圓滿髆間充實身分洪直其舌廣薄恒常修作感纖長指足跟趺長身不僂曲其身圓滿如諾瞿陀其齒無隙無罪修作能感餘相當知此中於諸有情無損加行由此能感手足細軟身皮細滑於諸善中次第加行應時加行由此感得鹭泥耶腨深生歡喜極光淨心現行諸善由此感得常光一尋身皮金色其齒鮮白眉間白毫不依稱譽聲頌修善覆藏已德由此能感勢峯藏密所修善根迴向菩提由此感得身毛上分具四十齒皆悉齊平於諸味中得最上味其頂上現烏瑟膩沙修善無猒無劣加行由此感得其身上分如師子王領如師子於諸有情以利益心平等瞻視得齒齊平目紺青色睫如牛王於下劣善不生喜足起勝加行由此因緣得大梵音言辭哀雅能悅衆意譬若羯羅頻迦之音其聲雷震猶如天鼓如

是四種善修事業能得菩薩三十二種大丈夫相殊勝清淨當知如是三十二種大丈夫相八十隨好菩薩若在種性地中唯有種子依身而住菩薩若在勝解行地始能修彼能得方便菩薩若在清淨增上意樂地中乃名為得菩薩若在諸餘上地如是相好轉勝清淨若在如來到究竟地當知相好善淨無上如是諸相是有色故劣中勝品諸有情類易了知故雖有一切不共佛法皆得名為大丈夫相唯立此為大丈夫相又即如是三十二種大丈夫相由所依性能住持故由極殊妙令端嚴故說名隨好

又於此中以要言之一切有情福聚量等爾所福聚能感如來一毛孔處乃至一切所有毛孔隨入福聚爾所福聚能感如來一種隨好乃至一切所有隨好隨入福聚增至百倍爾所福聚能感如來相中一相乃至一切所有諸相隨入福聚除白毫相烏瑟膩沙增至千倍爾所福聚能感如來眉間白毫乃至白毫隨入福聚增至百千倍爾所福聚能感如來其頂上現烏瑟膩沙無見頂相乃至白毫隨入福聚增至俱胝百千倍數爾所福聚能感如來諸相隨好所不攝餘大法螺相由此法螺隨如來欲發大音聲普能遍告無邊無際諸世界中所化有情如是無量福德資糧修證圓滿能感如來不可思議無上無等遍一切種最極圓滿所攝自體又此能感諸相隨好無量善業當知略由三因緣故說名無量謂經於三無數大劫無間修習乃圓證故名時無量於諸有情無量利益安樂意樂增

上緣力所集成故名爲妙善意樂無量無量善業差别品類所集成故名品無量故言無量福德資糧修習圓證能超如來諸相隨好
云何如來四一切種清淨一者一切種所依清淨二者一切種所緣清淨三者一切種心清淨四者一切種智清淨
云何一切種所依清淨謂一切煩惱品麤重并諸習氣於自所依無餘永滅又於自體如自所欲取住捨中自在而轉是名一切種所依清淨
云何一切種所緣清淨謂於種種若化若變若所顯現一切所緣皆自在轉是名一切種所緣清淨
云何一切種心清淨謂如前說一切心麤重永滅離故又於心中一切種善根皆積集故是名一切種心清淨
云何一切種智清淨謂如前說一切無明品麤重永滅離故又遍一切所知境中智無障礙智自在轉是名一切種智清淨
云何如來十力一者處非處智力二者自業智力三者靜慮解脫等持等至智力四者根勝劣智力五者種種勝解智力六者種種界智力七者遍趣行智力八者宿住隨念智力九者死生智力十者漏盡智力如是十種如來智力當知廣如十力經說
當知此中諸有所言所說所宣一切如實皆無虚妄故名如來淨不淨果非不平等如實轉因是名爲處亦名建立亦名爲依亦名爲起淨不淨果不平等因與上相違是名非處遠離一切增上慢智說名如實若一切智若

無滯智若清淨智當知說名遠離一切增上慢智如是一切智等諸句當知如前最極無上菩提品記數之次第最居其首故名第一以無上故與一切種饒益一切有情功能具相應故畢竟勝伏一切魔怨大威力故說名爲力攝受如實圓證因故如其所欲皆能現行自在轉故說名成就最上涅槃以無上故說名爲大八支聖道所證得故遠離一切災患畏故名仙尊位能自了知自所證故說名自知既自證已由哀愍心廣爲有情等開示故名轉梵輪何以故謂諸如來有是增語說名爲梵亦名寂靜亦名清涼最初能轉從此已後餘復爲餘如是展轉梵所推運周旋一切有情衆中故名梵輪自顯墮在最上大師圓滿攝故能說彼道對治一切餘邪道故於道怨敵異論現前無怯弱故爲欲勝伏一切他論宣揚廣大無上論故名大衆中正師子吼以要言之當知此中顯發辯了施設開示自利行滿利他行滿自利利他圓滿不共復有異門此中略義謂所應得勝方便此勝方便一切衆會隨所樂欲或天或人一切皆從我所獲得此勝方便如病除愈當知此顯自知已得大安隱處如彼疾病除愈方便當知此顯轉於梵輪如遮一切邪醫自稱顯已決定能愈衆疾當知此顯於大衆中正師子吼若有諸業已作已增已滅名爲過去若有諸業非是已作已增已滅亦非正作而是當作名爲未來若有諸業非是已作已增已滅而是正作正造正爲名爲現在如是諸業品類差別復有三種所謂身業語業意業法受分

别復有四種如前廣說謂有法受得現世樂後苦異熟乃至廣說
又此諸業現法當來有益無益加行差别如應當知若所造業依此方所是名爲處若所造業以有情數非有情數爲所依事是名爲事若所造業以不善根或以善根爲因緣起是名爲因若所造業感愛非愛過失功德相應諸果是名異熟如是略說一切時分一切品類一切分位加行差别一切方所一切依處一切因緣一切過患及與功德於此一切種類差别皆如實知是名如來自業智力除此無有若過若增
有四靜慮有八解脫即由如是靜慮解脫心有堪能心得自在隨所樂事皆能成辦若隨彼彼色類差别三摩地相而入定時當知說名等持等至如說世尊隨此色類三摩地相而入定時如其定心大光普照一切梵世妙音說法但聞其聲都無所見乃至廣說如是如來隨欲顯示彼彼事義或共世間不共世間隨此色類三摩地相而入定時速疾能辦當知此中即由靜慮解脫勢力心得自在心自在故依止於心隨所樂事一切成辦齊此名爲修靜慮者一切所作除此無有若過若增如來於此靜慮所作一切種類皆如實知是故唯說靜慮解脫等持等至
又若略說此靜慮等有二雜染一者爲得所未得中障礙雜染謂無方便善巧加行及以諸蓋隨一現行二者已得所應得中自地雜染謂煩惱纏及以隨眠如是清淨復有四種與上相違應知其相

又即如是諸靜慮等種種引發假立名字隨其色類如應安立是名建立又即如是諸靜慮等具證得已後更勝進修習圓滿得隨所欲得無艱難得無梗澁是名清淨如來於此如其未得如其已得於所得中若劣若勝若彼假名若彼所有增進邊際如是一切皆如實知故說如來普於一切靜慮解脫等持等至得無上智如所成熟修證圓滿信等五根成輭中上當知是名諸根勝劣若從他信以爲其先或觀諸法以爲其先成輭中上愛樂即解當知是名種種勝解若廣建立種種種性或諸聲聞所有種性或諸獨覺所有種性或諸如來所有種性或有種種不定種性或貪等行差別道理乃至有情八十千行當知此中名種種界

若即如是諸趣入門隨順正行如貪行者修不淨觀如聲聞地已廣宣說當知此等名遍趣行復有異門謂趣一切五趣之行當知此等名遍趣行復有異門謂依種種黨類差別更互相違各各異見異欲諍論互相違背諸外道類即諸沙門或婆羅門所有諸行或餘一切品類差別此世他世無罪趣行當知此等名遍趣行如迦羅摩經等廣說

若於種種有情衆中謂於東方南西北方種種名字假設安立品類差別隨先過去所有自體八言說句差別類中隨念六種略所行行有無量種宿住隨念何等名爲八言說句謂如是名如是生類如是種性如是飲食如是領受苦樂差別如是長壽如是久住如是所有壽量邊際

何等名爲隨言說句六種略行一者呼召假名二者刹帝利等色類差別三者父母差別四者飲食方軌五者興盛衰損六者壽量差別由諸世間依憑如是八言說句六種略行於自於他起言起說此是我名此是彼名我是刹帝利彼是刹帝利我是婆羅門吠舍戍達羅彼是婆羅門吠舍戍達羅此是我母此是彼母如說其母父亦如是我食如是色類飲食所謂酪漿羹飯麋等彼食如是色類飲食乃至廣說我有如是色類興衰差別而轉彼有如是色類興衰差別而轉我住如是色類年齒所謂或少或中或老彼住如是色類年齒乃至廣說唯有爾所隨先過去所有自體八言說句差別類中六種略行過此無有餘言說句及以略行是故唯於如是品類發

起隨念更無有增即於此中若言說行所有行相若言說句所有標說及即於此隨起憶念是故說言并相并說皆能隨念

此中靜慮說名天依眼依彼故是彼果故彼攝受故名爲天眼是極圓滿是善清淨靜慮果故名極清淨於其人中所有名字皆不相似是故說言超過於人欲界天中亦有生得名相似轉清淨天眼人中亦無諸有情類臨欲終沒名爲死時住在中有名爲生時趣黑闇者由二種相起如是類意生中有如黑羺光及陰闇夜故名惡色趣明白者由二種相起如是類意生中有如晴明夜及婆羅痆斯極鮮白衣故名好色諸惡色者說名爲劣諸好色者說名爲妙諸下劣者名往惡趣諸勝妙者名往善趣所有壞戒及彼等起說名戍

就諸身語意三種惡行有二邪見謂壞見者所成邪見誹謗一切及住彼意異品類者所成邪見誹謗賢聖如是皆名謗賢聖者由邪見故計著邪因及以邪果由此爲緣造作邪業造邪業故所有法受或現受樂於當來世受苦異熟或現受苦於當來世受苦異熟是故復說起諸邪見業法受因彼雖成就其餘所有種種善法而但由此往於惡趣是故說言由此因緣名色二種更互乖離故名身壞一切死中如是死者最極下劣故名極死爲欲開示那落迦想是故說言墮險惡趣爲欲開示自性體事是故復須說那落迦由非法行不平等行往趣於彼故名爲險於此趣中觸諸苦觸長時種種猛利無間受諸苦惱平等出現故名惡趣墮下分故大深坑故難救拔故甚可悲故極下賤故以大綺言常悲怨故說名爲墮由能發起上品猒離是故唯說墮那落迦當知此中若由此生若得生已受諸苦惱若受苦已復起所餘自業所作種種衆苦如是一切由此諸想之所顯示與上相違隨其所應一切白品皆當了知此差別者善行爲先所有諸趣名爲善趣受極樂故名樂世界

一切諸漏所有隨眠無餘永斷逮得能治勝無漏心勝無漏慧是其最勝增上心攝增上慧攝由漏盡故說名無漏心慧解脫即此心慧二種解脫於最後有說名內證第六神通由依見道及依修道內所證故既自證已如實了知隨其所欲能爲他說是故說言於現法中自證通慧具足開覺我生盡等諸句差

別廣說如後攝異門分應知其相

瑜伽師地論卷第四十九

音釋

阿僧企梵語也此云無數企丘弭切　跟趺跟古痕切足踵也趺風無切足也　網縵網文紡切縵莫官切　鋻煙奚切　腨市充切腓腸也　僂力主切背俯也　髆補各切肩髆也　踝胡瓦切足骨也　臀徒昆切脽也　臗枯官切髀上曰臗　臚力居切腹前曰臚　齋徂奚切與臍同　齒虛羞魚切居也齒所居也　齶五各切齒根肉也　獷古猛切強獷也　悷郎計切很戾也　烏瑟膩沙梵語也此云髻瑟色御切膩女利切　羺奴鉤切胡羊也　婆羅痆斯梵語也此云鹿苑痆女黠切

瑜伽師地論卷第五十

彌勒菩薩說

唐三藏沙門玄奘奉詔譯

本地分中菩薩地

第三持究竟瑜伽處建立品第五之二

如是別釋佛十力已今當總辯嗢柁南曰

自性與分別　不共亦平等　作業及次第

差別最爲後

如是所說如來十力所有自性應當了知所有分別應當了知所有不共應當了知所有平等應當了知所有作業應當了知所有次第應當了知所有差別應當了知由是七相應知如來十力略義

云何如來十力自性謂總五根爲其自性由慧勝故具說十力慧爲自性所以但言處非處智力不言信力不言餘力如處非處智力如是餘力當知亦爾是名如來十力自性

云何如來十力分別謂若略說由三分別當知無量一者由時分分別謂於墮在過去未來及現在世一切所知隨悟入故二者由品類分別謂於一一諸有爲事自相共相一切行相隨悟入故三者由相續分別謂於十方一切有情界各各差別一切相續一切事義隨悟入故即由如是三種分別如來十力當知無量是名如來十力分別

云何如來十力不共謂唯如來有此十力不共一切聲聞獨覺是名如來十力不共

云何如來十力平等謂此十力一切如來悉皆平等具足成就故說平等無有差別若就如來多所安住是則如來如是十力展轉差

別謂餘如來多住餘力其餘如來復住餘力
是名如來十力平等
云何如來十力作業謂如來所有處非處智
力於諸因中如實知因於諸果中如實知果
及能降伏無因惡因種種諍論一切沙門婆
羅門等如來所有自業智力於自所作受用
果業如實了知及能降伏施福移轉種種諍
論一切沙門婆羅門等如來所有靜慮解脫
等持等至智力能現三種神變無倒教授所
化有情及能降伏安住種種相違異品怨害
諍論一切沙門婆羅門等如來所有根勝劣
智力於諸有情輭中上根部分差別如實了
知及能於彼如應如宜爲說正法如來所有
種種勝解智力於諸有情輭中上品淨與不
淨勝解差別如實了知其淨勝解令漸增長
不淨勝解令漸捨離如來所有種種界智力
於諸有情劣中妙界部分差別如實了知於
諸有情能如其根如其意樂如其隨眠依於
彼彼趣入門中無倒教授如應安立此中如
來爲諸聲聞依於彼彼趣入門中與正教授
如聲聞地盡一切種無間宣說顯發辯了施
設開示云何如來教授一切始業初業等持
資糧攝受安住欲住其心諸菩薩衆令心得
住謂諸如來爲無諂曲恭敬愛重等持資糧
始業初業諸菩薩衆最初施設無倒教授如
是告言善男子來汝當安處遠離卧具獨一
無二於内寂靜如理思惟汝之父母所爲立
名或汝親教軌範師等所爲立名如是思惟
我今爲有離六處法自性真實或内或外或
兩中間於此有中如是名想施設假立言說

轉耶汝既如是正思惟已當於此法都無所得唯當如是如實了知但於客法有客想轉汝善男子若於爾時於自已名唯有客想已生已得復應在內如理思惟於汝眼中所有制立眼名眼想眼假施設如是思惟我此眼中唯二可得謂此制立眼名眼想眼假施設及此唯事於中假立名想施設除此無有若過共增於此眼中所有制立眼名眼想眼假施設且非是眼此唯有事於中假立眼名想等當知自性亦非是眼何以故非於此中遠離所立眼名眼想眼假施設少有眼覺而能轉故若有此事體是眞實稱名所說不應於中更待眼名方有如是眼覺而轉唯應自性不由聽聞不由分別彼所立名但於此事有眼覺轉然無如是不待名言覺轉可得是故此中唯於客法而有其客眼名眼想眼假施設汝既如是於其內眼如理思惟復於眼想唯有客想當生當得如於其眼如是於耳鼻舌身等廣說乃至見聞覺知已得已求若已作意隨尋隨伺以要言之普於一切諸法想中唯有客想當生當得如是汝於自已身中所有假想能盡除遣勤加行道當正攝受廣說乃至一切法中所有假想能盡除遣勤加行道當正攝受汝由如是一切所知善觀察覺普於一切諸法想中起唯客想於一切法所有一切戲論之想數數除遣以無分別無相之心唯取義轉於此事中多修習住汝若如是當依如來妙智清淨等持種性獲得無倒心一境性如是汝等若於不淨作意思惟於此作意勿當捨離若於慈愍若於緣性緣

起若於界差别若於阿那波那念若於初靜慮廣說乃至若於非想非非想處無量菩薩靜慮神通等持等至作意思惟於此作意勿當捨離汝若如是修此菩薩無倒作意漸次乃至當得無上正等菩提究竟出離當知是名一切菩薩遍趣正行過去如來亦爲始業諸菩薩衆已正施設如是教授未來如來亦爲始業諸菩薩衆當正施設如是教授現在如來亦爲始業諸菩薩衆現正施設如是教授諸聲聞等於此作意勤修習時亦能速疾得勝通慧若能於此無倒作意如實通達便能獲得諸法現觀如來所有遍趣行智力於一切苦能出離行不出離行如實了知及令捨離不出離行能正授與能出離行如來所有宿住隨念智力於其前際本事本生數數念已爲令所化諸有情類心生猒離心生淨信正爲宣說及能降伏執者常論一切沙門婆羅門等如來所有死生智力於諸弟子過往遷謝當所受生能正記莂及能降伏執者斷論一切沙門婆羅門等如來所有漏盡智力於自解脫無惑無疑及能降伏於阿羅漢起增上慢一切沙門婆羅門等是名如來十力作業云何如來十力次第謂諸如來於其無上正等菩提初證得時即便頓得一切十力頓證得已後時次第方現在前謂諸如來初成佛時先起處非處智力觀察諸法建立一切無倒因果既觀察已次起自業智力若有希求即於欲界同分界中可愛殊勝異熟果者方便爲說令其遠離諸不善業令其現行所有善業次起靜慮解脫等持等至智力

若諸有情希求世間離欲法者與其教授令彼趣向世間離欲令彼獲得如實之道次起所餘如來十力若諸有情希求出世離欲法者如應爲說趣出世間離欲之道謂於此中先起根勝劣智力如實觀察希求出世離欲者根次起種種勝解智力如實觀察彼根爲先所有意樂次起種種界智力如實觀察意樂爲先所有隨眠如是了知彼根意樂及隨眠已次起遍趣行智力如其所應令於所緣趣入門中而得趣入次起宿住隨念智力及死生智力彼由如應所緣趣入門加行攝住心已淨修行已爲說中道令其遠離薩迦耶見以爲根本當斷邊執爲令永斷一切煩惱從此後起漏盡智力若有如是正修方便奢摩他力之所任持雖未永斷一切煩惱而由獲得不現行故起不作作增上慢者令其捨離此增上慢是名十力一門次第復有異門十力次第謂諸如來於其無上正等菩提初證得時最初發起處非處智力令現在前普於一切緣生法中觀察最勝妙法住智即依如是妙法住智次起自業智力觀在家分由彼彼業種種差別依在家分習當現時修證差別如是觀察在家分已次起靜慮解脫等持等至智力觀出家分謂於如是出家分中爲有能說出苦離苦正道者耶爲無有耶如是觀已正知都無觀諸世間無有救護無所歸依由大悲故以其佛眼如實觀照一切世間既觀照已次起根勝劣智力現前了知住在世間種種有情生在世間長在世間或有鈍根或有中根或有利根現前知已便於說

法其心趣入次後如前一切所餘種種勝解智力等事次第應知是第二門十力次第復有異門十力次第謂諸如來於其無上正等菩提初證得時最初發起處非處智力令現在前觀察一切緣生法界次起自業智力即於如是緣生法中觀察假立有情名想諸有情界如是有情自造如是色類諸業還受如是色類諸果如實觀察如是法界有情界已次起靜慮解脱等持等至智力即爲如是諸有情類解脱若故示現三種無倒神變而教授之既教授已次起餘力如前次第知根等已於其正道令趣入已然後方便令彼有情解脱衆苦是第三門十力次第

云何如來十力差别謂此十力展轉相望亦有差别亦無差别處非處智力等與自業智力等有何差别若正了知善不善業能感所有愛非愛果當知此由處非處智力故若正了知諸有能造善不善業即彼能受愛非愛果而非所餘當知此由自業智力故若正了知諸有能修靜慮解脱等持等至即彼能入靜慮等定而非所餘當知此由自業智力故若正了知即依如是靜慮等定現三神變無倒教授所化有情當知此由靜慮解脱等持等至智力故若正照取信等俱生相應之心當知此由靜慮解脱等持等至智力故若正分别即彼諸根軟中上品種種差别當知此由根勝劣智力故若正照取諸根爲先彼彼法中種種意樂當知此由根勝劣智力故若正分别即彼意樂種種差别當知此由種種勝解智力故即彼意樂當知分别略有六種

一者不出離意樂謂於各別大自在天那羅延天梵世間等起信解者所有意樂二者出離意樂謂於三乘起信解者所有意樂三者遠清淨意樂謂安住下品中品成熟者所有意樂四者近清淨意樂謂安住上品成熟者所有意樂五者即於現法得涅槃意樂謂由聲聞乘所得涅槃起信解者所有意樂六者於當來世得涅槃意樂謂由大乘所得涅槃起信解者所有意樂若正照取勝解所起相似種子當知此由種種勝解智力故若正照取即彼種子差別分別無量品類當知此由種種界智力故又即彼界當知分別略有四種一者本性住種子二者先習起種子三者可修治種子謂有般涅槃法者所有種子四者不可修治種子謂無般涅槃法者所有種子若正了知如界種類行跡趣入當知此由種種界智力故若正分別即彼行跡一切品類如是行跡能令離染如是行跡能令畢竟清淨如是行跡能令不畢竟清淨當知此由遍趣行智力故若如實知前際隨念一切趣因前際俱行當知此由遍趣行智力故若正了知如前分別種種隨順八言說句六種略行當知此由宿住隨念智力故若正了知依於前際有情死生當知此由宿住隨念智力故若正觀見後際種種有情死生當知此由死生智力故若正了知於自事義未得究竟有情後際受生相續當知此由死生智力故若正了知於自事義已得究竟心善解脫於現法中證得涅槃當知此由漏盡智力故當知是名如來十力展轉相望亦有差別亦無

差別如來所有四無畏文如契經説應知其相謂諸如來於其四處在大衆中而自稱嘆謂所知障永解脱故於一切種一切法中現等正覺不共聲聞是第一處諸煩惱障永解脱故證得漏盡共諸聲聞是第二處爲求解脱諸有情類超過衆苦説出離道是第三處即於能出道得爲礙説諸障法應當遠離是第四處如來既於如是四處如其實義自稱嘆已次後他於自所稱嘆前之二處所有相違身語意業而興謗難復於後二自稱嘆處所有相違前後乖反墮非理相而興謗難復於世間有明見者無明見者有他心智者無他心智者如來於此自稱能處能爲對治諸謗難中都不見有如實因相由是因縁於此四處能自了知坦然無畏心無怯劣無所疑慮都無驚懼又佛大師唯有爾所正應稱歎謂自利行及利他行俱善圓滿當知此中前二稱歎自利行滿後二稱歎利他行滿此中如來若自稱歎於一切法現等覺故成正等覺當知正爲等趣大乘諸菩薩故若自稱歎一切漏盡當知正爲等趣聲聞及獨覺乘諸有情故若復稱歎能出離道及諸障法當知俱爲等趣諸乘諸有情故如是如來所説經句謂我爲諸菩薩聲聞説出離道乃至廣説諸結集者於所結集聲聞藏中除菩薩言於所結集菩薩藏中但唯誦此菩薩之言如來所有三念住文如契經説應知其相謂諸如來於其長夜有如是欲如何當令諸有情類於我善説法毗柰耶無倒行中如實隨住如是長夜欲樂法主化御衆時若所希欲

或遂不遂不生雜染由三念住略所顯故此三念住復由三衆差別建立云何三衆若彼一切一向正行是第一衆若彼一切一向邪行是第二衆若彼衆中一分正行一分邪行是第三衆

如來所有三不護文如契經說應知其相謂諸如來以要言之於一切種鄙惡所作覆藏永斷由三不護之所顯示諸阿羅漢由忘念故於時時間片有無記鄙惡所作如來於此一切一切皆無所有是故如來於諸弟子如所立要即如自性切切誡勗顯顯訶擯時復現行率爾教遏於諸弟子無所防慮所謂勿彼共住多時知我所行三業不淨因於前事意懷不悅由斯不順乃事乖違或面譏我或向他說當知如來所有大悲一切種相皆悉如前供養親近無量品說當知如是如來大悲無量無上

云何如來無忘失法謂諸如來常隨記念若事若處若如若時有所爲作如來即於此事此處此如此時皆正隨念是名如來無忘失法所謂如來普於一切所作事業普於一切方處差別普於一切所作方便普於一切時分差別念無忘失常住正念當知是名無忘失法

云何如來永害習氣謂諸如來或於動轉或於瞻視或於言論或於安住似有煩惱所起作業多不現行是名如來永害習氣諸阿羅漢雖斷煩惱而於動轉瞻視言論及安住中而有種種似有煩惱所起作業

云何如來一切種妙智謂諸如來以要言之

於三聚法現等正覺何等爲三一者能引有義聚法二者能引無義聚法三者非能引有義聚法非能引無義聚法當知此中若諸如來或於能引無義聚法或於非能引有義聚法非能引無義聚法總於如是一切法中無顛倒智是名如來一切種智若諸如來於其能引有義聚法一切法中無顛倒智當知是名如來妙智即於此中若一切種智若妙智總合爲一名一切種妙智

如是一切總名如來百四十種不共佛法即於此中諸相隨好在菩薩位最後有中皆已證得極善清淨若時菩薩坐菩提座住最後有於菩薩道菩提資糧極善圓滿爾時無師修三十七菩提分法得一刹那名無障礙智三摩地是其菩薩學道所攝金剛喻定從此無間第二刹那頓得其餘不共佛法謂如來十力爲初一切種妙智爲後皆極清淨悉爲無上由得此故普於一切所知境界無滯無障最極清淨無垢智轉依暫發悟思惟圓滿意轉圓滿超過一切菩薩行菩薩地證入一切如來行如來地一切在實所知障品所有麤重無餘斷故得勝轉依如是轉依最爲無上其餘一切乃至最上成滿住中菩薩轉依當知有上

問一切安住到究竟地菩薩智等如來智等云何應知此二差別答如明眼人隔於輕縠覩衆色像一切安住到究竟地菩薩妙智於一切境當知亦爾如明眼人無所障隔覩衆色像如來妙智於一切境當知亦爾如畫事業圓布衆綵唯後微妙色未淨修治到究竟

地菩薩妙智當知亦爾如畫事業圓布衆綵最後妙色已淨修治如來妙智當知亦爾如明眼人於微闇中覩見衆色到究竟地菩薩妙智當知亦爾如明眼人離一切闇覩見衆色如來妙智當知亦爾如明眼人遠覩衆色到究竟地菩薩妙智當知亦爾如明眼人近覩衆色如來妙智當知亦爾如輕翳眼觀視衆色到究竟地菩薩妙智當知亦爾如極淨眼觀視衆色如來妙智當知亦爾如處胎身到究竟地諸菩薩身當知亦爾如出胎身諸如來身當知亦爾如阿羅漢夢中心行到究竟地菩薩心行當知亦爾如阿羅漢覺時心行如來心行當知亦爾如昧燈體到究竟地菩薩智體當知亦爾如明燈體如來智體當知亦爾是故當知一切安住到究竟地諸菩薩衆與諸如來妙智身心有大差別

如是如來證菩提已遍於十方一切佛土普能施作一切佛事云何名爲一切佛事謂諸如來如來事業如來所作略有十種如是一一如來事業如來所作能成無量利有情事此外無有若過若增何等爲十謂諸如來最初自現大丈夫身欲令有情心發淨信大丈夫身於生淨信爲最勝故是名如來第一作事如是作事諸相隨好所能成辦又諸如來普爲一切有情之類起一切種敎授加行是名如來第二作事如是作事由一切種清淨所能成辦又諸如來能作一切利有情事能斷一切所生疑惑是名如來第三作事如是作事如來十力所能成辦由前所說如來十力於能成辦一切有情一切義利有堪能故

又於如來所證十力所興問難唯有如來能知能見能解能了唯有如來於彼問難能正答故又諸如來普能降伏一切他論普能成立一切自論是名如來第四作事如是作事四無所畏所能成辦又諸如來所化有情於佛教勑若正安住不正安住如來於彼心無雜染是名如來第五作事如是作事三種念住所能成辦又諸如來如自所言即如是作是名如來第六作事如是作事三種不護所能成辦又諸如來常以佛眼於晝夜分遍觀世間是名如來第七作事如是作事如來大悲所能成辦又諸如來頓於一切一切作事皆無退捨是名如來第八作事如是作事無忘失法所能成辦又諸如來所行儀軌如實隨轉無越作用是名如來第九作事如是作事永害習氣所能成辦又諸如來於其能引無義聚法於不能引有義聚法亦不能引無義聚法揀擇捨離於其能引有義聚法爲衆宣說開示顯發是名如來第十作事如是作事一切種妙智所能成辦如是如來由前所說百四十種不共佛法能作如來一切所作一切佛事如是佛事若廣分别不易可數乃至俱胝那庾多百千大劫說不能盡

如是所說諸如來住諸如來地名爲建立何以故依此住此希求品類諸菩薩衆於菩薩學能正修學亦依住此而有所證即依住此普能成辦一切有情一切義利是故說此名爲建立又此一切所說佛法於利他事最爲隨順一切如來是利他事之所顯現聲聞獨覺則不如是是故說名不共佛法又於如是

諸佛法中自有佛法聲聞獨覺一切一切皆所不得所謂大悲無忘失法永害習氣一切種妙智自有佛法雖分似得而一切種皆不圓滿如來於彼一切一切悉皆證得於一切種無不圓滿最極超過最極殊妙是故皆說名爲不共當知此中獨一有義是不共義如是圓滿顯示一切菩薩學道及學道果名菩薩地具說一切菩薩學道及學道果一切種教實依處故又此菩薩地亦名菩薩藏摩怛理迦亦名攝大乘亦名開示壞不壞路亦名無障智淨根本

若諸所有天人世間或天或人若諸沙門婆羅門等於此所說菩薩地中起堅信解樂聞受持精勤修學廣爲他說下至書持供養恭敬深心愛重所得福聚以要言之如薄伽梵於菩薩藏所攝一切微妙經典樂聞等業宣說顯了分別施設開示稱讚所獲福聚等無有異何以故此菩薩地顯示一切菩薩藏中略標廣釋諸門攝故於此地中能廣開示法毗柰耶乃至衆多所化有情於此正法受持讀誦法隨法行安住增長廣大勝進於爾所時像似正法不得興盛正法不滅若於爾時像似正法當得興盛即於爾時能引實義所有正法當速滅沒是故於此菩薩地中起堅信解樂聞受持乃至廣說所得福聚無量無邊

本地分中菩薩地

第四持次第瑜伽處發正等菩提心品

如是已說菩薩地義云何應知此中次第謂諸菩薩要先安住菩薩種性乃能正發阿耨

多羅三藐三菩提心既發心已方正修行自他利行於自他利正修行時得無雜染方便無雜染故得無猒倦方便無猒倦故得諸善根增長方便於諸善根得增長已能證無上正等菩提又於如是自他利加行無雜染方便無猒倦方便善根增長方便得大菩提中將修行時先於甚深廣大正法安立信解立信解已訪求正法求正法已廣爲他說亦於正行自能成辦於成辦時若由此於此爲此應行即由此於此爲此而行由此於此爲此行時如令福德智慧增長所應行者即如是行福德智慧既增長已於不捨離生死方便能正修行即於此中正修行時能行生死無雜染行即於此中正修行時能於自樂行無著行即於此中正修行時能於無量生死大苦能正修行無猒倦行由於生死無猒倦故能正訪求種種異論於一切論得無所畏善知論已復能了知所應爲說所可宣說應如是說由此智故善知世間如是菩薩善知諸論及世間已復能如理訪求正法既訪求已堪能善斷一切有情一切疑惑如是堪能斷他疑惑令自福德展轉增長福德資糧漸得圓滿令自智慧亦轉增長智慧資糧漸得圓滿二種資糧既圓滿已於諦行相菩提分法無倒修中能勤修行於修方便能正了知即持如是正勤所修迴向大乘般涅槃果不求聲聞及獨覺乘般涅槃果既得如是方便善巧能於一切菩薩語言聽聞受持依修力故於昔未聞所有諸法一切種相皆能辨了於陀羅尼無礙辯才皆得圓滿爲欲永斷一切

障故精勤修習三解脫門即於此中正修行時爲斷自他一切顛倒增上慢故勤修正行如是能於一切種相正行圓滿如是正行得圓滿已於一切有情及聲聞獨覺皆爲殊勝所謂正行功德殊勝及可稱讚功德殊勝當知此中正行功德殊勝菩薩爲利自他勤修正行用利他事以爲自事聲聞獨覺則不如是由諸菩薩用利他事爲自事故於一切有情起如自已平等之心由起如是平等心故於諸有情常施恩惠不望其報菩薩如是勤修行時常於有情發起希望欲令彼得利益安樂由是利益安樂意樂常能起作不虛加行當知是名展轉引發正行功德殊勝當知此中稱讚功德殊勝菩薩於諸佛所獲得授記非諸聲聞亦非獨覺得授記已便能安住不退轉地安住此中能於一切決定所作恒常所作獲得堅固無忘失法如是堅固無忘失法諸佛菩薩施設在於一切有情最上施設普於一切所應作事能無退失於未得退亦無退失無退失時恒常無間一切善法運運增長如明分月由諸善法轉增長故菩薩爾時得名眞實不名相似由得眞實菩薩名故於一切種一切有情調伏方便如實了知如實知故一切安立皆得善巧從此尋求於此尋求由此尋求旣尋求已由此究竟皆正安立如是名爲一切安立皆得善巧於諸安立得善巧故復於教授能得善巧於其教授得善巧故復能獲得無量所緣三摩地王獲得如是三摩地已能不唐捐宣說正法種種行相說正法時皆有勝果能於大乘究竟出

離以依大性而出離故能攝大乘由此復於彼彼大乘出離位中得彼彼名一切菩薩同共此名一切世間諸佛菩薩皆共安立皆共稱歎當知是名所可稱讚功德殊勝由得如是殊勝名故當知獲得諸菩薩相諸相所相成就其相如是正行一切種相在家出家二分菩薩所能成辦於二分中能成辦已正行堅固於諸善品獲得一向增上意樂如是意樂或在家品所應攝受或出家品所應攝受或於善品能正安立乃至安住從此已上故作意思受諸有生於彼生處常得值遇諸佛菩薩及能起作一切有情諸饒益事恒常無間蒙佛菩薩無倒教授任持善品領受殊勝證得分位由領受故於可稱讚攝受殊勝證得分位能正安處如已舍宅住此位已能於後後殊勝分位一切種相覺慧昇進漸次乃至到於究竟於其中間不生喜足如是昇進證得究竟從此不求其餘上地已到究竟極邊際故名得無上是名菩薩地義次第

本地分中有餘依地第十六

如是已說菩薩地云何有餘依地當知此地有三種相一者地施設安立二者寂靜施設安立三者依施設安立

云何地施設安立謂有餘依地除五地一分謂無心地修所成地聲聞地獨覺地菩薩地除一地全謂無餘依地所餘諸地名有餘依地是名地施設安立

云何寂靜施設安立謂由四種寂靜施設安立有餘依地一由苦寂靜故二由煩惱寂靜故三由不損惱有情寂靜故四由捨寂靜故

云何苦寂靜謂阿羅漢苾芻諸漏永盡所有當來後有衆苦皆悉永斷已得遍知如多羅樹斷截根頂不復現前由得當來不生法故是名苦寂靜

云何煩惱寂靜謂阿羅漢苾芻貪欲永斷瞋恚永斷愚癡永斷一切煩惱皆悉永斷由得畢竟不生法故是名煩惱寂靜

云何不損惱有情寂靜謂阿羅漢苾芻貪欲永盡瞋恚永盡愚癡永盡一切煩惱皆悉永盡不造諸惡修習諸善是名不損惱有情寂靜

云何捨寂靜謂阿羅漢苾芻諸漏永盡於六恒住恒常無間多分安住謂眼見色已不喜不憂安住上捨正念正知如是耳聞聲已鼻齅香已舌嘗味已身覺觸已意了法已不喜不憂安住上捨正念正知是名捨寂靜即依如是四種寂靜說有餘依地最極寂靜最極清涼是名寂靜施設安立

云何依施設安立謂有八種依一施設依二攝受依三住持依四流轉依五障礙依六苦惱依七適悅依八後邊依

云何施設依謂五取蘊由依此故施設我及有情命者生者能養育者補特伽羅意生儒童等諸想等想假用言說及依此故施設如是名字如是生類如是種性如是飲食如是領受苦樂如是長壽如是久住如是壽量邊際等諸想等想假用言說

云何攝受依謂七攝受事即自己父母妻子奴婢作使僮僕朋友眷屬七攝受事如前意地已廣分別依此了知諸有情類有所攝受

云何住持依謂四種食即段食觸食意思食識食由依此故已生有情住立支持又能攝養諸求有者

云何流轉依謂四種識住及十二緣起即色趣識住受趣識住想趣識住行趣識住及無明緣行行緣識廣說乃至生緣老死由依此故諸有情類於五趣生死隨順流轉

云何障礙依謂諸天魔隨有彼彼修善法處即往其前爲作障礙

云何苦惱依謂一切欲界皆名苦惱依由依此故令諸有情領受憂苦

云何適悅依謂靜慮等至樂名適悅依由依此故諸有情類若即於此現入彼定若生於彼長夜領受靜慮等至所有適悅

云何後邊依謂阿羅漢相續諸蘊由依此故說諸阿羅漢住持最後身

問阿羅漢苾芻諸漏永盡住有餘依地當言與幾種依共相應耶答當言與一種依一向相應謂後邊依與六攝受事不共相應與流轉依與障礙依一向全不相應與所餘依非相應非不相應是名依施設安立

本地分中無餘依地第十七

如是已說有餘依地云何無餘依地當知此地亦有三相一者地施設安立二者寂滅施設安立三者寂滅異門安立

云何地施設安立謂先所除五地 分當知即此無餘依地所攝謂無心地修所成地聲聞地獨覺地菩薩地

云何寂滅施設安立謂由二種寂滅施設安立如是無餘依地一由寂靜寂滅故二由無

損惱寂滅故云何寂靜寂滅謂先於有餘依地獲得觸證四種寂靜令無餘依涅槃界中亦有最勝四種寂靜一數教寂靜二一切依寂靜三依依苦寂靜四依依苦生疑慮寂靜如說

由無下劣心　能忍受勤苦　彼所趣解脫
譬如證涅槃

云何無損惱寂滅謂與一切依不相應違背一切煩惱諸苦流轉生起轉依所顯眞無漏界如說苾芻永寂滅名眞安樂住又如說言實有無生無起無作無爲無等生起亦有有生有起有作有爲有等生起若當無有無生無起無作無爲無等生起我終不說有生有起有作有爲有等生起有永出離由實有無生無起無作無爲無等生起是故我說有生有起有作有爲有等生起有永出離世尊依此密意說言甚深廣大無量無數是謂寂滅由於此中所具功德難了知故名爲甚深極寬博故名爲廣大無窮盡故名爲無量數不能數無二說故名爲無數云何此中數不能數謂有非有不可說故即色離色不可說故即受離受不可說故即想離想不可說故即行離行不可說故即識離識不可說故所以者何由此清淨眞如所顯一向無垢是名無損惱寂滅如是二種總說爲一寂滅施設安立云何寂滅異門施設安立當知此中寂滅異門有無量種謂名爲常亦名爲恒亦名久住亦名無變亦名有法亦名舍宅亦名洲渚亦名救護亦名歸依亦名所趣亦名安隱亦名淡泊亦名善事亦名吉祥亦名無轉亦名

無垢亦名難見亦名甘露亦名無憂亦名無沒亦名無熾亦名無熱亦名無病亦名無動亦名涅槃亦名永絶一切戲論如是等類應知説名寂滅異門是名寂滅異門施設安立

瑜伽師地論卷第五十

音釋

記莂 莂必列切記莂謂授將來覩佛之記劫國名號之莂也 勖 許王切勉勵也 瑴 胡谷切縐紗也 那庾多 梵語也此云萬億庾弋渚切 苾芻 苾薄密切芻楚俱切草名具含五義以比丘之德似之故名比丘爲苾芻也

瑜伽師地論卷第五十一

彌勒菩薩說

唐三藏沙門玄奘奉詔譯

攝決擇分中五識身相應地意地之一

如是已說本地次說諸地決擇善巧由此決擇善巧爲依於一切地善能問答今當先說五識身地意地決擇問前說種子依謂阿賴耶識而未說有有之因緣廣分別義何故不說何緣知有廣分別義云何應知答由此建立是佛世尊最深密記是故不說如世尊言

阿陀那識甚深細　一切種子如暴流

我於凡愚不開演　恐彼分別執爲我

復次嗢柁南曰

執受初明了　種子業身受　無心定命終

無皆不應理

由八種相證阿賴耶識決定是有謂若離阿賴耶識依止執受不應道理最初生起不應道理有明了性不應道理有種子性不應道理業用差別不應道理身受差別不應道理處無心定不應道理命終時識不應道理何故若無阿賴耶識依止執受不應道理由五因故何等爲五謂阿賴耶識先世所造業行爲因眼等轉識於現在世衆緣爲因如說根及境界作意力故諸轉識生乃至廣說是名初因又六識身有善不善等性可得是第二因又六識身無覆無記異熟所攝類不可得是第三因又六識身各別依轉於彼彼依彼彼識轉即彼所依應有執受餘無執受不應道理設許執受亦不應理識遠離故是第四因又所依止應成數數執受過失所以者何

由彼眼識於一時轉一時不轉餘識亦爾是第五因如是先業及現在緣以爲因故善不善等性可得故異熟種類不可得故各別所依諸識轉故數數執受依止過故不應道理何故若無阿賴耶識最初生起不應道理謂有難言若決定有阿賴耶識應有二識俱時生起應告彼言汝於無過妄生過想何以故容有二識俱時轉故所以者何且如有一俱時欲見乃至欲知隨有一識最初生起不應道理由彼爾時作意無別根境亦爾以何因緣識不俱轉何故若無諸識俱轉與眼等識同行意識明了體性不可得耶謂或有時憶念過去曾所受境爾時意識行不明了非於現境意現行時得有如是不明了相是故應許諸識俱轉或許意識無明了性何故若無

阿賴耶識有種子性不應道理謂六識身展轉異故所以者何從善無間不善性生不善無間復善性生從二無間無記性生劣界無間中界生中界無間妙界生如是妙界無間乃至劣界生有漏無間無漏生無漏無間有漏生世間無間出世生出世無間世間生非如是相有種子性應正道理又彼諸識長時間斷不應相續長時流轉是故此亦不應道理何故若無諸識俱轉業用差別不應道理謂若略説有四種業一了别器業二了别依業三了别我業四了别境業此諸了别剎那剎那俱轉可得是故一識於一剎那有如是等業用差別不應道理何故若無阿賴耶識身受差別不應道理謂如有一或如理思或不如理或無思慮或隨尋伺或處定心或不

在定爾時於身諸領受起非一衆多種種差別彼應無有然現可得是故定有阿賴耶識何故若無阿賴耶識處無心定不應道理謂入無想定或滅盡定應如捨命識離於身非不離身如世尊說當於爾時識不離身故何故若無阿賴耶識命終時識不應道理謂臨終時或從上身分識漸捨離冷觸漸起或從下身分非彼意識有時不轉故知唯有阿賴耶識能執持身此若捨離即於身分冷觸可得身無覺受意識不爾是故若無阿賴耶識不應道理

復次嗢柁南曰

所緣若相應　更互爲緣性　與識等俱轉

雜染汙還滅

若略說阿賴耶識由四種相建立流轉由一種相建立還滅云何四相建立流轉當知建立所緣轉故建立相應轉故建立互爲緣性轉故建立識等俱轉轉故云何一相建立還滅謂由建立雜染轉故及由建立彼還滅故云何建立所緣轉相謂若略說阿賴耶識由於二種所緣境轉一由了別內執受故二由了別外無分別器相故了別內執受者謂能了別遍計所執自性妄執習氣及諸色根根所依處此於有色界若在無色唯有習氣執受了別了別外無分別器相者謂能了別依止緣內執受阿賴耶識故於一切時無有間斷器世間相譬如燈焰生時內執膏炷外發光明如是阿賴耶識緣內執受緣外器相生起道理應知亦爾

復次阿賴耶識緣境微細世聰慧者亦難了

故復次阿賴耶識緣境無廢時無變易從初執受剎那乃至命終一味了別而轉故復次阿賴耶識於所緣境念念生滅當知剎那相續流轉非一非常復次阿賴耶識當言於欲界中緣狹小執受境於色界中緣廣大執受境於無色界空無邊處識無邊處緣無量執受境於無所有處緣微細執受境於非想非非想處緣極微細執受境如是了別二種所緣故別所緣境微細了別故相似了別故剎那了別故了別狹小執受所緣故了別廣大執受所緣故了別無量執受所緣故了別微細執受所緣故了別極微細執受所緣故應知建立阿賴耶識所緣轉相云何建立相應轉相謂阿賴耶識與五遍行心相應法恒共相應謂作意觸受想思如是五法亦唯異熟所攝最極微細世聰慧者亦難了故亦常一類緣境而轉又阿賴耶識相應受一向不苦不樂無記性攝當知餘心所行相亦爾如是遍行心所相應故異熟一類相應故極微細轉相應故恒常一類緣境而轉相應故不苦不樂相應故一向無記相應故應知建立阿賴耶識相應轉相云何建立互爲緣性轉相謂阿賴耶識與諸轉識作二緣性一爲彼種子故二爲彼所依故爲種子者謂所有善不善無記轉識轉時一切皆用阿賴耶識爲種子故爲所依者謂由阿賴耶識執受色根五種識身依之而轉非無執受又由有阿賴耶識故得有末那由此末那爲依止故意識得轉譬如依止眼等五根五識身轉非無五根意識亦爾非無意根復次諸轉識與阿賴耶

識作二緣性一於現法中能長養彼種子故二於後法中爲彼得生攝植彼種子故於現法中長養彼種子者謂如依止阿賴耶識善不善無記轉識轉時如是如是於一依止同生同滅熏習阿賴耶識由此因緣後後轉識善不善無記性轉更增長轉更熾盛轉更明了而轉於後法中爲彼得生攝植彼種子者謂彼熏習種類能引攝當來異熟無記阿賴耶識如是爲彼種子故爲彼所依故長養種子故攝植種子故應知建立阿賴耶識與諸轉識互爲緣性轉相云何建立阿賴耶識與轉識等俱轉轉相謂阿賴耶識或於一時唯與一種轉識俱轉所謂末那何以故由此末那我見慢等恒共相應思量行相若有心位若無心位恒與阿賴耶識一時俱轉緣阿賴耶識以爲境界執我起慢思量行相或於一時與二俱轉謂末那及意識或於一時與三俱轉謂五識身隨一轉時或於一時與四俱轉謂五識身隨二轉時或時乃至與七俱轉謂五識身和合轉時又復意識染汙末那以爲依止彼未滅時相了别縛不得解脫末那滅已相縛解脫又復意識能緣他境及緣自境緣他境者謂緣五識身所緣境界或頓不頓緣自境者謂緣法爲境復次阿賴耶識或於一時與苦受樂受不苦不樂受俱時而轉此受與轉識相應依彼而起謂於人中若欲界天若於一分鬼傍生中俱生不苦不樂受與轉識相應苦受樂受不苦不樂受相雜俱轉若那落迦等中他所映奪不苦不樂受與純苦無雜受俱時而轉當知此受被映奪故

難可了知如那落迦等中一向苦受俱轉如是於下三靜慮地一向樂受俱轉於第四靜慮地乃至有頂一向不苦不樂受俱轉復次阿賴耶識或於一時與轉識相應善不善無記諸心法俱時而轉如是阿賴耶識雖與轉識俱時而轉亦與容受容善不善無記心法俱時而轉然不應說與彼相應何以故由不與彼同緣轉故如眼識雖與眼根俱轉然不相應此亦如是應知此中依少分相似道理故得爲喻又如諸心所法雖心法性無有差別然相異故於一身中一時俱轉互不相違如是阿賴耶識與諸轉識於一身中一時俱轉當知更互亦不相違又如於一暴流有多波浪一時而轉互不相違又如於一清淨鏡面有多影像一時而轉互不相違如是於一阿賴耶識有多轉識一時俱轉當知更互亦不相違又如一眼識於一時間於一事境唯取一類無異色相或於一時頓取非一種種色相如眼識於衆色如是耳識於衆聲鼻識於衆香舌識於衆味亦爾又如身識或於一時於一事境唯取一類無異觸相或於一時頓取非一種種觸相如是分別意識於一時間或取一境相或取非一種種境相當知道理亦不相違又前說末那恒與阿賴耶識俱轉乃至未斷當知常與俱生任運四種煩惱一時相應謂薩迦耶見我慢我愛及與無明此四煩惱若在定地若不定地當知恒行不與善等相違是有覆無記性如是阿賴耶識與轉識俱轉故與諸受俱轉故與善等俱轉故應知建立阿賴耶識俱轉轉相云何建立

阿賴耶識雜染還滅相謂略說阿賴耶識是一切雜染根本所以者何由此識是有情世間生起根本能生諸根根所依處及轉識等故亦是器世間生起根本由能生起器世間故亦是有情互起根本一切有情相望互爲增上緣故所以者何無有有情與餘有情互相見等時不生苦樂等更相受用由此道理當知有情界互爲增上緣又即此阿賴耶識能持一切法種子故於現在世是苦諦體亦是未來苦諦生因又是現在集諦生因如是能生有情世間故能生器世間故是苦諦體故能生未來苦諦故能生現在集諦故當知阿賴耶識是一切雜染根本復次阿賴耶識所攝持順解脫分及順決擇分等善法種子此非集諦因由順解脫分等善根與流轉相違故所餘世間所有善根因此生故轉更明盛由此因緣彼所攝受自類種子轉有功能轉有勢力增長種子速得成立復由此種子故彼諸善決轉明盛生又復能感當來轉增轉勝可愛可樂諸異熟果復次依此一切種子阿賴耶識故薄伽梵說有眼界色界眼識界乃至有意界法界意識界由於阿賴耶識中有種種界故又如經說惡叉聚喻由於阿賴耶識中有多界故復次此雜染根本阿賴耶識修善法故方得轉滅此修善法若諸異生以緣轉識爲境作意方便住心能入最初聖諦現觀非未見諦者於諸諦中未得法眼便能通達一切種子阿賴耶識此未見諦者修如是行已或入聲聞正性離生或入菩薩正性離生達一切法眞法界已亦能通達阿

賴耶識當於爾時能總觀察自內所有一切雜染亦能了知自身外爲相縛所縛內爲麤重縛所縛

復次修觀行者以阿賴耶識是一切戲論所攝諸行界故略彼諸行於阿賴耶識中總爲一團一積一聚爲一聚已由緣眞如境智修習多修習故而得轉依轉依無間當言已斷阿賴耶識由此斷故當言已斷一切雜染當知轉依由相違故能永對治阿賴耶識又阿賴耶識體是無常有取受性轉依是常無取受性緣眞如境聖道方能轉依故又阿賴耶識恒爲一切麤重所隨轉依究竟遠離一切所有麤重又阿賴耶識是煩惱轉因聖道不轉因轉依是煩惱不轉因聖道轉因應知但是建立因性非生因性又阿賴耶識令於善淨無記法中不得自在轉依令於一切善淨無記法中得大自在又阿賴耶識斷滅相者謂由此識正斷滅故捨二種取其身雖住猶如變化所以者何當來後有苦因斷故便捨當來後有之取於現法中一切煩惱因永斷故便捨現法一切雜染所依之取一切麤重永遠離故唯有命緣暫時得住由有此故契經中言爾時但受身邊際受命邊際受廣說乃至即於現法一切所受究竟滅盡如是建立雜染根本故趣入通達修習作意故建立轉依故當知建立阿賴耶識雜染還滅相如是已依勝義道理建立心意識名義差別由此道理於三界等諸心意識一切雜染清淨道理應隨決了餘處所顯心意識理但隨所化有情差別爲嬰兒慧所化權說方便令彼

易得入故

問若成就阿賴耶識亦成就轉識耶設成就轉識亦成就阿賴耶識耶答應作四句或有成就阿賴耶識非轉識謂無心睡眠無心悶絶入無想定入滅盡定生無想天或有成就轉識非阿賴耶識謂阿羅漢若諸獨覺不退菩薩及諸如來住有心位或有俱成就謂餘有情住有心位或有俱不成就謂阿羅漢若諸獨覺不退菩薩及諸如來入滅盡定趣無餘依般涅槃界

問内外諸法自性各別各住自相何因緣故十八界中唯六識界自性建立所餘諸界爲彼所依所緣助伴而建立耶答由六識界於彼彼念瞬息須臾日夜等位速疾轉變託彼彼緣依眼等根緣色等境用諸心所以爲助伴非一衆多種種生起由彼彼依之所生故得彼彼名如火依附彼彼緣故而得燒然爾時便得彼彼名數由諸草木牛糞糠札等爲緣故火方得然爾時便數名爲草火乃至札火如是眼色以爲緣故眼識得生數名眼識如是乃至數名意識廣説應知餘眼等界若彼自性從初生已即彼自性相似生起展轉相續究竟隨轉又以識類藉彼彼緣種種差別自性生起是故識界自性建立所餘諸界爲彼所依所緣助伴而得建立

復次當辯識身遍知問心清淨行苾芻由幾種相遍知其心答若略説由三種相一雜染愛樂相二雜染過患相三雜染還滅方便善巧相云何心清淨行苾芻遍知自心雜染愛樂相謂心清淨行苾芻作如是念今我此心

於諸雜染長夜愛樂自知愛樂諸雜染已便從有貪性出於離貪性安止其心爾時其心於離貪性不能安住亦不愛樂更無異縁唯有速疾還來趣入流散馳騁有貪性中如從有貪性如是從有瞋有癡下劣掉舉不寂靜散亂性出廣説乃至從放逸愛樂住性出於常勤修習諸善法中安止其心爾時其心於常勤修習諸善法中不能安住亦不愛樂更無異縁唯有速疾還來趣入流散馳騁乃至放逸愛樂性中如是名爲心清淨行苾芻遍知自心雜染愛樂相如是遍知自心雜染愛樂相已此心清淨行苾芻復能遍知自心雜染過患相謂作是念我此有貪心能爲自害能爲他害能爲俱害能生現法罪能生後法罪能生現法後法罪又能爲縁生彼所生身心憂苦如於有貪性如是乃至於放逸愛樂性當知亦爾復作是念此有貪心乃至放逸愛樂心有過患故有疫有横有災有惱如是遍知自心雜染過患相已復能遍知自心雜染還滅方便善巧相謂我今不應隨自雜染有諸過患有疫有横有災有惱心自在轉必令自心隨我勢力自在而轉彼既如是了知我今不應隨順自心而轉當令自心隨我轉已數數思擇令有貪心捨有貪性無貪性中安住愛樂又復於彼見勝功德如是乃至令捨放逸愛樂住性乃至於常勤修習諸善法中安住愛樂又復於彼見勝功德彼多安住如是行已爾時其心不由思擇於常勤修習諸善法中自然安住愛樂於前雜染愛樂性中深性猒責由此因縁心清淨行苾芻如

實了知自心雜染愛樂速疾迴轉無譬喻性又能善知如是雜染心有過患性又能善知如是雜染心還滅方便由如是故心清淨行苾芻速能證得無上心清淨性所謂諸漏永盡復次當辯心善巧差別及心轉善巧差別謂依遍計所執自性當知心善巧差別依他起自性當知心轉善巧差別復次若能善巧熏修心者得二勝利一於果時觸證安樂二於因時自在而轉復次心混濁者有三過失一不如理作意過失二隨眠過失三起纏過失

問如世尊言唯當於心深善勇猛如理觀察念住中說要當於身住循身觀乃至於法住循法觀此何容意答爲顯四念住唯觀察心故謂觀心執受觀心領納觀心了別觀心染淨唯爲觀察心所執受心所領納心了別境心染淨故說四念住

復次有諸苾芻住三種住行六正行於大師教多有所作謂住解脫住住解脫門住及住能引解脫門法住行無間行行善受思惟行行修所引善根生起行行離諸愛味簡擇諦行行即於此無增上慢行行正清淨受用行

復次有二種捨施一受者捨施二施者捨施施果亦有二種一得大財富二得此等流受施勝解

復次當辯證成道理問依何道理應知宣說唯從未來非實非有諸行相生答若未來法行相實有而得生者此法爲轉而說生耶謂從未來世處轉向現在世處爲死生耶謂未來世死生現在世爲彼爲緣而得生耶謂於

未來法住不變用彼爲縁於現在世有餘法生爲有業用而說生耶謂於未來本無業用至現在世方有業用爲圓滿相而說生耶謂於未來相未圓滿至現在世相乃圓滿爲由異相而說生耶謂於未來有未來分及有因分由此二種其相有異來至現在有現在分及有異分由此二種其相有異如是六種諸法生起皆不應理何以故非無方無處法有從異方轉趣異方義亦非未生未已生法而有死義若彼爲縁而得生者便異法生非未來生此於未來便爲未有又一切法第一義中無作用故業用離相異不可得唯即於相而假建立設有異者未來現在同實有相唯說現在獨有業用理不可得又此業用便應本無而今得生又與世尊微妙言說即成相違如說諸行非常非恒汝顯諸行業用無常由此義故行應是常等於一相異分得是有者相之異分何故不有又相異分本無今有相之異分何故不成本無今有又離色等一切行相餘未來分必不可得又應未來無有異相現在方有異相生起如是已辯證成道理依此道理應知宣說未來諸法一切行相非實非有本無今有如於未來如是過去隨其所應中此道理當知宣說非實非有復次過去行云何謂相已滅沒自性已捨現在行云何謂相未滅沒自性未捨生時暫住未來行云何謂因現有自相未生未得自性

問若彼諸行未來本無而得生者空華兔角石女兒等何故不生答由空華等無生因故一切諸行各各差別定有生因問若一切行

各各差別有生因者何因緣故諸行俱時不頓生耶答諸行雖有各別生因然必待緣方得生起若彼彼行生緣現前彼彼行因生彼彼行是故諸行雖現有因然無俱時頓生起過復次此中云何名諸行因何等名緣謂薄伽梵說諸行生緣略有四種一因緣二等無間緣三所緣緣四增上緣因緣一種亦因亦緣餘之三種唯緣非因

云何因緣謂諸色根根依及識此二略說能持一切諸法種子隨逐色根有諸色根種子及餘色法種子一切心心法等種子若隨逐識有一切識種子及餘無色法種子諸色根種子所餘色法種子當知所餘色法自性唯自種子之所隨逐除大種色由大種色二種種子所隨逐故謂大種種子及造色種子即此所立隨逐差別種子相續隨其所應望所說法是名因緣

復次若諸色根及自大種非心心所法種子所隨逐者入滅盡定入無想定生無想天後時不應識等更生然必更生是故當知心心所法種子隨逐色根以此爲緣彼得更生復次若諸識非色種子所隨逐者生無色界異生從彼壽盡業盡沒已還生下時色無種子應不更生然必更生是故當知諸色種子隨逐於識以此爲緣色法更生復次若諸異生由世間道入初靜慮若得生彼爾時欲界諸染汙法及餘欲界諸法種子但被損伏不能永害何以故由此異生從彼定退欲界染法復現前故從初靜慮沒已復還生欲界故復次損伏略有三種一遠離損伏二猒患損伏

三奢摩他損伏云何遠離損伏謂如有一棄捨家法趣於非家遠離種種受用欲具受持禁戒於所受持遠離禁戒親近修習若多修習由親近修習多修習相續不斷故於諸欲具心不趣入心不流散心不安住心不愛樂亦不發起彼增上力緣彼境界所起煩惱如是名爲遠離損伏云何猒患損伏謂如有一或由過患想或由不淨想或由青瘀等想或由隨一如理作意如是如是猒患諸欲雖未離欲然於諸欲修猒逆故心不趣入乃至廣說如是名爲猒患損伏云何奢摩他損伏謂如有一由世間道得離欲界欲或離色界欲彼由奢摩他任持心相續故於欲色中心不趣入乃至廣說如是名爲奢摩他損伏若聖弟子由出世道離欲界欲乃至具得離三界

欲爾時一切三界染汙諸法種子皆悉永害何以故由聖弟子於現法中不復堪任從離欲退更起下地煩惱現前或生上地亦不堪任從彼沒已還生下地如穀麥等諸外種子安置空迥或於乾器雖不生芽非不種子若火所損爾時畢竟不成種子內法種子損伏永害道理亦爾若聖弟子將入無餘涅槃界時所有一切善及無記諸法種子皆被損害由染汙法種子滅故不復能感當來異熟果亦不復能生自類果當知是名第四損伏所謂永害助伴損伏

復次具縛者所有心起若樂俱行或苦俱行或不苦不樂俱行此一切心皆樂種子苦種子不苦不樂種子之所隨逐若起善心或染汙心或無記心此一切心皆善種子染汙種

子無記種子之所隨逐又諸有學不具縛者所有心生若世間善心或出世心或染汙心或無記心此一切心皆為一切修道所斷煩惱種子之所隨逐由未斷故有時得生亦為所餘諸法種子之所隨逐又諸無學一切煩惱已永斷者所有心生若世間善心若出世心若無記心此一切心皆已永離染法種子但為一切善無記法種子隨逐相續而生復次此所建立種子道理當知且依未建立阿賴耶識聖教而說若已建立阿賴耶識當知略說諸法種子一切皆依阿賴耶識又彼諸法若未永斷若非所斷隨其所應所有種子隨逐應知

問如世尊言我說阿羅漢苾芻於四種增上心法現法安樂住中隨一而退若彼一切染汙種子皆已永害云何復起下地煩惱若不復起彼云何退答退有二種一者斷退二者住退言斷退者唯是異生言住退者是諸聖者亦是異生若世間道斷諸煩惱復起現前當知爾時斷退故退亦是住退若出世道斷煩惱已心營世務不專修習如理作意由此不能於其中間現法樂住數起現前如先所得後亦如是然其下地已斷煩惱不復現前如是名為住退故退非是斷退又若已斷一切煩惱成阿羅漢而彼一切染法種子未永害者云何名為心善解脫阿羅漢果諸漏永盡若已永害於相續中永無一切染法種子尚不應起不正思惟況諸煩惱是故當知由出世道斷煩惱者定無有退

瑜伽師地論卷第五十一

音釋

嗢柁南梵語正云鄔柁南此云自說嗢烏没切柁徒我切膏古勞切油也瞚舒閏切與瞬同目動也青瘀瘀依據切青瘀謂血積瘀而色青也

瑜伽師地論卷第五十二

彌勒菩薩說

唐三藏沙門玄奘奉詔譯

攝決擇分中五識身相應地意地之二

復次云何等無間緣謂此諸心心所無間彼諸心心所生說此爲彼等無間緣若此六識爲彼六識等無間緣即施設此名爲意根亦名意處亦名意界

云何所緣緣謂五識身以色等五境如其次第爲所緣緣若意識以一切內外十二處爲所緣緣

云何增上緣謂眼等處爲眼識等俱生增上緣若作意於所緣境爲諸識引發增上緣若諸心心所展轉互爲俱生增上緣若淨不淨業與後愛非愛果及異熟果爲先所作增上緣若田糞水等與諸苗稼爲成辦增上緣若彼彼工巧智與彼彼世間工巧業處爲工業增上緣

復次是四緣中因緣一種望所生法能爲生因餘三種緣望所生法當知但爲方便因是故彼彼諸行生方便緣現在前時彼彼諸行種子便能生起彼彼諸行是故諸行無有同時頓生起義當知依止如是四緣建立十因如菩薩地等中已說

問如世尊言過去諸行爲緣生意未來諸行爲緣生意過去未來諸行非有何故世尊宣說彼行爲緣生意若意亦緣非有事境而得生者云何不違微妙言說如世尊言由二種緣諸識得生何等爲二謂眼及色如是廣說乃至意法答由能執持諸五識身所不行義

故佛世尊假說名法是故說言緣意及法意識得生問何因緣故知佛世尊有是密意答由彼意識亦緣去來識爲境界世現可得非彼境識法處所攝又有性者安立有義能持有義若無性者安立無義能持無義故皆名法由彼意識於有性義若由此義而得安立即以此義起識了別於無性義若由此義而得安立即以此義起識了別若於二種不由二義起了別者不應說意緣一切義取一切義設作是說便應違害自悉彈多又不應言如其所有非有亦爾是如理說是故意識如去來事非實有相緣彼爲境由此故知意識亦緣非有爲境

復有廣大言論道理由此證知有緣無識謂如世尊微妙言說若內若外及二中間都無有我此我無性非有爲攝非無爲攝共相觀識非不緣彼境界而轉此名第一言論道理又於色香味觸如是如是生起變異所安立中施設飲食車乘衣服嚴具室宅軍林等事此飲食等離色香等都無所有此無有性非有爲攝非無爲攝自相觀識非不緣彼境界而轉是名第二言論道理又撥一切都無所有邪見謂無施無受亦無祠祀廣說如前若施受祠等無性是有即如是見應非邪見何以故彼如實見如實說故此若是無諸邪見者緣此境界識應不轉是名第三言論道理又諸行中無常無恒無不變易此諸行中常恒不變無性非有爲攝非無爲攝共相觀識非不緣此境界而轉若緣此境識不轉者便於諸行常恒不變無性之中不能如實智慧

觀察若不觀察應不生猒若不生猒應不離欲若不離欲應無解脫若無解脫應無永盡究竟涅槃若有此理一切有情應皆究竟隨逐雜染無出離期是名第四言論道理又未來行尚無有生何況有滅然聖弟子於未來行非不隨觀生滅而住是名第五言論道理由此證有緣無意識復有所餘如是種類言論道理證成定有緣無之識如應當知

問如世尊言有過去業若過去業體是無者不應今時有一領納有損害受或復不應有一領納無損害受此何容意答過去生中淨不淨業已起已滅能感當來愛不愛果此業種子攝受熏習於行相續展轉不斷世尊爲顯如是相續是故說言有過去業又佛世尊觀二義故作如是說一爲遮止不平等因論者意故顯此道理謂彼妄見從大自在帝釋梵王自性丈夫及所餘等一切有情淨不淨轉二爲遮止一切無因論者意故顯此道理謂彼妄見都無有因一切有情淨不淨轉

問如世尊言有過去行於彼行中我具多聞聖弟子衆無顧戀住有未來行於彼行中我具多聞聖弟子衆無希望住此何容意答過去諸行與果故有未來諸行攝因故有所以者何現在諸行三相所顯一是過去果性故二是未來因性故三自相相續不斷故爲顯此理故佛世尊說如是言又觀二義故作是說一爲遮斷於去來法實有執故顯此道理謂若去來諸行性相是實有者不應由彼去來之性說言是有二爲滅斷撥無執故顯此道理謂彼妄計如去來世現在亦爾都無所

有
問如世尊言有過去界有未來界有現在界此何容意答若已與果種子相續名過去界若未與果當來種子相續名未來界若未與果現在種子相續名現在界當知此中如是容意若苾芻等於如是種子相續中而得善巧名於彼彼一切法中證得無量種種自性諸界善巧
復次云何應知生老住無常離色等蘊無別實有謂已遮未來諸行實有性當知亦遮生實有性所以者何未來世生自無所有云何能生所餘諸行亦非現在生能生現在諸行由此生相有差別名所謂諸行若生若起若現在性離此差別生之異相定不可得諸聰慧者不應說言即由現在令彼諸行成現在性所以者何若作是說生生諸行當知義顯即現在性能成現在又一切法各各別有自種子因何須計有異生能生又此生相爲即諸行生耶爲是諸行生因耶若即諸行生者計此生相能生諸行由有生故諸行得生不應道理若是諸行生因者諸行生時於一一行便有二生謂生能生不應道理如生如是老住無常由此道理如應當知故知生等於諸行中假施設有由有因故諸行非本自相始起說名爲生後起諸行與前差別說名爲老即彼諸行生位暫停說名爲住生刹那後諸行相盡說名爲滅亦名無常
問若有爲法生老住滅四有爲相具足可得何故世尊但說三種一生二滅三住異性答由一切行三世所顯故從未來世本無而生

是故世尊由未來世於有爲法說生有爲相彼旣生已落謝過去是故世尊由過去世於有爲法說滅有爲相現在世法二相所顯謂住及異所以者何唯現在時有住可得前後變異亦唯現在是故世尊由現在世於有爲法總說住異爲一有爲相

問佛聖弟子應觀有爲具足三相何故但說聖弟子衆於諸蘊中隨觀生滅而住不說隨觀住異性耶答生及住異俱生所顯是故二相合爲一分建立生品即說隨觀一生相住於第二分建立滅品即說隨觀一滅相住又若由此相起猒思惟今於此中但說此相謂於諸行中觀無常相能起猒患離欲解脫故但思惟無常性相無常性相本無今有有已還無所顯本無今有是名爲生有已還無是名爲滅

復次生差別有多種謂刹那生相續生增長生心差別生不可愛生可愛生下劣生處中生勝妙生有上生無上生此中諸行刹那刹那新新而起名刹那生若具諸結或不具結從彼彼有情聚沒往彼彼有情聚諸蘊續生名相續生若從嬰孩童子等位乃至往趣衰老等位名增長生若緣彼彼境界於彼彼晝夜彼彼刹那臘縛牟呼栗多等位數數遷謝非一衆多種種心起或樂相應或苦相應或不苦不樂相應或有貪心或離貪心廣說乃至或善解脫心或不善解脫心如是名爲心差別生若那落迦傍生餓鬼苦趣中生如是名爲非可愛生若於人天樂趣中生名可愛生若於下劣欲界中生名下劣生若於處中

色界中生名處中生若於勝妙無色界生名勝妙生復有差別謂最初入胎者名下劣生中二入胎者名處中生最後入胎者名勝妙生復有差別謂染汙法及染汙果生名下劣生若諸善法及善果生名勝妙生除善不善果無記法所餘無記法生名處中生若依隨界生說始從欲界乃至無所有處生名有上生非想非非想處生名無上生若依隨續生剎那相續生說除阿羅漢等最後終位所有諸蘊餘一切位所有行生名有上生若阿羅漢等最後終位所有行生名無上生

復次老差別當知亦有多種所謂身老心老壽老變壞老自體轉變老此中衰變等乃至身壞廣說如經是名身老若樂受相應心變苦受相應心轉或善心變染汙心轉或於可愛事中希望心變希望不果心轉是名心老若於彼彼晝夜彼彼剎那臘縛牟呼栗多等位數數遷謝壽量損少漸漸轉滅乃至都盡是名壽老若諸富貴興盛退失無病色力充悅等變名變壞老若從善趣增盛聚中自體沒已往於惡趣下劣聚中自體生起名自體轉變老復有一老爲緣能成如上所說一切種老所謂諸行剎那剎那轉異性老

復次住差別當知亦有多種謂剎那住相續住緣相續住不散亂住立軌範住若已生諸行生時暫停名剎那住若諸衆生於彼彼處彼彼自體由彼彼食爲依止故乃至壽住外器世間大劫量住名相續住若樂受苦受不苦不樂受若善不善無記法等乃至各別緣現在前爾所時住是名緣相續住若諸定心

由三摩地正起現前名不散亂住若於彼彼異方異域國城村邏王都王宮若執理家商估邑義諸大衆中古昔軌範建立隨轉如是名爲立軌範住

復次無常差別當知亦有多種謂壞滅無常生起無常變易無常散壞無常當有無常現墮無常若一切行生已尋滅名壞滅無常若一切行本無今有名生起無常若可愛諸行異相行起名變易無常若不變壞可愛衆具及增上位離散退失名散壞無常即四無常在未來時名當有無常即現在世正現前時名現墮無常若受用欲塵多放逸者但能思惟變易無常散壞無常現墮無常廣起悲思愁憒憂悴然於諸行不能猒離若諸外道即於如是諸無常性多起思惟少能方便猒患離欲但於諸行一分猒離不能究竟若聖弟子圓滿思惟諸無常性於一切行究竟猒患乃至解脫

復次云何得獲成就謂若略說生緣攝受增盛之因說名爲得由此道理當知得是假有若言得是實有此爲是諸行生因爲是諸法不離散因若是諸行生因者若從先來未得生法此既無有生因之得應常不生由此亦應畢竟不得若是諸法不離散因者一切善不善無記法得既俱有彼雖相違應頓現行是故二種俱不應理又生因者所謂各別緣所攝受諸法自種離散因者謂由餘緣現在前故餘緣離散若於引發緣中勢力自在假立爲得以此自在爲依止故所有士夫補特伽羅雖彼彼法已起已滅若欲希彼復現在

前便能速疾引發諸緣令得生起是故亦說此名爲得當知此得略有三種一種子成就二自在成就三現行成就若所有染汙法諸無記法生得善法不由功用而現行者彼諸種子若未爲奢摩他之所損伏若未爲聖道之所永害若不爲邪見損伏諸善如斷善根者如是名爲種子成就所以者何及至此種子未被損伏未被永害爾時彼染汙等法若現行若不現行皆說名成就故若加行所生善法及一分無記法生緣所攝受增盛因種子名自在成就若現在諸法自相現前轉名現行成就

復次云何命根謂由先業於彼彼處所生自體所有住時限量勢分說名爲壽生氣命根此復多種差別謂定不定隨轉不隨轉若少若多若有邊際若無邊際若自勢力轉若非自勢力轉除贍部洲人壽分量所餘生處壽量決定此贍部洲或時壽命廣無有量或時短促壽量不定北拘盧洲人壽量隨轉如決定量畢竟隨轉無中夭故餘一切處名不隨轉贍部洲人十歲時壽名爲少壽傍生一分亦名少壽所以者何一分傍生或一日夜壽量可得或有一分若二若三乃至極多十日十夜壽量可得非想非非想處受生有情名爲多壽經於八萬大劫數故阿羅漢等名有邊際壽若諸有學於現法中定般涅槃若諸異生住最後有亦名有邊際壽當知所餘壽無邊際若阿羅漢等若諸如來若諸菩薩於壽行中延促自在所有命根名自勢力轉當知所餘名非自勢力轉

復次云何衆同分謂若略說於彼彼處受生有情同界同趣同生同類位性形等由彼彼分互相似性是名衆同分亦名有情同分此中或有有情由界同分說名同分謂同生一界或有有情由趣同分說名同分謂同生一趣或有有情由生同分說名同分謂同生一生或有有情由類同分說名同分謂同一種類或有有情由分位體性容色形貌音聲覆蔽養命同分說名同分或有有情由過失功德同分說名同分如殺生者望殺生者廣說乃至諸邪見者望邪見者離殺生者望離殺生者乃至正見者望正見者從預流者乃至阿羅漢獨覺望預流等菩薩望菩薩如來望如來如是更互說名同分

復次云何異生性謂三界見所斷法種子唯未永害量名異生性此復略有四種一無般涅槃法種性所攝二聲聞種性之所隨逐三獨覺種性之所隨逐四如來種性之所隨逐

復次云何和合謂能生彼彼諸法諸因諸緣總略爲一說名和合即此亦名同事因又此差別者或有領受和合謂六處緣觸或色等緣或作意等緣或觸緣受或有引生後有和合謂無明緣行等受緣愛愛緣取廣說乃至生緣老死或有六處住和合謂四食及命根或有工巧處成辦和合謂工巧智及彼相應業具士夫作用或有清淨和合謂十二種無難集會即自他圓滿等又有世俗和合謂諸有情依等意樂增上力故互不相違無諍無訟亦不乖離

復次云何名身謂依諸法自性施設自相施

設由遍分別爲隨言説唯建立想是謂名身云何句身謂即依彼自相施設所有諸法差別施設建立功德過失雜染清淨戲論是謂句身云何文身謂名身句身所依止性所有字身是謂文身又於一切所知所詮事中極略想是文若中是名若廣是句若唯依文但可了達音韻而已不能了達所有事義若依止名便能了達彼彼諸法自性自相亦能了達所有音韻不能了達所揀擇法深廣差別若依止句當知一切皆能了達又此名句文身當知依五明處分別建立所謂内明因明聲明醫方明世間工巧事業處明

復次云何流轉謂諸行因果相續不斷性是謂流轉又此流轉差別多種或有種子流轉謂有種子不現前諸法或有自在勢力流轉謂被損種子現行諸法或種果流轉謂有種子種不被損現行諸法或有名流流轉謂四非色蘊或有色流流轉謂諸内外十有色處及與法處所攝諸色又有欲界流流轉謂欲纏諸行又有色界流流轉謂色纏諸行又有無色流流轉謂無色纏諸行又有樂流流轉謂樂受及彼所依處如是苦流流轉不苦不樂流流轉當知亦爾又有善流流轉謂諸善行又有不善流流轉謂諸不善行又有無記流流轉謂諸無記行又有順流流轉謂順緣起又有逆流流轉謂逆緣起

復次云何定異謂無始時來種種因果決定差別無雜亂性如來出世若不出世諸法法爾又此定異差別多種或有流轉還滅定異謂順逆緣起或有一切法定異謂一切法十

二處攝無過無增或有領受定異謂一切受三受所攝無過無增或有住定異謂一切內分乃至壽量一切外分經大劫住或有形量定異謂諸有情於彼彼有色生處所受生身形量決定及諸外分四大洲等形量決定

復次云何相應謂彼彼諸法爲等言說爲等建立爲等開解諸勝方便是謂相應又此相應差別分別有四道理謂觀待道理作用道理因成道理法爾道理此諸道理當知如聲聞地等已廣分別

復次云何勢速謂諸行生滅相應速運轉性是謂勢速又此勢速差別多種或有諸行流轉勢速謂諸行生滅性或有地行有情輕健勢速謂人象馬等或有空行有情勢速謂諸飛禽空行藥叉及諸天等或有言音勢速謂詞韻捷利或有流潤勢速謂江河等迅速流注或有燒然勢速謂火焚燎猛焰飈轉或有引發勢速謂放箭轉九等或有智慧勢速謂修觀者揀擇所知迅速慧性或有神通勢速謂大神通者所有運身意勢等速疾神通

復次云何次第謂於各別行相續中前後次第一一隨轉是謂次第又此次第差別多種或有流轉次第謂無明緣行廣說乃至生緣老死或有還滅次第謂無明滅故行滅乃至生滅故老死滅或有在家出家行住次第謂陵旦而起澡飾其身被帶衣服修營事業調暢沐浴塗飾香鬘習近食飲方乃寢息是在家者行住次第若整衣服爲乞食故入聚落等巡次而行受如法食還出安坐食訖澡手盪鉢洗足入空閑室讀誦經典如理思惟書

則宴坐經行淨修其心斷滅諸障至夜中分少當寢息於夜後分速復還起整服治身歸所習業是出家者行住次第或入僧中隨其長幼修和敬業敷設牀座次第受籌分其卧具處所利養及營事業或有增長次第謂嬰孩童子等八位次第生起或有現觀次第謂於苦等四聖諦中次第現觀或有入定次第謂次第入九次第定或有修學次第謂增上戒學爲依次生增上心學增上心學爲依後生增上慧學

復次云何時謂由日輪出没增上力故安立顯示時即差別又由諸行生滅增上力故安立顯示世位差別總說名時此時差別復有多種謂時年月半月晝夜刹那臘縛牟呼栗多等位及與過去未來現在

復次云何數謂安立顯示各别事物計筭數量差别是名爲數此數差别復有多種謂一數二數從此已去皆名多數又數邊際名阿僧企耶自此已去一切筭數所不能轉是故數之邊際名不可數

復次種子云何非析諸行别有實物名爲種子亦非餘處然即諸行如是種性如是等生如是安布名爲種子亦名爲果當知此中果與種子不相雜亂何以故若望過去諸行即此名果若望未來諸行即此名種子如是若時望彼名爲種子非於爾時即名爲果若時望彼名果非於爾時即名種子是故當知種子與果不相雜亂譬如穀麥等物所有牙莖葉等種子於彼物中磨擣分析求異種子了不可得亦非餘處然諸大種如是種性如是

等生如是安布即穀麥等物能爲彼緣令彼得生說名種子當知此中道理亦爾

問前已說損伏染法種子善法種子損伏云何答若常殷重習善相違諸染汙法是初損伏若執取邪見多習邪見如諸外道是第二損伏若多修習邪見誹謗如斷善根者是第三損伏若能永害染法種子如前已說是第四損伏

復次若略說一切種子當知有九種一已與果二未與果三果正現前四果不現前五輭品六中品七上品八被損伏九不被損伏若已與果此名果正現前若果正現前此名已與果若未與果此名果不現前若果不現前此名未與果若住本性名輭品若修若練善不善法未到究竟名中品若修若練已到究竟名上品損及不損若前應知

復次我當略說安立種子云何略說安立種子謂於阿賴耶識中一切諸法遍計自性妄執習氣是名安立種子然此習氣是實物有是世俗有望彼諸法不可定說異不異相猶如眞如即此亦名遍行麤重問若此習氣攝一切種子復名遍行麤重者諸出世間法從何種子生若言麤重自性種子爲種子生不應道理答諸出世間法從眞如所緣緣種子生非彼習氣積集種子所生問若非習氣積集種子所生者何因緣故建立三種般涅槃法種性差別補特伽羅及建立不般涅槃法種性補特伽羅所以者何一切皆有眞如所緣緣故答由有障無障差別故若於通達眞如所緣緣中有畢竟障種子者建立爲不般

涅槃法種性補特伽羅若不爾者建立爲般涅槃法種性補特伽羅若有畢竟所知障種子布在所依非煩惱障種子者於彼一分建立聲聞種性補特伽羅一分建立獨覺種性補特伽羅若不爾者建立如來種性補特伽羅是故無過若出世間諸法生已即便隨轉當知由轉依力所任持故然此轉依與阿賴耶識互相違反對治阿賴耶識名無漏界離諸戲論

瑜伽師地論卷第五十二

音釋

軌範（軌居洧切範音范軌範法式也）憒（古對切心亂也）燎（力照切縱火也）

飈（甲遙切旋風也）鬘（莫班切）輭（而兗切）練（郎甸切）

瑜伽師地論卷第五十三

彌　勒　菩　薩　說

唐三藏沙門玄奘奉詔譯

攝決擇分中五識身相應地意地之三

復次云何表業謂略有三種一染汙二善三無記若於身語意十不善業道不離現行增上力故所有身語表業名染汙表業若即於彼誓受遠離所有身語表業名善表業若諸威儀路工巧處一分所有身語表業名無記表業若有不欲表示於他唯自起心內意思擇不說語言但發善染汙無記法現行意表業名意表業此中唯有身餘處滅於餘處生或即此處唯變異生名身表業唯有語意名語表業唯有發起心造作思名意表業何以故由一切行皆剎那故從其餘方徙至餘方不應道理又離唯諸行生餘實作用由眼耳意皆不可得是故當知一切表業皆是假有

復次若有生不律儀家有所了別自發期心謂我當以此活命事而自活命又於此活命事重復起心欲樂忍可爾時說名不律儀者由不律儀所攝故極重不如理作意損害心所攝故但成廣大諸不善根然未成就殺生所生及餘不善業道所生諸不善業乃至所期事未現行後若現行若少若多隨其所應更復成就諸不善業如生不律儀家如是隨是何人隨由何事起決猛心廣說應知此人乃至不律儀思未捨已來常得說名不律儀者於日日分彼不善思廣積集故彼不善業多現行故當知非福運運增長

復次此邪惡願思恒與不信懈怠忘念散亂

惡慧俱行能受彼業能發彼業從此已後由種子故及現行故處相續中現在轉時名不律儀者乃至由捨因緣未捨未棄此中若於惡業後不愛果不信不解亦不隨入是名不信若隨所欲於彼惡業喜樂而轉不能勤勵息滅彼業是名懈怠若與過失相應於有罪法不能如實明記有罪是名忘念若散亂染汙心相續不安住轉是名散亂若顛倒心相續而轉於諸過失見勝功德是名惡慧由惡尸羅增上力故所有不善思俱行不善不信等現在轉時名惡戒者

若與此相違如其所應當知得有律儀隨轉差別者謂有堪受律儀方可得受此中或有由他由自而受律儀或復有一唯自然受除苾芻律儀何以故由苾芻律儀非一切堪受故若苾芻律儀非要從他受者若堪出家若不堪出家但欲出家者便應一切隨其所欲自然出家如是聖教便無軌範亦無善說法毗柰耶而可了知是故苾芻律儀無有自然受義

問若除苾芻律儀所餘律儀有自然受者何因緣故復從他受答由有二種遠離惡戒受隨護支所謂慚愧若於他處及於自處現行罪時深生羞恥如是於離惡戒受隨護支乃能具受故從他受若有慚正現前必亦有愧非有愧者必定有慚是故慚法最為強勝若有如自所受而深護持當知所生福德等無差別又若起心往趣師所慇懃勸請方便發起禮敬等業以正威儀在師前住又以語言表宣所欲造作勝義是名身表語表業意表

業者謂二前行若自然受者唯有意表業若遠離思與不律儀相違由遠離增上力故與五根俱行說名律儀

復次當知由百行所攝而受律儀謂於十種不善業道少分離殺生乃至少分遠離邪見是名初十行若多分離殺生乃至多分離邪見是名第二十行若全分離殺生乃至全分離邪見是名第三十行若少時離殺生乃至離邪見謂或一日一夜或半月一月或至一年是名第四十行若多時離殺生乃至離邪見謂過一年不至命終是名第五十行若盡壽離殺生乃至離邪見是名第六十行若自離殺生乃至離邪見是名第七十行若於此事勸進他人是名第八十行若即於彼以無量門稱揚讚述是名第九十行若見離殺生者乃至離邪見者深心慶悅生大歡喜是名第十十行如是十十行總說爲百行所生福量當知亦爾

復次律儀當知略有八種一能起律儀二攝受律儀三防護律儀四還引律儀五下品律儀六中品律儀七上品律儀八清淨律儀若未正受先作是心我當定受如是遠離是名能起律儀若正攝受遠離戒時名攝受律儀從是已後此遠離思五根攝受增上力故恒與彼種子俱行於時時間亦與現行俱行即由五根所攝善思如先所受律儀防護而轉由此思故或因親近惡友或因煩惱增多隨所生起惡現行欲即便慚羞速能捨離勿彼令我違越所受當墮惡趣是名防護律儀若時失念諸惡現行即便速疾令念安住自懇

自責發露所犯蠲除憂悔後堅守護所受律儀是名還引律儀若於殺等諸惡業道少分遠離少時遠離唯自遠離不勸進他不以無量門稱揚讚述亦不見彼諸同法者深心慶悅多生歡喜是名下品律儀若於諸惡多分遠離多時遠離不至命終自能遠離亦勸進他然於遠離不以無量門稱揚讚述見同法者不深心慶悅生大歡喜是名中品律儀若於諸惡一切分一切時自能遠離亦勸進他以無量門稱揚讚述見同法者深心慶悅生大歡喜是名上品律儀若即於此所受律儀能無缺犯以爲依止修無悔等乃至具足入初靜慮由奢摩他能損伏力損伏一切犯戒種子是名靜慮律儀如初靜慮如是第二第三第四靜慮當知亦爾此中差別者由遠分

對治所攝奢摩他道轉深損伏惡戒種子當知此名初清淨力所引清淨律儀若即於此尸羅律儀無有缺犯又復依止靜慮律儀入諦現觀得不還果爾時一切惡戒種子皆悉永害若依未至定證得初果爾時一切能往惡趣惡戒種子皆悉永害此即名爲聖所愛戒當知此名第二清淨力所引清淨律儀即此亦名無漏律儀此無漏律儀若得阿羅漢果時但由能治清淨勝故勝不由所治斷勝故勝如是八種總立唯三一受律儀二持律儀三清淨律儀前二是受防護還引是持下中上三通受持二淨慮無漏是清淨攝

問何故世尊建立苾芻近事近住三種律儀答由三因故謂佛所化有三種類或有能行離惡行行及離欲行或有能行離惡行行非

離欲行或不能行離惡行行及離欲行依初所化類建立苾芻律儀依第二所化類建立近事律儀何以故非居家迫迮現處塵俗而能一向相續圓滿護衆學處依第三所化類建立近住律儀何以故由此不能究竟行俱離行但當勸進攝受二因初彼自謂重擔所鎮謂前三支修離惡行其後四支修離欲行離非梵行俱修二種

問苾芻近事近住律儀當知各由幾支所攝

答苾芻律儀四支所攝何等爲四一受具足支二受隨法學處支三隨護他心支四隨護如所受學處支若作表白第四羯磨及略攝受隨麤學處是名受具足支由具此支故名初苾芻具苾芻戒自此以後於毗柰耶別解脫中所有隨順苾芻尸羅若彼所引衆多學處於彼一切守護奉行由此得名守護別解脫律儀者是名受隨法學處支由成就此二支者所有軌範具足所行具足是名隨護他心支軌範具足所行具足如聲聞地已說若於微細罪中深見怖畏於所受學諸學處中能不毀犯設犯能出謂由深見怖畏及聰叡故是名隨護如所受學處支近事律儀由三支所攝何等爲三一受遠離最勝損他事支二違越所受熏修行支三不越所受支若永遠離損害他命損壞他財損他妻妾是名初支遠離妄語是第二支遠離諸酒衆放逸處是第三支略說近住律儀由五支所攝何等爲五一受遠離損害他支二受遠離損害自他支三違越所受熏修行支四不越所受正念住支五不壞正念支若能遠離損害他命

損壞他財是名初支離非梵行是第二支所以者何由離此者不染習自妻妾故不自損害亦不染習他妻妾故不損害他遠離妄語是第三支除離諸酒衆放逸處離餘三處是第四支何以故由歌舞妓樂塗冠香鬘升高大牀非時飲食常所串習若遠離彼數數自憶我今安住決定齋戒於一切時堅守正念遠離諸酒衆放逸處是第五支何以故彼雖安住正憶念支謂我今住決定齋戒若爲諸酒所醉便發狂亂不自在轉令於此中若苾芻尼律儀若正學勤策勤策女律儀皆在出家品所攝故當知攝屬苾芻律儀若近事女律儀隨在家品故相似學所顯故當知攝屬近事律儀問何故世尊於苾芻律儀中制立苾芻勤策二衆律儀於苾芻尼律儀中制立苾芻尼正學勤策女三衆律儀答由彼毋邑多煩惱故令漸受學苾芻尼律儀若於勤策女少分學處深生喜樂次應授彼正學所有學處若於正學多分學處深生愛樂不應率爾授彼具足必更二年久處習學若深愛樂然後當授彼具足戒如是長時於少學處積修學已次方有力能受廣大衆多學處然後於苾芻尼律儀能具修學問何故於勤策律儀中增離金銀非於近住律儀耶答由彼勤策在出家衆攝夫出家者於二種處極非淨妙一者隨欲樂邊喜戲嚴身所行所受皆隨所樂二者蓄積財寶爲除斷初非淨妙處施設遠離歌舞妓樂乃至非時而食爲斷第二非淨妙處施設遠離執受金銀由彼金銀一切財寶之根本故又最勝故問何故於勤策

律儀中遠離歌舞妓樂及塗冠香鬘制立二支於近住律儀中合爲一支耶答諸在家者於此處所非不如法諸出家者極不如法是故於在家者就輕總制爲一學處云何令彼若暫違犯尋自懇責合一發露不由二種諸出家者於此一處就重別制以爲兩支云何令彼若起違犯便自懇責二種發露不但由一

問何故不許扇搋迦半擇迦出家及受具足戒耶答由此二種若置苾芻衆中便參女過若置苾芻尼衆中因摩觸等便參男過由不應與二衆共居是故不許此類出家及受具足又由此二煩惱多故性煩惱障極覆障故不能發起如是思擇彼尚不能思擇思擇令其戒蘊清淨現行何況當證勝過人法是故不許彼類出家及受具戒又彼衆中好人難得亦難觀察問何故此二雖受歸依亦能隨受諸近事男所有學處而不得名近事男耶答近事男者名能親近承事苾芻苾芻尼衆彼雖能護所受律儀而不應數親近承事苾芻苾芻尼衆苾芻苾芻尼等亦復不應親近攝受若摩若觸如是種類又亦不應如近事男而相親善是故彼類不得名近事男然其受護所有學處當知福德等無差別

復次云何非律儀非不律儀謂除如先所說律儀不律儀業所有善不善等身語意業當知一切皆是非律儀非不律儀業所攝問諸有律儀若由自受若由他受若從他受若自然受如是所受律儀所獲福德爲有勝劣差別不耶答若等心受亦如是持當知無有差

別問由幾因緣雖樂欲受苾芻律儀而不應授答苾芻律儀略由六因一意樂損害二依止損害三男形損害四白法損害五繫屬於他六爲護他故若有爲王之所逼録或爲强賊之所逼録或爲債主之所逼迫或由怖畏之所逼迫或畏不活彼如是思我處居家難可存活是諸苾芻活命甚易我今應往苾芻衆中詐現自身與彼同法易當活命彼由如是諂詐意樂既出家已雖懷恐怖守護奉行隨一學處勿諸苾芻與我同止知我犯戒便當驅擯然彼意樂被損害故不名出家受具足戒如是名爲意樂損害若復有人作如是思我處居家難可活命要當出家方易存濟如諸苾芻所修梵行我亦如是乃至命終當修梵行如是出家者不名意樂損害雖非純淨非不說名出家受具若有身帶癰腫等疾如遮法中所說病狀如是名爲依止損害由彼依止被損害故雖復出家然無力能供事師長彼由如是無力能故所受師長同梵行者供事之業及受純信施主衣服飲食等淨信施物此之二種淨信所施彼極難消不應受用令彼退減諸善法故是故依止被損害者不應出家受具足戒若扇搋迦及半擇迦名男形損害不應出家受具足戒當知因緣如前已說又半擇迦略有三種一全分半擇迦二一分半擇迦三損害半擇迦若有生便不成男根是名全分半擇迦若有半月起男勢用或有被他於已爲過或復見他行非梵行男勢方起是名一分半擇迦若被刀等之所損害或爲病藥若火呪等之所損害先得

男根令被斷壞既斷壞已男勢不轉是名損害半擇迦初半擇迦名半擇迦亦扇搋迦第二唯半擇迦非扇搋迦第三若不被他於已爲過唯扇搋迦非半擇迦若有被他於已爲過名半擇迦亦扇搋迦若造無間業汙苾芻尼外道賊住若別異住若不共住是名白法損害不應爲授具足戒所以者何彼由上品無慚無愧極垢染法令慚愧等所有白法極成劣薄若諸王臣若王所惡若有造作王不宜業若被債主之所拘執若他僕隸若他劫引若他所得若有諍訟若爲父母所不開許是名繫屬於他不應爲授具戒若變化者爲護他故不應爲授具戒所以者何或有龍等爲受法故自化已身爲苾芻像求受具戒若便爲彼授具戒者彼睡眠時便復本形既睡悟已作苾芻像假想苾芻若守園者若近事男率爾往趣見彼身形如是變已便於一切具苾芻所起增惡心謂諸苾芻皆非人類誰能敬事施彼衣食勿令他人得此惡見是故爲隨護他不應爲彼授具足戒由此六因不應授彼苾芻律儀又除闕減能作羯磨阿遮利耶鄔波柁耶住清淨戒圓滿僧衆問由幾因緣不應授彼近事男律儀答略由二因一意樂損害故二男形損害故若意樂損害者當知一切不應爲授若男形損害者或有爲授然不得說名近事男不說因緣前已具辯若近住律儀當知唯由意樂損害不應爲授何以故或有隨他轉故或有爲得財利恭敬詐稱欲受近住律儀然彼實無求受意樂當知是名意樂損害若無如所說不應授因緣

當知應授如前所說所有律儀
問有幾因緣苾芻律儀受已還捨答或由捨所學處故或由犯根本罪故或由形沒二形生故或由善根斷故或由棄捨衆同分故苾芻律儀受已還捨若正法毀壞正法隱沒雖無新受苾芻律儀先已受得當知不捨所以者何由於爾時穢劫正起無一有情不損意樂能受具戒況當有證沙門果者若近事男律儀當知由起不同分心故善根斷故棄捨衆同分故受已還捨若正法隱沒時如苾芻律儀道理當知近事男律儀亦爾若近住律儀當知由日出已後或由發起不同分心或於中間捨衆同分雖已受得必復還捨
復次云何無想定謂已離遍淨貪未離上貪由出離想作意爲先故諸心心所唯滅靜唯不轉是名無想定此是假有非實物有當知差別略有三種一下品修二中品修三上品修若下品修者於現法退不能速疾還引現前若生無想有情天中所得依身不甚清淨威光赫弈形色廣大如餘天衆定當中夭若中品修者雖現法退然能速疾還引現前若生無想有情天中所感依身雖甚清淨光明赫弈形色廣大然不究竟最極清淨雖有中夭而不決定若上品修者必無有退若生無想有情天中所感依身甚爲清淨威光赫弈形色廣大又到究竟最極清淨必無中夭窮滿壽量後方殞沒復次若由此因此緣所有生得心心所滅是名無想
復次云何滅盡定謂已離無所有處貪未離上貪或復已離由止息想作意爲先故諸心

心所法唯滅靜唯不轉是名滅盡定此定唯能滅靜轉識不能滅靜阿頼耶識當知此定亦是假有非實物有此定差別略有三種下品修等如前已說若下品修者於現法退不能速疾還引現前中品修者雖現法退然能速疾還引現前上品修者畢竟不退有學聖者能入此定謂不還身證無學聖者亦復能入謂俱分解脫前無想定非學所入亦非無學何以故此中無有慧現行故此上有勝寂靜住及生故又復此定不能證得所未證得諸勝善法由是稽留誑幻處故

復次虛空云何謂唯諸色非有所顯是名虛空所以者何若處所行都無所得是處方有虛空想轉是故當知此唯假有非實物有復次云何非擇滅謂若餘法生緣現前餘法生故餘不得生唯滅唯靜名非擇滅諸所有法此時應生越生時故彼於此時終不更生是故此滅亦是假有非實物有所以者何此無有餘自相可得故此法種類非離繫故復於餘時遇緣可生是故非擇滅非一向決定若學見跡於卵濕二生北拘盧洲無想天若女若扇搋迦若半擇迦無形二形等生及於後有若愛若願所得非擇滅當知一向決定由學見迹曾不於後有起希願纏發生後有唯除未無餘永害愛種子故

問何因緣故名心不相應耶答此是假想於諸事中為起言說於有色等二種俱非於有見等二種俱非如是廣說安立道理一切當知如是已說六種善巧謂蘊善巧乃至根善巧云何應知是諸善巧廣建立義

復次嗢拕南曰
自性義差別　次第攝依止
問何等是色自性答略有十一謂眼等十色處及法處所攝色又總有二謂四大種及所造色如是一切皆變礙相
問何等是受自性答略有六種謂依眼等六觸所生此復二種若色爲依名身受無色爲依名心受何以故由前五根皆色性故問若前五根皆是色性依眼等受名身受者何故眼等非唯是身答由相異故所以者何眼等五根展轉相異問若眼等根其相異故非皆身相依彼諸受由是因緣應非身受答餘有色根不離身故就彼爲名此復何過問若不離身故無過者意根亦爾不離身轉依意根受應名身受是即一切皆是身受無心受耶答諸有色根定不離身意即不爾故無有過所以者何生無色界有情意根離身而轉是故五根所生諸受合名身受唯依意者獨名心受故總説二謂身心受又一切受皆領納相
問何等是想自性答此亦六種如前應知又想有六一有相想二無相想三狹小想四廣大想五無量想六無所有想又略有二一世間想二出世間想狹小想者謂欲纏想廣大想者謂色纏想無量想者謂空識無邊處纏想無所有想者謂無所有處纏想即此一切名有相想無相想者謂有頂想及一切出世間學無學想又一切想皆等了相
問何等是行自性答此亦六種如前應知又此行相由五種類令心造作一爲境隨與二

爲彼合會三爲彼別離四能發雜染業五令心自在轉又此行相略有三種一者善行二不善行三無記行又一切行皆造作相

問何等是識自性答略有六種所謂眼識乃至意識是識自性差別又識有三種一領受差別二採境差別三分位差別領受差別有三採境差別有六分位差別有三如是識蘊差別總有十八自性應知是名諸蘊自性

復次蘊義云何爲顯何義建立諸蘊謂所有色若去來今乃至遠近如色乃至識亦爾如是總略攝一切蘊積聚義是蘊義又由諸蘊唯有種種名性諸行當知爲顯無我性義建立諸蘊

復次云何色蘊差別略由六種一由事故二由相故三由識執不執故四由識空不空故五由想所行故六由邊際故事者謂所有諸色皆是四大種及四大種所造相者略有三種一清淨色二清淨所取色三意所取色又變礙相是色共相識執不執者若識依執名執受色此復云何謂識所託安危事同和合生長又此爲依能生諸受與此相違非執受色識空不空者若識不空名同分色由此與識等義轉故若識空者名彼同分色似自相續而隨轉故想所行者謂緣色想略有三種一者色想二有對想三別異想色相亦三一有光影相二據方處相三積集住相如是三相隨其次第三想所行取青等相名爲色想能取行礙名有對想能取男女舍田等假名別異想是名想所行差別邊際者謂色邊際略有二種一墮下界謂欲纏色二墮中界謂

色纏色當知此中就業增上所生諸色說無色界無有諸色非就勝定自在色說何以故由彼勝定於一切色皆得自在諸定加行令現前故當知此色名極微細定所生色

復次云何受蘊差別略由五種一由事故二由相故三由生故四由觀察故五由出離故事者謂領納及順領納法相者謂自相及共相自相有三樂受苦受不苦不樂受樂受壞苦故苦苦受苦苦故苦不苦不樂受行苦故若由此因緣諸所有受皆說名苦是名受共相生者謂一切受十六觸所生何等十六謂眼觸耳觸鼻觸舌觸身觸意觸有對觸增語觸順樂受觸順苦受觸順不苦不樂受觸愛觸恚觸明觸無明觸非明非無明觸由所依及所取境故建立六觸及有對觸由分別境故建立增語觸由領納境故建立順樂受等觸由染淨故建立愛恚明無明非明非無明觸是名受生差別觀察差別者一切如來應正等覺出現世間皆於諸受起八種觀謂受有幾種誰爲受集誰是受滅誰是受集趣行誰是受滅趣行誰是受愛味誰是受過患誰是受出離如是觀時如實了知受有三種觸集故受集應知如經分別廣說如是八種觀察諸受當知略顯自相觀現法轉因觀彼滅觀後法轉因觀彼滅觀彼二轉因觀彼二轉滅因觀及清淨觀是名觀察差別出離者謂初靜慮出離憂根第二靜慮出離苦根第三靜慮出離喜根第四靜慮出離樂根於無想界出離捨根是名出離差別

復次云何想蘊差別略由五種一由事故二

由相故三由顛倒故四由無顛倒故五由分別故事者謂取所縁相及隨順彼法相者自相有六種如前應知等了相是共相是名相差別顛倒差別者謂諸愚夫無所知曉隨逐無明起不如理作意於所縁境無常計常取相而轉是名想倒如於無常計常如是於苦計樂於不淨計淨於無我計我此想顛倒諸在家者能發心倒一分出家者能發見倒是名顛倒差別此想顛倒復有差別謂於四事邪取其相是名想倒若由如是等了相故於境貪著是名心倒若由如是等了相故有執著者於顛倒事堅執忍可開示建立是名見倒無顛倒差別者謂諸聰叡有所曉了隨智慧明起如理作意於所縁境無常知無常苦知是苦不淨知不淨無我知無我正取相轉是名想無顛倒心無顛倒見無顛倒是名無顛倒差別分別差別者略有五種想分別相一境界分別二領納分別三假設分別四虛妄分別五實義分別若於境界取隨味相名境界分別執取境界所生諸受名領納分別若於自他取如是名如是類如是姓等種種世俗言說相名假設分別於諸境界取顛倒相名虛妄分別於諸境界取無倒相名實義分別如是總名想蘊分別差別

復次云何行蘊差別亦由五相一由境界故二由分位故三由雜染故四由清淨故五由造作故由境界者謂於行蘊立六思身由分位者謂立生等不相應行由彼生等唯有分位所顯現故由雜染者謂於雜染諸行建立煩惱及隨煩惱由清淨者謂於清淨諸行建

立信等由造作者謂如前說五造作相爲境

隨與等

瑜伽師地論卷第五十三

音釋

迫迮 迫博陌切迮側格切迫迮窘逼也 **懇** 康很切誠也 **癰腫** 癰於容切腫之隴切 **扇搋** 梵語也此云生謂天然生男根不滿者搋勅皆切 **奕** 羊益切赫奕光盛貌 **狹** 侯夾切隘也

瑜伽師地論卷第五十四

彌勒菩薩說

唐三藏沙門玄奘奉詔譯

攝決擇分中五識身相應地意地之四

復次云何識蘊差別此亦五種應知一由安住故二由雜染故三由所依故四由住故五由異相故

云何安住謂習欲者欲界諸識執外色麄名色安住若清淨天色界諸識執內名色名俱安住無色界識唯執內名名安住是名識安住差別

云何雜染差別謂諸愚夫由二種門識被染汙一於現法中由受用境界門二於後法中由生老等門是名識雜染差別

云何所依差別謂六所依諸識隨轉謂依眼等六處六識身轉如世間火依穅牛糞薪札等轉是名識所依差別

云何住差別謂四識住如經言有四依取以爲所緣令識安住謂識隨色住緣色爲境廣說如經乃至我終不說此識往於東方乃至四維然我唯說於現法中必離欲影寂滅寂靜清涼清淨如是已顯經中如來所說諸識住相從此以後我當宣說此相差別謂此經中略顯識住及因緣相識住因緣二種邊際識住因緣二種寂止當知此中若諸煩惱事若屬彼煩惱說名依取應知此二亦名所緣所緣性故有所緣故由彼貪愛爲煩惱緣名趣所執事由貪欲等四種身繫爲發業緣名緣所緣事彼二隨眠所隨逐故名建立事若諸異生補特伽羅未得猒離對治喜愛由所

潤識能取能滿當來内身由此展轉能取能滿不能棄捨諸異生性以於内身能取能滿故於流轉中相續決定是名爲住餘住因縁如前應知是名略説住及因縁相有色界識有來有去無色界識有死有生又此二住乃至壽盡又復此二生長增益及廣大義如前應知齊是名爲識住邊際及住因縁邊際若復異此而施設者當知唯有文字差别非義差别由所餘義境界無故若他正詰不知何答亦由餘義境界無故或復有能於後自然如理觀察便自迷悶謂我愚癡作如是説若聰慧者於諸色愛乃至行愛所攝貪纏能永斷離於煩惱分所攝發業四身繫纏亦能永斷所以者何由在家衆依貪欲瞋恚二繫發起諸業攝受境界爲因故損害有情爲因故若出家衆依戒禁取此實執取二繫發起諸業以戒禁取猶如貪欲求生天故此實執取猶如瞋恚謗涅槃故當知四身繫唯在意地分别所生故從此以後由多修習勝對治故復能永斷貪愛身繫二種隨眠由此斷故煩惱所縁色受等境亦不相續以究竟離繫故由此所縁不相續故有隨眠識究竟寂滅於色受等諸識住中不復安住由對治識永清淨故是名識住因縁寂止又由當來因縁滅故於内身分不取不滿決定無有流轉相續是名識住寂止又復對治所攝淨識名無所住由彼因縁故名不生長由善修習空解脱門故名無所爲由善修習無願解脱門故名爲知足由善修習無相解脱門故名爲安住如是不生長故乃至安住故名極解脱又於

行等都不執著我及我所由此因緣色等壞時亦不恐怖由此相貌顯彼自體已得清淨又由彼識永清淨故不待餘因任運自然入於寂滅此識相續究竟斷故於十方界不復流轉於命及死不希求故名永離欲又所有受是識樹影彼於爾時不復有故名永離影諸有漏識於現法中畢竟滅盡故名寂滅諸無漏識隨其次第有學解脫名爲寂靜無學解脫名曰清涼餘依永滅故說清淨又復諸識自性非染由世尊說一切心性本清淨故所以者何非心自性畢竟不淨能生過失猶如貪等一切煩惱亦不獨爲煩惱因緣如色受等所以者何以必無有獨於識性而起染愛如於色等是故唯識不立識住是名識蘊由住差別

云何異相差別謂有貪心離貪心有瞋心離瞋心等如經廣說乃至不解脫心極解脫心是名一門異相差別復有約界異相差別謂欲界有四心善心不善心有覆無記心無覆無記心色界有三心除不善無色界有三心亦除不善無漏有二心有學及無學又欲界善心有二種謂加行及生得無覆無記心有四種異熟生心威儀路心工巧處心及變化心此唯是生得謂天龍藥叉等然無修果心於色界中無工巧處心無色界亦爾當知善心如下上亦爾一切處有又有約種異相差別謂欲界有五心一見苦所斷心二見集所斷心三見滅所斷心四見道所斷心五修道所斷心如欲界有五心如是色無色界各有五心并無漏心總爲十六初異相心差別義

我當分別一切有情略有三品一未發趣定品二雖已發趣未得定品三已得定品此復二種一不清淨二極清淨於初品中或時起染汙心由貪等纏繞彼心故或時起善無記心由貪等纏暫遠離故第二品中或時令心於內靜息或時失念於五妙欲其心馳散或時極靜息故便爲惛沉睡眠纏覆其心或時爲斷彼故於淨妙境安處其心或時於彼不正安處心便掉舉若正安處便不掉舉由沉掉蓋未斷滅故於彼二品俱不寂靜由斷滅故心得寂靜若由如理作意已得根本靜慮名定心若未得者名不定心道究竟故名善修心斷究竟故名極解脫心與此相違名不善修心及不解脫心從定心已來當知是第三品是名識蘊異相差別

復次云何諸蘊次第謂說差別此復五種應知一生起所作二對治所作三流轉所作四住所作五安立所作生起所作者謂眼色爲緣能生眼識乃至意法爲緣能生意識此中先說色蘊次說識蘊此則是諸心所所依由依彼故受等心所生故次經言三和故觸觸緣受等是名諸蘊生起所作宣說次第對治所作者爲欲對治四顛倒故說四念住謂於不淨計淨顛倒於苦計樂顛倒於無我計我顛倒於無常計常顛倒此中先說色蘊次說受蘊次說識蘊後說想行二蘊是名對治所作宣說次第流轉所作者根及境界爲依止故於現法中由二種蘊受用境界起諸雜染謂領納境界及彩畫境界由一種蘊造作一切善不善業於後法中起生老等一切雜染

一是所染故最後說住所作者由四識住及識次第而說是名住所作安立所作者謂諸世間互相見已先了其色是故先立色蘊次由受蘊知彼進退或苦或樂是故次立受蘊次由想蘊知彼如是名如是類如是性等是故次立想蘊次由行蘊知彼如是愚癡如是聰叡是故次立行蘊後由識蘊安立內我謂於諸蘊中安立所了有苦有樂隨起言說及愚智等是名諸蘊安立所作宣說次第又復依止我衆具事及我事故應知諸蘊宣說次第謂我依身於諸境界受用苦樂於已於他隨起言說謂如是名如是種類如是性等此之二種依法非法方得積集如是應知我衆具事當知最後蘊是我事

復次色蘊攝幾蘊幾界幾處幾有支幾處非處幾根耶如色蘊如是乃至識蘊謂色蘊攝一蘊全十界十處全一界一處少分六有支少分處非處少分七根全受蘊攝一蘊全一界一處少分一有支全三有支少分處非處少分五根全三根少分想蘊攝一蘊全一界一處少分三有支少分處非處少分不攝諸根行蘊攝一蘊全一界一處少分四有支全五有支少分處非處少分六根全三根少分識蘊攝一蘊全七界全一處全一有支全四有支少分處非處少分一根全三根少分如是有六種攝所謂蘊攝乃至根攝由此相攝道理展轉相攝如應當知

復有餘十種攝應當了知一者界攝謂諸蘊等各自種子所攝二者相攝謂諸蘊等自相共相所攝三種類攝謂諸蘊等遍自種類所

攝四分位攝謂諸藴等順樂受等分位所攝五不相離攝謂諸藴等由一一法及諸助伴攝一切藴等六者時攝謂諸藴等過去未來現在各自相攝七者方攝謂諸藴等在此方轉或依此生即此方攝八者全攝謂諸藴等五等所攝九少分攝謂諸藴等各各差別少分所攝十勝義攝謂諸藴等眞如相所攝如是諸藴一切攝義總有十六如藴乃至根亦爾又由三法攝一切法謂色藴法界意處復次依止幾處色藴轉耶依止幾處名所攝四藴轉耶謂依止六處色藴轉一建立處二覆藏處三資具處四根處五根住處六有威德定所行處依止七處名所攝四藴轉一樂欲二希望三境界四尋伺五正知六清淨方便七清淨諸受用欲者依止四處住律儀者精進行者依止一處已得近分定者依止一處安住根本定者依止一處如是七處略有四位應知

復次我當先說分別色藴一一別義然後分別四藴名義云何分別色藴嗢柁南曰

物極微生起　安立與流業　刹那獨所行

餘相雜最後

問色藴中眼幾物所攝答若據相攝唯有一物謂眼識所依清淨色若據不相離攝則有七物謂即此眼及與身地色香味觸若皆據界攝則有十物即此七物界及水火風界如眼耳鼻舌當知亦爾此中差別者謂耳耳識所依清淨色鼻鼻識所依清淨色舌舌識所依清淨色餘如前說若身當除眼等四何以故由遠離彼獨可得故此相者謂身識所依

清淨色若於外色香味觸彼所行相中除一切根餘一切如前應知聲及聲界不恒有故今當別說若於是處有聲當知此處復增其一應知聲界一切處增

復次色等所緣境界如本地分已廣分別若觸處中所說造色滑乃至勇當知即於大種分位假施設有謂於大種清淨性假立滑性於大種堅實性假立重性於大種不清淨不堅實性假立澀性及輕性於大種不清淨慢緩性假立輭性由水與風和合生故假立有冷由闕任持不平等故假立飢渴及弱力由無所闕無不平等故假立强力及飽由不平等變異錯亂不平等故假立病由時分變異不平等故假立老由命根變異不平等故假立死由血有過患不平等故假立癢由惡飲食不平等故假立悶絶由地與水和合生故假立黏由往來勞倦不平等故假立疲極若遠離彼由平等故假立憇息由除垢等離萎顇故假立勇銳如是一切說諸大種總有六位謂淨不淨位堅不堅位慢緩位和合位不平等位平等位如是六位復開爲八若八若六平等平等

復次一切色乃至觸皆二識所識謂自識所識及意識所識或漸或頓眼等五根一意識所識復次色界中無現香味然有彼界何以故此二皆是段食攝故由無此二鼻舌二識亦無此就現行說非就界說

如是一切色蘊所攝色中九種是實物有觸所攝中四大種是實物有當知所餘唯是假有隨法處色亦有二種謂實有假有若有威

德定所行境猶如變化彼果彼境及彼相應識等境色是實物有若律儀色不律儀色皆是假有又定所行色若依此繫定即由此繫大種所造又此定色但是世間有漏無漏由定而生非出世間由此定色有戲論行定爲因故又非一切所有定心皆有能生此色功能唯一類有如能起化謂不思惟但由先時作意所引離諸闇昧極善清淨明了現前當知是定乃能生色若定力勵數數思惟假勝解力而得見者當知不能生起此色又復此色雖非出世定之所行然由彼定增上力故有一能現當知此事不可思議

問欲色二界實物有色何差別耶答色界諸色清淨最勝能發光明又極微細下地諸根所不行故又無有苦依彼諸色苦受不生故欲界不爾是名差別

復次色蘊略由六相應知一自相二共相三能依所依相屬相四受用相五業相六微細相自相者謂地等以堅等爲相眼等以各別清淨色爲相共相者謂一切色皆變礙相能依所依相屬相者大種爲所依造色是能依受用相者爲内色處有所受用增上力故外色境界差別而生或有色聚唯有堅生或唯有濕或唯有煖或唯有動或和合生爲欲隨順内諸色處受用差別故業相者謂地等諸大種以依持攝受成熟增長爲相復有餘業後當廣說微細相者謂極微相

復次微細性略有三種一損減微細性二種類微細性三心自在轉微細性損減微細性者謂分析諸色至最細位名曰極微種類微

細性者謂風等色及中有色心自在轉微細性者謂色無色二界諸色如經說有等心諸天曾於人中如是如是資熏磨瑩其心隨此修力住一毛端空量地處展轉更互不相妨礙如是等輩應當思惟觀察色蘊物類差別問諸極微色由幾種相建立應知答略說由五種相若廣建立如本地分何等爲五一由分別故二由差別故三由獨立故四由助伴故五由無分別故分別建立者謂由分別覺慧分析諸色至極邊際建立極微非由體有是故極微無生無滅亦非色聚集極微成差別建立者略說極微有十五種謂眼等根有五極微色等境界亦五極微地等極微復有四種法處所攝實物有色極微有一獨立建立者謂事極微建立自相故助伴建立者謂聚極微所以者何於一地等極微處所有餘極微同聚一處不相捨離是故依此立聚極微問何因緣故諸有對法同處一處不相捨離而不說名無對性耶答隨順轉故由彼展轉相隨順生不相妨礙又由如是種類之業增上所感如是而生何以故一切色聚一切色根共受用故若異此者一切聚中非有一切地等諸色不相捨離若爾眼等諸識境界便不遍滿一切聚中如是應無遍滿受用是故當知定有諸色同一處所不相捨離又有諸色或於是處互相妨礙或於是處不相妨礙如中有色等而彼諸色非無對性此中道理當知亦爾無分建立極微者謂非彼極微更有餘分非聚性故諸聚極微可有細分若極微處即唯此處更無細分可以分析

問如是所説五相極微復有五眼所謂肉眼天眼聖慧眼法眼佛眼當言幾眼用幾極微爲所行境答當言除肉眼天眼所餘眼用一切極微爲所行境何以故以彼天眼唯取聚色中表上下前後兩邊若明若闇必不能取極微處所由極微體以慧分析而建立故問何故説極微無生無滅耶答由諸聚色最初生時全分而生最後滅時不至極微位中間盡滅猶如水滴

復由五相應知名不如理思議極微謂於色聚中有諸極微自性而住應知名初不如正理思議極微或謂極微有生有滅或謂極微與餘極微或合或散或謂衆色於極微量積集而住或謂極微能生別異衆多色聚應知名後不如正理思議極微故應方便以如理思思議極微斷此五種非理思議

復次建立極微當知有五種勝利謂由分析一合聚色安立方便於所緣境便能清淨廣大修習是初勝利又能漸斷薩迦耶見是第二勝利如能漸斷薩迦耶見如是亦能漸斷憍慢是第三勝利又能漸伏諸煩惱纏是第四勝利又能速疾除遣諸相是第五勝利如是等類應當如理思惟極微

復次略説色物生當知有五種何等爲五一依止生二種子生三勢引生四攝受生五損減生

云何依止生謂於所依大種處所有餘所造色生故如是説由四大種造所造色是同一處攝持彼義又若於此色積聚中有彼大種及所造色自相可得當知此中即有彼法若

於此處彼法自相都不可得當知此處無有彼法是名總建立有非有相若有說言於此處所彼法自相雖不可得然必有者今應問彼此不可得與可得者爲物是等爲不等耶若物等者物既是等而不可得不應道理若不等者爲即此量說物不等爲據威勢說不等耶若即此量說不等者少分自相亦不可得不應道理若據威勢說不等者離彼自相有餘威勢不可得故不應道理如是等類當知名依止生

云何種子生謂所有色各從自種子所生如堅鞕聚或時遇緣便生流濕流濕遇緣復生堅鞕不煖生煖煖復生冷不動生動動生不動如是好色惡色等差別應知由如是等雖無自相然有其界從彼彼聚彼彼色法差別而生如是等類當知名種子生

云何勢引生謂內色根增上力故外分差別相續而生謂器世界等又由先業勢所引故內諸色處差別而生又復諸天或現前欲或不現前欲及北拘盧洲所有資具當知多分勢引而生差別而轉人中相續生者唯有器世界如是等類當知名勢引生

云何攝受生謂遇彼彼攝受緣故彼彼色法展轉增益勝上而生猶如水等潤萌芽等如是等類名攝受生與此相違應知名損減生

復次諸聚色生時如種種物石磨爲末以水和合團雜而生非如苣蕂麥豆等聚何以故隨彼生因增上力故如是而生爲有用故

問若一切行皆自種子所生何因緣故說諸大種造所造色答由彼變異而變異故彼所

建立及任持故由三因緣大種變異令所造色變異而轉一士夫用故二業所作故三由勝定故士夫用者謂由地大所打觸故器差別故由差別故令所造色變異可得或由水所潤等火所熟等風所燥等令所造色變異可得當知是名由彼大種士夫用故令所造色變異而生業所作者隨業勢力先大種生後隨彼力色變異生是名業所作故由勝定者勝定力故先起大種然後造色變異而生當知是名由勝定故大種變異因此造色變異而生

復次略由五緣所有大種令其異果轉成異果何等爲五一大種力故二士夫用力故三明呪力故四神通力故五業所作力故

問從此沒已何因何緣中有色聚續得生耶答當知此色用自種子爲因感生業爲緣問何因得知有中有耶答從此沒已若無所依諸心心所無有道理轉至餘方故不應如響唯惑亂故不應如影彼不滅故亦不應說如取所緣非行往故由如是等所說譬喻不應道理是故當知定有中有如是等類應當思惟色蘊生起

復次色蘊生時誰爲先首據其處所依此處所餘色轉耶當知大種先據處所後餘造色依此處轉唯諸大種於此處所現前障礙所餘造色自相遍滿當知由彼勢力任持有所據礙

復次地等諸四大種隨其次第麤顯應知謂地界及果能持最勝水火風等流潤燒然動摇等業依止彼故方得流轉

復次諸聲纔宣發已尋即斷滅故於色聚中不恒相續又此音聲依質生時質處及外俱頓可得隨所聞處於此處所遍滿頓起如焰光明非漸漸生展轉往趣

復次風有二種謂恒相續不恒相續諸輪行風名恒相續在空行者名不恒相續在物行者名恒攝受又當知風機關運轉名恒相續所餘當知非恒相續

問何等名空界答明暗所攝造色說名空界此亦二種一恒相續二不恒相續若諸有情所居處所常暗常明名恒相續餘不爾處非恒相續當知此亦依止色聚又此空界光明攝者名爲清淨隙穴攝者名不清淨

問諸長短等所說形色當言實有爲假有耶答當言假有何以故積集而住故名爲形唯有衆色積集可得餘形色相不可得故又必相待相待之法有自性者彼法便有雜亂過失又如車等彼覺可壞故

復次法處所攝勝定果色中當知唯有顯色等相何以故於彼香等生因闕故又無用故如是於空行風中無有俱生香等唯有假合者又離輪外所發光明所餘大種及與香等皆不可得又法處所攝勝定果色當知此色唯依勝定不依大種然從緣彼種類影像三摩地發故亦說彼大種所造非依彼生故名爲造

問於色蘊中幾法由有見有對故住幾法由無見有對故住幾法由無見無對故住答一由二種謂眼所行餘唯有對除法處所攝色當知此色無見無對如是等類應當思惟色

蘊安立
復次色蘊由幾種流而相續轉謂由三種一等流流二異熟生流三長養流初等流流復有四種一異熟等流流二長養等流流三變異等流流四本性等流流異熟流者復有二種一者最初二者相續謂業生異熟及異熟所生謂即從彼業力所引異熟後時轉者長養流者亦有二種一處寬遍長養流二相增盛長養流初長養流唯色長養當知由食睡眠梵行等至長養諸色餘長養流當知亦由食故彼所依故修勝作意故長時淳熟故而得長養諸有色法由二長養之所長養諸無色法唯相增盛說名長養又欲界色具由四食及餘一切長養因緣而得長養色界諸色不由段食睡眠梵行而得長養又諸色根當知由二種流而得流轉以諸色根離異熟長養相續流外無別等流流問異熟相續有時亦有增長廣大可得何故異熟攝流非即長養耶答由別有長養相續能攝能持異熟等流流故現有增長等若非根所攝色當知具三種流諸心心所有等流流異熟生流第二長養所長養流法處所攝色無異熟生流餘知心心所應知又欲界中具有內外諸色成熟於色界中遠離香味又欲界中諸色根成熟或具不具於色界中必具諸根又諸聲界亦有異熟非聲如是等類應當思惟色蘊流義復次色蘊所攝地界能爲幾業乃至風界能爲幾業當知一切皆爲五業謂地界能爲打觸變壞業建立業與依止業違損業攝受業水界能爲流潤業攝持業溉灌業違損業

攝受業火界能爲照了業成熟業燒然業違損業攝受業風界能爲發動業隨轉業消爍業違損業攝受業又諸大種於所生造色當知能作五業謂生起業依止業建立業任持業增長業於彼變異生時能爲導首故變異生已與彼爲處不相捨離能爲依止故攝受損害安危共同能建立彼故持彼本量令不損減故能任持令彼積集增進廣大故能增長問眼耳所行善不善色彼何因緣成善等性非餘色耶答若略說由輭中上品三種思差別故一加行思二決定思三等起思由此能起若善不善身語表業當知上品思爲依止故能發善不善業

問依止聚色而有運動當言與彼異不異耶答當言不異何以故於彼處所若生不生或滅不滅而有運動皆有過失可得故問有何過失答若言生而有動便越剎那相若言不生便應無動若言滅者應與餘等若言不滅便越行相又於異處生起因緣分明可得是故當知無別運動實物可得如是等類應當思惟色蘊作業

復次一切色蘊當言皆是剎那滅性何以故諸行纔生尋即壞滅現可得故又不應謂能生之因即是滅因其相異故又法生已餘停住因不可得故是故當知一切諸行皆任運滅由此道理剎那義成若謂火等是滅壞因不應道理何以故由彼火等與彼諸行俱生俱滅現可得故唯能爲彼變異生緣說有作用又謂壞滅是壞滅因不應道理何以故與彼俱生不應理故若彼生時即有壞滅便成

相續斷壞過失又唯自性滅壞說名爲滅而言能爲滅因不應道理若言別有滅壞自性離彼法外別有滅相畢竟不可得故不應道理若謂火等爲滅助伴方能滅者於燈電等及心心所任運滅中不可得故不應道理若謂生彼有別別功能此差別不可得故不應道理若謂二種於一處所有滅功能即應二種俱於兩分有滅功能或無功能有過失故不應道理如是等類應當思惟色蘊剎那滅義謂由任運壞滅因故遮計火等爲滅因故遮計滅相爲滅因故遮計二種爲滅因故如是等類盡當了知又一切行是心果故當知如心皆剎那滅

復次所造色於諸大種當言有異相耶當言無異相耶謂有異相何以故異相可得故此中異相者謂異根所行故所以者何由餘色根能取大種復由餘根取所造色故又可運轉不可運轉現可得故謂從衆運華轉香氣置苣蕂中世現可得非彼堅等而可運轉又變異不變異現可得故謂煎酥等中有色味等變異差別可得非彼堅等是故當知大種造色其相有異若於異相而執爲一於諸大種亦應爾耶由諸大種其相展轉互相異故若許爾者應當唯有一大種耶是故當知諸所造色望彼大種定有異相如是等類應當思惟諸大種色獨非獨相

復次諸色所攝法幾是根性幾是所行性謂五是根性六是所行性問何等所行境是根所行耶答若根不壞等如本地分中已廣說謂由依處故或由相故或由方故或由時故

或由明了不明了故或由全事一分事故問由幾因緣說諸根壞及不壞耶答由二因緣一由羸損故二由全壞故與此相違當知不壞又略由四緣諸根變異一由外緣所生謂由受用攝受損壞外境界故或由他輩所損益故二由內緣所生謂由各別不如理作意所生貪等諸纏煩惱故或由如理作意所生三摩鉢底等故三由業緣所生謂由先業增上緣力感得端正醜陋等故四由自體變異所生謂彼諸根自相差別故問由幾因緣意根壞耶答由四因緣一由蓋所作謂於五蓋中隨由一蓋覆蔽其心二由散亂所作謂由鬼魅撓亂其心三由未證所作謂彼內心猶未證得靜慮無色勝品功德然於其中强發作意四由未解所作謂於多聞工巧等事心未純熟强施方便云何色等境界望彼諸根名爲現前謂色於眼非合非闇非極細遠亦非有障名爲現前要唯有見有明無障在可行處乃名現前又於一眼雖闇障色亦名現前聲於耳根亦必非合非極細遠得名現前有障無障若明若闇在可行處皆名現前香味觸三於鼻舌身唯合能取在可行處乃名現前所行境界若諸天眼唯照有見有障無障若明若闇若近若遠皆名現前然在可行處非不可行處若聖慧眼一切種色皆是所行問如本地分說六種所行性此何差別耶答初所行性謂有情世間所攝色及器世間所攝色第二所行性謂由三自性自性差別故相差別故作用差別故分位差別故色相差別者謂青黃赤白等乃至廣說作用差別

者謂有表無表律儀不律儀非律儀非不律儀所攝作用分位差別者謂可意不可意色及順捨處色聲相差別者謂執受大種爲因非執受大種爲因執受非執受大種爲因作用差別者謂語表業分位差別者如前應知香相差別者謂根莖皮實華葉果香作用差別者謂香味觸皆無作用分位差別如前應知味相差別者謂甘苦等如前已說觸相差別亦如前說多種應知第三所行性謂東南西北等方維差別應知第四所行性謂過去未來現在差別應知第五所行性謂取實不實差別應知第六所行性謂取一分事或遍滿事差別應知如是等類是名諸色境界現前差別應知

云何名爲能生作意謂由所依不壞故境界現前故所起能引發心所如是等類應當思惟色蘊所行相

復次在欲界者依欲界身發起色界大種現前彼諸大種云何與下界色共住爲異處耶非異處耶當言如水處沙非住異處如是等類應當思惟色蘊互相雜相

瑜伽師地論卷第五十四

音釋

穬（苦冏切穀皮也）癢（余兩切膚欲搔也）黏（女廉切相著也）萎（於爲切蔫也）銳（俞芮切利也）瑩（烏定切潔也）鞕（魚孟切堅牢也）苣藤（其呂切藤詩證切苣藤胡麻也）溉灌（溉古代切沃也灌古玩切澆也）

瑜伽師地論卷第五十五

彌勒菩薩說

唐三藏沙門玄奘奉詔譯

攝決擇分中五識身相應地意地之五

如是已思擇色蘊我次當說名所攝四無色蘊隨所應建立相如本地分立一心相令先顯示如世尊言若有衆生於如來所但發一心及一言說善逝大師善逝大師如是發心我尚說彼於諸善法多有所作何況身語如其心量隨順奉行又如是言由一淨心當往善趣如是等類當知此中依轉所攝相續一心由世俗道名發一心又依世俗相續道理名發一語及發身業

問有分別心無分別心當言同緣現在境耶爲不同耶答當言同緣現在境界何以故由三因故謂極明了故於彼作意故二依資養故問染心生時當言自性故染爲相應故爲隨眠故答當言相應故隨眠故非自性故若彼自性是染汙者應如貪等畢竟不淨若爾大過由彼自性不染汙故說心生時自性清淨問諸煩惱纏於心二種染汙因中當言何等答當言相應問此中何等說名隨眠答諸煩惱品所有麤重不安隱性又持諸行令成苦性是故聖者由行苦故現觀爲苦於諸行中安住苦觀云何觀耶如毒熱癰乃至廣說如有尋有伺地應如是觀

復有三種染惱心法當知普攝一切染惱所謂業染惱受染惱煩惱染惱初二染惱唯欲界繫最後染惱通三界繫問何等名爲心煩惱縛答一切隨眠問何等名業縛答樂著事

業名爲業縛又於三處爲障礙業亦名業縛謂於出離心於得出離喜樂於得聖道又順異熟障業亦名業縛又邪願業亦名業縛如是四種別開有六總合爲四

問諸識生時與幾遍行心法俱起答五一作意二觸三受四想五思問復與幾不遍行心法俱起答不遍行法乃有多種勝者唯五一欲二勝解三念四三摩地五慧

作意云何謂能引發心法觸云何謂三和合故能攝受義受云何謂三和合故能領納義想云何謂三和合故施設所緣假合而取此復二種一隨覺想二言說隨眠想隨覺想者謂善言說人天等想言說隨眠想者謂不善言說嬰兒等類乃至禽獸等想思云何謂三和合故令心造作於所緣境隨與領納和合乖離欲云何謂於彼彼境界隨趣希樂勝解云何謂於彼彼境界隨趣印可念云何謂於彼彼境界隨趣明記三摩地云何謂於所觀境令心一境性慧云何謂於彼彼境界隨順趣向揀擇諸法或如理觀察或不如理觀察或非如理非不如理觀察復次作意爲何業謂於所緣引心爲業觸爲何業謂受想思所依爲業受爲何業謂愛生所待爲業想爲何業謂於所緣令心彩畫言說爲業思爲何業謂發起尋伺身語業爲業欲爲何業謂發生勤勵爲業勝解爲何業謂於所緣功德過失或俱相違印持爲業念爲何業謂於久所思所作所說記憶爲業三摩地爲何業謂智所依爲業慧爲何業謂於言論所行染汙清淨隨順考察爲業問此不

遍行五種心所於何各別境事生耶答如其次第於所愛決定串習觀察四境事生三摩地慧於最後境餘隨次第於前三境問諸名所攝與心相應所餘蘊法當言率爾起耶尋求耶決定耶答若依彼類心當言即彼類

問如經言此四無色蘊當言和合非不和合不可說言如是諸法可分可析令其差別何故彼法異相成就而說和合無差別耶答衆多和合於所緣境受用領解方圓滿故若不爾者隨闕一種於所爲事應不圓滿

問諸心心所凡有幾種差別名耶答有衆多名謂有所緣相應有行有所依等無量差別

問何故眼等亦有境界而但說彼名有所緣非眼等耶答由彼眼等雖所取境亦得生起心與心所則不如是問何故名相應答由事等故處等故時等故所作等故問何故名有行答於一所緣作無量種差別行相轉故問何故名有所依答由一種類託衆所依差別轉故雖有爲法無無依者然非此中所說依義唯恒所依爲此量故

問何故樂望苦受苦望樂受若樂若苦望非苦樂說互相對答由自種類而不同分互相對故問何故不苦不樂受望彼無明說互相對答由與諸受一切煩惱皆爲助伴互相對故問何故明與無明說互相對答能治所治互相對故問何故明與涅槃說互相對答因果相屬互相對故

六何建立四無色蘊爲善不善無記性耶謂一切無差別嗢柁南曰

依處與自性　相應世俗等　輭等事差別

得失能所治
問善法依處有幾種答略說有六一決定時二止息時三作業時四世間清淨時五出世清淨時六攝受衆生時
問何等爲自性答謂信慚愧無貪無瞋無癡精進輕安不放逸捨不害如是諸法名自性善問如是諸法互相應義云何應知答於決定時有信相應止息雜染時有慚與愧顧自他故善品業轉時有無貪無瞋無癡精進世間道離欲時有輕安出世道離欲時有不放逸及捨攝受衆生時有不害此是悲所攝故
問是諸善法幾世俗有幾實物有答三世俗有謂不放逸捨及不害所以者何不放逸捨是無貪無瞋無癡精進分故即如是法離雜染義建立爲捨治雜染義立不放逸不害即是無瞋分故無別實物
問何等名輭善根答諸不定地所有善根或在定地而能對治上品煩惱問何等名中善根答若在定地世間善根或能對治中品煩惱問何等名上品善根答謂出世間所有善根或能對治下品煩惱又諸善法或由加行力或由串習力或由自性力或由田土力或由清淨力當知成上品
問善根生時依幾種事而得生耶答若略說依八種事一施所成福業事二戒所成福業事三修所成福業事四聞所成事五思所成事六餘修所成事七揀擇所成事八攝受有情所成事當知此中隨其所應依所說事或於現法或於後法隨爲一種貪瞋惡見於心相續先成穢染旣被染已由彼對治令於是

處不復相應
問何等名爲善法差別答或有一種乃至十種如本地分已廣宣說又諸善法或有對治雜染故或有雜染靜息故或有攝受可愛果故或有相續清淨故或有供養靈廟故或有攝受有情故如是等類善法差別應當了知
復次善法無有過失有何功德善法功德有無量種謂能淨治心令離煩惱纏及隨眠令於所緣無有顚倒能令善根堅固不退令等流行相續而轉不爲自害不爲他害不爲俱害不生現法罪不生後法罪不生現法後法罪能令受彼所生喜樂能盡生爲上首所有衆苦又能增長涅槃勝解能親近彼能令財位無有退失處衆勇猛無懼無畏廣大名稱流布十方爲衆聖賢之所稱讃臨命終時不生憂悔身壞已後生諸善趣於諸善法令無退失能速隨證自所求義如是等類諸善功德無邊無量當盡了知
云何建立諸善對治由十五種謂猒患對治故斷對治故持對治故遠分對治故所欲趣纏對治故非所欲趣纏對治故隨眠對治故輭品煩惱對治故中品煩惱對治故上品煩惱對治故散亂對治故諫悔對治故羸劣對治故制伏對治故離繫對治故
復次諸染汙法二相所顯一本煩惱二隨煩惱今當先說本煩惱後當分別隨煩惱
問本煩惱有幾種依處答六一與無明俱可意雜染境界二與無明俱不可意雜染境界三與不如理作意俱雜染境界四與無明俱劣等勝有情各別五取藴得未得顚倒功德

顛倒五與無明不如理作意俱聽聞不正法六與無明不如理作意俱於聽正法而生懈怠當知最初欣樂和合依處第二欣樂別離依處第三於境顛倒依處第四陵懱上慢依處第五邪執法行依處第六不修正行不爲還滅依處

問煩惱自性有幾種答有六種一貪二瞋三無明四慢五見六疑

問何煩惱與何煩惱相應答無明與一切疑都無所有貪瞋互相無此或與慢見謂染愛時或高舉或推求如染愛憎恚亦爾慢之與見或更相應謂高舉時復邪推構

問是諸煩惱幾世俗有幾實物有答見世俗有是慧分故餘實物有別有心所性

問是諸煩惱云何建立輭中上品答最後所斷名輭品中間所斷名中品最初所斷名上品復由六因諸煩惱成上品一婬欲所生煩惱性多上品二串習所生煩惱性多上品三安足處煩惱謂根熟者性多上品四不可治煩惱謂無涅槃法者性多上品五非處加行煩惱謂於尊重福田等所性多上品六有業煩惱謂正發業者性多上品

問煩惱生時由幾煩惱事而得生耶答貪由十事生一取蘊二諸見三未得境界四已得境界五已所受用過去境界六惡行七男女八親友九資具十後有及無有

問何貪於何事生耶答隨其次第十貪於十事生何等爲十謂事貪見貪貪貪慳貪蓋貪惡行貪子息貪親友貪資具貪有無有貪瞋事亦有十種一已身二所愛有情三非所

愛有情四過去怨親五未來怨親六現在怨親七不可意境八嫉妬九宿習十他見瞋亦有十如其次第依彼而生依前六事立九惱事緣彼一切瞋皆名有情瞋餘名境界瞋若不忍爲先亦有情瞋若宿習瞋若見瞋如是十瞋略有三種一有情瞋二境界瞋三見瞋無明依七事起一世事二世間安立事三運轉事四最勝事五眞實事六雜染清淨事七增上慢事依此七事起七無知或復十九當知於初事由三種門生疑惑於第二事由內六處若外若俱生我我所怨親等見於第三事由業異熟及俱生作者受者無因惡因見於第四事誹謗三寶於第五事誹謗諸諦於第六事起邪解行於第七事依得自義起增上慢

慢依六事生一劣有情二等有情三勝有情四內取蘊五已得未得顛倒六功德顛倒依此六事生七種慢謂慢過慢等當知二慢依勝有情事生餘各依一事

見依二事生一增益事二損減事增益事有四種一我有性增益二常無常性增益三增上生方便增益四解脫方便增益損減事亦有四種一謗因二謗果三謗作用四謗善事當知此中謂無施與乃至無妙行惡行是名謗因謂無妙行惡行業果異熟是名謗果謂無此世間乃至無化生有情名謗作用所以者何諸士夫用是此中作用義此士夫用復有四種一往來用二持胎藏用三置種子用四後有業用若謂世間無阿羅漢等名謗善事依此廣略八事二事生於五見謂薩迦耶

見邊執見見取戒禁取邪見又依六十二事生邊執見及邪見謂計前際事計後際事如經廣說依此事差別有六十二見

疑依六事生一聞不正法二見師邪行三見所信受意見差別四性自愚魯五甚深法性六廣大法教

問何等名爲煩惱差別答一切差別略有十五一内門煩惱二外門煩惱三見斷煩惱四修斷煩惱五可愛趣纒所攝煩惱六非可愛趣纒所攝煩惱七隨眠所攝煩惱八輭品煩惱九中品煩惱十上品煩惱十一散亂位煩惱十二掉悔位煩惱十三羸劣位煩惱十四制伏位煩惱十五離繫位煩惱

復次煩惱無有功德有多過失謂於纒位汙心相續廣說如有尋有伺地

復次煩惱非能對治雖復經言依愛斷愛依慢斷慢然非煩惱但是善心加行希求高舉行相與彼相似假說愛慢

復次如前說十五種心對治差別當知煩惱是彼所治亦十五種

復次隨煩惱依處當知略有九種一展轉共住二展轉相舉三利養四邪命五不敬尊師六不忍七毀增上戒八毀增上心九毀增上慧

復次隨煩惱自性云何謂忿恨覆惱嫉慳誑諂憍害無慚無愧惛沉掉舉不信懈怠放逸忘念散亂不正知惡作睡眠尋伺如本地分已廣宣說如是等類名隨煩惱自性

此中初二依初依處而生第三第四依第二第五第六依第三第七第八依第四第九依

第五第十依第六十一十二依第七所餘十
二依後二依處而生
當知此中毀增上心毀增上慧由三門轉一
由毀止相門二由毀舉相門三由毀捨相門
惛沉睡眠由初依處生掉舉惡作由第二依
處生不信乃至尋伺由第三依處生
復次隨煩惱云何展轉相應當知無慚無愧
與一切不善相應不信懈怠放逸忘念散亂
惡慧與一切染汙心相應睡眠惡作與一切
善不善無記相應所餘當知互不相應
復次隨煩惱幾世俗有幾實物有謂忿恨惱
嫉害是瞋分故皆世俗有慳憍掉舉是貪分
故皆世俗有覆誑諂惛沉睡眠惡作是癡分
故皆世俗有無慚無愧不信懈怠是實物有
放逸是假有如前說忘念散亂惡慧是癡分
故一切皆是世俗有尋伺二種是發語言心
加行分故及慧分故俱是假有
復次隨煩惱云何成輭中上品當知如本煩
惱說如是隨煩惱若事若差別若過失若所
治隨其所應皆如煩惱應知
復次諸無記法依處當知略有四種謂業所
引生生已若行住若養命若三摩地差別
復次彼自性云何謂異熟生蘊若中庸加行
所攝威儀路及工巧處若爲嬉戲加行所攝
變化
問彼云何展轉相應耶答威儀路工巧處或
於一時展轉相應如說或有事業行時易作
非住非坐亦非偃卧乃至或有事業若行若
住若坐若卧皆悉易作如經廣說所餘無有
展轉相應

問是諸無記幾實物有幾是假有答於異熟所攝諸蘊及心加行差別中而施設故當知一切皆世俗有

云何彼成輭中上品謂異熟生及威儀路不猛利故俱是輭品諸工巧處性猛利故說名中品當知變化性極猛利故是上品又四種類各有差別謂無色界異熟是輭品色界異熟是中品欲界異熟是上品若坐若卧是輭威儀住是中威儀行是上威儀初習業者是下工巧已串習者是中工巧堪爲師者是上工巧下品修三摩地所得是輭變化中品修三摩地所得是中變化上品修三摩地所得是上變化如是等類輭中上品差別應知

問是諸無記依何事生答當知略說依十二事如聞所成地已說

云何諸無記差別謂異熟生五趣别故五種差別若威儀路威儀别故四種差別若工巧處十二事差別故即十二種差別異生聲聞獨覺菩薩如來差別故爲嬉戲爲利他身語變化差別故當知變化八種差別由此差別即攝餘事故不別說又異熟生一向無記二三可得一有二種若依妓樂以染汙心發起威儀是染汙性若依寂靜即是善性若依染著發起工巧是染汙性若善加行所起工巧即是善性爲引導他或爲利益諸有情故而起變化當知是善此無染汙

復次如是五蘊幾諦所攝又此諸諦幾蘊所攝當知三諦五蘊更互相攝滅諦諸蘊互不相攝由滅諦性是彼寂靜所顯故

問如聲聞地已說於四諦中有十六行觀何

故於苦諦爲四行觀答爲欲對治四顛倒故謂初一行對治初一顛倒次一行對治次二顛倒後二行對治後一顛倒

問何故於集諦爲四行觀答由有四種愛故此四種愛當知由常樂淨我愛差別故建立差別初愛爲緣建立後有愛第二第三愛爲緣建立貪喜俱行愛及彼彼希樂愛最後愛爲緣建立獨愛當知此愛隨逐自體又愛云何謂於自體親昵藏護後有愛云何謂求當來自體差別喜貪俱行愛云何謂於現前或於已得可愛色聲香味觸法起貪著愛彼彼希望愛云何謂於所餘可愛色等起希求愛

問何故於滅諦爲四行觀答由四種愛滅所顯故問何故於道諦爲四行觀答由能證彼四愛滅故

復次如聲聞地已説壞等十種行相此中無所得云何謂唯有根唯有境界唯有彼所生受唯有彼所生心唯有計我我想唯有計我我見唯有我我言説戲論除此七外餘實我相了不可得不自在云何謂衆緣生無常苦相所攝諸行離我相故

問此十行相由何行相攝壞苦耶答由結行相及變壞增上所起憂惱當知是壞苦性非唯變壞已離憂者雖復遇彼不爲害故問何等行相攝苦苦耶答由不可愛行相問何等行相攝行苦耶答由不安隱行相

復次如經言生苦乃至略攝五取藴苦如是諸苦相幾苦苦攝謂初五幾壞苦攝謂中二幾行苦攝謂後一復次初七苦苦攝彼所對治淨妙煩惱壞苦攝最後一行苦攝由世尊

言入變壞心又作是言由蓋纏故領彼所生心諸憂苦故知煩惱壞苦故苦道理成就復次如經言有四種苦一者生苦二緣内苦三緣外苦四麤重苦問此中何行攝何苦何苦攝何行答初行初苦展轉相攝次有三行與第二苦展轉相攝次有三行與第三苦展轉相攝最後一行與最後苦展轉相攝前所說愛自性差別建立集諦四種行相當知爲生

今果差别四種苦故

復次此十六行幾是空行謂二即苦諦後二行幾是無願行謂六即苦諦前二行及集諦一切幾是無相行謂滅諦一切幾是清淨因所顯行謂道諦一切

問要由無常想能住無我想何故此中先說空耶答此約無我觀已生由無常觀建立無願以此二觀前後展轉互修治故

復次四聖諦說次第者謂由此故苦此最爲初如此故苦此爲第二此二攝黒品究竟由此故樂此爲第三如此故樂是爲第四此二攝白品究竟譬如重病病因病愈良藥又有差别謂如世間遭苦次第當知建立聖諦次第所以者何如諸世間曾所遭苦即於此處先發作意次於遭苦因次於苦解脱後於解脱方便發起作意

問諦義云何答如所說相不捨離義由觀此故到清淨究竟義是諦義問苦諦義云何答煩惱所生行義問集諦義云何答能生苦諦義問滅諦義云何答彼俱寂靜義問道諦義云何答能成三義

問如是四聖諦爲世俗諦攝爲勝義諦攝答

勝義諦攝何以故於順苦樂不苦不樂諸行中由自相差別故建立世俗諦由彼共相一味苦故當知建立勝義諦

問何緣故說遍知苦諦永斷集諦觸證滅諦修習道諦答由彼苦諦是四顛倒所依處故爲除顛倒故遍知苦旣遍知苦即遍知集由彼集諦苦諦攝故雖遍知苦仍爲集諦之所隨逐故須更說永斷集諦言觸證者是現見義由於滅諦現前見故不生怖畏愛樂攝受是故次說觸證滅諦若勤修道乃能成辦所說三義是故後說修習道諦

問諦現觀有幾種此復何相答決定義是現觀義此則於諸諦中決定智慧及彼因彼相應彼共有法爲體是名現觀相此復六種應知如有尋有伺地說

此中云何名初現觀謂於諸諦決定思惟云何名爲第二現觀謂三寶所三種淨信由於寶義已決定故及聞所成決定智慧

云何名爲第三現觀謂聖所愛戒於惡趣業已得決定不作律儀故

云何名爲第四現觀謂於加行道中先集資糧極圓滿故又善方便摩瑩心故從世間順決擇分邊際善根無間有初內遣有情假法緣心生能除輭品見道所斷煩惱麤重從此無間第二內遣諸法假法緣心生能除中品見道所斷煩惱麤重從此無間第三遍遣一切有情諸法假法緣心生能除一切見道所斷煩惱麤重又此現觀即是見道亦名雙運道此中雖有毗鉢舍那品三心及奢摩他品三心然由雙運合立三心以於一刹那中止

觀俱可得故當知此諸心唯緣非安立諦境又前二心法智相應第三心類智相應又即由此心勢力故於苦等安立諦中有第二現觀位清淨無礙苦等智生當知依此智故苦集滅道智得成立即前三心并止觀品能證見斷煩惱寂滅能得永滅一切煩惱及所依事出世間道是名現觀智諦現觀

云何名爲現觀邊智諦現觀謂此現觀後所得智名現觀邊智當知此智第三心無間從見道起方現在前緣先世智曾所觀察下上二地及二增上安立諦境似法類智世俗智攝通世出世是出世間智後所得如其次第於一一諦二種智生謂忍可欲樂智及現觀決定智如是從前現觀起已於下上諸諦中二二智生是名現觀邊智諦現觀此中前智遣假法緣故是無分別後智隨逐假法緣故是有分別又前智於依止中能斷見斷煩惱隨眠後智思惟所緣故令彼所斷更不復起又前智能進趣修道中出世斷道第二智能進趣世出世斷道無有純世間道能永害隨眠由世間道是曾習故相執所引故如相執所引如是亦不能泯伏諸相如不能泯伏諸相如是亦不能永害麤重是故彼道無有永害諸隨眠義

云何名爲究竟現觀謂由永斷修所斷故所有盡智無生智生或一向出世或通世出世於現法中一切煩惱永斷決定故於當來世一切依事永滅決定故名究竟現觀何等名爲出世盡智謂若智於盡無分別何等名爲世出世盡智謂若智於盡有分別何等名爲

出世無生智謂即此依事滅因義故於當來世依事不生中所有無分別智何等名爲世出世無生智謂於當來世依事不生中所有有分別智

復次有種姓婆羅門建立三處爲實爲諦然彼種姓諸婆羅門於此三處住三過失汙其心故依第一義彼皆墮在非梵志數何等三處一爲養命二爲修福三安立果爲養命者謂彼種姓諸婆羅門爲活命故於施主前或呪願或讚美或序述呪願者謂彼種姓諸婆羅門希求隨一資生具故往詣王所或王大臣或婆羅門長者居士商主等所矯設呪願當願汝等所有怨敵皆悉殄滅橫遭殃禍摧屈縛録又願汝等所有吉祥常無轉動不可侵奪讚美者爲希求故往到彼所矯設讚美言汝勇健多諸計策善害怨敵又於害怨假興讚述唱言汝曹如是如是害除怨敵甚爲希有如汝等輩世間難得又於財位久興盛者矯施讚述言諸世間如汝吉祥成就無動甚爲難有序述者謂彼爲希求故往到他所妄興序述言汝成就善丈夫相不久定當一切怨敵皆悉殄滅橫遭殃禍摧屈縛録又若成就如是相者定當吉祥無有退轉又如汝等諸親友家若施主家常無有餘沙門婆羅門於中受施執爲已有唯我常得恭敬供養衣服飲食諸卧具等彼由如是方便所獲利養深生染著躭嗜迷悶堅固保執而受用之爲修福者謂彼種姓諸婆羅門宣説殺害無量衆生興祠祀福宣説祠祀獲常處果又興祠祀時召命無量國王大臣長者居士爲欲

攝受上妙衆多資生具故彼既獲巳執爲我所展轉互起陵懱之心當知彼有如是三失安立果者謂彼種姓諸婆羅門說阿素洛身應可殺害天身是常唯婆羅門最上種姓餘姓下劣廣說乃至諸婆羅門大梵所生大梵所化大梵支胤彼種姓婆羅門作如是計立如是論當知是名安立果如是種姓婆羅門於此三處猛利取執隨興言論唯此是實是諦餘並愚妄何等名爲由三過失染汙其心謂語言過失憍慢過失勝解過失若卽於此三處邪語業轉當知是名語言過失若復於此三處施設建立及隨發起不正言論方比於他謂巳爲勝或等或劣當知是名憍慢過失若復於此三處不觀得失一向信受雖遇諸佛及佛弟子正教誨時於處非處不能正住於遍分別不能正住於諸正行不能正住於智者論不能正住當知是名勝解過失此三過失當知皆是惡見所起若有住此三處成就三種過失雖是種姓諸婆羅門依第一義彼皆墮在非梵志數

復次若有建立三處爲諦爲實又於三處無三過失染汙其心彼雖非種姓婆羅門然墮第一義婆羅門數何等三處謂不應害一切衆生是名初處此所說處唯諦唯實無有虛妄是故於此初處無語言過失染汙其心又彼於是處不由諦實言論方比於他謂巳爲勝若等若劣是故彼於此處無憍慢過失染汙其心又彼於此處審觀得失觀彼所緣能增善法又能攝益身心無罪現法樂住於諸有情多住慈想晝夜修學又於此處非信他

行內自正覺為諦為實然於諦實不忘執著是故當知彼於此處無勝解過失染汙其心如是一切行無常是名第三處餘如前說一切法無我是名第二處餘如前說此中差別者於第二諦應言於一切行多住生滅觀晝夜修學於第三諦應言於一切法多住無我我所想晝夜修學若有於此三處無三過失染汙其心彼雖非種姓婆羅門然墮第一義婆羅門數如是三處成婆羅門諦實之法離三過失唯有如來是真覺者

瑜伽師地論卷第五十五

音釋

懱（莫結切輕易也）羸（倫為切瘦也）昵（尼質切近也）矯（居小切詐也）殄（徒典切絕也）亂（羊晉切嗣也）

瑜伽師地論卷第五十六

彌勒菩薩說

唐三藏沙門玄奘奉詔譯

攝決擇分中五識身相應地意地之六

問諸蘊分位有幾種答有多種謂得無想定等心不相應行廣說如前

問依何分位建立得此復幾種答依因自在現行分位建立得此復三種謂種子成就自在成就現行成就

問依何分位建立無想定滅盡定及無想此三各有幾種答依已離遍淨貪未離上貪出離想作意爲先名滅分位建立無想定此復三種自性者唯是善補特伽羅者在異生相續起者先於此起後於色界第四靜慮當受彼果依已離無所有處貪止息想作意爲先名滅分位建立滅盡定此復三種自性者唯是善補特伽羅者在聖相續通學無學起者先於此起後於色界重現在前託色所依方現前故此據未建立阿賴耶識教若已建立於一切處皆得現前依已生無想有情天中名滅分位建立無想此亦三種自性者無覆無記補特伽羅者唯異生生彼非諸聖者起者謂能引發無想定思能感彼異熟果後想生已是諸有情便從彼沒

問依何分位建立命根此復幾種答依業所引異熟住時決定分位建立命根此復三種謂定不定故愛非愛故歲劫數等所安立故

問依何分位建立衆同分此復幾種答依諸有情相似分位立衆同分此復三種所謂種類同分自性同分工巧業處養命同分

問依何分位建立生此復幾種答依現在分位建立生此復三種所謂刹那生相續生分位生問依何分位建立老此復幾種答依前後分位建立老此復三種謂異性老轉變老受用老問依何分位建立住此復幾種答即依生分位建立住此復三種謂刹那住相續住立制住問依何分位建立無常此復幾種答依生已壞滅分位建立無常此復三種謂壞滅無常轉變無常别離無常

問依何分位建立名身此復幾種答依假言說分位建立名身此復三種謂假設名身實物名身世所共了不了名身如名身句身文身當知亦爾此中差别者謂標句釋句音所攝字所攝

問依何分位建立異生性此復幾種答依未生起一切出世聖法分位建立異生性此復三種謂欲界繫色界繫無色界繫

問依何分位建立流轉此復幾種答依因果相續分位建立流轉此復三種謂刹那展轉流轉生展轉流轉染汙清淨展轉流轉問依何分位建立定異此復幾種答依法别相分位建立定異此復三種謂相定異因定異果定異問依何分位建立相應此復幾種答依因果相稱分位建立相應此復三種謂和合相應方便相應稱可道理所作相應問依何分位建立勢速此復幾種答依迅疾流轉分位建立勢速此復三種謂諸行勢速士用勢速神通勢速問依何分位建立次第此復幾種答依一一行流轉分位建立次第此復三種謂刹那流轉次第内身流轉次第成立所

作流轉次第問依何分位建立時此復幾種答依行相續不斷分位建立時此復三種謂去來今問依何分位建立方此復幾種答依所攝受諸色分位建立方此復三種謂上下傍問依何分位建立數此復幾種答依法齊量表了分位建立數此復三種謂一數二數多數問依何分位建立和合此復幾種答依所作支無闕分位建立和合此復三種謂集會和合一義和合圓滿和合問依何分位建立不和合此復幾種答與和合相違應知不和合若分位若差別

問於諸蘊中何義幾蘊是有色答即以此性還說此性色自性義是有色義一蘊是有色問何義幾蘊是有見答眼所行義一蘊一分是有見問何義幾蘊是有對答展轉相觸據處所義及麤大義是有對義麤大義者當知遠離三種微細此三微細如前應知一蘊一分是有對問何義幾蘊是有漏答麤重所隨非彼對治煩惱所生義一切一分是有漏復有有漏義謂若是失煩惱能生四種過失是有漏義何等名爲四種過失一不寂靜過失二內外變異過失三發起惡行過失四攝受因過失當知初過失纏現行所作第二過失諸煩惱事隨逐煩惱所作第三過失煩惱因緣所作第四過失引發後有所作問何義幾蘊是有爲答從因已生及應生義一切是有爲問何義幾蘊是有諍答多隨瞋恚自在轉義一切一分是有諍問何義幾蘊是有愛味答多隨愛見自在轉義一切一分是有愛味問何義幾蘊是依耽嗜答多隨欲貪自在轉

義一切一分是依躭嗜問何義幾蘊是世間答戲論依義一切一分是世間問何義幾蘊是隨界答三界所攝世間義一切一分是隨界問何義幾蘊是過去答已受用因果義一切是過去問何義幾蘊是未來答未受用因果義一切是未來問何義幾蘊是現在答已受用因義及未受用果義一切是現在問何義幾蘊是內答六處并屬彼義一蘊一分四蘊全是內問何義幾蘊是外答內相違義一蘊一分是外問何義幾蘊是麤答不光潔積聚相增長義一切一分是麤問何義幾蘊是細答麤相違義一切一分是細問何義幾蘊是劣答無常苦不淨染汙義一切一分是劣問何義幾蘊是妙答劣相違義一切一分是妙問何義幾蘊是遠答處所去來時方隔越義一切一分是遠問何義幾蘊是近答遠相違義一切一分是近

問何義幾蘊是欲界繫答於此間生未得對治或得已出三時現行義一切一分是欲界繫問何義幾蘊是色界繫答已得色界繫對治若入彼定或復生彼未得上對治或得已出三時現行義一切一分是色界繫問何義幾蘊是無色界繫答已得無色界繫對治若入彼定或復生彼未得上對治或得已出三時現行義一切一分是無色界繫復有差別謂輕安俱三摩地及彼眷屬并彼果法所不攝義是欲界繫屬色煩惱與彼相違所攝義是色界繫離色煩惱彼所攝義當知是無色界繫

問何義幾蘊是善答能感當來樂果報義及

煩惱苦永斷對治義一切一分是善問何義
幾蘊是不善答能感當來苦果報義及能發
起諸惡行義一切一分是不善問何義幾蘊
是無記答彼俱相違義一切一分是無記復
有差别謂離過失義及過失功德對治隨順
義是善與此相違義是不善彼俱相違義是
無記
問何義幾蘊是學答學方便善義一切一分
是學問何義幾蘊是無學答學究竟善義一
切一分是無學問何義幾蘊是非學非無學
答離前二種所有善染汙無記法義一切一
分是非學非無學
問何義幾蘊是見所斷答現觀智諦現觀所
應斷義一切一分是見所斷問何義幾蘊是
修所斷答從現觀後修道所斷義一切一分
是修所斷問何義幾蘊是無斷答一切染汙
永斷對治義及已斷義一切一分是無斷觀
問何義幾蘊是無色等答如前所說色等相
違義當知是無色等義如是等類應當分别
諸蘊差别
問如說積聚義是蘊義何等名爲積聚義耶
答種種所召體義更互和雜轉義一類總略
義增益損減義是積聚義
問何縁色蘊説名爲色答於彼彼方所種植
增長義及變礙義故名爲色此變礙義復有
二種一手等所觸便變壞義二方處差别種
種相義
問何縁四無色蘊總説名名答順趣種種所
縁境義依言説名分别種種所縁境義故説
爲名

問諸蘊誰所攝爲何義故建立攝耶答自性所攝非他性爲遍了知種種自類是故建立問諸法誰相應爲何義故建立相應答他性相應非自性爲遍了知依自性清淨心有染不染法若增若減是故建立

有一沙門若婆羅門欲令名中唯心實有非諸心法此不應理何以故且說諸蘊有五種性不成就故又若彼計分位別故有五性者分位別計亦有過失何以故是諸分位展轉相望作用差別若有若無皆成失故若言有者由相異故便應有異實物體性若言無者計分位別則爲唐捐又不應謂如六識身分位差別何以故由六識身所依所緣有差別故是諸分位一處可得故不應理若謂轉變亦不應理何以故於有色物可轉變故得有分位前後差別非於無色有如乳酪生酥等異又心因緣無差別故行別分位不應道理於一刹那必不可得差別因緣令彼分位而有差別是故汝計分位差別不應道理又違教故唯心實有不應道理違何等教謂如經言貪瞋癡等惱染其心令不解脫問此中何所相違答若唯有心二不俱有是即貪等應不依識若汝復謂以識爲先亦不應理無差別過前已說故又復經言三和合與觸俱生受想思等又餘經說如是諸法恒共和合非不和合不可說言如是諸法而可分析令別殊異又佛世尊爲欲成立此和合義說燈明喻是故不可離彼俱生而說和合雖復經言如是六界說名士夫然密意說故無過失問此中有何密意答唯欲顯說色動心法最勝

所依當知是名此經密意復有違彼聖教可得何等聖教謂世尊言乳酪生酥三譬喻故或有處所麤四大種以之爲我或有處所有色意生或有處所無色想生如是經意豈唯大種或唯有心唯有想耶是故當知如是等經皆有密意故名所攝四無色蘊心與心所更互相應道理成就中嗢柁南曰

五種性不成　分位差過失　因緣無別故
與聖教相違

如是已決擇蘊事善巧界事善巧今當決擇

問何等是眼界答若眼未斷或復斷已命根攝受如眼界乃至意識界及法界一分當知亦爾問何等是色界答若色根增上所生若彼於此爲增上是名色界如色界乃至觸界當知亦爾

問此十八界幾是實有幾是假有答實有者或十七或十二六爲一故一爲六故此約世俗安立道理

問若有眼亦眼界耶設有眼界亦眼耶答應作四句或有眼非眼界謂阿羅漢最後眼是名初句或有眼界非眼謂生有色界若眼未生或生已失或不得眼或眼無間滅

若諸異生生無色界是第二句或有眼亦眼界謂除爾所相是第三句或有無眼亦無眼界謂阿羅漢眼已失壞或不生眼若生無色界或於無餘依涅槃界已般涅槃是第四句

如眼界一切內界隨其所應當知亦爾身界應分別謂無先來不生身者餘隨所應當具宣說於四外界隨其所應亦當具說若聲聲界正宣擊時當言俱有若不宣擊當言隨逐

餘界唯界非聲
問此十八界幾是同分幾彼同分答有識眼界名爲同分所餘眼界名彼同分如眼界乃至身界亦爾唯根所攝内諸界中思量同分及彼同分非於色等外諸界中當知法界諸有所緣如心界說諸無所緣如色等說
問幾界合而能取幾界不合能取答六合能取四不合能取五及一少分非能取一界若合不合二俱能取問幾唯所取非能取幾亦所取亦能取耶答一切皆所取謂五及一少分唯所取十二及一少分亦是能取問幾由助伴故能取幾獨能取耶答十及一少分由助伴故能取一及一少分獨能取
問幾唯欲界繫答四問幾唯色界繫答無問幾唯無色界繫答亦無問幾唯欲色界繫答十一問幾唯色無色界繫答無問幾通三界繫答三
問幾執受幾非執受答五執受五執受非執受所餘一向非執受何以故以離於彼餘能執受執受於彼不可得故
云何種種界謂即十八界展轉異相性云何非一界謂即彼諸界無量有情種種差別所依住性云何無量界謂總彼二名無量界如佛世尊於惡叉聚喻中說我於諸界終不宣說界有邊際中嗢柁南曰
何等實有性　四句與同分　取界執受非
種種等非一
問何等是界義答因義種子義本性義種性義微細義住持義是界義
問以何義故涅槃虛空亦說名界答由彼能

持苦不生義持身眼等運動用義

問爲顯何義建立界耶答爲顯因緣義及顯根境受用義

問此十八界由誰分別答若略説當知由六種一法界謂眼等法有眼等界二淨界謂住種性補特伽羅所有諸界三本性界謂即如所説十八界無始時來於後後生其性成就及住種性不住種性補特伽羅無始時來涅槃非涅槃法其性成就四熏習界謂即此諸界淨不淨法先所熏習於生死中得勝劣生涅槃因性五已與果界謂即此諸界感果已滅六未與果界謂即此諸界未感得果或滅未滅如是略説諸界有六種若廣説者其數無量

問此十八界幾有色幾無色乃至幾無斷耶答如前所説相應隨順建立

問如説眼見諸色乃至意了諸法此爲眼等是見者乃至是了者耶爲彼識耶答約勝義道理非是眼等亦非彼識何以故諸法自性衆緣生故刹那滅故無作用故約世俗道理眼等最勝故可於彼立見者等何以故若有眼等諸根識決定生無所闕減或有識流非眼等根若闕不闕俱可得故此中實義唯於見等説見者等

問此十八界幾種次第宣説因緣此復何等答略有二種一三種次第宣説因緣二六種次第宣説因緣云何三種次第宣説因緣謂所依境界俱依差別故所以者何由識與根同一處義故説名依境界是所緣義故亦名依云何六種次第宣説因緣謂彼所行衆多

差別數數行故先說眼等是初因緣又隨世間俗事轉故說彼次第由諸世間先互相見次相慰問次設飲食次過晝分夜分現前敷設種種輭妙臥具氍毹被枕觸習侍女是第二因緣又喜樂差別爲依止故次第宣說是第三因緣又嚴飾差別所攝受故次第宣說諸受欲者必以安繕那等先粧眉眼次以耳璫耳輪等莊嚴其耳非於餘根如是嚴飾是第四因緣又依作業飲食習欲等事次第宣說由諸衆生皆先依止身語二業若淨不淨方便勤求次食段食既飽醉已習近諸欲是第五因緣又由作業差別攝受故次第宣說所以者何由眼能見種種諸色往還無失威儀不亂記識他身曾見不見及怨親中了悟方所宣示於他起想言說覩衆舞樂捔力戲等廣受種種世間喜樂長養依身如是等類有無量種眼界作業由耳能聞種種音聲因見了悟善說惡說種種義理起諸言論因聞種種微妙樂音廣受種種世間喜樂長養依身如是等類耳界作業比前狹劣鼻界能齅種種諸香尋香而往受諸喜樂長養依身如是等類鼻界作業方前狹劣舌界能嘗種種諸味受諸喜樂長養依身如是等類舌界作業方前狹劣身界能觸種種所觸受諸喜樂雖能長養依身然彼樂具或於一時復爲損害如是等類身界作業最爲狹劣是名第六次第宣說因緣於此眼等六種因緣差別中意遍行故最後宣說爲攝如是次第因緣中嗢柁南曰

衆多順世俗　喜樂與莊嚴　隨二種作業

故次第宣說
復次此十八界當知能攝一切經中所說餘界問生色界者巳於境界而得離欲何緣復生鼻舌兩界答爲令所依身端嚴故又色界中於此二種未離欲故
問生第二靜慮或生上地若有尋有伺眼等識現在前云何此地無尋無伺若不現前云何於彼有色諸根而能領受彼地境界答由有尋有伺諸識種子隨逐無尋無伺三摩地故從彼起巳此得現前又此起巳識現行時復爲無尋無伺三摩地種子之所隨逐是故此地非是一向無尋無伺由彼有情於諸尋伺以性離欲而離欲故彼地雖名無尋無伺此復現行亦無過失
問何緣眼界耳界鼻界各生二分非餘答爲令依止得端嚴故
問眼耳與鼻諸識生時爲依二分當言一耶當言二耶答當言唯一何以故若彼一分無障不壞識明了生若彼有障或復失壞識不明了生故又識非色故無有如色由方所別成二分義
問眼與眼識若是因果云何俱有若俱有者云何得成因果兩性答識依眼生非如種子因果道理何以故眼與眼識非正生因唯建立因是故此二俱時而有因果性成猶如燈焰光明道理如眼與眼識耳鼻舌身與彼諸識當知亦爾若異此者雖有自種無所依故眼等諸識應不得生
問若於欲界或生或長當言眼界決定轉耶答此非一向如眼界耳鼻舌界及彼識界當

知亦爾身界決定轉如是身識界意界法界意識界色聲香味觸界亦爾

問若於色界或生或長當言眼界決定轉耶答決定轉如眼界如是耳鼻舌身界眼耳身識界亦爾除香味界及彼識界餘一切界亦決定轉於無色界或生或長除意界法界意識界除定不轉唯除自在所獲諸色當知三界於彼定轉

界善巧如蘊善巧亦應宣說嗢枕南頌如界事善巧處事善巧嗢枕南頌當知亦爾

云何眼處謂若眼巳得不捨於無間體非斷滅法如眼處相餘處自性當知亦爾

問處觸處何差別答處如前說觸處者謂與觸俱或能無間引發諸觸隨順於觸所有諸處問若眼亦處耶設處亦眼耶答有眼非處謂若眼巳得不捨然是無間斷滅之法有處非眼謂所餘處安住處相有亦眼亦處謂若眼巳得不捨亦非無間斷滅之法有非眼非處謂若眼不得或得巳捨及餘耳等不住處相問若處亦觸處耶設觸處亦處耶答諸觸處必是處有處非觸處謂眼等不與觸合亦復不能引無間觸然非無間斷滅之法若於色界或生或長所有鼻舌若生無想有情天中所有諸根於一切時當知必定非處

問處名何義為顯何義建立處耶答諸心心所生長門義緣義方便義和合性義所依止義居住處義是名處義為欲顯示等無間所緣增上三種緣義故建立處廣分別處及次第隨其所應如界當知

又世尊言有八勝處廣說如經如是十遍處

又有四處謂空無邊處等又有二處謂無想處非想非非想處如是等法處名說者如所說相隨其所應當知皆在十二處攝又處依止如界應知

復次云何名緣生法謂無主宰無有作者無有受者無自作用不得自在從因而生託衆緣轉本無而有有已散滅唯法所顯唯法能潤唯法所潤墮在相續如是等相名緣生法當知此中因名緣起果名緣生此無明隨眠不斷有故彼無明纏有此無明纏生故彼諸行轉如是諸行種子不斷故諸行得生諸行生故得有識轉如是所餘諸緣起支流轉道理如其所應當知亦爾

當知有生及老死支是假有法所餘有支是實有法

復由五相建立緣起差別何等爲五一衆苦引因依處二衆苦生因依處三衆苦引因四衆苦生因五衆苦生起衆苦引因依處者謂於現法中名色爲緣六處生起不斷不知此爲所緣及依處故一切愚夫於內自體愚癡生起是名無明無明緣故次後諸行乃至後時有觸緣受此中六處名無明等引因依處衆苦生因依處者謂諸愚夫觸爲緣故於現法中諸受生起此爲依處於外境界發起諸愛由愛爲緣次後有取取爲緣故次復有有如是愛等三種生因用觸緣受爲所依處衆苦引因者謂無明緣行乃至觸緣受現法中識爲福非福及不動業之所熏習後後種子之所隨逐能引當來餘身識等生老死苦是故說此爲彼引因衆苦生因者謂受緣愛愛

緣取取緣有是名當來衆苦生因即先所作業爲煩惱攝受未來世生將現前故當知名有衆苦生起者謂有緣生生緣老死如是名爲衆苦生起即識名色六處觸受先種子性隨所依時曾得衆苦引因之名今已與果名生老死復得苦名

復次當知無明智所對治別有心法覆蔽爲性非唯明無亦非邪智何以故若彼無明唯明無者應不可立輭中上品由無性法都無輭中上品異故又不可立無明隨眠與纏差別由無性法於一切時其相相似現行隨縛不可建立又異生心善染無記於一切處常離慧明若此無性是無明者應一切心皆成染汙又無性法非有爲攝非無爲攝旣非有爲無爲所攝不能爲染亦不爲淨又於離明心相續中應一切時明不得起又不應說無明滅故明得生起所以者何無有無法而可滅故若唯邪智是無明者爲除慧明所攝諸智餘一切智皆邪智耶爲唯染汙邪執性智是邪智耶爲諸煩惱相應邪智是邪智耶若言初智是邪智者一切異生相續中智皆應邪智若善若無記此不應道理若唯染汙邪執性智是邪智者唯應五見薩迦耶等名染性智此中如實不了行相是名無明由有如實不了行故邪執事相是名爲見謂薩迦耶見由無明力執我我所如是餘見各於自事邪執行轉然彼諸見不離愚癡由癡與見行相各別是故此五染汙性智名爲無明不應道理又若無明與諸見相無差別者世尊不應七隨眠中於無明外立見隨眠又佛世尊

曾無一處於諸見上示無明名若諸煩惱相應邪智是無明者薩迦耶等五種邪見智爲自性無二智體俱有相應是則諸見應與無明常不相應又若貪等煩惱力故令相應智成愚癡性即應貪等增上力故得有愚癡非癡增上癡爲導首故有貪等一切煩惱又應可說如餘煩惱相應之慧由相應故得成染汙非彼自性非愚癡體可成癡性又如諸餘煩惱相應非煩惱性諸心心所是故當知別有無明是心所性與心相應

如世尊言行有三種謂身行語行意行當知此中入出息風名爲身行風爲導首身業轉故身所作業亦名身行由愚癡者先起隨順身業風已然後方起染汙身業如入出息能起身業故名身行如是尋伺與諸語業俱名語行受想與意業俱名意行如是一切總說身行語行意行

諸有隨生何界何地當知有支即此所攝

復次十二支中二業所攝謂行及有三煩惱攝謂無明愛取當知所餘皆事所攝又二業中初是引業所攝謂行後是生業所攝謂有三煩惱中一能發起引業謂無明二能發起生業謂愛取餘事所攝支中二是未來苦支所攝謂生老死五是未來苦因所攝謂現法中從行緣識乃至觸緣受又即五支亦是現在苦支所攝由先世因今得生起果異熟攝謂識名色六處觸受又現在果所攝五支及未來果所攝二支總名果所攝緣起當知餘支是因所攝緣起

復次無知略於五處爲能生因一能生疑二

能生愛三能生非處信四能生見五能生增上慢於前際等所有無知是能生疑謂如是疑我於過去爲曾有耶爲曾無耶如是等疑於三世轉如經廣說過去名前際未來名後際現在名前後際待過去世是後際待未來世是前際故若疑過去當知此疑前際無知所生若疑未來當知此疑後際無知所生若於内疑惑此誰所有我爲是誰今此有情從何而來於此沒已當往何所當知此疑是前後際無知所生又於内無知於外無知於内外無知當知能生内外等愛及後有愛喜貪俱行愛彼彼喜樂愛又若於業無知於異熟無知於業異熟無知是諸有情由於業自造無知爲緣故於魯達羅天毗瑟笯天世主天等非正處中生妄勝解歸依敬信又若於佛等無知乃至於道無知當知能生諸見所以者何由於三寶及四諦中不正通達故乃至能生六十二見及起如是見立如是論無施無受乃至廣說所有邪見又若於因無知於因所生法善不善等無知廣如經說由此無知故於往善趣道往善趣方便中生增上慢所以者何由於善不善等法愛非愛果不如實知故於自餓投火墜高巖等非方便中起方便想行如是事以求生天又於六觸處中所有無知於不如實通達得沙門果中起增上慢所以者何由實無有於六觸處如實通達智而生增上慢故當知此中若生天方便增上慢若沙門果增上慢總合此二名增上慢如是無明能生五種雜染謂疑雜染愛雜染信解雜染見雜染增上慢雜染由疑雜染

所雜染故一切愚夫獲得疑惑信順於他引趣異路於現法中多受苦惱不安隱住由愛雜染所雜染故引生後有生老病等一切大苦由信解雜染所雜染故或謂無因或計自在天等不平等因謂爲正因撥無一切士用而住由見雜染所雜染故隨意造作一切惡行能感當來諸惡趣苦由增上慢雜染所雜染故令士夫用異果無果

復次緣起善巧如本地分說已廣分別所餘緣起善巧決擇文不復現

瑜伽師地論卷第五十六

音釋

氈蓐 氈諸延切撚毛席也蓐音辱薦也
捔力 捔古岳切校也
筊 乃都切
異生性 亦云嬰愚凡夫謂無有智慧但起我見也
魯達羅 此云暴惡自在天別名也
惡叉聚 樹名也其子如沒食子西國多聚以賣之

瑜伽師地論卷第五十七

彌　勒　菩　薩　說

唐三藏沙門玄奘奉詔譯

攝決擇分中五識身相應地意地之七

如是已說緣起善巧處非處善巧我今當說

總嗢柁南曰

體顯現初　門差別後

問何等爲處答於彼彼事理無相違問何等非處答於彼彼事理有相違是名處非處體

問何故世尊顯示處非處善巧耶答爲欲顯示染汙清淨正方便智無失壞故

問應以幾門觀察處非處耶答四由佛世尊但以四門宣說一切處非處故何等爲四一成辦門二合會門三證得門四現行門問何緣以此四門說處非處答爲欲示現遍一切種差別門故云何一切種差別謂依初成辦門彼所不攝餘差別相我當顯示當知此差別略說有三種一諸根越所作故二大種越所作故三資生越所作故諸根越所作者謂無處無位眼能聞聲齅香嘗味覺諸觸等必無是處能見諸色斯有是處如眼根如是所餘色根一一相望越用差別如應當知大種越所作者謂無處無位地能造作水火風用必無是處能作地用斯有是處如是所餘大種展轉相望越用差別如應當知資生越所作者謂無處無位從餘類種餘類互生必無是處唯自種類斯有是處無處無位穀牛角等而出於乳必無是處穀彼乳房斯有是處無處無位鑽搖水餠而出生酥必無是處鑽搖於酪斯有是處無處無位壓沙出油必無

是處壓苣藤等斯有是處無處無位鑽濕木等而出於火必無是處鑽於乾木斯有是處如是等類應當觀察初處非處門差別之相云何第二處非處門差別謂無處無位光明黑闇一時合會無有是處若有一處無第二生斯有是處無處無位麤分水火一時合會無有是處隨有一種斯有是處無處無位二麤色聚同據一處無有是處若一極微斯有是處無處無位同一種類二心心所俱時合會無有是處一一而生斯有是處無處無位同一種類若善不善若善無記不善無記若苦若樂俱時合會無有是處隨有一種斯有是處無處無位愛非愛果俱時合會無有是處若隨有一斯有是處如是等類應當觀察第二處非處門差別之相云何第三處非處門差別謂無處無位石女生兒無有是處若非石女斯有是處無處無位生半擇迦能生男女無有是處若諸丈夫斯有是處無處無位盲眼見色聾耳聞聲鼻舌壞者齅香嘗味無有是處諸根不壞斯有是處無處無位未具資糧於現法中證學無學究竟解脫無有是處已具資糧斯有是處無處無位未得聖道能證涅槃及證聲聞獨覺菩提若證無上正等菩提無有是處已得聖道斯有是處無處無位人趣有情以傍生趣草等飲食以充節會若諸天衆食人飲食色無色界食諸段食無有是處與此相違斯有是處無處無位不捨那落迦所有身形而得人身如是不捨所餘身形而得餘身無有是處捨已方得斯有是處如是等類應當觀察第三處非處門

差別之相云何第四處非處門差別謂無處無位地捨自相成餘界相無有是處不捨自相斯有是處如地如是餘大種如應當知無處無位生長欲界不得天眼見諸天色無有是處見人中色斯有是處如是餘根如應當知無處無位有貪愛者貪愛覆蔽貪愛未斷而於財利心離染著無有是處如是瞋癡隨應當知無處無位不斷貪等一切煩惱隨煩惱纏修四念住無有是處與此相違斯有是處如修念住如是所餘菩提分法當知亦爾無處無位於如來所不捨諍見諍欲諍心若不開許而能正面覩於如來無有是處若捨若許斯有是處無處無位一切智者一切見者有所知境而不了知或復失念作非一切智者所作無有是處與此相違斯有是處無處無位已入大地諸菩薩等於諸有情起故害心或菩提心當有退轉無有是處與此相違斯有是處如是等類應當觀察第四處非處門差別之相

復次略有四處四非處依前所說觀待道理作用道理證成道理法爾道理應正觀察若於如是所說道理不相違背示現宣說是名爲處若此相違示現宣說是名非處如是四處并前所說合成八種處非處善巧問緣起善巧處非處善巧何差別答唯於因果生起道理正智顯了名緣起善巧若於一切無顛倒理正智顯了名處非處善巧所餘處非處善巧決擇文不復現

如是已說處非處善巧根善巧我今當說總嗢枕南曰

初義意建立　廣分別爲後

問何等是根義答增上義是根義

問爲顯何義答爲顯於彼彼事彼彼法最勝義云何建立二十二根謂能取境增上義故建立六根安立家族相續不斷增上義故建立二根爲活性命事業方便增上義故建立一根受用業果增上義故建立五根世間清淨增上義故建立五根出世清淨增上義故建立三根復次受用顯境增上義故建立六根受用隱境增上義故建立二根受用境界時分邊際增上義故建立一根受用境界發生雜染增上義故建立五根安立清淨增上義故建立八根

復次顯於内門受用境界增上義故建立六根顯於外門受用境界增上義故建立二根受用内身增上義故建立一根受用外境及與内身發生雜染增上義故建立五根對治雜染安立清淨增上義故建立八根

復次依止端嚴增上義故建立五根能令依止隨自在轉增上義故建立一根依止安住增上義故建立一根依止出生增上義故建立二根依止損益增上義故建立五根依止解脱增上義故建立八根

復次顯有情事增上義故建立六根生有情事增上義故建立二根令有情事若住若没增上義故建立一根顯諸有情受用境界增上義故建立五根顯諸有情勝生方便增上義故建立五根顯諸有情定勝方便增上義故建立三根

復次顯有情事增上義故建立六根顯有情

增長增上義故建立二根顯了有情壽漸損減增上義故建立一根顯了有情興盛衰損增上義故建立五根顯了有情功德過失增上義故建立八根

復次依如是名建立六根依如是種如是性建立二根依如是食如是受苦樂建立五根依如是長壽如是久住如是壽量邊際建立一根當知此諸根依在家品施設建立依如是信如是精進乃至如是慧如是向如是果建立八根當知此諸根依出家品施設建立

復次依修行者防護根門增上義故建立六根堪得出家證沙門果增上義故建立二根積集善品增上義故建立一根正知而行增上義故建立五根證沙門果諸方便道增上義故建立五根證沙門果增上義故建立三

根中嗢柁南曰

隨境界轉等　由顯及內門　莊嚴二有情

假設防護等

問眼根作何等業答於諸色境已見今見當見爲業如是耳根乃至意根所有作業如應當知問男根女根作何等業答父母妻子親戚眷屬互相攝受顯現爲業問命根作何等業答令諸有情墮在存活住持數中爲業問受所攝根作何等業答令諸有情領納一切興盛衰損爲業問信等諸根作何等業答能生善趣及能圓滿涅槃資糧爲業問最後三根作何等業答能於現法趣證涅槃爲業問如是諸根幾是實有幾非實有答十六實有餘非實有

問幾色所攝答七問幾心所攝答一三少分

問幾心法所攝答十三少分問幾心不相應行所攝答一問幾有爲所攝答一切是有爲無有根是無爲

問男女二根何等根分答是身根分問最後三根何等根分答是九根分所謂意根信等五根樂喜捨根問命根何等根分答此無所屬依先業所引時量決定而建立故唯說假有問幾善答或八或五及六少分問幾不善答六少分問幾無記答八五少分

問幾有異熟答一十少分問幾無異熟答十一十少分問幾有異熟助伴答最後三能助有可愛異熟法令轉明盛能感決定人天異熟問幾是異熟答一九少分問幾有種子異熟答一切皆有問幾非異熟答十二九少分

問幾是異熟生答亦一切種子所攝異熟所生故

問幾欲界繫答四十五少分問幾色界繫答十五少分問幾無色界繫答八少分問幾不繫答三九少分

問未至地幾可得答十一問若未至地有喜根者何故不如初靜慮地建立喜耶答由於彼地喜可動故問喜於彼有何教爲證答如世尊言如是苾芻離生喜樂滋潤其身周遍滋潤遍流遍悅無有少分不充不滿如是名爲離生喜樂此中初門說未至位後門說根本位問初靜慮地幾根可得答十八第二靜慮地亦爾問第三靜慮地幾根可得答十七

問第四靜慮地幾根可得答十六問空無邊處地幾根可得答十一如空無邊處地識無邊處地無所有處地應知亦爾問非想非非

想處地幾根可得答八
問初靜慮地所攝諸根當言有漏當言無漏
答當言二種如初靜慮所攝諸根乃至無所
有處地所攝諸根當知亦爾非想非非想處
地所攝諸根當言有漏此約種類若約相續
當言二種又由煩惱解脫故令彼諸根成無
漏性如有漏無漏如是應斷不應斷世間出
世間當知亦爾
問若生欲界當言成就幾根答容有一切問
生那落迦成就幾根答八現行種子皆得成
就除三所餘或成就或不成就三約現行不
成就約種子或成就謂般涅槃法或不成就
謂不般涅槃法餘三現行故不成就種子故
成就如生那落迦趣於一向若傍生餓鬼當
知亦爾若苦樂雜受處後三種亦現行成就
問若生人趣成就幾根答容有一切如生人
中生天亦爾問諸鈌根者成就幾根答除五
容有餘問諸具根者成就幾根答容有一切
問諸半擇迦成就幾根答除五容有餘問女
成就幾根答容有二十一問男成就幾根答
亦容有二十一問諸二形者成就幾根答容
有十九問斷善根者成就幾根答除八容有
餘問不斷善根者成就幾根答容有一切問
諸異生成就幾根答十九除後三問諸見諦
者成就幾根答容有一切問有學成就幾根
答容有二十一問無學成就幾根答容有十
九問預流果向成就幾根答容有二十問預
流果成就幾根答亦容有二十如預流果一
來果向一來果不還果向當知亦爾問不還
果成就幾根答容有十九如不還果阿羅漢

向亦爾問阿羅漢果成就幾根答容有十九問若生色界成就幾根答容有十八問生無色界成就幾根答容有十一問若欲界没欲界生時當言捨幾根得幾根答且約色根容有而說或捨缺諸根得缺諸根或捨缺諸根得具諸根或捨具諸根得具諸根或捨具諸根得缺諸根或捨劣諸根得劣諸根或捨劣諸根得勝諸根或捨勝諸根得劣諸根或捨勝諸根得勝諸根意根命根勝劣得捨當知亦爾若諸受根勝劣得捨隨其所應亦爾此約異熟果故有差别若諸善根約等流果捨前前劣得後後勝非由生故捨勝得劣後邪方便乃有斯義最後三根於一切位與生相違是故不說問從欲界没色界生時捨幾根得幾根答容捨下地一切容得上地一切如欲界没色界生時從欲界没無色生時從色界没無色生時當知亦爾最後三根由證沙門果方便而得不由没生先修習力所任持故後等流果轉勝而生又能爲緣生異熟果令轉明盛中嗢柁南曰

業實有色等　善等異熟等　若界若諸地

及死生得捨

問幾根由境界義名有義幾非耶答二十一名有義一非問幾於非色助伴義轉答七色根問幾色非色爲助伴耶答餘有義根問五色根何義答色等五各别境問第六根何義答一切法問男女根何義答因欲相應即觸所攝問五受根何義答隨順苦樂憂喜捨處即六根義問信根何義答應得應捨所有境界問精進根何義答即於二種若得若捨俱

無所憚問念根何義答於聞思修憶持不忘
問定根何義答奢摩他毗鉢舍那問慧根何
義答所知真實問未知欲知根何義答修諦
現觀者從善法欲已去於一切方便道中即
彼五根義當知是此義問已知根何義答從
預流果乃至金剛喻定即彼五根義當知是
此義問具知根何義答從初無學道乃至無
餘涅槃界即彼五根義當知是此義
問幾有色有色爲義答七問幾無色有色無
色爲義答除命根餘一切問幾非有色非無
色非有色非無色爲義答即此命根是假法
故問幾有見有見爲義答一切非有見一有
色以有見爲義及餘非有色一分問幾有對
有對爲義答七有色及餘無色無對一分
問幾有漏有漏爲義答唯七除最後二及苦
憂根餘有漏無漏以有漏無漏爲義當知苦
根有漏無漏以有漏爲義憂根有漏以有漏
無漏爲義未知欲知根若遠沙門果世間行
所攝是有漏若近沙門果出世行所攝是無
漏問幾有爲有爲爲義答一切是有爲八有
爲爲義餘有爲無爲爲義
問幾有諍有諍爲義答如說有漏當知此亦
爾如說有諍當知有愛味依躭嗜世間出世
問等亦爾
問幾過去過去爲義答除有色根及苦根餘
有義一分若有色根及苦根在過去非過去
爲義問幾過去現在爲義答即如所說一分
當知即此在過去以未來爲義又即此在現
在以過去未來爲義問幾現在現在爲義答
一切有色根及苦根并前所說一分又此一

分在未來以過去未來現在爲義若諸色根在未來非未來爲義苦根亦爾

問幾欲界繫欲界繫爲義答四二欲色界繫欲界繫爲義三欲色界繫欲色界繫爲義二欲色界繫及不繫欲色無色界繫及不繫爲義七欲色無色界繫及不繫彼義亦爾一色界繫及不繫一切繫不繫爲義二不繫一切繫不繫爲義

問幾善善爲義答八唯善善不善無記爲義五善不善無記善不善無記爲義一善不善善不善無記爲義五無記無記爲義二無記善不善無記爲義

問幾學學爲義如是等答九學無學非學非無學以三種爲義七非學非無學即以此爲義一通三種非學非無學爲義一學非學非無學以三種爲義二學以三種爲義一無學以三種爲義

問幾見所斷見所斷爲義如是等答十四一分見所斷一分修所斷十二一分修所斷一分非所斷謂即十四中六及餘六餘二非所斷此中有色諸根見修所斷爲義無色諸根三種爲義謂見修所斷非所斷義

問幾根於義雜染捨所顯答除諸善根以諸善根於義清淨捨所顯故

問幾根顛倒義答除諸善根所有六根義問幾根顛倒所依答七色根問幾根顛倒自性答六少分問幾根顛倒對治答八根

問幾根觀義過失答或八或五或一問若彼諸行亦有四德相應可得云何唯觀爲過失耶何者四德一堅住德謂如一蘊住經百年

若正將御或有過者二勢力德謂能生樂及現清淨三轉變德謂牽引修治受用棄捨自在轉故四可樂德謂依彼處生種種著故是名諸行有四德相答雖有世間於彼諸法取爲功德然彼一切皆諸過失之所隨逐問何等名爲諸過失耶答雖少時住非究竟故愛變無常現可得故死沒無常現可得故當觀諸行離初功德又能發生種種苦惱現可得故種種不淨現可得故當觀諸行離第二德又於老病死等不隨所欲現可得故當觀諸行離第三德又諸糞蟲及豬犬等亦極樂著糞穢不淨現可得故當觀諸行離第四德由彼諸行離諸功德是故一切過失相應故應觀彼具諸過失

問眼根誰所依處答見色依處問乃至意根誰所依處答各取自境之所依處問男女二根誰所依處答習欲依處問命根誰所依處答乃至死有爲前時有之所依處問諸受根誰所依處答於諸境界可意不可意若愛若恚等之所依處問信根誰所依處答趣入善法之所依處問精進根誰所依處答已入善法恒常修習之所依處問念根誰所依處答正知而行之所依處問定根誰所依處答智見清淨之所依處問慧根誰所依處答煩惱永斷之所依處問未知欲知根誰所依處答證初第二第三沙門果之所依處問已知根誰所依處答乃至金剛喻定無學沙門果證之所依處問具知根誰所依處答無間煩惱永斷作證現法樂住所依永滅之所依處

問世尊依何根處說如是言此身有色麤滓

所成四大所造父母不淨和合所生種種飲食之所長養常假覆蔽沐浴按摩斷截破壞散滅之法答依七色根作如是說當知此中略說欲界有色諸根初句說彼共相第二句說彼自相次有三句說彼因相所謂依因生因生已增長因次有三句說彼轉變相謂寒所作熱所作勞倦所作後有四句說彼變壞相謂初二句活位逼損所作後二句死後所作他故自然故變壞應知

問世尊依何根處說如是言遠行及獨行無身寢於窟耶答依意根處由於前際無始時故遍緣一切所知境故名爲遠行諸心相續一一轉故無主宰故名爲獨行無色無見亦無對故名爲無身依止色故名寢於窟

問依何根處說如是言由八處所男爲女縛謂舞歌笑睇美顏妙觸祇奉成禮答依男女一根於遊戲時由四處縛於受用時亦由四處於遊戲時身語面門眼目舒悅於受用時姸容輭滑恭事童分

問依何根處說如是言衆生存活住持安隱答依命根說有諸氣息故名衆生思慮相應故名存活等餘而住故名爲住增上而轉故說名持無有病惱故名安隱

問依何根處說如是言平正受受所攝答依喜樂根說望所餘受自相共相依止相所顯故如平正等如是不平正等非平正非不平正等如應當知

問世尊依何根處說如是言於如來所淨信深固根生建立一切世間若諸沙門若婆羅門若天魔梵無有如法能引脫者答依信根

說此顯其信於聞思修勝解堅固義又此堅固隨所信解方便顯示謂智生主淨最勝之者尚不能動何況凡流又堅固義復有差別謂其信深固由世間善決定勝解爲出世勝解根本故又由出世清淨勝解所建立故當知最初是標句後二是釋句

問世尊依何根處說如是言

住有勢有勤　有勇健堅猛　於諸善法中常不捨善軛

答依精進根說此精進根略顯其相差別有五謂被甲精進方便精進不下精進無動精進無喜足精進

問世尊依何根處說如是言

念等念隨念　別念不忘念　心明記無失無忘無失法

答依念根說此差別義如攝異門分應知

問世尊依何根處說如是言

令心住等住　安住與近住　調寂靜寂止一趣等持性

答依定根說此差別義如聲聞地應知

問世尊依何根處說如是言

揀擇法　極揀擇　遍尋求　遍伺察

答依慧根說此差別義亦如聲聞地應知所餘善根信等攝故其差別義無復可得

問於幾根處立身念住答七問於幾根處立受念住答五問於幾根處立心念住答一問於幾根處立法念住答最後八及命根

問幾根最勝苦諦依處答九問幾根最勝集諦依處答五問幾根滅諦依處答一切問幾根道諦依處答最後八

問依幾根處善思所思答九問依幾根處善說所說答十問依幾根處善作所作答十六如是惡思所思惡說所說惡作所作如應當知

問幾根最勝惑業依處答九問依幾根處起煩惱業答五問依幾根處斷煩惱業答最後八

問由幾根故領納一切世出世間所有吉祥答除二問由幾根故領納一切吉祥敗壞答十一問幾根能引所有吉祥答最後八

復次如世尊言諸受欲者略有五種作吉祥法謂忍辱柔和觀人而捨行賢善行及不放逸云何忍辱謂由三種行相應知一不忿怒二不報怨三不懷惡若別分別乃有十種一已受怨害忍二現前怨害忍三慮恐怨害忍四饒益怨憎忍五損害親友忍六一切怨害忍七一切因怨害忍八受教怨害忍九擇力怨害忍十自性怨害忍如是一切總說名為耐違害忍云何柔和謂性賢善由身語意將護於他令無惱害若他所有無罪喜樂未生令生生已隨護有罪憂苦若未生者遮令不生若已生者方便令脫此中忍辱耐他違害柔和於他不作違損如是名為二種差別當知觀人二時差別一攝受時二處置時於攝受時應以五相觀察其人然後攝受一由歸誠二由伎能三由智慧四由行迹五由廉儉於處置時亦以五相觀察其人然後處置一堪處事業置事業中二堪處思業置思業中三堪處和業置和業中四堪處護身財業置護身財業中五堪處法業置法業中捨略有

五一田地捨二財物捨三隨宜捨四飲食捨
五最勝捨此中捨相捨具名捨賢善行者爲
性於他無所違負無所欺誑無所違負復有
五種一無顚倒違負二無委信違負三無承
事違負四無契約違負五無他方便違負不
放逸者謂修習諸善法防護不善心因果相
屬故俱應爲彼相此復有五種應知一求財
不放逸二守財不放逸三護身不放逸四護
名不放逸五行法不放逸如是一切總有五
力能生吉祥一善尸羅力二善朋友力三無
弊悋力四可委信力五法力當知吉祥亦有
五種一衆所愛樂二富貴自在三怨敵退伏
四饒益所依五往諸善趣前四種力總能生
起四種吉祥第五一力能生第五
問幾根先煩惱業之所感得答八問幾根名

色爲緣答一問幾根觸爲緣答五問幾根策
勵爲緣答八問幾根應防護答八問幾根應
調靜答一問幾根應寂止答五問幾根自性
調順寂靜寂止復能調伏寂靜寂止答八
云何諸根捨謂同分界地諸根滅餘生起云
何諸根棄謂不同分界地諸根滅餘生起云
何諸根斷謂斷彼繫縛一切煩惱云何諸根
退謂世間興盛若定若生所有失壞問聲聞
獨覺菩薩諸根有何差別答當知差別略有
五種一品類差別二任持差別三習索差別
四正行差別五證得差別品類差別者諸菩
薩根其性上品聲聞獨覺所有諸根輭品中
品任持差別者諸菩薩根一切明處善巧任
持聲聞獨覺所有諸根一分明處善巧任持
習索差別者諸菩薩根大悲所習聲聞獨覺

根不如是正行差别者諸菩薩根自利利他正行現前聲聞獨覺所有諸根自利現前證得差别者諸菩薩根證得無上大菩提果聲聞獨覺所有諸根證得下中二菩提果

問若補特伽羅依未至定修諦現觀彼得果時起初靜慮喜根現前爲不起耶答有一能起有一不起若有利根衆多善本之所資助彼能現起非餘

問幾根入初靜慮答八後三一分能入一分不能如初靜慮第二亦爾第三亦八然非即彼第四靜慮及無色定七根能入後三有一能入有一不能

問幾根得預流果答或一或八或二或九得一來果憂根雖道所依非道攝故此中不取喜根非堅住故此亦不取若通取者當增其數問幾根得不還果答或十一或二憂根道理如前應知問幾根得阿羅漢果答或一或十如經言於上解脫希求憂慼云何希謂修行者作如是念是處衆聖能具足住求云何謂修行者作如是念我於是處當具足住慼云何謂於下劣不生喜足憂云何謂於無上心生思慕此中預流一來於一切種皆圓滿故建立憂根若不還果雖有初二餘二無故不立憂根唯善法欲

問頗有依止喜根能捨喜根憂根捨根耶答有謂依出離喜根爲依止故捨依耽嗜三根

問頗有依止憂根捨憂根耶答有謂依出離爲依止故捨依耽嗜問頗有依止捨根捨捨根耶答有謂依一性捨爲依止故捨依種種性捨無所依捨爲依止故捨依一性捨

得預流果時未知欲知根亦滅亦捨非起而棄非斷非退得阿羅漢果時已知根道理應知亦爾

問幾補特伽羅有練根耶答一切有學及無學五退思護住堪達種性非諸獨覺亦非菩薩性利根故問若預流者修練根時既得練根亦證一來果耶答證問亦證不還果耶答不證對治難得故所應得義極廣大故問若不還者修練根時既得練根亦進離欲耶答進問亦證阿羅漢果耶答不證由前因故轉根已後一切皆證問何故轉根答於薄少升進不生喜足故爲植引發勝定力故爲植多聞力故爲植論議決擇力故爲植觀察甚深法忍力故

問諸菩薩未知欲知等三根云何建立答於勝解行地建立初根於淨增上意樂地等立第二根於如來地立第三根

問由幾種滿名學滿耶答由三種滿一根滿謂利根二定滿謂八解脫定三果滿謂不還果若諸無學得有二滿一根滿謂不動法二定滿如前應知一切無學皆由果滿說名爲滿問如說諸根不調不守不護不防亦不修習此差別名有何義耶答略說由四因緣諸根名不調伏謂揀擇力爲依止故於諸境界若不應縱諸根之者便起加行令不縱逸若應縱者便起加行縱彼諸根護諸煩惱令不現起斷對治力爲依止故即於如前所說境界爲性無著爲性煩惱不復現行若無是四調諸根者當知彼根名不調伏由不守故不護故不防故不修故若有是四調諸根者當

知與彼四種相違名爲調伏乃至修習云何不調伏者能引衆苦謂能生六種苦故一擾惱住所生苦二他所擯黜苦三他所譏毀苦四追悔所生苦五往生惡趣苦六生等諸苦若有諸根善調伏者當知與此相違斷六種苦引諸快樂

問十四種根三聚有情爲十四攝三三攝十四耶答三攝十四非十四攝三不攝何等謂外處少分三聚有情者謂欲界色界無色界

問五根三受爲五攝三三攝五耶答更互相攝問五根三十七覺品法爲五攝三十七三十七攝五耶答三十七攝五非五攝三十七不攝何等謂語業命喜安捨如是或六或四彼所不攝

問五根三根爲五攝三三攝五耶答三攝五非五攝三不攝何等謂意樂喜捨根

問九遍知幾根攝答此九遍知斷遍知攝故非根所攝何等爲九謂欲繫苦集見所斷斷是初遍知色無色繫苦集見所斷斷第二遍知欲繫滅見所斷斷第三遍知色無色繫滅見所斷斷第四遍知欲繫道見所斷斷第五遍知色無色繫道見所斷斷第六遍知下分結斷第七遍知色愛盡第八遍知無色愛盡第九遍知當知遍知略由二緣而得建立一通達諦斷故二永度界斷故由相同分界不同分及同分故立二遍知相不同分界不同分及同分故立四遍知永度劣界故立一遍知永度中界故立一遍知永度妙界故立一遍知問諸相隨好力無畏等不共佛法幾根攝耶答諸相隨好舌根及四根依處所攝何

等爲四謂身根男根眼根舌根諸佛十力如來身中慧根所攝及具知根四無所畏五根所攝及即此一如無所畏不護亦爾三種念住非根所攝然六根所引無貪無瞋所攝大悲亦彼所引無瞋無癡所攝非根所攝無忘失法如力應知佛一切種妙智亦爾永斷習氣非根所攝然是六根所證煩惱永斷所攝問諸煩惱品所有麤重阿羅漢等永斷無餘復有何品麤重阿羅漢等所未能斷由斷此故說名如來永斷習氣答異熟品麤重阿羅漢等所未能斷唯有如來名究竟斷問如經言有四種食皆能長養諸根大種云何四食云何長養諸根大種答段食觸食意思食識食由此四種長養五色根及意根并根所依所有大種問云何段食答諸所食噉若能長養諸根大種與此相違當知非食如段食餘食非食應知亦爾問段食云何能作食事乃至識食亦爾答若諸段食能攝益識令其强盛由此長養諸根大種亦令强盛觸能攝受若喜若樂若捨一分由此復能攝益諸識由攝益故復能長養諸根大種意思爲欲證得可愛境界相故依正方便起染不染希望喜根緣未來境攝益於識由此長養諸根大種如是三食攝益其識由體增盛及緣現在未來生故識復長養諸根大種故立四食問云何識與意根爲食答由三資持所任持故能與後後爲增盛因食彼得生問何故眠夢梵行等至皆能長養諸根大種而不立食答有二種長養一攝受別義長養二令無損害長養眠夢等法於後

長養雖能長養於前即非是故不立問何故命根能任持身而不立食答若離於食彼終不能長養身故問何等段食名麤答若非天所食問何等名細答諸天所食由彼食已即於身中便自消化非漸次故問何等觸意思識食名麤答若在欲界問何等名細答若在色無色界問何等名爲已生有情答若於現在已生增長問何等名爲求有有情答若有希求未來諸有問何等名住答若無損害長養問何等名安答若攝受長養問已生有情云何由食而得安住答如前所說道理應知問求有有情云何由食攝受答由三門故二種雜染增長謂業煩惱二種雜染依識而有由三門雜染資長識故諸求有者於無間生攝受餘有問段食何時建立爲食答於變壞時攝受用時建立觸食由彼攝受方得增益是故段食三處所攝謂香味觸建立爲食不立色處由彼要至味勢熟等變壞之位方損益故或有段物於受用時有所損害於變壞時方能攝益如苦辛等或有段物於受用時暫爲攝益於變壞時乃爲損害如有甘美所不宜物故變壞時方立爲食非受用時問更有所餘衆多行法住因可得謂生先業神通因緣合會離障何故但說此四爲食答以多分故易覺知故於諸念住易趣入故於日日分易資養故唯此四種應顯爲食那落迦中無有段食定地諸天亦復如是諸那落迦多由先業力所任持而得久住雖有廣大諸根大種損害因緣而不能死然彼亦有諸微細風隨入身分以之爲食難可了知是故不說

問諸根依身轉亦依境界耶設依境界者亦依身轉耶答若根依境界必依身而轉或有依身轉而不依境界謂諸有色彼同分根以諸大種爲依止故說彼依身問若諸根有所依而轉者彼一切皆一依耶答或有一依謂諸有色彼同分根或有二依謂即有色同分諸根或有三依所謂意根及餘無色心法諸根在有色界若於無色即此諸根唯有二依

問諸根是苦者一切苦相合耶設苦相合者一切是苦耶答或諸根是苦而非苦相合謂樂根喜根或有是苦亦苦相合謂苦根憂根或有是苦非苦樂相謂捨根或有非苦亦非苦相謂後三根苦對治故

問諸根是善彼根引樂耶設根引樂彼根是善耶答或根是善而不引樂謂憂苦俱而修梵行彼諸善根於現法中不能引樂或根引樂而非是善謂諸無記及不善根於現法中能引無記及染汙樂或根是善亦能引樂謂喜樂俱修諸梵行所有善根於現法中能引其樂或根非善亦不引樂謂諸無記及不善根於現法中能引諸苦中嗢柁南曰

義依處證得　攝食由諸句

復次具足攝持一切行義具足攝持一切行義是故名蘊又有別義常能增長諸業煩惱常能增長諸業煩惱是故名蘊又有別義常有所爲及速滅壞常有所爲及速滅壞是故名蘊發起諸法發起諸法是故名界是牽引義能生能廣諸心心所能生能廣諸心心所是故名處由衆緣故速壞集起由衆緣故速壞集起故名緣起等起理趣等起理趣是故

名處若非理趣說名非處於見等事自在相應於見等事自在相應是故名根
當知蘊等略由六因而得建立謂身體建立彼因建立身者建立彼轉方便建立即於彼轉勝劣方便建立即彼受用增上建立
復略顯示六種善巧當知爲遣六種邪執何等爲六一依止邪執二自性自在等不平等因邪執三能持依止我邪執四彼死生轉邪執五彼淨不淨方便邪執六彼愛非愛境界受用主宰邪執
問觀幾勝利分別建立揀擇諸法修習善巧
答略有十種謂當遍知薩迦耶見分析一合之想於有法現有諦故住故便不誹謗自無疑惑善答他問未信令信已信令增亦令如來聖教久住又當悟入緣起道理能了釋梵世主自性及士夫等非作者無實性又令慧根增長廣大於善不善如實了知廣說乃至緣生差別又於善不善法廣說乃至緣生差別當善住念由有法隨法行故即以住念爲依止爲建立當證善心一境之性又即以此心一境性爲依止爲建立令聖慧根當得生起依聖慧根永斷顛倒隨證漏盡由觀如是諸勝利故分別建立揀擇諸法修習善巧已略決擇五識身地意地於二地中餘決擇文更不復現

瑜伽師地論卷第五十七

音釋

搆古候切取牛羊乳也 憚徒案切畏難也 滓阻史切澱也 睇特計切睇視也 擯黜擯必刃切擯斥也黜丑律切貶黜也

瑜伽師地論卷第五十八

彌勒菩薩說

唐三藏沙門玄奘奉詔譯

攝決擇分中有尋有伺等三地之一

如是已說五識身相應地意地決擇有尋有伺等三地決擇我今當說問何故焰摩名爲法王爲能損害諸衆生故爲能饒益諸衆生故若由損害衆生名爲法王不應道理若由饒益衆生今應當說云何饒益答由能饒益不由損害何以故若諸衆生執到王所令憶念故遂爲現彼相似之身告言汝等自所作業當受其果由是因緣彼諸衆生各自了知自所作業還自受果便於焰摩使者衆生業力增上所生猶如變化非衆生所無反害心無瞋恚心不懷怨恨乃由此故感那落迦新業更不積集故業盡已脫那落迦趣是故焰摩由能饒益諸衆生故名爲法王若諸衆生生那落迦憶宿命者焰摩法王更不教誨若有生已不憶宿命王便教誨略有三種補特伽羅生那落迦不憶宿命一極愚癡謂生邊地不解觀察隨諸惡轉二極放逸謂受欲者於諸欲中增上躭著不解觀察隨諸惡轉三極邪見謂成就一切誹謗邪見不解觀察隨諸惡轉由彼不能自然憶念故令憶念

復次二因緣故大海水鹹一生彼衆生福增上故二陸地衆生一分非福增上故所以者何由水鹹故非人所涉生彼無量微細衆生不被採害又大海中種種珍寶差別可得由水鹹故陸地衆生一分難得

復次煩惱雜染決擇我今當說如先所說煩

惱雜染義當知此煩惱由五種相建立差別何等爲五一自性故二自性差別故三染淨差別故四迷斷差別故五對治差別故

云何自性略有二種一見性煩惱二非見性煩惱

云何自性差別略有十種見性煩惱五種差別非見性者亦有五種總此十種名爲煩惱自性差別見性五者謂薩迦耶見邊執見邪見見取戒禁取非見性五者謂貪恚慢無明疑薩迦耶見者於五取蘊心執增益見我我所名薩迦耶見此復二種一者俱生二分別起俱生者一切愚夫異生乃至禽獸並皆現行分別起者諸外道等計度而起

邊執見者於五取蘊薩迦耶見增上力故心執增益見我斷常名邊執見常見所攝邊執見者謂六十二諸見趣中計度前際諸遍常論一分常論及計後際諸有想論無想論非想非非想論斷見所攝邊執見者謂諸沙門若婆羅門七事斷論此邊執見唯分別起無有俱生唯除即此先世已來串習隨遂邊執見等若有分別若無分別差別之相如本地分已廣分別

邪見者一切倒見於所知事顛倒而轉皆名邪見當知此見略有二種一者增益二者損減薩迦耶見邊執見見取戒禁取此四見等一切皆名增益邪見謗因謗用謗果壞實事等心執增益所有諸見一切皆名損減邪見無施無受亦無祠祀是名謗因無有妙行亦無惡行是名謗用無有妙行惡行諸業果及異熟是名謗果無父無母無化生有情亦無

世間眞阿羅漢諸漏永盡乃至廣說如是一切名壞實事又此邪見即計前際諸無因論邊無邊論不死矯亂論及計後際現法涅槃等論所有沙門若婆羅門當知如是薩迦耶見以爲根本六十二見三見所攝謂常見所攝諸邊執見斷見所攝諸邊執見及諸邪見見取者於六十二諸見趣等一一別計爲最爲上爲勝爲妙威勢取執隨起言說唯此諦實餘皆虛妄由此見故能得清淨解脫出離是名見取

戒禁取者謂所受持隨順見取見取眷屬見取隨法若戒若禁於所受持諸戒禁中妄計爲最爲上爲勝爲妙威勢執取隨起言說唯此諦實餘皆虛妄由此戒禁能得清淨解脫出離是名戒禁取

貪者謂能躭著心所爲性此復四種謂著諸見欲色無色

恚者謂能損害心所爲性此復四種謂於損已他見他有情所及於所愛不饒益所於所不愛作饒益所所有瞋恚

慢者謂令心舉心所爲性此復四種謂於諸見於諸有情於受用欲於諸後有處起又此慢略有二種一惑亂慢二不惑亂慢於有情處慢者謂三慢類已如前說於受用欲處慢者謂由大財大族大徒衆等現在前故心遂高舉於後有處慢者謂由計我當有不有廣說乃至我當非想非非想等若動不動戲論造作諸愛趣中現前轉故心遂高舉不惑亂慢者謂於下劣計已爲勝於等計等而生憍慢惑亂慢者謂餘六慢又由受用鄙劣資具

自謂富樂名惑亂慢若由受用勝妙資具自謂富樂名不惑亂慢又由邪行謂後有勝名惑亂慢若由正行謂後有勝名不惑亂慢無明者謂於所知真實覺悟能覆能障心所爲性此略四種一無解愚二放逸愚三染汙愚四不染汙愚若於不見聞覺知所知義中所有無智名無解愚若於見聞覺知所知義中散亂失念所有無智名放逸愚於顛倒心所有無智名染汙愚不顛倒心所有無智名不染汙愚又此無明總有二種一煩惱相應無明二獨行無明非無愚癡而起諸惑是故貪等餘惑相應所有無明名煩惱相應無明若無貪等諸煩惱纏但於苦等諸諦境中由不如理作意力故鈍慧士夫補特伽羅諸不如實揀擇覆障纏裹闇昧等心所性名獨行無明疑者猶豫二分不決定心所爲性當知此疑略由五相差別建立謂於他世作用果諸諦實中心懷猶豫

如是所說十種煩惱亦緣事轉亦緣煩惱謂十煩惱皆與自地一切煩惱展轉相緣亦緣自地諸有漏事下地煩惱能緣上地煩惱及事非上地惑能緣下地煩惱及事如是煩惱展轉相緣及下地惑能緣上地於此處所餘決擇文更不復現

復次俱生薩迦耶見唯無記性數現行故非極損惱自他處故若分別起薩迦耶見由堅執故與前相違在欲界者唯不善性若在上地奢摩他力所制持故多白淨法所攝受故成無記性由染汙故體是隱沒所餘煩惱由此道理隨應當知欲界煩惱爲諸惡行安足

處故多不善性又不善者具三因緣能往惡趣餘則不定何等爲三謂極多修習殷重無間計爲功德不見其失不見其患縱情而起是初因緣用此煩惱以爲依處由身語意於諸惡行作及增長是第二因緣由此煩惱斷他善品授不善品是第三因緣除先所作能往惡趣順後受業又十煩惱七唯意地貪恚無明亦通五識又於欲界四見及慢喜捨相應貪樂喜捨相應恚苦憂捨相應邪見喜憂捨相應疑憂捨相應無明一切五根相應此據多分相應道理其餘深細後當廣說於上諸地隨所有根即與彼地煩惱相應又十煩惱見所斷者名曰無事彼所緣事非成實故所餘煩惱有事無事彼相違故又貪與慢緣有漏一分可意事生恚緣一分非可意生是故此三煩惱一分所生名取一分所餘煩惱通緣内外若愛非愛及俱相違有漏事生是故說彼名曰遍行取一切事若有隨順如是煩惱煩惱俱行煩惱品類名隨煩惱

云何名隨煩惱略由四相差別建立一通一切不善心起二通一切染汙心起三於各別不善心起四善不善無記心起非一切處非一切時謂無慚無愧名通一切不善心起隨煩惱放逸掉舉惛沉不信懈怠邪欲邪勝解邪念散亂不正知此十隨煩惱通一切染汙心起通一切處三界所繫忿恨覆惱嫉慳誑諂憍害此十隨煩惱各別不善心起若一生時必無第二如是十種皆欲界繫除誑諂憍由誑及諂至初靜慮憍通三界此并前二若在上地唯無記性尋伺惡作睡眠此四隨煩

惱通善不善無記心起非一切處非一切時若有極久尋求伺察便令身疲念失心亦勞損是故尋伺名隨煩惱此二乃至初靜慮地惡作睡眠唯在欲界又有定地諸隨煩惱謂尋伺誑諂惛沉掉舉憍放逸懈怠等初靜慮地有初四種餘通一切地若雜事中世尊所說諸隨煩惱廣說乃至愁歎憂苦隨擾惱等及攝事分廣所分別如是一切諸隨煩惱皆是此中四相差別隨其所應相攝應知

復次隨煩惱若在欲界略於十二處轉何等十二謂執著惡行處鬬訟諍競處毀犯尸羅處受學隨轉非善人法處邪命處躭著諸欲處如所聞法義心諦思惟處於所思義內心寂止方便持心處展轉受用財法處不相離住處遠離卧具房舍處衆苦所集處此十二處以爲依止如先所說貪著乃至隨擾惱等諸隨煩惱差別而轉謂貪著瞋恚愚癡依初處轉忿等乃至諂依第二處轉無慚無愧依第三處轉誑等乃至謀害依第四處轉矯詐等乃至惡友依第五處轉不忍躭嗜等乃至不平等貪著依第六處轉薩迦耶見有見無有見依第七處轉貪欲等乃至不作意依第八處轉饋悅纏綿依第九處轉不質直性不柔和性不隨同分轉性依第十處轉欲尋思等乃至家生繫屬尋思依第十一處轉愁歎等依第十二處轉

復次此五見是慧性故互不相應自性自性不相應故貪恚慢疑更相違故互不相應貪染令心卑下憍慢令心高舉是故貪慢更互相違

復次如所說諸隨煩惱當知皆是煩惱品類且如放逸是一切煩惱品類所以者何於染愛時多生放逸乃至疑時亦有放逸貪著慳悋憍高掉舉等皆貪品類皆貪等流忿恨惱嫉害等是瞋品類是瞋等流誑諂是邪見品類邪見等流覆是諂品類當知即彼品類等流餘隨煩惱是癡品類是癡等流唯除尋伺當知尋伺慧思爲性猶如諸見若慧依止意言而生於所緣境忙悼推究雖慧爲性而名尋伺於諸境界遽務推求依止意言麤慧名尋即於此境不甚遽務而隨究察依止意言細慧名伺是名建立煩惱雜染自性差別

云何建立煩惱雜染差別謂如所說本隨二惑略二緣故染惱有情一由纏故二隨眠故現行現起煩惱名纏即此種子未斷未害名曰隨眠亦名麤重又不覺位名曰隨眠若在覺位說名爲纏若諸具縛補特伽羅生在欲界成就三界煩惱隨眠若生色界所有異生成就欲界被奢摩他之所損伏煩惱隨眠成就色界及無色界所未損伏煩惱隨眠若生無色所有異生成就欲界及與色界被奢摩他之所損伏煩惱隨眠成就無色所未損伏煩惱隨眠如界道理隨地亦爾諸煩惱纏未離自地煩惱欲者自地現起已離欲者即不現起若在下地上地諸纏亦得成就非在上地得說成就下地諸纏

問具一切縛補特伽羅諸煩惱纏起滅未捨是諸煩惱於何事繫過去耶未來耶現在耶答過去已繫故不名繫但於現在由此種類煩惱隨眠說名爲繫若諸煩惱正起現前亦

由纏故說名爲繫於未來世隨眠及纏以當繫故亦不名繫如此種類當知諸餘煩惱亦爾如具縛者不具縛者亦復如是差別者所餘煩惱說名爲繫

問諸修行者伏煩惱纏當云何伏答以修三種對治力故伏煩惱纏一了知煩惱自性過患二思惟對治所緣境相三以勝善品滋心相續當知此是永斷正見前行之道問諸修行者斷煩惱時爲捨纏耶捨隨眠耶由斷向故說名爲斷答但捨隨眠以煩惱纏先已捨故斷隨眠故說名爲斷何以故雖纏已斷末斷隨眠諸煩惱纏數復現起若隨眠斷纏與隨眠畢竟不起問爲斷過去爲斷未來爲斷現在答非斷去來今然說斷三世何以故若在過去有隨眠心任運滅故其性已斷復何所斷若在未來有隨眠心性未生故體既是無當何所斷若在現在有隨眠心此刹那後性必不住更何須斷又有隨眠離隨眠心二不和合是故現在亦非所斷然從他意内正作意二因縁故正見相應隨所治惑能治心生諸有隨眠所治心滅此心生時彼心滅時平等平等對治生滅道理應知正見相應能對治心於現在世無有隨眠於過去世亦無隨眠此刹那後離隨眠心在未來世亦無隨眠從此已後於已轉依已斷隨眠身相續中所有後得世間所攝善無記心去來今位皆離隨眠是故三世皆得說斷是名煩惱雜染淨差別

云何建立煩惱雜染迷斷差別當知略說有十五種謂欲界繫見苦集滅道諦所斷及修

所斷諸漏有五如欲界繫色無色繫各五亦爾欲界迷苦有十煩惱迷集有八除薩迦耶及邊執見如迷集諦滅道亦爾上界諸諦並除瞋恚隨迷次第如欲界說

云何迷苦有十隨眠略五取蘊總名爲苦愚夫於此五取蘊中起二十句薩迦耶見五句見我餘見我所是名迷苦薩迦耶見即用如是薩迦耶見以爲依止於五取蘊見我斷常故邊執見亦迷於苦又諸邪見謂無施等乃至妙行惡行業果及與異熟是迷苦諦又有邪見撥無父母化生有情如是邪見一分迷苦一分迷集又諸外道誹謗苦諦起大邪見彼謂沙門喬答摩種爲諸弟子施設苦諦此定無有如是邪見亦迷苦諦又有諸見妄計自在世主釋梵及餘物類爲常爲恒無有變易如是邪見亦迷苦諦又有諸見計邊無邊如是亦名迷苦邪見又有沙門若婆羅門不死矯亂邪見一分亦迷苦諦若有見取妄取迷苦所有諸見以爲第一謂能清淨解脫出離如是名爲迷苦見取若有妄取隨順此見此見隨法所受戒禁以爲第一能得清淨解脫出離此戒禁取是迷苦諦若有外道於此諸見不定信受亦不一向誹謗如來所立苦諦但於苦諦心懷猶豫此及所餘於苦猶豫是迷苦疑若於如是自所起見寶愛堅著如此見貪是迷苦貪若於異分他所起見心懷違損是迷苦恚若恃此見心生高舉是迷苦慢若有無智與此諸見及疑貪等煩惱相應若唯於苦獨行無智如是並名迷苦無明此十煩惱皆迷苦諦見苦所斷

云何迷集有八隨眠謂諸沙門若婆羅門謗因邪見又有沙門若婆羅門計自在等是一切物生者化者及與作者此惡因論所有邪見又有邪見無施無受亦無祠祀無有妙行亦無惡行又有邪見不死矯亂外道沙門若婆羅門所起一分又有邪見誹謗集諦謂諸外道作如是計如彼沙門喬答摩種爲諸弟子所說集諦此定無有如是等見是迷集諦所起邪見若有見取取彼諸見以爲第一能得清淨解脫出離是迷集諦所起見取若於隨順此見諸法所受戒禁取爲第一能得清淨廣說如前是迷集諦戒禁取餘疑貪等如前應知如是八種煩惱隨眠迷於集諦見集所斷

云何迷滅有八隨眠謂諸沙門若婆羅門計邊無邊不死矯亂諸見一分又有沙門若婆羅門謂說現法涅槃論者所有邪見又有邪見撥無世間眞阿羅漢乃至廣說彼阿羅漢二德所顯謂斷及智此中但取謗斷邪見又有邪見誹謗滅諦謂諸外道廣說如前又有橫計諸邪解脫所有邪見如是諸見是迷滅諦所起邪見若有見取取彼諸見以爲第一廣說如前是迷滅諦所起見取若於隨順彼見諸法所受戒禁取爲第一廣說如前是迷滅諦戒禁取所餘貪等如前應知唯除瞋恚謂於滅諦起怖畏心起損害心起恚惱心如是瞋恚迷於滅諦餘如前說如是八種煩惱隨眠迷於滅諦見滅所斷

云何迷道有八隨眠謂撥無世間眞阿羅漢乃至廣說此中所有誹謗一切智爲導首有

爲無漏當知此見是迷道諦所起邪見又諸沙門若婆羅門不死矯亂邪見一分亦迷於道又諸外道謗道邪見彼謂沙門喬答摩種爲諸弟子說出離道實非出離由此不能盡出離苦佛所施設無我之見及所受持戒禁隨法是惡邪道非正妙道如是亦名迷道邪見又彼外道作如是計我等所行若行若道是眞行道能盡能出一切諸苦如是亦名迷道邪見若有見取取彼邪見以爲第一能得清淨解脫出離如是名爲迷道見取若於隨順彼見諸法所受戒禁取爲第一能得清淨解脫出離是名迷道戒禁取所餘貪等迷道煩惱如迷滅諦道理應知如是八種煩惱隨眠迷於道諦見道所斷

如是已說見斷諸漏云何修道所斷諸漏謂欲界瞋恚三界三種貪慢無明由彼長時修習正道方能得斷是故名爲修道所斷又彼煩惱界界地地皆有三品謂下中上能斷之道亦有三品下品之道能斷上品修斷諸漏中能斷中上道斷下又彼修道所斷諸漏於有漏事任運而轉長時堅固於自所迷事難可解脫是名建立煩惱雜染迷斷差別

復次即如所說見修所斷諸漏煩惱當知略有五種所緣一緣邪分別所起事境二緣見境三緣戒禁境四緣自分別所起名境五緣任運堅固事境此中若緣苦集事境所有諸漏是緣邪分別所起事境見取貪等見斷諸漏除疑是緣見境戒禁取是緣戒禁境緣滅道境及緣不同分界境所有諸漏是緣自分別所起名境何以故非此煩惱能緣滅道亦

不能緣不同分界非無所緣故修所斷漏是緣自任運堅固事境

云何建立煩惱雜染對治差別謂略四種一相續成熟對治二近斷對治三一分斷對治四具分斷對治如聲聞地已具說十三種資糧道名相續成熟對治如聲聞地已具說煖頂忍世第一法決擇分善根名近斷對治見道名一分斷對治修道名具分斷對治

問昇見道聖者智行有何相由幾心故見道究竟云何當捨見所斷惑頓耶漸耶答昇見道者所有智行遠離衆相爾時聖智雖緣於苦然於苦事不起分別謂此爲苦取相而轉如於苦諦於集滅道亦復如是爾時即於先世俗智所觀諦中一切想相皆得解脫絶戲論智但於其義緣眞如理離相而轉其於爾時智行如是建立見道由二道理一廣布聖教道理有戲論建立二内證勝義道理離戲論建立依初建立增上力故說法智品有四種心種類智品亦有四心隨爾所時八種心轉即爾所時總說名一無間所入純奢摩他所顯之心如是總說有九種心見道究竟隨爾所時如所施設苦諦之相了別究竟即爾所時說名一心第二建立增上力故說有一心謂唯依一證眞如智相應心類見道究竟此中亦有奢摩他道如前應知又立二分見道所斷煩惱隨眠一隨逐清淨色二隨逐心心所由見道中止觀雙運故聖弟子俱時能捨止觀二道所斷隨眠第一觀所斷第二止所斷是故見道說名究竟若言觀品所攝諸智見斷隨眠隨逐生者應不得名對治體性

由此因緣薄伽梵說隨信行者隨法行者入見道時名爲第六行無相行補特伽羅非信勝解見得身證慧脫俱脫五得其名由彼於滅住寂靜想是故說彼名住無相譬如良醫㧞毒箭者知癰熟已利刀先剖膿雖漸出猶未頓盡後更廣開周迴齊搦膿出麤盡未能甚淨瘡門尚開爲令斂故或以膩團或以膩帛而帖塞之如是漸次肌肉得斂令義易了故作此喻此中義者如已熟癰當知隨順見道所斷諸漏處事亦爾如利刀剖當知毗鉢舍那品所攝見道亦爾如周齊搦當知奢摩他品所攝見道亦爾如膿當知一切見道所斷隨眠漏亦爾如瘡未淨未斂當知修道所斷諸漏漏事亦爾如膩團帛當知修道亦爾若諸異生離欲界欲或色界欲但由修道無有見道彼於欲界得離欲時貪欲瞋恚及彼隨法隣近憍慢若諸煩惱相應無明不現行故皆說名斷非如見道所斷薩迦耶見等由彼諸惑住此身中從定起已有時現行非生上者彼復現起如是異生離色界欲如其所應除瞋恚餘煩惱當知亦爾自地所有見斷諸漏若定若起若生於一切時若遇生緣便現在前

復次略有二種麤重一漏麤重二有漏麤重漏麤重者阿羅漢等修道所斷煩惱斷時皆悉永離此謂有隨眠者有識身中不安隱性無堪能性有漏麤重者隨眠斷時從漏所生漏所熏發本所得性不安隱性苦依附性與彼相似無堪能性皆得微薄又此有漏麤重名煩惱習阿羅漢獨覺所未能斷唯有如來

能究竟斷是故說彼名永斷習氣不共佛法是名煩惱雜染由五種相差別建立

問如世尊言妄分別貪名士夫欲以何因緣唯煩惱欲說名爲欲非事欲耶答以煩惱欲性染汙故又唯煩惱欲能欲事欲故又煩惱欲發動事欲令生種種雜染過患謂諸所有妄分別貪未斷未知故先爲欲愛之所燒惱欲愛燒故追求諸欲追求欲故便受種種身心疲苦雖設功勞若不稱遂便謂我今唐捐其功乃受劬勞無果之苦設得稱遂便深戀著守掌因緣受防護苦若受用時貪火所燒於內便受不寂靜苦若彼失壞受愁憂苦由隨念故受追憶苦又由是因發起身語及意惡行又出家者棄捨欲時雖復捨離煩惱欲因欲復還起又唯煩惱欲因緣故能招欲界生老病死惡趣等苦如是等輩雜染過患皆煩惱欲以爲因緣是故世尊唯煩惱欲說名爲欲非於事欲

問能生欲貪虛妄分別凡有幾種答略有八種一引發分別二覺悟分別三合結分別四有相分別五親昵分別六喜樂分別七侵逼分別八極親昵分別如梵問經言

引發與覺悟　及餘和合結　有相若親昵
亦多種喜樂　侵逼極親昵　名虛妄分別
能生於欲貪　智者當遠離

引發分別者謂捨善方便心相續已於諸欲中發生作意覺悟分別者謂於不和合不現前境由貪欲纏之所纏縛合結分別者謂貪欲纏所纏縛故追求諸欲有相分別者謂於和合現前境界執取其相執取隨好親昵分

別者謂於和合現前境界由貪欲纏之所纏縛喜樂分別者謂由如是貪欲纏故希求無量所受欲具侵逼分別者謂由一向見其功德而受諸欲倍更希求極親昵分別者謂爲最極諸貪欲纏之所纏縛問何故欲界諸煩惱中唯顯示貪以爲欲相答若由是因顯示貪愛爲集諦相即以此因當知此相問何故顯示分別俱貪以爲欲相答若此因緣令貪現前發起於貪若此因緣受用事欲總顯爲一妄分別貪又有一分棄捨諸欲而出家者仍於諸欲起妄分別爲令了知虛妄分別亦是欲已尋復棄捨故顯分別亦是欲相問何故唯說貪愛爲集諦相答由二因緣一者貪愛是願不願所依處故二者貪愛遍生起故所以者何由彼貪愛於身財等所應期願爲現攝受故便起期願於非願處對治善中爲非所願現攝方便故便起不願由此願不願故生死流轉無有斷絶當知遍起復有三種一者位遍依一切受差別轉故謂由五門喜和合故喜不離故喜不合故喜乖離故常隨自身而藏愛故二者時遍謂緣去來今三世境故三者境遍謂緣現法後法內身而起亦緣已得未得境界而起問何故唯說離貪瞋癡心得離欲不說離色受等煩惱事耶答由離於此亦離彼故又諸煩惱性染汙故又即由此多過患故所以者何若於其事起諸過患當知皆是煩惱所作是諸過患如前蘊善巧中觀察不善所有過患又可避故所以者何於諸事中一切煩惱皆可避脫非一切事又由修習不淨觀等諸世俗道雖猒其事入

離欲地然離欲地煩惱隨逐煩惱於心未得離欲由此道理唯離煩惱心善離欲非離其事於此處所餘決擇文更不復現

問何因緣故於諸經中從餘煩惱揀取我我所見我慢執著隨眠說爲染汙煩惱品耶答由三因故一向邪行故謂我我所見二種所以者何依止身見以爲根本便能生起六十二見依託此故於非解脫計爲解脫而起邪行二背正行故謂我慢執著二種所以者何依止我慢執著故於此正法毗柰耶中所有善友所謂諸佛及佛弟子眞善丈夫不往請問云何爲善云何不善設彼來問亦不如實顯發自巳三退勝位故謂隨眠一種所以者何雖到有頂下地隨眠所隨逐故復還退墮

復有差別謂通達所知於滅作證有二種法極爲障礙一邪行因緣二苦生因緣邪行因緣者謂六十二見因此執故於諸有情由身語意起諸邪行苦生因緣者謂不斷隨眠故

又此二業有二因緣邪行因緣因緣者謂計我我所薩迦耶見苦生因緣因緣者謂初後兩位不起正行由我慢故初不聞正法由增上慢故後不修正行復有差別謂於善說法毗柰耶中有四種法爲最爲上勝極勝妙不共外道何等爲四一者於諦揀擇二者於巳同梵行所修可樂法三者於異論所不生憎嫉四於清淨品能不退失於惡說法毗柰耶中有四種法於此四法極爲障礙一計我我所薩迦耶見二我慢三妄執諦取四不斷隨眠由此因緣雖到有頂必還墮落又有二執一根境執謂執我我所二展轉有情執謂我

慢計我爲勝等問自有貪愛爲衆苦因何故餘處世尊復說欲爲苦因答以是現法苦因緣故所以者何若於有情有欲有貪或有親昵彼若變異便生憂惱等苦問何故五蓋說名爲龜答五支相似故能障修習如理作意故問何緣故忩說名母駝答似彼性故由惡語者於他言詞不能堪忍增上力故能障得彼教授教誡問何故慳嫉說名凝血答由於虛薄無味利養而現行故能障可愛樂法故問何故諸欲說名屠机上肉答繫屬主宰無定實故能障無間修善法故問何故無明說名狼者答以彼性故障聞智故問何緣故疑說名岐路答以彼性故障思智故問何故我慢說名輪圍答以彼性故障修智故問更有所餘能發惡行無量煩惱何故揀取貪瞋癡立不善根答發業因緣略有三種謂愛味因緣故損他因緣故執著建立邪法因緣故此貪瞋癡於上因緣如應配釋中嗢柁南曰

欲愛離欲　計我等欲　龜駝母等及貪瞋等

瑜伽師地論卷第五十八

音釋

串 古患切與慣同　擠 子禮切手擠也　搦 昵角切按也　膩 女利切肥膩也

怗 他協切義當作貼　机 居矣切

瑜伽師地論卷第五十九

彌勒菩薩說

唐三藏沙門玄奘奉詔譯

攝決擇分中有尋有伺等三地之二

問貪等十煩惱幾能發業幾不能發答一切能發若諸煩惱猛利現行方能發起往惡趣業非諸失念而現行者又分別起能發此業非任運起

問諸煩惱有幾相答略有三相一自相二共相三差別相自相者謂貪瞋等各各自性所攝相共相者謂諸煩惱無有差別一切皆同不寂靜相差別相者復有二種一門差別相二轉差別相門差別相者謂結縛隨眠隨煩惱纏等如本地分已說轉差別相者謂隨眠轉故所緣轉故現行轉故品差別轉故力無力轉故因果轉故迷行轉故

復次隨眠轉相略有十八一隨逐自境隨眠二隨逐他境隨眠三被損隨眠四不被損隨眠五隨增隨眠六不隨增隨眠七具分隨眠八不具分隨眠九可害隨眠十不可害隨眠十一增上隨眠十二平等隨眠十三下劣隨眠十四覺悟隨眠十五不覺悟隨眠十六能生多苦隨眠十七能生少苦隨眠十八不能生苦隨眠隨逐自境隨眠者謂三界中自地所攝隨眠隨逐他境隨眠者謂生上下地下上煩惱所逐隨眠被損隨眠者謂世間離欲下地隨眠不被損隨眠者謂已離欲或未離欲自地隨眠隨增隨眠者謂自地隨眠不隨增隨眠者謂他地隨眠具分隨眠者謂諸異生所有隨眠不具分隨眠者謂諸有學非異

生者所有隨眠可害隨眠者謂般涅槃法所有隨眠不可害隨眠者謂不般涅槃法所有隨眠增上隨眠者謂貪等行所有隨眠平等隨眠者謂等分行所有隨眠下劣隨眠者謂薄塵行所有隨眠覺悟隨眠者謂諸纏果與纏俱轉隨眠不覺悟隨眠者謂離諸纏而恒隨逐隨眠能生多苦隨眠者謂欲界隨眠能生少苦隨眠者謂色無色界隨眠不能生苦隨眠者謂得自在菩薩所有隨眠

問如說麤重體性名隨眠此煩惱品麤重望彼諸行當言有異爲不異耶答當言有異何以故由阿羅漢未害一切煩惱麤重而諸行相續猶未斷絶故問有幾麤重攝諸麤重答略有十八一自性異熟麤重二自性煩惱麤重三自性業麤重四煩惱障麤重五業障麤重六異熟障麤重七蓋麤重八不正尋思麤重九愁惱麤重十怖畏麤重十一劬勞麤重十二飲食麤重十三眠夢麤重十四婬欲麤重十五界不平等麤重十六時分變異麤重十七終沒麤重十八遍行麤重如是麤重如前應知

復次所緣現行二轉於其自處當廣宣說品差別轉當知如前蘊善巧說力無力轉當知如前本地分說因果轉者謂煩惱業生皆以煩惱爲因果亦如是隨應當知欲界一分不善煩惱有異熟果應知所餘無異熟果迷行轉者如本地分七種已列義別云何謂薩迦耶見邊執見邪見此三於所知境起邪了行於四聖諦迷行轉故無明一種是不了行疑是了不了行見取戒禁取及貪瞋等緣見爲

境見所斷者彼一切皆是執邪了行即此一切迷苦集諦者是迷彼因緣所依處行即此一切迷滅道諦者是迷彼怖畏生行即彼一切任運所起修道斷者是任運現行迷執行復次如前所說一切煩惱障治差別但依化宜顯示麤相建立煩惱迷執邪行爲令所化有情於種種煩惱諸行過失易生解故今當總辯一切煩惱如實巨細之相建立迷執諸行差別

問如是諸煩惱幾有事幾無事答諸見與慢是無事於諸行中實無有我而分別轉故貪恚是有事無明疑通二種

問是諸煩惱幾與樂根相應乃至幾與捨根相應答若任運生一切煩惱皆於三受現行可得是故通一切識身者與一切根相應不通一切識身者與意地一切根相應不任運生一切煩惱隨其所應諸根相應我今當說貪於一時樂喜相應或於一時憂苦相應或於一時與捨相應問如何等答如有一或於樂受起會遇愛不乖離愛而現在前遂於樂受不會遇非會遇若乖離非和合或於苦受起不會愛若乖離愛而現在前遂於苦受合會非不合會不乖離非乖離由是因緣貪於一時憂苦相應與此相違喜樂相應若於不苦不樂位而生味著當知此貪捨根相應恚於一時憂苦相應或有一時喜樂相應問如何等答如有一自然爲苦遍切身心遂於內苦作意思惟發恚恨心或於非愛諸行有情及諸法所作意思惟發恚恨心由是故恚憂苦相應問恚與喜樂相應如何等答如有一

於怨家等非愛有情起恚惱心作意思惟願彼没苦没巳不濟或不得樂得巳還失若遂所願便生喜樂由是故恚喜樂相應薩迦耶見及邊執見若於樂俱行蘊觀我我所或觀爲常喜根相應若於苦俱行蘊觀我我所或觀爲常憂根相應若於捨俱行蘊觀我我所或觀爲常捨根相應斷見攝邊執見當知一切與彼相違見取戒禁取取彼見故隨其所應如彼相應邪見一種先作妙行憂根相應先作惡行喜根相應慢於一時喜根相應或於一時憂根相應問如何等答略有二慢一高舉慢二卑下慢又高舉慢有三高舉何等爲三謂稱量高舉解了高舉利養高舉此高舉慢喜根相應若卑下慢與彼相違憂根相應疑若於利養恭敬稱譽樂善趣等決定事中他所導引令猶豫者憂根相應於無利養不敬譏毀苦惡趣等決定事中他所導引令猶豫者喜根相應無明通與五根相應所餘相應引事指斥文不復現先辯煩惱諸根相應但約麤相道理建立令初行者解無亂故今約巨細道理建立令久行者了自他身種種行解差别轉故

復次諸煩惱略有三聚一欲界繫二色界繫三無色界繫問如是三聚幾不善幾無記答初聚一分是不善餘二聚是無記諸不善者是有異熟非餘

問幾多性幾少性答初多性餘不爾如多性少性如是猛利長時染惱性非猛利長時染惱性發起外門雜染性發起内門雜染性發起惡行性發起非惡行性能生多苦性能生

少苦性大有罪性小有罪性遲離欲性速離欲性不離欲所顯性離欲所顯性三摩地相違性非三摩地相違性非一種相生決定性一種相生決定性等當知亦爾中嗢柁南曰

多染惱內門　惡行生諸苦　有罪遲離欲
三摩地生等

復次云何能斷煩惱齊何當言已斷煩惱從何煩惱而可說斷斷諸煩惱爲頓爲漸云何次第斷諸煩惱諸煩惱斷復有幾種煩惱斷已有何等相諸煩惱斷有何勝利

謂善法資粮已積集故已得證入方便地故證得見地故積習修地故能斷煩惱得究竟地當言已斷一切煩惱復有差別謂由修習四種瑜伽能斷煩惱若善修習如是四種當言已斷一切煩惱四種瑜伽如聲聞地已說其相復有差別謂相續成熟故得隨順教故內正作意故對治道生故能斷煩惱修對治道已到究竟當言已斷一切煩惱復有差別謂了知煩惱事故了知煩惱自性故了知煩惱過患故煩惱生已不堅著故攝受對治故能斷煩惱對治已生當言已斷一切煩惱復有差別修奢摩他故修毗鉢舍那故能斷煩惱若諸相縛已得解脫諸麤重縛亦得解脫當言已斷一切煩惱如世尊言

相縛縛衆生　亦由麤重縛　善雙修止觀
方乃俱解脫

復有差別謂了知所緣故喜樂所緣故能斷煩惱所依已滅故已得轉依故當言已斷一切煩惱

復次從彼相應及所緣故煩惱可斷所以者

何對治道生煩惱不起得無生法是故說名斷彼相應相應斷已不復緣境故從所緣亦說名斷

復次見斷煩惱頓斷非漸所以者何由現觀智諦現觀故能斷見道所斷煩惱然此現觀與壞緣諦作意相應是故三心頓斷一切迷苦諦等見斷煩惱修斷煩惱漸次而斷數數修道方能斷故

復次最初應斷不善事業及諸惡見謂在家者次復應斷樂出家障謂欲尋思恚尋思害尋思次復應斷不定心者三摩地障謂眷屬尋思國土尋思不死尋思次復應斷得作意障謂樂遠離品身諸麤重次復應斷見斷煩惱次復應斷修斷煩惱次復應斷屬苦屬憂屬樂屬喜及屬諸捨諸定障品障礙煩惱次復有一補特伽羅應斷所知障品諸障由此次第應斷煩惱

復次諸煩惱斷當知多種略則爲二一諸纏斷二隨眠斷諸纏斷者謂貪瞋斷乃至疑斷薩迦耶見斷乃至邪見斷見苦所斷斷乃至修道所斷斷欲界所繫斷乃至無色界所繫斷散亂斷曉悟斷羸劣斷制伏斷離繫斷當知離繫斷即是隨眠斷

復次煩惱斷已於可愛法若劣若勝若現在前若不現前雖猛利見而觀察之亦不染著如於可愛而不生愛如是於可瞋法亦不生瞋於可癡法亦不生癡又眼見諸色不喜不憂但住於捨正念正智如眼見色乃至意知法亦爾又性少欲成就第一眞實少欲如少欲如是喜足遠離勇猛精進安住正念寂定

聰慧亦爾於無戲論任性好樂於有戲論策勵其心方能縁慮如是等輩當知煩惱已斷之相復次煩惱斷者有多勝利謂隨證得超越憂苦超越喜樂超越色想及與有對種種性想超惡趣苦超越生等一切種苦又證安隱第一安隱又證清涼第一清涼又得第一現法樂住隨其自心自在而轉若行若住隨所欲樂所證之法無復退轉於自義利圓滿究竟於諸所作無復希望或復有一修利他行爲欲利益安樂衆生哀愍世間令諸天人利益安樂當知煩惱斷者有如是等衆多勝利復次煩惱縁境略有十五一具分縁謂身見等二一分縁謂貪瞋慢等三有事縁謂諸有事煩惱四無事縁謂諸無事煩惱五内縁謂縁六處定不定地所有煩惱六外縁謂縁妙五欲所有煩惱七現見縁謂縁現在所有煩惱八不現見縁謂縁去來所有煩惱九自類縁謂縁自類煩惱所有煩惱十他類縁謂縁異類煩惱及縁煩惱事所有煩惱十一有縁謂縁後有所有煩惱十二無有縁謂縁斷無有所有煩惱十三自境縁謂欲界於欲行煩惱色界於色行煩惱無色界於無色行煩惱十四他境縁謂色界於欲行煩惱無色界於色行煩惱又復下地於上地煩惱所以者何生上地者於彼下地諸有情所由常恒樂淨具勝功德自謂爲勝故十五無境縁謂縁分別所計滅道及廣大佛法等所有煩惱

復次煩惱現行有二十種謂二十種補特伽羅依二十縁起二十種現行煩惱

云何二十補特伽羅一在家二出家三住惡

說法四住善說法五增上煩惱行六等分行七薄塵行八世間離欲九未離欲十見聖迹十一未見聖迹十二執著十三不執著十四觀察十五睡眠十六覺悟十七幼少十八根成熟十九般涅槃法二十不般涅槃法

云何二十煩惱現行一隨所欲纏現行二不隨所欲纏現行三無所了知煩惱現行四有所了知煩惱現行五麤煩惱現行六等煩惱現行七微煩惱現行八內門煩惱現行九外門煩惱現行十失念煩惱現行十一猛利煩惱現行十二分別所起煩惱現行十三任運所起煩惱現行十四尋思煩惱現行十五不自在煩惱現行十六自在煩惱現行十七非所依位煩惱現行十八所依位煩惱現行十九可救療煩惱現行二十不可救療煩惱現行云何二十煩惱現行緣一樂緣二苦緣三不苦不樂緣四欲緣五尋思緣六觸緣七隨眠緣八宿習緣九親近惡友緣十聞不正法緣十一不正作意緣十二不信緣十三懈怠緣十四失念緣十五散亂緣十六惡慧緣十七放逸緣十八煩惱緣十九未離欲緣二十異生性緣依此諸緣故煩惱現行

問於彼彼界結生相續彼彼身中當言全界一切煩惱皆結生耶爲不全耶答當言全非不全何以故若未離欲於自生處方得受生非離欲故又未離欲者諸煩惱品所有麤重隨縛自身亦能爲彼異身生因由是因緣當知一切煩惱皆結生相續又將受生時於自體上貪愛現行於男於女若愛若恚亦互現行又疑現行彼作是思此男此女今爲與我

共行事不又於內外我我所見及我慢等皆亦現行由此因緣當知一切煩惱皆得結生相續

復次結生相續略有七種一纏及隨眠結生相續謂諸異生二唯隨眠結生相續謂見聖迹三正知入胎結生相續謂轉輪王四正知入住結生相續謂諸獨覺五於一切位不失正念結生相續謂諸菩薩六業所引發結生相續謂除菩薩結生相續七智所引發結生相續謂諸菩薩又有引無義利結生相續謂卽業所引發結生相續又有能引義利結生相續謂智所引發結生相續如是總說結生相續或七或九

復次於此處所有餘一切順前句順後句及四句等如理決擇文更不復現後嗢柁南曰

業相事樂等　不善等及斷　所緣與現行
續生最爲後

如是已說煩惱雜染決擇業雜染決擇我今當說如先所說業雜染義當知此業亦由五相建立差別謂根本業道所攝身語意業及彼方便後起所攝諸業如先所說不善業道名根本業道所攝不善身語意業

云何建立彼殺生等不善業道自相謂染汙心起彼欲樂卽於是處彼業現行而得究竟當知總名殺生等一切業道自相染汙心者謂貪者貪所蔽瞋者瞋所蔽癡者癡所蔽設有染汙心不起彼欲樂雖於是處彼業現行而得究竟然此惡業非是圓滿業道所攝設有染汙心及起彼欲樂而顛倒心設於餘事彼業現行而得究竟此業亦非圓滿業道所

攝設有染汙心及起彼欲樂即於是處業不現行而得究竟此業亦非圓滿業道所攝設有染汙心及起彼欲樂即於是處彼業現行而不究竟此業亦非圓滿業道所攝若有染汙心及起彼欲樂即於是處彼業現行而得究竟具一切支此業乃名圓滿業道所攝由此略說業道自相一切不善業道自相應隨決了

復次若廣建立十惡業道自性差別復由五相何等爲五一事二想三欲樂四煩惱五方便究竟事者一一業道各別決定所依處事或有情數或非有情數隨其所應十惡業道依之而轉想者有四謂於彼彼想非於彼彼想於彼彼想非於彼非彼想欲樂者或有倒想或無倒想樂所作欲煩惱者或貪或瞋或癡或貪瞋或貪癡或瞋癡或貪瞋癡一切皆具方便究竟者即於所欲作業隨起方便或於爾時或於後時而得究竟由此五相於殺生乃至邪見諸業道中隨其所應當廣建立圓滿自性十種差別

殺生業道以有情數衆生爲事若能害者於衆生所作衆生想起害生欲此想即名於彼衆生名不顛倒想依此想故作如是心我當害生如是名爲殺生欲樂此能害者或貪所蔽或瞋所蔽或癡所蔽或二所蔽或三所蔽而起作心是名煩惱彼由欲樂及染汙心或自或他發起方便加害衆生若害無間彼便命終即此方便當於爾時說名成就究竟業道若於後時彼方捨命由此方便彼命終時乃名成就究竟業道

不與取業道事者謂他所攝物想者謂於彼彼想欲樂者謂劫盜欲煩惱者謂三毒或具不具方便究竟者謂起方便移離本處

欲邪行業道事者謂女所不應行設所應行非支非處非時非量若不應理一切男及不男想者於彼彼想欲樂者謂樂行之欲煩惱者謂三毒或具不具方便究竟者謂兩兩交會

妄語業道事者謂見聞覺知不見不聞不覺不知想者謂於見等或翻彼想欲樂者謂覆藏想樂說之欲煩惱者謂貪瞋癡或具不具方便究竟者謂時衆及對論者領解

離間語業道事者謂諸有情或和不和想者謂俱於彼若合若離隨起一想欲樂者謂樂彼乖離若不和合欲煩惱者謂三毒或具不具方便究竟者謂所破領解

麤惡語業道事者謂諸有情能爲違損想者謂於彼彼想欲樂者謂樂麤言欲煩惱者謂三毒或具不具方便究竟者謂訶罵彼

綺語業道事者謂能引發無利之義想者謂於彼彼想欲樂者謂樂說之欲煩惱者謂三毒或具不具方便究竟者謂纔發言

貪欲業道事者謂屬他財産想者謂於彼彼想欲樂者謂即如是愛欲煩惱者謂三毒或具不具方便究竟者謂於彼事定期屬已

瞋恚業道事之與想如麤惡語說欲樂者謂損害等欲煩惱者謂三毒或具不具方便究竟者謂損害等期心決定

邪見業道事者謂實有義想者謂於有非有想欲樂者謂即如是愛欲煩惱者謂三毒或具不具方便究竟者謂誹謗決定

復次殺生有三種一有罪增長二有罪不增長三無有罪生罪因緣亦略有三一煩惱所起二能生於苦三希望滿足初具三緣次有二種無希望滿後唯生苦

復次略由五相建立貪欲瞋恚邪見圓滿自相何等名爲貪欲五相一有耽著心謂於自財所二有貪婪心謂樂積財物三有饕餮心謂於屬他資財等事計爲華好深生愛味四有謀略心謂作是心凡彼所有何當屬我五有覆蔽心謂貪欲纏之所覆故不覺羞恥不知過患及與出離設於自財有耽著心無餘心現當知此非圓滿貪欲意惡行相如是有耽著心及貪婪心無餘心現亦非圓滿貪欲之相如是廣說乃至如前所說諸相隨闕一種即非圓滿貪欲之相若全分攝乃名圓滿貪欲之相何等名爲瞋恚五相一有增惡心謂於能損害相隨法分別故二有不堪耐心謂於不饒益不堪忍故三有怨恨心謂於不饒益數不如理隨憶念故四有謀略心謂於有情作如是意何當捶撻何當殺害乃至廣說故五有覆蔽心謂如前說於此五相隨闕一種即非圓滿瞋恚之相若具一切方名圓滿何等名爲邪見五相一有愚癡心謂不如實了所知故二有暴酷心謂樂作諸惡故三有越流行心謂於諸法不如理分別推求故四有失壞心謂無施與愛養祠祀等誹謗一切妙行等故五有覆蔽心謂邪見纏之所覆蔽不覺羞恥不知過患及出離故於此五相隨闕一種即非圓滿邪見之相具一切分乃名圓滿

復次若以手等害諸衆生說名殺生如是以塊杖刀縛録斷食折挫治罰呪藥厭禱尸半尸等害諸衆生皆名殺生爲財利等害諸衆生亦名殺生或恐爲損或爲除怨或謂爲法乃至或爲戲樂害諸衆生亦名殺生若自殺害若令他害皆得殺罪

復次若有顯然劫他財物名不與取如是竊盜攻墻解結伏道竊奪或有拒債受寄不還或行誑諂矯詐而取或現怖畏方便而取或現威德而取彼物或自劫盜或復令他如是一切皆不與取或有自爲或有爲他或怖畏故或爲殺縛或爲折伏或爲受用或爲給侍或憎嫉故不與而取此等皆名不與取罪

復次若行不應行名欲邪行或於非支非時非處非量非理如是一切皆欲邪行若於母等母等所護如經廣說名不應行一切男及不男屬自屬他皆不應行除産門外所有餘分皆名非支若穢下時胎圓滿時飲兒乳時受齋戒時或有病時謂所有病匪宜習欲是名非時若諸尊重所集會處或靈廟中或大衆前或堅鞕地高下不平令不安隱如是等處說名非處過量而行名爲非量是中量者極至於五此外一切皆名過量不依世禮故名非理若自行欲若媒合他此二皆名欲邪行攝若有公顯或復隱竊或因誑諂方便論亂或因委託而行邪行如是皆名欲邪行罪

復次若自因故而說妄語或他因故或因怖畏或因財利而說妄語皆名妄語若不見聞覺知言見聞覺知或見聞覺知言不見聞覺知皆名妄語若書陳說或以嘿然表忍斯義

或動支體以表其相或爲證説或有自説或令他説如是一切皆妄語罪

復次若以實事毁呰於他爲乖離故而發此言名離間語或以不實假合方便以爲依止爲損壞他而有陳説或依親近施與或依知友給侍而有陳説名離間語若自利緣或損他緣或由他教或現破德或現怖畏爲乖離故或自發言或令他發如是皆名離間語罪

復次若有對面發辛楚言名麤惡語或不現前或對大衆或幽僻處或隨實過不隨實過或書表示或假現相或依自説或依他説或因掉舉或因不靜或依種族過失或依依止過失或依作業禁戒現行過失或自發起辛楚之言或令他發如是皆名麤惡語罪

復次若有依舞而發歌詞名爲綺語或依作樂或復俱依或俱不依而發歌詞皆名綺語若佛法外能引無義所有書論以愛樂心受持讚美以大音聲而爲諷頌廣爲他人開示分別皆名綺語若依鬭訟諍競發言或樂處衆宣説王論臣論賊論廣説乃至國土等論皆名綺語若説妄語或離間語或麤惡語下至不思不擇發無義言皆名綺語又依七事而發綺語謂鬭訟諍競語諸婆羅門惡呪術語苦所逼語戲笑遊樂之語處衆雜語顛狂語邪命語如是一切名綺語罪

復次若於家主起如是欲云何我當同於家主領諸僕使隨欲所作是名貪欲又起是欲即彼家主所有父母妻子奴婢及諸作使廣説乃至七攝受事十資身事謂飲食等皆當屬我又起是欲云何令他知我少欲知足遠

離勇猛精進安住正念寂定聰慧諸漏永盡施戒多聞又起是欲云何令他供養於我謂諸國王乃至商主若苾芻苾芻尼鄔波索迦鄔波斯迦等皆當恭敬尊重承事供養於我又起是欲云何令我當得利養衣服飲食諸坐卧具病緣醫藥及資生具又起是欲云何令我當生天上天妙五欲以爲遊戲又起是欲云何令我當生魯達羅世界毗瑟笯世界人中希有衆同分中乃至令我當生他化自在衆同分中又起是欲云何令我乃至當得父母妻子奴婢作使朋友宰官親戚兄弟同梵行等所有資産如是一切皆名貪欲業道所攝

若作是思彼於我所有無義欲故我於彼當作無義是名瞋恚又作是思彼於我所已作正作當作無義我亦於彼當作無義亦名瞋恚如是廣說九惱害事當知亦爾又作是思云何令我於能損害怨家惡友而得自在縛害驅擯或行鞭撻或散財産或奪妻妾朋友眷屬及家宅等此惱害心亦名瞋恚又起是思云何令彼能損於我怨家惡友於他處所遭如上說諸苦惱事此損害心亦名瞋恚又作是思願彼自然發起如是如是身語意行由此喪失資財朋友眷屬名稱安樂受命及諸善法身壞當墮諸惡趣中如是一切惱害之心皆名瞋恚根本業道

復次若作是思決定無施是名邪見廣說乃至謗因謗用謗果壞眞善事如是一切皆名邪見根本業道問一切倒見皆名邪見何故世尊於業道中但說如是誹謗之見名爲邪

見答由此邪見諸邪見中最爲殊勝何以故由此邪見爲依正故有一沙門若婆羅門斷諸善根又此邪見最順惡業壞邪見者於諸惡法隨意所行是故此見偏說在彼惡業道中當知餘見非不邪見自相相應

瑜伽師地論卷第五十九

音釋

婪盧含切貪也　饕餮饕土刀切貪財也餮也結切貪食也　捶撻捶之累切擊也撻他達切打也　酷苦沃切虐也

瑜伽師地論卷第六十

彌勒菩薩說

唐三藏沙門玄奘奉詔譯

攝決擇分中有尋有伺等三地之三

復次由五因緣殺生成重何等爲五一由意樂二由方便三由無治四由邪執五由其事若由猛利貪欲意樂所作猛利瞋恚意樂所作猛利愚癡意樂所作名重殺生與此相違名輕殺生若有念言我應當作正作已作心便踊躍心生歡悅或有自作或復勸他於彼所作稱揚讚歎見同法者意便欣慶長時思量長時蓄積忿恨心已方有所作無間所作殷重所作或於一時頓殺多類或以堅固發業因緣而行殺害或令恐怖無所依投方行殺害或於孤苦貧窮哀慼悲泣等者而行殺害如是一切由方便故名重殺生若唯行殺不能日日乃至極少持一學處或亦不能於月八日十四十五及半月等受持齋戒或亦不能於時時間惠施作福問訊禮拜迎送合掌和敬業等又亦不能於時時間獲得猛利增上慚愧悔所作惡又不證得世間離欲亦不證得眞法現觀如是一切由無治故名重殺生若諸沙門或婆羅門繼邪祠祀隨忍此見執爲正法而行殺戮由邪執故名重殺生又作是心殺羊無罪由彼羊等爲資生故世主所化諸如是等依止邪見而行殺害皆邪執故名重殺生若有殺害大身衆生此由事故名重殺生或有殺害人或入相或父或母及餘尊重或有殺害歸投委信或諸有學或諸菩薩或阿羅漢或諸獨覺或於如來作殺

害意惡心出血如來性爾不可殺故如是一切由其事故名重殺生與如上說因緣相違而殺生者名輕殺生次復當說不與取等由其事故輕重差別餘隨所應如殺應知

復次若多劫盜名重不與取如是若劫盜妙好劫盜委信劫盜孤貧劫盜佛法出家之衆若入聚落而行劫盜劫盜有學或阿羅漢或諸獨覺或復僧祇或佛靈廟所有財物如是一切由其事故名重不與取

復次行不應行中若母母親委信他妻或住禁戒或苾芻尼或勤策女或復正學如是一切由其事故名重欲邪行非支行中若於面門由其事故名重欲邪行非時行中若受齋戒若胎圓滿若有重疾由其事故名重欲邪行非處行中若佛靈廟若僧伽藍由其事故名重欲邪行

復次若爲誑惑多取他財若妙若勝而說妄語由事重故名重妄語若於委信若父若母廣說如前乃至佛所而說妄語由事重故名重妄語或有妄語令他殺生損失財物及與妻妾此若成辦極重殺生重不與取重欲邪行此由事重名重妄語或有妄語能破壞僧於諸妄語此最尤重

復次若於長時積集親愛而行破壞此由事重名重離間語或破壞他令離善友父母男女破和合僧若離間語能引殺生或不與取或欲邪行如前所說道理應知如是一切由事重故名重離間語

復次若於父母及餘師長發麤惡言由事重故名重麤惡語或以不實不真妄語現前毀

罵訶責於他由事重故名重麤惡語
復次凡諸綺語隨妄語等此語輕重如彼應知若依鬪訟諍競等事而發綺語亦名爲重若以染汙心於能引無義外道典籍承誦讃詠廣爲他說由事重故名重綺語若於父母眷屬師長調弄輕笑現作語言不近道理亦由事重名重綺語
復次若於僧祇佛靈廟等所有財寶起貪欲心由事重故名重貪欲若於已德起增上慢自謂智者乃於國王大臣豪貴所尊師長及諸聰叡同梵行等起增上欲貪求利養名重貪欲
復次若於父母眷屬師長起損害心由事重故名重瞋恚又於無過貧窮孤苦可傷愍者起損害心由事重故名重瞋恚又於誠心來歸投者及有恩所起損害心由事重故名重瞋恚
復次若於一切餘邪見中諸有能謗一切見此謗一切事門轉故名重邪見又若有見謂無世間眞阿羅漢正至正行乃至廣說如是邪見由事重故名重邪見
除如上說所有諸事隨其所應與彼相違皆名爲輕
復次殺生所引不善諸業或有是作而非增長或有增長而非是作或有亦作亦復增長或有非作亦非增長初句謂無識別童稚所作或夢所作或不思而作或自無欲他逼令作或有暫作續即還起猛利悔心及猒患心懇責遠離正受律儀令彼微薄未與果報便起世間離欲之道損彼種子次起出世永斷

之道害彼種子令無有餘增長而非作者謂如有一爲害生故於長夜中數隨尋伺由此因緣彼遂增長殺生所引惡不善法然不能作殺生之業亦作亦增長者謂除先所說作非增長增長非作所餘一切殺生業相非作非增長者謂除上爾所相如是所餘不與取等乃至綺語隨其所應如殺應知於貪欲瞋恚邪見中無有第二增長而非作句於初句中無有不思而作及他逼令作餘如前說

復次若於殺生親近數習多所作故生那落迦是名殺生異熟果若從彼沒來生此間人同分中壽量短促是名殺生等流果於外所得器世界中飲食果藥皆少光澤勢力異熟及與威德並皆微劣消變不平生長疾病由此因緣無量有情未盡壽量非時中夭是名殺生增上果所餘業道異熟等流二果差別如經應知增上果今當說若器世間衆果尠少果不滋長果多朽壞果不貞實多無雨澤諸果乾枯或全無果如是一切名不與取增上果若器世間多諸便穢泥糞不淨臭處迫迮多生不淨臭惡之物凡諸所有皆不可樂如是一切名欲邪行增上果若器世間農作行船世俗事業不甚滋息殊少便宜多不諧偶饒諸怖畏恐懼因緣如是一切是妄語增上果若器世間其地處所丘坑間隔險阻難行饒諸怖畏恐懼因緣如是一切是離間語增上果若器世間其地處所多諸株杌荊棘毒刺瓦石沙礫枯槁無潤無有池沼河泉乾竭土田鹹鹵丘陵坑險饒諸怖畏恐懼因緣如是一切是麁惡語增上果若器世間所有

果樹果無的當非時結實時不結實生而似熟根不堅牢勢不久停園林池沼多不可樂饒諸怖畏恐懼因緣如是一切是綺語增上果若器世間一切盛事年時日夜月半月等漸漸衰微所有氣味唯減不增如是一切是貪欲增上果若器世間多諸疫癘災橫擾惱怨敵驚怖師子虎狼雜惡禽獸蟒蛇蝮蠍蚰蜒百足魍魎藥叉諸惡賊等如是一切是瞋恚增上果若器世間所有第一勝妙華果悉皆隱沒諸不淨物作似清淨諸苦惱物作似安樂非安居所非救護所非歸依所如是一切是邪見增上果

復次如世尊言殺有三種謂貪瞋癡之所生起乃至邪見亦復如是此差別義云何應知若爲血肉等殺害衆生或作是心殺害彼已當奪財物或受他雇或爲報恩或友所攝或希爲友或爲衣食奉王教命而行殺害或有謂彼能爲衰損或有謂彼能障財利而行殺害如利衰毀譽稱譏苦樂隨其所應當知亦爾如是一切名貪所生殺生業道

復次若謂彼於己樂爲無義而行殺害或念彼於己曾爲無義或恐彼於己當爲無義或見彼於己正爲無義而行殺害廣說乃至於九惱事皆如是知如是一切名瞋所生殺生業道

復次若計爲法而行殺害謂己是餘衆生善友彼因我殺身壞命終當生天上如是殺害從癡所生或作是心爲尊長故法應殺害或作是心諸有誹毀天梵世主罵婆羅門法應殺害如是心殺從癡所生或計殺生作及增

長無異熟果爲他開演勸行殺業彼由勸故遂行殺事時彼勸者所得殺罪從癡所生此後所說從癡所生殺業道理諸餘業道乃至邪見當知亦爾或有妄計以其父母親愛眷屬擲置火中斷食投巖棄於曠野是眞正法如是一切名癡所生殺生業道

復次若於他財食饕餮而取是不與取貪欲所生或受他雇而行劫盜或恩所攝或祈後恩或爲衣食奉主教命或爲稱譽或爲安樂而行劫盜如是一切不與取業皆貪所生

復次若作是思彼於我所樂行無義廣說乃至九惱害事增上力故而行劫盜不必貪著彼所有財不必希求諸餘財物是不與取瞋恚所生或憎他故焚燒聚落舍宅財物珍玩資具當知彼觸瞋恚所生盜相似罪或更增强或憎彼故令他劫奪破散彼財他受教命依行事時彼能教者不與取罪從瞋恚生

復次若作是心爲尊長故而行劫盜是爲正法名癡所生不與取罪或作是心若有誹毀天梵世主罵婆羅門法應奪彼所有財物此不與取亦從癡生或作是心若爲祠祀爲祠祀支爲祠祀具法應劫盜是不與取亦從癡生

復次若有見聞不應行事便不如理分別取相遂貪欲纏之所纏縛而行非法名貪所生欲邪行罪或受他雇竊行媒嫁由此方便行所不行彼便獲得貪欲所生欲邪行罪或欲攝受朋友知識或爲衣食承主教命或爲存活希求財穀金銀珍寶而行邪行如是一切名貪所生欲邪行罪

復次若作是思彼於我所樂行無義廣説乃至九惱害事以爲依止而行邪行非彼先有欲纏所纏然於相違非所行事爲報怨故勉勵而行名瞋所生欲邪行罪或憎彼故以彼妻妾令他毀辱彼若受教行欲邪行便觸瞋恚所生相似欲邪行罪或更尤重如是一切欲邪行罪名瞋所生

復次若作是心母及父親或他婦女命爲邪事若不行者便獲大罪若行此者便獲大福非法謂法而行邪行名癡所生欲邪行罪

復次若爲利養而説妄語或怖畏他損已財物或爲稱譽或爲安樂而説妄語如是一切名貪所生妄語業道若有依止九惱害事而説妄語名瞋所生妄語業道若作是心爲諸尊長或復爲生或爲祠具法應妄語如是妄語從癡所生若作是心諸有沙門若婆羅門違背諸天違梵世主違婆羅門於彼妄語稱順正法如是妄語名癡所生妄語業道若作是計於法法想於毗柰耶毗柰耶想以覆藏想妄語破僧無有非法如是妄語亦從癡生如妄語業道離間麤惡二語業道隨其所應當知亦爾

復次若爲戲樂而行綺語或爲顯已是聰叡者而行綺語或爲財利稱譽安樂而行綺語名貪所生綺語業道若有依止九惱害事而説綺語名瞋所生綺語業道若有於中爲求眞實爲求堅固爲求出離爲求於法而行綺語名癡所生綺語業道

復次若有於他非怨有情財物資具先取其相希望追求增上力故起如是心凡彼所有

願當屬我又從貪愛而生貪愛名貪所生貪欲業道若於他財不計爲好但九惱事增上力故起如是心凡彼所有皆當屬我又從瞋恚而生貪愛名瞋所生貪欲業道若作是計諸有欲求魯達羅天毗瑟笯天釋梵世主衆妙世界注心多住獲大福祐作如是意注心多住名癡所生貪欲業道若爲財利稱譽安樂於他有情起損害心非於彼所生怨憎想謂彼長夜是我等怨又從貪愛而生瞋恚名貪所生瞋恚業道

復次若九惱事增上力故從怨對想起損害心名瞋所生瞋恚業道若住此法及外道法所有沙門若婆羅門憎惡他見於他見所及懷彼見沙門婆羅門所起損害心名癡所生瞋恚業道

復次若作是心諸有此見撥無施與乃至廣說彼於王等獲大供養及衣服等即以此義增上力故起如是見名貪所生邪見業道若作是心有施有受乃至廣說如是見者違害於我我今不應與怨同見彼由憎恚起如是見無施無受乃至廣說名瞋所生邪見業道若不如理於法思惟籌量觀察由此方便所引尋伺發起邪見名癡所生邪見業道

復次殺生業道三爲方便由瞋究竟如殺業道麤語瞋恚業道亦爾不與取業道三爲方便由貪究竟如不與取邪行貪欲業道亦爾除其邪見所餘業道三爲方便由三究竟邪見業道三爲方便由癡究竟

復次殺生邪行妄語離間麤語瞋恚此六業道有情處起不與而取貪欲業道資財處起

綺語業道名身處起邪見業道諸行處起復次由三因緣不善業道成極圓滿惡不善性何等爲三一自性過故二因緣過故三塗染過故此中殺生所引思乃至邪見所引彼相應思如是一切染汙性故不善性故由自性過說名爲惡若以猛利貪欲瞋恚愚癡纏所發起即此亦名由因緣過成重惡性成上不善能引增上不可愛果若到究竟即此亦名由塗染過成極重惡成上不善能引增上不可愛果何以故若有用染汙心能引發他不可愛樂欣悅之苦彼隨苦心威勢力故能引發苦補特伽羅思便觸得廣大之罪是故名爲塗染過失彼雖不發如是相心諸能引發我之苦者當觸大罪然彼法爾觸於大罪譬如磁石雖不作意諸所有鐵來附於我然彼法爾所有近鐵不由功用來附磁石此中道理當知亦爾日珠等喻亦如是知又於思上無別有法彼威力生來相依附說名塗染當知唯是此思轉變由彼威力之所發起如四大種業威勢力所生種種堅性濕性煗性動性非大種外別有如是種種諸性然即大種業威勢緣如是轉變如業威勢緣力轉變神足加行緣力轉變當知亦爾又如魔王惑媚無量娑利藥迦諸婆羅門長者等心令於世尊變異暴惡非於彼心更增別法說名惑媚唯除魔王加行威勢生彼諸心令其轉變成極暴惡此中道理當知亦爾

復次如先所說作及增長業若先所說由五因緣成極重業名定受業與此相違名不定受業復有四業一異熟定二時分定三二俱

定四二俱不定諸阿羅漢所有不善決定受業或於前生所作或於此生先異生位所作由少輕苦之所逼惱便名果報已熟若已轉依果報種子皆永斷故一切不受所以者何由佛世尊依未解脫相續建立定受業故問若於一時亦牽亦掇盜取衆生即斷其命當言一業爲二業耶答當言一業以速轉故於此二業由增上慢謂之爲一若謂我當牽彼是第一思即於盜時復謂我當掇殺是第二思若時牽彼爾時不掇若時掇彼爾時不牽速疾轉故生增上慢謂是一時是故此中當言二業

復次略由三因緣故成現法受業何等爲三一由廣大故二思廣大故三相續清淨故由五種相由成廣大一從於一切有情第一利益安樂增上意樂住起謂慈等至二從於一切有情第一將護他心住起謂無諍等持三從第一寂靜涅槃樂相似聖住起謂滅盡等至四已得一切不善不作律儀謂預流果五極清淨相續究竟謂阿羅漢及佛爲首大苾芻僧如是名爲由廣大性若於是處以深厚殷重清淨信心捨清淨財是名思廣大性若前生中於他所施衣服等物由身語意不爲障礙亦不思量與染汙心以無有障彼相續當知是名相續清淨若有於此三種因緣一切具足當知彼業定現法受亦於生受亦於後受若有與此相違三種因緣起不善業當知亦成定現法受或有所生一剎那業唯現法受或有所生一剎那業亦現法受亦於生受或有所生一剎那業三時皆受譬如一縷

其量微小能持一華一繫華已勢力便盡不復能繫復有一縷能持二華再繫華已勢力便盡復有一縷能持多華多繫華已其力方盡又如流水其性微小流經一步勢力便盡有第二水其性稍大流經兩步勢力方盡有第三水其性廣大流經多步勢力乃盡又如酢滴其性淡薄唯能酢彼一滴之水不能酢多有第二滴其性稍嚴酢二滴水不能酢多有餘酢滴其性更嚴乃至能酢衆多滴水此中諸業差別道理當知亦爾

復次十種不善業道唯欲界繫亦唯能感欲界異熟多於惡趣少於善趣又惡趣業預流果時皆已斷盡若諸異生世間離欲或復生上一切皆伏而未永斷若不還果身猶住此或復上生及阿羅漢諸不善業皆畢竟斷若已證入清淨增上意樂地菩薩一切不善業皆畢竟斷此但由不忘念力所制持故非由煩惱得離繫故

復次思是業非業道殺生乃至綺語亦業亦業道貪恚邪見業道非業此諸業道餘決擇文更不復現後嗢柁南曰

自性相廣略　方便與輕重　增減及瑜伽
引果生決擇

如是已說業道決擇生雜染決擇我今當說

如先所說生雜染義當知此生略有十一一向樂生謂一分諸天二一向苦生謂諸那落迦三苦樂雜生謂一分諸天人鬼傍生四不苦不樂生謂一分諸天五一向不清淨生謂欲界異生六一向清淨生謂已證得自在菩薩七清淨不清淨生謂色無色界異生八

不清淨清淨處生謂在欲界般涅槃法有暇處生九清淨不清淨處生謂生色無色界異生十不清淨不清淨處生謂生欲界異生不般涅槃法設般涅槃法無暇處生十一清淨清淨處生謂生色無色界非異生諸有學者復次經言汝等長夜增羯吒斯恒受血滴何等名為羯吒斯耶所謂貪愛貪愛之言與羯吒斯名差別也此言顯示攝受集諦恒受血滴攝受苦諦

復次婆羅門喻經中世尊依死雜染說如是言有五非狂如狂所作何等為五一解支節者謂更有餘活命方便而樂分析所有支節以自活命是名第一非狂如狂所作二慳貪者謂慳貪所蔽慳貪因緣所獲財寶不食不施唯除命終欻然虛棄大寶庫藏是名第二非狂如狂所作三樂生天者謂更有餘身語意攝種種妙行生天方便而樂妄執投火溺水顛墜高崖自害身命作生天因是名第三非狂如狂所作四樂解脫者謂更有餘八支聖道解脫方便而樂妄執自逼自惱種種苦行作解脫因是名第四非狂如狂所作五傷悼死者謂依傷悼亡者因緣種種哀歎務攫其身坌灰拔髮斷食自毀欲令亡者還復如故是名第五非狂如狂所作復說頌曰

世間無決定　顛倒謂為我　父母及妻孥
兄弟親友等　曾母轉為妻　妻復為兒婦
兒婦轉為婢　或作怨家妻　曾父轉為子
子復為怨敵　怨敵復為奴　或為僕隷等
曾王轉為臣　臣復為貧匱　或問邑下賤
為世所輕鄙　曾作婆羅門　展轉為三姓

或復旃荼羅　及補羯娑等　於無量百千
那庾多往返　爲父復爲子　及怨家等身
如幻士衆中　示種種形類　異生處流轉
現多身亦爾　煩惱業緣因　令種種諸行
數數而積集　如幻化所起　雖遭是衆幻
然無智所覆　常於諸行中　樂著曾無猒
既自幻惑巳　坌灰泣傷歎　於不應憂悲
横生諸悲惱　離假名親屬　種種自憂悲
棄捐正法行　舉手而號泣　癡憍慢所亂
數行諸放逸　如是等種類　廣說遍應知

復次鬬諍劫中有四過失謂壽量衰退安樂衰退功德衰退一切世間盛事衰退

復次鬬諍劫中諸有情類略於八處互不相數一不數正法二不數名聞三不數宗族四不數可愍五不數善友六不數有德七不數有恩八不數親友

問先說生雜染中無明緣行乃至生緣老死此無明等十二支差別義云何應知答略由五相一由相故二由自性故三由業故四由法故五由因果故問何等爲無明相答貪瞋慢相是無明相計我我所相無慚無愧相多放逸相性羸鈍相饒睡眠相心愁慼相種種惡業現行等相是無明相問何等是無明自性答自性總相如前巳說自性差別今當顯示謂或有隨眠無明或有覺悟無明或有煩惱共行無明或有不共獨行無明或有蔽伏心性無明或有發業無明或有不染汙無明或有離羞恥無明或有堅固無明謂無般涅槃法者所有無明問何等爲無明業答於不現見義而生迷惑是無明業如是於現見義

劣義中義勝義利益義不利益義真義邪義因義果義而生迷惑是無明業又有十種愚癡有情遍攝愚癡諸有情類一缺減愚癡二狂亂愚癡三散亂愚癡四自性愚癡五執著愚癡六迷亂愚癡七堅固愚癡八增上愚癡九無所了別愚癡十現見愚癡缺減愚癡者謂如有一或缺於眼或缺於耳於眼所識色耳所識聲一切境界皆不領解是故愚癡狂亂愚癡者謂如有一或遭逼迫或遭大苦或遭重病或痛所切或復顛癇令心狂亂由此不了善作惡作是故愚癡散亂愚癡者謂如有一心散異境不能了餘善作惡作是故愚癡自性愚癡者謂如有一於生死中無始以來自性不了苦集滅道衆生無我法無我等是故愚癡執著愚癡者謂如有一墮外道中彼於身見身見為本諸見趣中不能解了是故愚癡迷亂愚癡者謂如有一或名想亂或形量亂或色相亂或業用亂於亂處法不能解了是故愚癡堅固愚癡者謂如有一畢竟無有般涅槃法所有愚癡自性堅固乃至諸佛亦不能援增上愚癡者謂如有一常恒無間習諸邪行又邪行因所生衆苦之所逼切雖知雖見而故奔趣樂著嬉戲或復貪等行者亦是增上愚癡無所解了愚癡者謂如有一不聞不思不修習故於法於義不能解了是故愚癡現見愚癡者謂如有一現見諸行皆悉無常而起常想現見皆苦而起樂想現見不淨而起淨想現見無我而起我想現見病法老法死法起安隱想無逼惱想又此無明於五處所能為障礙一能障礙真實智喜

二能障礙煩惱滅得三能障礙聖道成滿四能障礙往於善趣五能障礙世間現法諸吉祥事問何等名無明法答或有由無明故墮無明趣說名愚癡非癡所嬈不爲癡垢非癡所媚謂住隨眠無明或有愚癡爲癡所嬈不爲癡垢非癡所媚謂由纏所攝無明或有愚癡爲癡所嬈爲癡所垢非癡所媚謂由發業無明發惡業已於此惡行而生羞恥或有愚癡爲癡所嬈爲癡所垢爲癡所媚謂因無明發起種種惡不善業於此惡行無有羞恥此中由前三種說名愚癡墮無明趣不名癡人由後一種說名癡人或有闇法無明謂在欲界或有昧法無明謂在色界或有翳法無明謂在無色界問何等名無明因果答因如本地分已說果謂一切後有支又於眞如及諸諦義不能解了或復猶豫或即於此生邪決定謂於諦理或增或減顛倒執著無常等故或由增上慢故或由自輕懱故餘有支決擇文更不復現

復次如世尊言眼爲因色爲緣眼識得生乃至身爲因觸爲緣身識得生又說觸爲受緣又說能生作意爲因生所生識此中非眼等是眼識等生因亦非觸是受生因非能生作意是所生識生因由彼諸法各自種子爲生因故何故此中說眼等爲眼識等因當知此依俱有依攝引發因說非生起因所以者何由俱有眼等根爲依止故眼等諸識彼彼境轉非無依止如是由俱有觸爲依止故有諸受轉由俱有能生作意爲依止故所生識轉非無依止是故世尊於此諸處依俱有依所

攝引發因說非生起因或依助伴因說何以故非已滅眼能爲已生眼識所依耳等亦爾非已滅觸能爲已生受所依止亦非已滅能生作意能爲已生所生識依

復次緣起次第略有四種一牽引次第二生起次第三受用境界次第四受用苦次第無明緣行行緣識是牽引次第識緣名色名色緣六處是生起次第六處緣觸觸緣受是生起已受用境界次第受緣愛愛緣取取緣有有緣生生緣老死是受用苦次第於此處所餘決擇文更不復現

瑜伽師地論卷第六十

音釋

戮音六殺也　尠息淺切少也　杌五忽切樹無枝也　礫郎擊切小石也　鹹鹵鹹音咸鹵音魯地不生物曰鹵　疫癘疫營隻切癘力制切　蟒莫朗切大蛇也　蝮蠍蝮芳六切毒虺也蠍許竭切毒蟲也　蚰蜒蚰以周切蜒以然切　磁疾之切引鍼石也　酢倉故切與醋同　務攫務理之切剥也攫居縛切爪持也　癇音閑顛癇狂病也　嬈而沼切亂也　翳於計切障也

瑜伽師地論卷第六十一

彌勒菩薩說

唐三藏沙門玄奘奉詔譯

攝決擇分中有尋有伺等三地之四

復次如佛世尊爲出愛王所說經言彼王一時往詣佛所頂禮佛足白言世尊有一沙門若婆羅門來至我所以不真實過失現前呵諫於我我於爾時其心不生悔惱憂慼何以故觀此過失於我自身都不見故又有沙門若婆羅門來至我所以不真實功德現前讚勸於我我於爾時心亦不生歡喜踊躍何以故觀此功德於我自身都不見故彼諸沙門及婆羅門既退還已我便獨處空閑靜室生如是心籌量尋伺我當云何了知諸王真實過失真實功德若我知者當捨其失當修其德誰有沙門或婆羅門能了諸王真實過失真實功德亦能爲我廣開示者既尋伺已便作是念唯我世尊一切知者一切見者定當了知諸王所有真實過失真實功德我今當往佛世尊所請問斯義故我今者來至佛所請決是義惟願如來爲我開示世尊云何諸王真實過失云何諸王真實功德作是請已爾時世尊告出愛王曰大王大王今者應當了知王之過失王之功德王衰損門王方便門王可愛法及能引發王可愛法

云何名爲王之過失大王當知王過失者略有十種王若成就如是過失雖有大府庫有大輔佐有大軍衆然不可歸仰何等爲十一種姓不高二不得自在三立性暴惡四猛利憤發五恩惠奢薄六受邪佞言七所作不思

不順儀則八不顧善法九不知差別忘所作恩十一向縱任專行放逸云何名王種姓不高謂有國王隨一下類王家而生非宿尊貴或雖於此王家而生賤女之子不相似子或是大臣輔相國師羣官等子如是名王種姓不高云何名王不得自在謂有國王爲諸大臣輔相國師羣官所制不隨所欲作所應作錫賚羣臣於妙五欲亦不如意歡娛遊戲如是名王不得自在云何名王立性暴惡謂有國王諸羣臣類或餘人等隨於一處現行少小不如意事即便對面擯黜發麤惡言咆勃忿恚嚬蹙而住時生憤發設不對面背彼向餘而作於前擯辱等事設不對面亦不背彼向餘而作於前黜罵等事然唯內意憤恚鬱怏懷惱害心懷怨恨心然不長時持憤恚心相續不捨復有內意憤恚鬱怏懷惱害心懷怨恨心亦於長時持憤恚心相續不捨由如是相對面暴惡背面暴惡懊恚暴惡蹔時暴惡長久暴惡如是名王立性暴惡大王當知長久暴惡名獲大罪非是餘者云何名王猛利憤發謂有國王諸羣臣等有小愆過有少違越便削封祿奪去妻妾或以重罰而刑罰之如是名王猛利憤發云何名王恩惠奢薄謂有國王諸羣臣等供奉侍衛雖極清淨善稱其心而以微劣輭言慰喻頒賜爵祿酬賞勳庸不能圓滿不順常式或損耗已或稽留已或推注已或怨恨已然後方與如是名王恩惠奢薄云何名王受邪佞言若有國王諸羣臣等實非聰叡有聰叡慢貪濁偏黨不閑憲式情懷諛叛不修善政聽受信用如是輩

人所進諫議由此因緣王務財寶名稱善政並皆衰損如是名正受邪佞言云何名王所作不思不順儀則謂有國王不能究察不審究察不能思擇不審思擇諸羣臣輩於彼彼務機密事中不堪委任而委任之堪委任者而不委任堪驅役者而不驅役不堪役者乃驅役之應賞賚者而刑罰之應刑罰者而賞賚之又於羣臣不善安處先王儀則由此羣臣處大朝會餘論未終發言間絕不敬不憚而興諫諍不如旨教而善奉行不正安住王之教命如是名王所作不思不順儀則云何名王不顧善法謂有國王不信他世亦不曉悟由於他世不信不悟便於當來善不善業愛非愛果不能信解不信解故無有羞恥隨情造作身語意業三種惡行不能時時布施修福受齋學戒如是名王不顧善法云何名王不知差别忘所作恩謂有國王於諸大臣輔相國師及羣官等其心顛倒不善了知忠信技藝智慧差别以不知故非忠信所生忠信想於忠信所非忠信想無技藝所生技藝想有技藝所無技藝想於惡慧所生善慧想於善慧所生惡慧想彼由如是心顛倒故於非忠信無有技藝惡慧臣所敬重愛養忠信技藝善慧臣所反生輕賤又諸臣等年耆衰邁曾於長夜供奉侍衞知其無勢無力無勇遂不敬愛不賜爵禄不酬其賞設被裁懱捨而不問如是名王不知差别忘所作恩云何名王一向縱任專行放逸謂有國王於妙五欲一向沉没躭著嬉戲愛樂受行不能時時勗勵方便作所應作勞賚羣臣如是名王一

向縱任專行放逸若有國王成就如是十種過失雖有大府庫有大輔佐有大軍衆而不可歸仰大王當知此十過失初一是王種姓過失餘九是王自性過失

云何名爲王之功德大王當知王功德者略有十種王若成就如是功德雖無大府庫無大輔佐無大軍衆而可歸仰何等爲十一種姓尊高二得大自在三性不暴惡四憤發輕微五恩惠猛利六受正直言七所作諦思善順儀則八顧戀善法九善知差別知所作恩十不自縱任不行放逸云何名王種姓尊高謂有國王處在相似王家而生宿世尊貴是相似子如是名王種姓尊高云何名王得大自在謂有國王自隨所欲作所應作勞賚羣臣於妙五欲歡娛遊戲於諸大臣輔相國師羣官等所凡出教命宣布無礙如是名王得大自在云何名王性不暴惡謂有國王諸羣臣等隨於何處雖行增上不如意事性能容忍不現擯黜不發麤言亦不咆勃廣說乃至不生憤發亦不背面而作前事亦不内意祕匿忿纏亦不長夜蓄怨憤心相續不捨不現暴惡不背暴惡不匿暴惡不久暴惡如是名王性不暴惡云何名王憤發輕微謂有國王諸羣臣等雖有大愆有大違越而不一切削其封禄奪其妻妾不以重罰而刑罰之隨過輕重而行黜罰如是名王憤發輕微云何名王恩惠猛利謂有國王諸羣臣等正直現前供奉侍衛其心清淨其心調順於時時中以正圓滿輭言慰喻具足頒錫爵禄勳庸而不令彼損耗稽留劬勞怨恨易可供奉不難承

事如是名王恩惠猛利云何名王受正直言謂有國王諸羣臣等實有聰叡無聰叡慢無濁無偏善閑憲式情無違叛樂修善法聽受信用如是輩人所進言議由此因緣國務財寶名稱善法皆悉增盛如是名王受正直言云何名王所作諦思善順儀則謂有國王性能究察能審究察性能思擇能審思擇諸羣臣等於彼彼務機密事中不堪委任而不委任堪委任者而委任之不堪役者而不驅役堪驅役者乃驅役之應賞賚者而正賞賚應刑罰者而正刑罰凡有所爲審思審擇然後方作而不卒暴又於羣臣能善安處先王儀則由此羣臣雖處讌會終不發言間絕餘論要待言終恭敬畏憚而興諫諍如其旨教而善奉行能正安住王之教命如是名王所作諦思善順儀則云何名王顧戀善法謂有國王信知他世由信知故便於當來淨不淨業愛非愛果能善信解由信解故具足慚恥而不縱情作身語意三種惡行時時思擇布施修福受齋學戒如是名王顧戀善法云何名王善知差別知所作恩謂有國王於諸大臣輔相國師及羣官等心無顛倒能善了知忠信技藝智慧差別若諸羣臣忠信技藝及與智慧若有若無並如實知於其無者輕而遠之於其有者敬而愛之而正攝受又諸臣等年耆衰邁曾於長夜供奉侍衛雖知無勢無力無勇然念昔恩轉懷敬愛而不輕賤爵祿勳庸分賞無替如是名王善知差別知所作恩云何名王不自縱任不行放逸謂有國王於妙五欲而不沉沒躭著嬉戲受樂受行能

於時時勗勵方便作所應作勞賚羣臣如是名王不自縱任不行放逸若王成就如是功德雖無大府庫無大輔佐無大軍衆而可歸仰大王當知如是十種王之功德初一名爲種姓功德餘九名爲自性功德

云何名爲王衰損門大王當知王衰損門略有五種一不善觀察而攝羣臣二雖善觀察而攝羣臣無恩妙行縱有非時三專行放逸不思機務四專行放逸不守府庫五專行放逸不修法行如是五種皆悉名爲王衰損門

云何名王不善觀察而攝羣臣謂有國王於羣臣等不能究察不審究察不能思擇不審思擇忠信技藝智慧差別攝爲親侍加以寵愛厚賜爵禄重賞勳庸冣機密處而相委任數以輭言現爲慰喻然此羣臣所付財寶多有損費若遇怨敵惡友軍陣彼先退敗恐懼破散爲他所勝遲留人後奔背無戀矯行惡策動虧王政如是名王不善觀察而攝羣臣

云何名王雖善觀察而攝羣臣無恩妙行縱有非時謂有國王雖於羣臣性能究察能審究察性能思擇能審思擇忠信技藝智慧差別攝爲親侍而不寵愛不如其量具賜爵禄最機密處亦不委任不數輭言現相慰喻彼於一時王遇怨敵惡友軍陣廣説乃至大怖畏事命難現前爾時於臣方行寵愛廣説乃至數以輭言而相慰喻時羣臣等共相謂曰王於今者危迫因縁方於我等暫行妙行非長久心知此事已雖有忠信技藝智慧隱而不現如是名王雖善觀察而攝羣臣無恩妙行縱有非時云何名王專行放逸不思機務

謂有國王於應和好所作所成機務等事而不時時獨處空閑或與智者共正思惟稱量觀察和好方便如是於應乖絶所作所成機務等事於應惠施所作所成機務等事於應軍陣所作所成機務等事於應攝受大力朋黨所作所成機務等事皆不時時獨處空閑或與智者共正思惟稱量觀察乖絶方便乃至攝受强黨方便如是名王專行放逸不思機務云何名王專行放逸不守府庫謂有國王寡營事業拙營事業不持事業不觀事業不禁王門不禁宮門不禁府庫或於俳優伎樂笑弄倡逸等所或復躭樂博弈戲等非量損費所有財寶如是名王專行放逸不守府庫云何名王專行放逸不修法行謂有國王於世所知柔和淳質聰慧辯才得理解脫巧便無害樂無害法所有沙門若婆羅門不能數往禮敬諮詢云何爲善云何不善云何有罪云何無罪作何等業能致吉祥遠離諸惡設得聞已亦不勗勵如說修行不能時時惠施樹福受齋學戒如是名王專行放逸不修法行若有國王成就如是五衰損門當知此王退失現法後法義利謂前四門退現法利最後一門退後法利

云何名爲王方便門大王當知王方便門略有五種何等爲五一善觀察攝受羣臣二能以時行恩妙行三無放逸專思機務四無放逸善守府庫五無放逸專修法行

云何名王能善觀察攝受羣臣謂有國王於羣臣等性能究察能審究察性能思擇能審思擇忠信技藝智慧差别攝爲親侍如是名

王能善觀察攝受羣臣云何名王能善以時行恩妙行謂有國王於諸羣臣善觀察已攝爲親侍加以寵愛隨其度量厚賜爵祿重賞勳庸最機密處而相委任數以輭言現相慰喻彼於一時王遇怨敵惡友軍陣大怖畏事命難現前即便罄竭顯示忠信技藝智慧如是名王能善以時行恩妙行云何名王無有放逸專思機務謂有國王於應和好所作所成機務等事能於時時獨處空閑或與智者共正思惟稱量觀察和好方便如是於應乖絕所作所成機務等事於應惠施所作所成機務等事於應軍陣所作所成機務等事於應攝受大力朋黨所作所成機務等事皆能時時獨處空閑或與智者共正思惟稱量觀察乖絕方便乃至攝受强黨方便如是名王無有放逸專思機務云何名王無有放逸善守府庫謂有國王廣營事業巧營事業善持事業善觀事業善禁王門善禁宮門善禁府庫又於俳優妓樂笑弄倡逸等所不以非量而費財寶亦不耽樂博弈戲等如是名王無有放逸善守府庫云何名王無有放逸專修法行謂有國王於世所知柔和淳質聰慧辯才得理解脫巧便無害樂無害法所有沙門若婆羅門而能數往禮敬諮詢云何爲善云何不善何等有罪何等無罪作何等業能致吉祥遠離諸惡既得聞已善能勗勵如說修行亦能時時惠施樹福受齋學戒如是名王無有放逸專修法行若有國王成就如是五方便門當知此王不退現法後法義利謂前四門不退現法所有義利最後一門不退後

法所有義利
云何名爲王可愛法大王當知略有五種謂王可愛可樂可欣可意之法何等爲五一世所敬愛二自在增上三能摧寃敵四善攝養身五能往善趣如是五種是王可愛可樂可欣可意之法
云何能引王可愛法大王當知略有五種能引諸王可愛之法何等爲五一恩養世間二英勇具足三善權方便四正受境界五勤修法行云何名王恩養世間謂有國王性本知足於財寶門爲性謹慎不邪貪著如其所應積集財寶不廣營求又有國王性無貪悋成就無貪白淨之法以自所有庫藏珍財隨力隨能給施一切貧窮孤露又有國王柔和忍辱多以輭言曉喻國界於時時間隨其所應分賞爵禄終不以彼非所能業惡業重業役任羣臣諸有違犯可矜恕罪即便矜恕諸有違犯不可恕罪以實以時如理治罰如是名王以正化法恩養世間由王受行如是恩養世間法故遂感世間之所敬愛云何名王英勇具足謂有國王計策無惰武略圓滿未降伏者而降伏之已降伏者而攝護之廣營事業如前乃至不甚躭樂博弈戲等又善觀察應與不應與勤於僚庶應刑罰者正刑罰之應攝養者正攝養之如是名王英勇具足由王受行如是英勇具足法故遂能感得自在增上云何名王善權方便謂有國王於應和好所作所成機務等事如前乃至於應攝受大力朋黨所作所成機務等事能正了知和好方便乃至攝受强黨方便如是名王善權

方便由王受行如是善權方便法故遂能摧伏所有怨敵云何名王正受境界謂有國王善能籌量府庫增減不奢不悋平等自處清正受用衆雜受用勝妙受用隨其時候所宜受用與諸臣佐親屬受用在於勝處而爲受用奏諸妓樂而爲受用無有僁失而爲受用無僁失者謂疾惱時應食所宜避所不宜於康豫時消已方食若食未消或食而利皆不應食應共食者正現在前不應獨食精妙上味詭擯餘人如是名王正受境界由王受行如是正受境界法故遂能善巧攝養自身云何名王勤修法行謂有國王具足淨信戒聞捨慧云何名王具足淨信謂有國王信解他世信解當來淨不淨業及愛非愛果與異熟如是名王具足淨信云何名王具足淨戒謂有國王遠離殺生及不與取婬欲邪行妄語飲酒諸放逸處如是名王具足淨戒云何名王具足淨聞謂有國王於現法義於後法義及於現法後法等義衆妙法門善聽善受習誦通利專意研究善見善達如是名王具足淨聞云何名王具足淨捨謂有國王雖在慳垢所纏衆中心恒清淨遠離慳垢而處居家常行棄捨舒手樂施好興祠福惠捨圓滿於布施時常樂平等如是名王具足淨捨云何名王具足淨慧謂有國王如實了知善不善法有罪無罪修與不修勝劣黒白於廣分別諸緣生法亦如實知縱令失念生惡貪欲瞋恚忿恨覆惱慳嫉幻誑諂曲無慚無愧惡欲惡見而心覺悟並不堅住如是名王具足淨慧如是名王勤修法行由王受行此法行故

能住善趣如是五種能引發王可愛之法能引諸王現法後法所有利益謂初四種能引發王現法利益最後一種能引發王後法利益

復次大王當知我已略說王之過失王之功德王衰損門王方便門王可愛法及能引發王可愛法是故大王應當修學王之過失宜當遠離王之功德宜當修習王衰損門宜當遠離王方便門宜當修學王可愛法宜當希慕能引發王可愛之法宜當受行大王若能如是修學當獲一切利益安樂

復次如說生苦乃至略說五取蘊苦云何生苦當知此苦由五種相謂衆苦所隨故麤重所隨故衆苦所依故煩惱所依故不隨所欲離別法故云何衆苦所隨故苦謂生那落迦及一向苦餓鬼趣中若於胎生卵生生時種種憂苦之所隨逐故名衆苦所隨故苦云何麤重所隨故苦謂三界諸行爲煩惱品麤重所隨性不調柔不自在轉由此隨逐三界有情諸行生起故名麤重所隨故苦云何衆苦所依故苦謂衰老等衆苦差別之所依故云何煩惱所依故苦謂受生已於愛境愛於瞋境瞋於癡境癡由是因緣住不寂靜惛蕩身心不安隱苦故名煩惱所依故苦云何不隨所欲離別法故苦謂諸有情生者皆死生必殞沒所有壽命死爲邊際死爲終極如是等事非其所愛由此因緣唯受衆苦是以不隨所欲離別法故說生爲苦云何老苦當知亦由五相謂於五處衰退故苦一盛色衰退故二氣力衰退故三諸根衰退故四受用境界

衰退故五壽量衰退故云何病苦當知病苦亦由五相一身性變壞故二憂苦增長多住故三於可意境不喜受用故四於不可意境非其所欲强受用故五能令命根速離壞故云何死苦當知此苦亦由五相一離別所愛盛財寶故二離別所愛盛朋友故三離別所愛盛眷屬故四離別所愛盛自身故五於命終時備受種種極重憂苦故云何怨憎會苦當知此苦亦由五相一與彼會生憂苦故二治罰畏所依止故三惡名畏所依止故四苦逼迫命終怖畏所依止故五越正法惡趣怖畏所依止故云何愛別離苦當知此苦亦由五相謂不與彼會生愁惱故由此因緣生怨歎故由此因緣身擾惱故念彼衆德思戀因緣意熱惱故應受用等有所闕故如愛別離苦求不得苦當知亦爾云何五取蘊苦當知此苦亦由五相謂生苦器故依生苦器故苦器故壞苦器故行苦性故

復次依行差別建立三士謂下中上無自利行無利他行名爲下士有自利行無利他行有利他行無自利行名爲中士有自利行有利他行名爲上士復有四種補特伽羅或有行惡而非樂惡或有樂惡而非行惡或有行惡亦復樂惡或非行惡亦非樂惡若信諸惡能感當來非愛果報由失念故或放逸故近惡友故造作惡行是名行惡而非樂惡若先世來串習惡故喜樂諸惡惡欲所牽彼由親近善丈夫故聞正法故如理作意爲依止故見諸惡行能感當來非愛果報自勉自勵遠離諸惡是名樂惡而非行惡若性樂惡而不

遠離是名行惡亦復樂惡若有爲性不樂諸惡亦能遠離名非行惡亦非樂惡此中行惡亦樂惡者是名下士若有行惡而非樂惡或有樂惡而非行惡是名中士若非行惡亦非樂惡是名上士復有三士一重愛欲二重事務三重正法初名下士次名中士後名上士又有三種補特伽羅一以非事爲自事二以自事爲自事三以他事爲自事若行惡行以自存活名以非事爲自事若怖惡行修行善行名以自事爲自事若諸菩薩名以他事爲自事初名下士次名中士後名上士又諸國王有三圓滿謂果報圓滿士用圓滿功德圓滿若諸國王生富貴家長壽少病有大宗葉成就俱生聰利之慧是王名爲果報圓滿若諸國王善權方便所攝持故恒常成就圓滿

英勇是王名爲士用圓滿若諸國王住持正法名爲法王安住正法名爲大王與內宮王子羣臣英傑豪貴國人共修恵施樹福受齋堅持禁戒是王名爲功德圓滿果報圓滿者受用先世淨業果報士用圓滿者受用現法可愛之果功德圓滿者亦於當來受用圓滿淨業果報若有國王三種圓滿皆不具足名爲下士若有果報圓滿或士用圓滿或俱圓滿名爲中士若三圓滿無不具足名爲上士復有三臣一有忠信無技能智慧二有忠信技能無智慧三具忠信技能智慧初名下士次名中士後名上士若不忠信無有技能亦無智慧當知此臣下中之下又有四語一非愛似愛二愛似非愛三非愛似非愛四愛似愛諸有語言辭句善順然非所宜是名初語

或有語言辭句勃逆然是所宜是第二語或有語言辭句勃逆亦非所宜是第三語或有語言辭句善順亦是所宜是第四語若有宣說非愛似非愛非愛似愛語者是下士若有宣說愛似非愛語者是中士若有宣說愛似愛語者是上士

復有三種受諸欲者或有受欲非法盃浪積集財寶不能安樂正養已身及與妻子廣說乃至不於沙門婆羅門所修植福田或有受欲法或非法盃浪或非積集財寶能以安樂正養已身妻子眷屬及知友等不以沙門婆羅門所修植福田或有受欲一向以法及不盃浪積集財寶能以安樂正養已身廣說乃至能於沙門婆羅門所修植福田此三種中初名下士次名中士後名上士復有三人一者有人貪染而食愛著饕餮乃至躭湎不見過患不知出離二者有人思擇而食不染不著亦不饕餮吞吸迷悶堅住躭湎深見過患善知出離而於此食未斷未知三者有人思擇而食不生貪染廣說乃至深見過患善知出離又於此食已斷已知初名下士次名中士後名上士復依施物說有三人一者有人所施之物但具妙香不具美妙味之與觸二者有人所施之物具妙香味而無妙觸三者有人所施之物具足美妙香味與觸初名下士次名中士後名上士又依施田說有三人一者有人於愛於恩而行惠施二者有人於貧苦田而行惠施三者有人於具功德最勝福田而行惠施初名下士次名中士後名上士復有差别施於所愛名爲下士施於有恩

名爲中士施於貧苦具德勝田名爲上士又依施心說有三人一者有人將欲惠施先心歡喜正惠施時心不清淨惠施已後尋後追悔二者有人先心歡喜施時心淨施已追悔三者有人先心歡喜施時心淨施已無悔初名下士次名中士後名上士復於受持戒福業事建立三人一者有人但離一分非一切時常能遠離唯自遠離不勸他離亦不讚美見同法者心不歡喜是名下士二者有人離一切分一切時離唯自遠離不勸他人亦不讚美見同法者心不歡喜是名中士三者有人一切俱現是名上士又於受持禁戒處所建立三人一者有人住惡說法毗柰耶中受持禁戒二者有人住善說法毗柰耶中受持禁戒而有缺漏三者有人即住於此受持禁戒而不缺漏初名下士次名中士後名上士又於受持戒心建立三人一者有人爲活命故受持禁戒二者有人爲生天故受持禁戒三者有人爲涅槃故受持禁戒初名下士次名中士後名上士又於受持別解脱律儀說有三人一者有人唯能受持近住律儀二者有人亦能受持近事律儀三者有人亦能受持苾芻律儀初名下士次名中士後名上士又於受持苾芻律儀說有三人一者有人唯能成就受具足支無受隨法諸學處支亦無隨護他人心支亦無隨護如先所受諸學處支二者有人成前三支無後一支三者有人具成四支初名下士次名中士後名上士又有三人一者有人唯成別解脱律儀二者有人成別解脱靜慮律儀三者有人成別解脱

靜慮無漏三種律儀初名下士次名中士後名上士又有三人一者有人唯能成就非律儀非不律儀攝所受戒律儀二者有人亦能成就聲聞等相應所受戒律儀三者有人亦能成就菩提薩埵所受戒律儀初名下士次名中士後名上士復依修習思惟方便建立三人一者有人唯得勵力運轉思惟二者有人有間運轉設得無間要作功用方能運轉三者有人已得成就任運思惟初名下士次名中士後名上士又依已得修差別故建立三人一者有人已得內心奢摩他定未得增上慧法毗鉢舍那二者有人已得增上慧法毗鉢舍那未得內心奢摩他定三者有人俱得二種初名下士次名中士後名上士又有三人一者有人已得有尋有伺三摩地一者有人已得無尋唯伺三摩地三者有人已得無尋無伺三摩地初名下士次名中士後名上士又依住修差別建立三人一者有人住染汙靜慮二者有人住世間清淨靜慮三者有人住無漏靜慮初名下士次名中士後名上士

復次有十種有情衆於十種法受樂喜悅何等十法一壽二色三財四友五戒六聞七梵行八慧九法十生天何等名爲有情十衆一傍生二毋邑三受用欲者四求所作者五出家者六多聞爲命者七入證者八尋思者九勤苦者十棄身者

復次聽聞正法者略有六種煩惱過失謂憍慢過失不欲過失不信過失身心損惱過失散亂過失迷惑過失由如是等諸過失故不

能恭敬殷重聽法廣說如經散亂煩惱過失復有二種謂說時散亂說已散亂迷惑者謂顛倒

復次煩惱發業略有三種一相應發二親生發三增上發引餘煩惱而發起故

復次非所愛法略有六種一怨敵二疾病三不可愛境四生等諸苦五苦辛良藥六非串習善前四應遠離後二應修習

復次受用諸欲略有五種一領納受用二攝喜受用三尋思受用四貪彼受用五攝自受用

復次諸欲過失略有八相一少味多苦多過患相二他所逼切苦因緣相三雜染受用勝因緣相四墮諸惡趣苦因緣相五尋思擾亂苦因緣相六受用磨滅勝因緣相七喪身磨滅勝因緣相八能障善法勝因緣相

復次諸欲因緣略有六種變壞一他所逼切變壞二諸界互違變壞三所愛有情變壞四身變壞五心變壞六無常變壞

復次當知諸欲由五種相似法故得稠林名一由衆多相似法故二由雜穢相似法故三由養育衆生相似法故四由藏竄相似法故五由險難相似法故我已略說有尋有伺等三地決擇其中處處餘決擇文更不復現

瑜伽師地論卷第六十一

音釋

籌量 籌直由切算也量呂張切量度也 錫賚 錫先擊切賚洛代切錫賚謂賜與也 擯黜 擯必刃切棄也黜丑律切貶斥也 顰蹙 顰毗賓切蹙子六切顰蹙愁貌 鬱怏 鬱於物切抑屈也怏於兩切情不滿也 叡 俞芮切深明通達也 憚 徒案切畏也 技藝 技奇寄切方術也藝魚祭切技能也 嫯

懱 薎力膺切侵犯也懱莫結切相輕傷也
俳優 俳步皆切優於求切俳優雜戲也
罄竭 罄苦定切盡也竭求列切空也
諮詢 諮津私切詢相倫切諮詢訪問也
詭 居洧切詐也
研 倪堅切窮究也
惛 呼昆切不明了也
串 古患切與慣同習也
饕餮 饕土刀切貪財也餮他結切貪食也
躭湎 躭一含切樂也湎彌兖切溺也
稠 直由切密也

瑜伽師地論卷第六十二

彌勒菩薩說

唐三藏沙門玄奘奉詔譯

攝決擇分中三摩呬多地之一

如是已說有尋有伺等三地決擇三摩呬多地決擇我今當說謂補特伽羅多隨煩惱染汙相續不能正證心一境性云何名爲多隨煩惱謂有諂誑矯詐無慚無愧不信懈怠忘念不定惡慧慢緩猥雜趣向前行捨遠離軛於所學處不甚恭敬不顧沙門唯希活命不爲涅槃而求出家

云何有諂謂自有過而不能於大師智者同梵行所如實發露云何有誑謂不真實顯已功德彼實無德而欲令他諸有智者同梵行等了知有德云何有矯謂於增上戒毀犯尸羅或於軌範毀犯軌範由見聞疑他所舉時遂用餘事假託餘事或設外言而相誘引如經廣說謂由諂誑增上力故云何有詐謂怖他故或復於彼有所希故雖有犯重而不發露亦不現行非實意樂詐於有智同梵行所現行親愛恭敬輭善身語二業云何無慚無愧謂觀於自或復觀他無所羞恥故思毀犯犯已不能如法出離好爲種種鬬諍違諍云何不信謂於佛法僧心不清淨於苦集滅道生不順解云何懈怠謂執睡眠偃臥爲樂晝夜唐捐捨衆善品云何忘念謂於久遠所作所說不能隨念不令隨憶不守根門不正知住云何不定謂於定地下至作意亦不能得云何惡慧謂住自見取執不平等難捨言論云何慢緩謂不捷利亦不明了不自超舉無

所能爲不能以身供侍有智同梵行者云何猥雜謂樂與在家及出家衆共相雜住又樂尋思諸惡不善欲尋思等乃至勢家相應尋思多隨尋思多隨伺察云何趣向前行謂受僧祇或復別人諸衣服等所有利養或請僧祇及與別人皆名趣向若諸苾芻於如是事最初前行故名趣向前行云何捨遠離軛謂於遠離邊際臥具遠離衆惡人所習近似寂靜室遠棄捨之不生欲樂云何於諸學處不甚恭敬謂遭厄難寧捨學處不棄身命志求身樂及與壽命不能隨護所有學處云何不顧沙門謂棄捨學處好爲退轉或犯尸羅行諸惡法於內腐爛廣說乃至實非梵行自稱梵行況當希求沙門果證八支聖道云何唯希活命不爲涅槃而求出家謂或爲王之所逼迫而求出家或爲怨賊之所逼迫或爲債主之所逼切或爲恐怖之所逼切或爲財寶常所匱乏恐畏不活而求出家不爲自調自靜自般涅槃而求出家

當知此中依同梵行而共止住有所違犯發起最初四隨煩惱依增上戒有所違犯當知發起無慚無愧依增上心及增上慧當知發起始從不信乃至惡慧諸隨煩惱此中不信及與懈怠依俱違犯忘念散亂依增上心違犯而起惡慧依犯增上慧起不信懈怠增上力故當知發起慢緩猥雜趣向前行捨遠離軛忘念亂心及與惡慧增上力故當知發起於諸學處不甚恭敬不顧沙門唯希活命不爲涅槃而求出家

復有三種補特伽羅依三處引諸隨煩惱云

何三種補特伽羅一依正法而出家者二在居家受用欲者三正法外而出家者云何三處引隨煩惱所謂最初補特伽羅依放逸處引隨煩惱此復二種謂或依內妄顯已德爲衣服等利養恭敬自說已德勝過人法或復依他諸有智者同梵行等以身語業逼迫加害損惱毀辱當知第二補特伽羅依耽欲處引隨煩惱彼由耽著諸欲因緣受用諸欲依身語意行三惡行當知第三補特伽羅依邪行處引隨煩惱略有三種謂隨逐遠離隨逐憒鬧隨逐學處起隨煩惱云何隨逐遠離起隨煩惱謂諸外道隨逐遠離所有臥具而爲五蓋覆蔽其心或住於苦領受身心諸苦惱故或復遠離煩惱對治由離信等五種根故彼由如是住染汙故住苦惱故無有對治能除染汙苦惱住故是名隨逐遠離諸隨煩惱云何隨逐憒鬧起隨煩惱謂各別執異見異欲相違言論建立自品他品差別廣起忿恨乃至誑諂是名隨逐憒鬧諸隨煩惱云何隨逐學處起隨煩惱謂觀自他現行諸罪無有羞恥毀戒穿戒是名隨逐增上戒學諸隨煩惱若有依止世間等至於其下劣計自爲勝或於相似計自爲勝心生高舉是名隨逐增上心學諸隨煩惱若少聽聞不能觀察所有善法是名隨逐增上慧學諸隨煩惱如是一切總略說名非法之行不平等行由非善義名非法行非愛果義名不平等行復次若觀行者修十遍處能爲五事何等爲五謂由修習地遍處等乃至百遍處故便能引發化事變事諸聖神通又由修習空無邊處一切處

故便能引發往還無礙諸聖神通又由修習識無邊處一切處故便能引發無諍願智無礙解等諸勝功德又即由此識無邊處遍處成滿便能成辦無所有處解脫及非想非非想處解脫又即由此成滿因故便能證入想受滅解脫最勝住所攝又由識無邊處故無邊無量遍滿行轉是故此上不立遍處勝處遍處是諸解脫能清淨道又諸解脫由所知障解脫所顯由此聲聞及獨覺等於所知障心得解脫

復次略由三相修等至者愛味等至謂或證得等至出已計爲清淨可欣可樂可愛可意隨念愛味或未證得或已證得未來愛味增上力故追求欣樂而生愛味或已證得計爲清淨可欣可樂乃至廣說現行愛味若從定出可生愛味若正在定無有愛味言愛味者謂於是中遍生貪著

復次下地諸法若生上地不現在前上地諸法若生下地其離欲者或現在前若生下地於上起愛未得離欲不定心者當言此愛是欲界繫當知此愛或是染汙或不染汙云何染汙若生是心我今云何當證如是廣大喜樂所隨等至若得證者我當如是如是愛味又我云何當得生上常恒不變當知此愛是染汙愛若有起心專求離欲欣樂證入上地寂靜當知此愛是不染汙

復有三種諸法斷滅謂對治斷滅現行斷滅棄捨斷滅諸煩惱事之所顯現是初斷滅諸行生滅之所顯現是第二斷滅若生上地或入無餘依涅槃界下地諸行及一切行棄捨

所顯是第三斷滅
復有三退一未得法退二已得法退三習行法退
復依世間諸近分定若方便道若無間道若解脱道或爲斷滅或爲證得而修習者彼於所緣或觀過失或觀寂靜觀下過失觀上寂靜若勝進道當知彼是遍滿所緣或無漏緣
復次諸近分攝六種作意謂了相等乃至加行究竟作意此中了相勝解作意方便道攝遠離加行究竟作意無間道攝攝樂作意四種道攝觀察作意勝進道攝
問何緣故說修靜慮者靜慮境界不可思議答修靜慮者已善修治磨瑩其心有如是相威德勢力隨所欲爲皆能成辦非不如意法性故爾是故說彼由尋思道不可思議復有二種修靜慮者於一事中俱發變事勝解神通皆得自在此二神通互相障礙而此二通無偏大者不相映奪彼後無間一於此事神通無礙如其所欲皆能轉變第二神通便被障礙此中因緣云何應知由彼二人勢力威德皆悉平等俱時發起變現神通然其所作互不相似由彼神通所欲爲事不相似故於此一事二種神通互相障礙爾時有一作是思惟何因緣故我此神通今有障礙將無我定有退失耶此一定者即於此事起是餘心第二定者即於此事數數專注心無散亂所發神通能無障礙隨神通力如意轉變若二神通威德不等隨其勝者所作成辦若二神通威德相似先作意者成辦非餘復有四種修靜慮者一依近分定修靜慮者二依淤汙

定修靜慮者三依世間定修靜慮者四依出世間定修靜慮者於六作意謂了相等乃至加行究竟作意修定轉時當知是初愛上靜慮廣說乃至疑上靜慮當知第二若住餘善世間靜慮當知第三謂能引發現法樂住無量作意世間功德又能引發遊戲神通若順決擇分所攝受空無願無相解脫門所顯靜慮當知第四

復次無想等至當言唯一有漏滅盡等至當言無漏由與煩惱不相應故非相應故無所緣故非諸煩惱之所生故是出世間一切異生不能行故唯除已入遠地菩薩菩薩雖能起出世法令現在前然由方便善巧力故不捨煩惱又此等至當言非學非無學攝非所行故似涅槃故

復次當釋隨身念經謂心清淨行苾芻有四種隨煩惱一毀犯禁戒二散亂尋思三保著內身四保著外境毀禁戒者由憂悔門於三摩地能爲障礙亂尋思者由三種門一由於過去境隨念散亂門二由依掉舉流散惡見惡聞惡語惡行唯樂聞思散亂門三由先串習勢力所持散亂門保著內身者由於生死無猒患門保著外境者於未來境由欣樂門當知此中爲欲對治初隨煩惱故修一作意謂正知作意爲欲對治第二隨煩惱故修三作意謂稱順彼所緣作意了別彼相能對治彼尋思作意彼所依心調練作意爲欲對治第三隨煩惱故應修分析積聚作意爲欲對治第四隨煩惱故應當修習不淨作意又初作意修習多修習故能斷忘念第二作意修

習多修習故能斷保著內身外境二種貪欲第三作意修習多修習故能斷惡見等所有散亂第四作意修習多修習故能斷先所串習勢力任持所有散亂第五作意修習多修習故能斷於身淨有情想第六作意修習多修習故能斷四貪所謂色貪觸貪形貪及承事貪如是作意修習爲依斷隨煩惱心觸正定證得近分根本勝定又能證得有喜離喜清淨安樂又依如是正定心故如實了知上地有情無常性及諸行無常性云何了知有情無常性謂得天眼清淨過人見諸有情乃至廣說云何了知諸行無常性謂能隨入未來過去現在作意緣生智故此隨身念依於三處謂依增上心增上慧學修治業地依增上心學處依增上慧學處爲欲斷除所餘諸結修念住等所有一切菩提分法之所依止由三因緣不與一切外道沙門婆羅門共謂於修治業地資糧圓滿故於奢摩他聚無有愛味故於般涅槃愛樂隨逐心非煩惱火所生處故又此修念資糧圓滿爲依止故四果清淨謂處聚落世法所生煩惱不染處阿練若空閑所生煩惱不染處阿練若聚落所生煩惱不染於二處所不能堪忍淋漏等苦煩惱不染奢摩他聚無有愛味爲依止故五果清淨謂四種清淨靜慮及寂淨解脫於般涅槃愛樂隨逐心非煩惱火所生處爲依止故九果清淨謂初三果及六神通此隨身念當知五種清淨所攝謂不定地清淨故定地清淨故攝清淨故不共清淨故不共果清淨故又隨逐身轉故彼所攝受故名隨身念

復次當釋摩訶俱瑟祉羅經有二解脱一慧解脱二心解脱此中依慧解脱謂世間慧之所行者當知即是建立惡行及與善行并彼因緣彼體性者當知即是惡行善行并彼因緣善不善等體性差别如實正智又依心解脱謂心染淨之所依者當知即是色等境界能取了别彼世間慧心解脱果當知即是於彼相應相雜下類雜染出故即慧解脱增上力故出世間慧之所行者當知即是由世間慧及心解脱增上力故如實了知一切境界即出世慧心解脱果當知即是一切種類雜染出故此中若世間慧若出世慧總略爲一説名正見正見因緣當知即是有佛出世聽聞正法無倒思惟又出世間正見果相當知即是前後常故無所對故若法所治若有生已無滅所治若無滅已有生彼法名有所對若法所治若有若無若生不生常時是有彼法名無所對又即此果由心解脱增上力故於自所行及彼所依得清淨者當知即是由清淨心增上力故於諸色根所行境界不生雜染及令諸根順清淨故又解脱心住者當知即是壽之與煖展轉相依相屬而住又此世間及出世間二種解脱果差别者當知即是於諸受中及因緣中有癡愛者後有當生無癡愛者後有不生又彼相雜而相應故彼能依止心法清淨當知即是非現在緣之所染汙領受彼故即二解脱住差别者當知即是六寂靜故由清淨識没平等故非由彼所依平等故於入定時不由加行入寂靜故於出定時不由加行出寂靜故次第出故於在

定時三行不行得寂靜故於遠離出心寂靜故謂於三時一於阿練若與同梵行共相雜住二於聚落中與諸在家共相雜住三於二處行相現行於親近出心寂靜故謂於三時一於有色世間勝定出故二於無色世間勝定出故三於出世間有心定出故又此諸定非唯滅定出已方得亦先已得令起現前此中前二由次第定故展轉獲得勝定清淨後一不由次第定故然由通達無相界故展轉獲得勝定清淨又有相定由有相作意入住出定若無相定由無相作意入定住定由有相作意當知出定

復次當釋法因緣經謂於阿毗達摩阿毗毗柰耶中善巧苾芻或鄔波索迦欲依解了而請問者當依八相而興請問何等八相謂解了事解了所治解了果解了自性解了果差別解了所依解了功德解了證得解了事者謂能解了五取蘊故解了所治者謂愛雜染及見雜染由愛雜染故於後有滅不生欣樂由見雜染故雖生欣樂而不能證解了果者謂此二種雜染永斷解了自性者謂八聖支道此復種種差別宣說對治外道諸邪道故名八聖支道對治三種雜染故建立三蘊謂對治惡行雜染故對治諸欲雜染故對治諸見雜染故是出世間有爲所攝解了果差別者謂諸斷滅是出世間無爲所攝解了所依者謂三摩地此復四種應知一由種性故謂所有定一切皆由靜慮種性隨所宣說諸靜慮支皆能解了二由相故三由生所緣相故四由成辦因緣相故解了功德者謂滅盡定

最第一住說名解了功德當知此相復有五種謂滅事故寂靜相似影像故入定因緣故出定因緣故出定功德故解了證得者謂於五取蘊以八種相觀察諸受謂觀察自性觀察現法轉因緣觀察現法轉滅因緣觀察當來轉因緣觀察彼二轉滅因緣觀察轉因緣因緣觀察還因緣因緣及觀察還此中樂俱行對治謂於最勝根本靜慮苦俱行對治謂得近分出離欲俱行不苦不樂俱行對治謂即於根本靜慮爲欲顯示轉因緣滅故即依諸受說所有受皆悉是苦由彼三受約第一義皆是苦故言相對者謂有此故施設於彼是名相對此中諸受展轉相對由彼一切苦所攝故又由有此第一義苦施設無智由有此故施設治彼出世之慧由有此故施設彼果寂滅涅槃是故彼彼諸法說與彼彼諸法相對

復次當釋眠纏謂勤修習內心寂靜奢摩他行諸苾芻等爲欲斷除諸隨煩惱應知五種對治之相謂遠離閙相於能隨順舉歡喜法發生正舉加行道理損害諸見諸見功用諸見所依功用彼隨煩惱既斷滅已復有五種任持定法何等爲五謂諸遠離遠離處所順定言說順無染心資生衆具從有智者同梵行所獲得隨順教授教誡美妙言說於諸世間等持等至遠離愛味及無漏行如理作意

復次彼勤修習增上心學諸苾芻等由三因緣當遣現行染汙尋思謂遠離所緣故猒患自性故遠離自性故由三因緣遠離自性謂有對治力根猛利者能頓遠離無對治力根

處中者如其麤相能漸遠離無對治力根下劣者於諸尋思因緣財食深見過患

復次諸苾芻有六順出離界三摩地修習支者謂諸苾芻於閑靜室勤修觀行當知三種補特伽羅有三三摩地謂勤修習增上心者於四有情怨行惡行淨行恩行有衆生緣定又勤修習趣究竟者有法緣定又勤修習諦現觀者有法緣定

復次由三種大性大三摩地能令速疾通達真如既通達已能盡諸漏謂由所緣大性故由精勤大性故由方便所攝作意大性故又有二遠離能令速疾通達真如謂於行處遠離憒閙及於住處離惡尋思

瑜伽師地論卷第六十二

音釋

三摩呬多 梵語也此云等引謂勝定地中平等能引諸功德也呬虚利切
猥 烏賄切遝也 偃 於蹇切倒也 匱 求位切乏也 憒閙 憒古對切心亂也閙奴教切不靜也 掉 徒吊切掾動也 析 先擊切分也 祉 丑里切福也

瑜伽師地論卷第六十三

彌勒菩薩說

唐三藏沙門玄奘奉詔譯

攝決擇分中三摩呬多地之二

復有五種定相違法一毀犯禁戒二無無間加行三無殷重加行四有沉沒五他所擾惱

復有三種遠離一住處遠離二見遠離三聞遠離

復次心清淨行苾芻略有五種等持相違厚重過失能爲定障一忿二慢三欲貪四薩迦耶見五不能堪忍有五厚重三摩地相由彼於此障礙而住是故說名厚重過失云何五相一者獲得隨宜資具便生喜足二者好樂求諸善法三於身財無所顧戀四於生死及與涅槃見大過失最勝功德五於加行堪忍勤苦此中忿者謂懷忿故若往他家不得利養或得而少或弊或遲或不恭敬由此便生顰蹙憤慼從此因緣發恚尋思及害尋思多隨尋伺彼由此故先所未生勝三摩地不能得生設彼已生還復退失所言慢者謂懷慢故慢所制伏爲性於法不生恭敬於諸師範尊重福田不能時時身心卑屈敬問諮請云何爲善云何不善亦不勤求所有善法由此不能解了引發三摩地義從此因緣發起輕慢相應尋思多隨尋伺彼由此故先所未生如前廣說言欲貪者謂懷貪故多諸愛染於身財等深生顧戀由此於外五妙欲中多生散亂從此因緣生欲尋思眷屬尋思國土尋思族望家勢相應尋思多隨尋伺彼由此故先所未生如前廣說彼復不淨能爲對治應

知不淨略有三相謂糞穢相彼等流相能依所依差別相薩迦耶見者謂由身見制伏因緣會遇世法便爲高欣下慼塗染設欲棄捨便爲身見相違而住又即於彼世法衆相親愛恒流之所漂溺設欲棄捨便爲身見相違而住又即世法衆相所生不正尋思之所嬈惱設欲棄捨便爲身見相違而住又即於彼世法衆相追求之時種種擾亂散動所逼設欲棄捨便爲身見相違而住又即由彼身見因緣恒常執著世法所依無常諸取由是因緣爲憂悲等之所逼惱設欲棄捨便爲身見相違而住又復即彼爲欲除遣下地垢穢勤修善時於彼加行不生喜樂於此所治設欲棄捨便爲身見相違而住如爲除遣下地垢穢爲遣上地所有垢穢當知亦爾由此因故雖作是心我當於彼生死涅槃觀大過失觀勝功德便復顛倒由此因緣先雖獲得諸三摩地然於未生聖諦現觀勝三摩地不能得生不堪忍者謂懷不忍故雖已獲得聖諦現觀勝三摩地不能堪忍蚊虻等苦捨離加行多生懈怠由此因緣於所未生入根本定不能生起設復已生還即退失前三過失能爲最初三摩地障次一過失爲諦現觀三摩地障後一過失爲入根本三摩地障復有差別謂有八種棄捨近住弟子因緣於彼雜染之所染汙由染汙故彼便棄捨近住弟子非無煩惱諸阿羅漢常善住念有如斯事云何爲八謂性於彼近住弟子有憎惡心唯欲自身受於恭敬如欲恭敬欲受利養亦復如是近住弟子多所毀犯行不正行又於近住諸弟

子衆饒益損減便有所須及與不須於增上戒教授折伏不能堪忍於增上心增上慧住教授折伏不能堪忍於營衆務所有擾惱不能堪忍

復次嗢柁南曰

數及所對治　支分廣建立　遠離苦散動上支分差別

問如先所說四種靜慮何因緣故唯四靜慮不增不減答由能究竟超苦樂故所以者何從初靜慮乃至第四漸超苦樂方究竟故云何名初靜慮所治謂有五種一者欲貪二欲恚害三種尋思三者憂苦四者犯戒五者散亂云何第二靜慮所治亦有五種一初靜慮貪二尋伺三苦四掉五定下劣性云何第三靜慮所治謂有四種一第二靜慮貪二喜三踊躍四定下劣性云何第四靜慮所治謂有五種一入息出息二第三靜慮貪三樂四於樂發悟五定下劣性

問初靜慮有幾支答有五支何等爲五一尋二伺三喜四樂五心一境性問第二靜慮有幾支答有四支何等爲四一內等淨二喜三樂四心一境性問內等淨何法爲自性答念正知捨爲自性問第三靜慮有幾支答有五支何等爲五一念二正知三捨四樂五心一境性問第四靜慮有幾支答有四支何等爲四一捨清淨二念清淨三不苦不樂四心一境性初靜慮中念正知捨由尋伺門之所引發是故雖有而不宣說第二靜慮由彼自性能有作業又由踊躍心隨煩惱之所纏縛是故顯示內等淨名第三靜慮心隨煩惱已遠

離故顯彼自相是故說彼離喜貪故初靜慮中離欲貪故非離喜貪第二靜慮離尋伺貪故非離喜貪第四靜慮即彼顯示最極清淨是故當知一切靜慮彼皆隨轉如其所應問何因緣故於四靜慮建立如是五支四支答住所依故住饒益故住自性故復有差別謂思惟所緣故受用所緣故於緣不散故復有差別謂饒益所依故增上心所依故增上慧所依故復有差別謂爲對治三雜染住所對治故云何名爲三雜染住所對治耶一染汙住二苦惱住三愚癡住復有差別謂受欲者相似法故諸受欲者略有三種正所作事能顯彼是受用欲者一正求財寶二求財寶已能正受用三於彼自在隨意所爲如是修習諸靜慮者亦有三種正所作事當知依彼建立支分如其所應復有差別謂爲對治自苦惱行應知建立諸靜慮支如是略有三種對治一對治缺減對治二身心逼惱對治三於外境界其心流散不寂靜對治

問何因緣故初靜慮中說離欲已復說遠離惡不善法答爲欲顯示諸欲自相故及爲顯示諸欲過患相故過患相者由彼諸欲發起惡行墜墮極下惡處所故說名爲惡違善生故復名不善復有差別爲欲顯示煩惱雜染斷故及爲顯示先所積集業雜染斷故復有差別爲欲顯示諸在家者受用事門諸欲斷故及爲顯示諸出家者由尋思門諸欲斷故復有差別爲欲顯示欲尋思斷故及爲顯示恚害尋思斷故復有差別爲欲顯示外道諸仙所得相故及爲顯示離彼退已行呪詛故

問何因緣故知初靜慮中苦根未斷答彼品麤重未遠離故若於是處苦根已斷便與第二靜慮住時應無差別是故當知是處未斷

問若尋伺等於初靜慮等中皆能攝益勝三摩地又能攝受自地靜慮皆令清淨問何因緣故世尊於彼顯示動名答此望他地不望自地

問何因緣故從欲界上於初靜慮等中建立後後勝上支分答當知略有三因緣故一所治能治故二證得勝利故三所證得故當知如是三種因緣四靜慮中五支所攝隨其所應

問初二靜慮有何差別答第二靜慮中三摩地圓滿有差別故

問第二第三靜慮有何差別答第三靜慮饒益圓滿有差別故

問第三第四靜慮有何差別答第四靜慮清淨圓滿有差別故

復有四種修三摩地一者爲得現法樂住故二者爲得勝智見故三者爲得分別慧故四者爲證諸漏永盡故當知依四補特伽羅建立四種修三摩地云何四種補特伽羅謂苦速通已得行迹已見諦者復有異生未得行迹已得有情所緣無量已離欲者又樂遲通已得行迹已見諦者又樂速通已得行迹已見諦者此中異生已得無量已離欲者若已證得死生智通當知是名智見清淨若樂遲通行迹轉時雖已見諦由輭根故而名退法由此因緣復於欲界受想尋思當住正念當起正知復次諸靜慮離欲所顯當知離欲略

有六種一自性離欲二損減離欲三任持離欲四昇進離欲五愚癡離欲六對治離欲自性離欲者謂於自性不淨非所受用事中諸欲背性又於苦受諸猒背性又若已離初靜慮涤住於第二靜慮等中於尋伺等諸猒背性是名自性離欲損減離欲者謂兩兩交會習婬欲法除熱惱已諸猒背性如是等類所餘應知皆名損減離欲任持離欲者謂有受用美妙飲食極飽滿已於餘飲食諸猒背性如是等類所餘應知皆名任持離欲昇進離欲者謂已獲得勝上財寶或尊貴位於餘下劣諸猒背性如是等類所餘應知皆名昇進離欲愚癡離欲者謂於涅槃甚深功德不能解了遂於涅槃生猒背性如是等類所餘應知皆名愚癡離欲對治離欲者謂由猒壞對治故或由斷對治故或由持對治故或由遠分對治故或由世間出世間道斷諸煩惱如是皆名對治離欲問何因緣故說諸靜慮名爲住耶答繫心於內所緣境界於外所緣不流散故

問何因緣故說諸靜慮名三摩地答於所知事同分所緣一切影像平等平等任持心故

問何因緣故說諸靜慮名奢摩他答爲欲寂靜一切煩惱正安止故

問何因緣故說諸靜慮名心一境性答略有二種所緣境界一不定地所緣境界二者定地所緣境界此中一境所謂定地所緣境界非第二境繫心於此一所緣境是故說名心一境性

復次當知此中從離欲退略有十種謂或依

止不平等故從離欲退謂如有一遭極重病如馬勝言我於此定不能入證將無我定當退失耶或復有一性多麤重於三摩地先不串習彼由如是多麤重故成其退法或有所緣境界勝故從離欲退謂如有一值遇勝妙境界現前如外道仙乃至獲得非想非非想處遇觸少年美妙形色可愛母邑從離欲退或有獲得敬養故退謂如有一從他獲得利養恭敬即便退墮如提婆達多或有遭遇輕毀故退謂如有一或遭他罵或瞋或責從離欲退如外道仙由憤恚故退三摩地現行呪詛或慢故退謂如有一恃所得定自舉陵他或有增上慢故退謂如有一於諸勝定證差別中起增上慢或有不作意故退謂如有一於能入定行相作意不復思惟或有未串習故退謂如有一安住始業新修善品或有自地煩惱數起故退謂如有一愛上靜慮乃至疑上靜慮或有壽盡福盡業盡故退謂如有一從上生處退沒下生

復次此中或有補特伽羅下品煩惱下品善法多念艱辛然後方退多念艱辛方能入定或有補特伽羅下品煩惱上品善法多念艱辛然後方退經一念頃速能入定或有補特伽羅上品煩惱下品善法經一念頃速疾而退多念艱辛方能入定或有補特伽羅上品煩惱上品善法經一刹那速疾而退一刹那頃速能入定

復有補特伽羅已得離欲從定起已或於一時彼三摩地相間相雜作意而轉或於一時不相間雜若遇聲緣從定而起與定相應意

識俱轉餘耳識生非即彼定相應意識能取此聲若不爾者於此音聲不領受故不應出定非取聲時即便出定領受聲已若有希望後時方出於此地中餘決擇文更不復現攝決擇分中非三摩呬多地

如是已說三摩呬多地決擇非三摩呬多決擇我今當說或有由自性故名不定地謂五識身或有闕輕安故名不定地謂在欲界諸心心法或有未發趣故名不定地謂受欲者或有散亂故名不定地謂始業者雖修習定而於五欲其心流散或有太聚故名不定地謂始業者於内境界略聚其心便生沉没或未得故名不定地謂即散心相應諸法或未圓滿故名不定地謂未證得加行究竟作意或雜染故名不定地謂雖證得加行究竟果作意而於彼定多生愛味或不自在故名不定地謂即由彼染汙心故不得自在或不清淨故名不定地謂未永害煩惱隨眠或出定故名不定地謂從已得三摩地起而不退失或有退故名不定地謂從所得三摩地退復次此中依止初不定地爲安住心應正取相謂青瘀相或膿爛相廣說如前依止第二不定地故爲得作意應勤修習依止第三不定地故爲得根本應勤修習依止第四現在前故最初應正安住其念爲無亂故略攝其心由正知故速疾攝受依止第五現在前故應當思惟淨妙之相又應善達沉没之相依止第六現在前故於師教授能不忘失應當安住猛利護念如理方便應當無間殷重修習依止第七現在前故應於微劣所得定中不

生喜足依止第八現在前故於諸雜染應觀過失設生愛味所有雜染尋即除遣不應戀著依止第九現在前故於三摩地應無間修又應善巧通達其相依止第十現在前故應當猛利修諦善巧依第十一現在前故為令不退應不放逸依第十二現在前故即爲彼事應修遠離如理作意應隨順前修習無間殷重方便於此地中餘決擇文更不復現

攝決擇分中有心地

如是已說非三摩呬多地決擇有心地決擇我今當說當知諸心差別而轉略由五相一由世俗道理建立故二由勝義道理建立故三由所依能依建立故四由俱有建立故五由染淨建立故

云何世俗道理建立謂依世俗道理建立諸心差別轉義當知如前意地已說云何名爲勝義道理建立差別謂略有二識一者阿賴耶識二者轉識阿賴耶識是所依轉識是能依此復七種所謂眼識乃至意識譬如水浪依止瀑流或如影像依止明鏡如是名依勝義道理建立所依能依差别

復次此中諸識皆名心意識若就最勝阿賴耶識名心何以故由此識能集聚一切法種子故於一切時緣執受境緣不可知一類器境末那名意於一切時執我我所及我慢等思量爲性餘識名識謂於境界了别爲相如是三種有心位中心意意識於一切時俱有而轉若眼識等轉識不起彼若起時應知彼增俱有而轉如是或時四識俱轉乃至或時

八識俱轉又一意識於一時間分別一境或二或多自境他境故說意識不可思議問若彼末那於一切時思量爲性相續而轉如世尊說出世末那云何建立答名假施設不必如義又對治彼遠離顛倒正思量故即此末那任持意識令分別轉是故說爲意識所依又諸轉識或於一時一切唯與樂受相應俱有而轉或於一時亦有苦受或於一時亦有不苦不樂等受相應俱轉阿賴耶識相應受於一切時唯是不苦不樂唯是異熟生此於一切識流轉時或樂俱行或苦俱行或非苦樂俱行位中恒相續流乃至命終無有斷絶所餘三受當知思惟之所引發非是俱生時作意引發現前彼俱生受極微細故難可分別如是等類當知是名勝義道理建立諸識俱有差別

復次阿賴耶識無有煩惱而共相應末那恒與四種任運煩惱相應於一切時俱起不絶謂我我所行薩迦耶見我慢我愛不共無明是諸煩惱與善不善無記識俱而不相違其性唯是隱没無記任運而起當知諸餘分別所起隨衆緣力差別而轉又與末那相應俱有遍行任運四種煩惱世間治道尚不能爲損伏對治何以故已離欲者猶現行故隨所生處是諸煩惱即此地攝當知此地已離欲者此地煩惱現行不絶何以故此諸煩惱唯阿賴耶識種子所引於一切時任運而生非所對治及能對治境界緣力差別轉故諸離欲者世間治道若現在前若不現前此諸煩惱現行不絶若諸有學已見迹者出世間道

現在前時此諸煩惱不得現行從彼出已還復現行善通達故未永斷故若諸無學此一切種皆不現行是諸煩惱當知唯離非想非非想處欲故一時頓斷非如餘惑漸漸而斷如是等類當知是名建立雜染清淨差別於此地中餘決擇文更不復現

攝決擇分中無心地

如是已說有心地決擇無心地決擇我今當說問心衆生因凡有幾種由幾種因心不得生答心不生因略有七種由此因故心不得生何等爲七謂緣闕故心不得生如是作意闕故未得故相違故斷故滅故已生故心不得生

云何由緣闕故心不得生謂内眼處壞若外色處不現在前廣說乃至内意處壞若外法處不現在前爾時由彼所生眼識乃至意識終不得生如是名爲由緣闕故心不得生云何作意闕故心不得生謂雖有内眼處不壞外色處現前廣說乃至内意處不壞外法處現前若無能生作意正起爾時由彼所生眼識乃至意識終不得生如是名爲作意闕故心不得生

云何由未得故心不得生謂如有一於下欲界思惟麤相於初靜慮思惟静相爲欲證得初靜慮故若於此道不極作意若修若習若多修習不善修故於初靜慮未能證得由未得故初靜慮俱心不得生又如有一於初靜慮第二第三第四靜慮空無邊處識無邊處無所有處思惟麤相於第二靜慮乃至非想非非想處思惟静相如前廣說又如有一遍

於一切薩迦耶中思惟苦相於薩迦耶滅涅槃界思惟靜相爲斷一切薩迦耶故爲欲證得涅槃界故若於此道不極作意若修若習若多修習不善修故不能盡證一切涅槃由未證故於諸結縛及與隨眠隨煩惱纏永解脱心便不得生如是名爲由未得故心不得生云何由相違故心不得生謂如有一觸能隨順樂受諸觸受樂受時樂受相應心現在前爾時苦受非苦樂受相應之心以相違故便不得生如是若觸能順苦受不苦不樂受觸如前廣説爾時樂受非苦樂受樂受苦受相應之心以相違故便不得生又如有一貪纏所纏貪纏相應心現在前爾時瞋相應纏之心以相違故便不得生如是若有瞋纏所纏廣説乃至爾時貪纏相應之心以相違故便不得生如是名爲由相違故心不得生云何斷故心不得生謂如有一由善修習八聖支道故證得無餘貪欲瞋恚愚癡永盡彼於爾時有貪有瞋有癡心等隨一心法諸隨煩惱所染汙心彼由已斷已遍知故皆不得生如是名爲由永斷故心不得生云何滅故心不得生謂如有一生無想天入無想定入滅盡定於其中間經爾所時由斷滅故心不得生又如有一於無餘依涅槃界中已般涅槃彼於爾時畢竟滅故心不得生如是名爲由滅盡故心不得生云何由已生故心不得生所謂一切已生之心於現在生刹那已後必成滅法彼現在時由已生故更不可生彼若滅已亦已生故終不可生如是名爲由已生故心不得生

應知由此七因緣故心不得生與此相違七因緣故隨緣所應諸心得生謂緣不闕故作意不闕故已證得故不相違故未斷滅故未滅盡故未已生故於此地中餘決擇文更不復現

瑜伽師地論卷第六十三

音釋

慽 胡紺切恨也 蝱 莫耕切 嗢柁南 梵語正云鄔柁南此云自說嗢烏骨切柁徒我切 呪詛 呪職救切詛莊助切呪詛謂呪願其事使沮敗也 瘀 依倨切氣血壅積也

瑜伽師地論卷第六十四

彌勒菩薩說

唐三藏沙門玄奘奉詔譯

攝決擇分中聞所成慧地

如是已說無心地決擇聞所成慧地決擇我今當說謂由五處觀察所歸乃可歸依一由身業清淨故二由語業清淨故三由意業清淨故四由於諸有情起大悲故五由成就無上法故

問歸依有幾種何緣但有爾所歸依齊何緣故說能歸依云何修行歸依之行何等歸依所得功德答歸依有三種謂佛法僧四緣故有爾所歸依一由如來性極調善故二於一切種所調能調善方便故三具大悲故四以一切財而興供養未將爲喜要以正行而興供養乃生歡喜由如是故彼所立法彼弟子衆皆可歸依齊四緣故說能歸依一知功德故二知差別故三自誓願故四更不說有餘大師故當知歸依有四正行一親近善士二聽聞正法三如理作意四法隨法行若有成就此四正行乃名歸依當知復有四種正行一諸根不掉二受學學處三悲愍有情四應時時間於三寶所勤修供養受歸依者獲四功德一獲廣大福二獲大歡喜三獲三摩地四獲大清淨復獲四德一大護圓滿二於一切種邪信解障皆得輕微或永滅盡三得入聰叡正行正至善士衆中所謂大師同梵行者四爲於聖教淨信諸天歡喜愛念謂彼天衆心生歡喜唱如是言我等成就三歸依故從彼處没來生此間是諸人等今旣成就多

住歸依亦當來我聚同分中
復次由六種相佛法僧寶差別應知一由相
故二由業故三信解故四修行故五隨念故
六生福故云何相故三寶差別謂自然覺悟
相是佛寶覺悟果相是法寶隨他所教正修
行相是僧寶云何業故三寶差別謂轉正教
業是佛寶捨煩惱苦所緣境業是法寶勇猛
增長業是僧寶云何信解故三寶差別謂於
佛寶應樹親近承事信解於法寶所應樹希
求證得信解於僧寶所應樹和合同一法性
共住信解云何修行故三寶差別謂於佛寶
應修供養承事正行於法寶所應修瑜伽方
便正行於僧寶所應修共受財法正行云何
隨念故三寶差別應以餘相隨念佛寶應以
餘相隨念法寶應以餘相隨念僧寶謂是世
尊乃至廣說云何生福故三寶差別謂於佛
寶依一有情生最勝福於法寶所即依此法
生最勝福於僧寶所依多有情生最勝福
復次由五法故沙門婆羅門勝劣差別何等
五法一者聞法二者戒法三攝受法四受用
法五證得法謂婆羅門所有聞法義虚劣故
不示他故文句隱故是其下劣沙門聞法與
此相違故是勝妙又婆羅門所有戒法隨何
隨分隨其差別開許害等故是下劣沙門戒
法與此相違故是勝妙又婆羅門所攝受法
攝受障道田事宅事財貨事等又復攝受妻
子奴婢僮僕等類故是下劣沙門所有攝受
之法除離苦法更無所有故是勝妙又婆羅
門所受用法受用障道塗飾香鬘莊嚴具等
又現受用歌舞作倡戲笑等事又現受用婬

欲等法故是下劣沙門所有受用之法受用無罪正聞思修所成智慧故是勝妙又婆羅門所有證法但以梵世爲究竟故復退還故雜染汙故有苦惱故是其下劣沙門證法以般涅槃爲究竟故無退轉故一向離垢故一向安樂故當知勝妙

復次欲求有五一攝受求二受用求三戲樂求四乏解了求五名聲求有求亦五一法爾求二祈願求三愚癡求四猒患求五思擇求梵行求亦五一唯求求二趣得求三現得求四後得求五思擇當得求復有差别謂假名求第一義求彼觀察求無方便求有方便求如本地分中已說五明處其内明處於諸明處諸論諸宗爲最爲勝何以故由四清淨清淨義故一攝一切染淨義清淨故二即此義非他論所制伏清淨故三即此義易可入清淨故四旣得入已正行不壞清淨故

復次諸佛聖教若欲略釋由六種理門應隨決了一眞義理門二證得理門三教導理門四遠離二邊理門五不可思議理門六意趣理門此中前三理門由後三理門應隨決了謂眞義理門由遠離二邊理門應隨決了證得理門由不可思議理門應隨決了教導理門由意趣理門應隨決了此中眞義即是理門是故名爲眞義理門乃至意趣即是理門是故名爲意趣理門理門義者謂於彼彼無顛倒性如其實性離顛倒性

復次應知眞義略有六種謂世間成眞實乃至所知障淨智所行眞實安立眞實非安立眞實前四眞實應知如前菩薩地中已廣分

別云何安立真實謂四聖諦苦由苦故乃至道由道故所以者何以略安立三種世俗一世間世俗二道理世俗三證得世俗世間世俗者所謂安立宅舍瓶盆軍林數等又復安立我有情等道理世俗者所謂安立蘊界處等證得世俗者所謂安立預流果等彼所依處又復安立略有四種謂如前說三種世俗及與安立勝義世俗即勝義諦由此諦義不可安立內所證故但爲隨順發生此智是故假立云何非安立真實謂諸法真如

云何證得謂若略說有四證得一諸有情業果證得二聲聞乘證得三獨覺乘證得四大乘證得

有情業果證得者謂由所作淨不淨業自所作業爲依因故諸有情類於五趣等生死海中感異熟果受異熟果聲聞乘證得者謂先受歸依乃至沙門莊嚴爲依因故有五種證得一地證得二智證得三淨證得四果證得五功德證得他證得者謂有三地一見地二修地三究竟地智證得者謂九智一法智二種類智三苦智四集智五滅智六道智七此後所得世俗智八盡智九無生智淨證得者謂四證淨果證得者謂四沙門果功德證得者謂無量解脫勝處遍處無諍願智無礙解神通等如是一切應知如前已廣分別又聲聞乘證得因者謂得世間離欲之道順解脫分順決擇分所有善根獨覺乘證得者謂略有三種一先已得順決擇分善根證得二先已得證得證得三先未得證得證得前二證得名爲獨勝最後證得名麟角喻大乘證得

者謂發心證得大悲證得波羅蜜多證得攝事證得地證得於五無量隨至真如證得不可思議威德信解證得不共佛法證得等如是一切應知如前菩薩地中已廣分別云何教導謂由三處所攝教導一由藏所攝二由摩呾理迦所攝三由二所攝藏所攝者謂聲聞藏及大乘藏摩呾理迦所攝者謂十七地及四種攝二所攝者略有十種謂諦相教遍知教永斷教證得教修習教即彼品類差別教即彼所攝所依能依相屬教遍知等障法教遍知等順法教不遍知等遍知等過失功德教如是能攝一切藏攝及本母攝是名總略摩呾理迦

復次教導略有十二所謂事教想差別教觀自宗教觀他宗教不了義教了義教世俗諦教勝義諦教隱密教顯了教可記事教不可記事教事教者謂各別說色等眼等諸法體教想差別教者謂廣宣說諸蘊界處緣起處非處根諦等名想差別又復廣說諸念住等名想差別又復廣說有色無色有見無見有對無對等名想差別如是無量諸佛世尊廣說諸法想差別教觀自宗教者謂契經應誦記別等依止攝釋宣說開示觀他宗教者謂七種相依止因明摧伏他論建立已論七種相者謂因明中論體論處所論據論莊嚴等如前廣說不了義教者謂契經應誦記別等世尊略說其義未了應當更釋了義教者與此相違應知其相世俗諦教者謂諸所有言道可宣一切皆是世俗諦攝又諸所有名相言說增上所現諸相名分別如是皆名世俗

諦攝勝義諦教者謂四聖諦教及眞如實際法界等教隱密教者謂從多分聲聞藏教顯了教者謂從多分大乘藏教可記事教者謂四種法嗢柁南教即一切行無常乃至涅槃寂靜如是等類所有言教不可記事教者謂有問言世間常耶此不應記但言我說此不可記乃至問言如來死後有耶無耶此不應記但言我說此不可記此中應知四因緣故宣說如是不可記事或有無故不可記剪謂有問言我於諸蘊爲異不異常無常等或有能引無義利故不可記剪如升攝彼葉喻經中如來自言我所證法乃有爾所而不宣說何以故彼法不能引義利故或有甚深故不可記剪謂有問言我是有耶此不應記勿彼即於諸蘊執我或離諸蘊而執有我又有問言我是無耶此不應記勿於世俗言說士夫起損減執如是如來死後有無乃至非有非無等皆甚深故不可記剪或有其相法爾建立故不可記謂有問言諸法眞如於彼諸法異不異耶此不可記何以故彼相法爾不可建立異不異故應知復有四種因緣如來宣說不可記事謂諸外道妄宣說故不如理故引無義故唯是諍論所依處故有二因緣能引無義一者遠離思因果故二者遠離思染淨故

云何遠離二邊當知略有六種謂遠離增益非實有邊遠離損減眞實有邊遠離妄執常邊遠離妄執斷邊遠離受用欲樂邊遠離受用自苦邊如是應知如前處處已廣分別

云何不可思議當知略有六種不可思議謂

我思議有情思議世間思議有情業果思議諸修靜慮靜慮境界諸佛世尊諸佛境界此中我思議有情思議世間思議或依見思議或不依見思議我思議者謂如有一依止身見如是思議我於過去爲曾有耶爲復無耶於三世中乃至廣說又復思議我是有色後當有想後當無想後當非有想非無想如我有色我無色亦爾若廣宣說如梵網經如常見論者如是斷見論者現法涅槃見論者當知亦爾計前際邊計後際邊如其所應皆當了知又復思議命即是身命異身異又此我我遍一切處無二無別無有缺減有情思議者謂如有一即依身見如是思議今此有情從何而生是諸有情誰之所作乃至有情當何所往是諸有情何處滅盡世間思議者謂如有一即依身見如是思議世間是常乃至廣說或依法性如是思議此我法性有情法性世間法性從何而生不能唯依法爾道理是故說此名爲思議不思議處有情業果思議者由四種相不可思議謂處所差別故事差別故因差別故異熟果差別故謂修靜慮靜慮境界由三種相不可思議謂眞如甚深義故自在轉故無漏界證得故諸佛世尊諸佛境界由五種相不可思議即由如先所說三相復由二相謂無障故成立有情所作事故

復次當知意趣略有十六謂示現意趣乖離意趣勸導意趣讚勵意趣慶喜意趣令入意趣斷疑意趣成熟意趣等持意趣解脫意趣別義相應意趣諸能證者發生無罪歡喜意

趣諸能聽者於說者所發生尊重意趣法眼恒轉意趣多修諸善意趣摧伏諸根意趣

云何眞義理門由遠離二邊理門應隨決了謂於安立所有苦諦乃至道諦略有四種妄增益邊一我增益邊二常增益邊三淨增益邊四樂增益邊如此即是四種顚倒爲對治彼說四念住及四定智由此因緣所有我見皆是妄執我增益邊廣說應知如前有尋有伺地由彼廣辯執有我者不應理故又若略說離彼諸蘊生故相故及業用故別有我性不可得故又異彼相安住諸行所有我性當知畢竟定無所有又彼常性不應道理當知如前已廣分別又有六種不淨性如聲聞地已廣顯示又有三種苦性如有尋有伺地已廣顯示損減邊者謂即於彼諸聖諦中隨所安立諸諦相狀執爲無性顯爲無性何以故若於諸諦起損減執彼於三量亦生誹謗謂現量比量及聖教量亦謗染淨是故說此名損減邊若不墮在如是二邊彼於諸諦能生信解決定通達漸次能證究竟清淨

云何苦諦謂生苦等廣說如前若略說者如說一切生雜染事皆名苦諦云何集諦謂說一切煩惱雜染及業雜染皆名集諦世尊就勝唯顯貪愛其勝因緣如前應知云何滅諦所謂一切煩惱永斷又此永斷由八種相如前應知此中愛盡離欲者此顯有餘依涅槃界永滅涅槃者此顯無餘依涅槃界云何道諦謂資糧道若方便道若清淨道如是一切總略爲一說名道諦世尊就勝依能攝受沙門果證但略顯示八聖支道名爲道諦資糧

道者有十三種如聲聞地已說應知方便道者若就最勝謂於煗頂忍世第一法位中所有一切諸念住等菩提分法清淨道者謂於見道修道究竟道中即彼所攝所有一切菩提分法究竟道中所有能引諸功德道彼亦皆入道諦數中又諸菩薩方便道者謂六波羅蜜多所攝清淨道者謂般若波羅蜜多所攝此約最勝說非不一切菩提分法皆遍修習如世尊言略五取藴皆名苦者此五取藴若廣分別如前意地決擇藴善巧中應知其相又苦集諦略有三種謂欲色無色繫差別故又於十方無邊世界有差別故其量無邊對治此故應知滅諦道諦差別又此諸諦建立次第廣分別義如前應知

復次即此諸諦爲據爲依爲建立處立十三種補特伽羅云何十三種補特伽羅謂欲界異生色界異生無色界異生欲界有學色界有學無色界有學欲界無學色界無學無色界無學欲界獨覺欲界菩薩色界菩薩不可思議如來又即如是補特伽羅若造作若障若心若煩惱若業若根若界若信解若意樂若隨眠若生若習氣若聚皆應了知復次造作者有十二種謂善造作不善造作無記造作出家造作彼勝流造作彼防護造作生造作離欲造作解脫造作練根造作引發神通造作發起他義造作

復次障者有十二種一業障謂作五無間業故二習氣障謂先數習諸惡業故三放逸障謂大興盛現在前時受用諸欲四蓋障謂五種蓋隨一現前覆蔽其心五懈怠障謂由懈

怠少分煩惱纏擾其心六障礙障謂十二種障礙隨一現前七生障謂生無暇處八不生障謂佛世尊不現於世九信解障謂佛世尊雖現世間而生邪見十煩惱障謂由彼故說慧解脫心得解脫十一定障謂由彼故說俱分解脫心得解脫十二所知障謂由彼故說諸如來心得解脫

復次心者略有二種一有障心二無障心煩惱者亦略有二種謂纏及隨眠業者亦略有二種謂思及思已根者亦略有二種謂順淨分及順不淨分如根如是界信解意樂當知亦爾此中差別者根是果性界是因性信解是因性意樂是果性隨眠者亦略有二種謂可害及非可害生者亦略有二種謂無暇生及有暇生習氣者亦有二種謂無間生習氣及前生習氣聚者有三種一邪性定聚二正性定聚三不定聚邪性定聚復有二種一本性邪性定二方便邪性定正性定亦有二種一本性正性定二方便正性定不定亦有二種一本性不定二方便不定

復次由造作等十三種法應知廣說十三種補特伽羅如其所應問若有善造作彼一切不善造作不相應耶設不善造作不相應彼一切有善造作耶答應作四句或有善造作非不善造作不相應謂諸能造黑白黑白異熟業者所有善造作或有不善造作不相應非善造作謂無記造作或有善造作亦不善造作不相應謂能造作白白異熟業及不黑不白異熟業能盡諸業者所有造作或有非善造作亦非不善造作不相應謂能造作黑

黑異熟業者所有造作如是不善造作無記造作如其所應盡當知問若成就業障亦成就習氣障耶設成就習氣障亦成就業障耶答應作四句或有成就業障非習氣障謂如有一於現法中於五無間業亦作亦增長於前生中於此種類惡不善業不作不增長彼現法中能障聖道或有成就習氣障非業障謂與此相違或有俱成就謂於現法中於五無間業亦作亦增長於前生中於此種類惡不善業亦作亦增長彼現法中能障聖道或有俱不成就謂與此相違

云何非安立真實謂諸法真如圓成實自性聖智所行聖智境界聖智所緣

云何增益邊謂諸法自性略有三種一遍計所執自性二依他起自性三圓成實自性遍計所執自性者謂諸所有名言安立諸法自性依假名言數數周遍計度諸法而建立故依他起自性者謂眾緣生他力所起諸法自性非自然有故說無性圓成實自性者謂如前說若於依他起自性或圓成實自性中所有遍計所執自性妄執當知名增益邊所以者何此自性中彼自性有不應理故此不應理如菩薩地已略顯示彼決擇中當廣分別又若略說由三因緣不應道理謂種種非一品類多言所安立故若離名言彼覺不生故又彼名言依義轉故損減邊者謂於依他起自性及圓成實自性諸有法中謗其自相言無所有如是真義理門由遠離二邊理門應隨決了如其所應證得教導二種理門由後二種不可思議意趣理門應隨決了問如前

說別義相應意趣者此有何義答非如言音名身句身文身義相應意趣但是除遣如言音等其餘勝義是名別義相應意趣

復次此中於真義理門由遠離二邊理門隨決了已便能證得所應得義由能證得所得義故所餘證得理門由不可思議理門亦隨決了又復一切諸佛世尊教導理門由意趣理門亦隨決了如是一切隨其所應又若於彼真義理門隨決了者當知能入五種離生一能入未離欲離生二能入信離欲離生三能入已離欲離生四能入獨覺離生五能入菩薩離生

問若安立諦建立爲諦何因緣故更復顯示非安立諦答若離非安立諦二種解脫不應道理謂於相縛及麤重縛所以者何若有行於諸安立諦彼一切行皆行有相行有相故於諸相縛不得解脫於諸相縛不解脫故於麤重縛亦不解脫若有行於非安立諦不行於相不行相故於諸相縛便得解脫於諸相縛得解脫故於麤重縛亦得解脫問若唯由彼非安立諦於一切縛解脫清淨何緣顯示安立諦耶答爲令資糧及方便道得清淨故問若即由彼行有相心於二種縛解脫清淨有何過失答若有極善定心依第四靜慮順決擇分善法中轉緣諸諦境彼諸行者於二種縛應得解脫究竟清淨然不清淨故不應理又世間道出世間道二種差別應不可立然彼二道有相無相有差別故不應道理

云何麤重相謂若略說無所堪能不調柔相是麤重相此無堪能不調柔相復有五相一

現重相二剛强相三障礙相四怯劣相五不自在轉無堪能相由有此相順雜染品違清淨品相續而住是故說爲無所堪能不調柔相復次有五諸根大種長養謂食長養夢長養避不平等長養梵行長養等至長養即此長養略有二種一任持長養二不損害長養此中最初是任持長養後四是不損害長養任持長養略有四種一變壞任持二喜悅任持三希望任持四攝受執取任持

復次有五種行一身行二語行三意行四業行五壽行

復次有五種不放逸一依在家品不放逸二依出家品不放逸三能遠離不善不放逸四能攝受諸善不放逸五修習相續不放逸依在家品不放逸者復有五種如前已說依出家品不放逸者復有十種如聲聞地決擇眦柰耶相應中我當廣說能遠離不善不放逸者當知即是前二正斷能攝受諸善不放逸者當知即是後二正斷修習相續不放逸者謂於善法無間殷重精勤修習

復次名有五種一心二心所有法三善四不善五無記色有五種一諸大種二大種所造三有見有對四無見有對五無見無對

復次有五無明一義愚二見愚三放逸愚四眞實義愚五增上慢愚

復次有五種有愛一法性愛二誓願愛三愚癡愛四猒離愛五思擇愛

復次由五種相當知建立無慙無愧一於染汙現行無有羞恥二於善不現行無有羞恥三於捨法受無有羞恥四親近惡友無有羞

耻五於所作不能成辦無有羞耻當知與此
五相相違五種妙相建立慚愧
復次由五種相當知建立惡說者性一無行
故二邪行故三不忍故四無羞耻故五不律
儀故由五種相建立惡友一無羞耻二有邪
見三有懈怠四有邪行五性怯劣當知與此
五相相違五種妙相立善說者及與善友
復次由五種相立奢摩他一近分定所攝世
間奢摩他二根本色定所攝世間奢摩他三
根本無色定所攝世間奢摩他四聲聞獨覺
作意所攝出世奢摩他五菩薩作意所攝出
世奢摩他
復次由五種相當知建立毗鉢舍那一盡所
有性毗鉢舍那二如所有性毗鉢舍那三有
相毗鉢舍那四思求毗鉢舍那五觀察毗鉢
舍那
復次略由五相建立欲漏一不定地事生隨
眠故二隨順惡行故三善相違故四躭著諸
欲故五能生壞苦苦苦果故彼諸煩惱說名
欲漏略由五相建立有漏一能生劣界諸煩
惱二能生中界諸煩惱三能生妙界諸煩惱
四能生無欲樂有諸煩惱五能生有欲樂有
諸煩惱略由五相立邪解脫欲無明漏一有
想論者由有想論門生起無明二無想論者
由無想論門生起無明三非有想非無想論
者由非有想非無想論門生起無明四斷見
論者由斷見論門生起無明五現法涅槃論
者由現法涅槃論門生起無明
復次略由五相應知諸法差别道理一由相
故二由體故三由業故四由法故五由因果

故相者謂由所依故及行住故體者謂由自體相故及差別相故業者謂由自作用故及邪正行故法者謂由染淨故及世俗勝義諦故因果者謂由近遠故及愛非愛故

復次有三種論一聽聞究竟論二諍訟究竟論三正行究竟論聽聞究竟論者謂婆羅門諸惡呪術諍訟究竟論者謂諸外道因明論正行究竟論者謂佛聖教復有三論一無義論二邪義論三第一義論此三如前隨其所應復有三論一矯詐論二虛偽論三出離苦果論如是三論應知如前隨其所應復次若欲造論當先歸禮二所敬師方可造論恭敬法故先應歸禮論本大師恭敬義故復應歸禮開闡義師欲造論者要具六因乃應造論一欲令法義當廣流布二欲令種種信解有情由此因緣隨一當能入正法故三爲令失設種種義門重開顯故四爲欲略攝廣散義故五爲欲顯發甚深義故六欲以種種美妙言辭莊嚴法義生淨信故將造論時要以四德先自安處乃可造論一於昔諸師應離憍慢二於有情類當起大悲三於同法者深生敬愛四不欲彰己有勝伎能云何於昔諸師應離憍慢謂造論時無如是心古昔諸師尚能造論況我今者當不造耶要離如是憍慢染心乃應造論云何於有情類當起大悲謂造論時作如是觀若不造論無量有情於諸善法定當退失又餘情類墮生老病乃至廣說是諸有情因我造論若能解了乃至一句善說妙義如是如是當奉行者彼於長夜必獲大義利益安樂要發如是增上心已乃應

造論云何於同法者深生敬愛謂造論時作如是觀若不造論爲欲利他諸同法者於利他事定當退失云何不欲彰已有勝伎能謂造論時無如是心當令世間咸謂於我聰叡明哲能造論者闡闡義者深生淨信因此多獲利養恭敬但爲自他善根增長以無染心乃可造論

復次此中如實開示如來所說經義名莊嚴經譬如紅蓮其花未開雖生歡喜不如敷榮又如真金未爲嚴具雖生歡喜不如成工又如美膳未及得食雖生歡喜不如已食又如珍慶書未暇開覽雖生歡喜不如披閱又如珍寶未得現前雖生歡喜不如已得現前受用如是如來所說經義若未顯發雖生歡喜不如開示故說造論名莊嚴經

復次略有七種通達一字通達二字義通達三能取通達四能取義通達五繫縛通達六解脫通達七法性通達字通達者通達爲常字義通達者達爲無常能取通達者謂根識等達安立諦或非安立如能取通達能取義通達當知亦爾繫縛通達者通達相縛或麤重縛與此相違當知說名解脫通達法性通達者謂能通達法性安住法界安住非從自在自性士夫中間等有

復次由十相故具足多聞謂善說者說故顯了文句說故盡其所有如其所有義說故安樂方便加行說故離衆苦說故如是五種復有五種謂不求過失而聽法故但求涅槃而聽法故善聽法故諦聽法故於名句文身義審諦觀察而聽法故於此地中餘決擇文更

不復現

瑜伽師地論卷第六十四

音釋

記莂（莂必列切。記莂謂授當來成佛之記，劫國名號之別也。）毗柰耶（梵語也，此云善持。柰乃帶切。）毗鉢舍那（梵語也，此云觀。毗頻眉切。）

瑜伽師地論卷第六十五

彌勒菩薩說

唐三藏沙門玄奘奉詔譯

攝決擇分中思所成慧地之一

如是已說聞所成慧地決擇思所成慧地決擇我今當說謂若略說有四種思議一事思議二有非有思議三因果思議四乘思議事思議者略依六事所謂蘊事乃至根事有非有思議者如本地分已說因果思議者如有尋有伺地已說乘思議者如聲聞獨覺菩薩地已說

復次略有二種思思議謂惡思思議及善思思議惡思思議者如本地分已說若依黑品謂如有一不避無明不應思等而起思議善思思議者與此相違應知其相如惡思善思如是非法所引法所引非毗柰耶所引毗柰耶所引非聖聖不善善不應修應修不好好黑白引無義引有義下劣微妙有罪無罪應遠離不應遠離等當知亦爾

復次如世尊言諸聖弟子有知爲有非有知爲非有此中云何爲有云何非有略由二相應知是有何等爲二一若生已生現在故應知是有二若實物故事故義故圓成實故應知是有云何應知略說實有及假有相謂若諸法不待所餘不依所餘施設自相應知略說是實有相若有諸法待於所餘依於所餘施設自相應知略說是假有相非實物有謂以色等諸蘊想事爲待爲依施設有我及有情等乃至廣說此中色等諸蘊想事是實物有我及有情命者生者數取趣等非實物有

唯是假有如於色等諸蘊想事假立我等如是即於色等想事假立色等又於色香味觸想事假立飲食車乘瓶衣諸莊嚴具舍軍林等又於有爲諸法想事假立生老住無常種子有表無表得命根衆同分名身句身文身異生性和合不和合流轉定異相應勢速次第時方及數又復唯以諸色不轉爲待爲依假立虛空虛空無爲又唯以名中間不轉爲待爲依假施設有無想等至滅盡等至等問於因成道理中依何道理能決定知我非實有答不可得故不可見故云何不可得謂若内若外若二中間若離諸蘊都不可得云何不可見謂如眼等實有諸處各各別有業用可見如是所計我別業用都不可見如是自相不可得故又別業用不可見故應知所計我非實有問若如是我於内外等都不可得亦不可見何故出家諸外道等亦得亦見由此因緣愛樂顯示建立實有答不得不見但由身見及與我慢爲依止故起邪分別起邪計度不如正理愛樂顯示建立爲有

云何知我非實有故非現有故而不可得亦不可見謂諸計我爲實有者遠極彼岸不過四種一者計我即是諸蘊二者計我異於諸蘊住諸蘊中三者計我非即諸蘊而異諸蘊非住蘊中而住異蘊離蘊法中四者計我非即諸蘊而異諸蘊非住蘊中亦不住於異於諸蘊離蘊法中而無有蘊一切蘊法都不相應依我分別計爲有者皆攝在此四種計中除此更無若過若增如是一切我實有性皆不應理何以故若計有我即是諸蘊非異蘊

者是則此我但於諸蘊而假建立斯過自至所以者何諸蘊無常各與自相而共相應我即彼故非常非一非實有性是故此計不應道理若計有我異諸蘊者此所計我為是無常為是常耶若無常者則所計我剎那剎那異起異滅此處異死餘處異生異作異受斯過自至又異諸蘊別有一我若內若外若中間有生有滅都不可得是故此計不應道理若我常者無有變異是其常相此所計我若無變異二因緣變皆不應理非於當來亦非現法若於當來我無變者便應無生無老無病無死無損亦復不應一時為天一時為人或為傍生或為鬼趣或時為彼那落迦等於現法中我若不變便應於彼愛非愛等種種境界無樂無苦無愛無恚亦無有癡略說不應由苦樂等之所變異不應隨一貪等煩惱及隨煩惱之所變異如是我於當來現法無變異故不應為樂之所饒益亦不應為屬彼煩惱之所染汙不應因此行法非法不應為苦之所損害亦不應為屬彼煩惱之所染汙不應因此行法非法此我如是於現法中與法非法不相應故於當來世愛非愛身無因緣故應不得生由此道理汝應不計此常住我由別內身變異所作於當來世生老死等種種變異如是此我便無各別內身生老病死等時樂時苦時及染汙時則應畢竟解脫清淨是故此計不應道理

復次若計有我異於諸蘊住異諸蘊離蘊法中者彼所計法遠離諸蘊有之自相尚不可得何況為我之所安住譬如有言我審了知

石女兒頂繫空華鬘應知所計亦復如是是故此計不應道理

復次若計有我一切蘊法不相應故無有蘊者此所計我若無有蘊便無有色非身相應亦非苦樂等受相應亦非衆多種種差別諸想相應亦非善不善無記思等相應亦非受用色等境界分别意相應如是此我應無所依無受無想無思慮等亦無分别是則此我不由功用究竟解脫無有染汙是故此計不應道理

復次由彼一切依我分别妄所計我不成就故當知我等於諸蘊中但假建立非實有物由我非有唯有蘊故一切雜染清淨道理皆得成就謂有内外諸處生故於現法中起無明觸由此於身便有饒益損減受生由此爲緣發起和合乖離等愛及有依此一切煩惱隨煩惱轉爲此義故淨不淨業生起可得如是煩惱業生起故當來復有生老死等一切苦法皆悉得生如是且於無常蘊中無實我故雜染道理皆得成就又由他音内正作意爲因緣故遠離無明發起於明由無癡故了達諸受皆悉是苦由此能斷於諸受中所有貪愛及斷依此一切煩惱若隨煩惱由此因緣能感後有淨不淨業不復生起如是由業煩惱斷故一切後有及生等苦永更不生如是無我唯有蘊故一切雜染清淨道理皆得成就

復次此中假立一切有情所謂無足二足四足多足有色無色有想無想非想非非想處有情當知如是九種有情略由三種因緣建

立總攝一切有情之類謂依往來身動差別建立無足乃至多足有情依身差別建立有色無色有情依心差別建立有想無想非想非非想處有情

復有離繫出家外道作如是說一切樹等皆悉有命見彼與內有命數法同增長故應告彼言汝何所欲樹等增長爲命爲因爲更有餘增長因耶若彼唯用命爲因者彼未捨命而於一時無有增長不應道理若更有餘增長因者彼雖無命由自因緣亦得增長故不應理又應告彼汝何所欲諸無命物無有增長爲有說因爲無說因若有說因此說因緣不可得故不應道理若無說因無因而說而必爾者不應道理又應告彼汝何所欲諸樹等物與有命物爲一向相似爲不一向相似若言一向相似者諸樹等物根下入地上分增長不能自然搖動其身雖與語言而不報答曾不見有善惡業轉斷枝條已餘處更生不應道理若言不一向相似者是則由相似故可有壽命不相似故應無壽命不應道理如是增長餘因有無有故無壽命物不增長說因有無有故相似一向不一向故此所計度不應道理

問何緣故知色香味觸如是如是別安立中飲食車乘瓶盆衣服莊嚴具等諸想事物皆是假有答由彼想物或於是處色等想物聚中而轉或於是處色等想物聚中不轉若於是處色等想聚有食想轉非於是處飲等想轉若於是處車乘想轉非於是處衣等想轉如是所餘乃至廣說諸假有想若轉不轉當

知亦爾一切色香味觸想事遍於一切飲食車乘瓶盆衣服莊嚴具等諸想事中無差別轉是故當知飲食車乘瓶盆衣服莊嚴具等皆是假有色香味觸是實物有

復次依諸有法立假想物非一衆多種種品類當知略說總有二種一依止一聚二依止非一聚各別飲食車乘衣服莊嚴具等名依止一聚諸綵畫業彫塑等業宅舍宮殿軍林等物名依止非一聚

復次云何有色諸法謂若略說有十色處及法處所攝色由彼諸色具色自相即以此事還說此事是故說名有色諸法此有色法由五種相差別建立何等爲五一事故二自相故三共相故四界故五業故此中諸所有色彼一切若四大種若四大種所造應知是名略攝色事除此更無若過若增諸色自相復有三種一清淨色二清淨所取色三意所取色謂四大種所造五識所依五清淨色眼等處攝名清淨色色等五境同分清淨色之境界名清淨所取色若與識俱諸清淨色與識同境故名同分若離於識諸清淨色前後自類相續而轉名彼同分色三摩地所行影像等色名意所取色諸色共相亦有三種謂一切色若據方處各別安立若可宣說方處差別名初共相又一切色若清淨若清淨所取增減相當知是名第二共相又即此一切色若觸所觸即便變壞或以手足塊刀杖等或由寒熱飢渴蚊虻風日蛇蠍諸觸所觸即便變壞當知是名第三共相若由定地色愛諸業之所生起名色行色若不定地色愛諸業

之所生起名欲行色如是諸色由界差別略有二種無色界中無如是色又前所説諸色共相謂觸所觸即便變壞如是共相非一切遍除欲界天遍餘一切欲界天中所有諸色但有手足塊刀杖等所觸變壞無有寒熱飢渴等觸之所變壞由彼天中諸飲食等衆資生具隨欲所生則便成辦是故於彼雖有飢渴不爲損害色界諸色無有手足塊刀杖等所觸損壞亦無餘觸之所損壞若善不善無記身業語業是名業色當知是名色業差別無色諸法亦由五相差別建立與此相違應知其相

復次略由二種色聚建立諸聚一不共大種聚二非不共大種聚不共大種聚者謂於此中唯有一類大種可得非不共大種聚者謂於此中有二大種或多大種種類可得又於不共大種聚中極微已上諸大種合當知方有相離不相離諸大種色無有一處不相離諸大種色於非不共大種聚中大種極微如所造色與餘大種當知亦有同一處所不相離者然彼大種非所造色互不相依而得轉故各有功能據別處故又一處不相離者謂諸大種及所造色同住一處如置一篋青黃赤白有光明珠種種光明互不相離相雜不相離者所有譬喻如前應知又若有聚或麻豆等或細沙等爲諸膠蜜及砂糖等之所攝持當知此非一處不相離亦非相雜不相離但是和合不相離多聚集非一聚相當知所餘是一聚相又相雜不相離當知依止一處不相離此若不爾不應道理

復次由五種相建立有見諸法差別何等爲五謂顯色故形色故表色故眼境界故眼識所緣故亦由五相建立無見諸法差別與上相違應知其相

復次由五種相建立有對諸法差別何等爲五一各據別處而安住故二於餘色聚容受往來等業爲障礙故三爲手足塊刀杖等所觸便變壞故四一切皆爲諸清淨色之所取故五一切皆爲依清淨色識所緣故亦由五相建立無對諸法差別與上相違應知其相

復次即由五相應知建立無見無對諸法差別何等爲五一因緣故二據處所故三顯現故四無變異故五所緣故謂具威德三摩地俱諸色勝解當知是名無見無對色生因緣彼既生已處所可得是故名色雖不與彼十有色處自相相應然得似彼自性顯現於餘色聚容受往來等業非障礙住又非一切清淨之色及依彼識所取境界亦非所緣是故說名無見無對手足等觸不能損壞是故說名無有變異又根本定名具威德三摩地此色是彼所緣非餘譬如非一切心皆能變化若所有心具大威德方能成辦非所餘心此亦如是要具威德極靜定心方能爲緣生此無見無對諸色此如化色亦非不具大威德心及不定心所緣境界但是彼心所緣境界是名與上五相相違當知建立無見無對諸法差別

復次由五相故建立有漏諸法差別何等爲五謂由事故隨眠故相應故所緣故生起故云何有漏法事謂清淨內色及彼相依不相

依外色若諸染汙心心所若善無記心心所等此有漏事隨其所應由餘四相說名有漏謂隨眠故相應故所緣故生起故若於清淨諸色及於如前所說一切心心所中煩惱種子未害未斷說名隨眠亦名麤重若彼乃至未無餘斷當知一切由隨眠故說名有漏若諸染汙心心所由相應故說名有漏若諸有事若現量所行若有漏所生增上所起如是一切漏所緣故名爲有漏此中現在名爲有事過去未來名非有事若依清淨色識所行名現量所行若餘所行當知名非現量所行若内諸處增上生起一切外處名有漏所生增上所起唯彼所緣當知有漏所以者何若緣去來起諸煩惱過去未來非有事故不由所緣說名有漏若現在事非現量所行如清淨色及一切染汙善無記心心所彼亦非煩惱所緣故說名有漏但由自分別所起相起諸煩惱非彼諸法爲此分明所行境故由生起故成有漏者謂諸隨眠未永斷故順煩惱境現在前故於彼現起不如理作意故由此因緣諸所有法正生已生或復當生如是一切由生起故說名有漏又從一切不善煩惱諸異熟果及異熟果增上所引外事生起如是一切亦生起故說名有漏又由無記色無色繫一切煩惱於彼續生彼所續生亦生起故說名有漏如是名爲由五相故建立有漏諸法差別謂由事故隨眠故相應故所緣故生起故

復次由五相故建立無漏諸法差別何等爲五一有諸法離諸纏故說名無漏謂一切善

無記心心所所依所緣諸色及善無記諸心心所二有諸法隨眠斷故說名無漏謂已永斷見修所斷一切煩惱所有諸善及一分無記造色若諸無記若世間善諸心心所三有諸法由斷滅故說名無漏謂一切染汙心心所彼不轉故說名無漏由彼不轉顯了涅槃即此涅槃說名無漏四有諸法是見所斷斷對治故自性解脫故說名無漏謂一切見道五有諸法是修所斷斷對治故自性相續解脫故謂出世間一切修道及無學道當知是名由五相故建立無漏諸法差別

復次由五相故建立有諍諸法差別何等爲五謂由事故因緣故自性故助伴故等起故此中五取蘊名有諍法事若愛味染著愛味躭嗜名諍因緣若無常性苦性變壞法性名有諍自性即於此諍無智愚癡名諍助伴由此因緣五黑品轉名爲等起調鬬諍違諍躭著諸欲諸見所生或餘種類是初黑品若隨所有諸煩惱纏無有羞恥多安住性是第二黑品若有沙門或婆羅門違逆正道所欲苦行及餘信解自餓投火墜高巖等是第三黑品若有現行身語及意一切惡行是第四黑品欣樂後有是第五黑品此中最初由生怨恨發憤心故不安隱住第二由諸煩惱內燒然故不安隱住第三由自誓願虛受劬勞無義苦故不安隱住第四生惡趣故不安隱住第五生老死等衆苦合故不安隱住此中五取蘊有諍事與諍自性及彼因緣助伴等起共相依故名有諍法

又由五相建立無諍諸法差別與上相違應

知其相此中五無取蘊無諍事由諍自性及彼因緣助伴等起於彼法中不可得故名無諍法

復次由五相故建立有染諸法差別何等爲五謂事故因緣故等如前廣說五相差別此中事者謂即五有取蘊因緣者謂即此中喜樂愛味諸因緣法自性者謂此爲緣生起喜樂愛味所攝助伴者謂於愛味所有貪著等起者謂五黑品如前應知五取蘊事由與有染及彼因緣乃至等起共相依故說名有染

又由五相建立無染諸法差別與上相違應知其相如前無諍隨應當說

復次由五相故應知建立依止耽嗜諸法差別何等爲五謂事故因緣故等如前廣說此中事者謂欲界繫諸五取蘊因緣者謂順欲貪五種妙欲自性者謂貪嗜者由彼爲緣由彼爲境所有欲貪助伴者謂不如理作意相應邪願諸欲分別由與此俱名分別貪等起者謂五種黑品如前廣說彼欲界繫五取蘊事由彼貪嗜因緣助伴及與等起所攝受故說名依止耽嗜諸法又由五相當知建立依止出離諸法差別與上相違應知其相

復次由五相故建立世間諸法差別何等爲五一一切清淨色及清淨所取色世間二一切染汙心心所世間三一切無記心心所世間四一切善心心所若當斷若已斷世間五一切世間三摩地所行無見無對色世間又由五相建立出世諸法差別何等爲五一見道所斷對治二修道所斷對治三由想解脱之所解脱謂諸聲聞獨覺菩薩已入無戲論

理慧及彼相應諸心心所四彼所緣無見無對色五一分所治解脱之所解脱謂諸有學若一切所治解脱之所解脱謂諸無學

復次依五種世間即彼世間名墮諸法謂有情世間器世間欲世間色世間無色世間當知是名五種世間又出世法不墮如是五種世間是故説名不墮諸法

復次由五相故建立有爲諸法差別何等爲五一後際未生故二前際已滅故三中際自相安住故四因緣相續故五果相續故又由五相建立無爲諸法差別何等爲五謂與上相違應知卽是此中五相滅有爲法證得涅槃若謂涅槃爲有異者當知此爲不如理問不如理答不如理思如是若謂爲無異者有無異者非有非無異者當知皆是不如理問不如理答不如理思何以故由彼涅槃唯有爲滅之所顯故與有爲法其相異故唯有爲滅之所顯故謂有異者若問若答若思便爲戲論非所戲論與有爲法其相異故謂無異者如前廣説便爲戲論非所戲論總如前説二種因故亦異不異不應道理由有爲滅證涅槃故若謂一切皆無所有故説非有非無異者不應道理涅槃義者謂一切白法所顯發故涅槃相者謂寂滅相無戲論相當知唯是内所證相

復次由五相故建立所緣諸法差別何等爲五一有善作意所緣法二有不善作意所緣法三有無記作意所緣法四有墮界作意所緣法五有繫屬瑜伽作意所緣法此中若善作意緣善不善無記諸法如善作意如是不

善無記作意當知亦爾欲界繫善染汙無記作意緣一切三界諸法色界繫善作意亦緣一切三界諸法無色界中若定若生外道異生無色界繫善作意唯緣自地一切法非下地若毗鉢舍那行菩薩未得自在及有廣慧聲聞乘等若諸有學若阿羅漢彼無色界繫善作意亦緣下地一切法若諸菩薩已得自在決定不於無色界生由觀於彼不能現起利衆生事因此成熟廣大佛法及能成熟利益有情行故當知是名墮界作意所緣諸法

復次因思所緣如說

名映於一切　無有過名者　由此名一法
皆隨自在行

此言有何義謂若略說觀察清淨因故觀察自相故觀察雜染因故又爲顯示補特伽羅無我及法無我故此中顯示補特伽羅無我者謂善了知四無色蘊能斷一切自境界相是故說名能映一切顯示法無我者謂善了知遍計所執自性善了知世俗言名能除一切彼所依相是故說名能映一切若過如是四無色蘊諸我相事定不可得若過世俗言名遍計所執自性相事亦不可得若於此二不善了知則便一切自境界相及諸雜染生起隨轉一切境相及諸雜染皆彼增上力所生故又佛世尊依此密意說如是言

執法自性故　執我性而轉　覺此故覺彼
由覺故還滅

繫屬瑜伽作意略有四種所緣一遍滿所緣二淨行所緣三善巧所緣四淨煩惱所緣是諸所緣知聲聞地廣辯應知此中淨煩惱所

緣者謂世尊説四聖諦及真如

瑜伽師地論卷第六十五

音釋

彫塑彫都聊切刻鏤也塑桑故切捏上象物也蠍許謁切人蟲也詰叶切籍屬膠古肴切黏膏也嗜常利切喜欲也

瑜伽師地論卷第六十六

彌勒菩薩說

唐三藏沙門玄奘奉詔譯

攝決擇分中思所成慧地之二

復次如佛世尊說三苦性此中云何爲行苦性謂後有業煩惱所生諸行於彼彼自體中能隨順生一切煩惱及與衆苦所有安立一切遍行麤重所攝亦名麤重是行苦性依此行苦佛世尊說略五取蘊皆名爲苦又此行苦遍行一切苦樂受中若苦受中若不苦不樂受中然於不苦不樂受中此麤重性分明顯現是故但說不苦不樂受由行苦故苦於樂受苦受中愛恚二法擾亂心故此麤重苦非易可了譬如熱癰若以冷觸封之即生樂想熱灰墮上便生苦想若二俱離於此熱癰爾時唯有癰自性苦分明顯現如是於業煩惱所生諸行所有安立麤重所攝猶如熱癰行苦性中所有樂受如冷觸封所有苦受如熱灰墮所有不苦不樂受如離二觸癰自性苦又樂受中多生染著是故說彼貪所隨增於苦受中多生憎恚是故說彼瞋所隨增於非苦樂之所顯現麤重所攝所有安立行自體中於無常性計常顛倒於衆苦性計樂顛倒於不淨性計淨顛倒於無我性計我顛倒是故說彼不苦不樂受無明所隨增又諸愚夫於樂受中多生染著由是因緣於現法中行身惡行語惡行意惡行身壞命終廣說乃至生那落迦又由後有愛故能感當來生等衆苦如是樂受貪所依故能生當來五趣等苦又於苦受多起瞋心不隨所欲觸衆

苦事便生種種愁惱怨歎乃至迷亂由此因緣行三惡行墮諸惡趣如是苦受瞋所依故能感現法後法衆苦又於不苦不樂受中多生如上顛倒之心於二種苦謂依樂受貪所生苦及依苦受瞋所生苦生不捨思起不捨行是故雖有衆多煩惱及隨煩惱然佛世尊但立三種根本煩惱謂貪瞋癡依此密意佛世尊說應觀樂受是衆苦法應觀苦受猶如毒箭應觀不苦不樂受性是無常有壞滅法若能如實觀無常性漸次能斷一切顛倒如是諸行是第一義苦聖諦事一切聖賢聖智觀已於第一有最極寂靜諸取蘊中尚不願樂何況弊下那落迦中

復次即此能生後有諸行業及煩惱由相道理是集聖諦世尊經中據勝道理唯顯示愛

復次此煩惱品麤重永滅是有餘依涅槃增上所立滅諦又因永斷未來不生及先世因受用盡已現在諸行任運謝滅是無餘依涅槃增上所立滅諦

復次若能證解第一義諦所有正見及正見爲先一切聖道是名道諦

復次欲令於苦遍知於集永斷於滅作證於道修習故略建立諸聖諦相若廣建立當知其相無量無邊又令了知苦諦麤相以爲依止漸能趣入諦微細相故先施設生等衆苦後方顯示五取蘊苦

復次由五相故建立住持諸法差別何等爲五一段食二觸食三意思食四識食五命根

若麤段食於欲界五趣中皆現可得此於一分各别那落迦非大那落迦餘食及命遍三

界中皆現可得由於諸行假立有情是故世尊說此諸法住持有情令住不壞問有七因緣住持諸行令住不壞何故世尊但說有情由食而住何等爲七一生是諸行住因由諸行生方得有住無有無生而有住者二命根三食四心自在通由彼勢力增諸壽行或住一劫或住劫餘五因緣和合是諸行住因謂善不善無記諸法乃至因緣猶未散壞於爾所時相續而住無有斷絕六由善不善無記作意引發先業能牽諸行令住不絕所謂外分共不共業之所生起十無諸障礙是諸行住因由此能令諸行生時無障因緣諸行生已相似相續而住遠離相違敗壞因緣若不爾者便應滅壞答雖由如是七種因緣諸行得住然此四食是諸行住多分因緣由種種門能令諸行相續而住又此諸食能令有情相續而住易取易入乃至愚夫嬰兒等類亦能隨覺非所餘法又此諸食能令羸損諸根大種皆得增益又令疾病亦得除愈非所餘法又有長壽諸有情類若不得食非時中夭又此諸食令易入道能修身等四種念住謂一切有情食所住故是故由此五種因緣世尊但說一切有情由食而住何緣復說依止命根諸行得住謂有是處曾無飲食有所闕乏非求飲食有所艱難於彼處所唯由命根勢力而住如其所感壽量而住是故世尊依彼處所說諸有情由命根故諸行得住復次此中段食當言香味觸處所攝何以故由香味觸若正消變便能長養不正消變乃爲損減色等餘法無有長養損減消變

是故說彼非段食性若諸段物於吞咽時令心歡喜諸根悅豫當於爾時不名段食但名觸食若受用已安隱消變增長喜樂於消變時乃名段食若有熟變不能長養諸根安樂彼雖熟變不名段食若諸段物於吞咽時不生歡喜亦不能令諸根悅豫當於爾時都不名食即彼後時安隱熟變增長安樂彼於爾時乃名段食若有熟變不長安樂彼雖熟變亦不名食

問若有段物亦是食耶設是食者亦段物耶

答如其所應當作四句或有段物而非是食謂諸段物不能長養諸根大種或有是食而非段物謂若有觸意思及識能令諸根大種長養或有是食亦是段物謂諸段物能令諸根大種長養或非段物亦非是食謂若有觸意思及識不能長養諸根大種如是所餘觸乃至識隨其所應當作四句

復次若有異熟法若異熟法若異熟生法皆應了知略說有異熟法謂漏及有漏彼要有力不被損害受用未盡當知是名有異熟法於諸漏中若不善者說名有力有覆無記說名無力於有漏中若善不善說名有力餘名無力若漏有漏爲世出世二離欲道之所斷者名被損害與此相違名不損害若過去世其異熟果已成熟者名受用已盡彼異熟果已過去故更無所有若未來世當與異熟果者若現在世其異熟果正現前者名受用未盡由此差別漏及有漏如其所應若善不善未被治斷其異熟果非先已熟如是乃名有異熟法若諸無漏無記有漏若善不善有漏

已斷若異熟果先已成熟如是皆名無異熟法又臨終時最後念心是異熟法若結生相續無間之心亦是異熟從此已後所有一切自性住心皆是異熟除善染汙及除加行無記之心所餘皆名自性住心若心離欲猶故隨轉除下地善及與加行無記之心當知此心亦是異熟又此異熟於一切處當言唯是無覆無記若從一切種子異熟除其已斷未得之法餘自種子爲因所生若善不善或復無記如是一切當知皆名異熟生法

復次一切處最後没心及隨初第二相續心於三界中當知唯有非苦樂受除初相續心應知此受於一切處異熟所攝餘苦樂受應知皆是異熟所生如其種子異熟所攝即隨此因此緣爲因緣故從異熟生生那落迦諸有情類異熟無間有異熟生苦憂相續生那落迦如是若生一分餓鬼及傍生中當知亦爾若生人中及欲界天諸有情類無有決定異熟無間或時苦憂或時樂喜或時唯有不苦不樂受相續生若生初二靜慮異熟無間唯異熟生喜受相續若生第三靜慮唯異熟生心樂相續若生第四靜慮已上唯有異熟不苦不樂受是故當知即受於彼名異熟生廣大喜樂所攝受故彼諸善業不苦不樂正現前時亦名可愛異熟與此相違當知名不可愛異熟

復次白白異熟業所得無覆無記異熟果一向可愛受種子所攝受故當知一向可愛一向可意黑黑異熟業當知與此相違黑白俱異熟業二種種子所隨逐故所得異熟果當

知亦有二種異熟生受又黑白業由生類差别建立謂於是處黑白俱有即此處業總立黑白又由事差别建立謂如有一隨於一事於一時間起利益心而現在前即於此事復於一時不利益心而現在前或奪他物而行惠施如是當知由事差别之所建立又由自性建立如是黑白俱業謂如有一隨於一所許作利益即由餘事復於其所作不利益譬如有一於極暴虐作惡人所發生恚瞋俱行之思不喜彼惡當知此思瞋俱行故墮黑分中不喜樂彼惡俱行故墮白分中是故此業說名黑白如是所餘種類亦爾

復次若善不善無記諸法所有種子未被損害彼一切法皆由能生生起因故名有因法又先所作諸業煩惱於三界中異熟果熟此異熟果由業煩惱引發因故名有因法又由三處正現在前引發因故生胎生中當知此亦名有因法濕和合故生濕生中卵㲉藏故生卵㲉中當知亦爾又六識身以從眼色乃至意法爲增上緣同事因故名有因法又有俱生諸心心所互爲展轉同事因故名有因法又不善法由近惡友聞非正法不正思惟引發因故名有因法當知與此相違三種引發因故一切善法名有因法又染汙住生邪精進無果劬勞生憂苦住彼由引發因故名有因法又不染汙住生正精進有果劬勞生喜樂住彼由引發因故名有因法又世間道趣於離欲及能引發靜慮無色彼由引發因故名有因法又現法中靜慮無色等至爲依如其所應往生上地彼由引發因故名有因

法又世間法引出世法彼由引發因故名有因法又出世法聖道所攝能證涅槃彼證涅槃由引發因故名有因法由如是等所說諸相當知建立有因諸法

復次此中能生生起因法彼由各別等流果故名有果法若諸後有業及煩惱彼由各別異熟果故名有果法若有三處正現在前若濕和合正現在前若卵㲉藏若眼色等若彼俱生諸心心法若近惡友等若近善友等二種三法如是一切皆由各別增上果故名有果法若現法中由染汙住生邪精進無果劬勞生憂苦住若現法中不染汙住生正精進有果劬勞生喜樂住如是一切皆由各別士用果故名有果法若趣世間離欲生道彼由離繫增上果故名有果法又能引出世間之道及能證涅槃出世聖道彼由離繫增上果故名有果法謂由究竟離繫果故名有果法若世間道非由究竟離繫果故名有果法當知是名二道差別由如是等所說相故當知建立有果諸法差別之相謂隨所應立等流果若異熟果若增上果若士用果若離繫果與此相違應知建立非有因法非有果法復次緣生法者謂無主宰無作者法如前意地決擇緣起善巧中已廣分別

復次略由五因當知建立內法差別由此因故說名爲內何等爲五謂假名故妄執故增上故攝受種子故事故若於是處假想建立如是種類謂立爲我或立有情彼如是名如是生類廣說乃至如是壽量如是名爲由假名故說名內法若於是處妄起如是種類執

著謂計爲我或起我慢如是名爲由妄執故說名内法若由此法增上力故外色聲等處差別生爲所受用如是名爲由增上故說名内法若能攝受善不善無記諸法種子如是名爲攝受種子故說名内法若五種清淨色若心意識如是名爲由事故說名内法又有假名建立餘法爲内可得何以故於内可得外處所攝亦名内故

復次應知五蘊名色所攝所以者何由彼彼處增長可得手塊等觸即便變壞是故色蘊說名爲色其餘四蘊由種種名施設勢力由種種名施設爲依多分於其彼彼所緣流轉趣向是故如是四無色蘊說之爲名

復次略由五相建立執受諸法差別何等爲五謂初唯色說名執受當知此言遮心心所等彼非執受故又於色中所有内根根所依屬說名執受當知此言遮外不屬根色彼非執受故又心心所任持不捨說名執受當知此言遮依屬根髮毛爪等及遮死後所有内身彼非執受故又執受色由四因緣之所變異故名執受何等爲四一由外色所逼觸故二由内界相違平等所引發故三由貪瞋等諸煩惱纏多現行故四由審慮所緣境故謂由外色能損惱者現前逼惱有執受色即便生苦生悲生惱若有外色能饒益者現前觸對有執受色即便生樂安隱饒益若有内界更互相違便生苦惱彼若平等安樂攝受又若貪等煩惱所惱即便生苦憤發熾然又邪審慮所緣境故或正審慮所緣境故便起輕安喜樂攝受又爲損害或爲饒益故名變異

如是若色若内若心心所任持不捨若如是緣令成變異是名執受諸法差別與此相違當知是名非執受法

復次若四大種及彼所造當知唯此名有色法問如四大種由自種子方得生起造色亦爾何故説言諸所造色大種所造答若諸色根及心中有諸大種種子隨逐即有造色種子隨逐若諸大種所有種子能生果時爾時必定能隨逐彼造色種子亦生自果故説造色大種所造隨逐色根大種種子名有方所隨無色根大種種子名無方所又諸大種略有二種一唯界所攝二能作自業唯界所攝者謂諸大種所有種子能作自業者謂從自種子所生大種又諸大種與所造色俱時而有互不相離由彼種類因所成故如一味團更相涉入遍一切處非如麨稻末尼等聚又於一向堅色聚中唯有地界能作業用若於欲界亦有色香味界作業於色界中但有色界能作業用餘水火風及與聲界唯有種子之所隨逐更待異緣方能作業如是於水火風名想聚中如其所應次第亦爾内色聚中一切地等諸界作業皆具可得謂髮毛等種種差別廣説如經當知於外得有各別地等諸聚彼若值遇如是如是衆緣差別即便能作如是如是果法生因譬如善巧鑽彼乾木即便生火又如白鑞鈆錫金銀等物融消即流復次如五識身相應地説觸處所攝澀滑等性當知皆是大種差別隨諸大種如是品類分位差別如其所應於四大種假名施設澀滑等性是故當知皆是假有問如世尊言

觸謂外處若四大種若四大種所造有色無見有對何容意耶答此諸大種當知能生二種造色一自類差別二異類差別自類差別造色者謂諸大種造澀滑等由如是因如是緣故此諸大種各各差別變異而生於彼彼說澀滑性等種種差別異類差別造色者謂眼耳等五内色處四外色處法處一分唯除觸處世尊依彼自類差別所造色故說如是言若四大種所造問世尊說有無見無對色當言何等大種所造答若彼定心思惟欲界有色諸法影像生起當言欲界大種所造若彼定心思惟色界有色諸法影像生起當言色界大種所造於此大種所造色法餘決擇文更不復現

復次云何有法謂一切世間法說名有法問阿羅漢等世間善法是世間故則有所攝以何因緣說名無漏答墮三有故名有所攝諸漏隨眠永解脱故說名無漏問如世尊言云何有漏法謂意世間法世間意識世間此何容意答世尊依彼不斷應斷世間意法及與意識說如是言此中世尊說多種有謂欲有色有無色有彼廣建立如聞所成慧地佛教所應知處

復次云何有上法謂除涅槃餘一切法由五因緣當知涅槃是無上法何等爲五一集諦寂滅故二苦諦寂滅故三離怖畏災横疾疫大安隱故四無上現法樂住所緣故謂無相住故五常住究竟安義樂義不虛誑故如是五因非於餘處總集可得唯於涅槃一切可得是故涅槃名無上法

復次云何應修法謂一切善有爲法此中應知略有四修一得修二習修三除去修四對治修此中未生善法爲欲生故作意修習是名得修已生善法令住不忘乃至廣說是名習修已生不善法爲欲斷故作意修習名除去修未生不善法爲不生故於猒患等諸對治門作意修習名對治修當知此中從了相作意乃至勝解作意名猒患對治修從遠離作意乃至方便究竟作意名斷對治修方便究竟果作意名持對治修從此已上即此一切七種作意隨於勝地上地所攝當知一切名遠分對治修此四種修一切總說爲二種修謂防護受持修及作意思惟修此中修身名防護修修戒名受持修若靜慮地作意修若諦智地作意修總名作意思惟修此中初作意修名爲修心第二作意修名爲修慧

復次云何過去法謂因已受盡自性已滅無間爲緣爲生餘法除阿羅漢最後心心所熏習相續雖復已滅經百千劫猶能令彼愛非愛果異熟當熟如所領受諸過去事或一唯能生起憶念或復有一不生憶念唯滅所顯無諸作用是名過去諸法差别此過去法略由五相當知建立其事差别何等爲五謂或有法刹那過去謂於刹那一切行中刹那已後所有諸行又或有法死没過去謂彼彼有情從彼彼有情衆同分没廣說乃至死及作時又或有法壞劫過去謂器世間所攝由火等灾之所敗壞又或有法退失過去謂如有一於先所得諸善功德安樂住中隨類退失又或有法盡滅過去謂有餘依及無餘依涅

槃界中所有盡滅
復次云何未來法謂因未受自性未受待緣當生將起現前或近當生或遠當生亦由五相建立差別謂刹那未來一生未來成劫未來現行未來最後未來
復次云何現在法謂因已受用自性受用未盡刹那已没決定壞滅一切雜染所顯一分清淨所顯亦由五相建立差別謂刹那現在一生現在成劫現在現行現在最後現在謂阿羅漢最後心心所等
復次云何欲界繫法謂於欲界若生若長未離欲界欲心不在定於此位中所有諸法或生得故或作意故已行正行當行是名欲界繫法
復次云何色界繫法謂生色界能現證入隨一靜慮已離欲界欲未離色界欲未發上加行或從彼定起所有世間意地諸法由作意故已行正行當行是名色界繫法或生色界未離彼欲未發上加行或生得故或作意故諸世間法已行正行當行如是亦名色界繫法如色界繫法如是無色界繫法隨其所應當知亦爾
復次云何善法謂若略説二因緣故一切善法説名爲善謂自性無倒亦能對治顛倒法故及安隱故所以者何一切善法自性無倒於所緣轉又能對治於所緣轉顛倒染法能往善趣證涅槃故名爲安隱與此相違二因緣故當知不善謂自性顛倒故及不安隱無記諸法性非顛倒亦不能治顛倒諸法性非安隱非不安隱又由五相當知建立善法差

別一感當來可愛果故二對治雜染故謂不淨等能治貪等乃至八聖支道對治一切雜染諸法三雜染寂滅所顯故所謂涅槃四清淨住所顯故謂已離欲者住聖等善現法樂住五饒益有情所顯故謂已離欲爲哀愍他聲聞菩薩及與如來所有種種利他善行又由五相建立不善諸法差別與上相違應知其相謂感當來非愛果故雜染對治之所治故染不寂滅之所顯故諸染惱住之所顯故能損害他之所顯故由五因緣善法強盛何等爲五一加行故二宿習故三攝受勝功德故四田事處故五自性故謂諸善法無閒方便殷重方便之所造作若無量品差別所作謂或自作或於是處勸他令作以無量門慶慰讚美見同法者深心歡喜當知是名由加行故善法強盛又諸善法曾餘生中若修若習若多修習由是因緣彼今生中性於善法心能趣入於諸不善違背而住當知是名由宿習故善法強盛又諸善法下地所攝由世間離欲者及見聖迹者若於解脫或於無上正等菩提深心迴向離諸見趣當知是名攝受勝功德故善法強盛又諸善法於大福田以勝妙事施尊重處之所生起當知是名田事處故善法強盛又諸善法若施所成於戒於修自性是劣若戒所成於施所成自性是勝於修所成自性是劣若修所成所有善法於施於戒自性皆勝當知是名由自性故善法強盛與此相違五因緣故當知是名不善法強盛又由五相建立無記諸法差別何等爲五一異熟生無記二威儀路無記三工巧處

無記四變化無記五自性無記此中自性無記謂諸色根是長養者及外諸有色處等非異熟等所攝者除善染汙色處聲處
復次云何學法謂或預流或一來或不還有學補特伽羅若出世有爲法若世間善法是名學法何以故依止此法於時時中精進修學增上戒學增上心學增上慧學故云何無學法謂阿羅漢諸漏已盡若出世有爲法若世間善法是名無學法云何非學非無學法謂除先所說學無學法所餘預流乃至阿羅漢若墮一切異生相續若彼增上所有諸法當知是名非學非無學法
復次云何見道所斷法謂薩迦耶等五見及依諸見起貪瞋慢若相應無明若於諸諦不共無明於諦疑等及住一切惡趣業等是名見道所斷法云何修道所斷法謂一切善有漏法一切無覆無記法除先所說諸染汙法餘染汙法是名修道所斷法云何非所斷法謂一切有學出世間法一切無學相續中所有諸法此中若出世法於一切時自性淨故名非所斷餘世間法由已斷故名非所斷
復次云何甚深難見法謂一切法當知皆是甚深難見何以故第一甚深難見法者所謂自性絶諸戲論過語言道諸法自性皆絶戲論過語言道然由言說爲依止故方乃可取可觀可覺是故當知一切諸法甚深難見如是所說差別建立有色無色法有見無見法有對無對法有漏無漏法有諍無諍法有染無染法依躭嗜依出離法世間出世間法墮非墮法有爲無爲法所知所識所緣法住持

法有異熟無異熟法有因無因法有果無果法緣生法內法名色所攝法執受非執受法大種所造非大種所造法有非有法應修法有上無上法去來今法欲界繫色界繫無色界繫法善不善無記法學無學非學非無學法見道所斷修道所斷非所斷法甚深難見法若有善思所應思者應當如理精勤方便思惟揀擇如是諸法於此地中餘決擇文更不復現

瑜伽師地論卷第六十六

音釋

嗀苦角切　鑽子官切穿也　鑞力盍切錫也　鈆與专切黑錫也

瑜伽師地論卷第六十七

彌勒菩薩說

唐三藏沙門玄奘奉詔譯

攝決擇分中修所成慧地

如是已說思所成慧地決擇修所成慧地決擇我今當說當知略有十六種修謂聲聞乘相應作意修大乘相應作意修影像修事邊際修所作成辦修得修習修除去修對治修少分修遍行修動轉修有加行修已成辦修非修所成法修修所成法修

云何聲聞乘相應作意修謂如有一是聲聞住聲聞法性或未證入正性離生或已證入正性離生不觀他利益事唯觀自利益事由安立諦作意門內觀眞如緣有量有分別法爲境爲盡貪愛由厭離欲解脫行相修習作意是名聲聞乘相應作意修

云何大乘相應作意修謂如有一是菩薩住菩薩法性或未證入正性離生或已證入正性離生觀自觀他諸利益事由安立非安立諦作意門內觀眞如緣無量無分別法爲境大悲增上力故爲盡自他所有貪愛由攝受有情諸利益事方便行相及由趣向無上足跡因緣行相修習作意是名大乘相應作意修云何影像修謂或於有分別毗鉢舍那品三摩地所行影像所知事同分作意思惟故或於無分別奢摩他品三摩地所行影像所知事同分作意思惟故諸所有修名影像修

云何事邊際修謂於過去未來現在內外麤細下劣勝妙近遠等法作意思惟或於眞如作意思惟如是或盡所有性故或如所有性

故諸所有修名事邊際修
云何所作成辦修謂已證入根本靜慮或諸等至或世間定或出世定諸所有修名所作成辦修
云何得修謂如有一依初靜慮或修無常想乃至或修死想彼所有餘不現前想或自地攝或下地攝及彼所引諸餘功德或是世間或出世間皆能修彼令其增盛清淨樂生於彼獲得自在成就是名得修
云何習修謂如有一即於彼彼無常等諸善想作意思惟或於善法由習修故皆現修習是名習修
云何除去修謂如有一由三摩地所行影像諸相作意故如楔出楔方便除遣棄於自性諸相又如有一用彼細楔遣於麤楔如是行者以輕安身除麤重身餘如前說是名除去修
云何對治修謂於猒患對治或斷對治或持對治或遠分對治作意思惟諸所有修名對治修此中猒患對治者謂一切世間善道除諸無量及餘行者遊戲神通所引作意斷對治者謂緣眞如爲境作意持對治者謂此後得世出世道若解脫道遠分對治者謂煩惱斷已於對治道更多修習或多修習上地之道復有差別謂聞思修道名猒患對治出世間道名斷對治此果轉依名持對治世間修道名遠分對治
云何少分修謂於無常想等隨一善法作意思惟諸所有修名少分修
云何遍行修謂於諸法一味眞如作意思惟諸所有修名遍行修

云何動轉修謂於無相修方便修時時時有相間隔而修名動轉修
云何有加行修謂即於彼方便修時由有加行相間隔而修名有加行修
云何成辦修謂或聲聞乘或獨覺乘或復大乘已得一切所有轉依及得一切諸法自在此所有修名成辦修
云何非修所成法修謂不定地諸施戒等所有善法修名非修所成法修
云何修所成法修謂定地諸善法修名修所成法修於此地中餘決擇文更不復現
攝決擇分中聲聞地之一
如是已說修所成慧地決擇聲聞地決擇我今當說如本地分說住無種性補特伽羅是名畢竟無般涅槃法此中或有心生疑惑云何而有畢竟無般涅槃法耶應詰彼言汝何所欲諸有情類種種界性無量界性下劣界性勝妙界性爲有耶爲無耶若言有者無有畢竟無般涅槃法補特伽羅不應道理若言無者經言諸有情類有種種界性乃至勝妙界性不應道理如是詰已復有難言如有情類雖有種種界性乃至勝妙界性而無有無根有情如是無般涅槃法何故不爾或應許有無根有情應詰彼言汝何所欲諸無根者爲是有情爲非有情若是有情外無根物應是有情然不應道理若非有情而言何不許有無根有情者不應道理如是詰已復有難言如作剎帝利已或時復作婆羅門吠舍戍陀羅如是乃至作戍陀羅已或時乃至作剎帝利又作那落迦已或時乃至作天乃至作

天已或時乃至復作那落迦如是何故不作無般涅槃法已或時復作有般涅槃法耶應詰彼言汝何所欲諸刹帝利乃至戍陀羅及那落迦乃至諸天爲有一切界耶爲獨有一界耶若有一切界者喻不相似不應道理若獨有一界者先是刹帝利或於一時乃至作戍陀羅先是那落迦或於一時乃至爲天不應道理如是詰已復有難言如刹帝利等具一切界如是無般涅槃法何故不有般涅槃法界耶應詰彼言汝何所欲諸無般涅槃法界諸有般涅槃法界此二界爲互相違耶爲不相違耶若互相違而言無般涅槃法何故不有般涅槃法界者不應道理若不相違即此補特伽羅是無般涅槃法亦是有般涅槃法者不應道理如是詰已復有難言如現見

有一地方所於一時間無金種性或於一時有金種性於一時間無有末尼眞珠瑠璃等種性或於一時有彼種性於一時間無鹽種性或於一時有彼種性於一時間無種種界種種性或於一時有彼種性如是先是無般涅槃法種性何故不於一時或有般涅槃法種性耶應詰彼言汝何所欲如彼地方所先無此種性後有此種性或先有此種性後無此種性如是先有聲聞定種性後無是種性乃至先有大乘定種性後無是種性或先無定種性後有定種性耶若言爾者順解脱分善根應空無果又若爾者立定種性不應道理若不爾者汝言無般涅槃法者先住無種性已後住有種性如有地方所有般涅槃法者先住有種性已後住無種性如地方所者

不應道理又應責彼汝何所欲無般涅槃法下劣界者安住如是下劣界中爲即於此生轉成般涅槃法爲於後生耶若言即於此生者汝意云何彼遇佛法僧已於現法中爲能起順解脫分善根耶爲不能耶若言能者彼遇佛法僧已於現法中能起順解脫分善根而言無般涅槃法者不應道理若言不能者彼遇佛法僧已於現法中不能起順解脫分善根而言轉成般涅槃法者不應道理若言後生方成般涅槃法者汝意云何彼爲先積集善根故於後生中遇佛法僧能起順解脫分善根耶爲先不積集善根耶若言先積集善根者彼即於此生中遇佛法僧能起善根而言於後生中方成般涅槃法者不應道理又如彼因應空無果若言先不積集善根者是則前後相似俱未積集善根而言於後生中方成般涅槃法非即此生中者不應道理

復次略有十種聲聞何等爲十謂清淨界聲聞已遇緣聲聞雜染界生聲聞清淨界生聲聞末法時生聲聞賢善時生聲聞未得眼聲聞已得眼聲聞清淨眼聲聞極清淨眼聲聞若有安住聲聞種性是初聲聞已入法者是名第二若有聲聞所生世界其中多有衆苦可得容有五濁所謂壽濁乃至有情濁是謂雜染界生聲聞與此相違當知即是清淨界生聲聞末法時生諸聲聞相云何可知謂諸聲聞於當來世法末時生多分愛重利養恭敬違背妙法諸貪恚癡及不正法並皆增盛爲慳嫉等諸隨煩惱纏擾其心處慳家慳利慳敬慳譽慳法慳無不具足諂誑矯詐恒現

在前廣說乃至爲活命故而求出家非爲涅槃多諸掉動高舉輕躁强口憿誕懈怠失念心不靜定多諸迷亂根性闇劣多諸煩惱煩惱現行無有間斷憂苦雖多不生猒患樂多衆會棄阿練若邊際臥具來入衆中習近村側所有臥具便生喜樂如是乃至喜樂談謔喜樂諠衆喜樂猥雜自舉縱逸不能善修身戒心慧於佛世尊所說甚深與空相應隨順緣性緣起緣生所有經典並皆棄捨於世聰慧所造諷誦綺飾言辭絢藻文章隨順世典恭敬受持深生歡喜於似正法非正法中妄生法想於正法中起非法想又即於彼愛樂顯現宣說開示誹謗正法及毗柰耶於說正法及毗柰耶補特伽羅生怨家想多犯尸羅習諸惡法內實腐敗外現賢善廣說乃至實非梵行自稱梵行無餘有餘二篇重罪造起故思現行毀犯何況中輕既毀犯已多不如法發露對治或爲他知而行發露非實意樂故欲結好諸親友家及施食家於諸在家所爲所作能引無義多事業中好喜營造於諸在家白衣者所多起親愛尊重恭敬慇念之心非於同法修梵行所多喜安住詐現相等起邪命法展轉互起謀略之心好爲種種鬭訟違諍多樂蓄積家產資具假存法式以之爲勝凡所度人出家受戒一切皆以有染汙心爲充供事然作是言我今但爲憐愍因緣度其出家受具足戒所畜共住近住弟子恒當供侍隨心轉者彼雖慢緩而深愛念悅意攝受餘不爾者雖不慢緩亦不愛念悅意攝受若見苾芻多諸親屬廣招利養衣服等物

則便尊重恭敬供養若見苾芻闕乏親屬雖少欲等功德具足仍生輕懱而不採録食用僧祇及别人物都無悔愧好攝犯戒樂結朋黨悔情微劣或復太過凡所聽受皆爲聲譽讚誦因緣或復多爲利養恭敬都不自爲調伏身心如是等類諸雜染法皆悉成就法末時者所謂大師般涅槃後聖教没時爾時如是聲聞弟子身壞命終多墮惡趣生那落迦若有成就與此相違不染汙法當知是名賢善時生聲聞彼於如來初出世時悉由未生時大師現前時或有一類般涅槃後如是多分身壞命終還得善趣往生天上樂世界中若諸異生聲聞名未得眼預流一來及不還等名已得眼慧解脱阿羅漢名清淨眼若具三明俱分解脱名極清淨眼

復次或有聲聞雖如所應勇猛精進於現法中而不能證勝過人法或有聲聞於現法中有力能得勝過人法沙門果證由放逸故而不能證

復次當釋月喻經中具戒具德柔和善法諸句差别謂聲聞中略有四種淨妙之法令諸有情若得見者由身語意生無量福何等爲四謂住具足尸羅守别解脱律儀廣說如經是名初法復有少欲喜足廣說乃至諸漏永盡作證讚美是第二法復有柔和易可共住不惱有智同梵行者令諸苾芻喜樂同處又具成就四種證淨是第三法又有不躭利養不著恭敬憐愍於他覆藏已善發露已惡雖復實有種種功德而不欲求令他知有謂欲令他知我成就如是功德是第四法

復次若有聲聞欲往他家應先斷除三隨煩惱然後當往何等爲三一結親友家隨煩惱二家慳隨煩惱三以有染心而行法施隨煩惱此中聲聞由六種相應斷結親友家隨煩惱已乃往他家謂時時往不應數往於可愛事若不如理執取其相暫生貪愛即便羞恥不以兇暴强口慠誕邪行追求衣服等物善自守護善覆其身不以身觸所不應觸亦不坐於所不應坐終不食於所不應食亦終不飲所不應飲又不應受所不應受又以隨順遠離心趣向遠離心隣亞遠離心尋思諸善猶如山岳難往趣處非淨信家能令淨信如舊所履清淨泉池諸淨信家倍令增長又由六相應斷家慳隨煩惱已乃往他家謂往他家於有情事不染不著如有情事於利養事於恭敬事當知亦爾又於無利不生憂苦如於無利於不恭敬當知亦爾又於自他諸利養中其心平等於已所得利養恭敬不自讃美於他所得利養恭敬終不毀呰又由六相應斷有染心而行法施隨煩惱已乃往他家謂不希望他於已淨信又於出離法如實了知又於他所應起三種純善意樂何等爲三謂引發樂故除遣苦故恭敬聽受法隨法行得勝利故爲生等苦所苦惱者令脫苦故若已解脫者即於諸法妙善法性爲縁素怛纜毗柰耶摩怛理迦所攝俗正法中爲令受持讀誦正法久住是故宣説當知初隨煩惱斷故無猥雜住以爲究竟第二隨煩惱斷故正受用財以爲究竟第三隨煩惱斷故正受用以爲究竟

復次當釋伐地迦經若有聲聞欲於染淨方便善巧略於三處應遍了知謂於雜染清淨所依中由雜染清淨所依故於雜染中由雜染故於清淨中由清淨故云何雜染清淨所依謂即此身有色麤重廣說如經此是愚夫無有智慧趣無明者雜染所依亦是聰明有大智慧趣於明者清淨所依云何雜染謂諸愚夫爲欲造作淨不淨業先尋思已後以身語造作所有淨不淨業由此因緣於五趣生死中感愛非愛有惱無惱自體令生云何清淨謂二種學清淨品中最爲殊勝第一學者謂眞如智以爲依止能有所作第二學者謂爲煩惱皆得離繫

復次即此清淨略由五因之所顯示何等爲五一正說者二正行者三正行四增上心學所治隨煩惱斷五增上慧學所治隨煩惱斷此中如來是正說者根熟聲聞是正行者亦名聰慧者諦智所攝名爲正行據能斷煩惱義是無上對治故略有五法名增上心學所治隨煩惱一居遠離者所有諸蓋二於教授教誡不堪忍者所有忿惱三於利養恭敬深貪著者所有慳嫉四於先所用所受境界發起邪念五順捨所學分別貪愛略有三法名增上慧所治隨煩惱初於世俗理門不了法義者所有無明次已了法義諸異生者於諸諦中所有猶豫疑惑未斷後已見諦迹諸有學者修道所攝慧所對治所有我慢由於如是諸隨煩惱永斷滅故當知證得最善清淨增上心學增上慧學阿羅漢果此阿羅漢當知是名最極清淨

復次於此雜染清淨所依諸聲聞衆略由三相應遍了知一由自性故二由因緣故三由過患故由自性者謂此人身所有自性由二種相之所顯示由有色故顯餘一切身之共相由麤重故顯其各别身之自相由不清淨故顯與天身不同分相由因緣者略有三種謂一切身共相因緣即四大種各别自相人身因緣復有二種一者未生令生因緣所謂父母不淨和合二者巳生令住因緣謂麋飯等之所長養由過患者復有二種謂無常性及與苦性若於寒時爲治寒苦追求覆障以爲對治若於熱時爲治熱苦追求沐浴以爲對治涉路作業有劬勞者爲治勞苦求按摩等以爲對治當知此類名爲苦性手塊杖等之所觸對破壞法故刀所觸對斷壞法故若終没巳埋於地故或火燒故或爲種種傍生諸蟲所食噉故或即於彼爲諸風日所暴燥故皆是散壞磨滅法性當知此類是無常性昔會今乖名爲離散散巳變壞最後都盡名爲磨滅

復次因思所緣如説名映於一切無有過名者由此名一法皆隨自在行此言有何義謂若略説觀清淨因故觀自相故觀雜染因故及爲顯示補特伽羅無我及法無我故若遍了知補特伽羅無我四無色藴能斷一切自境界相名映一切若遍了知法無我遍計所執自性世俗言名能除一切彼所依相名映一切若過四無色藴諸我相事定不可得若過世俗言名遍計所執自性相事亦不可得若於二種倶不了知則便發起一切境相雜

染隨轉一切境相所有雜染無不因此增上力故依此密意薄伽梵說

執法自性故　執我性而轉　覺此故覺彼由覺故還滅

復次有四聖諦世尊爲諸聲聞說是淨煩惱所緣境界謂苦諦等如前已說問若真實無顛倒相是諦相者諸外道見諸邪勝解諸邪論等非真非實並是顛倒云何諦攝若不攝者彼應不感當來後有應非苦因答雖非真實亦是顛倒然說苦集二諦所攝所以者何彼雖皆是邪性所攝然即此邪性相是真是實皆不顛倒是苦性故是苦因故

復次由二相故顯無常義一依大乘道理相二依聲聞乘道理相謂非有義及其相滅壞義由二種相顯示苦義謂非有執習氣麤重義及三受所隨生等八種苦相轉義由二種相顯示空義謂補特伽羅自性遠離相義及諸法自性遠離相義由二種相顯無我義謂大乘道理及聲聞乘道理補特伽羅自性無我相義諸法自性無我相

復有二教謂無常教無始教又有二種通達謂有爲界通達無爲界通達

復次由五因緣若無常即苦一由攝受謂無常諸行皆爲麤重所攝受故二由法性謂是生等苦法性故三由隨逐謂彼三苦常隨逐故四由因謂是增長行因故五由執著謂是顛倒所緣事故

復次由五因緣若苦即無我一離苦諸行我不可得故二彼苦諸行依衆緣故三無作用故四有刹那生常隨轉故五展轉相依故問

若苦諦攝皆不可愛不可樂是苦是損惱是違害耶設不可愛不可樂是苦是損惱是違害皆苦諦攝耶答若不可愛不可樂是苦是損惱是違害當知皆是苦諦所攝或有是苦諦攝非不可愛乃至廣說謂除苦苦所攝諸行所餘壞苦行苦所攝諸行

問如佛世尊以八種相分別苦諦所謂生苦老苦廣說乃至總略五取蘊苦此中幾相顯苦苦性幾相顯壞苦性幾相顯行苦性答前五顯苦苦性中二顯壞苦性愛別離苦已得所愛變壞故求不得苦未得所愛變壞故後一總略五取蘊苦顯行苦性

問若無常是苦耶設苦是無常耶答諸苦皆無常有無常非苦謂道諦所以者何道非苦受等所攝故非苦苦道非變壞何有變時當生壞苦道能解脱一切雜染品麤重故能違一切生相續故是故亦非行苦所攝

問若無常苦皆空無我耶設空無我皆無常苦耶答諸無常苦皆空無我有空無我非無常苦謂於此中苦集諦具四種道諦有三滅諦有二非無常非苦

問若無常苦者皆無常故是苦耶答或無常故或自性故謂所有行壞苦故苦彼無常故是苦若苦苦故苦行苦故苦彼自性故是苦損惱性故苦所揉故

問若復是苦諦亦集諦耶設是集諦亦苦諦耶答諸是集諦者皆是苦諦或是苦諦而非集諦謂一切阿羅漢清淨相續中所有若善若無記一切世間法一切異生身中所有果異熟攝無記諸法一切現在士用所生若苦

若樂若不苦不樂俱行無記諸行當知唯是苦諦所攝

問若猒患後有能背後有引出世道世間諸法彼何因緣集諦所攝答雖彼自性猒背後有然能隨順後有身語意妙行是故亦是集諦所攝

問若一切後有業煩惱由相故皆是集諦攝何緣世尊唯施設愛答此愛能起取故能發業故遍諸事故此愛生時普能發起十五種無義利故遍諸事者謂如此愛名順後有愛若喜貪俱行愛若彼彼喜樂愛名遍諸事當知亦爾順後有愛復有二種一緣後有境二是後有因喜貪俱行愛者謂於已得可意境界或於正受用中所有不相離久住愛彼彼喜樂愛者謂於未得所求境界或爲和合或爲不離或爲增益謂所有愛

問若是愛者亦是順後有喜貪俱行彼彼喜樂耶答應作四句或有是愛非順後有非喜貪俱行非彼彼喜樂謂於上解脫希求欲證或有順後有喜貪俱行彼彼喜樂而非是愛謂與順後有喜貪俱行彼彼喜樂愛及餘煩惱相應所有受想思無明等即此三愛是第三句除上爾所相是第四句

問若順後有愛是喜貪俱行愛耶設喜貪俱行愛亦順後有愛耶答諸喜貪俱行愛亦是順後有愛或有順後有愛非喜貪俱行愛謂染汙憂俱行愛或別離愛或不和合愛

問若順後有愛亦是彼彼喜樂愛耶設彼彼喜樂愛亦順後有愛耶答若彼彼喜樂愛亦是順後有愛或有順後有愛非彼彼喜樂愛

謂緣後有境愛又喜貪俱行愛
問若喜貪俱行愛是彼彼喜樂愛耶設彼彼喜樂愛亦喜貪俱行愛耶答應作四句謂於已得可愛境界或於正受用中所有愛是初句即於可愛未來當得未決定中所有愛是第二句即於此當得決定中所有愛是第三句除上爾所相是第四句
問若成就欲界繫受亦成就色界繫受耶設成就色界繫受亦成就欲界繫受耶答應作四句或成就欲界繫非色界繫謂生欲界未得色界彼對治或成就色界繫非欲界繫謂生色界或成就欲界繫亦色界繫謂生欲界已得色界彼對治或俱不成就謂生無色界又生欲界色界無色界中所作已辦住出世道及滅盡定如欲界繫望色界繫作四句如是欲界繫望無色界繫欲界繫望不繫色界繫望無色界繫色界繫望不繫無色界繫望不繫如其所應皆作四句
問諸妙欲亦是過患過失相應欲耶設是過患過失相應欲是妙欲耶答應作四句或有妙欲非過患過失相應欲謂若色聲香味觸能不染汙現行若於彼不作功力無罪安樂住能攝受梵行或有過患過失相應欲非妙欲謂若色聲香味觸一向不可愛不可樂不可欣不能悅意及煩惱欲或有妙欲亦是過患過失相應欲謂若色聲香味觸不能不染汙現行一向可愛乃至悅意或有非妙欲亦非過患過失相應欲謂一切色無色界繫煩惱及事世尊依此妙欲及過患過失相應欲故說如是言妄分別貪是士夫欲

復次此愛略有二種初是有愛後是受用愛此復二種謂於已得未得所受用處差別故又即此愛界差別故復有三種謂欲愛色愛無色愛若生欲界希求欲界後有者喜於已得所受用事欣於未得所受用事諸所有愛是名欲愛若生欲界或生色界已離欲界欲希求色界後有者喜於已得色界等至欣於未得勝上等至諸所有愛是名色愛如色愛如是無色愛隨其所應當知亦爾即此後有愛常見斷見爲依止故建立有愛及無有愛是故此愛名遍諸事

云何此愛生時普能發起十五無義一令隨眠堅固二由纏故染惱一切心心所三令心相續於所緣境顛倒而轉四發起取所攝所餘煩惱五能安立自類相續六能隨順生起未生惡不善法七能隨順已生惡不善法令其增廣八能障礙未生善法令不得生九能障礙已生善法令不得住不忘倍增長益廣大十令行惡行故結集一切諸惡趣苦十一希求後有故結集生老病死等苦十二能令有情怖畏涅槃十三能令有情愛樂生死邪執所有功德勝利十四如於生死於境界亦爾十五能令有情思爲自害思爲害他廣說如經乃至受愛所生心諸憂苦

瑜伽師地論卷第六十七

音釋

楔先結切木楔也 詰苦吉切問也 絢翾縣切 藻子皓切絢藻謂文辭華飾也 呰蔣氏切口毀也 素怛纜梵語也此云契經 纜盧瞰切 縻忙皮切羇也

瑜伽師地論卷第六十八

彌勒菩薩說

唐三藏沙門玄奘奉詔譯

攝決擇分中聲聞地之二

問諸行寂滅是滅諦耶設是滅諦諸行寂滅耶答若是滅諦亦諸行寂滅或諸行寂滅然非滅諦謂由無常滅故非擇滅故諸行寂滅

問何等法滅故名滅諦耶答略有二種一煩惱滅故二依滅故煩惱滅故得有餘依滅諦依滅故得無餘依滅諦

問若此滅諦先無後有云何是常若常時有何不一切有情於一切時般涅槃耶答不流轉相不現行相是滅諦相此諦云何先無後有又無生相無滅相是常相滅諦亦爾是故名常若有證得一切麤重永息滅者彼般涅槃若未證得者彼不般涅槃有滅諦故諸有情類有證得者是故涅槃是證所顯非生所顯復次若有遠離四種過失說滅諦者是名正說何等名爲四種過失一增益過失二自相邪分別過失三相雜亂過失四損減過失若言諸行盡滅有異者是增益過失言無異者是自相邪分別過失言亦有異亦無異者是相雜亂過失言非有異非無異者是損減過失

問若唯一切出世間五非取蘊皆道諦攝何因緣故唯說正見爲先八聖支道而爲道諦答依三學故作如是說由有學者於時時間依增上戒學而起修學於時時間依增上心學而起修學於時時間依增上慧學而起修學又此八聖支道三蘊所攝是故唯此說名

道諦

問何因緣故正語正業正命說爲戒蘊答二因緣故一依正受用法故二依正受用財故謂正語正業戒爲根本戒爲所依方能受用一切正法是故說名依受用法由正命故不依矯詐等起邪命法求衣服等此爲根本此爲依處正受用財是故說名依受用財又於是處世尊說爲增上清淨意現行性此中依止貪等起犯戒思依止矯詐等起邪追求衣服等思若離此事應知是名增上清淨意現行性

問何因緣故正見正思惟正精進說爲慧蘊答由此慧蘊略有三種作業因此三法方得究竟謂通達諸法眞義是初業通達諸法眞義已即於眞義爲他宣說施設建立分別開示令其易了是第二業爲斷餘結法隨法行是第三業如是三業由正見正思惟正精進故如其次第而得究竟

問何因緣故正念正定說爲定蘊答二因緣故一由自性故二由所依故由自性者謂三摩地由所依者四因緣故念於此定能作所依一繫所緣故謂於四念住繫攝其心二隨順定故謂由此念於守護根門正知而住順歡喜處隨念作意中能隨順定三能斷蓋故謂於各別不淨觀等諸蓋對治作意中能斷諸蓋四極多修習相作意故謂遠離者於止舉捨相無間般重加行中能多修習是故此念爲定所依

復次正見差別略有十一謂如病見如癰見乃至無我見結見離繫見能離結見於四種

行如其次第有四種見謂於諸煩惱纏俱行行中於煩惱隨眠俱行行中於愛味俱行行中於過患俱行行中次第觀爲如病如癰如箭如障若於諸行觀爲生滅名無常見觀爲三苦之所隨逐名爲苦見觀彼遠離餘我我所名爲空見觀彼諸行體性非我及我所相名無我見如是八種是緣苦諦正見若於集諦觀爲因集生緣名爲結見由彼集諦於苦諦中起雜染結故若於滅諦觀滅靜妙離名離繫見由彼滅諦一切煩惱及依離繫所顯故若於道諦觀道如行出名能離結見由彼道諦究竟能離結縛所顯故

問若先起無常苦空無我見後方起如病如癰如箭如障見何緣此中先說如病等見答此中依已得道補特伽羅說彼爲先何以故已得聖道諸有學者由增上意樂於諸取蘊觀爲如病乃至如障如是觀已爲斷餘結復起上位清淨無常見乃至無我見當知此中略有二種無常等見一是如病等見所依不清淨見以此爲先此爲引導爲欲獲得所未得故二是如病等見能依清淨見已得如病等見復令增長及爲得心善解脫故如是十一正見中空行無我行見名爲空行餘行見名無願行一行見名無相行謂於滅諦離繫行見

復次於修道中一切出世間道緣四諦爲境當知皆能對治三界一切煩惱何以故由諸有學已見迹者先由法智類智於現不現一切行中起現觀已後於修道攝一切行總爲一團一分一聚以無常等行次第觀察而不

分別此是欲行此是色行此無色行此是現見此非現見是故當知於修道中諸出世道所攝聖道能總對治下地上地一切煩惱

復次彼諸聖者於修道中由出世道而升進時多分以無相行數數作意思惟無相何以故由此作意最能引發現法樂住斷煩惱故復次五神通無諍願智無礙解等及諸如來力無畏等所有一切不共佛法皆是道後所得其性清淨道所建立由此因緣皆道諦攝問一切四諦皆應遍知何緣但說苦諦是應遍知答由於苦諦以二種相應遍知故所謂自相及與共相於所餘諦但知自相謂以因等行知集諦自相以滅等行知滅諦自相以道等行知道諦自相是故唯說苦諦是應遍知問苦諦亦應永斷何緣唯說集諦是應永斷答由集諦永斷能顯苦諦永斷是故唯說集諦是應永斷

復次於諸諦中略有二種現觀一智現觀二斷現觀智現觀者謂隨次第於諸諦中別相智生斷現觀者謂隨次第無倒智生爲依止故證得所有煩惱斷滅

復次略有五種發起正精進因緣一宣說正法二修行共住三察懈怠過失見精進功德四由思擇力相續成熟五知所證得前後差別復次略有二種於斷作證一於種子伏斷作證二於種子永斷作證當知離繫亦有二種一於諸煩惱品別離繫二於煩惱事相屬離繫

問如世尊言汝等苾芻勿行諂誑此中如來觀見諂曲幾種過患誡諸苾芻不令行諂答

觀諂曲者有十二過患故一諂曲因緣不能證得眞實智慧二退失名譽三退失他信四退失功德增長五退失於智者邊聽聞正法教誡教授六諸惡增長七令心相續遠離諸善八由諂不平損害其心常懷苦惱不安隱住九處後苦法十非聖法器十一臨終追悔十二身壞已後墮諸惡趣生那落迦

復次欲界中諂有八種行及七種事云何八行一迷惑諂行二覆藏諂行三顯示諂行四結構諂行五恭順諂行六謀計諂行七推注諂行八現悲諂行

云何七事一言說事二詰問事三違諍事四現親友事五現委信事六所作假託事七艱辛事由初事故其諂曲者與諸世間隨起言說於非義中示現爲義以相迷惑或於義中示現非義如於義非義於有非有當知亦爾又於現行諂曲所起諸惡行中若他詰問諂者則便覆藏實罪顯不實德又諍論者將欲推其功德過失爾時諂者則便結構諸惡朋黨又諂曲者見諍論人有力暴惡心生怖懼即以卑下身語二業隨順恭敬現親友相又諂曲者若見耎直可規其利內與不可委信者等而外現已極可委信謂行住中虛詐積集清善之相又諂曲者於諸親善得意友朋未來廣大所作事中先許爲伴後所作事現在前時矯現種種方便推注謂爲遮防自動勞故又諂曲者隨遭一種苦惱事已於彼怨對所遭苦事實無如是重憂重苦然自顯示有重憂苦謂深歎恨愁憂苦惱乃至悶絕

復次麤語聲聞尚不應得於諸諦中教誡教

授況當能得眞諦現觀或復清淨又有九種麤語聲聞麤語之相若有成就如是相者當知此名不可與語麤語聲聞何等爲九謂能舉罪補特伽羅正詰問時以不美言假合而答或不相應或不圓滿或託餘事方便而答是名初相又以謬言假設餘論方便推遣所詰問事是第二相又瞋恚纏擾亂憒憒渾濁自心是第三相又瞋恚纏發起憤怨罵言鄙語是第四相又起高心彼既說我我當何故而不說彼是第五相又堅覆藏自所作罪是第六相又結怨心相續不捨是第七相又多發起報怨之心是第八相又他顯說能舉罪者若實不實諸功德時不生信解非撥毀罵是第九相此中略有二種舉罪補特伽羅一共所尊重二非共尊重當知此中初二種相依初能舉補特伽羅餘七種相依第二能舉補特伽羅

復次本地分中依戒律儀諸毗柰耶相應之相今當決擇嗢柁南曰

攝制立尸羅　無逸障學觀　依攝受受用

甚深說俞事

略有七處攝毗柰耶及別解脱何等爲七一教敕二開聽三制止四犯處五有犯六無犯七出罪

云何教敕謂佛世尊毗柰耶中教諸苾芻捨不善法增長善法當知是名略說一切教敕之相若廣分別無量無邊

云何開聽謂佛世尊毗柰耶中開許一切能無染汙現所受用資生因緣

云何制止謂佛世尊毗柰耶中制止一切自

性罪法違無罪法
云何犯處略有十八一不善二違善三身業四語業五意業六戒壞七見壞八軌則壞九正命壞十隨護他心十一護他損惱十二護非處疑慮十三婬十四鉢十五衣十六食十七卧具十八病緣醫藥及餘資具不善者謂所有性罪違善者謂所有遮罪身語意業處隨其所應於一切五犯聚中當知其相如是所餘犯處亦於五犯聚中如其所應當知其相云何有犯謂若略說有五犯聚何故於此五犯聚中起諸違犯謂五因故一因緣故二發起故三事故四方便故五究竟故此分別義於攝事分毗柰耶摩怛理迦中我當廣說
復有九種犯一近事男犯二近事女犯三勤策男犯四勤策女犯五正學犯六苾芻尼犯七苾芻犯八異生犯九有學犯無有無學犯何以故由彼更無所應作故法爾獲得小及隨小一切學處悉皆止息又定不能犯染汙罪云何無犯略有四種一初業二顛狂三心亂四苦受所逼
云何出罪略由五相一由自故二由他故三由自他故四依轉故五依捨故由自故者謂應自靜息故由他故者謂見諦者有所違犯不染汙罪由自他者謂諸異生染不染罪依轉故者謂轉捨苾芻依轉得苾芻尼依或轉捨苾芻尼依轉得苾芻依爾時苾芻苾芻尼各所犯罪或轉餘形或轉無形依捨故者謂命終已
復次略有十種制立學處清淨一道理清淨二果清淨三攝受清淨四外清淨五内清淨

六具分清淨七愛敬清淨八伏對治修清淨九隨眠斷對治修清淨十相續不斷清淨復有差別謂有因緣制立學處清淨遠離受用欲樂邊清淨遠離受用自苦邊清淨勝行清淨勝命清淨同法共住清淨無違諍清淨制伏煩惱清淨煩惱離繫清淨住持正法清淨

復次略有十種尸羅過失一毀壞所學過失二不喜樂過失三伴相違過失四期願過失五放逸過失六增上慢過失七隨眠不清淨過失八意樂不清淨過失九不出離過失十邪禁過失

復有十種尸羅功德一和合尸羅二無間尸羅三無怨對尸羅四無損害尸羅五堅固尸羅六出離尸羅七勝所治尸羅八不退轉尸羅九不共尸羅十無上尸羅

復次於毗柰耶勤學苾芻依於十時應不放逸何等爲十一依犯時二依定時三依正時四依乞食時五依所作時六依受用利養恭敬時七依求多聞時八依思正法時九依遠離時十依思通達究竟時

云何於毗柰耶勤學苾芻依犯初時應不放逸謂有苾芻成就五支所攝不放逸即前際俱行等如前廣說如是名爲於毗柰耶勤學苾芻於初時中修不放逸

云何於毗柰耶勤學苾芻依定第二時應不放逸謂有苾芻或住空閑或居樹下生貪欲蓋乃至疑蓋終不安忍則便棄捨除遣變吐彼由五蓋能染汙心乃至能令不得涅槃爲欲斷故於時時間應修止相於時時間應修舉相於時時間應修捨相彼於如是止舉捨

相得善巧已由下劣心慮恐下劣便正修舉由掉舉心慮恐掉舉便修內止心得平等便修上捨又於已得三摩地中不生愛味不起顧戀無有貪染無著而住如是名爲於毗柰耶勤學苾芻第二時中修不放逸

云何於毗柰耶勤學苾芻依正第三時中應不放逸謂有苾芻臨命終時其心猛利發起如是正加行心謂我今者應以緣佛緣法緣僧正念而死應以緣善善心而死彼遂發起如是如是善守護心正念現前以緣於佛法僧正念及緣諸善善心而死彼由緣佛緣法緣僧所有正念及由緣善所有善心而命終故名賢善死賢善夭沒亦名賢善趣於後世如是名爲於毗柰耶勤學苾芻第三時中修不放逸

云何於毗柰耶勤學苾芻依於乞食第四時中應不放逸謂有苾芻依於村邑聚落而住彼即於此村邑聚落廣說如乞食清淨經如是名爲於毗柰耶勤學苾芻第四時中修不放逸

云何於毗柰耶勤學苾芻依於所作第五時中應不放逸謂有苾芻於鉢作業於衣作業於諸智者同梵行所看侍作業或復於餘所有作業皆無縱逸無縱逸故不燋不爛不失不壞亦不零落不過所作不鄙所作不惡所作不急所作不緩所作不掉所作不染所作隨順世間順毗柰耶所有軌則如是名爲於毗柰耶勤學苾芻第五時中修不放逸

云何於毗柰耶勤學苾芻依受用利養恭敬第六時中應不放逸謂有苾芻隨所獲得利

養恭敬於所獲得不染不著不躭不湎不悶不執亦不保玩而受用之深見過患善知出離而受用之隨其所得利養恭敬能自制伏不因所得利養恭敬心住憍傲如是名爲於毗柰耶勤學苾芻第六時中修不放逸

云何於毗柰耶勤學苾芻依求多聞第七時中應不放逸謂有苾芻棄捨世間所有諷誦綺飾詞論絢藻文章隨順世間相應多聞於佛所說所有甚深相似甚深空性相應緣性緣起若順若逆一切經典恭敬受持令得究竟非觀諸法存有所得所獲勝利名得究竟非觀諸法免脫論難所獲勝利名得究竟非爲利養非爲恭敬乃至但爲自得調伏自得寂靜自得涅槃自得沙門若婆羅門最上義利故於此法善聽善受讀誦通利純熟究竟如是名爲於毗柰耶勤學苾芻第七時中修不放逸

云何於毗柰耶勤學苾芻依思正法第八時中應不放逸謂有苾芻獨處空閑如其所聞如其所受如其所得所有諸法思惟其義稱量觀察思所應思離不應思於其少分但生信解於其少分以慧觀察凡所思惟但依於義不依於文如實了知嘿說大說堅固思惟審諦思惟相續思惟隨所思惟要當究竟於其中間終無退屈如是名爲於毗柰耶勤學苾芻第八時中修不放逸

云何於毗柰耶勤學苾芻依於遠離第九時中應不放逸謂有苾芻不與在家及出家衆共相雜住不同其喜不同其憂廣說乃至於所生起世事業中終不許其究竟隨轉處空

閑林邊際臥具遠離一切有情方邑散亂懈怠及障止觀諸隨煩惱如是名爲於毗柰耶勤學苾芻第九時中修不放逸

云何於毗柰耶勤學苾芻依通達究竟第十時中應不放逸謂有苾芻於有如實知有於非有如實知非有於有上如實知有上於無上如實知無上由彼於有非有有上無上如實知故於所未得不生得想於所未證不生證想離增上慢非增上慢所攝持故自記所解如是名爲於毗柰耶勤學苾芻第十時中修不放逸

復次有四種障能障出家謂意樂障所依障業障不自在障意樂障者謂或爲王威所逼迫而求出家如是等所依障者謂或盲聾或扇搋迦或半擇迦或爲疥癩禿攣躄等種種惡疾逼切其身如是等業障者謂害母等諸重惡業不自在障者謂父母等所不聽許若諸僮僕若王大臣他所劫掠若蘭所得若有辯答如是等

復次略有五處諸出家者於毗柰耶決定應學何等爲五謂應學知有犯無犯若重若輕及略所說別解脫經有犯無犯如前已說由六種差別所犯成重一制二差別謂於學處而制立故二事差別謂雖同是波逸底迦殺生等所有性罪於餘遮罪有差別故三穿穴差別謂如有一數數犯故四煩惱差別謂如有一用其猛利貪瞋癡纏而毀犯故五智差別謂如有一善品微少智慧狹劣雖等建立等事等穿等煩惱起然其所犯成極重障非此相違有所犯者如小水流少草能偃於彼

細草不能漂没如大水流聚積草木亦不能
偃此中道理當知亦爾六時差别謂如有一
於其所犯不能速疾如法悔除長時習巳然
後對治與此相違應知所犯名爲輕罪
復次諸持律者應以五相觀察所犯然後斷
罪何等爲五謂一向雜染故一向不行故制
立依處故現彼過失生不生故非一向現行
故此中一向雜染所犯謂諸性罪應當一向
教令不犯若毁犯者如其所應當爲顯示令
速悔除又佛世尊依此補特伽羅此方此時
制立如是遮罪學處若有所餘補特伽羅餘
方餘時犯此過失由觀此失而制立故如其
所犯應爲顯示對治之法若有不犯如是過
失不應於此斷其有犯亦不應顯對治之法
如是名爲總略宣説觀察所犯

復次於毗柰耶勤學苾芻依止七處於六處
中應修加行云何依止七處於六處中應修
加行謂依止大師依止親教依止軌範依止
衣服依止乞食依止卧具依止病緣醫藥什
物於法於學教授教誡等持供養不放逸中
應修加行此中法者謂别解脱經及廣分别
學者謂增上戒學增上心學增上慧學教授
教誡者謂依增上戒學教授教誡依增上心
學教授教誡依增上慧學教授教誡等持者
謂九次第定供養者謂財供養及法供養財
供養者謂由一種可愛樂法法供養者謂由
所餘不放逸者謂於五種善巧相續無間勤
修加行謂蘊善巧乃至處非處善巧
復次毗柰耶中有五種攝受一屬巳受二承
受受三委寄受四捨施受五爲他受由二因

緣令屬已受不得清淨一生染著故二擬蓄積故與此相違乃得清淨由二因緣令承受受不得清淨一非處受故二非量非法受故與此相違乃得清淨由二因緣令委寄受不得清淨一不觀察人而委寄故二於不淨物心繫著故與此相違乃得清淨由二因緣令捨施受不得清淨一於鄙惡田而捨施故二非無希望而捨施故除三種田當知所餘名鄙惡田謂功德田悲田恩田與此相違乃得清淨由二因緣令爲他受不得清淨一非宿交又不告白及性不識故二有染心故與此相違乃得清淨

復次毗奈耶中由五因緣所受用事不得清淨一性有罪故二不端嚴故三不任用故四非攝屬故五不作淨故性有罪者謂依僞斗僞稱僞函繫縛撾打若斫若殺及擄掠等所獲財物而受用之名不清淨不端嚴者謂受田宅及諸賄貨象馬牛羊雞猪狗犬大男大女小男小女奴婢作使金銀珍寶及生穀等而受用之名不清淨不任用者謂大小便利洟唾所汙膿血肪骨此等塗染復有所餘如是等類若受用者名不清淨如世尊言便利等器皆不清淨不應受用非攝屬者謂或僧祇物若不被差不墮鉢中亦不屬鉢或別人物不與不捨亦不捐棄非處委信亦復非量而受用之名不清淨不作淨者謂五種淨何等爲五一受得淨二損壞淨三委寄淨四時法淨五捨分別淨與此相違所有受用名爲清淨

瑜伽師地論卷第六十八

音釋

矯詐 矯舉夭切妄也詐側駕切欺也 懵憒 懵母亘切心不明也憒古對切心亂也 嘿 莫北切與默同 扇搋迦 梵語也此云生謂生來男根不具也搋丑皆切 疥癩 疥古隘切癩洛蓋切 攣躄 攣呂員切手拘攣也躄必益切足不能行也 撾 陟瓜切擊也 摣攝 摣責加切手取物也攝七活切兩指撮也

瑜伽師地論卷第六十九

彌勒菩薩說

唐三藏沙門玄奘奉詔譯

攝決擇分中聲聞地之三

復次應知毗柰耶由五種制立爲最甚深云何名爲五種制立一學制立二犯制立三出離制立四止息制立五羯磨制立

復次略由五處應知學制立爲最甚深一自在故二不自在故三顯現尸羅壞過失故四顯現喜樂鄙業過失故五彼二過失行不行故言自在者若時所化不隨煩惱勢力而行非諸煩惱令不自在爾時即依如是所化自在學行隨意自在不自在者若時所化隨諸煩惱自在而行由諸煩惱令不自在爾時即依如是所化不自在學行制立不自在學處顯現尸羅壞過失者觀諸性罪定不應行制立隨護尸羅學處顯現喜樂鄙業過失者謂觀能障勤修善品是故制立遮罪學處彼二過失行不行者謂佛觀彼自在所化過失不行故無制立觀不自在過失現行制立學處

復次略由五處應知犯制立爲最甚深云何爲犯謂能障礙所有善法令不得生當知此障略有五種一慢緩障二有罪障三輕慢障四惡作障五所知障慢緩障者謂懈怠故於諸善法不勤方便有罪障者謂如有一或由貪纏或由瞋纏或由癡纏或由所餘隨一心法諸隨煩惱之所染汙彼旣生起如是煩惱隨煩惱纏堅著不捨輕慢障者謂如有一不尊所學於諸學中不甚恭敬於其所犯不見怖畏而有所犯犯巳不能速疾發露於大師

所及諸學中性不尊敬惡作障者謂如有一相續染汙惡作所觸於此惡作不能善巧究竟除遣有悵有怏有諸惡作所知障者謂如有一心懷變悔依因淨戒不生歡喜不歡喜故不生適悅如是乃至心不得定心不定故無如實知無如實觀由此因緣名所知障由慢緩障之所觸故於諸煩惱及隨煩惱爲性執著性執著故復爲有罪障之所觸爲有罪障之所觸故於諸學中不深恭敬喜樂所犯喜樂犯故便爲輕慢障之所觸爲輕慢障之所觸故生染汙悔不能除遣所生悔故便爲惡作障之所觸爲惡作障之所觸故變悔轉增由此因緣廣說乃至心不得定心不定故便爲所知障之所觸如是名爲障生次第與此相違當知即是五種無障謂無慢緩障無有罪障無輕慢障無惡作障無所知障

復次意樂毀壞者於其所犯尚不能出況能無犯云何名爲意樂毀壞謂略有五種一於精進無發起欲二於煩惱有染著欲三於所犯有起犯欲四於惡作無除遣欲五於等持無引發欲

復次意樂具足者尚無有犯況出所犯云何名爲意樂具足當知此亦略有五種一於精進有發起欲二於煩惱無染著欲三於所犯起無犯欲四於惡作有除遣欲五於等持有引發欲如世尊言於所犯罪由意樂故我說能出非治罰故

復次應由十處思求所犯謂由別解脫法故由廣分別毗柰耶故五犯聚中由犯自相故由六種差別成重相故謂制立差別事差別

煩惱差别穿穴差别補特伽羅差别時差别由無羞恥者除波羅闍巳迦所餘有殘相故由初業者非初業者現所行故由逼惱出離故由障難出離故由有犯者時諸苾芻白大師故由彼白巳大師爲欲止當所犯集僧衆故由僧衆集巳制立所犯故制立所犯巳復於後時隨事開聽令得究竟無惱害故復次略由五處應知出離制立爲最甚深謂無染出離故逼惱出離故障難出離故無計出離故說悔出離故無染出離者謂如有一於小隨小所犯法中隨有所行若善法增不善法減由此因緣便不染汙由此無染即是出離是故說爲無染出離逼惱出離者謂若有遭因苦重病之所逼切除其性罪於餘犯法隨有所行此由逼惱即是出離是故說爲逼惱出離障難出離者謂若見有命難現前或梵行難於小隨小所犯法中隨有所行由此障難即是出離是故說爲障難出離無計出離者謂若有一遊於異方經行曠野匱乏之處隨有一種障難之法而現在前隨其所有應受用事求受用法而不能得遂生敬畏受用此事於小隨小所犯法中隨有所犯由此無計即是出離是故說爲無計出離說悔出離者謂如有一於五犯聚有餘犯中隨有所犯遂於有智同梵行所以毗柰耶祕密之法發露陳說如法悔除言小隨小所犯法者謂除性罪

復次略由五處應知止息制立爲最甚深一清淨故二防破壞故三爲引接廣大義利補特伽羅令入法故四爲令聖教轉增盛故五

爲遮防難存活故清淨故者謂有清淨所作已辦諸阿羅漢由彼已得極清淨故僧便於彼小及隨小所有學處皆爲止息防破壞故者謂於僧中一分苾芻於有犯中生無犯想於無犯中生有犯想一分苾芻於有犯中生有犯想於無犯中生無犯想由此因緣發起種種鬬訟違諍由此令僧不得安樂爲欲靜息此諍事故僧衆和合白四羯磨於小隨小所有學處皆共止息爲欲引接廣大義利補特伽羅令入法者謂如有一族姓高貴補特伽羅於聖教中多有所作僧遇彼人無別方便可令入法爲欲引接令得入故僧衆和合白四羯磨於小隨小所有學處皆爲止息爲令聖教轉增盛者謂於末劫諍劫穢劫正現前時無量有情於小隨小衆多學處不樂修學未入法者不欲趣入已入法者復欲離散由此聖教漸漸衰退不得增盛由此因緣僧衆和合爲令聖教得增盛故白四羯磨於小隨小所有學處皆悉止息爲欲遮防難存活者謂於末劫諍劫穢劫現在前時由小隨小諸學處故令諸苾芻難可存活爲欲息此難存活事僧衆和合白四羯磨止息學處

復次略由五種補特伽羅於十羯磨應知羯磨制立爲最甚深何等名爲十種羯磨一受具羯磨二結界羯磨三長養羯磨四同意羯磨五趣向羯磨六恣舉羯磨七治罰羯磨八攝受羯磨九白二羯磨十白四羯磨云何五種補特伽羅一良慧喻補特伽羅二鸚鵡喻補特伽羅三炬燭喻補特伽羅四電光喻補特伽羅五書畫喻補特伽羅云何良慧喻補

特伽羅謂如有一於上所說十羯磨中唯依於義不依於文唯隨義轉不隨音聲雖於此中未作如是羯磨言詞然能依義發起語言行於此義云何鸚䳇喻補特伽羅謂如有一唯依於文不依於義唯隨文轉不隨於義不能依義發異言詞云何炬燭喻補特伽羅謂如有一依少羯磨便多增益現行種種隨意言詞譬如炬燭云何電光喻補特伽羅謂如有一或一時間於諸羯磨及諸學中現可得見於一時間都不現見譬如電光云何書畫喻補特伽羅謂如有一如其所制羯磨言詞即如是轉不增不減如書畫者

復有五種僞毗柰耶一僞制立學處二僞制立所犯三僞制立出離四僞制立止息五僞制立羯磨云何僞制立學處謂如有一制立學處不入契經不現於律違背法性違背法性者謂能增長諸不善法及能損減所有善法云何僞制立所犯謂如有一於有犯中立爲無犯於無犯中立爲有犯云何僞制立出離謂如有一於不出離立爲出離於出離中立不出離云何僞制立止息謂如有一於不應止息制立止息應止息中立不止息云何僞制立羯磨謂如有一於非法羯磨立法羯磨法羯磨中立非法羯磨

復次除十種事若有苾芻於異人前宣說顯示諸餘苾芻壞戒壞見壞諸軌則及壞正命當知此言非清淨說云何十事一於佛寶欲爲損害或欲劫奪如於佛寶二於法寶三於僧寶當知亦爾四見由彼故壞戒壞見若壞軌則若壞正命品類漸漸增長廣大或聞或

疑五見彼顯示壞戒見壞軌壞命等不正法或聞或疑六欲令彼出壞戒壞見壞軌壞命不善法處及欲安置諸善法處七爲護他心勿使他人作如是解是諸苾芻皆悉壞戒壞見壞軌壞命然相覆藏八或有施主或鄔波索迦或造寺主啓白僧衆作如是言我不忍許諸有壞戒乃至壞命在此中住諸苾芻輩若見壞戒乃至壞命者當告我知若諸僧衆同聞此言九若有見他由此因緣內懷嫌恨欲起無義或聞或疑十僧衆於此壞戒壞見壞軌壞命汙染他家行惡法者無有力能治罰驅擯唯有一因唯有一緣所謂向他說彼不清淨事若因嫉妬或因憎恚或因財利欲毀欲惱欲令損害由此緣故向他說者當知是名不清淨說

復次毗柰耶中略有五種能顯法義諸譬喻事一本生事二本事事三影像事四假合事五譬喻事本生事者謂說前生菩薩行事本事事者謂說前世諸相應事影像事者謂說乳酪生酥熟酥醍醐等喻影顯最勝補特伽羅又以世間七種河中補特伽羅喻影顯正法中七種補特伽羅如是所餘影像種類皆應了知假合事者謂大王喻或良醫喻如是等類餘無量喻隨順染汙及清淨品復有現見世間譬喻或依雜染品或依清淨品由彼少分共相應故假合而說譬喻事者謂說廣長衆多譬喻如長譬喻及餘無量如是等類

復次由五種相建立所知諸法差別何等爲五一由事故二由品業差別故三由智依處差別故四由智差別故五由攝餘智差別故

云何由事故謂略說一切有爲無爲名所知事云何由品業差別故謂即此事復有五品所知差別及此五品所知作業何等爲五謂此所知或有假立故名所知或有勝義故名所知或有所作究竟故名所知或有他心淨不淨行故名所知或有一切種別故名所知若世俗智能知假立所知知假立故如實了知世俗道理善不善法有罪無罪廣說乃至緣生法等一分應遠離一分應修習又能了知世俗言說遊行世間隨因隨緣而起衆行法智類智苦智集智滅智道智能知勝義所知知勝義故能證見修所斷法斷盡智無生智能知所作究竟所知知所作究竟故心得決定無有疑惑於自斷中離增上慢他心智能知他心淨不淨行所知由知此故如實知他所有意樂界及隨眠十力智能知一切種別所知由知此故能正於他起一切種教誡教授能斷一切有情疑惑能善安置一切有情於善趣果及解脫中有大勢力能作一切有情利益及安樂事如是名爲五品所知及五種業

云何由智依處差別故謂有二種一自利行二利他行若隨順斷世俗智若正能斷勝義智若於斷所作究竟智如是諸智應知依自利行依處若於他意樂界及隨眠所有他心智若於一切種別所知中所有十力智如是二智應知依利他行依處如是名爲智依處差別

云何由智差別故謂世俗智或善或不善或無記或有漏或無漏唯是世間無漏者謂於

已斷一切無學身中可得此及所餘總名俗智亦唯世間當知所餘法類智等是出世間亦唯無漏盡無生智當知唯於漏盡中生若不分別盡及無生謂我已得諸漏永盡我未來苦不復當生者唯是無漏唯出世間若作如是分別者唯是無漏世出世間世俗智攝是未曾得是阿羅漢相續中生他心智唯是世間若在異生及有學相續中者是有漏若無學相續中者是無漏問何因緣故清淨身中諸世俗智說名無漏荅由彼身中諸漏隨眠已永斷故又此諸智是他心智現所行境此他心智非染汙性非餘染汙現所行境又彼自性不與一切煩惱相應是故此智由隨眠故由所緣故由相應故皆成無漏十力智在如來相續中是未曾得唯是無漏世間智攝何以故由此一切種智皆帶戲論而現行故云何由攝餘智差別故謂神通智解脫門智無礙解智無諍智願智力無畏念住一切種不共佛法等智隨其所應當知皆爲如前所說諸智所攝謂五神通皆世俗智攝若諸異生及諸有學相續中者皆是有漏若在無學相續中者皆是無漏第六神通盡及無生二智所攝盡無生智如前應知空解脫門智八智所攝謂法智類智苦智集智滅智道智及出世間盡無生智無願解脫門智六智所攝謂法智類智苦智集智盡智無生智無相解脫門智五智所攝謂法智類智滅智盡智無生智無礙解智無諍智願智十力等一切不共佛法智皆世俗智攝皆是無漏在阿羅漢及如來相續中如其所應盡當知諸解脫

門建立相如本地分已説不共佛法及無礙解等如菩薩地已説
復次云何神境云何神境智云何神境智作證謂從一種變作多種如是廣説乃至梵世身自在轉是名神境由神境智於此境界領受示現是故説此名爲神境若智具大威德修所成是修果名神境智由此智於彼境能領受能示現是故説此名神境智即此智種子由生緣所攝受故勢力增長相續隨轉名神境智作證如是一切總攝爲一名神境智作證通
云何天耳云何天耳智云何天耳智作證謂若修果耳所攝清淨色是名天耳與依耳識相應智名天耳智此智作證如前應知如是一切總攝爲一等如前説

復次由此道理餘一切通所作問詞如前應知所有釋詞隨其所應我今當説謂諸他心由有貪等差別而轉名心差別若具大威德修所成是修果緣彼爲境智名心差別智此智作證如前應知如是一切總攝爲一等如前説若於過去生自體差别明了記憶名宿住隨念若智具大威德修所成是修果依止所念與念相應此方得轉是故説名宿住隨念智餘如前説若諸有情好惡色等種種差别從彼别别有情衆没於此别别有情衆生説名死生若修果眼所攝清淨色以爲依止緣死生境識相應智名死生智餘如前説若一切結無餘永斷名爲漏盡即於此中世間盡智及無生智名漏盡智所餘一切如前應知復次諸具神通修觀行者若遇其時便能

示現或復安住或行他利或於是中能善問記是故名爲具神通者復次前三通是通非明後三通亦通亦明以能對治三世愚故又初神通能迴異類令他於已發生尊敬第二神通知他所行染淨語業能善訶責令其歡喜第三神通善能知他若淨不淨心行差別能正教授及與教誡後三神通能令遠離常邊斷邊能無顛倒離增上慢依於漏盡宣說中道即於此中能善教授復次觀察三種義勢力故俱分解脫利根阿羅漢苾芻住無諍定謂或有一昔曾於彼無諍等持聞有無量差別勝利心生喜樂發起勝願由此因緣緣彼爲境猛利意樂數數熏修彼既證得阿羅漢已由彼爲因由彼爲緣即於是中心樂趣入是故今者住無諍定又復有一昔異生時令諸有情起無量諍於彼發起種種惱害瞋恨等事今既證得阿羅漢果於昔所行愚夫之行生大悔愧是故今者住無諍定又復有一自既證得阿羅漢果欲令無量衆生造作順現法受可愛果業又欲令彼於現法中受可愛果是故方便住無諍定由此因緣熏修邊際第四靜慮以爲依止發生無諍想三摩地防護他心於自所起一切威儀終不令他起煩惱諍是故說此名爲無諍如是爲欲護他心故隨所依止村邑聚落所住之處周遍於此村邑聚落諸衆生心次第觀察如是遍觀一切衢路一切家屬一一衆生未來世心如是觀已彼若了知如是村邑如是聚落如是衢路如是家屬如是衆生當於我所暫得見時必定生起諸煩惱

諍即便隱避令彼衆生皆不得見彼若了知
不由見故由不見故生煩惱諍則作方便令
彼得見彼若了知由隨順故令不起諍即便
觀察所隨順事爲淨不淨若清淨者即與相
見隨順彼事若不清淨或復觀彼所隨順事
令他相續起煩惱諍既觀察已不與相見又
審觀察若因如是語言如是威儀如是攝受
如是受用衣服等物如是說法如是勸導令
他相續起煩惱諍即便遠離如是諸言廣說
乃至如是勸導彼由多分住如是住行如是
行是故說名住無諍者
云何願智謂俱分解脫利根阿羅漢苾芻熏
修邊際第四靜慮爲依止故若聲聞乘隨聲
聞智所行境界若獨覺乘隨獨覺智所行境
界起如是願願我當知如是如是所知境界
從此趣入熏修邊際第四靜慮既入定已隨
先所願一切了知若諸如來遍於一切所知
境界智無障礙
復次諸佛如來於無諍定而不數入所以者
何有諸衆生勝利益事由起煩惱俱時成辦
如來於此勝利益事不能棄捨
復次如熏修邊際第四靜慮以爲依止引發
無諍及與願智當知如來所有一切不共佛
法妙智亦爾餘神通等一切靜慮以爲依止
皆能引發
復次唯依諸靜慮及初靜慮近分未至定能
入聖諦現觀非無色定所以者何無色定中
奢摩他道勝毗鉢舍那道劣非毗鉢舍那劣
道能入聖諦現觀非生上地或色界或無色
界能初入聖諦現觀何以故彼處難生猒故

若猒少者尚不能入聖諦現觀況於彼處一切猒心少分亦無

復次當說世俗智及出世無漏智初中後際生起差別謂世俗智初異生位起如先說五染汙見及與貪等相應邪智是染汙等諸世俗智應斷應知爲欲生起彼對治故復起世間信所攝受無顛倒見是善有漏世俗智攝以此正見爲依止故次起聞思所成妙慧於諸念住勤修觀行亦善有漏世俗智攝以此爲依次於順決擇分方便道中由修所成慧於諸念住勤修觀行亦善有漏世俗智攝以此爲依次起見道方便順決擇分俱行修所成慧於諸念住勤修觀行亦善有漏世俗智攝以此爲依次起世第一法見道無間道所攝正見亦善有漏世俗智攝如是名爲初異生地諸世俗智生起次第又即以彼世第一法所攝俗智爲依止故能入見道昇見道時即先所修善世俗智所有種子由彼熏修皆得清淨亦名爲修此則名爲諦現觀邊諸世俗智出見道已生起此智證見所斷諸法解脫昔來於彼曽未解脫由此生故是諸聖者於見所斷煩惱斷中能正分別謂那落迦我已永盡乃至不復墮諸惡趣又能了知我今已證得預流果又能了知我今已斷如是如是所有煩惱又隨所欲應可爲他所記別者當爲建立又審觀察而記別之又能於諸聖諦現觀以無倒慧而正建立復於此上隨其所應未離欲處以世間道漸次修習能離彼欲乃至能於無所有處離欲作證此諸聖者以出世間智後所得諸世俗智離諸欲時當

知同彼非聖道者所作離欲但能損伏煩惱種子非謂永斷此世俗智是出世間智後所得應言此智亦是世間亦出世間不應一向名爲世間又修此智略有四道一方便道二無間道三解脱道四勝進道於一切地修道所斷耎中上等九品煩惱隨其品數各各差別能隨順斷是名初道能無間斷是第二道無間斷已是第三道次後於斷是第四道此勝進道復有二種或有無間爲斷餘品修方便道此於前品名勝進道於後所斷名方便道或有無間不修方便但於前品生知足想不求勝進或住放逸或於已斷以觀察智而更觀察或有但以伺察作意而伺察之當知此道唯名勝進除未至定所餘一切近分地中唯有俗智無出世智何以故由未至地是初定心初靜慮上所有定心皆先有定故聖弟子從此以上但依根本修出世智不依近分第一有中所有諸智皆俗智攝何以故彼處作意與出世間聖智作意不同分故但作非想非非想行出世作意有想諸定所攝受故始從學地乃至於此諸世俗智當知皆名中際俗智於阿羅漢身中所有一切清淨無漏解脱一切結縛煩惱盡智無生智及餘一切神通等功德所攝諸世俗智皆是後際世俗智攝

復次諸菩薩初中後際世俗智者謂從勝解行地乃至到究竟地所有一切世俗智初際者謂勝解行地中際者謂從增上意樂清淨地乃至決定行地後際者謂到究竟地又諸菩薩於諸地中起二種行謂有戲論想差別

行及離戲論想現行行似出世間善修此故得後所得世俗智攝無障礙智又諸菩薩有與如來願智相似諸世俗智勝諸聲聞獨覺所得一切願智諸神通等及空智等應知亦爾由諸菩薩所有功德皆依十力種姓而轉聲聞獨覺則不如是

復次如是已說初中後際諸世俗智初中後際諸出世智次我當說謂見道修道無學道若法智品見道對治欲界見所斷惑若類智品見道對治色無色界見所斷惑問一切類智現在前時皆能了別色界無色界耶答若有曾於色無色界所有諸法善聞善思善取相者即能了別若不爾者不能了別所餘諸智或在毗鉢舍那品或在奢摩他品法智類智二品所攝又於見道初智生時諸餘智因由能生緣所攝受故皆得增長一切見道即此刹那皆名爲得於此得已後時漸漸次第現前當知見道是速進道於修道中若有修習出世間道而離欲者應知如前方便道等皆是出世若於苦等諸聖諦中有戲論想而現行者是世俗智離戲論想而現行者是出世智爲於諸諦以有相想應善取相故爲如先時所見所知修習種種微妙智故爲以世間諸善猒行令心猒故爲受種種妙法樂故是諸聖者亦修世間離欲之道而離諸欲無學地中即如所說出世間智解脫修道所斷惑故極善清淨又出世智能爲一切世間功德所依持處能令一切上地下地所有功德皆自在轉如是名爲初中後際出世間智次第生起

復次諸神境智或加行得或生得加行得者如生此間異生有學及與無學諸菩薩等所有修果生得者謂生色界由先修習爲因緣故後於此中生便即得又有欲界諸天及人一分福果所致如曼馱多王等又傍生趣如飛禽等攝受如是衆同分故如得神通鬼趣一分亦復如是又有呪術藥草威德亦如神通如作幻惑猒禱起屍半起屍等即由如是差別道理餘四神通所有差別隨其所應當知亦爾

復次云何所識法謂一切法皆是所識諸識能識由五種相諸識差別如其所應建立所識何等爲五一依緣差別故二欣慼差別故三勝劣差別故四心所差別故五障治生差別故

云何依緣差別謂由所依所緣差別建立眼等六識差別眼識了別諸色境界餘識各各了自境界意識了別一切眼色乃至意法以爲境界

云何欣慼差別謂苦受相應識名慼此能了別隨順憂苦不可意法樂受相應識名欣此能了別隨順喜樂可意諸法不苦不樂受相應識名非欣非慼此能了別隨順捨受非二諸法

云何勝劣差別謂不善法及有覆無記法相應識名劣此能了別諸染汙識所行諸法善法相應識名勝此能了別一切善識所行諸法無記法相應識名非勝非劣此能了別自所行法

云何心所差別謂有心所遍諸心起復有心

所遍善心起所餘心所應知如前有漏法中已說其相遍諸心起復有五種謂作意觸受想思如前意地已說其相遍善心起復有十種謂慙愧無貪無瞋無癡信精進不放逸不害捨如是十法若定地若不定地善心皆有定地心中更增輕安不放逸等唯是假法此相應識皆能了知一切境法

云何障治生差別謂所治障有十五心何等十五謂欲界繫總有五心見苦見集見滅見道及修所斷如欲界繫總有五心色無色界當知亦爾能對治心是第十六謂諸無漏學無學心如是所治及能治識隨其所應各能了別自所行法

復次生差別者略有五種一欲界生行二色界生行三無色界生行四往上地生五還下地生欲界生行者從欲界繫若善若染汙若無覆無記心無間遍欲界繫一切心生是名欲界識生差別如欲界繫如是色無色界繫自地三心無間皆生自地三心若先未起靜慮無色初欲生時要從欲界善心無間初靜慮地善心得生初靜慮地善心無間第二靜慮善心得生如是乃至無所有處善心無間第一有地善心得生必從色界善心無間初學心生學心無間無學心生若先已起靜慮無色即於彼地不退失者彼從欲界善心無間隨其所樂上地諸心及學無學心欲起現前先已善取彼行相故於彼諸心如意能起如是所餘上地諸心無間所起如其所應當知亦爾又從欲界無記心無間色界善心生如色界果欲界變化心即從色界善心無間

此欲界無記心生又說此心爲欲界者當知是彼影像類故非自性故又欲界没生上地時欲界善心無記心無間上地染汙心生謂生初靜慮乃至有頂以一切處結生相續皆染汙心方得成故如是應知往上地生諸識決定於自所行生起差別又諸異生退先所得世間靜慮無色定時由染汙心現前故退此下地染汙心從上地善心染汙心無間生又從上地没生下地時從一切上地善心染汙心無記心無間唯有下地染汙心生如是應知還下地生諸識決定於自所行生起差別如是障治生差別故諸識決定於自所行了別所識諸法差別

瑜伽師地論卷第六十九

瑜伽師地論卷第七十

彌勒菩薩說

唐三藏沙門玄奘奉詔譯

攝決擇分中聲聞地之四

復次諸智光明有五勝利一能於所知滅一切闇二能以世間出世間功德適悅攝受所依止身三能正觀見所未見義四能於現法與第一樂五能身壞後與第一趣

復次由十五種德差別故諸智光明勝外光明何等十五謂外光明以色爲性諸智光明以慧爲性又外光明能害外翳諸智光明能害内翳如是非常所愛常所愛不可分布與諸有情可分布與諸有情出已還没出已不没有色無色麤細有闇相違無闇相違動不動不能作一切有情義利能作一切有情義利引諸衆生趣曾所趣引諸衆生趣未曾趣不能開發一切所覆能開發一切所覆不能隱覆已所開顯能隱覆已所開顯不能發起無量照明能發起無量照明違害於見不違害見當知亦爾

復次有三種調善一除遣故二制伏故三害隨眠故復有三種寂靜一諸惡尋思不能擾故二不爲諸相所動亂故三任運於内常喜樂故復有三種寂止一身寂止二語寂止三意寂止復有三種梵志一趣向梵志二住果梵志三到究竟梵志如是沙門亦有三種復有三種婆羅門一假名婆羅門二種姓婆羅門三正行婆羅門

復次由四因縁令尸羅壞尸羅壞故依止尸羅所應生善皆不得生謂於無餘罪起毀犯

故於有餘罪不悔除故於諸所犯不憶念故於無犯中執有犯故於有犯中執無犯故由四因緣名戒具足與上相違應知其相復次由二因緣令所受戒清淨具足一助伴清淨故二自性清淨故云何名爲助伴清淨謂見清淨軌清淨命清淨云何自性清淨謂恭敬隨學具分隨學復有差別謂三因緣令所受戒清淨具足一意樂清淨故二命清淨故三行清淨故云何意樂清淨謂爲解脱修行梵行不爲生天云何命清淨謂如法乞求以自活命云何名爲如法乞求謂如所應求如所從求而乞求故云何名爲如所應求謂不矯詐而有所求亦不綺說而有所求亦不現相而有所求亦不抑逼而有所求亦不以利而希於利云何名爲如所從求謂除五種不應行處而有所求云何行清淨謂深信所犯有不愛果若行若住繫念思惟終不故犯設有所犯即便從他如法悔除誓於當來堅牢防護復次若有苾芻欲勤加行密護根門應以四相了知妄念過失及以四相了知不如理作意云何四相了知妄念過失一闕念二劣念三失念四亂念闕念者謂於密護諸根門法不聽不受不善了知劣念者謂於彼法雖聽雖受雖善了知而不常作非委悉作若修若習若多修習失念者謂雖修習亦多修習然或有時不正了知而有所行亂念者謂即於彼非雜染中生雜染想雜染中生非雜染想云何以四相了知不如理作意一是煩惱生因二與雜染生相應三毀壞羞耻四起錯亂犯煩惱生因者謂如有一執取於相執取

隨好由此因縁於是處所惡不善法隨心流逸與雜染生相應者謂即與彼惡不善法俱現前行毀壞羞恥者謂如有一於應羞恥而不羞恥又即於彼惡不善法現在前時而無羞恥起錯亂犯者謂即因彼無羞恥故或犯所犯罪或思捨所學

復次於食知量勤修行者斷除八處乃名具足於食知量何等為八一躭著飲食二躭著自身三命根壞滅四飢劣五身重六非無病七命不清淨八多營事業

復次常勤修習覺悟瑜伽者斷除八處乃得名為常勤修習覺悟瑜伽正行具足何等為八一由威儀其身疲弊二愛味偃臥睡眠為樂三隨雜染相四不勤修習雜染對治五非時而覺六虛棄而覺七非時而眠八虛棄而眠

復次依六出離應知建立諸出離地何等為六一不隨順出離二闕出離三家出離四不圓滿出離五下地出離六薩迦耶出離不隨順者謂五種依止一趣不隨順二生不隨順三精進不隨順四障不隨順五愛樂不隨順闕者謂闕四種緣一親友闕二聽聞闕三隱沒闕若教若證皆隱沒故四施主臥具闕

復次由四種力生善法欲一由緣力二由因力三由智力四由行力

復次由四圓滿故於善說法毗柰耶中出家圓滿一形相圓滿謂能隨順無所雜染不染汙故二業圓滿謂如佛說法善隨順故三意樂圓滿四住處圓滿

復次由五因縁應知尸羅律儀圓滿一不墜墮故二能出離故三不可訶故四無穿缺故

五不知足故
復次依二種對治應知四種根律儀二種對治者一思擇力二修習力四種根律儀者一境界護二煩惱護三纏護四隨眠護境界護者謂住寂靜勤修行時以念自守於諸境界心不流散故煩惱護者謂等位行而遊行時於諸境界遠離貪憂故即分別此不取其相乃至心不流逸者若於爾時執取彼相復起隨覺執取隨好則便於彼修防護行以修習力守護眼根是名纏護證眼根護是隨眠護
復次由五因緣當知於食知量圓滿一依止對治故二遠離所治故三依自作業故四依處故五分別故此中舊受者飢所起苦受者食所起撫育者增梵行故力者能害所治故樂者現法樂住故無罪者淨福田故安隱住者煩惱苦斷能作證故減省睡眠無間殷重二加行故精進圓滿殷重方便者謂行坐時而成辦故於第一第二第四蓋中宜坐時第三蓋中宜行時第五蓋中宜俱時無間方便者謂於晝日夜初後分應常覺悟於夜中分正習睡眠爲離師子相似長時極重失念無間睡故重累其足乃至思惟起想正習睡眠
復次應於五處知量正知而住一於行處二於觀處三於攝受利養恭敬處四於受用資具處五於善品加行處由初處故終不遊行非所行處亦不薄晚而出遊行由第二故先不作意而觀視者速攝其根若先作意而觀視者善住其念由第三故若有所受及他禮時手不痿縮足不躁動由第四故受用衣鉢及與飲食皆知其量由第五故若居寂靜於

晝日分經行宴坐若行若住若坐若覺善知其量於其夜分所習睡眠亦善知量若有修習論議決擇若語若默亦善知量爲令二種所依調適除遣睡眠及諸勞倦亦善知量

復次若有苾芻勤修神足略由四支攝諸斷行一修習支二證勝進支三護隨煩惱通達支四引發能淨隨煩惱支修習支者謂欲精進何以故依欲精進修神足故證勝進支者謂信輕安何以故由證勝進故以淨信心信上解脫以其輕安止息所有身心麤重護隨煩惱通達支者謂念正知何以故由正念故防護未生止觀隨惑由正知故通達已生止觀隨惑引發能淨隨煩惱支者謂思及捨何以故由思故勵沉下心由捨故若心掉舉攝持於內

復次有四種法於所得定爲增上緣一審諦聽聞二得正教授三宿世慣習四具足多聞審諦聽聞者謂發起樂欲生淨信心聽聞正法由此因此緣得心一境性得正教授者謂因次第教授無倒教授故發起勇猛精進而住無間常委於菩提分精勤方便修習而住由此因此緣得心一境性宿世慣習者謂於宿世隣近生中於諸靜慮及諸等至數已證入由此因此緣得心一境性具足多聞者謂多聞聞持其聞積集即於彼法獨處空閑思惟籌量審諦觀察由此因此緣得心一境性

復次有七種法爲欲證得三摩地者應正了知一內定退因二外定退因三內定退四外定退五內定退及因對治六外定退及因對治七彼二對治依持內定退因者謂懈怠外

定退因者謂掉舉内定退者謂惛沉睡眠外定退者謂於五妙欲散亂内定退及因對治者謂善取相而正觀察外定退及因對治者謂即於身觀察不淨彼二對治依持者謂光明想

云何於身觀集法住謂觀此身從過去世及諸飲食現在而生云何於身觀滅法住謂觀此身於當來世是死滅法云何於身觀集滅法住謂觀此身於現在世由飲食緣增長久住必當破壞於有身者謂於此身善住其念於真如身或唯出世間智者謂由於内奢摩他道或唯出世間見者謂由毗鉢舍那道或唯憶念者謂由此後所得出世間道云何於身無所依住謂依諸定修習念住即於彼定無有愛味乃至無有住著云何於世間無所取執謂於四顛倒已永斷滅永斷滅故於彼身等終不執取淨樂我常

復次依止施設建立五種補特伽羅云何爲五一欣樂喜樂諸異生者二欣樂障斷見迹行者三欣樂解脱見趣行者四到究竟見趣行者五到究竟見迹行者云何欣樂喜樂異生補特伽羅應知此有三種謂欣樂欲生喜樂欣樂有尋有伺定生喜樂欣樂無尋有伺定生喜樂欣樂無尋無伺定生喜樂差別故云何欣樂障斷見迹行補特伽羅應知此有二種謂欣樂煩惱障斷欣樂定障斷差別故欣樂煩惱障斷補特伽羅於現法樂住未得已得於一切種有想等至未得已得謂於依止及於觀察所知有差別故欣樂定障斷補特伽羅於一切勝處未得已得及於一切遍

處未得已得云何欣樂解脫見趣行補特伽羅謂諸外道起如是見我爲非有我所爲非有我當無有我所當無有彼於此見未得已得云何到究竟見趣行補特伽羅謂於非想非非想處未得已得云何到究竟見迹行補特伽羅謂於六觸處無餘永斷究竟證受如是名爲依止施設建立五種補特伽羅

復次鄔波索迦有二種德一清淨二能造作三能引發清淨者謂意樂清淨戒行清淨證清淨意樂清淨者謂於佛寶等遠離疑惑不希世事謂作吉祥戒行清淨者謂能圓滿所有學處證清淨者謂能證得世出世清淨故能作三寶所作事故名能造作能引發同法不同法者智故名能引發

復次有三種法一聞法二行法三究竟證法又外道法是顛倒說所有禁戒非可現見依止邪願修梵行故所有等至有熱惱非究竟不能趣究竟不能出離故共諸外道故共諸異生故諸佛正法與彼相違是眞善說是可現見乃至智者自內所證

復次諸欲得捨次第謂當宣說先所應作由此故得謂由布施持戒於此可得謂在天上由此受用謂由愛味由此故捨謂由過患如此差別捨於事欲及煩惱欲謂由出離遠離功德又若顯示清淨品法謂應稱讚四沙門果從彼決定無退墮故或出世間故

復次由三因緣同梵行者應當和合驅擯犯戒一爲護他故二彼不堪爲上法器故三彼能令僧無威德故

復次由四因緣令於尸羅深生愛樂一由師

教遠離二邊制立所學故二由自內非極猛利貪等類故三由助伴彼極柔和易共住故四由加行不住懈怠故復次有四種觀察尸羅一由共住信知是有二於厄難信知堅牢三由世務信知無缺四由言論決擇信知無戀見不壞故

云何心趣遠離謂於住時處憒鬧者云何心趣出離謂於聚落而遊行者云何心趣涅槃謂居寂靜處奢摩他等相者復有差別謂依遠煩惱說趣遠離依出生死說趣出離依入涅槃宮說趣涅槃一切受弃相續滅故名爲無影名爲寂滅三苦永離故名爲寂靜煩惱熾然熱惱永息故名爲清涼得無上迹故名爲眞梵

復次由三過故不能無倒聽聞正法一散亂故二愚癡故三不恭敬故

復次有五種相爲聞修器一謙下心二奉行心三攝受義心四善攝受義心五恭敬心

復次於善說法毗柰耶中略有五種大師功德若有大師具成就者便能映蔽外道沙門婆羅門師何等爲五一於諸戒行終無誤失二善建立法三善制立所學四於善建立法善制立所學中隨所疑惑皆能善斷五教授出離

復次由三因緣唯有此道能得出離謂無我見一未曾得故二現能對治諸煩惱故三現於解脫無怖畏故

復次有四種歡喜一儉素歡喜二積習梵行歡喜三無悔歡喜四樂斷樂修歡喜第一歡喜能引少欲樂第二歡喜能引遠離樂第三

歡喜能引三摩地樂第四歡喜能引三菩提樂
復次由二因緣佛世尊法名爲善說一言詞文句皆清美故二易可通達故由二因緣易可通達一若文若義易覺了故二出離等覺故由二因緣名爲出離一往善趣出離故二趣三菩提出離故由二因緣趣三菩提一無疑惑故二不可壞故由二因緣不可破壞一見不可壞故二有窣堵波故由二因緣有窣堵波一證堅住故二有可依故由二因緣名有可依一依智不依識故二大師是如來應正等覺故由二因緣大師是如來應正等覺一斷一切疑故二邪行不可得故
復次有四種能障斷法一無猒離二智未熟三散亂四沉下應知慧眼於作惡者說名爲盲於作福者說名有垢於諸外道說名有翳
復次修法念住者應正了知十一種雜染法一貪二瞋三癡四聚五散六沉七掉八隨煩惱相九不樂遠離十愛味十一增上慢
復次由四因緣出世間道用世間道以爲助伴一隱障諸蓋故二遠分制伏故三猒患朽壞故四法力滋潤故
復次由四種相當知如來所得天眼遍行一切有情義境一現見住造能感一切趣業有情故二現見住種種無量生處有情故三現見有中有死生有情故四現見無中有死生有情故
復次爲證諸法爲達諸法勤修行者有七漸次能證諸法能達諸法謂於說法者恭敬承事既承事已審諦聽法審聞法已法隨法行

法隨法行故爲住其心攝正方便攝正方便故發勤精進發勤精進故遠離内外不平等心起處方便法財二種障得清淨障清淨故於三摩地不生愛味離增上慢

復次爲對治九種所治故應修四種念住一不猒離二不作意三止觀隨煩惱四沉下五不堪擊難六於劣喜足七忘失教授八毀犯禁戒九棄捨善軛

復次諸出家者有五過失一不喜樂過失二貪著利養恭敬過失三追求親屬過失四輕懱過失五增上慢過失諸在家者當知亦有五種過失一貪著過失二習近能障諸欲過失三攝受過失四造作惡行過失五不作善行過失

復次愚夫有四種相一不作善作二作於惡作三二種雜作四雖復一向作於善作而於善作不如實知又有四種愚夫之相一不決定慧二邪決定慧三不起加行四所作姧詐又有四種愚夫之相一非處歡喜二非處愁憂三決定艱辛四先不觀察又有四種愚夫之相一邪思構二邪發起三設施功勞多分無果四由此因緣多生愁歎又諸愚夫多分少福運業薄劣

復次五法相似生死大海得大海名一處所無邊相似故二甚深相似故三難渡相似故四不可飲相似故五大寶所依相似故

復次由五因緣於諸財施法施爲勝一者財施於他身中發起惡行法施決定起諸善行二者財施於他身中發起煩惱法施能令對治煩惱三者財施於他身中無間引發有罪

安樂法施能令無間引發無罪安樂四者財施若佛現世若不現世易可獲得法施若無諸佛現世難可獲得五者財施施而有盡法施施而無盡

復次應令五心隨已自在而轉不應令已隨彼諸心自在而轉何等爲五一惡行方便心於惡行中猛利趣入二善行方便心於善行中不猛趣入三追求諸欲方便心於非法凶暴追求欲中猛利趣入四受用諸欲方便心深生貪染乃至不見過患不知出離趣入受用五出離遠離方便心於出離遠離中速疾退轉於諸欲中或於靜慮諸愛味中速疾趣入復次由五種相諸煩惱魅甚於鬼魅一者若爲一鬼所魅唯則爲此一鬼所魅若爲一煩惱所魅必爲無量煩惱所魅二者若爲鬼魅所魅或以呪術或以縛害或以資具或以衆藥易可治療若爲煩惱魅之所魅不可治療三者若爲鬼魅所魅當於魅時易可識別下至嬰兒亦能覺了若爲煩惱魅之所魅當於魅時難可識別世聰慧者尚不能了四者若爲鬼魅所魅此魅是容易可摧伏非是俱生不即由彼成其自性若爲煩惱魅之所魅此魅非客難可摧伏而是俱生即由彼故成其自性五者若爲鬼魅所魅不與一切餘有情共若爲煩惱魅之所魅必與一切餘有情共

復次或有苾芻不如理思虛妄計度諦故實故建立有我當知此計略有五種虛誑過失一者隨順外道教轉二者攝受外道妄見三者設不順彼而轉然與外道共爲同法四者

若隨外道教轉便爲修行不出離道五者雖不隨順彼轉然與同法翻成異法又二因緣故一於諦現觀因緣起邪行故二於諦現觀起邪行故

復次依止欲行福行展轉同居行有六種愛恚雜染四種依處五種對治云何六種愛恚雜染一境界貪由此習近能障諸欲二怨憎瞋由此於怨諸有情所發起憎恚三順教貪由此於他承受其教不得自在若有情所廣行種種惱害逼迫四增上瞋由此於彼增上安樂增上歡喜諸有情所不欲令其得此興盛唯欲自得雜起種種嫉妬不忍變異不樂第五第六有功德貪有過失瞋由此因緣心不平等於僧衆中雖行惠施修諸福業而常伺求種種差別若作不作若惡所作內懷憂苦不安隱住云何四種依處謂初境界爲依處餘有情爲依處又初二依處各起一分雜染所餘依處各起俱分雜染云何五種對治一不淨二慈三悲四喜五捨復有異門六種愛恚雜染五種對治何等爲六一事貪二事瞋三貪瞋癡雜染貪四不貪不瞋不癡不雜染瞋五不貪不瞋不癡不雜染貪六貪瞋癡雜染瞋云何五種對治謂不淨與慈及三種作意一雜染無顛倒作意二不雜染無顛倒作意三雜染不雜染無顛倒心棄捨貪瞋作意

復次有四種補特伽羅應知出家得五種功德云何四種補特伽羅一自依者二依他者三已熟者四未熟者云何應知出家得五種功德謂自依補特伽羅由出家故棄捨王等

所共財寶依止不共清淨尸羅是名獲得最初功德依他補特伽羅由出家故棄捨屬他隨他而轉不自在事獲得自依不隨於他自在轉事是名獲得第二功德已熟補特伽羅由出家故若無餘結即便獲得一切苦邊是名獲得第三功德若有餘結即便獲得惡趣苦邊是名獲得第四功德未熟補特伽羅由出家故於現法中解脫無量居家迫迮所有憂苦積集無量順解脫分廣大善根能令當來相續成熟是名獲得第五功德

復次有三種苦及九種相應知隨逐諸有漏行云何三種苦謂苦苦乃至壞苦云何九種相謂一一苦各有三相隨逐一切有漏行法故有九相一死所隨縛故二起惡趣因所隨縛故三諸惡趣生所隨縛故四無常法故五於無常中苦法故六於苦中無我法故七順受味行生住樂故八變壞苦故九即由如是變壞苦性諸有智者取為非出離法故

復次若有苾芻成就四支為衆生者乃能無倒教誡攝御所有徒衆修行自利利他正行云何四支一解脫隨煩惱二不離正智三為令一切已生善法堅住不忘修習圓滿倍增廣故攝受任持四為令一切未生善法得生起故攝受任持

云何苾芻解脫隨煩惱謂解脫五種隨煩惱故何等為五一思慕居家二毀犯禁戒三憶先所受分別俱行不正作意四躭著未來所有境界發起貪憂五於法慳悋若諸愚夫於四大種造色自相不如實知謂之為己父母妻子乃至朋友宰官親屬及兄弟等於唯形

色謂戲笑等於唯身語所有動作起有情想俱行作意由此因縁起邪分别妄計爲我父母妻子乃至朋友宰官親屬及兄弟等由此分别妄計因緣發生種種居家思慕諸有智者了知唯有諸色自相無有情想故能解脱初隨煩惱所以者何從乆遠來由見種種各别色形建立安布或時與他而共集會如是見已便謂爲我父母妻子廣說乃至是我朋友宰官親屬或謂爲他非生無色諸有情類有如是事又諸愚夫不如實知愚夫之相及智者相由不如實知愚夫故惡思所思惡說所說惡作所作凡所現行身語意業皆不清淨亦無清淨尸羅正命諸有智者如實知故當知一切與彼相違故能解脱第二隨煩惱又諸愚夫於非如理不能如實知非如理於其如理不能如實知是如理於先所受隨順欲貪可意諸法不正作意起欲尋思堅著不捨不棄不吐於隨順恚不可意法起恚尋思於隨順害不可意法起害尋思餘如前說諸有智者於其如理能如實知此是如理於非如理能如實知此非如理於先所受如前所說差别諸法或不追憶或正思惟或不失念於彼所緣不起欲尋乃至害尋設復生起而不堅著廣說如前故能解脱第三隨煩惱又諸愚夫於根護功德不如實知不護過患不如實知於現在世現前别境發生愛恚雜染其心於諸可意色等境界希慕欲見於不可愛色等境界心生猒逆於可意境心生希慕是名爲貪懷此貪者若彼境界變壞之時心便下慼是名爲憂諸有智者一切道理當知

皆悉與此相違故能解脱第四隨煩惱又諸愚夫於諸貪欲不正法中不能如實知其過患常爲餘四慳所漂溺復起法慳諸有智者於彼過患能如實知於餘四慳尚不生起設起尋捨終不堅著況起法慳彼既如是遠離法慳若遇樂法補特伽羅即爲宣説大師所説素怛纜毗柰耶摩怛理迦相應聖教令其受持廣爲無間分别開示終不隱祕故能解脱第五隨煩惱是名苾芻成就第一解脱隨煩惱支

云何苾芻不離正智謂有四智何等爲四謂依最初離染相續通達八聖支道立第一智依證成辦八聖支道立餘三智謂有苾芻住異生位作是思惟唯於諸佛世尊聖法毗柰耶中有八聖支道非諸外道異論法中有如是道若於是處有八聖支道即於是處有沙門果有諸沙門及沙門義所謂涅槃我今爲證沙門果沙門沙門義故應當發起八聖支道修令清淨由如是行於八聖支道中所有智是名依通達八聖支道立第一智即以此智爲依止爲建立爲欲證得成辦如所通達八聖支道故勇猛精進修餘三智謂聞所成智思所成智修所成智彼爲勤修聞所成智亦令此智得清淨故求聞正法若有宣説如來所證法毗柰耶即便往詣恭敬聽受證得歡喜廣大妙善出離所攝自相高勝故名廣大自性無罪故名妙善涅槃相應故名出離所攝又爲勤修思所成智亦令此智得清淨故若知是處有諸苾芻持經律論而共集會銓量決擇經律論中深隱要義則便往趣請

問諸諦彼則爲其建立諸諦所有自相證得方便先未覺悟令其覺悟若已覺悟開曉令知即於一義文字差別方便勸導令不忘失又於無我相應諸諦證得所依甚深義句以慧通達廣爲開示空性相應如來所說微妙法句由此因緣彼既證得聞思所成智清淨故復更勤修修所成智亦令此智得清淨故便於内身住循身觀乃至廣說修四念住皆應了知如是名爲依證成辦八聖支道建立三智是名苾芻成就第二不離正智支

云何苾芻爲令已生所有善法堅住不忘廣說乃至攝受任持謂諸苾芻依財食事從清淨信諸施主邊如量受取衣服等物名曰任持何以故以諸苾芻由此因緣身不羸頓心有堪能心無染惱已生善法不退增長

云何苾芻爲令未生一切善法得生起故攝受任持謂諸苾芻年齒耆宿戒行清高了知涅槃所有喜樂於諸喜樂爲最第一善修聖道離增上慢若有苾芻能於彼所禮敬承事善言隨喜離諸諂曲無求過心此能生彼名曰任持何以故彼由如是正隨轉時於時時間從彼獲得能發勝喜教誡教授能令未生一切妙善菩提分法速得生起如是四支別分十一十一與四平等平等

瑜伽師地論卷第七十

音釋

𤸎縮 𤸎渠員切縮所六切𤸎縮手屈病也　躁 則到切急進也　魅 明祕切魑魅也　迫迮 迫博陌切逼也迮側鵲切狹也

瑜伽師地論卷第七十一

彌勒菩薩說

唐三藏沙門玄奘奉　詔譯

攝決擇分中聲聞地之五

復次有七種義一應推義二應攝義三應避義四應引義五應遮義六應持義七應發義

復次有七種喜一聞所引喜二思所引喜三修所引喜四離蓋所引喜五議論所引喜六念自功德所引喜七於諸下劣不生知足所引喜

復次有五種法一教法二行法三攝受法四受用法五證法

復次具三種德方能善射一由弓德二由箭德三由中的德弓有二德一其性堅牢二善作究竟箭有一德善作究竟中的有三德一究竟工巧二串習工巧三師學工巧

復次如來教有三種一長時教二無間教三不重說教

復次如來無量法教皆由三種理趣一由義差別理趣二由文差別理趣三由難釋差別理趣

復次夫涉道者須五對治一炎光對治二艱險對治三江河對治四枯竭對治五身勞對治

復次尸羅有二種相能生善趣一攝受尸羅二不缺尸羅

復次諸受欲者於現法中法有三種義一追尋財寶二守護財寶三躭著受用

復次壽命變壞有二種一麤變壞二細變壞變壞分位亦有二種一麤二細

復次智有二德一正行義德二自性德正行義德者謂速疾正行決定正行微細正行自性德者謂是定地不可退轉是出世間已善修習於自所行無有罣礙勝餘一切自類善根勝於一切他類善根

復次有三顧戀修四念住能爲對治一顧戀助伴二顧戀利養三顧戀後有

復次加行故現觀故相續故欲貪無明對治是加行現見安立非安立諦是現觀已離欲未離欲是相續又依故地故品故未修定故已修未得得故所依清淨障故作意清淨障故彼障對治故

復次如說六種現觀謂思現觀乃至究竟現觀

問思現觀有何相答若有成就思現觀者能決定了諸行無常一切行苦諸法無我涅槃寂靜住異生位已能證得如是決定非諸沙門若婆羅門若天魔梵及餘所能如法引奪問信現觀有何相答若有成就信現觀者或是異生或非異生或於現法及後法中終不妄稱餘是大師餘法善說餘僧正行問戒現觀有何相答若有成就戒現觀者終不復能乃至故心斷傍生命不與而取習欲邪行知而妄語飲米等酒諸放逸處問現觀智諦現觀有何相答若有成就現觀智諦現觀者終不復能依諸妄見而有所作於自所證而有疑惑於諸生處而有貪染現行世相計爲清淨誹謗聲聞獨覺大乘作惡趣業何況能造害父母等諸無間業乃至不能生第八有問現觀邊智諦現觀有何相答若有成就現觀

邊智諦現觀者終不於彼他所詰問而生怖畏問究竟現觀有何相答若有成就究竟現觀者終不復能犯於五處亦不復能乃至故斷諸傍生命不與而取行非梵行習婬欲法知而妄語蓄積財寶諸妙欲具而受用之亦不怖畏不可記事亦不妄計所有苦樂自作他作自他俱作非自非他爲因而生如是等類當知是名諸現觀相

問思現觀何自性答上品思所成慧爲自性或此俱行菩提分法爲自性問信現觀何自性答緣三寶境上品世間出世間清淨信爲自性或此俱行菩提分法爲自性問戒現觀何自性答聖所愛身語業爲自性或此俱行菩提分法爲自性問現觀智諦現觀何自性答緣非安立諦境慧爲自性或此俱行菩提分法爲自性問現觀邊智諦現觀何自性答緣安立諦境慧爲自性或此俱行菩提分法爲自性問究竟現觀何自性答盡無生智等爲自性或此俱行菩提分法爲自性

問此六現觀幾欲界繫乃至幾不繫答一唯欲界繫一種一分或欲界繫或色界繫或無色界繫即此一分及餘三此四是不繫一通繫及不繫

問此六現觀幾依未至依可得幾乃至依無所有處依可得答一依非依可得餘依一切依可得又三依五依生一種一分亦爾

問若現觀智諦現觀離衆相故名無分別云何依有尋有伺依可得答由彼思惟尋伺等全分靜慮真如而入於定是故雖依有尋有伺靜慮可得然是離相無有分別

問此諸現觀幾緣世俗諦幾緣勝義諦答一緣世俗諦及一種一分一無所緣二緣安立勝義諦及一種一分一緣非安立勝義諦及一種一分
問此諸現觀幾有相幾無相答四有相一無相一亦有相亦無相
問此諸現觀幾有分别幾無分别答如有相無相當知有分别無分别亦爾
問此諸現觀幾喜俱行幾樂俱行幾捨俱行答初唯喜俱行餘通喜樂捨俱行
問此諸現觀幾是壞對治幾是斷對治幾是持對治幾是遠分對治答二唯壞對治一通斷持遠分對治一通持遠分對治二非對治
問此諸現觀幾是諸纏制伏對治幾是隨眠永害對治答三是諸纏制伏對治一俱對治二俱非對治
問此諸現觀幾是地地耎中上品煩惱斷對治答一餘隨順此爲此助伴非斷對治
問六現觀九遍智謂欲繫見苦集所斷煩惱斷故立初遍智色無色繫見苦集所斷煩惱斷故立第二遍智欲繫見滅所斷煩惱斷故立第三遍智見道所斷煩惱斷故立第四遍智色無色繫見滅所斷煩惱斷故立第五遍智見道所斷煩惱斷故立第六遍智下分結斷故立第七遍智色貪斷故立第八遍智無色貪斷故立第九遍智此六現觀誰得幾遍智果答一得九遍智果餘不得彼果
問此諸現觀能爲煩惱斷對治者爲生已作斷對治耶爲未生耶答此非未生雖言生已而非後時當知煩惱斷時對治生時平等平

等即於爾時假施設說對治生已諸煩惱斷問此諸現觀誰得幾果答一得一切四果一得圓滿沙門果時餘是得一助伴是得前行

問是諸現觀幾能轉根答除一餘一切

問是諸現觀幾能引發諸神通等殊勝功德答除一餘一切

問思現觀當言作何業乃至究竟現觀當言作何業答思現觀當言能生正行所攝清淨品善法爲業能生無罪歡喜爲業能轉一切所疑爲業能趣入修功德爲業能引所餘現觀爲業能往一切善趣爲業信現觀由意樂故於三寶中能生不動勝解爲業正行清淨爲業一分能往善趣爲業戒現觀解脫惡趣衆苦爲業現觀智諦現觀能得一切沙門果爲業能引發一切功德清淨爲業能引所餘現觀爲業能於善趣助感光淨果及異熟爲業現觀邊智諦現觀能於一切安立諦中問答善巧爲業速疾通慧爲業能引此後現觀爲業究竟現觀能引第一現法樂住爲業解脫一切生死大苦爲業任持最後身爲業

問思現觀有幾種乃至究竟現觀有幾種答思現觀當知有無量種謂契經思應誦思記別思乃至方廣未曾有法論義思苦思集滅道思眞如實際法界思蘊界處等思聲聞乘等思大乘思如是等類當知差別有無量思信現觀亦無量種謂正憶念過去無量三藐三佛陀及彼法彼僧如於過去未來現在亦爾又正憶念此世界中及餘十方無量世界所有如來及彼法彼僧隨正憶念有爾所量亦有爾所信現觀體品數差別戒現觀亦無

量種謂隨遠離十種不善性罪業道差別多種又隨相續亦有多種謂預流身乃至阿羅漢身獨覺菩薩如來身等無量差別現觀智諦現觀亦無量種謂念住正斷神足根力覺支道支等菩提分法無量差別如現觀智諦現觀當知現觀邊智諦現觀究竟現觀亦爾

問此諸現觀由如是名由如是言所安立故當言是彼自性當言非彼自性耶答世俗說故當言是彼自性第一義故當言非彼自性何以故一切法義法爾不可說故

問思現觀何因何果如是乃至究竟現觀何因何果答思現觀以佛出世親近善士聽聞正法相續成熟如理作意爲因以所作業爲果如思現觀一切現觀當知亦爾此中差別者信現觀亦以餘現觀爲因戒現觀亦爾現觀智諦現觀亦以思現觀爲因亦以順決擇分善根爲因亦以自種性爲因現觀邊智諦現觀亦以現觀智諦現觀爲因究竟現觀亦爾

問六現觀七作意謂了相等爲六現觀攝七作意爲七作意攝六現觀耶答二現觀非作意攝一現觀攝樂作意攝一現觀攝樂作意觀察作意攝一現觀遠離作意攝樂作意加行究竟作意攝一現觀加行究竟果作意攝餘作意當知是現觀等流攝非現觀攝謂了相作意勝解作意

問無邊際智及順決擇分善根何現觀攝答非諸現觀攝當知是現觀等流

問諸思現觀亦信現觀耶設信現觀亦思現觀耶答應作四句或有思現觀非信現觀謂除緣實決定思諸餘緣決定思或有信現觀

非思現觀謂緣寶聞修所成信或有思現觀亦信現觀謂緣寶決定思除上爾所相是第四句由此道理應知所餘亦應作四句復有無量一行順前句順後句四句等道理依聲聞地決擇道理皆當了知

復次慳之與垢合名慳垢由八種垢汙心相續能與其慳作安足處是故說彼名為慳垢云何為八一於惠施先不串習於現法中愛重財食二於身命極重顧戀不顧後世三與慳者恒共止住又隨順彼四見所施田無勝功德及揀擇福田五於慈悲先不串習及於彼處不見勝德六以諸財寶難可積集數習彼想故生懶惰及與懈怠七執取於見及謂惠捨有彼雜染八希求財寶而行惠施及迴向於彼

復次有五種行名為調善一感財富行二感善趣行三感無苦行四感自義行五感他義行感財富行者謂施性福業事感善趣行者謂戒性福業事感無苦行者謂修性福業事感自義行者謂聲聞獨覺道感他義行者謂菩薩道為得彼故應修五想一於諸欲中修不淨想二於自身命修速滅想三於欲界中修有怖想四於諸行中修無常想五於諸衆生修哀愍想

復次當釋醍醐喻經云何了知契經乃至論義謂略由五相一了知假名故二了知攝受故三了知次第故四了知聖教故五了知依處故云何了知假名謂能了知差別法門名相施設云何了知攝受謂能了知名身句身文身由此宣說差別法門云何了知次第謂

能了知從此法門至彼法門從此句至彼句所有次第云何了知聖教謂能了知如是法門如來所說或弟子說或在家說或出家說云何了知依處謂能了知如是法門依自利說如是法門依利他說如是法門乃至爲令天人利益安樂故說如是名爲略由五相了知契經乃至論義

云何了知彼彼語義亦由五相一了知緣起故二了知句差别故三了知次第故四了知道理故五了知略義故云何了知緣起謂能了知一分所化應示現義乃至一分所化應慶喜義云何了知句差别謂能了知異門異相訓釋言詞品類差别云何了知次第謂能了知解釋次第成立次第圓滿次第云何了知道理謂能了知四種道理一觀待道理二證成道理三作用道理四法爾道理云何了知略義謂能了知此是蘊相應語此是界處緣起處非處諦相應語此是念住等相應語乃至此是八聖支道相應語此是業相應語此是煩惱相應語此是增上戒等學相應語

復次云何知時謂由五相故一通達正現在前雜染故二通達將現在前雜染故三通達不染汙位故四等起對治作意故五對治作意故

復次云何知量謂於所食所飲所噉乃至廣說當知此中略說二種斷隨順性一任持隨順性二精進隨順性任持隨順性者謂於所食所飲所噉所嘗善知其量精進隨順性者謂於若行若住乃至廣說善知其量此中云何於所食等善知其量謂於受取及受用中

皆善知量於受取中善知量者謂於此時應受從此應受此所應受齊此應受何時應受謂日初分即於此時爲受用故從何應受謂除五種非所行處何所應受謂清淨物如來所許除酒肉等所不應飲不應食物齊何應受謂知量而受勿令自損或損於他於受用中善知量者謂如所受於此時中應可受用於何時中應可受用謂如前說日之初分是受用時於何處所應可受用謂於好處或居道場或在聚落何所應受用謂如前說清淨物等齊何應受用謂善知量應可受用勿令飢惱勿不順斷勿令諸界起不平等云何於勤精進善知其量謂於此時此處此事齊此應勤精進於何等時應勤精進謂於應行時而行乃至於應解睡眠時而解睡眠於何處所應勤精進謂於閑林或在道場或居内院或經行處應修精進於何等事應修精進謂應勤行勤住乃至勤解睡眠勞倦齊何應修所有精進謂善知量而修精進勿因此故太沉太舉

復次云何善知刹帝利衆謂善了知刹帝利衆如是名如是種如是性如是食乃至如是壽量邊際如是乃至善知長者居士等衆云何善知諸沙門衆謂能善知彼如是名此是少年此是長年此是耆年此持經者乃至此是能持論者善知此是瑜伽師等

復次云何善知我於是中應當往詣乃至應默謂若略說爲此應往乃至應默及如此應往乃至應默何所爲故詣在家衆乃至應默謂爲乞求資生衆具或復爲令未信者信

者增長或爲慰問遭重疾病受衆苦者或爲開解諸愁憂者或爲和好展轉怨對互相違者或爲隨順他所作事或復爲他之所勸請或爲隨從軌範親教同梵行者或爲經營僧所作事是故應往乃至應默云何了知應如是住謂如聲聞地已說其相云何了知應如是住謂往詣已不應即入至內門側伏慢而住或無疑慮徐入其家至相見處從容而住先言慰問含笑開顏遠離顰蹙方申愛語云何了知應如是坐謂佛開許隨其所有如法之坐以正威儀端嚴而坐云何了知應如是語謂善了知如時如理如量寂靜質直而語時有三種一者樂聞非不樂聞不樂聞者謂如有一或飢或渴或身疲倦或風熱等之所逼惱是名初時二者安住如法威儀非非威儀或復有一雖樂欲聞非威儀住非威儀者謂不應立爲坐者說除彼重病如別解脫經廣說其相是第二時三者其心無有染惱非染惱心染惱心者謂如有一其心忽遽於彼彼事增上勤劬或荒或亂或復渾濁或他僕使或作業者或復殺者敵者怨者是第三時理有三種謂有求請如法求請如量求請方爲宣說如法爲說有義利說由三種相當知如量一不亂不雜而有所說二圓滿文句宣說諸法三凡所宣說言詞不重謂不重說所有言詞若諸語言無用非義尚不少說何況多說當知寂靜亦有三種一威儀寂靜二言音寂靜三其心寂靜威儀寂靜者謂諸根寂靜無有躁擾亦不高舉肢節不動而有所說言音寂靜者謂有所說聲不太高亦不大急

心寂靜者謂雖觸惱亦不生憤而有所說況不觸惱又無染心而有所說又質直語亦有三種謂如時語時乃至寂靜語時或由宿習方便任性而語或由現法串習方便加行作意而語或由愛樂學處以思擇力而自制伏方有所說於一切時無有虛誑若隱若顯所言無二云何了知應默謂善了知於五時中應當默然一者說者正說語時若彼聽者故作異言現相諠亂爾時說者宜當默然二者說者正說語時若彼聽者撥言且止吾不欲聞爾時說者宜當默然三者說者正說語時若彼聽者於說者所起求過心發違諍言現相乖背爾時說者宜當默然四者施主以衣食等來相屈請爾時受者宜當默然而許可之五者若有敵論者來現相較論爾時論者宜當默然聽其言說

復次且由三相應自了知已所有信乃至是善男子一由依處故二由自性故三由時分故云何由依處故了知已信謂如實知若事是信之所依處信緣彼生當知彼事決定是我信所依處云何由自性故了知已信謂如實知輭中上品已所有信云何由時分故了知已信謂如實知我於其時已得是信如了知信如是戒等辯等爲後皆當了知此中信是趣入支戒是入已奢摩他支聞是毗鉢舍那支捨是奢摩他毗鉢舍那資粮支內思所成慧及他隨順教授教誡是能攝受奢摩他毗鉢舍那支依止此故證奢摩他毗鉢舍那及能證得諸沙門果於自所證諸深細義若有欲知而生疑惑爲斷疑故如自所證爲彼

宣說又爲降伏諸敵論者故須有辯於他身語邪行起時須有忍辱柔和所攝善男子性

復次由三因緣發生不信一由不正知三寶功德故二行外道見故三未遇諸佛及聖弟子三種神變隨其一種所調伏故

復次由三因緣不能數往寂靜園林一放逸懈怠所拘執故二多事業故三信順人故

復次由三因緣爲性不好造詣於他一性無畏故二性高慢故三依文字故由三因緣爲性不好親近於他一性不黠利故二性非福田故三無極欲樂故由三因緣爲性不好請問於他一於法不善故二於義不善故三於二俱不善故由三因緣不能審聽一多尋伺故二多物務故三多諸蓋纏雜染心故由三因緣爲性不能決定任持一不聽聞故二惡聽聞故三覆慧勝慧故由三因緣爲性不能觀察諸法一樂著戲論故二愛居慣鬧故三不成就審觀察慧故由三因緣爲性不能法隨法行一由顧惜身命二由即彼增上力故樂著利養三由樂著恭敬由三因緣不樂修行利他之行一性是下劣種性故二卑微薄故三無勢力故如是白品與上相違應知其相復次諸聖弟子非一衆多種種遊觀其事可得所謂河濱遊觀山谷遊觀鬼趣遊觀如是等類種種遊觀其事可得問何因緣故諸大聲聞已得神通乃往鬼趣詰問諸鬼自先業報爲爲除自疑故爲爲饒益衆生故若爲除自疑者已得神通不應道理若爲饒益衆生者當說云何饒益衆生答爲饒益衆生故謂欲饒益此諸餓鬼及餘衆生何以故由神

通力令諸餓鬼憶念宿世自說先身所作惡業深生猒悔因爲說法便能領悟由此因縁速免鬼趣如是說名饒益諸鬼已得神通諸大聲聞聞彼所說種種所受不可愛果先世惡業乃還人間展轉宣告他既聞已心生猒患斷惡修善如是說名利餘衆生

復次由六種相當知欲行諸色名麤云何六相說彼名麤一衆多故麤二沉重故麤三不淨故麤四堅强故麤五變壞故麤六不隨心轉故麤於此地中餘決擇文更不復現又獨覺地諸決擇文亦不復現

瑜伽師地論卷第七十一

瑜伽師地論卷第七十二

彌勒菩薩說

唐三藏沙門玄奘奉詔譯

攝決擇分中菩薩地之一

如是已說聲聞地等決擇菩薩地決擇我今當說謂如成立聲聞種性當知成立菩薩種性亦復如是復次有十發心謂世俗受發心得法性發心不決定發心決定發心不清淨發心清淨發心羸劣發心强盛發心未成果發心已成果發心世俗受發心者謂諸菩薩未入菩薩正性離生所有發心得法性發心者謂諸菩薩已入菩薩正性離生及迴向菩提諸聲聞等所有發心不決定發心者謂非彼種性設彼種性復退還法所有發心與此相違當知名爲決定發心不清淨發心者謂如有一或隨他轉或被陵逼不揆不量或怖王難或怖賊難或怖鬼難或怖退轉或爲活命或爲利養恭敬因緣或復矯誑如是等類而發心者當知皆名不清淨發心與此相違而發心者名清淨發心羸劣發心者謂如有一已發心菩薩貪瞋癡纏所蔽伏故捨於正行處於邪行與此相違名强盛發心未成果發心者謂從勝解行地乃至第十地所有發心已成果發心者謂如來地所有發心如世尊言我已解脱難行之行我於一切難行之行極善解脱自正願滿亦令於他趣證菩提此十發心幾染汙幾不染汙等廣決擇文更不復現復次有四種心菩薩應當恒常隨護一聞思所成心二悲心三資糧心四修所成心

復次菩薩有九正行依於自義及與他義一於生死正行二於有情正行三於自巳正行四於諸欲正行五於身語意業正行六於不應損惱有情正行七於無間修善法正行八於內心奢摩他正行九於增上慧法毗鉢舍那正行云何菩薩於生死中行於正行謂如病者於所有病於辛苦藥云何菩薩於諸有情行於正行謂如良醫於有病者云何菩薩於自體上行於正行謂如善巧家長於未成就幼童云何菩薩於諸欲中行於正行謂如商主行於商路於諸賄貨云何菩薩於身語意業行於正行謂如浣染衣者於諸衣服云何菩薩於不應損惱有情行於正行謂如慈父於巳膝上放失便利嬰孩小兒云何菩薩於無間修諸善法中行於正行謂如求火者

施功於燧云何菩薩於內心奢摩他中行於正行謂如其主於能致財可委付者云何菩薩於增上慧法毗鉢舍那中行於正行謂如善幻者於諸幻事餘決擇文更不復現復次若於五種有情衆中起邪行時說名無哀無愍無有傷歎一於乞求者二於危厄者三於有恩者四於樂樂者五於樂法者言乞求者略有五種一求飲食二求衣服三求房舍四求病緣醫藥資具五求救護其危厄者亦有五種一住艱乏者二住迷亂者三來歸依者四相投委者五來拜覲者其有恩者亦有五種一毋二父三妻子四奴婢僕使五朋友兄弟親屬宰官其樂樂者亦有五種一愛樂事業興盛樂二愛樂事業興盛不乖離樂三愛樂時節變異苦遠離樂四愛樂解疲倦樂五

愛樂求昇進樂其樂法者亦有五種一樂說正法二樂受持讀誦三樂論議決擇四樂敎授敎誡五樂法隨法行此中邪行者謂於是中或作加行故或不作加行故或不饒益加行故或中庸加行故應知其相復次於有情中有五種不堪任性若諸有情成就此者諸佛如來尚難化度況諸菩薩或復餘者諸佛如來雖欲於彼作義利樂然彼不能領受所作義利樂事又於所作能爲障礙況諸菩薩或復餘者何等爲五一於清淨無堪任性二於加行無堪任性三於彼果成辦無堪任性四於加行及彼果成辦無堪任性五於攝受饒益無堪任性於清淨無堪任性者謂如有一本性無有般涅槃法於加法無堪任性者謂如有一同般涅槃法相續已熟於此無間造作積集能障正加行業由此因緣於現法中無有堪能修正方便於彼果成辦無堪任性者謂如有一同般涅槃法相續未熟不作不集能障正加行業由此因緣無有功能成辦彼果於加行及彼果成辦無堪任性者謂如有一同般涅槃法相續未熟於此無間造作積集能障正加行業由此因緣俱無堪能於攝受饒益無堪任性者謂如有一於此無間造作積集能感定受貧窮匱乏苦惱之業由此因緣於現法中無有堪能令彼巨富無匱安樂與此相違當知五種有堪任性復次若欲了知眞實義者當先了知略有五事嗢柁南曰

總舉別分別　有實世俗等　若生若異等

相行等色等

云何五事一相二名三分別四眞如五正智何等爲相謂若略說所有言談安足處事何等爲名謂即於相所有增語何等爲分別謂三界行中所有心心所何等爲眞如謂法無我所顯聖智所行非一切言談安足處事何等爲正智謂略有二種一唯出世間正智二世間出世間正智何等名爲唯出世間正智謂由此故聲聞獨覺諸菩薩等通達眞如又由此故彼諸菩薩於五明處善修方便多住如是一切遍行眞如智故速證圓滿所知障淨何等名爲世間出世間正智謂聲聞獨覺以初正智通達眞如已由此後所得世間出世間正智於諸安立諦中令心猒怖三界過患愛味三界寂靜又由多分安住此故速證圓滿煩惱障淨又即此智未曾得義名出世間緣言說相爲境界義亦名世間是故說爲世間出世間世尊依此密意說如是言我說有世間智有出世間智有世間出世間智若分別所攝智唯名爲世間初正智所攝智唯名出世間第二正智所攝智通名世間出世間問相當言有耶當言無耶答當言是有問爲如自性差別假立故立如是當言有耶答如是當言無問爲如分別所行境如是當言有耶答如是當言有如是菩薩於相有性得善巧故於諸相中善記爲有善記爲無善記爲亦有亦無善記爲非有非無彼由如是善記別故遠離增益損減二邊行於中道善說法界問此相爲以言說義當言是有爲以離言說義當言是有答俱由二義當言是有何以故若如語言安立足處如是以言說義當

言是有若如自性差別假立不成就義如是以離言說義當言是有如相名分別亦爾問眞如正智當言有耶當言無耶答當言是有問相當言實有當言假有答實有行中當言實有假有行中當言假有有相諸行亦有二種問名當言實有當言假有答當言假有唯於相中假施設故問分別當言實有當言假有答二種俱有問眞如當言實有當言假有答當言實有勝義攝故問正智當言實有當言假有答當言俱有此中智是實有若智眷屬諸心心所亦名爲智說之爲假故有二種問相當言世俗有當言勝義有答當言世俗有由二因緣故一雜染起故二施設器故問名當言世俗有當言勝義有答當言世俗有由三因緣故一雜染起故二施設器故三言說所依故問分別當言世俗有當言勝義有答當言世俗有由四因緣故一雜染起故二施設器故三言說隨眠故四言說隨覺故問眞如當言世俗有當言勝義有答當言勝義有是清淨所緣境性故問正智當言世俗有當言勝義有答初正智當言勝義有第二正智當言俱有問相當言誰所生答當言相所生及先分別所生問名當言誰所生答當言補特伽羅欲所生問分別當言誰所生答當言分別所生及相所生問眞如當言誰所生答當言無生問正智當言誰所生答當言由聽聞正法如理作意正智得生問相與名當言異當言不異答俱不可說何以故俱有過故異有何過名應實有不異有何過若取相時應亦取名問相與分別當言異當言不異

答俱不可說何以故俱有過故異有何過分別應非相爲性不異有何過離分別外所有諸相應以分別爲性問相與眞如當言異當言不異答俱不可說何以故俱有過故異有何過諸相之勝義應非即眞如又修觀者應捨諸相別求眞如又於眞如得正覺時不應於相亦得正覺不異有何過如眞如無差別一切相亦應無差別又得相時應得眞如又得眞如時亦如得相應不清淨如諸行上有無常苦無我共相雖復是有而不可說與彼諸行若異不異又如身心麤重輕安雖復是有而不可說與彼身心若異不異又如善惡無記法中種子雖有而不可說與彼諸法若異不異何以故俱有過故又如虛空遍一切故於諸色處雖有虛空而不可說與彼諸色若異不異何以故俱有過故異有何過不遍一切故虛空應無常不異有何過離色虛空應無所有此中道理如其所應當知亦爾聲聞乘中有處世尊依於諸行顯示不異亦非不異記別道理如說苾芻取非即蘊亦不離蘊此中欲貪說名爲取不異何過誹謗蘊中善無記法不清淨過異有何過於諸取中增益常性不清淨過如相與眞如不異非不異道理名分別正智與眞如當知亦爾問相與正智當言異當言不異答如與分別俱不可說問名與分別當言異當言不異答當言異問名與正智當言異當言不異答當言異問分別與正智當言異當言不異答當言異問相有何相答分別所行相問名有何相答言說所依相問分別有何相答相爲所行相問

眞如有何相答正智所行相問正智有何相答眞如爲所行相問相有何行相答應知此相有種種行相無量行相由分別行相種種無量故謂色相心相心所有相心不相應行相無爲相蘊相界相處相緣起相處非處相根相諦相念住相正斷相神足相根相力相覺支相道支相行迹相法迹相奢摩他相毗鉢舍那相舉相捨相緣相依相地相水相火相風相空相識相此世界相彼世界相日相月相那落迦相傍生相餓鬼相人相四大王衆天相三十三天相夜摩天相覩史多天相樂化天相他化自在天相初靜慮相第二靜慮相第三靜慮相第四靜慮相空無邊處相識無邊處相無所有處相非想非非想處相起相盡相有相非有相雜染相清淨相見聞覺知相已得尋求相心隨尋伺相如是等類餘無量相復有六相一有相相二無相相三狹小相四廣大相五無量相六無所有相云何有相相謂解了事名分別所有相云何無相相謂不解了事名分別所有相云何狹小相謂欲界事分別所有相云何廣大相謂色界事分別所有相云何無量相謂空識無邊處無色界事分別所有相云何無所有相謂無所有處無色界事分別所有相復有餘五相一相相二名相三分別相四眞如相五正智相復有餘二相一本性相二影像相云何本性相謂先分別所生及相所生共所成相云何影像相謂遍計所起勝解所現非住本性相問名有何行相答由相勢力亦有種種無量行相又若略說有十二種一假說名二

實事名三種類相應名四各別相應名五隨德名六假立名七共所知名八非共所知名九顯了名十不顯了名十一總名十二別名問分別有何行相答由相名勢力故亦有種種無量行相若略說者當知有七種一有相分別二無相分別三於境界任運分別四尋求分別五伺察分別六染汙分別七無染汙分別問眞如有何行相答其相不可說行相問正智有何行相答若出世間正智亦有其相不可說行相若世間出世間正智有取安立諦行相

復次若相若影像若顯現若有若戲論若薩迦耶若有爲若思所造若緣生如是等是相差別若名若想若施設若假言說若世俗若假立若言論如是等是名差別若分別若思惟若遍計若邪道若邪行若越流若不正取如是等是分別差別若眞如若實性若諦性若顛倒性若不顛倒性若無戲論界若無相界若法界若實際如是等是眞如差別若正智若正慧若正覺若正道若正行若正流若正取如是等是正智差別問如是五事幾色幾心幾心所有幾心不相應行幾無爲答相通五種名唯心不相應行分別正智通心及心所有眞如唯無爲

問如是五事幾蘊所攝幾非蘊所攝答三蘊所攝相攝不攝眞如不攝問如是五事幾界處所攝幾非界處所攝答一切皆是界處所攝問如是五事幾緣起所攝幾非緣起所攝答三緣起攝相攝不攝眞如不攝如緣起攝處非處攝及與根攝當知亦爾問如是五事

幾諦所攝幾非諦所攝答諦有二種一安立諦二非安立諦安立諦者謂四聖諦非安立諦者謂眞如此中三是安立諦所攝相亦攝亦不攝眞如唯非安立諦所攝問如是五事幾因緣所攝幾等無間緣幾所緣緣幾增上緣所攝答相一切緣所攝名等無間緣所攝分別正智四緣所攝眞如唯所緣緣攝問如是五事幾法依所攝幾義依幾了義經依幾智依所攝答相三依所攝名唯法依所攝如相分別亦爾眞如智所行故義依所攝正智唯智依所攝問如是五事幾有色幾無色答相通二種分別正智唯無色名與眞如俱非二種是假有故不可說故如有色無色有見無見有對無對亦爾問如是五事幾有漏幾無漏答相通二種二唯有漏二唯無漏眞如

漏盡所緣義故名無漏非漏盡相義故正智漏盡對治義故名無漏問如是五事幾有爲幾無爲答相通二種三唯有爲眞如唯無爲諸行寂靜所緣義故非諸行寂靜相義故問如是五事幾有諍幾無諍答相通二種二唯有諍二唯無諍如有漏無漏此中道理當知亦爾如有諍無諍如是有愛味無愛味依躭嗜依出離當知亦爾問如是五事幾世間幾出世間答三是世間眞如是出世間正智一分唯出世間一分通世間出世間眞如一切言說戲論寂靜所緣義名出世間非超過言說戲論相義故如世間出世間墮攝非墮攝當知亦爾問如是五事幾內幾外答相通二種名唯是外分別生所攝故通二種眞如非二種如分別正智亦爾問如是五事幾麤幾

細答三通二種眞如唯細難識義故非相漸減極略義故正智唯細行細義故問如是五事幾劣幾勝答三通二種眞如唯勝清淨所緣義故非從下劣勝進相義故正智唯勝眞如爲所行義故問如是五事幾遠幾近答一由處遠時遠故俱通二種名分別正智由時遠故皆通二種眞如由二故俱非二種以無爲故問如是五事幾有執受幾無執受答相通二種名分別正智無執受眞如俱非二種問如是五事幾同分幾彼同分答相通二種餘非二種唯依有色諸根建立同分彼同分故問如是五事幾因幾非因答四是因眞如非因如因非因果非果有因非有因有果非有果當知亦爾問如是五事幾是異熟幾非異熟答相通二種名非異熟分別通二種眞如俱非二種正智非異熟問如是五事幾有異熟幾非有異熟答相通二種名非有異熟分別通二種眞如俱非二種正智定非有異熟問如是五事幾有所緣幾無所緣答相通二種名無所緣分別正智俱有所緣眞如俱非二種如有所緣無所緣相應不相應有行無行有依無依當知亦爾問如是五事幾有上幾無上答四有上眞如無上無爲清淨所緣義故問如是五事幾去來今幾非去來今答四通三種眞如非三種問如是五事幾欲界繫幾色界繫幾無色界繫幾不繫答欲色界繫三無色界繫亦爾正智一種若唯出世間是不繫若世間出世間通繫不繫眞如俱非二種問如是五事幾善幾不善幾無記答相及分別通三種名唯無記眞如唯善清淨

善巧所緣義故非能攝生可愛果相義故正智唯善問如是五事幾聞所成聞所成境幾思所成思所成境幾修所成修所成境答相及分別是三種是三種境名是聞思所成是三種境眞如唯是修所成境正智是修所成是三種境問如是五事幾是空是空境幾是無願是無願境幾是無相是無相境答相通三種亦三種境名非三種是二種境分別通三種是二種境眞如非三種是空無相境正智通三種是空所行境若無差別總說爲空無願無相當知此中通聞思修所成爲性若唯以三摩地名而宣說者當知此中唯修所成爲性通世出世若唯以解脫門名而宣說者當知此中唯出世間修所成爲性問如是五事幾是增上戒增上戒眷屬幾是增上心增上心所行幾是增上慧增上慧所行答相是增上戒增上戒眷屬是增上心慧亦心慧所行名是戒眷屬亦是增上心慧所行分別是增上心慧亦心慧所行是增上戒眷屬眞如是增上心慧所行非三種正智是增上心慧亦心慧所行是增上戒眷屬問如是五事幾學幾無學幾非學非無學答相及分別通三種名唯非學非無學眞如亦唯非學非無學是無爲故正智通學及無學問如是五事幾見所斷幾修所斷幾不斷答相通一切名唯修所斷分別通見修所斷眞如是不斷正智亦唯是不斷

問緣相爲境修幾念住答四問緣名爲境修幾念住答一法念住問緣分別爲境修幾念住答三謂受心法念住問緣眞如爲境修幾

念住答一法念住又思惟身相眞如亦修壞緣法念住受心法相當知亦爾問緣正智爲境修幾念住答三如分別說問緣相爲境當言能捨已生未生惡不善法當言不能捨耶答當言伏斷故捨非永害隨眠故捨如相名分別亦爾緣眞如及正智爲境當言亦由永害隨眠故捨

問是五事中思惟幾事能入世間初靜慮定答思惟欲界所繫及初靜慮所繫相名分別如是思惟下地所繫及第二靜慮地所繫相名分別能入世間第二靜慮如是所餘靜慮無色如其所應當知亦爾問是五事中思惟幾事能入出世初靜慮定答即思惟欲界所繫及初靜慮地所繫相名分別眞如如是乃至無所有處如其所應當知亦爾非想非非想處本性法爾唯是世間問非想非非想處所繫相當言是相耶答當言無相相亦名微細相問是五事中信等諸法用何爲自性以何爲所緣於何爲增上得根名耶答分別爲自性名相爲所緣於眞如正智爲增上故而得根名如根名力名亦爾問於何位中得力名耶答即信等根非不信等之所陵雜若成不雜法時轉名爲力如根及力如是若得菩提支名爲覺支此是世間覺支以分別爲自性若依菩提支名爲覺支此是出世覺支以正智爲自性眞如爲所緣於覺悟安立諦爲增上又正見等諸道支若是世間如前應知若出世間以正智爲自性除諸戒支安立非安立眞如爲所緣於所證得一切漏盡現法樂住爲增上如諸道支行迹法迹奢摩他毗

鉢舍那等當知亦爾此中行迹依鈍根利根現法樂住已得未得差別建立若諸法迹依能任持世俗勝義正法差別建立謂由任持增上戒世俗正法故建立初二由任持所餘增上心增上慧勝義正法故建立後二又由於所緣境不散亂義故及觀察彼義故建立奢摩他毗鉢舍那

問依能解脱相及麤重二種縛故立八解脱於五事中用誰爲自性以誰爲所緣於誰爲增上答用世間出世間正智爲自性初及第二於諸色中以顯色相及眞如相爲所緣第三即諸色中以攝受相及彼眞如相爲所緣次四種各以自相爲所緣及彼眞如爲所緣最後無所緣於能引發一切聖神通功德爲增上又修觀者於諸色相及無色相爲自在障之所障故爲斷彼障起此觀行諸勝處中前四如初二解脱後四如第三解脱由諸色相難可勝故於此事中能勝伏時於無色相亦得勝自在又此中言勝知勝見謂諸聖者由正作意思惟諸色眞如相故得勝知見若諸異生即不如是問若爾異生云何名勝答由三種想故謂於淨不淨色由展轉相待想展轉相待故於淨不淨色由展轉相隨想展轉相隨故於淨不淨色由清淨一味想此最後勝異生聖者二所共得又十遍處由勝處所緣力應知其相此中差别者亦以大種相爲所緣及彼眞如相爲所緣又空識無邊處相爲所緣及彼眞如相爲所緣若不爾者由所依止不遍滿故能依不應得成遍滿由彼所緣眞如之相所緣境界極遍滿故得名遍

滿由勝遍滿二種勢力令諸解脫亦得清淨又能引發一切衆聖神通功德

瑜伽師地論卷第七十二

音釋

羸力追切 尩羸也 燧徐醉切 取火之木也 補特伽羅梵語也 此云數取趣 謂數數往來諸趣也 伽丘迦切

瑜伽師地論卷第七十三

彌勒菩薩說

唐三藏沙門玄奘奉　詔譯

攝決擇分中菩薩地之二

復次嗢柁南曰

思攝自性取　薩迦有世間　眞尋思實智
密意與次第

問如是五事幾諦所攝答相四安立諦攝名一苦諦攝分別三諦攝除滅諦眞如四非安立諦攝正智緣安立非安立諦境道諦攝

問諸相是名耶設名是相耶答諸名皆是相有相而非名謂除名相餘四相餘隨所應當知亦爾

問諸相皆相相耶設相相皆相耶答諸相相皆是相有相非相相謂名等四相

問若分別相相一切名相相合相依而分別耶設分別名相一切相相相合相依而分別耶答應作四句有分別相相非名相相合相依而起分別謂分別不了其名所有相相又於諸相已拔名隨眠有分別名相非相相相合相依而起分別謂分別不了其事所有名相與上相違是俱句除上爾所相是俱非句

問若思惟眞如即觀眞如耶設觀眞如即思惟眞如耶答應作四句有思惟眞如非觀眞如謂以分別所攝如理作意思惟眞如但見眞如相不見實眞如乃至未至正通達位及通達後作意思惟安立眞如有觀眞如非思惟眞如謂通達眞如時由勝義故思惟其相有思惟眞如亦觀眞如謂通達後相續思惟非安立眞如有不思惟眞如亦不觀眞如謂

離如理所引作意思惟諸相
問若思惟相即觀其相耶設觀其相即思惟
相耶答應作四句有思惟相不觀其相謂前
第二句有觀其相不思惟相謂前初句有思
惟相亦觀其相謂前第四句有非思惟相亦
非觀其相謂前第三句
問如是五事爲攝一切法爲不如是耶答如
是問彼一切法當言以何而爲自性答諸法
自性不可言說問云何應觀彼諸法相答如
幻事相非全無有譬如幻事有幻事性無象
馬車步末尼眞珠金銀等性如是諸法體性
唯有名相可得無有自性差別施設顯現可
得相由相名相之自性實不可得如相如是
名名自性分別分別自性眞如眞如自性當
知亦爾正智由正智名正智自性實不可得

何以故於一切種隨言自性不成就故若謂
諸相自性安立即稱其量假立名言此假名
言依相而立是則於相假立名前應有彼覺
如已立名又於一相所立名言有衆多故有
差別故應有衆多差別體性是故名言依相
而立不應道理若謂諸相如名安立由名勢
力相自性起是則彼相假立名前應無自性
彼既無有假立名言亦應無有是故二種俱
成無過又假名言有衆多故有差別故應有
衆多差別體性又依他過由彼諸相但依於
他假建立故是故一切假立名言如其自性
不應道理猶如所起種種幻類譬如幻者造
作種種幻士夫類謂男女象馬熊羆等類非
彼諸類如其相貌實有體性如是諸相非稱
名言有實體性當知亦爾若謂離彼相及名

言二種和合有自性生彼於諸相或於名言或二中間應現可得然不可得是故此計不應道理由此因緣隨言自性於一切種皆無所有若謂名言能顯自性亦不應理若取不取假立名言俱有過故若取相已假立名言便不成顯若不取相假立名言無事名言不應道理又如前說所立名言有衆多故有差別故則有衆多差別體性成大過失又照了喻不相似故不應道理不相似者照了因緣於一切事無有差別種種亦爾能取因緣名言不爾

問不可言中不可言言既現可得是故法性不可言說不應道理又造幻者所造種種幻化形類雖彼形類非如其性然有種種能造幻事如其自性是故譬喻亦不相似答正立宗時不可言言亦已遮遣爲令覺知如是義故方便施設譬喻等故非不可相似雖假名言非如彼性不可言義非不是有

問若諸相事假立名言則便得有若不假立則不得有若如是者喻可相似不可言計亦應道理若不爾者不可言計則爲唐捐答如是由先所起八分別故於現在世三種事生如本地分已說其相即此所生三種事故復起分別由此道理諸雜染法展轉相續無有斷絕由此因緣其喻相似分別假立若斷滅時諸雜染法皆可隨滅證得聖智此是量故不可言計亦不唐捐

問若於爾時分別假立皆悉斷滅即於爾時相事隨遣若爾隨一獲得聖智一切相名分別所攝情無情數內外事物皆應永滅譬如

幻者所作幻事答相等諸物或由不共分別爲因或復由共分別爲因若由不共分別所起無分別者彼亦隨滅若共分別之所起者分別雖無由他分別所任持故而不永滅若不爾者他之分別應無其果彼雖不滅得清淨者於彼事中正見清淨譬如衆多修觀行者於一事中由定心智種種勝解異見可得彼亦如是

問如是五事幾是所取幾是能取答三是所取分別正智亦是能取亦是所取問如是五事當知幾種取所行義答略有三種一有言有相取所行義二無言有相取所行義三無言無相取所行義此中最初是言說隨覺者取所行境第二是言說隨眠者取所行境第三是於言說離隨眠者取所行境又初二是世俗諦取最後是勝義諦取復有遠離言說隨眠後所得取通取一切二諦所攝取所行境謂世出世智以安立諦爲所行故建立彼智通用二諦爲所行境此二種取由二因緣應知得成世出世性謂曾得未曾得故依言說不依言說故

問有相之取世間共成無相之取非所共成何因何緣名無相取無因無緣不應道理答世俗名言熏習取果是有相取世所共成能令雜染勝義智見熏習取果是無相取非所共成能令清淨是故此二有因有緣如眼若有翳等過患便有髮毛輪等翳相現前可得若無彼患便不可得但有自性無顛倒取問於無相界若取其相非無相取若無所取亦不得成無相之取若爾云何名無相取答言

說隨眠已遠離故此取雖復取無相界不取相故成無相取問若無構獲云何成取答雖不構獲諸相差別有所增益然取無相故得成取問若無構獲無所增益此取相狀云何可知答取勝義故取無相故五種事相皆可顯現以爲其相問若不分明可立爲取何故不計諸取滅無答滅無無有修作義故非修觀者依於滅無有所修作問若爾云何證知其相答自内證智之所證知問若爾何不如其所證如是記别答此内所證非諸名言安足處故

問若先無有知無相智由無有故亦無數習無相智義無數習故知無相智既無其因應不得生答有相亦得爲無相因隨順彼故如世間智爲緣生出世智有漏智爲緣生無漏智有心定爲緣生無心定此亦如是

問苦等諸智世尊說爲得清淨因若苦等智於苦等諦分别苦等應成有相若不分别苦等諸智便非是有彼無有故云何能得畢竟清淨答由無相智增上力故於諸諦中極善清淨通世出世分别智生即名已斷所斷煩惱其無相智是苦等智因正能斷滅所斷煩惱於此因中假立果名即假說此爲苦等智是故無過

問先說所取是能取果即此能取當言何果答此二展轉更互爲果

問若所知境無常積集相續無量多不現見云何修觀行者緣彼爲境及令轉滅答於彼聞思增上力故得三摩地由彼因緣令三摩地五種境界影像現前即緣此事以爲境界

除遣此故彼得轉滅
問除遣五種所知境界當言何相答無上轉
依無爲涅槃以爲其相云何爲涅槃謂法界
清淨煩惱衆苦永寂靜義非滅無義問若唯
煩惱衆苦永寂名爲涅槃何因緣故非滅無
義答如外水界唯離渾濁得澄清性非離濁
時無澄清性又如眞金唯離剛强得調柔性
非離彼時無調柔性又如虛空唯雲霧等翳
障寂靜得清淨性非彼無時其清淨性亦無
所有此中道理當知亦爾云何名爲法界清
淨謂修正智故永除諸相證得眞如譬如有
人於眠夢中自見其身爲大暴流之所漂溺
爲欲越渡如是暴流發大精進即由發起大
精進故欻然便覺既得覺已於彼暴流都無
所見除相道理當知亦爾問爲即於此言說
隨眠正斷滅時諸相除遣爲斷滅已後方除
遣答斷時遣時平等平等如稱兩頭低昻道
理又如畫像采色壞時形相隨滅亦如翳等
過患愈時髮毛輪等相亦隨遣愈時遣時平
等平等此中道理當知亦爾
問修觀行者云何除遣所緣境相答由正定
心於諸所知境界影像先審觀察後由勝義
作意力故轉捨有相轉得無相此無相轉復
有五位一少分位二遍滿位三有動位四有
加行位五成滿位問如是成滿其相云何答
不爲一切煩惱一切灾横所陵雜故究竟無
惱清淨所依說名成滿即此又是善清淨眞
實義所行一切現量所行一切自在所行問
於此成滿建立幾乘齊何時證答隨三種根
差別證故建立三乘然彼二乘用阿耨多羅

三藐三菩提乘以爲根本又彼二乘隨緣差別隨所成熟無決定故證得時量亦不決定其最後乘要經三種無數大劫方可證得依斷三種麤重別故何等名爲三種麤重一惡趣不樂品在皮麤重由斷彼故不往惡趣修加行時不爲不樂之所間雜二煩惱障品在肉麤重由斷彼故一切種極微細煩惱亦不現行然未永害一切隨眠三所知障品在心麤重由斷彼故永害一切所有隨眠遍於一切所知境界無障礙智自在而轉

復次云何立聲聞乘謂三因緣故一變化故二誓願故三法性故變化故者謂隨彼彼所化勢力如來化作變化聲聞誓願故者謂有補特伽羅於聲聞乘已發誓願即建立彼以爲聲聞法性故者謂有補特伽羅本性已來慈悲薄弱於諸苦事深生怖畏由此二因於利他事不深愛樂非爲是事樂處生死彼由安住此法性故立爲聲聞又覺法性故謂於一切安立諦中多分修習怖畏行轉由此因緣證得圓滿如聲聞乘獨覺亦爾出無佛世而證正覺與此差別即上相違三因緣故應知菩薩

復次云何聲聞失壞正法及毗柰耶謂有聲聞計唯無有煩惱燒然名爲寂滅生大怖畏謂我當斷我當永壞我當無有譬如有人身嬰熱病於無病中都無識別謂病愈時舉體隨滅便生怖畏我寧不脫如是熱病是名夫壞由此譬喻失壞聲聞當知亦爾

復次云何菩薩失壞大乘謂有菩薩聞一切法甚深無性即執一切煩惱燒然自性本無

謂已無有生死重病譬如有人於己身中所生熱病謂爲無病於此熱病不能解脱名爲失壞由此譬喻失壞菩薩當知亦爾

問如是五事幾是薩迦耶幾非薩迦耶答相通二種一是薩迦耶一非薩迦耶眞如俱不可說如薩迦耶有及世間當知亦爾問如是五事四種眞實此中何事攝幾眞實答世間所成眞實道理所成眞實三事所攝煩惱障淨智所行眞實所知障淨智所行眞實二事所攝問如是五事四種尋思此中何事攝幾尋思答如理作意相應分別總攝四種問如是五事四種如實遍智此中何事攝幾如實遍智答一切皆是正智所攝

問世尊依何密意說一切法皆無有二答即依如是所說五事由俗自性說無自性由別別相說有自性

問世尊依何密意說一切法皆無自性答由依彼彼所化勢力故說三種無自性性一相無自性性二生無自性性三勝義無自性性云何相無自性性謂一切法世俗言說自性云何生無自性性謂一切行衆緣所生緣力故有非自然有是故說名生無自性性云何勝義無自性性謂眞實義相所遠離法此由勝義說無自性如觀行苾芻於大骨聚生假勝解不能除遣於此骨聚勝義無自性想恒無間轉如是應知勝義無自性性此中五事非由相無自性性故說無自性然由生無自性性故勝義無自性性故隨其所應說無自性謂相名分別正智皆由二種無自性性眞如不由無自性性說無自性是故世尊依此

密意於伽他中說如是言我說一諦更無第二問世尊依何密意說一切法無生無滅本來寂靜自性涅槃答依相無自性性說如是言問世尊依何密意說一切法等於虛空答亦依相無自性性說如是言問世尊依何密意說一切法皆如幻等答依生無自性性勝義無自性性說如是言問世尊依何密意說等隨觀色乃至識有無常耶答依相無自性性說如是言何以故欲說等隨觀常無有故說等隨觀有無常問世尊依何密意說等隨觀色乃至識皆有苦耶答依生無自性性及勝義無自性性說如是言問世尊依何密意說等隨觀即彼智空答即依生無自性性勝義無自性性諸法由遠離相無自性性說如是言如依遠離性說彼爲空依異相性說爲無我當知亦爾問世尊依何密意說色乃至識如理觀故審思慮故乃至觀彼非有顯現答依相無自性性說如是言問世尊依何密意說彼虛僞不實顯現答依生無自性性及勝義無自性性說如是言問世尊依何密意說如是言是故今者應知是處謂於是中眼永寂滅遠離色想乃至意永寂滅遠離法想答都不依於無自性性說如是言問世尊依何密意說由彼故於一切處遣一切想帝釋天等亦不能知彼依何處而起靜慮答都不依於無自性性說如是言問世尊依何密意說能隨順喜憂捨處眼所識色乃至意所識法中無諦無實無無顛倒無不顛倒復說有聖出世間諦答依於一切無自性性或不依於無自性性說如是言問世尊依何密意說

靜慮者靜慮境界諸佛諸佛境界皆不可思議答依於一切無自性性或不依於無自性性說如是言

問如是五事何緣最初建立其相乃至最後建立正智答若無其事施設於名不應道理故此次第施設於名由此名故施設自性施設差別故此次第施設分別由分別故或分別相或分別名或俱分別由此三法顯雜染品次第圓滿從此乃容修清淨品謂即觀彼所有雜染諸法眞如由正智故能正觀察能得清淨由此二種顯清淨品次第圓滿是故顯示如是次第

如是於眞實義分中已說事決擇若欲了知眞實義者於三自性復應修觀嗢柁南曰

總舉別分別　緣差別依止　亦微細執著　如名等執性

云何名爲三種自性一遍計所執自性二依他起自性三圓成實自性云何遍計所執自性謂隨言說依假名言建立自性云何依他起自性謂從衆緣所生自性云何圓成實自性謂諸法眞如聖智所行聖智境界聖智所緣乃至能令證得清淨能令解脫一切相縛及麤重縛亦令引發一切功德

問遍計所執自性緣何應知答緣於相名相屬應知問依他起自性緣何應知答緣遍計所執自性執應知問圓成實自性緣何應知答緣遍計所執自性於依他起自性中畢竟不實應知世尊於餘經中說緣不執著遍計所執自性應知此性者依得清淨說不依相說令此義中當知依相說

問遍計所執自性有幾種答略有五種一遍計義自性二遍計名自性三遍計雜染自性四遍計清淨自性五遍計非雜染清淨自性
云何遍計義自性謂有四種一遍計自相二遍計差別相三遍計所取相四遍計能取相
遍計自相者謂遍計此事是色自性乃至此事是識自性此事是眼自性乃至此事是法自性
遍計差別相者謂遍計此色是可意此色是不可意此色是非可意非不可意此色是有見此色是無見此色是有對此色是無對此色是有漏此色是無漏此色是有爲此色是無爲如是等類差別道理遍計此色所有差別如色如是餘蘊一切處等當知亦爾
遍計所取相者謂遍計此色是眼所取此是耳鼻舌身意所取又復遍計此受想行識是欲界意所取此是色界意所取此是無色界意所取此是不繫意所取
遍計能取相者謂遍計此色是色能取此色是聲香味觸法能取又復遍計此受想行識是色能取此是聲香味觸法能取
云何遍計名自性謂有二種一無差別二有差別無差別者謂遍計一切法所有名有差別者謂遍計此名爲色此名爲受此名爲想此名爲行此名爲識如是等類無量無數差別法中各各別名
云何遍計雜染自性謂遍計此色有貪有瞋有癡不能遠離貪瞋癡繫又與信等一切善法而不相應又復遍計此受此想此行此識有貪有瞋有癡不能遠離貪瞋癡繫又與信等一切善法而不相應

云何遍計清淨自性謂與上相違當知其相
云何遍計非雜染清淨自性謂遍計此色是
所取此是能取此受想行識是所取此是能
取又於一切無記法中遍計所有無記諸法
復次遍計所執自性當知復有五種一依名
遍計義自性二依義遍計名自性三依名遍
計名自性四依義遍計義自性五依二遍計
二自性
云何依名遍計義自性謂遍計此色事名有
色實性此受想行識事名有受想行識實性
云何依義遍計名自性謂遍計此事名色或
不名色此事名受想行識或不名受想行識
云何依名遍計名自性謂不了色事分別色
名而起遍計不了受想行識事分別受想行
識名而起遍計
云何依義遍計義自性謂不了色名由不了
名分別色事而起遍計不了受想行識名由
不了名分別受想行識事而起遍計
云何依二遍計二自性謂遍計此事是色自
性名之爲色此事是受想行識自性名受想
行識
復次遍計所執自性執當知略有二種一加
行執二名施設執加行執當知復有五種一
貪愛加行故二瞋恚加行故三合會加行故
四別離加行故五捨隨與加行故名施設執
當知復有二種一非文字所作二文字所作
非文字所作者謂執此爲何物云何此物此
物是何此物云何文字所作者謂執此爲此
物此物如是或色乃至或識或有爲或無爲
或常或無常或善或不善或無記如是等

復次微細執著當知五種一於無常常執二於苦樂執三於不淨淨執四於無我我執五於諸相中遍計所執自性執

復次由五因緣當知愚夫如名如言於所詮事執有自性所以者何謂因問言此事用何以爲自性答言此事是色自性非是色名或答言此事是受想行識自性非受想行識名

復次獨處空閑精勤觀察諸法自相共相尋思此事是色相非色名或尋思此事是受想行識相非受想行識名復次於此色事尋求色相不能得時便生不樂非求色名不能得時或於此受想行識事尋求受想行識相不能得時便生不樂非求受想行識名不能得時

復次語於名轉名於義轉此中若名能顯自相義非此能顯差別相義非此能顯所取相義非此能顯能取相義或名乃至能顯能取相義非此能顯乃至自相義若即彼名於自相義轉亦於乃至能取相義轉者此餘諸名各別行解隨義而轉應不可得此不應理如是復於各別義轉所有名中若名於自相義轉乃至若名於能取相義轉此名爲於有義轉耶爲於無義轉耶於有義轉且不應理此不應理如前觀五事中已辯若於無義轉者是則此名於無相義轉其理便至若於無相義轉此非有義但能顯示自所增益若取增益即是執著是故如名如言於所詮事執著自性道理成就

復次一切愚夫於諸相中名言所縛故當知如名如言於所詮事妄執自性問何緣故知

於諸相中名言所縛答由理教故云何由理謂若離名言於諸事中喜樂不可得故若名言俱於諸事中喜樂可得故是一道理又復展轉相依而生何以故事爲依止名言得生名言爲依事可得生故謂諸世間要依有事方得生起名言分别非於無事起此分别如是當知事爲依止名言得生如靜慮者內靜慮時如如意名言作意思惟如是如是有所知事同分影像生起方便運轉現在前故如是當知名言爲依事可得生又於名言修對治時若安置心於無相界一切諸相皆不現前若不安心於無相界不隨所欲便爲諸相漂轉其心由此道理當知於相名言是縛云何由教如世尊説

愚昧思凡夫　於相爲言縛　牟尼脱言縛
於相得自在　清淨見行者　安住於眞智
於自性無得　不見彼所依　由眞智清淨
説彼爲眞明　二執不相應　故號爲無二

又如異生於諸蘊中善知無我雖觀蘊中所建立我但是假有非不於彼我執隨轉由彼隨眠未永斷故此中道理當知亦爾

瑜伽師地論卷第七十三

音釋

熊羆熊胡弓切羆彼爲切熊羆並猛獸也　翳於計切障也　搆古候切合集也　漂溺漂匹遥切浮也溺奴歷切没也　暴薄報切急也　低昻低都奚切俛也昻五剛切舉也

瑜伽師地論卷第七十四

彌勒菩薩說

唐三藏沙門玄奘奉詔譯

攝決擇分中菩薩地之三

復次嗢柁南曰

攝無性知等　密意等所行　通達與隨入

差別依爲後

問三種自性相等五法初自性五法中幾所攝答都非所攝問第二自性幾所攝答四所攝問第三自性幾所攝答一所攝問若依他起自性亦正智所攝何故前說依他起自性緣遍計所執自性執應可了知答彼意唯說依他起自性雜染分非清淨分若清淨分當知緣彼無執應可了知

復次三種自性三種無自性性謂相無自性性生無自性性勝義無自性性由相無自性性故遍計所執自性說無自性由生無自性性故及勝義無自性性故依他起自性說無自性非自然有性故非清淨所緣性故唯由勝義無自性性故圓成實自性說無自性何以故由此自性亦是勝義亦一切法無自性性之所顯故

問三種自性幾應遍知答一切問幾應永斷答一問幾應證得答一

復次由此三種自性一切不了義經諸隱密義皆應決了謂諸如來秘密語言及諸菩薩隨無量教秘密語言所有要義皆由如是三種自性應隨決了

問如經中說無生法忍云何建立答由三自性而得建立謂由遍計所執自性故立本性

無生忍由依他起自性故立自然無生忍由
圓成實自性故立煩惱苦垢無生忍當知此
忍無有退轉
復次三種解脱門亦由三自性而得建立謂
由遍計所執自性故立空解脱門由依他起
自性故立無願解脱門由圓成實自性故立
無相解脱門
問遍計所執自性何等智所行爲凡智耶爲
聖智耶答都非智所行以無相故問依他起
自性何等智所行答是二智所行然非出世
聖智所行問圓成實自性何等智所行答唯
聖智所行
問諸觀行者通達遍計所執自性時當言行
於相耶當言行於無相耶答若以世間智而
通達時當言行於相若以出世智而通達時
當言行於無相如遍計所執自性依他起自
性圓成實自性當知亦爾
問若觀行者如實悟入遍計所執自性時當
言隨入何等自性答圓成實自性問若觀行
者隨入圓成實自性時當言除遣何等自性
答依他起自性
問遍計所執自性有幾種答隨於依他起自
性中施設建立自性差別所有分量即如其
量遍計所執自性亦爾是故當知遍計所執
自性無量差別又於依他起自性中當知有
二種遍計所執自性執一者隨覺二者串習
習氣隨眠
問依他起自性有幾種答當知如相品類差
別復有二種依他起自性一遍計所執自性
執所起二即彼無執所起

問圓成實自性有幾種答於一切處皆一味故圓成實自性無有安立品數差別
問遍計所執自性當言何所依止答當言依止三事謂相名分別問依他起自性當言何所依止答當言即依遍計所執自性執及自等流問圓成實自性當言何所依止答當言無所安住無所依止
復次嗢柁南曰
若無有作業　微細等無體　生執等了知
染苦喻分別
問若無遍計所執自性當有何過答於依他起自性中應無名言無名言執此若無者應不可知雜染清淨
問若無依他起自性當有何過答不由功用一切雜染皆應非有此若無者應無清淨而可了知問若無圓成實自性當有何過答一切清淨品皆應不可知
問遍計所執自性能爲幾業答五一能生依他起自性二即於彼性能起言說三能生補特伽羅執四能生法執五能攝受彼二種執習氣麤重問依他起自性能爲幾業答亦五一能生所有雜染法性二能爲遍計所執自性及圓成實自性所依三能爲補特伽羅執所依四能爲法執所依五能爲二執習氣麤重所依問圓成實自性能爲幾業答亦五由是二種五業對治生起所緣境界性故
問遍計所執自性當言微細當言麤耶答當言微細如微細難見難了當知亦爾問依他起自性當言微細當言麤耶答當言是麤然難見難了問圓成實自性當言微細當言麤

耶答當言極微細如極微細極難見極難了當知亦爾

問此三自性幾是無體能轉有體答一問幾是有體能轉有體無體答一問幾是有體而非能轉答一

問此三自性幾是不生能生於生答一問幾是生能生生不生答一問幾是非生不能生生及不生答一

問遍計所執自性執無執相云何應知答此有二種一彼覺悟執或無執二彼隨眠執或無執若由言說假立名字遍計諸法決定自性當知是名彼覺悟執若善了知唯有名者知唯名故非彼諸法有決定性當知是名於彼無執若未拔彼習氣隨眠當知於彼有隨眠執乃至未捨習氣麤重若永斷已當知無執問依他起自性執無執相云何應知答若由遍計所執自性覺悟執故復遍計彼所成自性是名初執若善了知唯有衆相不遍計彼所成自性是名無執若於相縛未永拔者於諸相中有所得時名第二執若於相縛已永拔者於無相界正了知故於相無得或於後時如其所有而有所得當知無執問圓成實自性執無執相云何應知答此無有執此界非執安足處故若於此界未得未觸未作證中起得觸證增上慢者當知即是遍計所執及依他起自性上執

問遍計所執自性當云何知答當正了知唯有其名唯遍計執無相無性無生無滅無染無淨本來寂滅自性涅槃非過去非未來非現在非繫非離繫非縛非解脫非苦非樂非

不苦不樂唯是一味遍一切處皆如虛空以如是等無量行相應正了知遍計所執自性問依他起自性當云何知答當正了知一切所詮有爲事攝云何一切所詮事耶所謂蘊事界事處事緣起事處非處事根事業事煩惱事隨煩惱事生事惡趣事善趣事產生事色類事四大王衆天事乃至他化自在天事梵衆天事乃至色究竟天事空無邊處事乃至非想非非想處事隨信行事隨法行事順決擇分善根事見道事修道事預流果事乃至阿羅漢果事獨覺事等正覺事滅相受事到彼岸事念住事乃至支道事靜慮無量無色定事修想事修隨念事解脫勝處遍處事力無所畏願智不護念住大悲永害習氣諸相隨好一切種妙智一切不共佛法事又當了知同於幻夢光影谷響水月影像及變化等猶如聚沫猶如水泡猶如陽焰猶如芭蕉如狂如醉如害如怨如飲尿友喻如假子喻毒蛇篋是空無願遠離無取虛僞不堅如是等類差別無量問圓成實自性當云何知答當正了知如先所說差別知相所謂眞如實際法界如是等類無量差別復當了知所餘差別謂無形色不可覩見無所依住無所攀緣不可顯現不可了別不可施爲不可宣說離諸戲論無取無捨如是等類差別無量

問此三自性幾自非染能令他染答一問幾唯自染答一問幾自清淨令他清淨答一如染當知苦亦爾

問遍計所執自性何以爲喻答譬如虛空問依他起自性以何爲喻答如害如怨問圓成

實自性以何爲喻答譬如無盡大寶伏藏問遍計所執自性由何故遍計答由依他起自性故問依他起自性由何故依他答由因緣故問圓成實自性由何故圓成實答由一切煩惱衆苦所不染雜故又由常故

問如說能取眞實義慧是無分別云何應知無分別相爲由不作意故爲由超過彼故爲由無所有故爲由是彼性故爲由於所緣境作加行故若由無作意故者彼與如理作意相應不應道理熟眠狂醉應成此過若由超過彼故者云何不與聖教相違如說三界所有諸心心所皆是分別若由無所有故者云何此慧非成非心法若由是彼性故者云何此慧非成色自性及非貫達相若由於所緣境作加行故者云何不謗無分別慧離加行性若如是等皆不應理云何當知無分別慧答於所緣境離加行故此所緣境離有無相諸法眞如即此亦是離諸分別由先勢力所引發故雖離加行若於眞如等持相應妙慧生時於所緣相能現照取是故此慧名無分別如是已說眞實義分決擇由五因緣當知菩薩所有威德不可思議何等爲五一者菩薩所有威德超過一切尋思境故二者菩薩所有威德世間譬喻不可得故三者菩薩所有威德唯繫屬善磨瑩心故四者菩薩所有威德與不定地心一向不同分故五者菩薩所有威德一向繫屬定地心故

復次於大乘中有十法行能令菩薩成熟有情何等爲十謂於大乘相應菩薩藏攝契經等法書持供養惠施於他若他正說恭敬聽

聞或自翫讀或復領受受已廣音而爲諷誦
或復爲他廣説開示獨處空閑思量觀察隨
入修相問如是十種法行幾是能生廣大福
德道答一切問幾是加行道答一謂第九問
幾淨障道答一謂第十如是種類餘決擇文
更不復現
復次如聞所成地攝大乘中説大菩提由五
種相應當了知謂自性故功能故方便故轉
故還故而未分別今當解釋
云何大菩提自性謂勝聲聞獨覺轉依當知
此轉依復有四種相一生轉所依相二不生
轉所依相三善觀察所知果相四法界清淨
相生轉所依相者謂佛相續出世間道生轉
所依若不爾不得此轉依此道應當不生不
轉若遠離彼而有此事未轉依時先應有此
不生轉所依相者謂一切煩惱及諸習氣不
生轉所依若不爾不得此轉依一切煩惱及
諸習氣便有衆緣和合不生不轉應不可得
善觀察所知果相者謂此轉依是善通達所
知眞實所知眞如果若不爾諸佛自性應更
觀察更有所斷更有所滅法界清淨相者謂
此轉依已能除遣一切相故是善清淨法界
所顯若不爾此應無常應可思議然此轉依
是常住相不可思議
復次此不可思議説名無二由五種相應當
了知一由自性故二由處故三由住故四由
一性異性故五由成所作故
云何由自性故不可思議謂或即色或離色
如是不可思議或即受想行識或離受想行
識如是不可思議或即地界或離地界如是

不可思議或即水界火界風界或離水界火界風界如是不可思議或即眼處或離眼處如是不可思議或即耳鼻舌身意處或離耳鼻舌身意處如是不可思議或有或非有如是不可思議

云何由處故不可思議謂或在欲界或離欲界如是不可思議或在色界無色界或離色界無色界如是不可思議或在人中或離人中或在天上或離天上如是不可思議或在東方或離東方或在南西北方上下方維或離南西北方上下方維如是不可思議

云何由住故不可思議謂安住如是如是色類樂住如是不可思議安住如是如是色類奢摩他住如是不可思議安住有心住如是不可思議安住無心住如是不可思議安住如是色類聖住如是不可思議安住如是色類天住梵住如是不可思議

云何一性異性不可思議謂一切佛同安住一無漏界中爲是一性爲是異性如是不可思議

云何成所作故不可思議謂如是如是如來同界同智勢力勇猛住無漏界依此轉依能作一切有情義利如是不可思議此復二因緣故當知不可思議謂離言說義故及過語言道故不可思議又出世間故無有世間能爲譬喻是故不可思議

云何功能謂若略說有十自在說名功能謂壽自在等如本地分已說

云何加行謂若略說有四種化說名加行一未成熟有情令成熟故作菩薩行化二已成

熟有情令解脱故於三千大千世界百拘胝贍部洲中同於一時方便攝受如來之化三即爲彼所化有情作聲聞化四即爲彼所化有情作獨覺化當知一切諸佛世尊於此四種變化事中遍十方界功能無礙

云何爲轉當知此轉略有二種一權時轉二畢竟轉權時轉者謂諸有情乃至未成熟未解脱來諸佛世尊有變化轉畢竟轉者謂如無盡不可思議諸佛自性大光明轉如是能作一切有情所作事轉

云何爲還當知此還亦有二種一權時還二畢竟還權時還者謂所化有情已成熟已解脱故從此無間諸佛世尊現般涅槃非畢竟滅畢竟還者當知煩惱及諸習氣畢竟盡故彼所依處衆苦亦盡

云何能讚歎者於如來所能作饒益謂隨所讚歎但行自利非由讚歎於如來所有異所作猶如造瓶何以故如來隱善極少欲故復有二種於如來所稱揚讚歎甚希奇法一令讚歎者純行自利生無量福二於遠離一切所求諸如來所而作饒益謂於如來所如如讚歎如是如是攝受自利如如攝受自利如是如是名以供養攝受如來由此因緣生極廣大無盡福聚又諸如來有二種事一不可意事二可意事

復次由六種相當知略攝如來功德一圓滿二無垢三不動四無等五能作有情利益事業六功能

云何圓滿謂諸如來成就三界及出世間一切功德彼出世間所有功德超過一切語言

行路是故如來一切歌詠所不能及由此因
緣彌應讚歎
云何無垢謂諸功德有七種垢一欲二見三
疑四慢五憍六隨眠七慳彼於如來一切永
無何以故由諸如來所有功德不求他知謂
欲令他知我成就如是功德又於此德無執
著見又於此德無有疑惑爲功德耶爲過失
耶又不以已所有功德與他校量又不觀已
所有功德憍醉掉舉生欣生喜非彼功德爲
諸煩惱之所隨眠永害煩惱并習氣故又於
功德無慳恪心謂勿令他同所證得
云何不動謂諸外道不能動故一切魔軍不
能動故一切盜賊不能奪故一切親屬不能
壞故一切國王不能壞故火水風大不能變
故壽命雖盡亦無退故由諸如來功德無盡
是故不動
云何無等謂諸如來所有功德極廣大故極
尊勝故極衆多故大威力故若淨不淨一切
有情無與等者是故無等
云何能作有情利益事業謂捨所得廣大無
罪所有安樂方便示現利他加行是故能作
利益他事
云何功能謂於所作利有情事不待作願而
圓證故彼加行智爲親屬故於彼恒時而專
志故
復次由五因緣當知諸天非所歸依何等爲
五一由形相故二由自性故三由作業故四
由法爾故五因果故
云何諸天由形相故非所歸依謂由不現見
無交議故由形暴惡有怖畏故由習放逸有

貪愛故由捨利他無悲愍故由不了知作與不作於眞實義不通達故

云何如來由形相故是眞歸依謂由現見有交議故由形憺怕無怖畏故由無縱逸離貪愛故由常不捨利有情事有悲愍故由善了知作與不作於眞實義善通達故復由五相唯有如來是眞歸依何等爲五一爲利益一切有情取菩提故二能善轉正法眼故三於恩怨諸有情所等心利故四捨一切家宅親屬攝受貪愛根寂靜故五能善解一切疑故

云何諸天由自性故非所歸依謂彼諸天漏所隨故性非調善能調御他不應道理如來永離一切漏故其性調善故能調御一切有情云何諸天由作業故非所歸依謂彼諸天受用諸欲安住爲業損害有情惡業可得如來廣大無垢靜慮安住爲業能作有情利益爲業

云何諸天由法爾故非所歸依謂諸世間及出世間吉祥盛事一切皆依自功力故若離功力雖於諸天極申敬事亦不能得雖不敬事但作功力必能得故

云何諸天由因果故非所歸依謂諸天身爲由能感天業所得爲由供養諸天故得爲無因得若由能感天業得者但應歸依自所作業非彼諸天若無因得應歸無因不應歸天若由供養諸天故得此諸天身爲當但用供養爲因爲天爲俱若唯供養天應唐捐隨所供養應感天身若但由天供養徒設雖不供養天應令彼獲得天身若言俱由謂以供養攝降諸天隨所思願皆令果遂若爾七種所

思果遂不決定故不應道理謂供養緣於所攝受諸信解者於信解緣於信解事於能往趣最勝天身於能果遂最勝富樂於能滅壞阿素洛等所有怨敵及於徒没

復次有四清淨一名清淨二語清淨三自性清淨四形相清淨又此形相有大威德斷諸疑網能善記別難化能化天人所歸善言誨導證出離性制諸外道

復次云何當知色等想事色等施設是假名有非實物有謂諸名言熏習之想所建立識緣色等想事計爲色等性此性非實物有非勝義有是故如此色等想法非真實有唯是遍計所執自性當知假有若遣名言熏習之想所建立識如其色等想事緣離言說性當知此性是實物有是勝義有此中道理言論成立如菩薩地應知若諸名言熏習之想所建立識緣遍計所執自性爲境即說此性非内非外非二中間少有可得非已生非當生非正生非已滅非當滅非正滅本來寂靜自性涅槃何以故此唯假有非勝義有故若離名言諸法自性當知此性凡夫所生邪執爲緣已生當生正生已滅當滅正滅若未永斷未遍知便成雜染若已永斷已遍知乃成清淨復有四法能令菩薩攝正多聞謂多聞持多聞證多聞果多聞淨如其次第菩提願事善友思擇力住空閑應知其相

問諸菩薩意樂界云何答於諸佛法信解性所顯故問諸菩薩增上意樂界云何答於諸佛法信解有德所顯故問諸菩薩勝解界云何答於諸佛法信解可得所顯故問諸菩薩

愍云何答於苦現前諸有情所隨生愍傷故問諸菩薩悲云何答於苦因現前諸有情所隨生悲哀故問諸菩薩慧云何答於所知境通達如所有性故問諸菩薩智云何答於所知境通達盡所有性故

復有三種思惟過患謂不究竟思惟非處思惟顛倒思惟

復次如諸菩薩所行惠施當知此施由七種相乃得清淨謂施物清淨戒清淨見清淨心清淨語清淨智清淨垢清淨如是清淨當知一切皆有十相

云何施物清淨十相一廣大施謂衆多差別故二平等施謂無增無減故三應時施謂當彼所樂故四上妙施謂色等具足故五清淨施謂非不淨物所雜穢故六如法施謂無罪相應故七隨樂施謂隨求者所愛樂故八利益施謂隨彼所宜故九或頓或漸施謂觀彼求者故十無間施謂無斷絶故

云何戒清淨十相一發勤精進所獲財物而用惠施二自手臂力所致財物而用惠施三離垢汙物而用惠施四如法而施五如法所得而用惠施六息除諸惡而行惠施七調伏諸根而行惠施八殷重恭敬而行惠施九自手而施十於已僕從先行恩養然後惠施他來求者

云何見清淨十相一不計度我能行施施爲我所而行惠施二不將已校量於他謂我是勝是等是劣而行惠施三不觀他當有反報而行惠施四不觀察當來勝有殊妙富樂而行惠施五不觀施全無有果而行惠施六不

觀施不相似果而行惠施七不觀施有顛倒果而行惠施八不觀殺害爲伴侶善而行惠施九不觀奇變吉祥之相而行惠施十不爲世間聲譽稱讚而行惠施

云何心清淨十相一憐愛心而行惠施謂任自性於諸有情二珍寶心而行惠施謂於施所三平等心而行惠施謂於怨親及中庸所四調伏垢心而行惠施謂於慳垢及蓄積垢當知不施於他名爲慳垢自不受用名蓄積垢五欣樂心而行惠施謂由七相一於未來求者發喜樂心故二於已來求者初見便生淨信心故三於正施時生悅豫心故四生靜定心故五生無足心故六生不惱害意趣心故七施已無追悔心故六忍辱心而行惠施謂於求者强遮障中能堪忍故及無猒倦故七以慈心而行惠施謂於惱害者八以悲心而行惠施謂於有苦者九以喜心而行惠施謂於有功德者十以捨心而行惠施謂於親友所

云何語清淨十相一先於施物恣彼乞者二彼若至時稱善來進三遠離顰蹙平面而視舒顏含笑先言問訊四以柔輭言共申談論安慰乞者五從此無間言當施汝可愛財物欣慶斯施六正發施言吾今惠汝七彼若遮障從容分布不出麤言八於乞求者若對若背不毀不呰亦無論說九若無施物正言辭謝許得隨與十於乞求者終不對面呵責驅逐輕笑戲弄亦不令其改容懷愧

云何智清淨十相一由惠施智清淨二由求者智清淨三由施物智清淨四由施加行智

清淨五由以施成熟有情智清淨六由方便善巧智清淨七由諸欲過患智清淨八由除垢智清淨九由於友遠離攝受智清淨十由隱覆六方智清淨

一由惠施智清淨者謂於施異名於施體相於施訓辭於施差別皆如實知而行惠施二由求者智清淨者謂於一切有情皆住福田覺而行惠施於諸勝劣有得有失怨恩等所能善了知隨來求者所樂差別而行施故又先以諸所施財物徧於一切有情之類意樂而捨若諸求者自然取時皆生隨喜

三由施物智清淨者謂於一切工巧業處智善巧故速疾能集所有財物而用惠施或由善根之所攝受謂於前生或現法受所感財物而用惠施或發神通或由法受所致財物而用惠施或他積集所有財物而用惠施如勸導他或任彼務

四由施加行智清淨者謂於施加行能善了知不令求者身心勞倦自心無染而行惠施善能分布施來求者施貧匱者施無依者施惡行者施妙行者施自僕從請若貧乏中財大財隨其所應如軌行施非不如軌五由施成熟有情智清淨者謂善了知施能成熟諸有情已而行惠施以所施物與諸大衆普共行施亦令大衆生無量福又於貧窮樂行施者以已財物分布與之令其行施或有不貧內懷慳悋雖欲惠施而不能用自財布施即以財物與之令施或於佛法及僧田中欲有所作便以財物棄捨與之令彼造作由此因緣於二門中生無量福

六由方便善巧智清淨者謂或由教導令行惠施或强力逼令行惠施或領彼恩令行惠施或由生故令行惠施或由神力而行惠施

七由諸欲過患智清淨者謂於諸欲所有過患如實知已而行惠施謂於苦蘊中或時了知二種過患一者現法二者後法或時了知五種過患謂如五種過患經說或時了知六種過患謂此諸欲是怖增語如是等類廣說如經或時了知七種過患謂知諸欲無常虛僞誑妄失法譬如幻事惑亂愚夫或時了知八種過患謂知諸欲如朽骸骨如經廣說乃至猶如樹端熟果

八由除垢智清淨者謂於除遣十四垢業如實知已而行惠施此如尸佉落迦經說

九由於友遠離攝受智清淨者謂能善知遠離四種惡友攝受四種善友而行惠施此亦如尸佉落迦經說

十由隱覆六方智清淨者謂隱覆六方而行惠施此亦如尸佉落迦經說

云何垢清淨十相一遠離懈怠垢而行惠施謂或內或外或近或遠或身疲倦或不疲倦或身羸劣或不羸劣而常惠施

二遠離貪垢而行惠施謂於財物三遠離瞋垢而行惠施謂於求者四遠離癡垢而行惠施謂於因果

五遠離障垢而行惠施言障垢者謂四種障一不串習二匱乏三耽湎四觀果六善分布而行惠施此即遠離非道理垢謂貧乏者於自僕從若中財者即於彼所及貧苦所若大財者即於彼所亦於其餘來求者所

七由圓滿而行惠施此即遠離諸減少垢謂事圓滿意樂圓滿事圓滿者復有七相一施資產事二施國土事三施有情事四施莊嚴事五施舍宅事六施居處事七施內身事意樂圓滿者謂於內身及外財寶獲得自性無著意樂

八由清淨而行惠施此即遠離不清淨垢謂由十種清淨即無著無取等如本地分廣說

九善觀察而行惠施此即遠離惡慧垢謂觀察施物觀察意樂觀察其由觀察施物者謂觀察受用勝於積聚觀察惠施勝於受用何以故若唯積聚不能自益不能益他非現法利非後法利若諸菩薩唯自受用名自饒益非饒益他名現法利非後法利若諸菩薩能行惠施便自發生廣大歡喜名自饒益名饒益他名現法利名後法利觀察意樂者當知意樂略有四種一於因中無倒意樂二於果中無著意樂三於有情悲愍意樂四於一切智智圓滿意樂由如是等諸意樂故而行惠施觀察由者當知略由五相一於是處乞求可得二於是處已有乞求復加貧匱三於是處已有貧匱復無依怙四於是處有無依怙復行惡行是名爲由五於是處雖無此等而有修行善行可得由七種相當知非由一乞求者極大暴惡曾爲怨害歸依怨害而有所求二勸爲善事終不能得三心懷染汙爲染汙事而有乞求四爲損惱而有乞求五乞求者或自是魔或魔所魅非處乞求六乞求父母或復隨一非所施物七能爲無義由此等相當知是名觀察非由

十具方便德而行惠施此即遠離無方便過失垢此中方便者謂串習施不顧身命悲愍有情真實義智無上菩提勝解教導强力逼迫處任恩報生及神力

瑜伽師地論卷第七十四

音釋

蛇篋 蛇食遮切篋苦協切箱屬 磨瑩 磨眉波切揩也瑩縈定切潔也 翫 翫五換切習也 讀 讀徒谷切誦也 憺怕 憺徒覽切怕白各切憺怕恬靜也 蓄 許竹切聚也 豫 羊茹切悅樂也 骸 戶皆切骸骨也 耽湎 耽都含切樂也湎彌兖切沉溺也